'21
年鑑代表
シナリオ集

日本シナリオ作家協会編

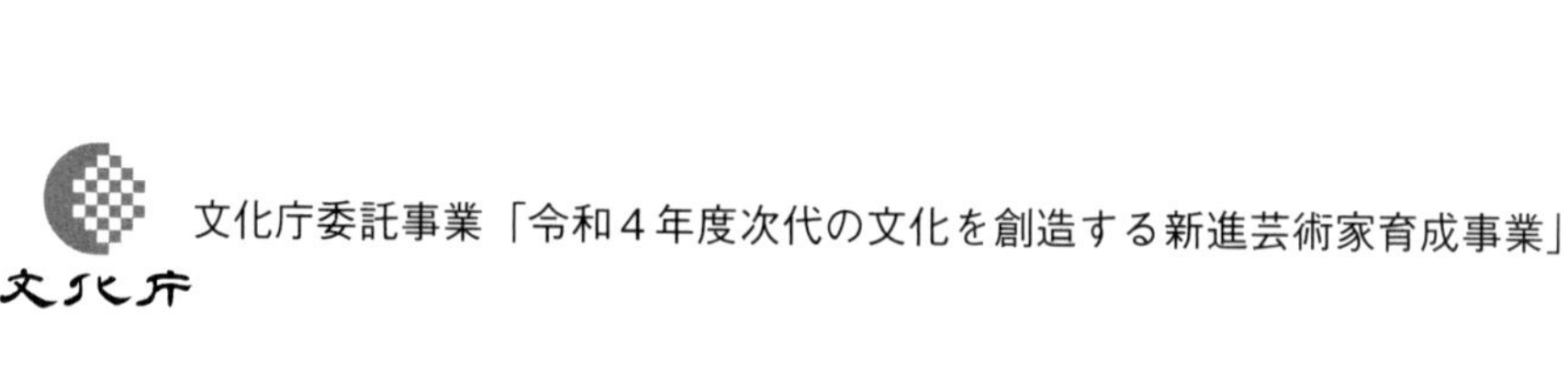
文化庁委託事業「令和４年度次代の文化を創造する新進芸術家育成事業」
文化庁

二〇二二年版　年鑑代表シナリオ集　目次

〈収録作品　公開順〉

装丁　塚本友書

すばらしき世界

西川美和

〈脚本家略歴〉

西川美和（にしかわ　みわ）

1974年生まれ、広島県出身。オリジナル脚本・監督デビュー作『蛇イチゴ』（02）で第58回毎日映画コンクール脚本賞受賞。長編第二作『ゆれる』（06）は第59回カンヌ国際映画祭監督週間に正式出品され国内で9ヶ月のロングラン上映に。続く『ディア・ドクター』（09）で第83回キネマ旬報ベスト・テン日本映画第1位を獲得。その後『夢売るふたり』（12）、『永い言い訳』（16）とつづけてトロント国際映画祭に参加するなど海外へも進出。『すばらしき世界』（21）では第56回シカゴ国際映画祭観客賞を受賞したほか、第45回日本アカデミー賞優秀作品賞など、国内外で多数の賞を受賞。一方で小説やエッセイも多数執筆しており、『ディア・ドクター』のための僻地医療取材をもとにした小説『きのうの神さま』、映画製作に先行して書いた同名小説『永い言い訳』がそれぞれ直木賞候補となるなど高い評価を受けている。

監督：西川美和
原案：『身分帳』佐木隆三著（講談社文庫刊行）
製作：『すばらしき世界』製作委員会
制作プロダクション：AOI pro.
配給：ワーナー・ブラザース映画

〈スタッフ〉

プロデューサー　西川朝子
　伊藤太一
　北原栄治
撮影　笠松則通
照明　宗賢次郎
録音　白取貢
美術　三ツ松けいこ
編集　宮島竜治
音楽　林正樹

〈キャスト〉

三上正夫　役所広司
津乃田龍太郎　仲野太賀
庄司勉　橋爪功
庄司敦子　梶芽衣子
松本良介　六角精児
井口久俊　北村有起哉
下稲葉明雅　白竜
下稲葉マス子　キムラ緑子
吉澤遥　長澤まさみ
西尾久美子　安田成美

1 旭川刑務所・病棟・居室（小）（二月下旬）

格子越しの窓外に雪が舞っている。

シュコシュコ、と血圧計のカフの空気音。制帽に白衣を着た初老の医療刑務官が、医療ベッドに腰掛けた三上正夫の腕を取っている。

医療刑務官「（数字を見て）……少し緊張してるかい」

三上「……」

医療刑務官「（笑）三上君ほどのベテランでもねえ。……朝食は？」

三上「（首を横に振って）満期っていうのは不思議です。わかってても、出所前は喉を通りません」

割り当てられた内服薬を袋から破り出す三上。

医療刑務官「まあいいよ。もう少しで食べたいものを食べられる」

ゆるく湯気の立つお茶を酌んでやる刑務官。

医療刑務官「……まだまだ、やり直しが可能だ」

三上、噛みしめるように頷き、薬を茶で飲み下す。

2 同・病棟・居室前廊下

刑務官に促され、扉から出てくる三上。

号令のままに前を向き、後ろを向き、衣体検査をされる。

3 同・長い廊下

二人の刑務官に挟まれて、歩いていく三上。

4 同・新入調べ室

分類統括矯正処遇官と机を挟んで対座した三上。

腕時計のネジを巻いては、耳元で音を聴く分類統括。

分類統括「錆びてるなあ……高かったんだろう？」

三上「当時三十万しました」

分類統括「そりゃ残念だったね。預かり期間中に分解掃除に出すほど、刑務所は親切じゃないから」

三上「（頷いて）処分してください」

机の上には、刑務所預かりになっていた領置品。アンテナ付き携帯電話。シミの定着した衣類、白カビの生えた靴、手紙など。

分類統括「東京に送るものは送ったんだね？」

三上「送りました」

処遇部の首席矯正処遇官が何冊もの分厚い綴りを抱えて入ってくる。起立し、席を見渡す分類統括。

処遇首席「ご苦労さん。三上君、いよいよだね」

三上「お世話になりました」

処遇首席が、表紙に「身分帳」とある綴りをめくる。

処遇首席「平成十六年に収監されて……十三年ぶりの社会だね。今後はこういう所に二度と来ないように、頑張ってもらいたい」

三上「はい」

処遇首席「ところで起こした事件については今どう考えてる？」

三上「……」

処遇首席「被害者に対して、申し訳ないと思ってるだろうね」

三上「はい、後悔しています。あんなチンピラのために服役させられて」

処遇首席「要するに、反省しているわけだ」

三上「自分は今でも、判決を不当と思っています。向こうが夜中に日本刀持って押しかけて来たとですよ」

体が熱くなり、声も甲高くなる。

処遇首席「君も組員で、対立する組とのトラブルだろう？」

三上「自分は一匹狼で、当時はどこの組とも切れとりました」

処遇首席「いずれにしてもだよ。一人の若者を死なせたことを反省してもらいたい」
三上「……」
　窓の外に目をやる。粉雪が激しく舞っている。
分類統括「さて、着替えるかね。見てください首席。身元引受人の先生から、こんな立派なほら――」
　分類統括が箱から背広を取り出す。
処遇首席「君の弁護をした先生？」
三上「いえ、勾留中に自分の噂を聞いて申し出てくれました」
処遇首席「はあ、いわゆる人権派というやつだ。君の生い立ちに同情してかい」
　歪んだ笑みを浮かべる首席。反抗的に無視する三上。
分類統括「さあ着替えようよ」
三上「はい、脱ぎます」
　囚衣を脱いで、丸裸になった。
　左胸から左腕肩にかけて昇り鯉と桜吹雪の筋彫り刺青。背中にも古い傷跡がある。

5　同・表

　真っ白い世界。表の大きな鉄扉から分類統括と若い刑務官に挟まれて、コートを着た三上が出てくる。
刑務官「もう戻ってくるなよ」
三上「わかっとる。頼まれても、旭川には来んよ」
分類統括「頼まない、頼まない。三上だけはお断りだわ」
　三人、歩きながら思わず笑う。立ち上る白い息。

6　旭川刑務所前・バス停

　激しく降る雪。雪に半分埋まった標識の側に停まった路線バス。二人と握手を交わし、乗り込む三上。
分類統括「気をつけてな。短気を起こしちゃだめだよ」
刑務官「まっすぐ帰れよ。途中で降りるな」
三上「失礼します！」
　ドアが閉まり、動き出すバス。手を振る刑務官二人。

7　旭川駅行き道北バス・車内（トンネル）

　無人の車内。着席した三上。バスは唸りを上げてトンネルに入る。

　やや苦しげな三上。上着を脱ぎ、乱暴にネクタイを緩める。窓に映った自らの姿を見て、息を落ち着かせつつ、ネクタイを締め直す。

三上「俺はもう、極道じゃなか」

　バスの振動が、激しく体を揺らす。思わず側の握り棒につかまる。

三上「今度ばっかりは堅気ぞ」

　今にも気が遠のきそうである。目を閉じた。

8　トンネル

　暗いトンネルを抜けて明るみに出ていくバス。

　――メインタイトル『すばらしき世界』

9　都内・津乃田龍太郎のハイツ

　呼び鈴とともにドアを開け、宅配業者からずっしり重い紙袋を受け取る寝間着の津乃田龍太郎（28）。
×　×　×
津乃田の声「何ですか、身分帳って」
　物のあふれた書斎のデスク。袋から出てきたノートの表紙には『身分帳』とある。
吉澤プロデューサーの声「刑務所の中に保管されてる個人台帳でね、生い立ち、犯罪歴、服役中の態度、あらゆることが書き込まれてるらしいのよ」
　ノートはぎっしり几帳面な文字で埋め尽くされている。携帯を耳に当てた津乃田はカーテンを開ける。
［三上正夫　犯数／十犯六入　判決罪名／殺人］の文字が朝日に照らし出される。

なぞって読む津乃田。

吉澤Ｐの声「さらに刑務所の中でも看守を襲って刑が三年伸びてるの。その裁判に提出された自分の身分帳を、被告人の権利で書き写したんだって」

「東京テレビ放送『公開サーチ大追跡』御中」と大きく書かれた開封済みの封筒。

10　旭川駅・ホーム

真新しいホームに停まった特急ライラック。

列に並び、スキー客などに次いで乗り込む三上。

吉澤Ｐの声「これ以上の履歴書ないからって、うちの番組宛てに送られてきたの。生き別れた母親がいるんだって」

11　特急ライラック・車内

窓際の席で周囲を中国人一家に囲まれて、小さくなっている三上。ものすごくよく喋る。

津乃田の声「相手にしないほうがいいんじゃないですか。放送に耐えられる対象じゃないですよ」

吉澤Ｐの声「そこが面白いんじゃん。こういう人が心入れ替えて涙ながらにお母さんと再会したら、感動的じゃない？」

前の座席の隙間から幼児が視線を送ってくる。

視線を返す三上の表情。穏やかなような、狂っているような。

津乃田の声「でも……人殺してるんですよね、この人」

吉澤Ｐの声「うん、人殺してる」

ふと表に視線をやる三上。顔に差し込む日の光。

12　雪景色

雪煙を上げて、突っ走るライラック。

13　津乃田のハイツ・書斎

津乃田「吉澤さん俺ね、実はもう会社……」

吉澤Ｐの声「制作会社やめて、小説書いてるんでしょ？　津乃田君才能あるもんね」

津乃田「……」

吉澤Ｐの声「でも、生活どうしてるの？」

差し込む午前の光の中で、灰皿からつまみ出したシケモクに火をつける津乃田。

煙が目にしみる。

14　上野駅・東口デッキ

夜。ライトアップされた上野駅。

吉澤Ｐの声「人生の大半刑務所で生きてきた人よ。間近で見たら書くものも変わって来る気がするけどな」

デッキの人波の中で迷子のようにきょろきょろ見回していると、「三上君！」と声が響き、振り返る。

吉澤Ｐの声「そこにあるのが連絡先。身元引受人の弁護士さん」

人の間を縫うように笑顔で手を振りつつやってくる小柄な年配の男。弁護士の庄司勉（72）である。

三上の最敬礼を直らせ、握手して歩き出す。

15　庄司のマンション・ＬＤＫ

リビングは書斎化しており、本や資料がうず高く積まれている。調度品は新旧混在し、雑然としている。

妻・敦子（70）の用意したすき焼きが煮立っている。

庄司「三年前に病気して、戸建てから住み替えたんだ。狭苦しくて申し訳ないが、アパートが見つかるまでの辛抱だ」

敦子「三上さん、お肉。お肉おあがんなさいよ」

庄司「すき焼きは苦手だった？」

三上「いいえ、大好物です。なんでもいただきます」

庄司「（妻に）あんまり急なんだよ。十三年も冷えた飯しか口に入れてないんだから。いきなりこんなグラグラ煮立ってるもの、食えるわけないじゃないか、なあ」

敦子「でも力の元はお肉ですよ。元気な人ってみんなお肉食べてるの」

庄司「テレビが言ってたことを鵜呑みにするんじゃないよ」

敦子「ラジオなんですけど」

音声加工されたすすり泣く声。テレビがついている。

アナウンサーの声「ネットの斡旋業者を通じて、生まれた子供の養子縁組をする女性が増えています」

モザイク女性「彼は家庭がある人で……私の仕事もこれからって時だったので……。いっぱい愛してくれる人達の元で幸せになってほしいなと……（涙）」

箸を止めてじっと見つめている三上。

庄司「……どう思う、三上くん」

三上「この人たちは、その子供を売って捨てたわけでしょう」

庄司「一人で追い込まれて共倒れになるよりは、と子供の幸せを思って託したんだよ」

三上「そげんこと……犬や猫じゃあるまいし……」

庄司「世間には望まない妊娠をした女性が——」

敦子「（庄司を制し）三上さんにとっては、他人事じゃないのね」

三上「……母は迎えに来たはずなんです。それを待たずに自分が施設を飛び出したもんで……」

敦子「ええ。お母様もあなたのことを考えない日はなかったと思いますよ」

三上「……（やや感極まる）」

庄司「三上くん。僕が身元引受人をやるのは趣味みたいなもんだ。余計な恩義を感じる必要はない。大事なのは、君がこれまでに失ってきた人間に対する愛情と信頼を取り戻すことだよ。できることは僕もする。助けが要るときはためらわないでほしい」

敦子「おかわりは？　それともおうどんの方が食べやすい？」

優しい物言い。

三上「奥さん、もう……」

茶碗を置き、顔を覆う三上。「あららら」「どうしたどうした」……

津乃田の声「『出生と家庭事情に関する経過記録』。本人は、福岡県福岡市以下不明で、私生児として出生したものである」

16　津乃田のハイツ・書斎

夜。カップ焼きそばをすすりながら、びっしりと文字の書かれたノートを読みふけっている津乃田。

津乃田の声「母親は福岡市内において芸者をしていた」

ＰＣで検索すると、博多の芸者衆の写真がずらり。

津乃田の声「交際関係にあった男性との間に本人を出産するが、父親による認知がなされず、戸籍が存在しないまま生育した」

17　過去の記録のコラージュ

①手洗い場に座り込んだ四歳児の白黒写真。

②施設の風呂の浴槽に集団で浸かっている児童達。

津乃田の声「物心を覚えた四歳頃、母親と離別した。養護施設に預けられたまま、音信が途絶えたのである」

③施設の表で撮られた集合写真。か細い三上少年（12）だけが塀に足をかけて跨いでいる。

津乃田の声「小学校五年生頃から放浪癖が生じ、各地の盛り場を転々としている」

④演歌歌手を囲むヤクザの幹部らの色褪せたカラー写真。一番端に派手なシャツの三上少年。

津乃田の声「この頃から関西の暴力団事務所に出入りし始め、賭博、債権取り立ての手伝いをするようになる」

⑤昭和の夜の歓楽街。カメラに仁義を切ってみせる光沢スーツの三上少年のモノクロ写真。

津乃田の声「昭和四十九年六月、京都・宇治初等少年院に収容。この時十四歳。木工、溶接、洋裁などの指定作業をした」

⑥8ミリ映像。少年達が工房でミシンを踏む。一心不乱に手元の作業に没頭する丸坊主の三上少年。（フィルム・アウト）

18　庄司のマンションの一室

敦子の声「三上さんて、真面目そうな人ね」

庄司の声「あぁだからそう言っただろ（眠そうな声）」

物置にしていた部屋に布団が敷かれ、三上が眠っている。隣室からかすかに漏れ聞こえる話し声。

敦子の声「私ちょっと、安心したわ」

庄司の声「んー……」

敦子の声「でもさ、やっぱりさ、念のためだけどさ」

庄司の声「……（寝息）」

敦子の声「刃物だけは隠しとこっか」

瞼を開く三上。

敦子の声「ねえったら。刃物！」

庄司の声「……（面倒くさげに）何になるんだそんなことして」

敦子の声「だって……日中二人きりになるの私でしょ。あなたは仕事とか何とか言って何処へでも逃げてられるけど」

庄司の声「もーわかった。好きにしてくれ。任せるよ」

三上、まんじりともできなくなった。

19　福祉事務所・フロア

朝。赤ん坊を抱いた母親やすさんだ身なりの老人、独語をつぶやく中年男らで混雑している。きまり悪げに周囲を見渡す三上。番号を呼ばれ、立ち上がる。

20　同・相談スペース

衝立で仕切られたスペース。テーブルを挟んで対座したケースワーカーの井口久俊（44）と庄司、三上。受け取った書類を淡々と読み上げる井口。

井口「『生活保護を受けたい理由は、二月二十日に刑務所を出て来ましたが、持病のためすぐには働けず、援助を頼む家族もいないため』と。ちなみに刑務所入る前はどういう関係のお仕事でした？（顔も見ず尋ねる）」

三上「……」

井口「（答えない三上を見上げ）先生ご承知と思いますが、ハンシャの方には例外なく保護は下りませんから」

三上「ハンシャ……」

井口「反社会的勢力。関わりを持っていませんか」

三上「自分は一匹狼で――」

庄司「はっきり言いましょう。彼が暴力団組織に籍をおいたのは二十年以上も前のことです。ここで網の目から落とせばこういう人をまたもや組織に押し戻しかねないという現実もご承知の上だね？」

井口「……これで一旦申請してみましょう」

薄く笑って、奥へ行ってしまう井口。

三上「……ゴミ溜めのゴミでも見るような目つきです」

庄司「あっちも弾くのが仕事だ。気にすることないよ」

三上「まさか生活保護を受けることになるとは……（握った拳を眉間にぐりぐり押し付ける）」

庄司「福祉のお世話になるからって卑屈になることないんだよ。国民の生存権なんだから」

三上「肩身が狭くないだけ、ムショの方が気が楽です！」

庄司「（爆笑）そりゃないだろ……お、お、お、お」

目眩を起こして衝立に寄りかかり、へたり込む三上。騒然となる福祉事務所。

21 病院・頭部ＣＴ検査室

機械の中に入れられて行く三上。
医師の声「……上が２３０の下１３８。こんな血圧で、よくまあ自分で歩いてこられましたね」

22 同・診察室

連続撮影された頭部の輪切りの写真。

医師の声「急な環境変化もあるとはいえ……こういう数字だと、心筋梗塞や脳卒中のリスクも大いにありますから」

刺青の左胸に心電図測定の電極が貼り付けられる。

寝台に寝かされた三上、淡々と作業する看護師の顔色を気にしてしまう。

三上「……先生、自分の体は、もう社会では通用しませんか」

医師「（笑）そう悲観的になることもないですけどね。まずは安静にして、しっかりコントロールしていきましょう」

軽やかな笑顔を見せる女性医師。

23 同・病棟・四人部屋

夕食後。窓の外の、寂しい夕暮れの空を見つめている。同室の老人が咳き込んでいる。

三上「おとうさん大丈夫ね？　看護婦さん呼びましょうか」

声をかけるが、さっとカーテンを閉じられてしまう。

三上「……」

「三上さん？」と声がして、ふと振り向くと、ニット帽の津乃田がおずおずと立っている。

津乃田「ディレクターの、津乃田です……」

胸の前に、身分帳の写しのノートを持っている。

三上の顔がパッと明るくなる。

24 同・一階ロビー

日没後。ＩＣレコーダーが回っている。
三上「初犯は十六ん時で、奈良の少年院におった時ですね」
津乃田「ここに書いてあるこれですか」
薄暗い明かりの下でノートを覗き込む二人。
三上「そうそう、仲間と暴れて逃げてですね……」
三上の声「次が十九で、組長のボディガードをしよった頃です。京都の祇園でね、バッサリやられて44針縫いました。……ここ。ほら（病衣をはだけて左胸を見せる）」
津乃田の声「え、え、あ、あ、あ〜……」

25 商店街を走る軽ワゴン（四月）

運転する津乃田の隣の助手席で揺られている三上。

後部座席の庄司に促されて車を降りる。

角の雑貨店主が冷蔵庫や炊飯器を譲ってくれる。

26 三上のアパート

高いビルを背負う築四十年以上の１Ｋ木造アパート。日当たりはよい角部屋である。

津乃田の声「旭川では、出た後の事って、考えてました？」

三上の声「もうそればっかりですよ。そればっかりやけど……毎日判で押したような生活しよったら、だんだん霞のかかって行ってですね……」

軽ワゴンから、男三人で荷物を運び入れる。

敦子がやって来る。手に抱えていた重たいミシンケースを座卓の上に下ろす。

×　×　×　×

年季の入った電動ミシンに、三上の指で

上糸が流れるようにかけられていく。
津乃田がカメラを出し、夫妻に会釈して回しだす。
【V映像】一針一針縫われ、加速していくミシン。
三上の声「出来れば剣道の防具を縫う仕事がしたいと思ってます」
庄司の声「剣道の防具？　あの面とか胴とかかい？」
広いマチとポケットのある手提げ鞄が出来上がる。手に提げて、カメラにポーズを変えて見せる敦子。
三上の声「ムショの工場で、鹿皮の高級品を全部手刺しで作ってました。この広さがあったら、内職で出来ます」
庄司「内職で？」
三上「密室なら、人とトラブルを起こさんですみますから」
庄司「同級生に剣道の師範がいる。つてがあるか聞いてみよう」
三上「ほんとうですか！　自慢するようですけど、自分が刺した面を皇族の方が使われたらしかです」
庄司「大したもんだ」
盛り上がる二人の背後で津乃田に耳打ちする敦子。
敦子「そんな仕事……今時ある？」
津乃田「いやあ……（首を傾げて苦笑い）」

27　**三上の新生活・アパート／スーパー**

三上の新生活。朝起きて米をとぎ、ゴミ集積所の掃除をする老婆を手伝い、洗濯物を干し、湯気の立つご飯に卵を割って食べ、スーパーで買い物し、庭で日曜大工をし、ミシンをかけ、出来たカーテンを吊るしながら、気が遠くなる。

28　**病院・診察室**

またもや看護師に心電図計を貼られている三上。
データを見ながら明らかに苛ついている女性医師。
三上「あの……引っ越したばっかりでごそごそしよったらですね」
女性医師「安静にしましょうと申し上げましたよね。不摂生ばっかりしてると、また入院する羽目になりますよ」
三上「不摂生って先生、自分はただミシンをかけたり――」
女性医師「治療の方針に沿って頂かないと、こっちは責任持てませんから」
ぷい！　と電子カルテの方に背を向ける医師。

29　**三上のアパート・六畳間**

夜。消灯し、布団を頭からかぶっている三上。

階下の男達の笑い声が騒がしい。

たまらず顔を出し、枕元の薬を何錠もシートからむき出し始める三上。壁や床を叩く振動に、コップの中の水も揺れている。

30　**同・外階段**

扉から出てきて、鉄階段を駆け下りてくる三上。

階段下に転がった空き缶に足を取られ、乱雑に積まれたゴミの上に転倒する。手に残飯が粘りつく。

「うえーい」と囃し立てるように聞こえる男達の声。

31　**アパート・101号室**

男が五人。若い外国人も混じり、対戦ゲームで大盛り上がり。突然、扉が開く。

三上「静かにしてくれんね。何時て思うとると」

三上、持っていたゴミ袋を板の間にドサリと置く。

三上「これあんたたちのゴミでしょう。分別もせんで夜中にぶちまけて、ご近所迷惑でしょうが」

ゴリライモ「おいおいおいおい。いきなり入って来て何かと思ったら」

壁にもたれていた黒づくめの大男が、むっくり体を起こす。出で立ちからして堅気の気配でない。

ゴリライモ「あんた二階の人か。わりいけどコイツらも朝から汗水垂らして働いててな。ゴミくらい代わりに出しといてもらってもバチ当たんねえと思うよ」

外国人らはうろたえた様子で顔を見合わせている。

三上「それほど仕事が忙しいなら、はよ寝たらよかっちゃなかですか」

外国人の青年たちが立ち上がって頭を下げる。

サデウォ君「ゴミ、掃除シマス」

ダナン君「100パーシェント、ゴメンナシャイ」

ゴリライモ「(伸ばした足でダナン君の尻を蹴って)謝ってんじゃねーよバーカ。お前らの納めた税金食いつぶして昼間っから寝転がってる奴のたわごとじゃねえか。ここはいろんな事情の方に優しいアパートだもんなあ」

口の開いたゴミ袋を持ち上げて、中身を床にぶちまける三上。悲鳴。

三上「おい、今言うてくれたこと、表でもういっぺんゆっくり聞かしてくれんね」

ゴリライモ「……」

三上「お前たいそこのゴリライモ。お前だけでよか。ここじゃ他の皆さんに迷惑のかかる」

32 アパート脇の空き地

街灯の下で、向かい合う三上とゴリライモ。

アパートの窓際で、残った連中が見ている。

堂に入った口ぶりでたんかを切る三上。

三上「仁義は省略するが、『神戸の喧嘩のマー坊』三上正夫とは俺のことだ。訳あって旭川刑務所で関東の親分衆とも親しくさしてもろうたが、そっちはどこの御身内のもんね」

ゴリライモ「えぇ……(どん引き)」

三上「どこの組のもんかて聞きよっと」

ゴリライモ「(声をひそめ)ちょっとやめてくんねえか。こっちはやっとの思いで組抜けして仮釈取ったばっかなんだよ……」

三上「なーんばモゴモゴ抜かしよっとか。はっきり言え、はっきり!」

ゴリライモ「だからはっきり言うとかダメでしょ、組にも迷惑……」

三上「やけん、どこの組かて聞きよったい。俺が電話一本したら分かっとぞ」

ゴリライモ「……。(おもむろに大声を上げる)助けて下さーい! 暴力団の人から、脅されてます!」

三上「!!」

ゴリライモ「無力な市民を相手に、組織の名前をかたって、金銭を巻き上げようとしています!」

三上「何ば抜かすか! 俺は、とうに足は洗うとる!」

周囲に明かりが灯り始める。犬の吠え出す声。

動揺する三上。隙をついて一目散に逃げて行くゴリライモに、サンダルを脱いで投げる三上。

三上「誰がお前に、金せびるか!(悲鳴)」

塀を乗り越え、転げつつ逃げて行くゴリライモ。

ゴリライモ「今どき組もクソもねえよ、ブワーーカ!」

塀にしがみつき、電灯の下に取り残される。

33 三上のアパート・台所

翌朝。庄司がドア横の窓を叩いて顔を出す。

庄司「夕べは随分賑やかだったらしいね」
三上「誰から……」
庄司「三上くん、ここは静かな静かな東京だよ」
三上「……」

34 **隅田川沿いの道〜大きな橋**

マウンテンバイクを押しながら歩く庄司と三上。
庄司「残念だが、そのあんちゃんの方が一枚上手だったなあ」
三上「……」
庄司「ヤクザ屋の看板が物を言う時代は終わったんだよ三上くん。それとも君は自分のそういう過去をまだ勲章のように考えてるの」
三上「まさか！　相手もその筋のもんかて思うたもんで、挨拶代わりに……」
庄司「君はもうその筋ではない！」
三上「……」
庄司「――のだろ?」
三上「……はい」

×　×　×　×

橋のたもとまで来た二人。
三上「ところで先生、防具の内職の件は」
庄司「ボーグ?……ああ、『メーン！』の。それなんだがね、今は機械が良くなって、殆ど中国製だって言うじゃないか。食い扶持としては現実的じゃないねえ」
三上「しかし……」
庄司「時代が変わったんだな。それよりも、まずは健康回復が君の仕事だろ。ではこれから地裁に行くから、また」
バイクに跨り、橋へと漕ぎ出していく庄司。

35 **電話ボックス**

電話帳の開いたページには、都内の防具店の番号。

老店主の声「働きたいって言われてもねえ……職人さんが胴の胸を一枚作るのに一月かかるんです。それで一枚十五万円。これじゃ飯は食えないわけですよ……」

電話の上に積んだ十円玉が切れそうになって財布をさぐり、意を決して百円玉を足す。

老店主の声「ちなみにあなた、どちらで修行なさったの」

三上「昔、工場に出てまして……」

老店主の声「どこの工場」

三上「佐世保の方の……」

老店主の声「もしかして、刑務所?」

ガチャリ。思わずレバーを押して電話を切る三上。

外を見る三上。日没後も車は行き交い、人々は快活に歩き、まだ働く者も居る。ガラスを隔てた小さな世界に、閉じ込められた三上。

ふと、ガラスの外に、気配を感じる。

ママチャリを止めた井口が、硬い表情で会釈する。

警戒しつつ、会釈し返す三上。

36 **三上のアパート・内**

背後に神経を配りつつ、台所で茶を入れる三上。
井口「定期的な家庭訪問ですので、深い意味はありませんから」
部屋の中をさりげなく見回す井口。羊羹のように角を立ててたたまれた布団。
井口「几帳面に生活されてますね」
三上「整理整頓だけは、とことん仕込まれましたから。……先生、どうぞ！（茶菓子を勧める）」
井口「保護費で購入されたものに手を付けるわけにはいかないんです。お気持ちだけで」
三上「……」
井口「電話はいつもあそこまで?」
三上「はい」
井口「携帯は持たれないんですね」

三上「携帯を持ってもいいんですか。仕事を探すにも、公衆電話では不便で」
井口「もう仕事ができるんですか」
三上「……」
井口「せき立てるわけじゃないですよ。というより、収入を得ればその分保護費が差し引かれるのはご存知ですよね?」
三上「自分は何も、贅沢がしたくて焦りよるわけじゃなかですよ!」
井口「……」
三上「……すいません（頭を下げる）」
井口「いえこちらこそ（頭を下げる）。働きたいお気持ちに水を差すようなこと言って……私にできることがあればお力になりますので」
三上「……（凝視している）」
井口「?」
三上「（苦笑）先生と呼ばれる人に、頭を下げられるとは……」
井口「（笑）井口でいいんですよ。……保護費の使い道は、三上さんの自由です。携帯を持ったら、私にも番号を教えてください。大事なのは、誰かとつながりを持って、社会から孤立しないことです」
三上、しっかりと頷く。お茶だけ、とする井口。

37 河川公園

晴れた公園。iPhoneを手に持ち、木漏れ日を撮る三上。ビデオを構えて歩く津乃田にカメラを向け、ついて歩く。津乃田がレンズ越しに操作を教えてくれ、セルフィーに切り替わる。驚いてはにかむ三上。

38 街の風景（iPhone映像）

iPhoneで撮影された点描。建築現場で働く人々。カフェでPCを開いたビジネスマン。高速道路を走る車の列。トラックやワゴンを運転するドライバー。
交互に求人情報を読み上げる三上と津乃田の声。
津乃田の声「ガッツリ稼げる鳶工。建築現場の花形です。22万~55万」
三上の声「ウェブデザイナー。ECサイトのデザイン・コーディング……て、何かこりゃ……」
津乃田の声「幼稚園送迎運転士50代歓迎。月給15万円」
三上の声「軽貨物ドライバー。ブランクがあってもOK」
津乃田「やっぱり運転手じゃないすか。座ってられるし」
三上「密室やしねえ」
津乃田「免許はあるんですか」
三上「（片手でハンドル回す仕草で）昔は外車を転がしよったとよ。収監中に切れとるけん、講習受けに行かないかんね」

39 河川公園・階段

船の行き交う河川。就職情報誌を開いた三上の隣に座る津乃田は、カメラを向けつつノートを取る。
津乃田「これまでは、出てきてからの生活どうしてたんですか」
三上「ナカで親しくなる親分さんもいるからね。実際訪ねて転がり込んだりもしたよ」
津乃田「なぜそうするんです?」
三上「なぜって……手っ取り早いから。余計なことは訊かれないし、白い目でも見られない。体は張るけど、気が楽やもん」
津乃田「罪の意識は?」
三上「何て?」

40 テレビ局・『公開サーチ大追跡!』スタッフルーム

夜。PCの灯りだけの雑然とした部屋。
画面に再生された三上は、アパートの流しで頭を泡立てている。
津乃田の声「組織に関係するってことは違法行為もあるわけですよね」

三上「違法行為て?」
津乃田の声「まあ何だろ……クスリ売ったりとか、拳銃持ったりとか、人脅して、海に沈めるみたいな」
三上「(笑)映画の見過ぎやろ」
　ランニングから覗く筋彫りにズームするカメラ。
　ソファに津乃田と並んで座ったプロデューサーの吉澤が、モニターに見入っている。
津乃田の声「でもゼロではないですよね。悪いことしてるって感覚はないんですか」
三上「ないね。ようやった、頼りんなるって俺んごたぁ人間でも目をかけてくれるもん」
　詮をひねり、蛇口につないだホースで頭を洗い流す。
　滴り落ちる泡の合間から、三上の瞳が光る。
三上「あんたも、誰かが褒めてくれる場所におりたかろ?」
　光を受けた吉澤の頬に、笑みが広がる。
吉澤「……もー、最高じゃーん(津乃田の膝に手を置く)」
津乃田「……(唇が乾く)」

41　運転免許試験場・外観(五月)

　コースを走る試験車両。
女性警官「免許の復活ができるのは失効から三年以内です」

42　同・窓口

　カウンターの上。顔写真を貼り付けた「運転免許再交付申請書」を突き返される。
女性警官「一発試験を受けるなら適性検査後に仮免の学科試験、技能検定。その後に本免の――」
三上「ちょっと、ちょっと待って下さい。全くゼロからという事はないでしょう。自分はずっと無事故無違反――」
女性警官「ゼロからです。取り直し。期限が切れて十年以上経ってるんですよね」
三上「しかしそれは、そこにあるような事情だったからで」
　女性警官に渡していた『在所証明(入所期間や罪状の記されたもの)』を指し示す三上。
女性警官「(声を潜めて)刑務所の中でも更新の機会は与えられたはずですよ。失効前に告知があったでしょう」
三上「(声を潜めて)懲罰で独房に入れられっぱなしでそれどころじゃなかったんです」
女性警官「それはあなたの素行の問題だよね」
三上「そげん言い方があっか!」
女性警官「大きな声を出すんですか」
　睨みつける女性警官。一触即発。息を整える両者。
三上「……婦警さん、こっちは生活がかかってるんです。そっちも親身に取り合ってくれんですか」
女性警官「もちろんです」
三上「免許証が見つかれば扱いが違うんですか。妻のとこにはあるはずです。……あぁ(違う)」
女性警官「ご家族と別居中という――」
三上「いや家族やなか! もう離婚しとる……」
女性警官「……」
三上「ばってん免許証んごた大事なもん……(言葉に詰まる)」
　顔色の沈む三上。女性警官が語調を和らげる。
女性警官「……現物があっても失効に変わりはないんです。毎日乗ってる人でも一発合格って難しいんですよ。あのね、(書類取り出し)これ都内の教習所リストで……」
　耳をすり抜けていく言葉。ふと焦点が一点に合う。

混雑したフロア、別の窓口に立つ女の横顔が妻に見える。

43　東京地裁法廷（十三年前）

証人尋問。証言台に立つ久美子の横顔。

久美子「この人が体を張って止めたので私は生きてるんです。そうでなければ斬りつけられて死んでました」

検察官「しかしそうなる前に話し合ってなだめようとはしないんですか」

久美子「主人はなだめて帰そうとしたんです。私が聞かずに突っかかったから、その人は持ってた刀を抜いてしまいました。やめとかんね、ってこの人が取り上げたら、いきなり体ごと倒されて、喉元噛み付かれて……（検察官の方を向き）どんな話し合いがありますか」

裁判官「証人は前を向いて喋ってください」

なおも強い視線で検察官を見つめ続ける久美子。

津乃田の声「事件は十三年前に起きた。妻の久美子と経営していたスナックに、ホステスの引き抜きで揉めていた暴力団員が殴り込んだのである」

44　図書館・閲覧室

新聞のマイクロフィルムを探る津乃田。

【暴力団組員をめった刺し／亀有スナック店主逮捕】の見出し。警察車両に押し込められた三上の写真。鮮血とフラッシュを浴び、爛々と輝いた目。

津乃田の声「三上が自ら救急車を呼んだ時、相手にはまだ息があった。傷害致死罪により起訴されたが、事実関係を争う気はなく、さほど重い刑は下されないと思っていた」

45　東京地裁（十三年前）

被告人質問。証言台に立つ三上。

検察官「十一回。……あなたが刺した回数ですね？」

三上「そう聞いてます」

検察官「勢い余って、という回数でもないでしょう。死ぬんじゃないかと思わなかった？」

三上「だから何度も言うように、無我夢中でそん時は何も……」

検察官「もう一度聞きますけど、刃渡り七十センチの日本刀で十一箇所滅多刺しにしても人間は死なないんですかね」

三上「だからそれは死ぬかもしれませんよ」

検察官「……二人は籍を入れて夫婦になって、一月も経ってなかった。十年交際した奥さんと、そろそろ子供を作ろうと話したばっかりの夜だったというじゃありませんか」

三上「……」

検察官「あなたもまさか相手を殺したかったはずはないですよね」

三上「当然です」

検察官「だけど殺らなければ殺られると思った」

三上「そういうことです」

久美子「マーちゃん！　いかんて！」

裁判長「証人は静かにしてください」

しまった、という表情の三上。

検察官「裁判長、傷害の部位が胸から腹にかけて十一箇所に及んでいるのは、被害者を死なせても構わない、という未必の故意によるものです。よって正当防衛にはならず、殺人罪が成立すると思われます」

久美子「（検察官に重ねて）やめて！　マーちゃん！　あんたそげんこと思うとらんやろ！　嘘です、裁判長さん！……」

廷吏たちに、退廷させられていく久美子。

前を向いたまま、奥歯を噛みしめる三上の顔。

46　鉄橋

東京を背にして、大きな河川を渡っていく列車。

47　千葉寺駅・ロータリー

アイコスを吸うタクシー運転手に道を尋ねる三上。

48　団地

西日射しこむ一階の集合郵便受け。辺りを確認して中に手を突っ込み、手紙の束を取り出す三上。

「西尾信太朗様」と表書きされた郵便物に混じって、「信太朗様／久美子様」と連名のものが出てくる。

49　同・307号室前

鉄の扉に耳をつけ、様子を伺う。と、人の気配がして、体を起こす。赤いランドセルの小学生である。
「ごめんね〜」と顔を背けがちに道を譲ろうとするが、小学生は動かない。
小学生「うちです」
ハッとして顔を見る。
目元の涼しい、利発そうな女の子。
小学生「どちら様ですか」
三上「……お、おか、おか……おとうさんの友達ですよ！」
小学生「……」
三上「お母さんは？」
小学生「まだ仕事です」
三上「あーそーお。えーと……今、何年生？」
小学生「……三年ですけど」
三上「……（そっと指を折る）」
自分の子ではない。

50　近所のスーパー・店内

日没後。虚ろな表情で棚の日用品を手に取る三上。
×　×　×　×
レジで会計をする三上。
×　×　×　×
扉を出ようとした瞬間、「お客様」と腕を掴まれる。
掴んだ主をふり返る三上。
店長「お会計がお済みでないものがありますよね」

51　同・バックヤード

三上「おたくが見たんですか」
店長「別の者ですが」
三上「連れて来て下さいよ。何を見たのか直に聞きたいんで」
店長「お断りします。変に恨まれても困りますから」
三上「恨まれるとどうなるとです」
手を後ろ手に組む。右手の拳を、左手が握りしめる。
店長「……あなたのことは聞いてますよ」
三上「どげん意味かそりゃ」
店長「町内会長をやっている関係でね」
事務机に座ったまま、三白眼で睨んでくる店長。
見返したまま、右手を上着のポケットに入れる三上。
飛び道具か？　と強張る店長。
一つずつ物を卓上に出す三上。財布。携帯。薬。鍵。
三上「……あんたの店んもんが一つも出て来んやったら、どげんしてくれるね」
店長「……」
鞄をひっくり返す。書類や学科試験用のテキスト。
瞬く間に上衣を脱ぎ捨て、ベルトを緩める。
店長「もう結構です！」
立ち上がって、深々と頭を下げる店長。
店長「申し訳ございません。全てこちらの勘違いです」
三上「冗談じゃ――」
ふいに言葉を飲み込み、ずりずりと後ずさってくるりと壁の方を向き、ひと呼吸。
向き直り、無理に笑顔を作る。
三上「……わかってくれれば、いいんです！」
店長「ほんとに何とお詫びを申したらいいか」

三上「いいんです、失礼」
荷物をまとめ、逃げるように事務所を去る三上。

52　商店街

ふうふう言いながら商店街を帰る。
誰かに呼び止められ、振り返る（反射的に逃げようとするが）。追いかけて来た店長である。事務所に置き忘れた買い物袋と、スーパーの品物を持って。
恐縮する三上。家まで運びます、と店長。
歩き出す。

三上「やっぱり警察から何か知らせがあるんですか」
店長「お客さんの顔を見れば只者じゃないことはわかりますよ。私も若い頃半端にグレたりしてまして」
三上「半端ぐらいがいいですよ」
店長「散々叱られた親父にお客さんの言葉がそっくりで、ついカーッときちゃって」
三上「親父さんどちらです」
店長「福岡の朝倉って田舎町ですよ」
三上「なんや隣町ったい。俺は筑紫野よ」
二人「えー、あーそう！」

53　三上のアパート・階段～玄関

三上について、階段を上がる店長。
三上「でも、ほんとに生まれたとこは知らんと。育った施設の場所やけん」
店長「親御さんは今……」
三上「（首を振って）いやあ、母親の名前もよう覚えとらんと。戸籍も後から人に適当に作られたとよ」
店長「……そりゃあ苦労したでしょう」
優しい口ぶりに、鍵を開けつつ唇を噛み締める。

×　×　×　×

たたきに荷物を置き、腰を下ろす店長。
冷蔵庫に、品物を収める三上。
店長「立ち入ったことだけど、運転免許を取るんですか」
三上「……」
店長「さっき教科書が……」
三上「ああ、中に入っとる間に失効してねえ」
店長「免許があれば、知り合いに運送屋もいるから、口を利くこともできるけど」
三上「本当ですか！　昔はホステスの送迎もやっとりました。体は覚えとるけん、すぐにパスしてみせますよ」
店長「おお、頑張ってよ。応援してますよ」
三上「ありがとう。そっちも客とトラブルん時はいつでん呼んでよ。警察は民事不介入やけん」
店長「用心棒（笑）？」
三上「手癖の悪か奴は、俺に任しとかんね」
店長の腕をとって、ねじり上げる真似をする三上。

54　同・四畳半間

深夜。座卓にテキストを広げて、勉強している三上。
三上「『チャイルドシートの使用は義務付けられているが、応急救護のために病院搬送される時は免除される』。……バツ！……あ、マルか」

55　免許試験場・電光掲示板前

電光掲示板に自分の番号を見つけ、若者たちに混じって「いよおおし！」と声をあげる三上。

56　同・コース（六月）

試験官の後を手足を高く上げて行進していく三上。後ろをずりずり歩くペアの男性とのコントラスト。

×　×　×　×

三上「受験番号8番！　ミカミ、マサオ!!　出発します!!」
刑務所の工場仕込みの大声。エンジンをかけるなりアクセルを踏み込み、ブォォォン、と唸りを上げる。

試験官「ちょちょちょ、シートベルト、シートベルト！」

三上「あ、はい」

慌ててベルトをし、唸りを上げながら発進。

ウィンカーとワイパーを間違え、洗浄液が噴き出す。

×　×　×

坂道発進でエンスト。小刻みなノッキング。

×　×　×

前方からの対向車を見るとギアチェンジしてスピードアップし、クラクションを鳴らしながら手前を無理やり右折していく。急ブレーキを踏む対向車。遠心力で揺さぶられる試験官と後部座席の男性。
試験官「もう、やめ！　そこまで!!」

57　商店街

とぼとぼと商店街を歩く三上。

ふと足を止めて戻り、潰れた店の壁の前で立ち止まる。胸の谷間もふくよかな女性の写真のポスター。

「男性急募／稼げる／セレブ女性の日常のヘルプ／ロワイヤル白金」

58　三上のアパート・階段

夜。階段を上るヒールを履いた白いふくらはぎ。裾の擦り切れたデニムの脚がそれに続く。

59　同・外廊下

男の手がノックしかけると、中から声が聞こえる。

三上の声「……つまりセックスするってことですか?」

手が止まる。顔を見合わせる津乃田と吉澤。

三上の声「それで一回いくらになるんですか」

二人、扉に耳をつける。しゃがみ込み、そっと郵便受けを開く吉澤。室内の灯りが瞳に差し込む。

同じ隙間から津乃田も覗き込む。

三上の声「入会金は?」

×　×　×

隙間から見える座卓の三上。携帯のスピーカーから甲高い女の声、せっせとメモを取っている。

白金の女「Aコースが二十万円、Bコースが十万円。お振込を確認でき次第、即時ハイクラスでグラマラスな女性をご紹介します。では口座番号を申し上げますね――」

おもむろに気配を感じ、こちらを見つめる三上。

津乃田「やべ」

立ち上がる三上。ドスドスとこちらに向かって来る。小さな悲鳴と共に覗き穴が閉じられる。

60　ホルモン焼屋

煙が立ち込め、古い歌謡曲の流れる店内。
「ハイクラスな女性の……?」「エスコート!」。ビールを吹き出す津乃田の隣で、ばつ悪げに肉を頬張る三上。対面で、微笑みながら甲斐甲斐しく肉を焼く吉澤。
津乃田「三上さんも女性にはやっぱり弱いんですねえ」
三上「女じゃない。金に弱くなっとると。教習所に通いたいけど、お金がない」
津乃田「裏街道でしのぎを削った喧嘩のマー坊も社会に出された途端、赤ちゃん並みに無力ってことですね。まともに生きたくても、きっかけも掴めない」
三上「自業自得て言いたいわけや?」
津乃田「(笑) まあ、そうとも言えますよね」
吉澤「でもね津乃田くん、これって社会全体の話なのよ」
肉を焼く手を止める吉澤。
吉澤「元犯罪者が社会からあぶれた末に何を

するかといえば、また一般人に被害を出すことだから」
三上、周囲を気にする。
吉澤「だけどきっかけがなければ、誰も自分事だとは思えない。（三上に向き）三上さんが壁にぶつかったり、トラップにかかりながらも更生していく姿を番組にしたら、視聴者には新鮮な発見や感動があると思うんです」
三上「（津乃田に）視聴者の新鮮な発見のためになんで俺がトラップにかからんといかんとや」
津乃田「（小声で）それは言葉の綾ですよ。企画が通って予算がついたら、教習所だって自腹切らずに通えるかもよ」
三上「おいちょっと待て。お袋を探してくれる番組じゃなかったとね?」
吉澤「社会のレールから外れた人が今ほど生きづらい世の中ってないと思うんです。一度間違ったら死ねと言わんばかりの不寛容がはびこって。だけどレールの上を歩いてる私たちも、ちっとも幸福なんて感じてないから、はみ出た人を許せない」
まっすぐな視線を向けてくる吉澤。逃れる三上。
吉澤「本当は思うことは三上さんと一緒なんです。だけど排除されるのが怖いから、大きな声は出さないんです」
三上「確かに、何をしようが追い出されんのはムショだけかもね」
吉澤「……それに、頑張っておられる姿が全国放送できれば、どこかでお母様も見てくださるかもしれません」
三上の目の色が変化する。

61 駅の踏切近くの路上

気持ちよく酔っ払っている三人。
吉澤「私はあ！　三上さんみたいな人に社会の頬っ面を引っ叩いてもらいたいんです！」
三上「こん人はなかなか骨のある人やねえ津乃田くん」
津乃田「だめだめぇ、口が巧いんだから局の人なんてぇぇぇ！」
男の声「——大丈夫って何が大丈夫なんだよ」
すれ違いざまに男の声。ピクリと反応する三上。
津乃田「もう一軒行きましょう、いいスナックがあるんですよ！」
三上「……（全く別の方向に気を取られている）」
腕のタトゥー露わな若い二人組が、電気店の包装紙の箱を抱えた中年男を両側から引っ張っている。
若者・山口の声「壊れたんだろ?　弁償するよ?　何入ってんのこれ」
津乃田「（聞こえず）ボトルが入ってるんですよ〜、行こ〜よ〜」
おもむろに歩き出す三上。

×　×　×

中年男「子供のプレゼントだから気になっただけだよ」
若者・中田「やべえ、泣いちゃうじゃん子供。だからちょっと向こう行って中見てみようぜ」
中年男「急いでるんだ」
中田「ふざけんじゃねえよ。オメーのせいでこっちは電車逃してんだろ。……つか何だよさっきからおっさんよお！」
気づけばぴったりと若者の真横についている三上。
三上「いい加減にしとけ。ご通行のみなさんに迷惑だろう」
山口「つっかかんないでよ。こっちの話だから」
三上「——お父さん、話は終わったそうです（中年男に）」
中田「おい何なんだよこの野郎」
肩を突いた中田の手を、逆に握り返して額がつくほど引き寄せる。
三上「……静かなところに行こう。往来の邪魔だから」

中田「おー喜んで」

× × × ×

津乃田「わ、わ、わ……」

吉澤「ちょっと、回して、回して！」

促され、鞄からカメラを出して撮影し始める津乃田。

画面。暗がりを歩いて行く男達がズームされる。

62 建材置き場

二人に前後を挟まれて歩く三上。

山口「おじさん、組関係の方すかー？」

三上、答えるふりをして体を捩り、サンダルを脱ぐなり山口の鳩尾に拳を打ち込む。華麗なパンチ！

中田「汚えだろてめえ！」

三上、中田の顎めがけて頭突きを試みるが、決まらず両手で頭を押さえられる。

二人で地面に倒れ、三上が脇腹に噛み付くと悲鳴を上げて手を放す。

× × ×

思わず液晶から顔を上げ、息を飲む津乃田。

× × × ×

山口がタックルしてきて、中田から離れる三上。片足を掴まれた状態で目の前の脚立を引き掴むと、容赦なく降り下ろす。

ゴチンと手応え。まともに食らい、地面でもんどりうつ山口。

× × × ×

津乃田、血の気が引いている。やばい、まずい——

吉澤「ちょっと！」

下がっていたカメラを吉澤に横から支えられる。夢中で液晶を覗き込む吉澤の横顔を見つめる津乃田。撮るべきか、三上を止めるべきか——

× × × ×

山口の首元を踏みつけ、頭を狙って脚立を持ち直す三上。そこに中田が突進してきたので、とっさに脚立を放り投げて倒す。転がって、もんどり打つ中田。

三上、爛々とした目で「見た？」とばかりに振り返るが、二人の姿は見当たらない。

三上「津乃田くん、津乃田ーッ！」

若者らが起き上がる前に、一目散に裸足で走り出す。

63 道

何か大きな声を上げながら走る吉澤。その前方、カメラを持って、必死で逃げる津乃田。

64 川べりの歩道

段差で躓き、吉澤に追いつかれる津乃田。もみ合い、カメラを奪い合い、無理やりカメラをふんだくった吉澤。勢いで、地べたにすっ転ぶ。

津乃田「あっ……（大丈夫ですか）」

動揺する津乃田。

吉澤「……お前……終わってんなあ」

尻餅をついたまま、呪詛のようにうめく吉澤。

吉澤「カメラ持って逃げて、どうすんのよ」

痛そうに立ち上がる。津乃田が手を貸そうとするが、寄せ付けもしない。

吉澤「撮らないんなら、割って入ってあいつ止めなさいよ。止めないんなら、撮って人に伝えなさいよ。上品ぶって。あんたみたいなのがいっちばん何にも救わないのよ」

津乃田、言い返さず、ただ肩で息をしている。

カメラを津乃田の体に思い切り投げつける吉澤。受け取り損ね、地面に転がり落ちるカメラ。

65 三上のアパート・和室

三上「アーチョーーーッ！」

回る扇風機に向かって、ホルモン焼き屋

でかかっていた歌をあてずっぽうに口ずさむ三上。爽快。

三上「♪モンキーマージック！　モンキーマージック！　モンキーマージック！　モンキーマージック！」

66　津乃田のハイツ・書斎

壊れたカメラ。薄暗い部屋のモニターの映像。

相手の腹の肉を食いちぎらんばかりの三上の赤い歯茎。まるで獣の形相。じっと見入った津乃田。

67　スーパー・売り場

やってきた三上に、棚に商品を補充しながらにこやかに話しかける店長。

店長「その後どうです、免許の試験はどうだった？」

三上「やっぱり一発は難しかよ。でも……」

店長「おお、でも？」

三上「……俺、テレビに出ることになった」

照れ臭そうに打ち明ける三上。笑みがこぼれている。

店長「テレビ？」

三上「なんか俺みたいなんが社会に出て立ち直っていく姿が、視聴者には新鮮らしか。あ、まだ内緒よ！」

店長の手が止まり、顔から笑みが引いていく。

68　同・バックヤード

事務所の椅子に座って話す二人。

店長「……言い方は悪いけど、食い物にされるとしか僕には思えない」

三上「食い物？」

店長「テレビ番組一つで社会が良くなりゃ苦労しないよ。その何とかくんが――」

三上「津乃田くんたい」

店長「津乃田くんが三上さんの将来を本気で考えてくれてるかは疑問だね。一体どんなものを作った人？」

三上「世の中に名が通っとりさえすりゃ偉いと？　彫り物も刺し傷も、目をそらさんで付き合うてくれる奴がシャバにどんだけおるね」

店長「そんなことはないよ。身元引受人の先生だっておられるじゃない。国から保護も下りてるんだから、焦ることないじゃないの」

三上「人の施しで生きとる人間の気持ちがわかるとね？『生活保護があるやろ』て軽く言うてくれるけど、俺もなんとかせにゃいかんて努力しとると」

店長「それがわかってるから、こうして話をしてんでしょ。ケースワーカーは何て言ってんの？」

三上「食費を削って受験料に当てよっとぞ文句言われる筋合いはなか」

店長「俺が言ってんのは、資格取るためなら何かの補助もあるんじゃないかってこと。健康さえ取り戻せば三上さんは正業に就くんだから」

三上「正業に就くやら言うた覚えはなかよ、いっぺんも。俺は今、ちょっと猫を被っとうだけったい。今にでかいことして世間ば騒がせてやろうか」

店長「おいおいおい、本気で言ってんのかよ」

三上「ヤクザの鉄砲玉でも、先払いで金くれたら今すぐやるばい」

店長「先払いって、いくら出せば人を殺すんだよ」

三上「五千万、いんや、三千万でよか」

店長「今時暴力団が人殺しにそんな金出すか？　夢みたいなこと考えないで、地道に生きるんだよ」

三上「調子んよかこと言うな！　あんたは立派な店ば持って、老後の心配もなかろうが。（何か言う店長を遮って）金持ち連中ば枕高うして眠らせるために大人しゅう生きとうほど、俺たちはお人好しやなかぞ」

店長「……今日の三上さんは、虫の居所が悪いんだね」
かぶりを振って立ち上がる店長。顔が青ざめている。
店長「また改めて、ゆっくり話そう」
三上「もうよか、偽善者と付き合う気はなか」
荒々しく店を出て行く。

69　免許試験場・コース（七月）
クランクでごっとん、と脱輪。エンスト。
試験官の声「はい、そこまで」
頭をハンドルに叩きつける三上。動揺する試験官と同乗者。

70　三上のアパート・和室
【生活保護のしおり】の冊子を読み直す。
三上「生業扶助とは、仕事につくために必要な費用、技能習得のための費用、高校の授業料などを、原則として金銭をもって支給されます」

71　庄司のマンション・エントランス
インターフォン越しに、大声で話しかける三上。
三上「……と書いてあるんですが、先生これは本当ですか？」
庄司の声「（ギャアア～！　という奇声が聞こえつつ）そう先走るもんじゃないよ。今無理して免許試験を受けて、良い結果が出るはずないじゃないか」
三上「ですから、生活保護法の技能習得費がですね……」
庄司の声「（ジイジ、ジイジ～！　と絶叫）イテテテテ、私に聞かれても困る。そのためにケースワーカーがついてるんだ、餅は餅屋と……痛いってば――悪いけどね、今日は孫の誕生日で滅茶苦茶なんだよ。またにして！」
ブツ、とインターホンが切れる。
あ、と声を上げ、愕然とする三上。
他の住民が、インターホンの周りで待っている。

72　福祉事務所
カウンター越しに井口と対面している三上。電話のベルや赤ん坊の泣き声が飛び交っている。
難しい顔をして、頭を抱えている井口。
井口「三十万以上かかる教習費用をポンポン用立ててたら問題になります。もっと安くとれる資格もあるだろと上から跳ね返されるわけですよ」
三上「先生は力になるというてくれたじゃなかですか」
井口「私に出来ることは、と申し上げました。就職を急がれるならハローワークにも繋ぎますし……」
別の職員「井口さん、1番外線！」
井口「折り返します！」
三上「あのですね……（【生活保護のしおり】をめくって見せ）『福祉事務所の決定に不服がある時は、東京都知事に対して審査請求をすることができます』と書いてあります」
井口「……三上さん、落ち着いて聞いてください」
井口の声が怒気を含む。
井口「今日のお話を、私はまだ上司にも相談できてません。そんなとこから不服を云々されるんでは、担当の私の立場がないじゃないですか」
三上「いや、そげん意味では……」
別の職員「井口さーん」
井口「出ます！……あまり自分勝手に先走らないでください」
立て込んだ様子のデスクへ戻ってしまう井口。

73　図書館・書庫
携帯を首に挟みつつ、本の山を抱えて歩

く津乃田。
津乃田「前借りとかは無理ですね。企画通ってませんから」
閲覧机に本を下ろすと、口元を覆って出ていく。
津乃田「というか番組の話は一回忘れてもらっていいですか」
残された本の表題。『暴力の解剖学』『ネグレクトと子どもの脳』など。

74 三上のアパート・台所

薄暗い台所。ヤカンで湯を沸かしている。
三上「話が違うじゃないか。散々人を焚きつけといて」
津乃田の声「でも三上さんをテレビに出すってのはやっぱり無謀だと思って。お母さん探しの方も、残念ですけど」
三上「……なんや。あんた、あの姉ちゃんに振られたとか」

75 図書館・屋上喫煙所（以下、シーンバック）

タバコに火をつける津乃田。
津乃田「振られるしかないですよねえ。下手すりゃ殺人事件のスクープ映像掴ませるとこだったんだから」
三上の声「殺人事件?」

76 三上のアパート・台所（津乃田とのシーンバック）

津乃田「焼肉屋の帰りの二人のことですよ。打ち所が悪くなけりゃいいですけど」
三上「また大袈裟な……」
津乃田「大袈裟? 前の時だって、そんな大袈裟なことになると思ってなかったんでしょう?」
カップ麺に湯を注ぐ三上の手が止まる。
津乃田「結局三上さん、懲りてないんじゃないんですか」
三上「なんが」
津乃田「人を痛めつけたり、腕力でねじ伏せる事にですよ」
三上「そんなことはない。ムショはもうこりごり」
津乃田「そうですか? 見たことないくらい、生き生きしてたけど」
三上「……」
津乃田「なんで戦ってぶちのめすしか策がないと思うんですか。逃げるのも立派な解決手段ですよ」
三上「損得勘定でしか生きとらん人間の言うこったい、そりゃ。善良な市民がリンチにおうとっても見過ごすのがご立派な人生ですか」
津乃田「どうとでも言ってください。そこが変わらない限り、あなたは社会じゃ生きていけない」
三上「お前らみたいな卑怯な連中に混じるくらいなら死んで結構ったい。都合のいい時だけうまいこと言いやがって、この腐れ外道が！　くらすぞ、きさん！」
津乃田「（三上の台詞の途中から）ねえ、ねえ、聞きたいのはね、……どうして自分がそんな風になったと思います?」
三上「あ?」
津乃田「それってやっぱり生い立ちに関係があるんでしょうか」

77 図書館・屋上喫煙所

津乃田の視線の先。庭木の下で、幼児が一人、取り残されたように佇んで、泣きじゃくっている。
津乃田「怒りや暴力を抑えられない人の多くは、子供の頃にひどい虐待を受けて、脳が傷ついてるそうですね」

78 三上のアパート

津乃田の声「あなたはお母さんが自分を迎えに来たとか、捨てたんじゃないとか、ずっと庇ってるけど、本当にそう思ってますか。あなたの母親はどう考えても――」

ブツリ、と電話を切ってしまう。静まる部屋。

呼吸を整えて、流し台の上のカップ麺の蓋を開け、立ったまま音もなく麺をすすり始める。

一口すすって、おもむろにカップごと手で叩き飛ばす。血圧が上がり、頭痛がしてくる。

79 図書館・屋上喫煙所

切られた電話を見つめている津乃田。

トイレから出て来たらしい明るい母親の声。ケロリと泣き止んで、手を繋いで帰っていく母子。

失言だったか——煙草をもみ消し、その場を発つ。

80 三上のアパート

棚まで這うようにして進み、処方薬の袋を手にとる。

湯や麺の切れ端が、壁や棚にまで付着している。

ふと目に止まる、棚の中の筆立て。

薬の袋を置き、中から一本のボールペンを抜き取って、解体し始める。

芯の筒の中に、こより状の紙切れ。指先で広げると、極小の文字で「０９３」からの番号が書かれている。

三上「……」

座卓の上の携帯をたぐり寄せる三上。暗転。

81 夜の東京湾上空

黒味に電話のコール音
（Ｆ・Ｉ）きらびやかな街の風景。ぶっきらぼうに男が電話に出る。
三上の声「下稲葉明雅さんのお宅でしょうか」
下稲葉の声「あんた、どちらさんね」
三上の声「三上正夫と申します」
下稲葉の声「まさか、喧嘩のマーちゃんかね」
三上の声「アキちゃん」
下稲葉の声「おお俺や、あんたん兄弟分っちゃ！」
三上・下稲葉の声「おおー！」
下稲葉の声「……おめでとう、ご苦労さん！　長いこと大変やったろ。どっから電話しちょると？　すぐ迎えよこすけえ」
三上の声「今東京ばい」
下稲葉の声「じゃったら、新幹線でも飛行機でも乗れ。すぐ来い、今すぐ発て。後んことはなーんも心配せんでいいけん」
東京の街が、どんどん遠ざかっていく。

82 三上のアパート・玄関前廊下

携帯を耳に当てながら、歩いて来る津乃田。ドアをノックし、ノブをひねるが、施錠されている。
電話のアナウンス「おかけになった電話番号は、電波の届かない所にいるか、電源が入っていないため、かかりません」

83 空港

きらめく滑走路に滑り降りる旅客機。

84 アルファード・車内

豪華なしつらえの広い車内に、座っている三上。
高橋「三上の叔父貴、腹の減り具合はどげんですか？」
運転席の若い衆から声がかかる。
三上「ああ……飛行機の中で弁当を食うたよ」
高橋「それじゃ親父はまだ出先ですけ、一風呂浴びちょってもらいます」
低い声で慇懃に受け答え、アクセルを踏み込む高橋。
三上「……」
言葉を飲み込み、窓外を見る。

85 **海の上にかかる長い橋**

滑るように走る車。（＃86欠番）

87 **ソープランド『深海魚』・客室内・浴室**

浴槽の水面から、ぶはっ、と顔を出す三上。

向かい合って浸かったリリーさん。

浴槽の縁に腰かけてぐったりする三上の膝に手を置き、

リリーさん「大丈夫?」

三上「血圧が高くて、長湯は禁物」

リリーさん「激しい運動も?」

三上「(頭を横に振る)……情けないけど」

リリーさん「リリーさんに任せなさい。看護師さんのつもりで、安全第一に満足させてあげる」

ざっぷりと湯から上がって三上に肩を並べる。

88 **同・ベッド**

手や口を使って懸命に頑張るリリーさんの息遣い。

仰向けで天井を見ている三上、音もなく息をつき、

三上「……疲れたろ。もういいよ」

リリーさん「まだ時間あるから……」

再トライしようとするその顔を三上が両手で包んで起こし、かすかに首を横に振って見せると、

三上の胸の上に乗るリリーさん。

リリーさん「お話ししましょうか」

三上の手を握り、隣に仰向けになる。

リリーさん「お客さん、どこから来たの?」

三上「東京だけど……まあ、あっちこっち旅して来た」

リリーさん「あたしは宮城。行ったことある?」

三上「うん。冬は寒くて、たまらんかった」

リリーさん「そうよねえ」

三上「地震のあったろ。この仕事はもうしてたの?」

リリーさん「その後よ。吉原から始めて、まる七年です」

三上「それにしては、綺麗か体ばしとるよ。子供は産んどらんとやろ」

リリーさん「あ、嬉しいような、嬉しくないような」

三上「産んどった」

リリーさん「男の子。あと半年したら、会いに行くんだ。今度こそ、一緒に暮らすの」

三上「……お母さんやね」

こくりと頷くリリーさん。

リリーさん「明るくして、お医者さんごっこする?」

三上「いやいや、せんせん、よかよか」

リリーさん「可愛いひと」

キスをする。一度、二度、もっと長く。

リリーさん「あ、ちょっと（大きくなってる）……」

三上「（首を振って）ありがとう。十分満足した」

リリーさん、笑顔でもう一度キス。暗転。

89 **下稲葉邸・和室**

（F・I）高校野球の地方大会のラジオ音。

布団の上で目覚める三上。派手なTシャツと短パン。

縁側は開け放され穏やかな周防灘の波の音も。

庭の隅、脚立に乗って庭木を剪定する老人が見える。

90 **同・客間**

下稲葉「いやーあ、こげん心強かことはないちゃー。電話が来た時は、飛び上がって喜んだけんねえ!」

小指のない手で握ったビール瓶を、三上のグラスに傾けるラフな格好の下稲葉。

三上「もうよかよか。よかて。姐さんも……こっちは半病人やけん」

エプロン姿の妻のマス子がにこにこしながら広い座卓に隙間なく海鮮料理を並べる。

下稲葉、酒器から自分のグラスになみなみと注ぐ。

下稲葉「半年も前に満期しとって、なしこれまで連絡せんかったんか。水くさかよマーちゃんは」

三上「いやあ、こうして歓迎してもろうて……言葉にならんばい。親兄弟もわからん身分やけん」

下稲葉「いやいや、兄弟がここにおるやろ」

三上「……うん」

下稲葉「よーし、これからソープへくり込むぞ。元を正せば、わしらは祇園でマラ兄弟じゃ。おい、高橋はどこ行っちょんか？　高橋どこ行っちょんかきさん！」

駆けつけた高橋が「お呼びですか」と縁に膝をつく。

三上「ダメ、ダメ。昨日ご馳走になったばっかしやけん」

夫婦で顔を見合わせて高笑いする。

三上が表を見ると、『(有) シモイナバ建工』と名入りの小型トラックがある。

三上「……兄さん、あれ、あんた運転できると？」

高橋「できますが」

三上「……アキちゃん、ちょっと相談やけど、後でちょっとあのトラック……」

突然けたたましい着信音が鳴り響く。

すぐさま下稲葉が携帯を耳に当てる。

下稲葉「……なしか！　よしゃ、すぐ行く。お前ら手ば出すなよ」

三上、異変に気付き、顔色が変わる。

下稲葉「マーちゃん、悪いがちぃーと野暮用や。これに何でも言いつけて、待っちょってくれんね」

三上「(腰を上げ) 何や、手ぇ貸せることあるや」

下稲葉「なーん、あんたゆっくり休んどったらよか！」

高橋に支えられて立ち上がった下稲葉、短パンの下の左脚の膝から下が無い。

廊下からは、別の組員の押す車椅子に乗る下稲葉。

三上「……」

唖然として、ただ見送る三上。

×　×　×

アルファードとトラックは唸りを上げて出て行く。

縁側に立ち、黙ってそれを見送る三上。

三上「姐さん、あげん体で、アキちゃんはどこ行ったとですか」

マス子「身が軽うなったでしょう？　糖尿で脚もスパーッと切り落としましたけん（くぴくぴと酒器をラッパ飲み）」

三上「……」

マス子「(笑) これも体によかちゅう温泉水ですもんね（盃に注ぎ三上に差し出す）。昔の兄弟分の前で見栄を張りたかったっちゃねえ……セイさん、今日はもうよかよー」

腰を下ろし、盃に口をつける三上。水である。

庭石でタバコをくゆらしていた老人が、会釈する。ランニングの下の痩せた体には刺青が入っている。

マス子「……ほんとはね、若い衆が一人、事務所の金を持ち逃げしてしもうたの。組のもんが連れ戻しに行ったら、逆に警察を呼ばれてしまいまして」

三上「ああ……」

マス子「気持ちもわからんではなかですよ。今はヤクザで食うてはいけませんもん。銀行口座は作れん、子供を幼稚園にも入れられん。すっかり人間もおらんようになりました。――ご苦労様。パチンコせんと、まっすぐ帰りよ」

「へぇ」と不自由な足を引きずって帰っていく老人。

三上「本心は、誰でんこの稼業から足ば洗いたかっちゃなかとですかねぇ。ばってんカタギに馴染むとは難しか。肩身の狭うして、ついつい元の極道に戻ってしまうとですかね……」
三上「……」
マス子「三上さんも、戻ってくるの？」
三上「……」
マス子「そういえば、お薬が切れそうやち聞いたけど、大丈夫ですか？」
三上「ああ、気のせいか、ちょっと体のだるかごた……」
マス子「元気の出るクスリを入れますか？」
　三上に顔を寄せ、耳元で囁くマス子。
三上「……」
　ずいっと身を引く三上。
マス子「……おほほ。冗談ですよ。うちはもう、シャブはあつこうておりませんけん！」
　高笑いして、立ち上がるマス子。
三上「いやあ、自分も、今じゃ血圧降下剤が一番のご馳走ですばい！」
　から笑いを返す三上。

91　防波堤

　静かな防波堤に腰掛けて、釣りをする三上。
　日傘を差して散歩する母子が通りかかる。
坊や「釣れますか」
三上「釣れん」
　電話が鳴る。しばらく迷って、取る。
津乃田の声「三上さん、どこですか？」
三上「……あんたに関係なか」
津乃田の声「まさかお仲間のとこ？　やばいですよ。弁護士先生知ってるんですか、それ」
三上「せからしか！　お前がチンコロせんやったら済むことやろうもん」
津乃田の声「訛りが強くなってる。九州ですね？」
　三上、携帯を耳から離して、ボタンを押そうとする。
津乃田の声「切らないで！　お母さんのことですよ」
三上「……」
津乃田の声「三上さんのいた施設と連絡が取れたんですよ。古い名簿を探してくれると言ってるんです」
　黙って再び携帯に耳を当てている三上。
　海鳥の声。

92　下稲葉邸前の道

　薄暮。三上、釣竿を持って歩いていると、邸宅前にランプをつけた数台の警察車輌が見える。
　反射的に駆け寄って行く。と、脇から出て来た人影に、タックルされる。マス子である。
マス子「ダメよ、行ったらいけません」
三上「どげんしたと！　アキちゃんは」
　家の方から、組員たちの怒声が聞こえる。
マス子「帰ってくるなり、この通りです」
　さらに大きな怒声。思わず駆け出そうとする三上。懸命に止めるマス子。
マス子「いかんちゅうて！　三上さん、うちらはもう、なるようにしかなりません！」
三上「……」
マス子「やけどあんたは、これが最後のチャンスでしょうが」
三上「……」
　三上が体の力を抜く。その手を握るマス子。
マス子「娑婆は我慢の連続ですよ。我慢のわりにたいして面白うもなか。そやけど、空が広いち言いますよ。三上さん、フイにしたらいかんよ」
　門から人が出てくる気配。旅行鞄を持たせ、エプロンのポケットから出した祝儀袋を握らせて両手で包み込むマス子。これで、お願い、と促され、後ろ髪を引かれつつ来た道を戻り、暗闇に消える三上。

93　福岡市内・那珂川にかかる橋

　翌日。人混みの中を歩いてくる津乃田。

周りを見渡し、ふと目が止まる。声を上げかけるが、ためらう。

であい橋の上。ジリジリ進む津乃田。気配を感じて振り向く三上。びくりと止まる津乃田。視線を合わせ、距離を保ったまま、同じ方向に歩き出す。

94 **西鉄バス**

上り坂を登るバス。並んで座った三上と津乃田。
三上「カメラは」
津乃田「カメラは……もう無いです」
事の顛末を語って聞かせる津乃田。外の光を受けて、二人、笑顔を浮かべる。

95 **小さな川にかかった橋**

蝉時雨。橋を渡る三上についていく津乃田。
三上「お袋が帰る時はいつもここまで見送った。白か割烹着が見えんようになるまでこうして（手を振る）」

96 **児童養護施設・あかつき学園・グラウンド**

緑に囲まれた敷地。蝉時雨。
柵の向こうを、十歳～十四歳くらいの子供たちが数人でサッカーをしているのを眺めている二人。
津乃田「もしお母さんが見つかったら、何話しますか？」
三上「……そやねえ。お産の時の話ば聞いてみたかね。自分をどげんして産んでくれたか。あんた聞いたことあるとね？」
津乃田「どうだっけなあ。ある気もするけど……」
三上「なしてちゃんと聞かんとや。母ちゃんしか、覚えとらんことばい」

97 **同・廊下**

子供達の描いた絵やトロフィーが、ポッポツと並べられた薄暗い廊下。壁には、激しい落書きも。

事務の女性に誘導されて歩く二人。

「どうぞ」と一室の扉を開けられ、会釈して、直るなり、身を固くしてしまう三上。

部屋のテーブルには、高齢の女性がポツンと座らされている。地味だが、清潔な出で立ち。向かいの園長との話をやめ、こちらを見上げる。

三上、息を飲んで、女性に見入っている。

どうなのか、と三上を伺う津乃田。

98 **同・会議室**

簡素で古い一室。女性と対座した三上、すっかり肩を落としている。園長の言葉が通り抜けて行く。
園長「当時の名簿は県庁が保管しとったんですが、十年前に焼却処分になったと言われてしもうて……運営されよったお寺さんらも皆亡くなられて、確かめようのなくてですね」
三上「……」
園長「その代わりじゃないですが、こちらの田村さんが、その頃施設の手伝いをしよられたとご紹介頂いたとです」
遠慮がちに、会釈する田村さん。
津乃田「わかりますか、三上さん」
三上「いいえ……すみません」
園長「田村さんは」
田村「……ごめんなさいね。私、時々ご飯を作りに行かせてもらったりしよっただけですけん……」
優しい田村の口ぶり。この人が、母ならいいのに。
津乃田「……白い割烹着を着た女性が息子を迎えに来ませんでしたか。この人が飛び出した後だから、昭和……四十九年以降、博多で芸者さんをやられてて——」
田村「……（わからない）」
三上「……」

園長「田村さん、何でんよかけん、子供らとの思い出はなかでしょうか」
田村「……何でしょう。ほんとにお子さん達とは、こんにちは、さよなら、って言い合うくらいしかなかったとですけど……私、オルガンを弾けましたんでね、行事の時に園の歌を歌われるでしょう、そういう時に呼ばれてはみんなで一緒に……」
三上「つくしのあおきそらのもと……」
田村「ばいかかぐわしおかのみち」
三上・田村「あすへのきぼうはつらつと、ああ、めいげつえん、ぼくらのいえ……」
　かすかな声で揃えて歌い切り、互いに笑顔を浮かべるふたり。

99　同・グラウンド

西日が差し込んだグラウンド。
5、6人の子供達がサッカーボールを追う中に、三上と津乃田が混じっている。
三上、息を上げながら、必死で走る。
ボールを追う。
一番小さい子が、懸命に走りこんでくる。
ゴール前、三上が声を出し、そのパスが通る。
蹴り込んで、見事にゴールが決まる。
飛び上がって、味方同士が走り寄る。
ゴールを決めた子供と抱き合って喜ぶ三上。
勢い余って、抱きしめたまま地面に倒れこむ。
喜んでいたはずが、そのまま声を殺して嗚咽する。
それを見て、笑う子供達。
息を切らしながら、立ち止まる津乃田。
子供を抱いたまま泣き止むことのできない三上のそばに近づいて、ただ佇むしかない。

100　宿の小さな温泉浴場

他に客のいない、こじんまりした浴場。
筋彫りの入った背中を、丁寧に洗ってやっている津乃田。
津乃田「三上さん。僕、三上さんのことを書いてみます」
三上「……」
津乃田「三上さんが生まれて、生きてきたこと、僕が何か書いて、残すから。だから、もう元に戻んないで下さいよ。戻んないで下さい。ね。……」
　黙ったまま、微かに頷く三上。

101　東京・三上の住む街・実景

102　三上のアパート・表

旅行鞄を下げた三上が郵便受けを探っていると、背後から声がかかる。
ママチャリから降りた井口が会釈する。
三上「あ！」
　慌てて旅行鞄を後ろ手に隠す。
三上「いや、古い友達が急病って聞いてですね——」
井口「すみません。免許費用の件、上司を説得しきれませんでした」
三上「ああ、よかですよ先生……こっちこそ、あげん無茶を」
井口「三上さん、ちょっと発想を変えてみませんか」
三上「……」

103　同・和室

井口に覗き込まれながら、座卓に履歴書を広げ、丹念にボールペンで書き込む三上。
井口の声「長い間、規律に厳しい生活をされてきたわけですよね。根気の要る単純作業も色々と」

104　同・台所（八月）

朝。流し台で、伸びた髭を丹念に剃る三上。
姿見の前。ネクタイを結び、スーツに再

び手を通す。

井口の声「過去を伏せるんじゃなくて、わかった上で雇い入れてくれる所へ行ってみませんか」

105　**ケアホーム松美・廊下**

施設長と挨拶をし、直角に礼をする三上。

高齢者や職員とすれ違いつつ、緊張ぎみに進む。

井口の声「資格がなくても、三上さんなら出来ることはたくさんあると思うんですよ」

106　**同・空室の個室**

若い職員・服部が三上と二人でシーツを広げ、ベッドメイクの仕方を教える。

服部「……この角をつまんで引っ張って、で、中に入れ込みます。せーの！……あ、オッケー綺麗です」

指示に従い器用に手を動かす三上。

綺麗に折り込まれたシーツを見て、頷く施設長。

107　**商店街**

走る、走る。息急き切って、走る！

三上「……シャブを打ったみたいや!!」

108　**スーパー・レジ**

息を抑え、レジを打つ店長の前にカゴを置く三上。

店長「（視線を合わさず）見なかったね。どこか出かけてたの？」

三上「仕事……決まった」

店長「運転手で？」

無表情に、上目遣いで見上げる店長。

三上「いや、介護施設の見習い。半日のパートタイムやけど……」

店長「……すごいじゃない！　よかったねえ」

明るい表情になり、手を止めて三上の肩を叩く店長。

店長「スロースタートでいいんだよ。空いた時間に、教習所にも通いなよ」

三上「うーん。そうね……」

店長、列の客に頭を下げてレジ休止の札を立てる。

周囲を見回してポケットの手帳の中から折りたたんだ封筒を取り出し、三上の手の中に握らせる。

店長「ローンの頭金くらいにしかならないと思うけど」

三上「ええっ……」

店長「期待させといて口利きもできなかったし。免許を取れば、お年寄りの送迎だって任してもらえるかもしれないよ」

三上「（封筒の厚み触って）……」

店長「あげるんじゃないんだよ。働いて、ちゃんと返してよ」

三上「……（力強く頷く）」

109　**帰り道・歩道橋**

庄司の声「……体の調子がいいなら、君の好きなようにしたらいい」

携帯電話を耳に当て、歩道橋を昇っていく三上。

庄司の声「しかしね三上くん、生活保護でローンの審査は通らんよ」

三上「……」

買い物袋を提げたまま、立ち止まる三上。

庄司の声「私が残りを貸そうと言ってるんだ。その代わり教習所にはすぐに満額で納めること。手元に余計な金を置いてたらろくなことにならないだろ？」

三上「……」

歩道橋に立つ三上の見る先に、一番星が輝いている。

歌「見上げてごらん夜の星を　小さな星の小さな光が　ささやかな幸せを　うたってる　見上げてごらん夜の星を　僕らのように　名もない星が――」

110　**三上のアパート**

敦子「ささやか～な幸～せを～祈ってる――（ビブラート）」

歌を披露する敦子。全員拍手。座卓に並んだ手料理やスーパーの惣菜。ケーキ。「就職おめでとう」三上とコップや湯呑みで乾杯する夫妻と店長、津乃田。「ありがとうございます」と繰り返す三上。

庄司「ゴールじゃないよ、これから始まるんだ」

敦子「だけど三上さんは優しいところのある人だから、案外ぴったりの職場かもよ」

庄司「しかし容易い仕事じゃないぞ。ストレスの多い現場だ」

店長「瞬間湯沸かし器みたいな性格はヤクザにはもってこいでも、社会じゃ顰蹙買うだけですからねえ」

敦子「人間が真っ直ぐすぎるのよね。おかしいと思ったらもうズドーンと突っ込んでる」

庄司「刑務所なら揉めても割って止めに入ってくれる。ほったらかしにされた上、気づけば自分の席が無くなってるのが社会というとこさ」

敦子「私たちってね、もっといい加減に生きてるのよ」

店長「ムカッときても、受け流すんだよ。耳塞ぐ。聞こえない」

敦子「聞こえない！　深呼吸」

店長「深呼吸！」

庄司「本当に必要なもの以外は切り捨てていかないと自分の身は守れない。全てに関わっていけるほど人間は強くないんだ。逃げることは敗北じゃないよ」

津乃田「……（また何か言い返すのでは、と三上の表情を窺う）」

まっすぐに庄司の顔を見つめて聞いている三上。

庄司「勇気ある撤退、なんて言葉もあるだろう。逃げてこそ、また次に挑めるんだよ」

津乃田「（とりなすように）三上さ――」

三上「分かります、よう分かるようになりました」

津乃田「……」

敦子「あなた自身を大事にしてもらいたいのよ。カッとなったら、私達を思い浮かべて（手を握る）」

三上「（何度も頷いて）みなさんの顔に泥を塗るようなことだけは致しません！　辛抱、肝に命じます！」

津乃田、安堵したような、心もとないような。

111　三上のアパート・表

夜。皆に促されて、鉄階段を降りてくる三上。

カバーのかけられた物が置かれている。

津乃田と店長が一気にカバーを外すと、鮮やかな色のマウンテンバイクが現れる。

112　アパートの隣の空き地

またがる三上。漕ぎ出して、始めは少しふらつくが、ぐるぐる滑らかに回って見せる。片手で手を振る。手を振り返す津乃田たち。

113　三上のアパート・表（九月初頭）

朝。三上、作業着でゴミを出すサデウォ君らと挨拶を交わし、マウンテンバイクで漕ぎ出していく。

電話のコール音。

114　津乃田のハイツ

津乃田「すいません、起こしました？　津乃田です」

朝日の差し込む窓を開ける津乃田。携帯を耳にしている。くぐもった、不機嫌そうな女の声。

115　橋の上

すいすいとペダルを漕いで、職場へ向かう三上。

津乃田の声「例の身分帳のノート、僕このまま持っていていいですか」

吉澤Ｐの声「……何。あの前科者のおじさんとまだ関わってんの」

116　ケアホーム松美・居室

津乃田の声「三上さんは、無事働き始めました」

長袖の上にパステルカラーの制服を着て、服部と二人で入居者を寝かせたままシーツを変える。

注意をされても、素直に頷く三上。

津乃田の声「老人介護施設で、清掃・スタッフ補助・時給９９０円」

117　同・表の花壇

手押し車にとりどりの花の苗を積んで、よろめきながら運んでくる三上と野球帽の青年・阿部。

吉澤の声「へー。すごーい。結局何にもやらかさなかったんだ」

津乃田の声「やらかしませんよ、大丈夫です」

吉澤の声「（笑）てゆーか君が大丈夫？　そんなフツーになられちゃって、何書くの？」

花壇。阿部に花の植え方を教わる三上。

土の中から出てきた幼虫を阿部が掌にのせ、二人でそれを覗き込む。鼻水ののぞいた顔で微笑む阿部。

デイケアを終えて帰っていく利用者に挨拶される。

二人、振り返って、笑顔で手を振る。

津乃田の声「普通になるんですよ、三上さんは。それでも書きます。書けます、僕」

吉澤の呆れたようなあくびの声。

118　教習所・Ｓ字カーブ（十月初旬）

教官の指示に従って、慎重にハンドルを捌く三上。

教官「切って切って切って、ミラー見る……そうバッチリ！」

ハンドルを握る三上の顔が、自信で輝いている。

119　三上のアパート・六畳間

夜。目覚ましをセットし、読書灯を消す三上。

心地よさげなため息をついて、仰向けで目をつむる。

異変に気付く。

三上「え？」

股間に手を当てる。体勢を変えて右手を動かすと、明らかな手応え。

遠くから、祭り太鼓の音が聞こえてくる。

三上「……おいおいおい！」

左手で読書灯をつけ、枕元の介護雑誌を引きつかみ、必死でページをめくる。笑顔の女性介護士のインタビューページで、懸命に励む。

隣に写ったおじいさんを左手で隠す。

大きくなる太鼓の音。

120　同・台所

流し台で、手を洗う。流水がステンレスを叩く音。

そっと手のひらを嗅いでみる。間違いない匂い。

三上「……よし――」

足を踏み鳴らしてガッツポーズ。

121　ケアホーム松美・トイレ

鼻歌交じりに、便器を磨く三上。

122　同・裏廊下〜職員通用口

掃除用具を押しながら用具庫に戻ってくる三上。

角を曲がると、前方で、物々しい音。

服部と別の職員（大竹）が、野球帽の阿部に詰め寄り、手元のゴミ袋を蹴り上げた。体をすくめる阿部。

「おいおいおい」反射的に足が向く三上。

さらに服部に何事か罵られている阿部。長いブラシの柄をくるりと持ち直し、ずんずんと速まるその歩み。が、突然速度を落とす。

三上「……」

固まる三上の背中。

×　×　×

【イメージ】服部を背後からブラシの柄で打ち据える三上。止めに入る大竹もろとも滅多打つ。

座り込み、怯えて叫ぶ阿部。

×　×　×

留まったままの三上の背中。ゆっくりと踵を返す。

遠くで聞こえる服部の罵声。全てを遮断するように、元来た方へ戻って行く三上。角を曲がって壁にもたれかかる。動悸が激しくなり、耳鳴りがする。慌ててポケットから薬のシートを取り出すが、手元が狂って錠剤がこぼれ落ちる。這うようにそれを追う。苦しげに、床に額をつける。

123　同・ホール

夕刻。大きな庭木の枝葉が、強い風に煽られている。
×　×　×　×
女性職員二人とお手玉を手縫いする三上。
「ほんと綺麗ね縫い目」と感心する二人。
三上の視線はガラスの向こうの庭。風の強くなる中、トボトボと手押し車を押す阿部が見える。
三上「……」
作業を終えた服部と大竹が戻ってくる。
三上にも「お疲れっすー」と爽やかに挨拶する。
女性介護士・川口「ちょっと服部くん、阿部くん何かやらかしたの？」
服部「……ええ？」
三上の正面に腰掛け、業務連絡表を開く服部。
川口「表でゴソゴソやってて全然帰ってこないんだけど。台風来てるのに」
服部「いいよ帰って来なくて。要らねえあいつ」
男性介護士・大竹「高橋勝男さんの入浴中に服部君にコールがかかったんですよ。で、阿部君に後頼んだら、戻るまでずーっと座ってゲームやってたんですって」
女性介護士・江藤「勝男さんは？」
服部「湯船ん中でリフトに括られたまま放置。口元まで水浸かって溺死寸前すよ。スマホ奪ってぶん殴っちゃった」
川口「おー……」
服部「もーマジ怖いっすよ俺。何か起きてからじゃ遅えよ〜」
川口「（三上に）ちょっと障害あるのよね、わかると思うけど」
窓の外、花壇の側で庭木をいじっている阿部の姿。
服部「ムショ上がりだし。ウチ前科モンとかＩＱ低めとか多いって聞きました？　そういうの雇うと国から金もらえるらしいけど、モラルは低いし、覚えは悪いし、割り食うの現場っすよ」
三上、黙ってお手玉に針を刺し続ける。
江藤「ねえ阿部くん何して捕まったわけ」
大竹「バイクパクったとか言ってましたよ」
川口「えーバイクとか乗るんだ」
江藤「なんかヤクザの組にいたこともあるって聞いたよ」
川口「うっそでしょそれは。それは逆に無理、阿部くんには」
服部「わかんないよ。バカでもできる雑用とかもあんじゃね？」
川口「鉄砲玉とか？」
三上の唇が乾く。震える手でお手玉を握りしめ、縫い口から小豆が溢れ出る。
江藤「でもいっつも手袋してんのあれ、怪しくない？」
川口「うそ。小指ないってこと？」

服部「阿部くんの指詰めとかウケるんだけど」

川口「ちょっとやめてよ（笑）」

いびつな仕草で、刃物で指を断つ真似をして見せる服部。「ヤバ！」と言ってゲラゲラ笑う女たちの声。

三上の視線が、卓上に置かれた裁ち鋏に落とされる。

大竹「似てる!!」

さらにエスカレートする服部。

裁ち鋏を逆手に握りしめる三上の手。

鋏の刃先をじっと見つめていた視線を、ゆっくりと正面の服部に持ち上げる三上。

川口「もーやめてよ」

服部「だってこんなんじゃん」

江藤「ひーどーいーしー（笑）」

服部「似てるっしょ。似てませんか、三上さん」

服部が、三上に向けて、阿部の仕草をして見せる。

三上「……似てますかね」

頬を震わせ笑顔を浮かべて見せる三上。

社会に適応するために、人間性を、捻じ曲げた。

服部「ほーらー！」

ことりと卓上に裁ちばさみを置き、静かに席を立つ。

気に留めない職員たち。

124　同・職員通用口

薄暮。強い風。帰り支度をして出て来た三上、薄暗がりで、阿部と出くわす。

三上「……」

手に大きな、コスモスの束を持っている。

阿部「三上さん、コスモスちょっと持って帰る？」

三上「……」

阿部「嵐が来る前に、切ったんだよ」

三上「……」

言葉が出ない三上。涙が溢れそう。

阿部は、屈託のない顔で笑顔を向ける。

125　夜道

日没後。自転車のハンドルを握る手には、新聞紙に包まれた小さなコスモスの束が握られている。

ペダルを漕ぐ三上。

橋のたもと。ポケットの中の携帯が鳴る。

自転車を止め、液晶を見る。知らない番号。

三上「……はい」

久美子の声「マーちゃん。久美子です。……わかる？」

相手の声を聞き、自転車から降りる三上。

三上「……わかるよ。……驚いた……ああ、お嬢ちゃんからね（苦笑）。しゃんとして、あんたによう似とる」

126　夜の風景

久美子の声「仕事、見つかったと？」

三上の声「うん、まだ始めたばっかしやけど」

久美子の声「職場の人らと、揉めたりしよらん？」

三上の声「……いやあ、もうそげんことはせんよ。心配なか」

久美子の声「あんたみたいな人には、世間は生きづらかでしょうが」

三上の声「うん……。ばってん、死ぬるわけにもいかんけん」

127　大きな橋の上

携帯を耳に当てて、マウンテンバイクを押す三上。

久美子の声「昔のアルバムをまだ預かっとうよ。今度デートしようか」

三上「人妻やろうが」

久美子の声「娘も一緒よ。昼ごはんでもご馳走してちょうだい」

三上「あのべっぴんさんが来てくれるなら行くばい」

久美子の声「そうやろ?」
　雨が落ち始める。橋の中央で立ち止まる。
久美子の声「ああ、雨が」
三上「うん。嵐のくるごたるね」
久美子の声「なんか私、わくわくする（笑）」
三上「変わらんね（笑）」
　声を出して笑う三上。川から吹き上げる風が、その笑顔に当たる。
津乃田の朗読「三上正夫の刑期は、平成二十九年二月十九日で満了した」
　電話を切り、マウンテンバイクで再び漕ぎ出す三上。
津乃田の朗読「十三年間の獄中生活を終え、翌二十日の出所だった」

128　三上のアパート・表

　強まった雨の中、急いで帰ってくる三上。階段を駆け上る。

津乃田の朗読「刑期満了で出る者はどこへ行って何をしようと勝手だが、その多くは帰るべき場所がなく、約半数は、五年以内に再び罪を犯して刑務所に舞い戻るという統計もある」

　窓を開けて、洗濯物を取り入れる。取り入れた洗濯物と一緒に、カーテンを引き掴む。千切れるように外れるカーテン。窓は開いたまま。残りの洗濯物は雨に打たれ続け、片側に残ったカーテンが、風に狂ったように表に吹き上げられる。

129　津乃田のハイツ・書斎

　卓上に積まれた資料。目の前の壁には、護送される三上の新聞のコピー。身分帳のノートをめくりながら、パソコンに文章を打ち込んでいる津乃田。

津乃田の朗読「十四歳で初等少年院に入れられて以来、三上の通算の受刑回数は十犯、六入。旭川刑務所に保管される三上の身分帳は、全て積み上げると一メートルを越す高さになったという。もう二度と、刑務所には入りたくない。今度ばかりは堅気だ、と胸に誓い——」

　ふと手を止めて、激しい風の音に顔を上げる津乃田。

130　三上のアパート・和室

　倒れたまま、震える手で何かを掴もうとする三上。

　指先に触れたのは、濡れた新聞紙に包まれたコスモスの花。

　たぐり寄せる三上。

　鼻先に近づけて力いっぱい息を吸い込み、その香りを嗅ぐ。深い、静かな、ため息。それが三上正夫の、最後の一呼吸となった。

131　商店街

　台風一過。晴れた朝。血相を変えて走る津乃田。

132　三上のアパート・表

　津乃田、鉄階段を駆け上り、人をかき分け中に入る。

133　同・内

　部屋の中には、警官や白衣の医師がひしめいている。

　奥から出てきた庄司と出くわす。

　ダメだ、と首を振って見せる庄司。

　中に押し入る津乃田。

津乃田「三上さん——」

警官「触らないでください。これから行政解剖ですから」

　畳の上に、動かなくなった三上の手が見える。

　ゆるく握られたコスモスにはまだ雫が光っている。

津乃田「三上さん！」

　警官たちに体を抑えられる。取り乱す津乃田。

津乃田「困るんです、いや、本当に——」

無理やり三上の体に触れ、揺さぶろうとする津乃田。警官たちが叱りつけ、後ろから羽交い締めにする。

134

同・表

井口と店長に両脇を抱えられ、玄関から出てくる津乃田。まるで移送される犯罪者のよう。そのまま階段を降りて行く。

廊下の手すりに肘をついていた庄司も三人に続く。

階段下でうつむいていた敦子も顔を上げ、降りて来た津乃田の肩に手を触れる。

アパートの下に、五人が寄り集まる。

座り込む者、立ったままの者。陽だまりのもと、言葉もなく、誰もその場を離れない。

暗転。エンドクレジット。


（了）

あのこは貴族

岨手由貴子

〈脚本家略歴〉
岨手由貴子（そで　ゆきこ）
1983年生まれ。長野県出身。大学在学中、篠原哲雄監督指導の元で製作した短編『コスプレイヤー』が第8回水戸短編映像祭、ぴあフィルムフェスティバル2005に入選。08年、初の長編『マイム マイム』がぴあフィルムフェスティバル2008で準グランプリ、エンタテインメント賞を受賞。09年には文化庁若手映画作家育成プロジェクト（ndjc）に選出され、山中崇、綾野剛らを迎え、初の35㎜フィルム作品『アンダーウェア・アフェア』を製作。菊池亜希子・中島歩を主演に迎えた『グッド・ストライプス』（15）で長編デビュー、新藤兼人賞金賞を受賞。『あのこは貴族』（原作：山内マリコ）でTAMA映画賞最優秀作品賞を受賞したほか、フランス最大の日本映画祭であるKINOTAYO映画祭で、ソレイユ・ドール賞（観客賞）と審査員賞をW受賞。

監督：岨手由貴子
原作：『あのこは貴族』山内マリコ
（集英社文庫刊）
製作：『あのこは貴族』製作委員会
制作：東京テアトル
制作協力：キリシマ1945
配給：東京テアトル　バンダイナム
コアーツ

〈スタッフ〉
プロデューサー　西ヶ谷寿一
　西川朝子
　宮本綾
撮影　佐々木靖之
照明　後閑健太
録音　近藤崇生
美術　安宅紀史
編集　堀善介
音楽　渡邊琢磨

〈キャスト〉
門脇麦
榛原華子　水原希子
時岡美紀　高良健吾
青木幸一郎　石橋静河
相楽逸子　山下リオ
平田里英

1　タクシー・車内（夜）　2016年1月

車窓からの風景。

夜の東京都心部
華子の乗ったタクシーがイン。

後部座席の華子（27）、沈鬱な表情。

スマホが振動する。

慌てて画面を見るが、姉・香津子からのメッセージ。

〈今どこ？　みんな待ってるよ〉

華子、やり切れずスマホを仕舞う。

運転手「田舎者がクニに帰って、東京の街はスカスカですわ。かくいう私も田舎の出なんですけどね（笑）」

華子、煩わしそうに窓の方を向く。

運転手「お客さん、東京の人でしょ」

華子、ミラー越しに見返す。

運転手「正月からホテルで会食なんてうらやましいねぇ。私なんかしょっちゅうお客さんを乗せて行くけど、中には入ったこともないですよ」

華子「……」

目的地へ走るタクシー。

2　高級ホテルT・料亭の個室（夜）

華子の父・宗郎（65）、母・京子（63）、祖母（84）、長女・香津子（40）、その夫・真（42）、息子・晃太（14）、次女・麻友子（38）が優雅に食事をしている。
京子「ロビーを通って来たけど、お正月に晴れ着を着る人もいなくなったわねぇ」
香津子「ほんと、毛皮はちらほら見かけるけど。ユニクロにいるのと変わらないじゃない」
麻友子「姉さん、ユニクロなんか行くの？」
真「行かない」
香津子「そりゃ行くわよ」
宗郎「お義母さんも昔はよく毛皮をお召しでしたね」
祖母「さすがにもう着ないわね。あ、麻友子、欲しかったらあげるわよ」
麻友子「え、いらない。今、毛皮って風当たり強いんだから」
真「そうそう、海外だとペンキを投げつけられたりするんですよ。日本でも芸能人が毛皮を着ていると炎上しますからね」
祖母「炎上？　まぁ野蛮ねぇ」
香津子「おばあちゃま、華子にあげたら？」
麻友子「またそうやって華子に押し付けるんだから」
京子「そういえば華子はまだなの？」
香津子「うん。（スマホを見て）連絡はしてるんだけど……」

3　同・エントランス（夜）

タクシーがエントランスに到着する。

運転手「ありがとうございました」

ドアが開き、華子が出てくる。

華子「……」

意を決してホテルの中に入って行く。

4　同・料亭の個室（夜）

仲居、椀物を配膳する。
皆、蓋を開け、歓声を上げる。
香津子「若狭ぐじなのね」
麻友子「いい香り」
京子「ちり蒸しでいただくなんて初めてだわ」
祖母「そうね」
皆、口に運び感想を言い合う。

5　同・廊下

華子が仲居に案内されてくる。
仲居「失礼いたします」

6　同・料亭の個室（夜）

皆、入り口を見る
仲居「お連れ様がご到着でございます」
襖が開き、生気のない華子が顔を出す。
華子「……遅くなってごめんなさい」
麻友子「やっと来た」
香津子「華子、おばあちゃまの隣」

華子「はい」
京子「もう、遅いじゃない」
　皆、箸を置いて襖の方を向く。
　仲居、襖を閉めて出て行く。
香津子「……婚約者の方は?」
華子「あの……その人とは今日別れたの」
香津子「え!」
　皆、絶句する。
真「え……ちょっと喧嘩しただけじゃなくて?」
華子「(首を振り)……散々話したけど、とにかく結婚はできないって」
祖母「理由は? 何ておっしゃってるの?」
華子「……時期が悪いとか、もっと良い男と出会える、とか」
香津子「それで納得したの?」
麻友子「姉さんが騒いでも仕方ないでしょ」
香津子「だってこの子……(黙る)」
　仲居が入ってきて、一同黙る。
麻友子「……まぁ、切り替えて次に行くしかないわね」
　香津子に一瞥され、
麻友子「だって、そうでしょ?」
　仲居、皆の様子を察知し部屋を出る。
京子「まあ、そういう事なら仕方ないわね」
華子「……」
京子「彼、少し育ちが派手だったじゃない? 結婚しても上手くいかなかったわよ。それにあの、良い機会だと思うの。華子、もう一度整形外科医との縁談、考えてみない?」
麻友子「待ってよ、病院の跡継ぎは華子と関係ないところで探すって決めたでしょ?」
京子「彼と別れたなら話は別よ」
麻友子「いやいや」
京子「香津子はもう結婚してしまったし、麻友子は皮膚科医でしょ。それに結婚には一度失敗しているし……」
麻友子「(遮って)美容皮膚科医ね」
京子「(聞き流して)実はね、華子。藤沢先生の教え子で、アメリカから帰ってきたばかりのお医者様がいるんですって。(宗郎に向かって)ねぇ? まだ決まったお相手もいらっしゃらないみたいだから、華子にどうかって」
祖母「あら、そ、それ、いいじゃない」
京子「ねぇ」
宗郎「病院を継いでくれるならリハビリ科を作っても良いわけだしなぁ」
　真、戸惑う華子を見て、
真「あの……あの、まずは華子ちゃんの気持ちじゃないですか? そのお医者さんが良い方だったとしても……」
麻友子「(遮って)どうせロクな男じゃないわよ」
京子「麻友子!」
麻友子「だって医者なのにお見合いしなきゃ相手がいないって、かなり癖あるからね」
宗郎「(華子に)じゃあどんな男ならいいんだ」
華子「……普通の人でいいけど」
香津子「結婚できない子って、すぐ〝普通の人〟って言うのよね。普通って難しいのよ」
京子「(華子に)いい? 私だって後継ぎにこだわってる訳じゃないの。でも、あなたもう27でしょ? これから新しい彼を探して、プロポーズされるのを待つの? 本当に子供が産める年齢で結婚できるのかしら?」
華子「……」
祖母「華子ちゃん、家族が勧めてくれる人が一番よ」
麻友子「私は、勧めてないけどね」
京子「あなたはいいの。(華子に)ねぇ華子、もう一度考えてみない?」
　華子、少し迷って小さく頷く。
麻友子「(少し呆れて)それでいいの?」
華子「……うん」
京子「じゃあ決まり! ほら、いただきましょう」
宗郎「いただきましょう」

祖母「そうしましょう」
　皆、京子に促されて食べ始める。
　スマホをいじっていた晃太、
晃太「で、どうなったの？」
京子「華子がお見合いするの」
晃太「お見合いとか、今あるんだ」
京子「あら、みんなやってるわよ。映画やドラマには出てこない文化もあるの」
　華子、固い表情を浮かべている。

7　同・写真館（夜）

　食後、家族写真を撮る榛原家。
カメラマン「そのままどうぞ。撮ります。はいっ」
　皆、上品に微笑み、シャッターが押される。
カメラマン「はい。ありがとうございました。引き続きまして、お嬢さまのお写真をお撮りさしていただきます」
　華子以外の家族はカメラの後ろへ移動する。
京子「お願い致します」
祖母「お願い致します」
　カメラマンが余分なイスを片付ける。
　家族写真を確認して
祖母「あらー、みんな素敵じゃないの」
カメラマン「（華子に）はい、イスの前にどうぞ」
華子「はい」
　京子、お見合い写真を撮る華子を見て
京子「来年は華子がお嫁に行ってしまって、もうこうやってみんなで一緒に写真を撮ることもできないかもしれないわねぇ」
祖母「そうねぇ。ちょっと寂しくなるわねぇ」
麻友子「一年後に嫁に行ってたらデキ婚だろうけどね」
香津子「やめなさいよ」
　笑いが起こる。
カメラマン「まいります。（シャッター）続きまして、もう一枚まいります。（シャッター）もう一枚お願い致します。撮ります（シャッター）」
　カメラに向かって微笑む華子
F．O．
　メインタイトル『あのこは貴族』

8　東京実景

F．I．
【一章　東京（とりわけその中心の、とある階層）】

9　高級ホテルS・地上階ロビー（午後）

　華子、逸子（27）、緋紗子（27）、栞（27）、ソファ席に座っている。
　テーブルにはアフタヌーンティのセット。
緋紗子「はかまだだいち」
　華子の元彼の名前を検索する緋紗子と栞
逸子「やめなよ」
緋紗子「いいじゃんいいじゃん」
栞「出てきた、これだ」
　緋紗子、スマホで元彼のFacebookを見て、
緋紗子「うわ、ハワイ行ってる……」
栞「（覗き込み）#パワーチャージ、って何？　え、気持ち悪いんだけど」
緋紗子「なんで親族に挨拶するって日に別れるの？」
逸子「会ったら逃げられないと思ったんじゃない？」
栞「なら、どうしてプロポーズするわけ？」
華子「私も結構プレッシャーかけちゃってたから……。仕事辞めたのが重かったのかな」
逸子「え、プロポーズさせるために辞めたの？」
華子「そうじゃないけど……」
　少し引いている三人を見て、
華子「でもいいの。父がお医者様を紹介してくれる事になってて、来月お見合いするの」

栞　「切り替え早すぎない？」
緋紗子「そのぐらいで良いんだよ」
逸子「あ、彩子」
緋紗子「来た」
　店の奥から彩子（27）が来る。
彩子「ごめんね、遅れて」
4人「ううん」
彩子「明けましておめでとうございます」
4人「明けましておめでとうございます」
彩子「逸子、久しぶり（座る）」
逸子「うん、久しぶり」
緋紗子「旦那さん、大丈夫だったの？」
彩子「うん、夕方までに帰れば平気。栞のとこは？」
栞　「うちはパパが見てくれてるから、大丈夫」
彩子「（逸子に）ドイツにはいつ戻るの？」
逸子「月末かな。夏に出演するコンサートの顔合わせがあるから、それが終わったら」
栞　「すごーい、かっこいい」
緋紗子「ねえ、かっこいい」
彩子「ママに逸子がヴァイオリニストになったって言ったら、絶対コンサート見に行くって張り切ってたよ」
逸子「本当？　えー、嬉しい」
緋紗子「え、じゃ、披露宴で逸子に演奏してもらおうかな」
逸子「うん、いいよ」
緋紗子「え、いいの？」
栞　「えー、いいじゃーん」
緋紗子「お願いします」
逸子「えー。どうしよっかなぁ」
緋紗子「え、あたしが緊張するんだけど」
逸子「なんでよ（笑）」
彩子「親心」
逸子「（笑）親心」
　華子、ひとり気後れする。

10　白金台・路上（午後）

初詣に向かう5人。
彩子、栞、緋紗子が前を歩き、華子と逸子が並ぶ。
華子「（話題を探し）逸子ちゃん、お仕事順調なんだね」
逸子「そういう訳じゃないよ。向こうでやっていけるなら日本で仕事探さないし」
華子「……」
逸子「焦ることないよ。みんな落下傘部隊みたいに次々結婚してくけど、ちょっと早すぎない？　まだ20代だよ？」
華子「でも、私たちってそうやって育てられてきたでしょ」
　前の3人、緋紗子の式のことで盛り上がっている。
逸子「まあね。初等科からのグループで独身なのって、もう私と華子だけだし」
　華子、顔が曇る。
逸子「（華子の顔を見て）ねえ、誰か紹介しようか？」
　立ち止まり。
華子「ううん。お見合いするし、お断りする事になったら悪いから」
逸子「そんなうまくいかないよ（笑）」
華子「？」
逸子「彩子たちだって数年かけて然るべき相手を探してきたわけでしょ？　一回のお見合いでいい人に出会うって、かなり難しいと思うけど」

11　料亭・個室（午後）

オーバーサイズのスーツを着た堅実そうな渡邊（37）。

訪問着姿の華子が座る。

仲介人の藤沢（70）。

藤沢「お引き合わせ致します。僕の教え子の渡邊君。こちらが古くからの友人、榛原の三女、華子さん。よろしくどうぞ」

　お辞儀をする3人。

藤沢「今日はまあひとつ、気楽にやってください。こういう日に立ち会えて僕もとっても嬉しいです」

渡邊、落ち着きのない様子で茶托を引く。
華子、渡邊を見つめ、顔が微かに強張る。
渡邊、マナーが分からず生菓子用の黒文字と茶器の蓋を手に取り困った様子。

12　同・庭園　赤い欄干の橋（午後）

華子と渡邊、ゆっくり池の周りを歩く。
挙動不審な渡邊、華子に話しかけようとするが、言葉が出ない。
二人、目を合わせず、会話のないまま歩く。
三重の塔へやって来る。
渡邊、駆け寄りスマホを構え、写真を撮り始める。
パシャッ
近くのカップルにもスマホを向ける。
パシャッ
カメラを向けられた他の客に不審そうに見られ、気まずい華子。
華子「あの……お写真撮られるのお好きなんです……」
渡邊、突然華子の目の前にスマホをかざし、華子の顔を連写する。
華子「え!?」
華子「……」
渡邊、写真を確認する。
麻友子「だから言ったでしょ」

13　ジャズバー・入口（夜）

華子と革ジャン姿の麻友子、店に入って来る。
麻友子「やっぱりね。ある程度遊んできて、そろそろ落ち着きたいってエリートが一番。女に変なファンタジー抱いてないから」
店員「いらっしゃいませ」
店員が麻友子に声を掛ける。
麻友子「あ、亀井で、予約ある?」
店員「お待ちしておりました。あちらへどうぞ」
華子「どういう知り合いなの?」
麻友子「うーん、飲み友達かな。仕事できるし、かなりハイスペックだよ」

14　同・店内（夜）

亀井（36）が立っている。
席で食事をする三人。
麻友子「えー、また海外転勤の可能性あるの?　大変じゃん」
亀井「いや、むしろ行きたいっすよ。向こう行くと仕事よりゴルフしてる時間の方が長いですからね」
麻友子「何それ。私もそっちにクリニック作ろうかな」
亀井「あれ、ゴルフやるんでしたっけ?」
麻友子「うん、最近ね。お金持ってるおじさんとつるんでるの」
亀井「え、僕も誘ってくださいよ」
麻友子「いいよ、今度一緒に行こうよ」
亀井「はい、ありがとうございます」
華子、オリーブを口へ運ぶ。
麻友子のスマホが振動し、
麻友子「あ、ごめん（席を立ち）」
麻友子がワイングラスを置き、スマホを持って席を立つ。
麻友子「はい。あ、はいはい」
亀井、華子に微笑みかけ、
亀井「そういえば、妹さんはお仕事何されてるんですか?」
華子「今は家事手伝いというか……」
亀井「（遮って）家事手伝い?!　えっと、それは実際何やってるんですか?」
華子「……習い事をしたりコンサートに行ったり。クラシックを聴くことが多いんですけど、ここのお店も何度か来たことがあるんです……」
亀井「え、ジャズ聞くの?」
華子「……はい」
亀井「それ、前の彼氏の趣味でしょ?」
華子「あ、いえ……子供の頃からピアノを習っていたので……」
亀井「（遮って）ジャズ好きですすとかいう

子って大抵男の影響なんだよなぁ。家行ってても変なJポップのCDばっかだし」

と脇を通るミニスカートの女性を目で追い、紙ナプキンで口元を拭う。

15　実景・千鳥ヶ淵（午後）

満開の桜。

たくさんのボートが堀に浮かんでいる。

16　榛原家・リビング（午後）

お彼岸の墓参り後。礼服を着た華子、麻友子、香津子、京子、鰻を食べている。
華子「あの人、お姉ちゃんの再婚相手にいいんじゃない？」
麻友子「ああいう男が私みたいなの選ぶわけないでしょ」
香津子「どうして遊び人とその二択なのよ。普通の人はいないの？」
麻友子「普通が難しいって言ったの姉さんでしょ、ねぇ」
香津子「いや、そうだけど、高望みは良くないって言ったのよ。頼り甲斐ってね、毎日のちょっとした事がどれぐらいできるかどうかよ。ゴミ出しやおむつ代えはしたくないけど、世界が滅びた時は頑張ります、じゃ困るでしょ」
京子「（笑）ちょっとあなた、真さんにゴミ出しさせてるの？」
香津子「当然でしょ」
京子「（笑）」
香津子「ねぇ、それよりお見合いは？　先週お会いした方はどうだったの？」
麻友子「ね？」
華子、蓋を閉める。
華子、口ごもる京子を一瞥し、
華子「――ごちそうさま」
と席を立つ。
麻友子「ん？」
香津子「ん？」
京子「もういいから。いいから、ちょっと」

17　同・キッチン（午後）

華子、お茶を淹れる準備をしている。

リビングの会話が聞こえてくる。

麻友子（声）「じゃあ、お姉さん紹介すれば？」

香津子（声）「私の周りに……」

真がキッチンに入って来て。

真「ただいま」

華子「おかえりなさい」

真「あ、俺ももらえる？」

華子「はーい」

真、御菓子屋の紙袋をテーブルに置く。

華子、そばにあったジャムの瓶を開け、人差し指を突っ込んでなめる。

真「牡丹餅あるよ」

華子「あんまり好きじゃない」

リビングの会話を気にする華子。

麻友子（声）「何人目よ」

香津子（声）「お医者様にこだわってたら、本当にいき遅れるわよ」

京子（声）「そうねぇ」

華子の手が止まる。

真がキッチンの戸を閉める。

真「……大丈夫だよ。まだ出会えてないだけで、華子ちゃんにピッタリの人がいるから」

華子「出会えないならいないのと同じだよ。〝ピッタリの人〟ってたぶん一番の高望みなんだと思う」

ジャムをなめ続ける華子。

真「……」

香津子が入って来て、華子がジャムの瓶を隠す。

香津子「（真を見て）おかえり。牡丹餅買えた？」

真「うん、青じそ入りしかなかった」

香津子「ええ……無い方が好きなのに」

真「いやあ、しょうがないよ。午前中で売り切れちゃうんだって」

香津子、不服そうに包みを持ち出ていく。

真「え、俺が悪いの？　俺悪くないよね？」
華子「お茶持ってきて」
　華子、取り皿を運ぶ。
　真、立ち尽くす。

18　会員制ネイルサロン（午後）春

　華子、施術を受けている。
　落ち着いた雰囲気のネイリスト・西田（35）、
西田「私の周りはマリーズっていうお見合いアプリで結婚した子が多いかなー」
華子「それって出会い系、みたいな……？」
西田「ううん、もっと健全。部屋を探す時に〝空室あります〟って張り紙探して歩かないでしょ？」
　華子、頷く。
西田「恋愛や結婚だって、不動産屋みたいな所にマッチングしてもらった方が効率的じゃない？」
華子「うーん……（苦笑）」
西田「だって条件の良い人って、こっちの事も値踏みしてくるし疲れない？　結婚したら毎日顔合わせるんだし、年収がどうとかより、一緒にいてラクな人が一番だと思うけど」
　華子、感化されたように西田を見て頷く。
華子「そうですよね」
西田「え……紹介しようか？」

19　居酒屋前の路地（夜）

　ツイードのジャケットとピンクのロングスカートを着た華子が、スマホを確認しながら路地を歩いてくる。
　ビストロの前で立ち止まり、西田に電話をかける。
華子「（店内を覗き）あ、もしもし、榛原です。今、お店の前に着きました」
西田電話「あ、ちょっと今外出るね」
華子「はい」
西田「榛原さん」
　振り向く華子。
西田「こっちこっち」
　西田が逆方向の派手なネオンの居酒屋から顔を出している。
華子「あ……」

20　激安大衆居酒屋・ホール（夜）

　華子、店に入って目を丸くする。
　年季の入った柱、壁を埋め尽くす手書きメニュー。
　華子、人がひしめく店内を西田に付いて分け入って行く。
西田「（男の肩を叩き）お待たせ」
　Tシャツ姿でキャベツを頬張っていた出射（35）、振り返り、
出射「遅いねんお前、外走っとったんかお前。あ、榛原さん?!」
華子「はい」
出射「めちゃくちゃ可愛いやん！」
西田「せやろ」
出射「やっぱ」
西田「座って座って」
出射「やっぱ。すごいな！　人脈えっぐいなお前」
西田「やろ。良い仕事するやろ」
出射「（店員に）すいません、生お代わりお願いします」
店員「生、はい」
　店員、付け合せが乗った皿を下げようとすると、
出射「え、まだあるやん。食べるって。めちゃくちゃおいしそうやんか」
西田「なら早よ食べえや（笑）何飲む？　生ビール飲む？」
出射「生なんか飲まへんねん、こんなかわいい子」
西田「飲むやろ、別に」
出射「ラテやんな」
西田「ないしそんなん」
出射「ラテやろ。フレッシュジュースか？」
西田「ないしな」

出射「スムージーか?」
西田「あ、あたしスムージー毎朝飲んでるで」
出射「知らんねんお前」
西田「毎朝」
出射「外走ってこいお前」
西田「いややし、走るの嫌い」
出射「バナナジュースとか飲む?　バナナジュース」
西田「選ばしてあげて」
華子「あ……はい……」
華子、メニューを取ろうと手をつくと、裾が汚れる。
出射「(店員に)すみません」
店員「はい」
出射「おしぼりもろていいですか?」
店員「はい、かしこまりました」
西田「めっちゃあんたのせいやしな」
出射「なんで俺のせいやねん」
西田「なんでふた開けっ放しなん」
出射「ふたがアホになってんねん、これ」
華子「あの、……お化粧室に行ってきます」
出射「あ、お化粧室は奥やわ」
華子「はい」
華子、席を立つ。
出射「お化粧室……」
西田「めっちゃあんたのせいやしな」
出射「なんで俺のせいやねん」

21　同・トイレ(夜)

華子、男女共用の狭い個室に入る。
華子、唖然とする。
華子「……」
上がったままの便座に汚い飛沫がある。

22　タクシー・車内(夜)

華子、店から飛び出し路面へ出る。
客を降ろし、走り出したタクシーを捕まえる。
華子「すいません!　乗ります!」
華子、タクシーに乗り込む。
華子「松濤まで!」
走り去るタクシー。

23　実景(午後)

松濤。雨に煙る高級住宅街。
門に「榛原」の表札。

24　榛原家・リビング(午後)

華子、父の書斎で刺繍をしている。
姉家族が到着する声が聞こえ、
香津子「華子?」
華子、立ち上がりリビングに出て来る。
華子「(香津子と真を見て)どうしたの?」
香津子「まだ支度してなかったの?」
華子「ん?　もうしたよ」
香津子「その格好で行くの?」
華子「おかしいかな?」
真「いや、俺の知り合いだし、固くならなくていいんじゃない?　ねえ?」
華子、自分のカジュアルな服装を見て、
華子「うん。気合の入った格好ってねえ」
真「うん、なんか場慣れしてない感じがするんだもんね」
華子「うん」
香津子「お見合いでベテラン感出してどうするのよ。(行儀悪く足をブラつかせる真に)ねえちょっともう足やめて、さっきから」
インターホンが鳴る。
華子「あ、タクシー来た」
香津子「(刺繍枠を奪って)ね、ほら、早く行きなさい、ね?」
華子「はい」
真「あ、糸くず、ついてる」
華子「ん?」
香津子「えっ」
華子「あ、本当だ」
香津子「ちょっと待ってちょっと待って」
香津子が粘着ローラーで華子の服をなで

る。
華子「ああ、もういい、大丈夫、大丈夫」
香津子「前はやった?」
華子「もういい。じゃあ行ってきます」
香津子「ねえちょっと、髪」
真「頑張って」
香津子「とかして、ちゃんと。ね?」
華子「はーい、はーい」
華子、部屋を出る。

25 紀尾井町・路上(夕方)

雨。やって来たタクシーが停まる。
運転手「ありがとうございました」
車を降りた華子、傘を広げ軒下に逃げ込む。
傘を払うと、隣の男に雨水がかかる。
華子「あ、すみません……」
洒落た風貌の男、感じよく会釈する。
華子、髪を耳にかけ、会釈を返す。
店員「ありがとうございました」
男「行こうか」
女「うん」
連れの女が来て、男は傘をさして歩いていく。
華子「……」
男(声)「タクシー乗ろうか」
女(声)「うん」

26 ブラッスリー・店内(夕方)

華子、店に入る。
ウエイター「いらっしゃいませ」
華子「青木さん、という名前で予約があると思うのですけど」
ウエイター「はい、もういらしてます」
ウエイターが華子のコートを預かる
ウエイター「お預かりいたします」
華子「お願いします」
ウエイター「こちらでございます」
華子、ウエイターに促され軽く髪を整えながら、ついていく。
ウエイター「段差お気をつけください」
華子「はい」
華子、階段を登り2階へ。
× × ×
華子、ウエイターの後をついて行く。
窓際にスーツ姿のハンサムな男・幸一郎(32)が座っている。
ウエイター「こちらでございます」
華子に気づいて立ち上がり、
幸一郎「榛原さん、ですよね」
華子「榛原華子です。お待たせしてしまって……」
幸一郎「いえ。はじめまして、青木幸一郎です」
幸一郎「あ」
幸一郎、華子に優しく席を促す。
華子「はい」
ウエイター「こちらお荷物にお使いください」
華子と幸一郎、腰を下ろす。
ウエイター「先にお飲み物をお持ちしますか?」
幸一郎「あ、……(華子に)お酒は飲めますか?」
華子「少しなら……」
幸一郎「じゃあ、僕はビールをもらおうかな」
華子「……同じものを」
ウエイター「かしこまりました」
ウエイターが席を離れる。
幸一郎「なんか緊張しますね」
華子、恥ずかしそうに笑う。
幸一郎「岡上さんから僕の事、何か聞いてらっしゃいますか?」
華子「顧問弁護士さんだって……」
幸一郎「そうなんです。うちが顧問になったのは去年なので、お付き合いとしては短いんですが」
華子、丁寧に頷く。
幸一郎「岡上さんは、お姉さんのご主人なんですよね?」

華子「はい。姉とは10以上離れているので、お義兄さんのことは小学生の頃から知っているんです」
幸一郎「へぇ、じゃあ本当のお兄さんみたいなものだ」
ドリンクが運ばれて来る。
ウエイター「失礼いたします。失礼します」
華子と幸一郎、グラスを手に軽く乾杯し一口飲むと、
幸一郎「(メニューを見て) 僕は昼食が遅かったので、ちょっとつまめるものを頼もうと思うんですが、軽めのものでいいですか?」
ぼんやりしていた華子、幸一郎に見られ、
華子「はい、すごくお腹すいてます!」
幸一郎「(笑) じゃあ、お腹にたまるものを頼みましょう」
華子、恥ずかしそうにメニューを見る。
幸一郎「髪、濡れちゃいましたね」
華子、照れながら髪を整える。
幸一郎「僕、雨男なんですよ。大事な日はいつも雨なんです」
華子、窓外を眺める幸一郎を見つめる。

27 同・店の前 (夜)

ウエイター「ありがとうございました」
映画の話の続きで楽しそうな二人、傘をさしながら店から出てくる。
華子「それで、目を覚ますとカンザスに戻ってるんです」
幸一郎「それ、僕の記憶と全然違う映画です」
華子「本当ですか? 私大好きなので年に一度は見るんです」
幸一郎「へえ。じゃあ帰ったら久々に見返そうかな」
華子「是非」
華子、待っていたタクシーに乗り込み、
華子「あの……また会えますか?」
雨音で聞こえず、幸一郎が顔を近づける。
華子「また会っていただけますか?!」
幸一郎「もちろん」
と笑顔で答え、タクシーのドアが閉まる。

28 タクシー・車内 (夜)

タクシーが動き出す。
華子、雨粒で滲む幸一郎を目で追う。
運転手「松濤のどの辺りですか?」
華子「こんな事ってあるんですか……?」
運転手「……あるんじゃないですか?」
華子、窓外を眺めたまま笑顔が込み上げる。

29 海の見える広場 (午後) 秋

横浜。落ち葉の舞う埠頭に華子と逸子が座って昼食を食べている。
iPadで幸一郎のFacebookページの家族写真、クルージング写真を見て、
逸子「あーあ。港区出身で下から慶應で東大の大学院行っていま弁護士でしょ。ムカつくよね、イケメンだし」
華子、照れ笑いする。
逸子「こういう人ってどんなデートするの?」
華子「うーん、普通だよ。映画観にいったり、食事したり。お店もご家族でずっと通われてる落ち着いたところが多いかな。今度、別荘にもお邪魔することになってるの」
逸子「へぇー、焦って謎の合コンに行ってたのが嘘みたい」
華子「(苦笑) そう言えば、お姉様もヴァイオリンをやってたみたいだから、逸子ちゃん知ってるかも」
逸子「え! もしかして青木玲子さんの弟? だとしたらすごい家柄のはずだよ」
逸子、iPadで検索し、
逸子「あった。〝青木家は江戸時代に廻船問屋を営み、初代当主は海運王として……〟とか色々書いてあるけど、私たちの家よりも上の階級だね」
華子「上の階級?」
逸子「学年に一人はいたでしょ、びっくりす

るような良家の子（スクロールし）ほら、政治家も出してるよ。……そのうち幸一郎さんも出馬したりして」

華子「そうなの？」

逸子「だって政治家の家に生まれる子って、太郎とか一郎とか誰でも書ける名前をつけるって言うでしょ。〝幸一郎〟でこのルックスだよ」

　華子、笑って聞き流す。

逸子「あ！　ああ、ちょっとちょっと……」

　逸子、段差を降りて駆け出し、飛んできた帽子を拾う。

逸子「ああ良かった」

通行人「すいません」

逸子「いいえ、良かったです」

通行人「ありがとうございます」

逸子「どういたしまして」

　逸子、帽子を渡して戻ってくる。

逸子「――でも良かったよね。華子は絶対に東京の人じゃなきゃダメだと思ってたんだ」

華子「東京の人って？」

逸子「何て言うか……華子って松濤で生まれて、東京の外からは入って来られないようなとこで生きてきたでしょ？　地方から出てきて頑張ってる人とは本質的に違うんだよ」

華子「……考えたことなかった」

　逸子、サンドイッチを頬張り、

逸子「東京って棲み分けされてるから。違う階層の人とは出会わないようになってるんだよ」

華子「……」

30　幸一郎車・車内（午後）

高速を走る車。

華子、幸一郎にガムを渡す。

高速道路の先に山並み。

二人、笑顔で言葉を交わす。

幸一郎がボタンを押すと、ルーフトップが開く。

見上げる華子に日が降り注ぐ。

31　青木家別荘・外（夜）

軽井沢。木々に囲まれた洋風の別荘。

幸一郎の車が停まっている。

32　同・リビング（夜）

クリスマスツリーが飾られた部屋。

華子、暖炉の前でアルバムを見ている。

幸一郎、飲み物を持って来る。

華子「素敵な写真ばっかり」

　一族の家族写真を見ながら、

幸一郎「これは祖母がまだ元気だった頃。（別の写真を指し）これは前の社屋かな」

華子「ご実家ってどんなお仕事をされてるんですか？」

幸一郎「ざっくり言うと流通業かな。倉庫を人に貸したりとか。会社は親戚が継いだから、今は父が少し手伝ってるだけだけど」

　華子、要領を得ないまま頷く。

華子「（ページをめくり）あ、お父様ですか？　そっくりですね」

幸一郎「（鼻で笑い）あんまり似たくないけどね。あ、これが伯父さんの娘たち。いとこはみんな女の子だから別荘に行っても退屈でね。仏頂面の写真ばっかりだったでしょ」

華子「うちも夏に軽井沢に来るのが恒例だったけど、姉とは年が離れているからいつも仲間はずれで、こっちにいる間はいつも憂鬱だったな」

　見つめ合い、互いに微笑む。

　華子、アルバムに視線を戻す。

幸一郎「ねえ、初めて会った日のこと覚えてる？」

華子「え？」

幸一郎「俺はあの日、いい人に出会えたら結婚するつもりで会いに行ったんだけど、華子はどうなの？」

華子「私も……ちゃんとした気持ちです」

幸一郎「じゃあ、奥さんになってくれる?」
華子「……」
幸一郎「嫌なの?」
　華子、慌てて首を振る。
　幸一郎、小箱を出す。
　蓋を開けるとアンティークのダイヤの指輪が。
幸一郎「これは母が結婚する時にもらったものだから、少し大きいと思うけど」
　指輪をはめるが、だいぶ大きい。
幸一郎「(笑)戻ったらサイズ直そうか」
　幸一郎、泣き出しそうな華子の頭をポンと撫でる。

33　同・寝室(夜)
　幸一郎と華子がベッドに入っている。

　横になった華子が指輪の入った小箱を見ている。

　そっと起き上がり、箱を開け、指輪をはめてうっとり眺める。

　幸一郎のスマホが振動し、画面が光る。

　華子、立ちあがり、近づいて画面を覗き込む。

　時岡美紀〈私の充電器持って帰らなかった?〉の表示。

　華子、画面を凝視する。

34　同・トイレ(夜)
　華子、スマホで〝時岡美紀〟を検索する。

　一番上にヒットしたFacebookを開くと、髪の長い女がプロフィール写真に映る。

華子「……」
F.O.

35　実景
　F.I.
　雪をいただいた立山連峰(たてやまれんぽう)
【二章　外部(ある地方都市と、女子の運命)】

36　魚津駅・ホーム(午後)2017年1月
　2両編成の電車が殺風景なホームに滑り込んでくる。

【2017年　元日】

アナウンス「ご乗車ありがとうございました。魚津、魚津に到着です」

　殺風景なホームに似合わない都会的な雰囲気の美紀(32)がホームに降り立つ。

　スーツケースを持ち上げ、古びた階段を登る。

37　同・駅前ロータリー(午後)
　美紀、改札を出て来る。
　駅員に切符を渡し、
駅員「ありがとうございました」
大輔「ねーちゃん!」
美紀「えー……」
　弟・大輔(28)、スポーツカーの脇でジャージのパンツに両手を突っ込み、寒そうにしている。
大輔「あけおめ」
　美紀、眉をひそめて歩いて来て、
美紀「また車変えたの?」
大輔「先輩から買ったが」
美紀「お母さんにお金返したの?」
大輔「もうとっくの昔に返したわ」
　大輔、美紀の荷物をトランクに乗せる。

38　大輔車・車内(午後)
　寂れたシャッター街をスポーツカーが通る。
美紀「相変わらず死んでるね」
大輔「いつ東京戻んがけ?」
美紀「明後日」
大輔「あ、アピタ寄ってく? 俺のセフレが働いとんがよ」
美紀「はぁ? 絶対行かないし」

39　時岡家近くの道(午後)

車は畑に囲まれた道を進み、新幹線の高架をくぐる。

40　時岡家・廊下（午後）

大輔と美紀、家に入る。
美紀「ただいま」
大輔「上、あげとくわ」
美紀「うん」
居間を覗くが誰もいない。
廊下を進み、台所を覗くと母・恵美（58）がいる。
美紀「ただいま」
恵美「（振り返り）あぁ、美紀ちゃん。おかえり」
美紀「お父さんは？」
恵美「パチンコじゃない？」
と手を止めずに、鍋の方に向き直す。
美紀、台所を出て2階へ上がる。

41　同・美紀の部屋（午後）

美紀、荷物を持って部屋に入る。
物置状態だが、学習机には辞書や赤本が。
パンツを脱ぎ、箪笥からジャージを出して着替える。
ふと、輪ゴムでまとめた写真の一番上の、大学入試の写真に目がとまる。
畳んだパンツを置き、隠す。
ベッドに倒れ込む。
美紀「うん……」
目を閉じる。

42　（回想）慶應大学・日吉キャンパス（午後）2003年春

美紀（18）と恵美、「平成十五年度　慶應義塾大学入学式」と書かれた看板の前に立っている。
デジカメを構える平田（18）、
平田「おばさん、入られ入られ」
美紀「早く早く、入って」
平田「あー、おばさん、もうちょっとそっち寄れんけ」
と二人に指示を出す。
緊張で顔が強張る美紀に、
平田「ミキティ」
美紀「ん？」
平田「もっと笑われよ（笑）」
美紀「ごめん、はい、はい、はい」
平田「はい、チーズ（シャッター）おっけーい」
駆け寄る二人
平田「どう？」
恵美、撮影待ちの行列に気づき、二人を看板の前から移動させる。

×　×　×

美紀と平田、おぼこい学生達に混じって歩く。
平田「駅にあったでっかい銀の玉のオブジェ見た？　あれ〝ぎんたま〟って呼ばれとんがやぜ。で、駅の向こうの商店街は〝ひようら〟言うんやって」
美紀「平田さん、よく知っとるね」
平田「そんなん受験したこと考えたら簡単やちゃ」
中庭のベンチにたむろしている垢抜けた男女（幸一郎、高田、小林）が目に入る。
平田「あれ、内部生じゃないけ？」
美紀「内部生？」
平田「高校から上がってきた人たち。幼稚舎からの人がいちばんエリートで、政治家とか本物の金持ちの子供がおるがよ」
美紀「じゃあ、うちらみたいに受験で入ってくるがは……」
平田「外部生」
美紀、内部生を眺める。
平田「行こう」

43　（回想）美紀のアパート・風呂（夜）

美紀、小さくなってバランス釜の湯船に浸かる。
肩を沈めると膝が出て、半身ずつ温まる。
ペディキュアを見て微笑む。

44　（回想）高級ホテルＰ・高層階のラウンジ（午後）

美紀と平田、高層階の景色に固まっている。
垢抜けた同級生二人は慣れた様子。
同級生２「もう選択なににするか決めた？」
同級生１「ママは仏文がいいんじゃないかっていうんだけど」
同級生２「え、でも、それ就職に役に立たなくない？」
同級生１「そうだよね……ミキティはどうして英米文学を選択するの？」
美紀「……なんか、将来海外ともやり取りする仕事したくて」
同級生２「そうなんだ。里英ちゃんは？」
平田「ああ、うちは父親が経営者だからさ。選択するなら経済じゃなきゃ許さん……」
（給仕係が来て黙る）」
給仕係「お待たせいたしました。アフタヌーンティのセットでございます」
同級生１・２「ありがとうございます」
同級生１「ここ久しぶりじゃない？」
同級生２「そうだっけ？」
同級生１「うん」
同級生２「この間はマンダリンだったもんね」
同級生１「そう……」
垢抜けている同級生二人は凍頂烏龍茶の話で盛り上がっている。
美紀、メニュー表を手に取り料金を見る。
消費税、サービス料別４千２百円。
平田「（小声）ミキティ、顔死んでる」
二人、固い笑顔を作る。
平田、美紀の耳元で、
平田「（小声）このこたち、貴族？」
同級生１「私も香港行った時に飲んだけど、すっごいいい香りだった」
同級生２「なんかヴァニラみたいな……」
美紀と平田、顔を見合わせる。

45　（回想）慶應大学・教室（午後）梅雨

雨の午後。
授業が終わり、学生たちが教室を出る。
美紀、窓外を眺めていると、
幸一郎「ねえ、今日の分ノートとった？」
顔を上げると幸一郎がいる。
幸一郎「それ貸してくれない？」
美紀「（手元を見て）え……」
幸一郎「コピーとったら返すから」
美紀、迷ってルーズリーフを渡す。
幸一郎「うん。ありがと。今度返すね」
と教室を出て行く。
教室は美紀一人になる。

46　時岡家・居間（夕方）２０１７年１月

戻り。美紀、部屋に入ってくる。
テレビを見ていた父・猛（60）、
猛「……帰ったがか」
美紀「うん……お土産」
美紀、猛の斜向かいに座る。
恵美、せわしなく料理を運びこむ。
美紀「（母に）ごめん、寝とった」
恵美「いっちゃよ。疲れとるやろ。もう終わりやし」
大輔、部屋に入ってくる。
大輔「かーちゃん、車の鍵知らんけ？」
恵美「えー？　ジャンパーのポケット見たが？」
美紀「あんた、出かけるんけ？」
大輔「正月に家おってもしゃーないやろ」
と出て行くが誰も反応しない。
恵美、席に着き、グラスにビールを注ぐ。
恵美「それじゃあ、今年もよろしくお願いします」
軽くグラスを合わせ、皆で食べ始める。
テレビの音が大きい。
美紀「里芋、美味しい」
恵美「早苗ちゃんにもらったが。里芋ちょっと持ってく？」
美紀「なん、いらんいらん」

恵美「えー、たくさんあんがに。煮ればすぐ柔らかくなるよ」
美紀「いっちゃよ、料理せんもん」
猛　「女なんやから料理くらいせぇま」
美紀「……」
　美紀、返事をせずテレビの方へ目線を逸らせる。

47　（回想）慶應大学・日吉キャンパス（午後）２００３年秋

　美紀、人のいない場所で電話している。
美紀「お父さんは？　仕事探しとんがやろ？」
恵美電話「ハローワーク通っとるけどなかなか決まらんし……そろそろ美紀ちゃんにも考えてもらわんならんかもしれん……」
美紀「え、大学辞めろってこと？」
恵美電話「今すぐじゃないけど……」
美紀「待ってよ、どんだけ勉強して入ったか分かっとんが？　ちょっと仕事決まらんぐらいで富山帰るとかありえんから！」
恵美電話「そんな……自分のことばっかり言って！　こっちやって生活するんがやっとなんよ！」
美紀「そんなん言われても……」
　目線の先、ベンチに内部生（高田、小林）がたむろしている。
美紀「もういいわ、自分で何とかするから！」

48　（回想）キャバクラ・フロア（夜）

　開店前、初出勤の美紀が緊張した面持ちで座っている。
　同僚の女の子二人、駄弁りながらやってくるが美紀には目もくれない。

49　（回想）カラオケ店の前（早朝）冬

　勤務を終えた美紀、自転車を漕ぎ、人気のない道を自転車で走行する。
　行く手を阻むように道に広がるゴミ袋の山を前に止まる。疲労困憊した顔。
美紀「……」

50　時岡家・洗面所（午後）２０１７年１月

　戻り。美紀、鏡の前でメイクをしている。
　猛がトイレから出て来て、美紀が端に寄る。
猛　「めかしこんでどこ行くが？」
美紀「高校の同窓会やから」
猛　「足あんがか？」
美紀「行きは大輔に送ってもらうけど、帰りはタクシー呼ぶちゃ」
猛　「母ちゃんに迎え来てもらわれ。タクシーやって正月に迷惑やろ」
　と痰を吐き、洗面所を出る。

51　地方のホテル・宴会場（夜）

　垢抜けない男女が集まり、立ち話をしている。
　美紀、グラスに酒を注ぎ、会場を歩く。
　話す友人はおらず、輪の外で手持ち無沙汰に食器を片付けている。
　受付をする平田（32）、会場に入って来て友人たちと会話する。
　美紀に気づき、声を掛ける
平田「ミキティ？」
　振り向く美紀。
平田「……久しぶり」
美紀「うん。連絡してなくてごめんね……？」
平田「ああ、ううん、全然大丈夫」

×　×　×

　会場端のテーブル席。
美紀「あそこに勤めてるの？　すごい大手じゃない？」
平田「こっちではね」
美紀「でも、お父さんの会社にいるのかと思った」
平田「弟が継ぐから。社内に優秀な姉がいたら邪魔でしょ？」
美紀「そうだね（笑）」
平田「別にいいの、自分で起業するから。いま東京出張するたび、コネ作ってるんだ」
美紀「へぇー、さすが」
平田「や、だって転職しようにも仕事がないんだもん。だったら自分で会社やろうと思って。もう婚期逃しまくりだけどさ」
美紀「そんなの私もそうだよ」
平田「うちのお父さん、私が結婚しないもんだから、突然1万円渡してきて〝水着買ってやるから海で男捕まえてこい〟って。頭おかしいでしょ（笑）」
　美紀、笑う。
美紀「ひどーい」
平田「頭おかしいでしょ」
美紀「ありえない」
平田「定年後最大の不幸が娘が結婚しないことだなんて、いい気なもんだよね。私たちなんて暮らしていけるかどうかも分かんないのにさ」
　二人、グラスをあおる。
平田「ミキティ今の会社、どうやって入ったの?」
美紀「大学辞めた時、キャバクラで働いてたでしょ。そのままお店のグレード上げながら続けてたんだけど、25の時かな、お客さんが今の会社紹介してくれて」
平田「大変だったね」
美紀「うーん。バイトで学費を払うのは無理だったな（笑）」
　男たちの笑い声が聞こえ、二人が振り返る。
　石井（33）、取り巻きと騒いでいる。
美紀「こういう光景、大学でも見なかった?」
平田「あんなバカが今や土建屋の三代目だよ。田舎って闇深すぎ」
　二人、笑い合う。

×　　×　　×

　平田が席を離れている。
　美紀、大仰なシャンデリアをスマホで撮っていると、
石井「楽しんどる?」
　と平田の席に腰掛ける。
石井「時岡さん、変わったな～。委員長タイプやったんに。めっちゃ東京デビューしとるし」
美紀「（苦笑し、流す）」
石井「ええ！　俺よう、このホテルに部屋取っとんがよ。まあ代行で帰るより泊まった方が安上がりやし」
美紀「ああ……（苦笑）」
石井「え、誘っとんやけど（笑）」
美紀「石井くん、結婚してなかった?」
石井「おお、しとるしとる。子供も二人おるし。俺みたいに正直に言う男、珍しいやろ?」
美紀「全然。よくいるタイプ」
　スマホが振動し、手に取り席を立つ。
美紀「ちょっとゴメン」

52　同・ロビー（夜）

美紀、ロビーを歩いてくる。
画面には幸一郎からのＬＩＮＥ。
〈来週ここに顔出さない?〉
とシャンパンパーティの招待画像が届く。
美紀、返信をする
〈いいよ〉
幸一郎からライトアップされた東京タワーの写真と〈あけましておめでとう〉が届く。

×　　×　　×

美紀、ホテルの外に出る。
雨の降る、寂れた地方都市の景色が広がる。

Ｆ．Ｏ．

53　実景・東京駅（午前）

Ｆ．Ｉ．
東京、港区。三ヶ日の街並み。
【三章　邂逅】

54　青木家・玄関前（午前）

門の脇に松飾りが置かれた豪邸。

華子「……立派なお宅ですね」
幸一郎「（隣のマンションを指し）昔はそこも曽祖父の家だったんだけどね」
二人、屋敷に入って行く。

55　同・座敷（午前）

幸一郎と華子、廊下を歩いて来る。
大きな庭の反対側にある家を指し、
幸一郎「向こうに見えるのが伯父夫婦の家で、隣にあるのが両親の家」
華子、感嘆してため息をつく。

×　　×　　×

二人、部屋に入る。
祖父・幸太郎（89）、父・謙次郎（62）、母・知子（60）、伯母・敏子（64）が座っている。
幸一郎、部屋に入り、幸太郎の側に座り、
幸一郎「じぃじ、婚約者を連れて来ました」
華子、戸口で膝をつき、
華子「榛原華子と申します。今日はお招きくださりありがとうございます」
祖父「入りなさい」
華子、敷居を跨ぎ部屋に入ると、作法に則して畳の上を移動する。
座布団の隣につくと、
祖父「そこへ座りなさい」
座布団に座る華子。
幸一郎「父と母、あちらが伯母さん。伯父さんは今度紹介するよ」
華子、頭を下げる。
祖父の合図で給仕係が食事を運び始める。
知子「華子さんは、ずっとご実家にお住まいなのかしら？」
華子「はい。実家の松濤にいます」
敏子「ご実家は開業医をなさっているんでしょう。もう、跡継ぎは決まっていらっしゃるのかしら？」
華子「まだ決まっていませんが、ゆくゆくは外からお医者様をお呼びして、父が経営だけをすることになると思います」
知子・敏子「そう」
華子、二人に合わせて頷く。
知子「留学の経験はおありになるの？」
華子「高校頃、カナダに短期留学をしました」
知子「英語は喋れるの？」
華子「少しなら……」
知子「少し？　じゃあもっとお勉強しなくちゃね」
謙次郎「質問攻めも大概にしなさい」
知子「あら、おしゃべりをしてるだけですよ、ねぇ？」
華子、笑顔を作る。
幸一郎、祖父の介助をしながら、
幸一郎「わからないことがあったら、伯母さんに聞いて。この家のことは何でも知ってるから」
知子「うちは女の子しか生まれなかったから、主人は幸一郎さんのことをしょっちゅう連れ回していたのよ」
知子「お義兄様は代議士の先生でお忙しいのだけど、いつも目をかけてくださるの。幸一郎から聞いているかしら？」
華子、幸一郎の方を見るがばつが悪そうに目線を逸らされ、感情の読み取れない表情を浮かべる。
華子「いえ、まだそういったお話は……」
知子と敏子、顔を見合わせ、
知子「そう。じゃあこれからね」
祖父「華子さん」
一同、祖父の方を見る。
祖父「あなたのことは、こっちで調べさせてもらいました」
華子「（訝しげに）……はい」
祖父「こうして幸一郎のお嫁さんとなる人を迎えられるのは大変喜ばしいことです。（幸一郎に）幸一郎、この話、進めてもらって構わないから、（華子に）幸一郎のことをよろしく頼むよ」
華子「……こちらこそ、よろしくお願いいたします」

と深々と頭を下げる。

56　同・庭（午後）

幸一郎と華子、庭を歩いている。
幸一郎、池の飛び石をひょいと渡り、華子を置いて行く。

×　　×　　×

池に投げ込まれる石。波紋。
幸一郎、池に小石を投げ込む。
華子「あの……お祖父様がおっしゃっていた〝調べさせてもらった〟って……」
幸一郎「ああ、興信所じゃない？」
石を池に投げながら華子の話に答える幸一郎。
華子「……私のことを調べたんですか？」
幸一郎「別に普通の事じゃない？　うちは親族に政治家もいるんだし」
華子「……」
うつむく華子。幸一郎は気にかける様子もなく、離れていく。

57　シャンパンパーティ会場（夜）

レストランを貸し切った会場。
ジャケットを着た美紀が颯爽とやってくる。
ヴァイオリンの生演奏が行われているが、ほとんど誰も聞いていない。
美紀、他の来場者と歓談している。
急に曲が転調し、美紀がステージを見る。
演奏している逸子、ボルテージを上げて来場者を惹きつける。
美紀、音色に聴き惚れる。
そばにいた幸一郎の背中を叩き、逸子の演奏について会話する。
美紀「彼女、素敵じゃない？」
幸一郎「ああ、いいね」
などとふざけ合う二人。

×　　×　　×

逸子、マカロンタワーのてっぺんについた飾りのマカロンを取り、コソッと食べる。そして誤魔化すように、代わりに薔薇を挿す。
それを離れた場所から見ていた美紀、少し笑って、逸子に近づいて行く。
美紀「おいしいですか？」
逸子「……おいしいですよ（笑）」
美紀も同じようにマカロンを食べる。
美紀「あの、さっき演奏されてた方ですよね？」
逸子「あ、はい（口元に手を当て）相楽逸子と言います」
美紀「時岡美紀です」
美紀、逸子と礼を交わす
美紀「あの、私仕事でよくパーティの企画をするんですけど、今度よかったら演奏してもらえませんか？」
逸子「あ、是非」
美紀「名刺……」
美紀、名刺ケースを探る。
通りかかった幸一郎を呼び留め、
美紀「ねぇねぇ、名刺借りてもいい？」
幸一郎がグラスを置き、胸ポケットから自分の名刺とペンを美紀に渡す。
美紀が幸一郎の名刺の裏に書こうとするが書きづらそうにするのを見て、
逸子「あぁ、（背中を差し出し）どうぞ」
美紀「え？」
幸一郎「いや、僕が（笑）」
幸一郎、美紀に背中を差し出し、逸子と顔を合わせる。
逸子、笑いかけ会釈する、見覚えのある顔に気づく。
逸子「……」
幸一郎「演奏、素晴らしかったです」
逸子「あ、どうも……」
逸子、幸一郎から目線を逸らし、記憶を辿る。
美紀「はい」
美紀が連絡先を書き終えると、
幸一郎「じゃあ、失礼します」
とグラスを取ってその場から去る。

美紀「（名刺を差し出し）よろしくお願いします」
逸子「あ、ありがとうございます」

58　榛原家・座敷（夜）

華子、着物を畳んでいる。
スマホが振動し、逸子からＬＩＮＥが来る。
〈ピロン〉
〈これって華子の婚約者？〉
幸一郎の名刺の画像。
続けて名刺裏面の画像。
手書きで〈時岡美紀　tokioka@xxxx.co.jp〉
華子「……」

59　実景（午後）

日本橋、冬晴れの午後。

60　高級ホテルＭ・高層階のロビーラウンジ（午後）

逸子、緊張した様子でコーヒーを飲んでいる。
逸子「……」
給仕係「お連れ様がいらっしゃいました」
逸子「あ、」
逸子、振り向くと美紀が笑顔で立っている。
美紀「こんにちは。ごめんね、お待たせしちゃって」
逸子「いえいえ」
美紀、座り、
美紀「コーヒーお願いします」
給仕係が下がる。
美紀「（座りながら）滅多に日本橋なんて来ないから迷っちゃった」
逸子「すみません、お呼び立てして」
美紀「ううん、外回りってことになってるから」
外の景色を笑顔で眺めながら、
美紀「こういうとこ来るの楽しいし……」
逸子に向き直り、
美紀「あ、もう一人来るんだよね。どんな子？」
逸子「あの……実はこれ、全然楽しい会じゃなくて……」
美紀「？」
逸子「……青木幸一郎さんが婚約してるって、ご存じですか？」
美紀「……」
美紀、笑みが消え、ぽかんと逸子を見る。

61　（回想）高級ラウンジ（深夜）２００７年春

談笑している若い男性客たち。
美紀、歩いてきて真新しいスーツにネクタイをした新社会人たちの席につく。
高田「しかもさ、終わった後に、先生が、うちの息子も慶應でって……すげえ気まずくて」
ホステス「いやいや、全然そんなことないです」
客１「眠かったよね、今」
ホステス「いやいやいやいや」
客１「話つまんないって」
客２「つまんない？」
ホステス「すごい面白いです」
美紀、愛想笑いを浮かべ
高田「（幸一郎に）何か飲めば？」
幸一郎「じゃ」
奥に座る幸一郎、店員を呼び。
幸一郎「おかわりください」
店員「失礼いたします」
美紀、その顔にハッとする。
美紀「私、お客さんにノート貸したことあるかも……」
幸一郎、ぽかんと美紀を見る。
幸一郎「……」

62　（回想）中華料理屋（深夜）２００７年夏

ガラガラの店内。店主が暇そうにテレビを見ている。

アナウンサー「……浮かべる一方、南米初の開催が決まったリオデジャネイロを祝福する声が――……」

幸一郎、一人で笑い、

幸一郎「ねえ、俺本当に借りたノート返さなかったの?」

美紀「もう、その話7回した」

美紀、酔った幸一郎に呆れて、

幸一郎、嬉しそうに笑い、

幸一郎「だって、ひどくない? 返さないって?」

美紀「うん。本当やな奴」

幸一郎「(笑) ふう」

美紀「まあ。結局中退したし、誰かの単位取得に貢献できたなら良かったんじゃない?」

幸一郎「なんか他人事みたいに言うね」

美紀「うーん……だって、ここでこうしてるの、自分の意思じゃないはずだから」

幸一郎「(しばし考え) うーん……それは俺も同じだなぁ」

美紀「はぁ? 全然違うんだけど」

幸一郎「同じだよ」

美紀「一緒にしないで」

美紀がおしぼりを投げる。

幸一郎「うっ」

投げ返す幸一郎。

美紀「痛っ」

美紀、もう一度投げつける。

63 (回想) 青木家別荘・寝室(朝) 2007年冬

テーブルにワイングラスが2つ。外は雨が降っている。

美紀、ベッドに座り、足の爪を切っている。

その奥でまどろんでいる幸一郎、

幸一郎「女の人が爪切ってるとこ初めて見た」

美紀「お母さんとか切らないの?」

幸一郎「切るだろうけど、見られないように切ってんじゃない?」

美紀「……変な家族」

幸一郎、寝返りを打って反対側を向く。

美紀、窓外を見て、

美紀「幸一郎と出かける時っていっつも雨降ってない?」

幸一郎「そうなんだよね……ついてない奴みたいだから人には言わないようにしてるけど」

美紀「(フッと笑い) でも私、雨が降ってると、なんか落ち着くんだよね」

振り返り、

美紀「私が育ったとこって、いつも雨が降ってるんだよ」

幸一郎、眠っている。

美紀「……」

64 高級ホテルM・高層階のロビーラウンジ(午後)

戻り。美紀、固い表情。

美紀「――それで目的っていうか、その子に会わせてどうしたいの?」

逸子「あ、違います! 二人を対決させようとか、美紀さんを責めようとか、そういうんじゃないです」

訝しげな美紀に、

逸子「あの、華子って幸一郎さんに出会う前、無理して合コンに行ったり、お見合いしたり、かなり焦ってたんです。そこで幸一郎さんみたいな人が現れたから、すぐに結婚決めちゃったんです」

話を聞く美紀。

逸子「でも、ああいう男性って絶対にあるじゃないですか、女性の問題」

美紀「(笑) まぁね」

逸子「こんなこと言うのもなんなんですけど、うちの父ってかなりの浮気者で、外に女や子供がたくさんいるんです。でも母はお金とか体面を気にして別れないんですよね。

それもあって、私は経済的にも精神的にも自立していたいし、結婚してもいつでも別れられる自分でいたいって思うんです」
美紀「いつでも別れられる自分、っていいね」
逸子「でしょ？（笑）」
美紀「うん」
逸子「あの、幸一郎さんとはどれぐらい前からなんですか？」
美紀「（思い出し）……再会したのは10年位前かな」
逸子「10年？」
美紀「あーいやでも付き合ってたわけじゃないの。彼氏がいた時期もあるし、何より向こうが、私のことをそういう女だって区別してたから」
逸子「そういう女って？」
美紀「……都合よく呼び出せる女？　この間のパーティーだって、そつなくホステスやってくれるから呼ばれただけだし」
逸子「（笑）」
美紀「ニコニコ頷いて空気を循環させて欲しいんだろうね。女をサーキュレーターだと思ってるのかな」
二人、笑い合う。
美紀「本当に責めないんだね」
逸子「あ、それは私が口を出すことじゃないので。それに、日本って女を分断する価値観が普通にまかり通ってるじゃないですか。おばさんや独身女性を笑ったり、ママ友怖いって煽ったり、女同士で対立するように仕向けられるでしょ。私そういうの嫌なんです。本当は女同士で叩き合ったり、自尊心をすり減らす必要ないじゃないですか」
美紀「そうだね……」
逸子のスマホが振動する。
逸子「あ、着いたみたい」
二人、入り口の方に目を向け、
給仕係「いらっしゃいませ」
華子が店へ入ってくる。
見つめる美紀。
逸子が手を振り、華子が笑みを浮かべ近づいてくる。
美紀、華子を見ながら立ち上がる。
美紀「はじめまして」
と不恰好な体勢で会釈し、スプーンを落とす。
美紀「あっ」
華子がさっと手を挙げて給仕係を呼ぶ。
給仕係「お取り替えいたします」
美紀の表情が微かにかげる。
華子「（給仕係に）あと、アールグレイを」
給仕係「かしこまりました」
給仕係、下がる。
華子、給仕係に会釈して、美紀と向き合う。
礼を交わす二人、美紀が困ったように逸子を見る。
逸子「こちらが青木幸一郎さんと婚約中の榛原華子で、こちらが時岡美紀さん。パーティーで幸一郎さんと一緒だった方」
華子、頷く。
バッグを開け、中から封筒を取り出しテーブルに置く。
華子「これ、母から」
逸子、美紀を見て華子に聞く、
逸子「……なに？」
封筒を手に取り、中のチケットを取り出す。
華子「『おひなさま展』のチケット。せっかく日本橋に行くなら、お友達と見てらっしゃいって。（美紀に一枚差し出し）よろしかったらどうぞ」
美紀、拍子抜けして、
美紀「おひなさま展？」
華子、頷く。
逸子「毎年春先に三井家が持ってる雛人形が展示されるんです。私も母に誘われて行ったことがあるんですけど、あんまり興味なくて」
美紀「へぇ、お母さんと美術館に行くの？」

逸子「はい。（華子に）行くよね？」
華子「（頷き）うん」
美紀「私は母と出かけることなんてないなぁ（苦笑）。お雛さまだって飾ってくれたの小学生までだし」
逸子「本当ですか？　うちはいまだに飾ってますよ。母とおばあちゃまが好きで」
　美紀、逸子の話に頷く。
華子「うちは三姉妹なので、毎年母が三人分飾ってます」
美紀「三人分って、それぞれにあるの？」
華子「はい」
　と不思議そうに美紀を見る。
美紀「ええ……すごいなぁ（苦笑）うちはお正月とお盆以外はやらない家だから」
逸子「え、クリスマスも？」
美紀「子供の頃はプレゼントくらいはあったけど、ツリーなんて一度もなかったよ」
華子「信じられない……」
美紀「え……（苦笑）」
給仕係「お待たせいたしました」
　給仕係、紅茶を運んで来る。
　美紀、落ち着かない様子。
　華子、優雅な所作でカップに注ぎ、
華子「美紀さんもお変わり召し上がりますか？」
美紀「ああ、いや、大丈夫です」
　美紀、居住まいを正し、
美紀「えっと……華子ちゃんは幸一郎さんと婚約してるんだよね」
華子「はい……」
美紀「私は付き合ってるわけじゃないし、今後隠れて会ったりもしないから安心して」
華子「（頷き）……ごめんなさい」
美紀「ううん、こちらこそ……」
逸子「（華子に）なんか聞いておきたいことある？」
　華子、少し考え、
華子「あの……幸一郎さんって、どんな人ですか？」
逸子「それどんな質問？（苦笑）」
華子「幸一郎さんと知り合ってまだ半年なので……。美紀さんから見てどんな方だったのかなと思って」
　美紀、華子にまっすぐ見られ、動揺する。
美紀「どうかな……本当はそんなに嫌な奴じゃないと思うんだけど」
華子「え？」
美紀「（慌てて）あ、私もよく知ってるわけじゃないから。友達や家族を紹介されたこともないし、私がどこの出身かも知らないんじゃないかな」

65　幸一郎職場・オフィスビルの階段（午後）

上司「じゃあ、中野くんは事実関係の調査を――」
　幸一郎、ポケットのスマホが振動し、画面を見る。
　時岡美紀〈もう会うのやめよう〉の表示。
幸一郎「……」
　表情を変えずにスマホを仕舞う。

66　中華料理屋（夜）

　数日後。ガラガラの店内。
　閉じた傘の先から雫が落ちる。
　仕事帰りの美紀、店に入ってくる。
　美紀、コートを脱がずに幸一郎の前に座る。
　店員、グラスを置きに来る。
幸一郎「……何か食べる？」
　美紀、ふっと苦笑する。
幸一郎「なに……何かあったの？」
美紀「別に困らないでしょ」
幸一郎「そういうことじゃないじゃん」
美紀「そういうことだよ」
幸一郎「……」
美紀「私はもう困らない」
　美紀、ビールを少し注いで飲み干す。
　バッグから蛍烏賊の一夜干しを差し出す。
美紀「餞別。地元の名産品なんだ」

幸一郎「餞別って……」
美紀「だって悲しいじゃん。この10年間、幸一郎が一番の友達だったから」
幸一郎「……」
美紀、蛍烏賊をもう一度差し出し、
美紀「はい。私がどこで生まれたかも知らなかったでしょ」

67 新橋・路上（夜）
平田と美紀、赤提灯居酒屋から出て来る。
美紀、店の前に停めた自転車の鍵を開ける。
平田「フリスクいる?」
美紀「うん」
二人「あ!」
平田「3個出た」

×　　×　　×

並んで歩く二人。
平田「何も持ってきてないから寝巻き貸して」
美紀「うん」
美紀、自転車を押しながら平田と歩く。
美紀「起業するって大変?」
平田「ま、コネがないからね。東京にいたのって、大学の4年間だけだし」
美紀「誰か紹介できればいいんだけど、一番太いパイプ切っちゃったから」
平田「いいよ、そんなの。ちゃんと縁切ってえらいよ」
美紀「そうかな……」
平田「分かるよ……私も就活してた頃、奥さんいる人と付き合ったことあるから」
美紀「本当?」
平田「今考えると大した奴じゃないんだけどさ、そのぐらいの頃って年上の男に騙されちゃうじゃん」
美紀「そうだね」
平田「田舎から出てきて搾取されまくって、もう私たちって東京の養分だよね」
二人、苦い顔で笑う。

68 同・地下鉄降り口（夜）
地下鉄の降り口の前。
平田「先に着いてたらミキティん家の前で待ってたらいい?」
美紀「ねえ、ニケツしてく?」
平田「えー、いいけど……ていうか、ニケツって久々聞いたわ。ダサっ」

×　　×　　×

自転車をこぐ美紀。

美紀の運転で夜の街を走る二人。

×　　×　　×

高架を抜け、大通りを進む。

×　　×　　×

平田と運転を交換し、美紀が背中合わせに荷台に座る。

二人、東京の街を走り抜ける。

二人の後ろのビルに、東京タワーが映る。
F．O．

69 実景（午前）秋
F．I．
大雨の結婚式場。

列席者たちが傘をさして歩いている。

【四章　結婚】

70 結婚式場・廊下（午前）
ドレス姿の華子、幸一郎の後を歩いて親族たちに合流する。

カメラマン「こちらへどうぞ。それでは、お写真の方撮らせていただきます」

姉たちが花嫁姿を褒め、親同士が挨拶を交わす。

二人を囲み、両家の親族が雛壇に登る。

カメラマン「それでは大丈夫ですかね?　あ、ちょっと、お子さま少しだけ……」

少し前へ移動する
カメラマン「はい、ありがとうございます。じゃ、いきまーす。（シャッター音）ありがとうございました」

シャッターが押される。

撮影が済み、皆移動し始める。
華子、幸一郎を気にするが、幸一郎は伯父・秀太郎（68）に肩を叩かれ、二人で外へ出ていく。
両家「ああ、どうも」
華子「はい」
介添人「こちらでございます」
華子、介添人に手を引かれ、幸一郎が政治家と握手を交わすのを眺めて歩く。

71　新居マンション・リビング（朝）

湾岸に建つ高級マンション。

キャビネットに飾られた結婚式の写真。

ドアが開き、華子が入って来る。

華子「妊娠してなかった」

と検査薬の説明書を読んでいる。

朝食を食べていた幸一郎、新聞を読みながら、
幸一郎「焦らなくていいんじゃない？」

華子「でも、お祖父様が楽しみにしてるでしょ」

華子、説明書を捨てる。

幸一郎「曽孫ができたって、もう認識できないよ」

と席を立ち、支度をする。

華子、テーブルを片付ける。

華子「あ、今日お友だちがみんなで遊びに来るんだけどいい？　緋紗子の赤ちゃんがもうすぐ生まれるからお祝いしようって」

幸一郎「どうぞ。みなさんによろしく」

幸一郎、ジャケットを羽織り、新聞を手に部屋を出ていく。

72　同・リビング（昼）

子供たちが遊んでいる。
華子、おやつの皿を置く。
子供「ありがとう」
妊娠中の緋紗子を囲み、友人たちが談笑している。
友人１「華子のとこはこれから？」
華子「うん、うちはもうちょっと二人でゆっくりしようかなって」
と皆の輪に戻る。
友人２「でもさ、もう残るは逸子だけだね」
一同「うん」
彩子「（華子に）逸子って結婚する気配あるの？」
華子「さあ……ドイツに彼がいるみたいだけど」
栞　「あのこは結婚とか興味ないんじゃない？」
緋紗子「でもヴァイオリンだけで食べていけるの？」
友人１「食べていけないから戻って来るんでしょ」
彩子「どっちにしても、ずっと働くなんて無理」
栞　「でも家にいると旦那さん嫌がらない？　うち、子供ができるまでしょっちゅう〝ちょっと働けば？〟って言われてた」
彩子「周りに奥さんを遊ばせてるって思われたくないんだよ」
友人１「でも、しっかり働くのはいやなんでしょ？」
友人２「そうそう家のことできる程度に働けってことなんだよね」
一同、頷きながら笑う。
華子「……」

73　喫茶店（午後）

美紀、平田にスマホで動画を見せている。

弟・大輔の結婚式の動画。

タキシード姿で金屏風の前で新郎挨拶をしている。

大輔（画面）「父ちゃん……」

感極まって言葉が出ない。

美紀「（笑）」

大輔（画面）「あーあ」

スマホの画面を一緒に覗き込む美紀と平田。

大輔の周りに半裸仲間が集まる。

仲間（画面）「せーの」
一斉にパンツを下ろし、笑いと悲鳴、何かが割れる音が響く。
平田「……こういうのって公然猥褻罪になるのかな」
美紀「どうだろうね。私は訴えてやりたいけど、弟はバカだから喜んでたし」
平田「（笑）」
子供用の椅子を取りに来た親子。
幼い女の子が、平田の財布についた飴のキーホルダーに触る。
平田「（子供に）飴ちゃんだよー。くっくっくっくっ……バグッ」
母親「おいで、すいません」
母親に呼ばれ、去っていく女の子。
平田「バイバーイ」
女の子「バイバーイ」
美紀「子供の扱い上手」
平田「独身だからって子供を憎んでると思われるの悔しいじゃん」
二人、笑い合う。
女の子の母親が子ども用のイスを置き、父親が座らせる。
その光景を眺める平田。
平田、美紀に向き直り。
平田「ねえ、このまま子供持たなかったら、一緒にアソコの脱毛しない？」
美紀「え、なにそれ（笑）」
平田「将来、介護される時にアソコがツルツルだと綺麗に拭いてもらえるし、痛くないんだって。自分にお金を使って、美しく老後を迎えようよ」
美紀「もう老後の話？（笑）」
平田「そうだよ！　私たちの老後はアソコの脱毛から始まるの」
美紀「……まあ、いいけど（笑）夏休みに髪の毛一緒に染めようねって言ってる高校生みたいで楽しいし」
平田「そうそう。それがアダルトな段階に行っただけ」
美紀「ふうん、なるほどね」
笑っていた平田が少し真剣になり、
平田「それで……本題なんだけど……」
美紀「うん？」
平田「一緒に起業しない？」
美紀「え……」
平田「ずっと一人で準備進めて来たけど、ミキティが今の会社でやってるノウハウがあったら色々できるなと思って。もちろん上手くいく保証はないんだけど……」
美紀「（遮って）いいよ」
平田「え、うそ……え、本当？　どうして？」
美紀「……ずっと、そう言って欲しかった気がするから」
見つめ合う二人。
平田「そっか……なら良かった」
美紀・平田「（笑）」
平田「……なんかもう飲みたくない？」
美紀「え？」
平田「ここビールあんのかなあ？」
美紀「いやないでしょ」
平田「すいませーん」
店員「はーい」
平田「あ、あの、ビールってあります？」
店員「あ、ありますよ」
平田「あ、じゃあビール２つ！」
店員「はーい」
美紀「声でか（笑）」
平田「よっしゃ」
二人、笑い合う。

74　青木家・前の歩道（夜）　冬２０１８年１月

雨の東京・港区。
青木家の門前に葬儀の看板と提灯。
傘をさした弔問客が次々と訪れる。

75　同・祭壇前（夜）

祭壇に幸太郎（祖父）の遺影と位牌が飾られている。
幸一郎、その前で弔問客に挨拶をしてい

る。

幸一郎「わざわざありがとうございます」

　幸太郎の話をする弔問客。

76 同・玄関前（夜）

知子と華子、玄関に立ち、参列者を見送っている。

　知子、ある中年女性に気づき、

知子「（ため息）……よく来られるわねぇ」

華子「？」

　受付をするスラリとした中年女性。

知子「あの方、従兄弟の康信さんの先妻なの。まだ小さな子がいるのに出て行ったのよ」

華子「子供を置いて、ですか？」

知子「まあ、この家で子供を連れて出て行くなんて許されないから。本人としては不本意だったんでしょうけど、（華子に向かって）分かりそうなものじゃない？」

　中年女性、二人の前に来て傘を閉じ、丁寧に会釈する。

　華子と知子、会釈を返すと女性は屋敷に入って行く。

知子「何あれ。やっぱり少し違うお育ちなのね」

　華子、背筋の伸びた中年女性を目で追う。

77 青木家・応接間（午後）別の日

　敏子、知子、謙次郎、放心状態で座っている。

　華子、皆のコーヒーカップを片付け、お茶に代える。

敏子「……本当なら半分ずつでしょ。それなのにどうして康信さんに二割も行くのよ」

知子「そうですよ。お父さんのお世話をして来たのはお義姉さんなんですから」

謙次郎「仕方ないだろう。父さんがそう言うんだから」

知子「あなたが会社を継いでいれば遺産も会社も康信さんに取られることなかったんじゃないですか？」

　秀太郎と幸一郎、部屋に入って来て、ため息を吐き、座る。

敏子「（幸一郎に）遺言書、無効にはできないの？」

幸一郎「申立てはできますけど、難しいと思います。それを書いた時期に認知障害があったと証明できれば別ですけど」

秀太郎「（苦笑）どうやって証明するんだよ」

幸一郎「僕は専門じゃないので、誰か探してみます」

　重い空気の中、華子も部屋の端に座る。

　幸一郎、スマホを手に取り、操作する。

知子「……裁判になったら相続はどうなるのかしら」

秀太郎「ある程度、準備できてるんだろ？」

敏子「あなたの選挙資金もあるでしょ？」

知子「幸一郎が出馬すれば、もっと必要になりますから」

華子「……」

　壁際に座った華子が驚いて幸一郎を見る。

　目を逸らす幸一郎。

華子「……」

78 同・玄関前（夜）

幸一郎、疲労困憊した様子で靴を履く。

後を追って来た華子、

華子「……出馬って何？」

幸一郎「（ため息）いきなり出るわけじゃないよ。まずは伯父さんの秘書になるだけ」

華子「それって……」

幸一郎「（遮って）明日でいい？」

　幸一郎、先に外に出る。

華子「……」

　華子、コートを手に立ち尽くす。

F.O.

79 実景・（午後）

F.I.

曇り空。開発が進む東京の風景。

【五章　彷徨】

80　新居マンション・リビング（午前）春
華子、ソファに寝転び、iPadで秀太郎のFacebookページを見ている。

秘書として活動する幸一郎の画像が並ぶ。

農家で住民と笑う写真、有権者へ手を振る写真。

華子「……」

逸子のページに飛ぶと、演奏会の写真、猫と映る写真、と充実した様子。

華子が体の向きを変え、メッセージを入力する。

〈日本にいつ帰ってくるの？〉

ダイニングテーブルの上でスマホが振動する。

華子、音の方を見て、起き上がり、スマホの画面を見ると、知子からのLINE。

〈お話しした不妊外来です。よければ予約を入れますが、来週あたりどうでしょうか？〉

華子「（ため息）……」

華子、スマホを開かず、そのままソファへ戻る。

81　銀座のカフェ（午後）
給仕係「いらっしゃいませ」
華子、店に入って来て真を見つける。
華子「呼び出しておいてごめんなさい」
真「ううん、ちょうど時間あったから」
華子「場所すぐにわかった？」
真「地図見た」
華子「本当？」
真「うん」
給仕係「失礼いたします」
給仕係がきて、水のグラスを置く。
華子「ダージリンのミルクティーを」
給仕係「かしこまりました」
華子、給仕係に紅茶を注文する。
真「（給仕係が下がり）どうしたの？　何かあった？」
華子「ううん、大した用じゃないんだけど、ちょっと働こうかなって。私にできそうな仕事があったら紹介してもらえないかな」
真「ああ……幸一郎くんは知ってるの？」
華子「（首を横に振って）忙しくて帰って来られないの。たまに帰っても、疲れて寝ちゃうし」
真「今や議員秘書だもんなぁ……」
華子「（苦笑）それなのに向こうのお母様、〝孫はまだなの？〟って」
真「まぁ、跡継ぎを産んでもらわなきゃってのはあるんじゃない？　幸一郎くんだって地盤を継ぐのは子供の頃から決まってただろうし」
華子「え……」
真のスマホが振動し、ちらっと見る。
真「華子ちゃんの子も、男の子なら継ぐことになるんじゃない？」
華子「……（言葉が出ない）」
華子、呆然とする。
真「で、仕事だよね。……やっぱり幸一郎くんに相談した方がいいよ。向こうの家の考えもあるだろうし」
華子、我に返って頷く。

82　榛原家・座敷（午後）
京子、雛人形を仕舞う準備をしている。
華子、ぼんやりと人形を仕舞いながら、
華子「お祖父様のお通夜の時に、甥にあたる方の別れた奥様が来てたの」
京子「あら、来られるものなの？」
華子「お母様もそう言ってた」
京子、笑って。
華子「……みんなは煙たがってたけど、私は素敵な人だなって思った。離婚するときにお子さんを引き取れなかったんですって」
京子「あの家ならそうでしょうね」
華子「そうなの？」
京子「そりゃそうよ。世の中はああいう方たちを中心に回ってるんだから。馬鹿よね……もう少し我慢して姑が往生するのを待てばいいのに」

華子、呆然とする。

京子「あなたも多少のことは目をつぶって、上手くやりなさい」

83 同・玄関の前（夕方）

華子、玄関を出て歩き、門を開けて家へ帰っていく。

84 新居マンション・廊下（夜）

0時過ぎ。明かりの消えたリビングから、淡い光が漏れている。

パジャマ姿の華子が寝室からリビングへ向かい、ドアからそっとうかがう。

幸一郎、ベランダに出て、座ったまま土の入ったプランターに手を入れ、じっとしている。

傍には缶ビールが。

華子「……おかえりなさい」

華子、ブランケットを二つ取り、一つを幸一郎の肩にかける。

幸一郎、華子に気づく。

華子、幸一郎の隣に座る。

幸一郎「（言い訳するように）土、いい匂いだなって……」

幸一郎、土をいじる

華子「何か育ててみようかなと思って。やったことないけど、トマトとか今の時期に植えるといいみたいだし」

幸一郎「買った方が早くない？」

華子「そうだよね………でもやりたいの」

疲れた様子の幸一郎。

華子「私にできる事があったら言ってね」

幸一郎「……結婚してくれただけで十分だよ」

華子「……それでも言って欲しいの。何でもいいから。困ってる事とか、この先の夢のこととか」

幸一郎「華子にはさ、夢なんかあるの？」

華子、幸一郎を見る。

幸一郎「俺はまともに家を継ぎたいだけだよ。……それは夢とか展望じゃなくて、そういう風に育ったってだけ。………華子が俺と結婚したのと一緒だよ」

華子「……」

幸一郎「……入ろう」

幸一郎、華子の頭をポンと撫でると、華子が振り払うように首を振る。

幸一郎、華子を見下ろし、一人部屋へ入って行く。

幸一郎「……」

85 タクシー・車内（夕方）

知子と華子、後部座席に座っている。

知子「（運転手に）あ、そこでいいわ。ちょっとお買い物して帰るから」

停車し、知子が降りる。

知子「それじゃあ。身体、ちゃんと温めてね」

華子、頷く。

ドアが閉まり、再び発車する。

街を行く人々をぼんやり眺める華子。

信号で停まると、脇を自転車が追い越していく。

目をやると、自転車にまたがる美紀が。

華子「……？」

車が動き出し、美紀を追い越す。

華子、美紀を目で追う。

再び停車した車を追い越して行く美紀。

華子、思わずドアを開け、

華子「美紀さん！」

美紀、驚いて停まり、振り返る。

美紀「ん？」

86 美紀のマンション・玄関（夜）

華子と美紀、階段を上がる。

美紀、ドアの鍵を開けて電気をつけ招き入れる。

美紀、郵便受けのチラシを置き、下駄箱を開ける。

美紀「スリッパあったかな……あー、あった。よいしょ。はい、どうぞ」

華子「お邪魔します」
　華子、扉を閉めて鍵をかけ、靴を整える。

87　同・部屋（夜）

　8畳ほどの部屋。華子、ソファに座っている。
　美紀がテーブルに飲み物の入ったマグを置く。
美紀「どうぞ」
華子「ありがとうございます」
　美紀、一口飲む。
　華子が高校名と年度が入った美紀のマグに目をやると、
美紀「これでしょ？（マグを見せ）ダサいんだけど、手に馴染んでて飲みやすいんだよね。全然気に入ってないんだけど、なぜか割れずに生き残っていくし。なんかそういう食器ってない？」
華子「あぁ……」
美紀「（笑）……ピンとこないか」
華子「（苦笑）」
　二人、静かに飲み、
華子「……あの、お部屋見てもいいですか？」
美紀「うん。どうぞ」
　華子、ドレッサーに近づく。
　大振りなピアス、ブレスレット、腕時計、ヘアブラシ、香水。
　冷蔵庫の扉に、レシピの切り抜きやチラシが貼ってある。
　壁に貼られた写真に目をとめる。
　旅行先での写真、母との入学式、弟との自撮り写真。
　美紀、マグカップを片付けながら、
美紀「こんなひどい部屋って、初めてなんじゃない？」
華子「いえ、すごく落ち着きます」
美紀「狭い部屋って落ち着くよね」
華子「そうじゃなくて……全部、美紀さんの物だから」
　美紀、華子の言葉を飲み込むように黙る。
　華子、デスクに積まれた土産物の試供品を手に取ると、
美紀「あぁ、それね。今月で会社辞めて友達と起業するの。地元の企業のブランディングとかＰＲを手伝う会社なんだけど」
　華子、頷く。
美紀「新しいお土産を作ったり、イベント企画したり」
華子「へぇ……すごい」
美紀「うまくいくか分かんないけどね」
　と、洗濯カゴを持ってベランダに出る。
　華子がベランダの外に目をやると、一部が隠れた東京タワーが見える。
華子「……」
　吸い寄せられるようにベランダに出て、ビルの隙間から見える東京タワーを見つめる。
美紀「（差し出し）食べる？」
　とアイスキャンディーを差し出す。
華子「ああ、ありがとうございます」
　二人、アイスを食べながら、東京タワーを眺める。
華子「こういう景色、初めて見ました。ずっと東京で生きてきたのに」
美紀「みんな決まった場所で生きてるから。うちの地元だって、町から出ないで親の人生をトレースしてる人ばっかりだよ」
　気がついたように、
美紀「そっちの世界とうちの地元ってなんか似てるね」
　美紀、華子に笑いかける。
華子「……」
　美紀、考え込む華子に、
美紀「事情は分からないけど、どこで生まれたって、最高って日もあれば、泣きたくなる日もあるよ。でも、その日何があったか話せる人がいるってだけで、とりあえずは十分じゃない？　旦那さんでも友達でも、そういう人って案外出会えないから」
　華子、うつむく。

88 **銀座・路上（夜）**

華子、ひとり夜の街を傘を差し歩いている。

銀座四丁目交差点を渡り、雑踏を行く。

表情がどことなくすっきりしている。

89 **豊洲・路上（夜）**

東京のビル群を背に晴海大橋。

清々しい表情の華子、閉じた傘を突きながら渡ってくる。

女の子たちの楽しそうな声に立ち止まる。

車道を挟んだ反対側。

お揃いのダボダボのジャージを着た高校生くらいの少女が二人、一台の自転車にまたがっている。

それをぼんやり見つめる華子。

少女たち、華子に気づいて、
少女1「なんか人いるんだけど」

と一人が手を振る。

華子が少し迷って、控えめに手を振り返す。

少女2「手、振ってる?」

少女1「あ、本当だ振ってる」

二人の少女がブンブン手を振る。

華子、清々しい笑顔で大きく手を振る。

互いに手を下ろし、それぞれの方向に進んで行く。

90 **新居マンション・リビング（深夜）**

帰宅してきた華子、部屋に入って来る。
幸一郎がソファで寝落ちしている。
華子、近くにあったブランケットを幸一郎にかけ、側に座り込む。
幸一郎、ぼんやり目を覚ます。
華子「おかえり……」
幸一郎「……ただいま、じゃない?」
華子、フッと笑う。
華子「疲れた……けど楽しかった」
幸一郎、華子を見て、
幸一郎「……そんなに睫毛長かったっけ」
華子「あの時話した映画って見てくれた?」
幸一郎「なんだっけ?」
華子「最初に会った日に話した映画」
幸一郎「あ、いや」
華子、苦笑し、
華子「絶対見てないと思った」
幸一郎、ソファを降りて華子の隣にしゃがむ。
静かに雑談を始める二人。

91 **青木家・座敷（午前）夏**

頭を下げている華子。
華子、顔をあげると知子が思い切り平手打ちをする。
謙次郎「おい、やめなさい、知子。ほら、ほら。ね、ほら」
謙次郎に止められた知子、憎々し気に華子を睨む。
華子「……」
謙次郎「座って」
謙次郎、知子を座らせる。
謙次郎「離婚なんかでもめて、裁判に持ち込むわけにはいきませんから」
幸一郎はかたい表情で目を伏せている。
宗郎と京子、手をついて再び頭を下げる。
謙次郎「今日のところはお引き取りください」
宗郎、息が荒く。
幸一郎が華子を見る。
うつろに見返す華子
華子「……」
華子、京子にうながされ、座敷を出ていく。

92 **東京駅前の商業ビル・テラス（夕方）**

東京の街を見下ろせる高層階。

ドレスを着てゲスト証を下げた美紀、観光客の写真を撮ってあげる。

美紀「はい、チーズ」

シャッターを押し、スマホを返す。

美紀「どうですか?」

女の子達「あ、大丈夫です。ありがとうございます」
　ベンチに座り、資料をひらく。
平田「ミキティも撮ってあげるよ」
美紀「えー、いいよ」
平田「いいから。ふふ」
　平田、嫌がる美紀を立たせ、スマホを構える。
平田「ミキティ」
美紀「うん?」
平田「もっと笑いなよ」
　美紀、呆れて笑う。
美紀「ふふ。はーい」
平田「はい、チーズ」
　シャッター音が響く。
　二人、肩を寄せて撮った写真をのぞき込み、笑う。
　チルドのコーヒーを飲みながら、
美紀「あと20分だよね?」
平田「うん。あとプロジェクター借りてもらった」
美紀「オーケー」
　二人、柵にもたれながら、資料をめくり確認する。
美紀「この人って来る?」
平田「あ、そう、この人は来るんだけど、この人がキャンセル」
美紀「うん、わかった」
　美紀、ふと後ろの景色に目を留める。
美紀「ねぇ……昔、内部生とさ、こういう所でお茶しなかった?」
平田「あー、あった！　お茶しようって言うからついて行ったら五千円だよ?　詐欺かと思った」
美紀「でも田舎から出てくるとさ、こういう分かりやすく東京っぽい場所って、やっぱり楽しいよね」
平田「うん。外から来た人がイメージする東京だけどね」
美紀「そう、みんなの憧れで作られていく、まぼろしの東京」
　里英は美紀の肩にもたれて、二人で東京の街を見下ろす。
　眼下にライトアップされた東京駅。
F.O.

93　**実景（午前）　２０１９年8月夏**
F.I.
大通りの先に東京タワーが見える。
【一年後】
オリンピックの競技場や選手村の建設が進んでいる。

94　**山道（午前）**
山道を行く赤と白のツートーンカラーの車。
助手席で眠る逸子。
華子、運転席で車を走らせる。
対向車のいない高原の道を走っていく。

95　**音楽会の会場・ホール（午前）**
『親子で楽しむ小さな音楽会』の会場。
子供たちが遊びまわる中、ステージや椅子が設営されている。
ヴァイオリンケースを背負（しょ）った逸子が見回す。
華子、スタッフと立ち話をしている。

96　**同・屋外（午前）**
華子と逸子、かんかん照りの下、歩いてくる。
サングラスをかけた逸子は、華子に腕をからめ喋っている。
子供たちの遊びに混ざりたい逸子、華子を押して行く。
華子「怪我するよ」
逸子「怪我しない」
華子「怪我するよ」
　逸子、強引に斜面を駆け降りボール投げをしている子供たちの輪に入る。
華子「嘘でしょ?」

逸子「入れてー！」
逸子「はい、パス」
逸子、ボールをキャッチして華子へ投げる。
逸子「はい、華子パス」
華子「はい」
楽しそうに遊び始める二人。

×　×　×

逸子「その自転車借りてもいいですか？」
子供「いいよ」
逸子が子ども用の三輪車に乗って坂を降りる。
逸子「ありがとう。よっ。うわー！　楽しいよ」
華子「気をつけて」
逸子「助けて」
パンツ姿の華子が笑いながら駆け寄る。
華子が逸子の背中を押す。
華子「よいしょ。重いんだけど、逸子ちゃん」
三輪車の後ろに足を掛け、地面を蹴るようにして坂を上がる。
幸一郎「……華子？」
顔を上げると、幸一郎が立っている。
スーツの男に囲まれた幸一郎、髪が短くなり小ざっぱりしている。
華子「……どうして？」
幸一郎「ここ選挙区だから……」
華子「そっか……そうだよね」
幸一郎、気まずそうに逸子に会釈する。
逸子、離れた場所で会釈を返す。
二人、言葉が出ず、
幸一郎「……元気？」
華子「うん……今、逸子ちゃんのマネージャーみたいなことやってて……」
幸一郎「（驚いて）マネージャー?!　華子が？」
華子「……うん（苦笑）」
スーツの男、急かすよう幸一郎に耳打ちする。
幸一郎「あの……よかったら後で……」
華子「……うん」
華子、何度も頷き、会場に入って行く幸一郎を見送る。

97　同・ホール（夕方）

日が暮れ始めた会場。虫の声。

ステージの抜けにランタンが灯されている。

華子、奏者やスタッフとステージ上の踊り場で待機している。

来賓「今年で5回目を迎える『親子で楽しむ小さな音楽会』が、多くの皆さまのご参加により開催できましたこと、心から感謝申し上げます。こうして無事この音楽会が開催できましたのは、ひとえに、市民の皆さまの暖かいご支援の賜物でございます。それでは、さっそく登場していただきましょう。トワイライトカルテットの皆さんです。どうぞ」

会場が拍手に包まれ、逸子を先頭に4人の奏者が吹き抜けの階段を降りてくる。

少し遅れて華子と他の関係者が続き、階段の中ほどで止まり小さく拍手をする。

華子、対岸の2階来賓席に目をやると、幸一郎が他の来賓に混じって拍手を送っている。

4人の奏者、着席しチューニングをする。

場内がゆっくりと暗くなり、演奏が始まる。

華子、目線を上げる。

演奏を聴いていた幸一郎、華子の方を見る。

目が合う二人。

幸一郎、小さく微笑む。

華子、穏やかな笑みを返す。

F．O．

まともじゃないのは君も一緒

高田亮

〈脚本家略歴〉

高田亮（たかだ　りょう）

1971年生まれ、東京都出身。『婚前特急』（11／前田弘二監督との共同脚本）で劇場映画脚本家デビュー。『そこのみにて光輝く』（14／呉美保監督）でキネマ旬報ベスト・テン脚本賞、ヨコハマ映画祭脚本賞を受賞。その他の作品に『さよなら渓谷』（13／大森立嗣監督との共同脚本）『オーバー・フェンス』（16／山下敦弘監督）『武曲MUKOKU』（17／熊切和嘉監督）『猫は抱くもの』（18／犬童一心監督）『映画クレヨンしんちゃん激突!ラクガキングダムとほぼ四人の勇者』（20／京極尚彦監督）『裏アカ』（21／加藤卓哉監督との共同脚本）『まともじゃないのは君も一緒』（21／前田弘二監督）『ボクたちはみんな大人になれなかった』（21／森義仁監督）『死刑にいたる病』（22／白石和彌監督）『グッバイ・クルエル・ワールド』（22／大森立嗣監督）などがある。

監督：前田弘二

製作：『まともじゃないのは君も一緒』製作委員会

共同幹事：エイベックス・ピクチャーズ　ハピネット

企画製作プロダクション：ジョーカーフィルムズ　マッチポイント

配給：エイベックス・ピクチャーズ

〈スタッフ〉

エグゼクティブプロデューサー　西山剛史
　金井隆治
プロデューサー　小池賢太郎
　根岸洋之
撮影　池内義浩
照明　岡田佳樹
録音　小宮元
美術　松塚隆史
編集　佐藤崇
音楽　関口シンゴ

〈キャスト〉

大野康臣　成田凌
秋本香住　清原果耶
戸川美奈子　泉里香
宮本功　小泉幸太郎
君島彩夏　山谷花純
柳雄介　倉悠貴

1　森・3年前（夜）
風に揺れる木々。

落ち葉を踏みしめる音がし、一人の男・大野康臣（24）が姿を現し、池の前に立ち止まった。

大野「（耳を澄ます）……」

と、風に揺れる木々のざわめき、虫の声、動物が踏みしめる落葉の音が聞こえてくる。

大野、森の空気を深く吸い込む。

やがて、気が晴れたような顔。

大野「……」

2　駅前広場
女子高生のグループが、階段下のテーブル席に座り、ダベッている。
サツキ「ねぇ聞いた？　西高のヤナギくん、2組のキミジマと付き合ってんだって」
エリカ「ホントに？　あいつ、どこが可愛いのかわかんないんだけど」
ミキ「私はブスだと思ってるけどね」
サツキ「あーあ、電車の楽しみなくなった」
ユミ「あのブス、許せないんだけど！」
それを、退屈だが、すました顔で聞いていた秋本香住（18）。
香住「そこにいるよブスが」
と、階段を降りてくる三人組を指差す。
その中心にはキミジマ（18）がいた。
女子高生たち「……」
キミジマは『ブス』とは言い難いスタイルの持ち主だった。
女子高生たち、顔を背け、「今日、予備校行く？」などと関係ない話を始めた。
香住「（呆れ）……」
キミジマ、広場に流れている曲に反応し、
キミジマ「あ、これ好きな曲」
と、音楽に合わせて体を揺らし始める。
すれ違う男たちは彼女に目を奪われ、振り返った。
キミジマ「あ、ヤナギ！」
と、手を振った。
彼女の視線の方へ、振り向く女子高生たち。
そこには、いかにも女子ウケしそうな男子高生・ヤナギ（18）がいた。
彼に駆け寄るキミジマ、楽しそうだ。
それを盗み見ている女子高生たちが悔しげに席を立つと、遅れて立ち上がる香住。

3　予備校付近の道（夕）
不満そうに歩いている女子高生たち。

サツキ「あいつ、みんなに見せびらかしたいから、あそこで待ち合わせたんだよ」

エリカ「絶対そう」

ミキ「腹立つ」

ユミ「あのブス」

と、愚痴で盛り上がっていく。

最後尾を歩いている香住、それら全てがバカバカしく、退屈そうにだらだらと歩いている。

その先に、予備校が見えてくる。

香住、グループから離れ、予備校に入っていく。

4　予備校・教室（夕）
賑わっている教室。

その一角にある個別ブースに、香住の姿がある。

香住「みんな好きなんだよね～ああいうのが。本気で怒っちゃってんの。わかってないよね。隣の高校とか、バイト先とか、近いとこにいる男しか見てないからそうなるんだよ」

と、バッグから参考書を取り出しながら、同級生たちのことをグチっている。

授業準備をしながら、それを聞いていた個別指導講師・大野康臣（27）。

大野「……じゃあ君は？　どういう男がいいの」

香住「あれ？　言ったことなかったっけ？」

と、スマホを取り出し、記事を見せる。

香住「私はこういう人がいい」
それは『宮本功（ミヤモトイサオ）』というおもちゃメーカーの社長のインタビュー記事で『科学が発達するほど人間の力が問われる』と、見出しがある。
大野「おもちゃメーカーの社長？」
香住「それだけの人じゃないの。テクノロジーと人間の関係が変化していく世の中で、どんな人間が必要とされるかってことを考える人」
大野「……そう。じゃあ、授業を始めようか」
と、再び授業の準備を始める。
聞いていない香住は、画面に、宮本の気取った写真を出す。
香住「これからはね、人工知能とかロボット技術がグーってくるから、人間は何もしなくていい時代がくるわけ。そうなった時に、人間の本当の力が試されるってこと」
と、写真をスクロールし、
香住「つまり、本当の自由が得られた時にこそ、本当の個性、どう生きるか、どう充実させるか、本当の生き方が試されるって言うのね」
と、話しながら、次々と写真を見せた。
キメ顔や自然な笑い、答えを迷うような顔、体を伸ばしている姿、振り返る姿、次々見せられる大野。
大野「（見せられ）……」
香住「私たちのこれからは、今の大人たちが生きてきた時代とは本質的に違うのッ」
大野「？……何が違うの？　本質的に」
香住「つまり、根本的に違うの」
大野「何が？」
香住「だから、時代が」
大野「……どんな時代になるって？」
香住「だからッ、すごい時代だよ」
大野「？　どういう風に？」
香住「もー……センセーと話してると、話進まないんだけどッ」
大野「その、宮本って男の人は、どこがいいの？」
香住「……新しい生き方を提案してるとこ」
大野「どういう？」
香住「だからッ、今までとは違う生き方！　日本語わかんないの？」
大野「日本語はわかってるよ。……ただ具体がないから」
と、再び授業の準備を始める。
香住「（イラッとし）あ、そういえばヨコヤマさんに男できたみたいだよ」
大野「……そう」
香住「こないだ車で迎え来てたから。悲しい？」
と、からかい、笑みを浮かべた。
大野「なんで？」
香住「前付き合ってたんでしょ？」
大野「ご飯食べ行っただけだよ。もう授業を始めてもいいかな？」
香住「ご飯？　どこに？」
大野「『先生がいつも行ってるとこ行きたい』って言われたから、近所の定食屋に」
香住「『いつも行ってるとこ』ってそういう意味じゃないでしょ」
大野「（手を止め）……『そういう意味じゃない』？」
香住「だからッ、『いつも行ってるとこ』っていうのは、毎日ご飯食べてる定食屋じゃなくて、友達とかと飲み行ったりするとこのことだよ」
大野「『友達と飲みに行く』？」
香住「もうちょっと説明すると、『先生っていつもこういうとこで飲んでるんだ～』とか言いながら、大人の雰囲気を味わえるようなとこだよ」
大野「（考え）その食堂、大人しかいない店だよ？」
香住「（鼻で笑い）なんでデートでミックスフライ定食食べなきゃいけないんだよ」
大野「いや僕が頼んだのは、コロッケと唐揚げの相盛り定食で、ヨコヤマさんは日替わり定食Bの……」

香住「（面倒臭くなり、話を遮り）どっちでもいいから。もういいよ。授業始めて」

と、ようやく参考書を手にした。

大野「（納得がいかず）……」

香住、参考書をペラペラ開きながら、

香住「（顔を見つめ）顔もスタイルもいいのに、もったいないよね～」

大野「『もったいない』？」

香住「中身がまともなら、絶対付き合えると思う」

大野「『まとも』？」

香住「普通の会話ができればッ（の話）」

大野「『普通』？」

香住「うるさいな」

大野「その、僕の、どういったところが『普通』と違うのか、教えてもらえると嬉しいんだけどな」

香住「！　ごめん、忘れて」

大野「僕は自分では普通だと思ってるんだけど、君の『普通』は、僕のとはちがうみたいだから。その、幾つか……」

香住「（話を遮り）私が間違ってた。授業して」

大野「（納得がいかず）……（諦め）じゃあ、72ページ開いて」

素直にページを開く香住。

5　同・入口付近（夕）

授業が終わり、帰っていく生徒たち。

教室から出てくる大野に近づいていく女子・ハルカ（21）がいる。

ハルカ「大野先生、今日ってもう帰るんですか？」

大野「え？　うん」

ハルカ「ご飯食べ行きません？」

大野「あぁ……」

その横を通り過ぎていく香住。

6　同・前の通り（夕）

歩いている香住。

香住「また揚げ物食いに行くんだろうな～」

ハルカを置いて、香住を追って出てくる大野。

大野「ちょちょちょ、秋本さん。これから、あの子とご飯食べにいくんだけど、その、どういう店に行くべき？」

香住「だから、その辺の……」

大野「『その辺の』？」

香住「それやめた方がいいよ。こっちが言ったことそのまんま聞き返すの」

大野「『聞き返すの』？」

香住「だからそれだよッ」

大野「あぁ……それで？　お店は？」

香住「……なんか食べたいものある？」

大野「『食べたいもの』？……そんな風に考えたことないな」

香住「（面倒くさくなり）わかったわかった。じゃ後でショートメールするから。携帯番号教えて」

大野「え、え？　しょ、メールなのに？　番号？」

香住「いいから携帯貸して。（まさか）携帯持ってる？」

大野「いまどき携帯持ってない人いないよ～」

と、笑う。変な笑い方だ。

香住「……（相手するのに疲れ）いいから早くして。私行くとこあるから」

7　横浜市民会館・前（夕）

今日の講演会『新時代の子どもの伸ばし方　宮本功』と、入り口横にある。

8　同・舞台（夕）

壇上にいる宮本、講演している。

宮本「私は、子供向けの知育玩具を作ってきました」

舞台上のスクリーンには、彼が今までプロデュースしてきた知育玩具の映像が流されている。

宮本「その経験でわかったことは、どんな子供であれ、能力は無限に伸ばすことができるということです！」
拍手する主婦たち。
宮本「学校の成績が悪いことを気にする必要はありません！　詰め込み暗記型の受験戦争からゆとり教育になり、学力が低下したと大騒ぎしてまた学習指導要領を変えるんです。こんなことをいつまで続けるんでしょうね。多分、この先も教育方針は変わり続けるでしょう。そんなものに一喜一憂する必要がありますか？　もっと大事なことがあるはずです。子供たちがすでに持っているもの、好奇心や自由な発想、興味を持ったらとことんやる集中力、それを押さえつけず、伸ばしてやることです！」

9　同・裏庭（夕）

歩いている香住。手にあるスマホを見る。
市民会館の見取り図画像。
辺りを見回しながら歩き、
香住「！……」
と、建物の外に置かれた灰皿を見つけた。

10　同・ロビー（夕）

講演が終わったのか、次々と人が帰って行く。
宮本、主婦たちに笑顔を振りまいている。

11　同・裏庭（夕）

木に隠れ、灰皿のあたりをじっと見つめている香住。
建物のドアが開き、出てきたのは、宮本功だった。
香住「ッ！」
と、気持ちを落ち着かそうと、深呼吸する。
そして、タバコに火をつけている彼の元へ、小走りにいった。
香住「あのッ」
その声に驚く宮本、咳き込んだ。
香住「あ、すいません」
宮本「いや（と咳き込む）」
香住「禁煙、続かなかったんですか？」
宮本「え？　あぁ……なかなかね」
香住「新しい時代の人間も喫煙しますか？」
宮本「……するだろうね」
香住「アイコスじゃなくて、普通のタバコ？」
宮本「あらゆるものが選べる時代が来るだろうからね。働くことも働かないことも選べる時代だよ」
香住「宮本さんが書かれた本、全部読んでます」
と、数冊の本を取り出す。
『未来型思考法のススメ』『シンギュラリティ時代の勝算』などと題名がある。
香住「『一生は長い。大事なのは今よりも二十年後』ですよね」
宮本「（嬉しい）あぁ、ありがとう」
香住「私、小学校の先生になって、子供の考え方を押さえつけるんじゃなくて、もっと広げるようなことをしたいと思ってるんです」
宮本「君みたいな人がもっと増えれば、世の中はもっと楽しくなるのにね」
香住「はい。あのッ、私、がんばりますッ。いつか宮本さんと……一緒にお仕事できるように」
宮本「（笑いかけ）嬉しいな」
と言う彼の顔を見つめる香住の目、輝いている。
香住「……あの……これ……」
と、用意していた手紙を彼に渡した。
その時、ドアが開き、一人の女・戸川美奈子（27）が現れる。
美奈子「あぁ、やっぱり吸ってた～」
宮本「この娘が吸ってたんだよ（香住に）君、まだ未成年だろ」
と、さりげなく手紙を隠した。
香住「違いますよ～」

と、宮本の手にあるタバコを取った。
宮本「あぁ、そうなの?」
美奈子「……お客さんがお待ちかねだよ?」
宮本「君も結婚するなら、相手をよく選んだ方がいいよ。相手次第でタバコもやめなきゃならないからね」
香住「けっこん……」
美奈子「自分でやめるって言ったくせに～」
と、宮本の腕を取り、建物の中へ戻って行った。
一人取り残された香住、呆然と立ち尽くした。

12 予備校・教室

13 同・個別ブース

ぼんやりと座っている香住。
その向かいにいる大野、彼女の顔を見、
大野「どうしたの? 元気ないみたいだけど」
香住「別に……それより、昨日はどうだった?」
大野「あぁ、良かったよあの店。なんか薄暗かったけど、向こうは喜んでたし」
香住「そう。じゃ、うまくいきそう?」
大野「あぁ……まあ、好きだって言われたんだけど」
香住「うそ、すごいじゃん」
大野「うん……そうなんだけどね……」
香住「何?」

× × ×

夜の遊歩道を歩いている大野とハルカ。
ハルカ「私……先生のこと好きなんです」
大野「?……それ、定量的に言ってもらえるかな」
ハルカ「(困り)……」

× × ×

香住「『定量的』? それどういう意味?」
大野「どれくらいの量かってこと」
香住「普通に聞けないの?」
大野「『普通』?」
香住「だからッ、そういう時は、『俺のことどれくらい好きなの?』とか聞けば?」
大野「あぁ」
香住「もうちょっと普通の人になじむ努力したら?」
大野「『なじむ努力』?」
香住「(厳しく)繰り返すのやめてって言ったよね?」
大野「そうだね、ごめん」
香住「勉強ばっかしてるからそんなことになるんだよ」
大野「勉強ばっかりじゃないよ。遊んでばっかりだよ」
香住「遊びって何?」
大野「うん……素数の謎を解くとか?」
と、一人で笑う。変な笑い方だ。
香住「『素数の謎』?」
大野「あ、繰り返した」
香住「だからなに?」
大野「いや、別に(と、トボけ)……」
香住「言っとくけど、私、今日機嫌悪いから」
大野「『機嫌』?」
香住「繰り返さないでって言ったよね? 言葉知らないの?」
大野「(心配し)なんで機嫌悪いの?」
香住「先生には関係ないでしょ? 学校の先生なら人生について話したりもするけど、予備校の先生は勉強だけ教えてればいいんじゃない?」
大野「なんで機嫌が悪いの? あ、その……女性特有の?」
香住「! あのさぁ……女の子に、そういうこと言わない方がいいよ」
大野「『なんで機嫌が悪いの』って?」
香住「その次」
大野「『その次』?」
香住「繰り返さないッ」
大野「あぁ! 生理のこと?」
彼女はため息をつきながら顔を背けた。

参考書を手にする大野。

香住「(急に振り返り) 今日は違うから!」

大野「じゃあ、授業を始めよう」

と、参考書を開いた。

香住「あんた人の心がないわけ?」

大野「今ッ『勉強だけ教えてろ』って……」

香住「人と人ッ。気持ちで会話しないと成長できないよ?」

大野「『成長』?」

香住「……センセーそのままじゃ、一生結婚できないと思う」

大野「!『一生結婚できない』……」

香住「(ショックの理由が分からずも) そ、そうだよ!」

大野「な……何で?」

香住「逆に聞くけど、何でそのままで大丈夫だと思えるわけ?」

大野「何が悪いのかわからないから、どうやって変わればいいかわからないんだよ」

香住「いい? 結婚っていうのはね」

大野「(真剣) うん」

香住「相手のことを思いやって……」

大野「うん」

香住「……タバコをやめさせること」

大野「『タバコ』?」

香住「(悲しくなり)……(顔を背けた)」

大野「?? タバコをやめたら、結婚できる?」

香住「……」

大野「(返事を待つが) ……じゃあ……授業始めるよ?」

立ち上がる香住、出て行った。

大野「……」

14 同・前(夕)

予備校から出てきた香住を追う大野。

大野「ちょちょちょ。さっき言ってた、『タバコをやめると結婚できる』って、どういうこと?」

香住「そんなこと言ってないんですけど」

大野「言ったよ」

香住「言ってない」

と、歩き続ける。

大野「じゃあ……(と不意にすまし顔を作り) ご飯でも食べに行こうか?」

香住「『じゃあ』の使い方間違ってない?」

大野「詳しく聞かせて欲しいんだよ。その……僕の、良くないところを」

香住「……(足を止め) 気にしてんの?」

大野「僕も、普通に、結婚がしたいんだよ」

香住「(呆れ)『普通』って……センセーが普通の人になりたかったら、今から訓練しても十年はかかるよ」

大野「! そんなに……」

真に受けたのか、絶望的な顔つきになった。

道行く女子たちは、うなだれている大野を、チラチラと見ている。

香住「(それを見)……(大野に) わかったよ。行こ」

と、大野の手を取り、歩き始めた。

15 カフェバー(夜)

大野を連れて、店内に入ってくる香住、席に着くと、

香住「お酒でも飲んで酔っ払ったら?」

と、大野にドリンクのメニューを渡した。

大野「普段飲まないんだけどな」

香住「センセーの『普段』は今日で捨てたら?」

大野「こういう店に来ればいいんだね」

香住「まず、そのわけのわかんないジャケット脱いで」

大野「暑くないけど?」

香住「いいから脱いで。どこで売ってんのそれ」

大野「これ?(と脱ぎながら) 近所のスーパーの二階で70パーセントオフになってたから」

それを聞いていない香住、フードメニューを見て、

香住「ここおごりだよね?」

大野「あぁ、大丈夫だよ。予備校の講師っていうのはけっこうもらってるんだよ。まあ僕は使い道がないから……」
香住「わかったわかった。もう黙って」
大野「（口を結んだ）……」
香住「いい？　女の二人組のお客さんが来たらこう言うんだよ」

×　　×　　×

客でいっぱいになった店内で、二人組の女性客、シズカ・ナオの前にいる大野、教わった通りのセリフを言う。

大野「（棒読みで）妹が注文しすぎちゃって、二人じゃ食べきれないから一緒にどうですか？」

一瞬迷うようなフリをするシズカとナオ、（やばいカッコ良くない？）と目配せする。

その様子を、自分の席から冷めた目で見ている香住。

×　　×　　×

大野と香住の向かいへ座っている、シズカとナオ。
香住「この店、こんな量が多いと思わなかったんです」
大野「（棒読み）どうぞどうぞ、遠慮しないで食べてやってください」
シズカ・ナオ「（笑顔で）いただきまーす」
香住「うちの兄、すっごいつまんない人なんですよ、勉強ばっかしてたから」
大野「ひどいなあ（と硬い笑顔）」
シズカとナオ、機嫌よく笑い、酒を飲む。
香住「お姉さんたちは、何してる人？」
シズカ「フツーに会社員だよね」
香住「同じ会社？」
ナオ「ううん」
香住「じゃ大学の友達だ」
ナオ「そうそう、Fランクだけど」
シズカ「そこまでひどくないでしょ」
香住「お兄ちゃんはまあまあいい大学出てんだよね」
ナオ「えー、どこなんですか？」
香住「それは、言うと自慢になっちゃうからね」
大野「（棒読み）そんなことないよ」
シズカ・ナオ「すごーい」
と、盛り上がる。
香住、それを冷めた目で見るが、
香住「休みの日は何してるんですか？」
と、無理に明るい声を出す。
シズカ「えー？　ずーっと寝てる。ヤバイよね」
ナオ「私、最近、自転車にハマってて……」
香住「え？　お姉さんも自転車好きなの？　お兄ちゃん、自転車好きだよね？」
ナオ「えー、自転車好きなんですか？」
大野「自転車？」
テーブルの下、香住は大野の足を蹴飛ばす。
大野「イタッ」
ナオ「どれぐらい走ったことあります？」
香住「けっこう行きますよ、この人」
シズカ「私も自転車で海行ったりしたいな～」
香住「お兄ちゃん、行くよね？　パンツの裾、マジックテープで止めて海まで行くって言ってたじゃん」
大野「ん？　うん、そう。……海。海は、いいよね」
香住「（呆れ）」
シズカ「……海、いいですよね～」
ナオ「海沿いの道とか走ったら気持ち良さそう」
シズカ「ね～、絶対気持ちいいよ～」
と盛り上がり、誘って欲しそうな視線を大野に向ける。そんな二人の会話をつまらなそうに見やる香住。
香住「じゃあさ、お弁当とか持って海まで行って、みんなで仲良く食べなよ！　どっちが付き合ってもお似合いだよ！　はははは！」
と、酔っ払ったように大声を出し、豪快

に笑った。
大野「?……」
シズカ・ナオ「?……」
香住「あ、おかわり行きます?　おかわり行きます?」
シズカ・ナオ「(勢いに押され)……」
香住「いっちゃってよ~。今日は飲も!　お姉さん方!　いっちゃおう!」
シズカとナオは顔をしかめた。
香住「あ~楽しいねえ!」

×　　×　　×

シズカとナオの席が空いている。
大野と香住、さっきまでの盛り上がりは消え、落ち着いている。
香住「あの女たち、センセーが誘えば、デートしたよ」
大野「でも帰ったよ」
香住「ごめん、私のせい」
大野「お酒飲んでないよね?」
香住「うん」
大野「じゃなんであんな酔ったフリ……」
香住「たぶん……お酒飲む人なら、飲みたい気分だったんだと思う」
大野「『飲みたい気分』?『機嫌が悪い』のと関係ある?」
香住「あ!　すごい!　よくわかったね!」
と、笑い出した。
大野「(曖昧に笑い)……」
いつまでも笑っている香住。
馬鹿にされた気分になる大野。
香住「(不意に笑いが収まり)……ねえ。もうちょっと付き合ってもらえない?」
大野「……いいけど?」
香住「保護者同伴じゃないといけないとこあるから」

16　ホテル・外観(夜)

17　同・バー(夜)

カウンター席にいる香住と大野。大野は、店内を見回している。
香住「あの人見て」
と、顎で指した先、宮本と美奈子が飲んでいた。
大野「あ、あの人、君がこないだ言ってた……」
香住「結婚するんだって」
大野「……」
宮本と美奈子は楽しそうだ。
香住、二人から顔を背ける。
大野、香住の悲しげな横顔を見やる。
席を立つ宮本、トイレに歩き出す。
大野のすぐ後ろを歩いていく。
大野の陰に隠れる香住、宮本の顔を盗み見る。
香住「……」
大野「……」
宮本はトイレに入った。
大野「(香住を見る)……」
予備校では見せない顔。
香住「(視線に気づき)何?」
大野「や、あの……」
香住「あっち見て」
と、彼女が顎で指した方を見やる大野。
一人残された美奈子が、憂いのある顔つきでいる。
大野「(彼女に見とれ)……」
香住「どう思う?」
大野「綺麗だね」
香住「へえ、キレイとか思うんだ」
大野「僕も人間だよ?」
香住「彼女は、満足してると思う?」
大野「『満足』?」
香住「(大野を睨み)……」
大野「この店に満足してるかってこと?」
香住「今、トイレに行ってる男に満足してるかどうか。その男との結婚にも」
大野「そんなことはわからないよ」
香住「わからないの?」
大野「わかるわけないよ」
香住「ダメだねえ(と大袈裟に首を振り)そ

んなこともわからないんじゃ結婚できないよ?」
大野「『結婚できない』……（とうろたえる）」
香住「そうだよ。彼女を見てわかんない?」
大野「（美奈子をじっと見）……」
　物憂げに遠くを眺める着飾った美奈子は美しい。
香住「『本当にこの人でいいのかな～』『もっと私に合う人がいるんじゃないかな～』って思ってるように見えるけど私には」
大野「そんなこと思ってるかな?」
　再び、『信じられない』と言いたげな顔をする香住。
香住「いい?　あの女はね、このホテルの社長の娘なの」
大野「へー」
香住「父親は、このホテルだけじゃなくて、レストランとかジムとかもやってんのね。宮本さんは知育玩具とか幼稚園とか学習塾やってんだけど、あの女の父親とコラボしてビジネスしようとしてんの」
大野「すごいね。調べたの?」
香住「要するに、自分はちゃんと愛されてるかな～、父親とのビジネスの方が大事なんじゃないかな～、とか思ってもおかしくないよね?　結婚前に不安になるのは普通のことでしょ?」
大野「そういうものかな（とまた見る）」
香住「『そういうもの』だよ、結婚て」
　そこへ、宮本が戻ってくる。
　と、彼女はパッと明るい表情に変わった。
大野「!……なるほど」
香住「あの人でまず練習してみたら?」
大野「『練習』?」
香住「だから女から好かれる練習ッ」
大野「……」
　と、宮本と楽しげにしている美奈子を見る。
　美奈子の笑顔、輝いている。
大野「……」
　と、やる気のようなものが出てくる。
大野「どうやればいい?」

18　ブランドショップ

　洋服やアクセサリーを見ている香住。
　そこへ、細身のスーツを着て、メンズフロアから出てくる大野。
　それを見た香住、彼のスタイルの良さに見惚れる。
香住「やっぱいいじゃん」
大野「（タグを見）こんな高いの?」
香住「一着持ってれば、どこ行くにも使えるから損しないよ」
大野「スーツを着て行くところには出かけないんだけどな」
香住「今日まではね」
大野「（考え込み）……」
香住「どっかの誰かと結婚するってなったらどうすんの?　親に挨拶しに行く時はスーツじゃない?」
大野「（考え込み）……買おう!」
香住「じゃ、私のも買い行こうッ」
　と、彼をレディースフロアへ連れていく。
大野「え?　え?」
香住「妹が安っぽい格好じゃおかしいでしょ?」
大野「?　あぁ……」

19　坂道

　めかし込んだ香住がスーツ姿の大野を連れて、坂道を登っている。

大野「なんでそんな店に行くんだよ」

香住「だからッ、あの女のインスタ見てたら、何度も出てくる『お姉サマ』の店だからだよッ」

　大野はあまりやる気がないようだ。

　立ち止まり、スマホを取り出す香住、美奈子のインスタ画面を大野に見せてやる。

香住「ほら、この日も、この日も一緒でしょ」

　インスタ画面には『まぽ姉サマみたいな

大人になりたいな〜』とあり、美奈子とシャンパンを飲んでいる三十代女性・保坂真帆（36）の画像がある。
大野「それはわかるけど……この、戸川美奈子って人を相手に練習するんだよね？」
香住「そうだよ」
　と、また歩き始めた。
香住「だから、まずはこの『お姉サマ』と仲良くなって、その後で、『お姉サマ』の知り合いとして知り合う方がいいから」
大野「そんなことしないといけないのかな」
香住「え？　え？　勉強したいんじゃなかった？『普通』の人たちのこと」
大野「や、そうだけど……」
香住「まともな女はね、飲み屋で声かけてきた男なんかと結婚しないの。ほら、投資詐欺事件とかでも、ハイクラスの人間に紹介されたってだけで富豪が何人も騙されるでしょ？」
大野「君、詐欺師なの？」
香住「世の中の『信用』なんかいい加減だってハナシ。自分が尊敬してる人と知り合いってだけで相当ハードル下がるよ」
大野「？　あぁ……」
香住「センセーみたいな人間初心者がさあ、初めましての相手とうまくいくと思う？（と、先を行く）」
大野「（ムッとし）……」

20　食器店・前

　少し離れたところに身を隠す香住。
　そこへ遅れてやってくる大野。
香住「ほら、あそこ」
　と、指さした先には、食器店が見える。
香住「こないだその『お姉サマ』が、あの食器屋さんをオープンしたんだってさ」
大野「食器は揃ってるよ」
香住「買わなくていいんだよ。どうせ遊びでやってるような店なんだから。この食器は色がいいとかなんとか言って、『お姉サマ』に顔を覚えさせればいいの」
大野「買わない客の顔なんか覚えないんじゃないかな」
香住「大丈夫大丈夫。センセーは投資会社の人のフリして。数学のセンセーだから数字は得意でしょ？」
大野「金融で使われてるのは、数学より物理なんだよね。僕がやってたのは純粋数学で、金融なんかの経済の動きっていうのは、物理学者たちが統計物理学のやり方を使って経済を物理学的に……」
香住「（話を遮り）その話やめて。とにかくセンセーは投資会社の人。統計学の専門家なんだけど、市場を分析した結果を説明するために顧客とも会うことが多くて、結婚だの出産だの引越しだのお祝いの品を用意することが増えたっていう設定ね」
大野「それより予備校の講師ですって正直に言ったら？」
香住「私は帰る」
大野「投資会社ね。わかった」
香住「それで、来週戸川美奈子の親がやってるホテルのチャリティーイベントがあって、そこにあの食器屋のオバさんが来るから、イベントまでに食器屋のオバさんと仲良くなって戸川美奈子と食器屋のオバさんが話してるとこに話しかければ三人で話ができると思ってたんだけど、どう？」
　香住の話を聞いてるうちに、だんだん興味が無くなっていく大野。
大野「あーそうなんだ。それはいいね、それがいい」
香住「向こうは本物のセレブだから、こっちもゆとりある雰囲気出してよね。センセー数学のハナシするとき早口になんでしょ、あれやめて」
大野「早口になる？」
香住「うん。じゃ、細かいセリフ決めとこうかッ」
大野「（うんざりし）……」
香住「まず、あのオバさんから声かけられるの待って、『何かお探しですか?』って聞かれたら、取引先の人に引っ越し祝いを贈りたくてって言うんだよ」

21 同・店内

それなりに余裕のある雰囲気で、商品を見て回っている大野と香住、職人が作ったという一点物の皿や器を、じっくりと見る。
店の奥には、保坂真帆がいる。
「いいな」「そうでしょ?」などと、わざとらしく小声でやり取りし、真帆の反応を待つ。
「何かお探しですか?」と、真帆が近づいてくる。

大野「ええ! 僕はこういうことに疎くて、妹に相談したんです。そうしたらここを教えてくれて……」
真帆「はい?」
香住「早い早い(と大野の服を引き)兄が取引先の人に引っ越し祝いを」
真帆「あぁ、贈り物ですね」
大野「ええ! 妹に相談したんです。そうしたらここを教えてくれて」
その言い方に、再び怪訝な顔になる真帆。
真帆「はい、では……」
と、隣のフロアへ向かった。

真帆「こちらはいかがですか」
大野は、真帆にすすめられたその皿を手にし、マジマジと見つめた。
大野「この皿はいいですね。その……なんというか……大きさが」
真帆「はい?……」
大野「色もいいですね。なんというか、特徴がないというか、良くも悪くもないというか、あってもなくても同じというのか。重すぎず、軽くもなく……」
香住「……」

22 坂道(夕)

香住「何やってんの⁉」
と、坂道を下りながら大野に怒鳴った。
大野「(平然と)やっぱり、最初から計画に無理があったんだろうね」
香住「なんであんな簡単なことも出来ないの?」
大野「言われた通りやったけど、うまくいかなかったんだよ? 君は自分の失敗を認めたほうがいいんじゃないかな」
香住「センセーの失敗だよ! セリフ一個飛ばしてたじゃん」
大野「それって、大きな問題かな?」
香住「『この皿はいいですねぇ〜。大きさが』? 何なのそれッ」

大野「皿を褒めろって言ったのは君だよ?」
香住「頭の良さを褒めろって言ったら、頭の大きさがちょうどいいっていうわけ?」
大野「頭の良さ? 今、皿の話をしてたんじゃなかった?」
香住「……(ため息をついた)」
大野「元気だしなよ。次はうまくいくから」
香住「次? 何でまだやる気あんの? 不思議なんだけど」
大野「『不思議』? 何が?」
香住「だから……」
大野「教えてもらえないかな」
香住「何?」
大野「戸川美奈子って人に、どう話しかければいい?」
香住「だからッ。今、計画が崩れたとこなんだよ⁉」
大野「僕は『普通』を知りたいって言ってるんだよ? 資産家が道楽でやってる食器屋とか、経営してるホテルでやってるイベントとか興味ないよ」
香住「え? え? え? 説明聞いてたよね? センセーは、普通以下。だから私の言うことを聞いて」
大野「『普通以下』?」
香住「あれ? 怒ったの? 『普通』がわからないから『普通』を教えて欲しいって言っ

たの誰だっけ?」
大野「ヤン-ミルズ方程式と質量ギャップ問題はわかる? 友愛数は無限に存在する? ヒルベルトの第12問題は?」
香住「全然わかんないけど、それがどうかした?」
大野「まだ誰にも解かれてない問題だよ」
香住「なにが言いたいの」
大野「一つのことがわからないからって、『普通以下』だとするのはどうかと思うね。世の中にわからないことはたくさんあるし、君が知らなくて僕が知ってることもたくさんあるんだからね」
香住「キレてんの?」
大野「次の計画を立てよう（と、足早に歩き始めた）」
香住「！　私がねッ（と、後を追った）」

23　タブレットの画面

宮本のおもちゃ会社のホームページ。

美奈子の父親のホテルチェーンの共同プロジェクトのお知らせがあり、完成予想図（イラスト）が映っている。

香住の声「宮本さんの会社と、あの女の父親がやってるホテルチェーンがコラボして、エンターテイメントホテルみたいなの作るみたい」

24　古い喫茶店

大野と向き合って座っている香住、パフェを食べながら、タブレットでページを彼に見せている。
香住「それだけじゃなくてね、知育玩具を揃えた幼稚園とか、泥んこ遊びとか木登り風の遊具とかを町の色んなとこに作って、子育てに一番向いてる町を作ろうとしてんのね。で、あの女は、宮本さんの考え方に『共感』して、一緒に生きていきたいと思ったんだってさ」
コーヒーを飲みながら聞いている大野。
香住「でもね、あの女は、本当は全然わかってないの。父親は歴史あるホテルの二代目社長だから、中途半端に厳格で、娘をいつも口やかましく叱ってたんだよ。だからその反発で自由な子育てを推奨してる宮本に入れ込んでるだけなの」
大野「それ、ただの想像だよね?」
香住「私みたいに、本気で彼の考え方に賛同して、世の中を変えたいとは思ってないんだよ」
大野「世の中を変えたいんだ」
香住「そりゃそうだよ。詰め込み暗記型受験勉強の被害者が目の前にもいるし」
大野「?……僕のこと?」
香住「楽しみもなく、常識もコミュニケーションの仕方もわからない、孤独死に突き進んでいる人を目の前に、あなたがそうですとは言いづらいけど、そうです、あなたです」
大野「わかってないんだな（と笑い）数学っていうのは、暗記型の勉強だけじゃ面白さはわからないんだよ。数学っていうのはね、冒険なんだよ? 暗闇の中をさまよっているような気分で数式を解いていくと、ある時、不意に美しい世界が広がるんだ。君今いくつ?」
香住「18」
大野「18年生きてきて、君はそういう快感を味わったことはないだろうな」
香住「……この話は、センセーが好きな人と結ばれた時に、もう一回しよう」
大野「あぁ、そうだね。君が数学の快感を知ることはないだろうから」
香住「社会に出たら役に立たない勉強をずっとやってると、ハイになるんだな～」
大野「『役に立たない』?」
香住「うん。たぶんだけど、私は就職したら『素数』って言葉を思い出さないと思う。一生」
大野「あぁ。まあ、君はそうだろうね」
香住「あ、バカにしてる」

大野「いや、僕も普段、『官僚』って言葉を思い出さないけど、官僚の人たちは毎日世の中のために働いてるよ」
香住「世の中のためかはわからないけどね」
大野「(見つめ) 君はそういう世の中をナナメに見るようなところがあるから、恋人ができないんじゃないかな」
香住「え⁉　センセーがそういうこと言う？」

25　道

香住と大野、話しながら歩いている。
香住「そもそもセンセーが誰ともうまくやってけないから……」
大野「どうでもいい話はもうやめて、本題に入ろう」
香住「『どうでもいい』？　センセーが『すうがくはぁ、ボウケンだぁ！』とか言い出すからいけないんじゃん」
大野「そんな言い方はしてない」
香住「言い方の問題じゃなくて」
大野「まあいいよ、わかったわかった。じゃあ次はどうする？」
香住「……私が今ムカついてんのってわかる？」
大野「『ムカついてる』？」
香住「怒ってるってことッ！」
大野は笑った。変な笑い方だ。
大野「『ムカつく』の意味くらいわかるよ」
香住「(さらに苛立ち) あっそう。意外だね」
と、足早に歩き始めた。
大野「(後を追い) ムカついてるの？　どうして？」
香住「あなたは、私の計画を台無しにしても平気な顔して『次の計画は？』って聞いてきました。私は、あなたのことを殺したい！　と思いました。なぜでしょう」
大野「？……ごめん、もう一回いい？」
香住「どうせ言ってもわかんないからいい！」
と、さらに早足で行ってしまう。
大野「待って待ってッ。ちゃんと考えるよ」
香住「いい、いい」
と、この計画に冷めてしまったように歩き続ける。
慌てて小走りになる大野、彼女の前に回り込み、
大野「待ってもらえないかなッ」
と、彼女の両腕を掴んだ。
香住「ッ！　離してよッ (ともがく)」
だが、大野は意外に力が強く、逃げられない。
大野「僕には、君が必要なんだッ」
と、強く肩を握られ、熱く見つめられる香住。
香住「……」
大野「協力してくれる？　よね？」
香住「……」
彼女は、なぜだかうなずいてしまう。
大野「(ホッとしたように笑い) ……ありがとう」
香住「……(動揺を隠しつつ) いいから、離してくれない？」
大野「あぁ、ごめん」
と、手を離し、我に返ったのか、目を逸らした。
香住、胸の高鳴りを抑えるように、冷静に言う。
香住「……これからは、ちゃんと私の言うこと聞いてくれる？」
大野「うん……」
香住「センセーさ、意外と本気なんだ」
大野「……君以外に『普通』を教えてくれる人はいないし」
香住「そりゃ、まあ、みんなわかってることだから」
大野「うん……そうだよね……」
香住、彼の寂しげな横顔を見つめ、
香住「……」
大野「今まで、僕のことが変だと思っても、指摘してくれる人なんか誰もいなかったん

だよね。なんとなく僕との付き合いをやめていくだけなんだ。でも多分、それが、『普通』の人たちなんだよね」
香住「……」
大野「友達が欲しいわけじゃないから、このままでいいと思ってたけど……最近は、このまま一生一人だと思ったら怖くなってきて……全然眠れないこともあるんだよ」
香住「……そうなんだ」
大野「今、変わらないと、多分変われない……」
香住「……」
大野「なんとかしたいんだ」
香住「……大丈夫だよ。センセー、けっこう面白いよ」
大野「そう？」
香住「うん」
大野「また、バカにしてる？」
香住「してないよ。……私の友達なんか、『普通』の人たちだと思うけど、くだらない陰口ばっかり言ってさ、いっつも次の陰口の相手探してるんだよ？　つまんない奴らだと思わない？　センセーと一緒にいる方が全然楽しいよ」
大野「そう……やっぱり『普通』は大変そうだね」
香住「そうだよ、『普通』って大変だよ」
と、二人は、笑い合った。

26　駅前広場

いつもの場所で、同級生たちとだらだらしている香住。
キミジマとヤナギは階段に座り、楽しげにいる。
いつもの、『普通』の風景だ。
サツキ「キミジマって、ヤナギくんと付き合ってんのに、ガールズバーでバイトしてんだって」
エリカ「ヤナギくんかわいそー」
ミキ「教えてあげた方がいいんじゃない？」
香住「それ、情報源どこ？」
サツキ「情報源て」
ユミ「バイト先の人から聞いた」
ミキ「なんて？」
ユミ「ガールズバーで、似てる子がいるって」
香住「似てる子……」
サツキ「でも、絶対そうだって」
エリカ「やってそうだもんね」
香住「本人に聞いてみたら？」
女子高生たち「……」
サツキ「予備校終わったら、油そば食べいかない？」
エリカ「えー私パス」
ミキ「どうしよ、（香住に）行く？」
香住「……」
と、席を立ち、階段に座っているキミジマとヤナギに向かって歩き出す。
女子高生たち「（それを見）……」
香住、彼女たちの視線を感じつつ、
香住「キミジマさん、変なとこでバイトしてるって本当ですか？」
キミジマ「変なとこ？（と顔をしかめ）つーか、あんた誰？」
ヤナギ「あぁ、変なとこってバーのこと？」
キミジマ「あ、なんだ。バイトっていうか、うちの親がやってるバーを手伝ってるだけだけど？　なに？」
ヤナギ「バーっつってもそんなかっこいいとこじゃないよ？　商店街の人が来るだけのスナックみたいなとこだよ」
キミジマ「バーだから」
ヤナギ「そうそう、バーね」
香住「高校生がスナック行っちゃダメでしょ」
キミジマ「バーね」
ヤナギ「親が行くから、迎えに行くんだよ。飲みすぎるから」
香住「それでよく顔を合わせるから、好きになったんですか？」
キミジマ「だからあんた誰？」

香住「うーん……なんで人って人を好きになるんですかねえ」
　と、キミジマの隣に腰を下ろした。
キミジマ「何言ってんのさっきから」
香住「なんかわかんなくなってきちゃったんですよねえ」
キミジマ「わかるでしょ。あんた付き合ったことないの？」
香住「……」
キミジマ「え？　本当にないの？」
香住「（困って）……キミジマさんは！　なんでヤナギさんのこと好きになったんですか⁉」
キミジマ「（なんで急に大声）？」
香住「や、ホントに教えてもらえません？」
キミジマ「理由とかいる？　パッと見て、ちょっとしゃべってさあ、なんかいいって思ったらそれでいいじゃん」
香住「じゃあ、何回も会ってて、何回もしゃべってんのに急に好きになるって、あり得ます？」
ヤナギ「あるよ。俺らも昔から知ってるもんな」
キミジマ「うん。同じ商店街だから」
香住「あ、そうなんですね。いつ好きになりました？」
キミジマ「だから誰なのあんた」
ヤナギ「んー……祭りの日だよな」
キミジマ「そうそう。お祭りの日、私が店出てて、商店街の人たちが飲んでたんだよね。最後にこの人のお父さんが残ってたの。寝ちゃってね」
ヤナギ「そうそう。で迎え行ったら一人で店片付けてたんだよな」
キミジマ「手伝ってくれてね」
ヤナギ「どうせ親父は寝てるし」
キミジマ「私の親も客席で寝ちゃってて。どうしようもないよね」
　と、二人は笑い合い、その日のことを思い出す。
ヤナギ「二人で、店のグラスとか下げてたら……なんか……楽しかったよな」
キミジマ「うん……このまま、二人でお店やりたいとか思って」
香住「それだけ？　それだけで？」
キミジマ「それだけだけど」
香住「それだけで、なんで好きになるの？」
ヤナギ「うーん……でも、その日だよな」
キミジマ「たぶん……立ち位置が変わったからじゃない？」
香住「立ち位置？」
キミジマ「うん。いっつもカウンターの中から、この人がお父さん迎えに来るの見てたけどさ、その日は、一緒にカウンターの中で、並んでグラス洗ったりしたんだよね」
香住「それだけ？」
ヤナギ「それだけじゃないよ。グラス運んだり、テーブル拭いたりもしたよ」
キミジマ「そこどうでもいい気がするけど」
ヤナギ「カウンターの中、狭いじゃん？　すごい近くで話してたら、いつもと全然違って見えたんだよね」
キミジマ「それさっき言ったけど」
香住「あー……なるほど……」

×　　　×　　　×

（回想）道。並んで笑い合っている大野と香住。

×　　　×　　　×

香住「……」

27　待ち合わせ場所の通り（夕）

歩いている香住、行く先には大野の姿があった。
香住「（緊張し始め）……」
細身のスーツで、真っ直ぐに立つ彼は美しかった。
少し離れたところから彼を見てしまう香住。
香住「……」
　道行く女たちは、皆、大野のことを見ている。

香住「(何かが湧き上がり)……ヤスオミ!」
大野、彼女に気づき、近づいてくる。
香住、小走りに彼の元へ行き、腕を組んでみる。
と、驚いた彼は腕を引いた。
大野「何？　どうしたの?」
香住「練習だよ練習」
と、また腕を組む。
大野「練習?」
香住「彼女出来た時のッ」
大野「……あぁ」
訝しげな大野の横で、満足そうな顔つきの香住は、そのまま、歩き出した。
香住「私のことも名前で呼んで」
大野「名前？　なんだっけ」
香住「は!?　香住だよ、カ、ス、ミッ」
大野「あぁ……」
香住「はい、呼んで。どうぞッ」
大野「うん……カスミ」
香住「もっと」
大野「カスミ」
香住「もっと」

28 カラオケボックス(夕)

デート気分で、ノリノリで歌う香住。
なぜここに来たのか、わからない大野。
歌い終わる香住、リモコンを手に彼の隣に座り、
香住「次センセーね。何か知ってる曲ない?」
大野「あぁ……」
香住「(リモコンを操作し)あ、この曲は?」
大野「計画は？　考えられた?」
香住「!……」
大野、テーブルのカラアゲやポテトを押しのけ、
大野「僕も、相手のことを知っておいたほうがいいと思って、予習してきたんだよ」
と、プリントアウトした美奈子のインスタを、大量にカバンから取り出して並べた。
香住「……すごいやる気じゃん」
大野「彼女の趣味は石鹸を作ることらしいんだよ……」
などと、楽しげにプリントを見せてくる。
香住「(違和感を持ち)……」
大野「読書も日課のようでね。とくに、この小説家のものが好きらしいね」
香住「……」
その電話帳のような情報量に、腹が立ってくる香住。
大野「食事は和食が好きみたいなんだけど、それはお父さんの影響みたいだね。ファザコンなのかな」
香住「(苛立ち)……」
大野「交友関係は幅広いけど、本当の友達はいないような気もするね。うわべだけの……」
香住「じゃあこうしよう!」
大野「(ビクッとなり)」
香住「彼女は今日も父親の好きな老舗料理屋でご飯食べる予定なんだけど、最近のパターンはね……」

29 老舗料理屋・前(夜)

料理屋から、宮本と美奈子の父が出てくる。
香住の声「父親と宮本さんと三人でご飯食べてると、父親と宮本さんがビジネスの話で盛り上がって、別の店行っちゃうのね」
話が盛り上がっている宮本と美奈子の父。
宮本「全部が全部AIとかロボットとかにしなくていいって、その人も言ってるんですよ」
美奈子父「接客は人がやったほうがいいよなぁ」
宮本「えぇぇぇ、丁寧に接客するために人の技術を活用しないと……」
と、別の店へ行ってしまった。
香住の声「だから、そのタイミングで料理屋行ってさ……」

早足で老舗料理屋へ向かう大野、店に入っていく。
香住の声「寂しい気分の彼女の隣に座って話しかければ、心許すんじゃないかな」
物陰から、それを見ていた香住。
香住「(笑い)うまくいくわけねーだろ」

30 同・中(夜)

店に入るなり「あれ?」と言っている大野。
カウンター席で飲んでいる美奈子、振り返った。
大野「あ、美奈子さんですね?」
美奈子「はい……」
大野「今日、ここで宮本さんとお父様に、仕事の話を聞いてもらう約束だったんですが……」
美奈子「今さっき出て行きましたけど……宮本の友達を父に紹介するとか」
大野「あぁ、佐々木さんでしょう」
美奈子「いえ、高橋さんとか」
大野「あぁ、そっちか……背の低い人ですね」
美奈子「いえ、大きい人です」
大野「あぁ、やっぱり」
美奈子「?……高橋さんの会社に行って、試作品を見に行くとか」
大野「そうでしたか……(ため息をつき)この席、いいですか」
と、美奈子の隣に座った。
美奈子「今出て行ったばっかりだから、追いつくかもしれませんよ」
大野「えぇ……でもいいんです。ビールください」
美奈子「……」
大野「約束の時間に来てるのに、忘れられてるんですから。営業しても仕方ないですよ」
美奈子「……なんか、すみません……ウチの者が……」
大野「あぁ、いやいや、僕の営業が弱いだけなんで(と苦笑し)軽く食べて帰ります……ここは、何が美味しいんですか?」
美奈子「なんでも美味しいですよ。今日のオススメ何だっけ」
大野はポケットからスマホを取り出した。
香住と通話中になっている。
そのスマホをひっくり返してテーブルに置くと、おしぼりで手を拭いた。

31 同・前(夜)

店前に座っている香住、スマホにつなげたイヤホンから、店内の会話を聞いている。
香住「(ニヤニヤ)失敗しろ失敗しろ。聞き返せッ」

32 同・中(夜)

大野の前に、白子ポン酢が出された。
大野「これは? なんですか?」
と、ハシでつまみ上げた料理をしげしげと見ている。
美奈子「え……白子ですけど……大将、これどこの白子でしたっけ」
大将「三陸沖の……」
大野「『白子』?」
美奈子「はい……」
大野「『白子』……なんですか?」
美奈子「タラの……タラって魚の、精巣です」
大野「なるほど……(と一口食べ)うん……美味しいですね。不思議な食感だ」
美奈子「初めてですか?」
大野「えぇ……」
と、次に出された料理に箸をつけた。
大野「これは? なんですか?」
美奈子「……イクラです」
大野「あぁ、イクラですか、知ってます(と食べ)うん……美味しい」

× × ×

店前に座っている香住、その会話を聞い

て笑っている。

× × ×

大野の前に出される天ぷら。

大将「はい、エビです。エビはわかるでしょ？（とからかい、笑う）」

美奈子も笑った。

大野「エビはわかりますよ（と笑い）これは、なんという料理ですか」

と、天ぷらを箸でつまんだ。

美奈子「！（真顔になり）……天ぷらです」

大野「冗談です。天ぷらはわかりますよ」

と笑い、ホッと安心した美奈子も笑う。

大野、天ぷらに目を戻し、

大野「（小声で）天ぷらか……」

× × ×

店前に座っている香住、また笑った。

× × ×

おちょこで酒を飲み始めた大野。

大野「僕は、数学ばかりやってきたものですから、世の中の『普通』なことが、まるでわからないんです」

美奈子「そうなんですね」

大野「えぇ……本当は、数学者になりたかったんですけど……大学には僕より出来る人が大勢いて……諦めてしまったんです……」

美奈子「……」

× × ×

香住「……」

× × ×

美奈子「それで今は、普通のことを勉強してるんですね」

大野「はい……」

美奈子「……これは？ わかります？」

と、自分の皿にあるオクラを指した。

大野「？……」

美奈子「……オクラです」

大野「『オクラ』……」

と、オクラを箸で掴みかけ、

大野「（オクラを見つめ）……これはやめときましょう」

と、やめた。

その様子を、笑ってしまう美奈子。

大野「？」

美奈子「いえ……いろんなことが新鮮でいいですね。うらやましいです」

大野「そうですか？」

美奈子「えぇ」

大野「いやあ……よくないんです（と憂鬱な顔になり）みんながわかってることを、知らなきゃならないので」

美奈子「『オクラ』のこととか？」

大野「（力なく笑い）えぇ……仕事だと思ってなんとか頑張ってますが……正直言うと、苦痛です」

美奈子「……」

大野「普通の社会人として振る舞おうとすると、すごく窮屈に感じてしまうんです。つまらない決まりごとが多すぎるし、そんなものに何の意味があるのかもよくわかりません」

笑顔が真剣な顔つきに変わっていく美奈子。

美奈子「（酒を呑み）……私も、よくそんなふうに思います」

大野「そうですか？」

美奈子「えぇ。父が厳しかったので。今でもよく思いますよ」

大野「ほんとうに？」

美奈子「えぇ、本当です」

二人はまた笑い合った。

33 同・前（夜）

うまくいっている二人のやりとりを聞いている香住、驚いている。

と、ほどよく酔っ払った大野と美奈子、店から出てくる。

慌てて隠れる香住。

大野「駅まで送りますよ」

美奈子「いえ、タクシーで帰りますから」

大野「そうですよね……（と苦笑し）じゃあ、

大きい通りまで」
美奈子「はい……」
と、二人は並んで歩いていく。
その後をつける香住。

34 **大通り（夜）**

歩道を歩いている大野と美奈子。
大野「今日はすみませんでした」
美奈子「いえ、こちらこそ」
大野「でも、楽しかったです。ありがとうございました」
美奈子「私も、楽しかったです」
と、二人立ち止まった。
が、別れがたいのか、美奈子はタクシーを停めず、立ち止まっている。
立ち止まったままの美奈子を見つめている大野。
大野「……また会えますか？」
美奈子「……」
美奈子は首を振った。
大野「そうですよね……」
反対車線の歩道から、それを見ていた香住。複雑な顔つき。
香住「……」
大野「や、変な意味じゃないんです。ちょっと久しぶりに楽しかったんで、またお話でもできたらと思って……ははは……」
美奈子「……あの。もう少し、歩きませんか」
大野「……（うなずき、笑みが溢れた）」
二人は歩き始めた。
香住「……」
と、彼女も歩き始める。
どこか楽しそうに歩いている大野と美奈子。
それを見ている香住、みじめな気分だ。
香住「……」
大野「数学をやっている時に、唯一の趣味……や、趣味と呼べるのかわかりませんが……当時住んでいたところの近くに、裏山というか、森があったんですね。そこに、よく虫の声を聞きに行っていたんです」
美奈子「いいですね」
大野「森の中には、夜行性の虫やネズミなんかがいますから、結構、音がするんですね。彼らの声や、落ち葉を踏む……多分ネズミだと思うんですが……小さい動物は夜行性になりがちなんですかね？　虫も夜行性のものが多いし……いや、でもサイも夜行性だしな……まあ、話は逸れましたが……」
美奈子、くすくすと笑っている。
大野「数学に行き詰まった時に森に行くと、そういう小さい動物の足音や、木が軋んだり、風に揺れてこすれる音が聞こえてきて、とても落ち着くんです」
美奈子「……」
大野「森の中は、調和がとれているからでしょうね。森全体が一つの生き物で、自分がその中の一部になった気がするんです」
美奈子は、いつの間にか、真剣に耳を傾けている。
反対車線の香住もだ。
大野「数学は、すでに自然界にある法則や成り立ちの一部を解明しているにすぎないんです。自然界は、完成されていて、常に変化もしています。きっと、世の中もそうなんでしょうね。森の中と同じように、いろんな決まりごとに縛られているように見えても、それがきっと、調和や変化のために必要なんでしょうね」
美奈子「……」
大野「最近、また森の音を聞きに行きたくなるんです。『仕事』が辛いから」
微笑む美奈子、立ち止まり、目を瞑った。
行き交う車や、若者たちの声、エアコンの外機や、ヘリコプターの音に耳を澄ます。
大野、立ち止まり、振り返った。
目を瞑り、街の音を聞いている美奈子を見つめた。
美奈子、ゆっくり目を開け、大野と目が

合った。

美奈子「……」

大野「……」

それを反対側の歩道から見ている香住。

大野、美奈子に引き寄せられるように歩み寄った。

それが、香住の目には美奈子とキスしそうに見えた。

香住「(思わず) わーッ!!」

大野と美奈子、彼女の方を見た。

慌ててかがむ香住、身を隠した。

大野と美奈子、香住のことは見つけられず、笑い合う。

香住「……」

美奈子、タクシーを停め、大野に別れの挨拶をし、乗り込んだ。

歩道に残された大野は、走り出したタクシーに手を振った。

それを隠れて見ている香住、タクシーが見えなくなっても、まだ見送っている大野を見、

香住「……(泣きたくなり)」

歩き出す。

それに気づいた大野、反対側の歩道に走ってくる。

香住、駆け足になる。

大野「あぁ！ 待ってくれよ！」

香住、そのまま地下道に入っていった。

大野、香住の後を追い、地下道に入っていく。

35 地下道・駐車場(夜)

階段を駆け降りてくる香住、それを追う大野。

大野「さっき大声出したの君!?」

と、声を上げると彼女は立ち止まった。

大野「せっかくいい雰囲気だったのになんで!? 邪魔したいの?」

と、香住のそばに行った。

香住「……わかんない」

と、涙ぐんだ。

大野「(動揺し) え、え、な、なに? どういう感情?」

足早に歩き始める香住。

大野「(それを追い) あ、あ、あれかな? 作戦がうまくいってないと思ってるのかな? それなら大丈夫だから安心して。んー、まあまあうまくいってるんじゃないかな。もしかしたら、もう一歩のところまで来てるかもしれないよ。まあそれは本人に聞いてみないとわからないことではあるんだけども」

香住、立ち止まり、大野の嬉しそうな顔を見やる。

大野「僕は、うまくやれた気はしてる。うん。だから元気だしなよ。まあ、相手のことはね、わからないんだけど、どう思う?」

香住、思わず笑い、

大野「え? なに? どういう感情?」

香住「センセー、変わったよね」

大野「そう……それは、いい意味? かな?」

香住「活き活きしてる」

大野「そう? (と照れた)」

香住「前は、ロボットみたいだったのに」

と、再び、歩き始める。

大野「(それを追い) 自分でも不思議だよ。あの、美奈子さんって人と話してると、その内容が気にならないっていうのか、何を話しててもうなずけるんだよ。他の誰と話してても、疑問だらけで何の意味があるかわからなかったんだけど、彼女の話に意味なんかなくても気にならないんだ」

香住は泣きたかった。

香住「……好きなんだね」

大野「君も、あの宮本って人が、何の意味もないことを話してても、気にならないのは、そういうことなんだね」

香住「意味あるでしょッ (と立ち止まり) これからの世の中のことなんだから」

大野「でも、中身なんかないじゃないか」

香住「そりゃセンセーには、ヒルベルトの第12問題の方が大事なんだろうけど、普通の人にとっては、これからの世の中がどうなっていくかの方が重要なのッ」
大野「よしッ、次の作戦を考えよう！」
香住「私の話聞いてないでしょ」
大野「いや、このまま平行線の会話を続けるより、別の話をした方がいいと判断したんだよ」
香住「……」
と、また足早に歩き始めた彼女を追う大野。
大野「またあの店に行こう。お皿を売ってる人の店」
香住「嫌がってたじゃん」
大野「あの『お姉サマ』と仲良くなって、チャリティーイベントで話し掛けよう」
香住「それ、私が考えたやつだから」
大野「わかってる。それをやろう」
香住「それをやりたくないって言われたんだけど？」
大野「あの時は、必要性が低いと思ったんだよ。でも今は君が言ってたことがわかった。君が正しかったんだ。あの時、君の言うことを聞いておいた方が良かったんだよ」
香住「……」
大野「数学でもよくある。自分の直感だけで進めてもダメだ。行ったり戻ったりを繰り返しながら進んでいくしかないんだよ。わかるよね？」
香住「（溜め息）チャリティーイベントは、もう終わったよ」
大野「でも他のイベントは？」
香住「それに先にあの女と知り合いになっちゃったんだから、使えないよ」
大野「なんで？」
香住「だって、一緒にご飯食べてさ、『また会えませんか』って誘って断られた奴が、友達のイベントに来てたら、怖いよ。こいつ、ストーカー？　って思われるよ？」
大野「そう？」
香住「（立ち止まり）そうだよ『普通』はね！」
大野「……」
香住「今更『あぁ、あの時この娘が言ってたことは正しかったんだなぁ』って思っても遅いの。恋愛っていうのはね、順序を間違ったらそこでお終い。やり直しはきかないんだよ！」
大野「じゃ他の手を考えよう」
香住「切り替えはえーな」
大野「彼女は、毎朝犬の散歩に行くよね。そのコースをジョギングすれば会えるじゃないか」
香住「はい、ストーカー」
大野「彼女が月曜と木曜はジムに行くだろ？　そのジムに……」
香住「はい、逮捕」
大野「知り合いのボサノバ歌手のライブに……」
香住「はい、接近禁止令」
大野「じゃどうすればいいんだよ！」

36　本屋前の道

香住が大野を連れて歩いている。
香住「こっちから会いに行くのは避けて、向こうが寄るところに、先にいればいいんだよ」
大野「それも怖い気がするけど」
香住「大事なのは、『たまたま』って向こうが思えるかどうかだから」
大野「待ち伏せしたからって、『たまたま』ってことになる？」
香住「じゃ聞くけど、こっちから行くのと、向こうから来るの以外に選択肢ある？」
大野「（考え込み）……もっとこう……自然に……」
香住「自然に？（苦笑し）ふっと？　二人が？　どこからともなく？（と、ジェスチャーし）」
大野「ははは、面白いね」

香住「面白くないよ！（と立ち止まった）」

　ビクッと立ち止まる大野。

香住「いい？　もし気がついてもセンセーから話しかけちゃダメだよッ。向こうから話しかけてきたら、『あぁ、あなたのこと知ってるなあ』ぐらいの感じで話して」

大野「あぁぁぁ、あなたのこと知っているなあッ」

香住「それは言わなくていいの！」

大野「……」

香住「ほら、行くよ！」

　と、二人、また歩き出す。

香住「でも、あなたに会えて嬉しいって感じは出すんだよ？」

大野「知ってる人に会えて嬉しいってこと？」

香住「まとめないで。気持ちの問題だから」

　二人は、本屋に入っていった。

37　本屋

　本屋の新刊コーナーで立ち読みをしている大野。

　それを離れて見ている香住。

　そこへ、美奈子がやってくる。

香住「（それを見）……」

　美奈子、大野に気づいた。

　大野、気づいているのかいないのか、美奈子の方を見ず、新刊を手にとったりしている。

美奈子「（声をかけようとして迷い）……」

　そのまま文庫の棚の方へ歩き出す。

香住「（それを目で追い）……」

　大野、気づかないフリなのか、本を置き、別の新刊を手に取る。

香住「（イライラと二人を交互に見）……」

　立ち止まる美奈子、振り返り、大野の背中を見つめる。

美奈子「……」

香住「（それを見）……」

　大野、本のページをめくっている。

美奈子「……」

　と、文庫の方へ行こうとした。

「美奈子さん」と、声がし、振り返る美奈子。

　大野が、美奈子を見ていた。

美奈子「あッ、あの……大野さん」

大野「はい（と笑い）大野です」

美奈子「（笑い）……」

大野「今、あの日と同じ匂いがしたものですから、美奈子さんのことを思い出してたんですよ。何か、香水みたいなもの、つけてます？」

美奈子「えぇ……はい」

　と、照れたように目を伏せる。

　と、大野の手にある本が目に入った。

美奈子「私も、その作家が好きなんです」

大野「そうなんですか。僕も全部読んでます。ミステリーと文学の間ぐらいだから、読みやすくて」

美奈子「そうですよね」

　うまくいっている二人見て苛立つ香住。

香住「……」

　と、店を出て行ってしまう。

大野「この後って、時間ありますか？」

美奈子「（首を横に振り）これから、食事を作らないと」

大野「（宮本に作るのだ）……そうですか」

美奈子「はい……」

大野「じゃあ」

　と、料理屋のカードを差し出した。

大野「僕は、ここで食べてるので、もし時間ができたら、来ませんか？」

美奈子「え……」

　と、思わず受け取ってしまう。

大野「あの日から、『普通』の勉強のために通ってるんです。ここ、すごく美味しいんで、お父様と行くのもいいですよ」

美奈子「そうなんですね……（とカードを見た）」

38　スナック（夕）

「私は何をやってるんだ！」と頭を抱える香住。

香住「（顔を上げ）わかります？　私の気持ち」

彼女は、地元のオジさんたちに囲まれている。

カウンターにいるキミジマとヤナギ、彼女を見て呆れている。

キミジマの父「要するに、その……まず、好きな人がいて……その人に恋人がいたから、その、予備校の先生をあてがって、二人の仲を壊そうとしたんだね？　ここまではいい？」

ヤナギの父「（酔って）ややこしいんだよなッ。そんなことやらねえで、同じ年頃の男の子と仲良くすればいいじゃねえの！」

ヤナギ「オヤジッ、黙れ」

ヤナギの父「（舌を出し）息子に怒られちゃった」

ヤナギ「（香住に）ごめん、気にしないで」

ヤナギの父「どこまで話した？　あぁ、そうだ、二人の仲を壊そうとしたら、予備校の先生の方を好きになっちゃった？」

香住「そうなのかなー？」

キミジマ「どう見てもそうでしょ」

オジさん赤木「でも予備校の先生が？　誰とうまくいきそうなんだっけ？」

オジさん吉田「それはだから、その……好きな人の、恋人？」

キミジマの父「好きな人は、予備校の先生だろ」

香住「違う違う、最初に好きだった人」

オジさん赤木「あぁ、好きだった人の恋人か」

他のテーブルで飲んでいたオジさんたちも振り返り、

オジさん矢部「恋人がどうしたって？」

オジさん佐伯「おい、恋人って誰の恋人よ！」

皆、酔っ払っていて、人間関係が把握出来ていない。

香住「私、どうしたらいいかわかんないよーッ！」

ヤナギ「（キミジマに）あの娘、酒飲んでんの？」

キミジマ「ううん。エナジードリンク10本ぐらい飲んでるけど」

香住「わけわかんないよーッ！」

オジさんたちがうなずく。

オジさん赤木「あぁ、わけわかんないな」

ヤナギの父「わけわかんないって、こっちが言いてえよな」

キミジマ「センセーにちゃんと言ったほうがいいよ」

香住「キミジマさあん、話聞いてました？　わたしはぁ、センセーが『普通』の恋愛をできるようにアドヴァイスしてる立場なんだよ～？」

キミジマ「酔っ払い風のしゃべり方やめて」

香住「……」

オジさんたち「……」

キミジマ「センセーは、あんたがどう思ってるか知らないんだから、真剣に言ってみればいいじゃん」

香住「わかってないなあキミジーは（とせせら笑い）」

と、キミジマのいるカウンターへ向かって歩き出す。

香住「センセーは、わたしと話してても全く話が噛み合わないの。なんでかわかる？　私に合わせる気がないの。でも、あの女と話してると、全く問題なくサラサラ～ってしゃべれるわけ。わかる？　あの女とは、会話の中身なんかどうでもよくて、彼女とただしゃべってたいからだよッ。彼女と一緒にいたいの。わかる?!」

キミジマ「じゃ、早く忘れて同級生と遊んでな！」

香住「！　ッ（言い返そうとするが、言い返せず）わーッ！」

と、カウンターに突っ伏した。

香住「いじめないでよう……苦しいのにぃ

〜！」
キミジマの父「アヤカぁ、やさしくしてやんなよ〜」
オジさん吉田「女ってのはさあ、話を聞いてもらいたいだけなんだからさ」
キミジマ「私も女なんですけど」
オジさん吉田「（苦笑し）……」
その時、香住のスマホが振動した。
香住「？（と表示を見る）」
知らない番号からだった。
香住「……（電話に出た）」
宮本の声「宮本功ですが、秋本香住さんの携帯ですか？」
香住「はいッ（と起き上がり）えぇ、はいはいはい……」
などと曖昧に返事をしながら、彼女は店を出て行く。
ヤナギ「あいつ……金払ってねーぞ」

39　住宅地の道（夕）

買物袋を下げ、歩いている美奈子、スマホが振動し、取り出して見た。

『ごめん。今日遅くなる』というメールが表示された。

美奈子「……」

40　小料理屋（夜）

カウンターで、一人ちびちびと酒を飲んでいる大野。

店の戸が開く音がすると、振り返ってしまう。

41　川沿いの広場（夜）

腰掛け、辺りを見回している香住。

と、帽子にマスクをした男が彼女に近づいてくる。

不気味に思った香住、男から離れようとした。

男「（追いかけ）ちょ、ちょっと待って」

と、呼び止め、男はマスクを取ってみせた。

香住「？……あぁ」

それは宮本だった。

宮本「あんまり人目につくとまずいんだよね。ほら、変に誤解されると困るから」

香住「はあ……」

宮本「少し落ち着いて話ができる場所に行こう」

と、彼に促され、歩き出す香住。

42　小料理屋（夜）

カウンターで一人酒を飲んでいる大野、また戸が開く音がしたが、振り返らないでいる。

と、彼のすぐ後ろにやってくる女がいる。

気配を感じた大野、振り返る。

大野「（笑顔になっていき）……」

そこに立っているのは美奈子だった。

美奈子「……（笑顔になっていく）」

二人、笑い合った。

43　ラブホテル（夜）

宮本に後押しされ、入ってくる香住。
宮本「こういうところが一番リラックスして話ができるよね」
香住「……」
宮本「ま、座って。テクノロジーの発達がこれからの世の中をどう変えていくかっていう話だったよね」
と、彼女をベッドに座らせ、そのすぐ隣に座った。
香住「や……私は、あの、教育問題が……」
宮本「あぁ、そうそう、『ゆとり』から、また『詰め込み』になる危険性の話だったね」
香住「いえ、新しい時代の教育のあり方を……」
香住を優しく見つめ、
宮本「……君は、本当に僕のことをわかってくれるよね」
と、彼女にキスしようとする。

香住「……」
と、身を引き、それを避けた。
宮本「……（笑い）大丈夫だから」
と、またキスしようとするが、顔を伏せ、身を固くし、動こうとしない香住。
宮本「……（笑い）」
と、またキスしようとし、身を引き、避けられた。
宮本「（苦笑し）……あんまり時間ないんだよ」
香住、ふと、バッグの中でスマホの画面が明るくなっているのに気づき、それを手に取った。
『来てくれたよ！』というメールが、画面にある。
香住「……」
と、投げやりな気分になり、ベッドに体を横たえる。
宮本「……」
と、彼女に覆いかぶさり、キスしようとした。
香住「宮本さんの歳になっても、まだそんなにしたいんですか？」
宮本「君のことが好きだからだよ。君は、僕の仕事をすごくわかってくれてるみたいだし」
香住「……（真剣に）私、小学校の頃、中学受験の勉強がすごく嫌で、やりたいこといっぱいあったのに、何にもやらせてもらえなかったんです。……宮本さんが、子供を押さえつけないで、もっと自由な考えを伸ばした方がいいって言ってるの聞いて、私も高校卒業したらそういう勉強をしようと思って……」
宮本「え！（と飛び起き）今、なんて？」
香住「自由な考えを……」
宮本「そうじゃなくてその後ッ」
香住「そういう勉強を……」
宮本「その前ッ」
香住「宮本さんみたいな……」
宮本「その後！」
香住「そういう勉強？」
宮本「その前！」

44　小料理屋（夜）

酔った美奈子が、カウンターに突っ伏している。
美奈子「……（大野を見る）」
隣で酒を呑んでいる大野。
大野「僕も、だいぶ料理の材料がわかってきましたよ」
美奈子「……」
大野「牛スジは、どこのスジなのかは、まだわからないんですが……」
美奈子「（ぼそっと）たまに、わからなくなるんですよね……」
大野「？……」
美奈子「毎日、起きたら一緒に朝ごはん食べて、外で働いて疲れて帰ってきたらホッとできる場所を作ってあげたいと思ってたんです。結婚ってそういうものだと思ってて……（大野を見）でもあの人には、そういう場所が必要ないんじゃないかって思うんです」
大野「（ドキっとし）……」

45　ラブホテル（夜）

宮本が腹立たしげに、缶ビールを呑んでいる。
宮本「女子高生なら最初っから言ってくれよッ」
それを無視し、大野にメールしている香住。
『そっちの食事終わったら、一緒に、この道通って』
と、メールを打ち、地図を付けた。
宮本「大学生だと思ったんだよ！」
香住「（呆れ）同じ18歳ですよ」
宮本「いや、女子高生はまずい」
香住「なんで？」
宮本「いや、普通に考えたらわかるだろ」

香住「（苦笑し）そういう決まりごとに縛られない考え方を……」
宮本「いや、女子高生はまずい」
香住「じゃガッコーやめてたら？」
宮本「それなら大丈夫。え？　もうやめてる？」
香住「やめてない」
宮本「なんだよ！」
香住「（呆れ）……」

46　繁華街近くの道（夜）
大野と美奈子、歩いている。

47　ラブホテル・一室（夜）
帰り支度をする宮本の服を掴む香住。
香住「一緒に出ちゃダメなの？」
と、わざとらしくねだっていた。
宮本「それは無理だよ」
香住、スマホを見て、
香住「じゃあ、私が先に出るね。部屋に残るの嫌だから」
と、宮本の帽子とマスクをバッグに入れ、出て行く。

48　ラブホテル近くの道（夜）
大野と美奈子、歩いていると、ラブホテルが見え、
美奈子「……（大野を見る）」
大野「……」

49　ラブホテル・出口の通路（夜）
観葉植物に隠れている香住、スマホを見、そわそわしている。
と、自動ドアが開き、宮本が出てきた。
香住「！」
宮本は香住に気付かず、そのまま出口へ向かう。
香住、立ち上がり、その後を追った。

50　同・前の道（夜）
出てくる宮本。
その前には、歩いている大野と美奈子の姿があった。
ホテルから飛び出す香住、宮本に腕組みし、
香住「今日は、楽しかったな～」
美奈子と大野、二人を見、驚く。
宮本と美奈子、目が合った。
美奈子「ッ……」
宮本「ッ……」
大野と香住も目が合った。
香住「（目を逸らし）……」
と、逃げるように去っていく。
大野「……」
宮本「（大野と美奈子を見）な、なんで……」
美奈子「……」
美奈子、大野の手を取り、ラブホテルの中に入ろうとする。
宮本「……美奈子！」
と、中に入ろうとする美奈子の腕を掴んだ。
が、美奈子に蹴飛ばされ、
宮本「ぐッ……うぅ……」
と、その場にうずくまった。
美奈子「（宮本を睨み）……」
美奈子、大野の手を取り、そのまま中へ入っていった。
宮本「み……みなこ……」
と、苦しみながら立ち上がり、後を追った。
それを遠巻きに見ていた香住。
香住「……」
と、去って行く。

51　同・一室（夜）
ドアを叩く音と、くぐもった宮本の声が聞こえる。
ベッドの上に座っている美奈子と大野。
大野「……あの人、あのままでいいんですか……」
美奈子「今会っても、ウソばっかり言うから

……」
大野「……」
　あきらめたのか、ドアを叩く音は静まった。
美奈子「もう、騙されたふりは、疲れました」
大野「……」
美奈子「大野さんは、ウソなんかつかないですよね」
大野「や、あの……」
美奈子「大野さんみたいな人と、一緒に暮らしたら……」
大野「あの！」
美奈子「（ビクッとし）……はい？」
大野「私も……嘘をついてました」
美奈子「……」
大野「すみません！」
　と、手をつき、頭を下げた。
大野「私は、投資会社の人間ではなくて、予備校の講師なんです」
美奈子「……」
大野「あなたと仲良くなりたくて、無理したんです。本当はただ、あなたと一緒にご飯を食べたり、一緒に笑ったりしたかっただけで……すみませんでした」
美奈子「職業なんか、どうでもいいです」
大野「……」
美奈子「私が気にするのは、今日会って、明日も会いたいかだけです。それがずっと続くかわからないけど、今は、明日も大野さんに会いたいんです」
大野「……」
美奈子「また会えますか？」
大野「はい」
　二人、微笑み合う。
美奈子「あの人とちゃんと別れてきます」
大野「え……」
　立ち上がり、ドアの方へ行く美奈子。
美奈子「お父さんとやってる仕事のこともあるから、ちょっと時間がかかるかもしれませんけど……」
大野「……（うなずき）待ってます」
美奈子「（笑顔になり）じゃあ、行ってきます」
　と、部屋を出て行った。
　一人残された大野、閉まったドアへ目をやる。
大野「……」
　と、寝そべり、天井を見やる。

52　繁華街の橋（夜）

　香住が一人、だらだらと歩いている。
香住「……」
　最悪な気分だ。

53　道

　だらだらと歩いている香住。

54　予備校・個別ブース

　個人講義のブースで、ぼんやりと座っている大野。
　そこへ、「どーも」と、向かいに座る香住。
大野「あぁ……」
　彼の顔を見れず、うつむく香住。
　彼女のことを真っ直ぐに見ている大野。
大野「あの日……ラブホテルで彼と何をしてたの？」
香住「（ため息をつき）わかんないの？」
　と、いかにも何かあったように言った。
大野「あぁ、ごめん。今のは変な質問だよね。あの、ラブホテルが何をする場所かは、僕でも知ってるんだけど、や、僕が聞きたいのは、つまりその……どうやって？　君とあの人が、あのホテルに行くことになったのか。それともう一点。君が僕のことをメールで呼んだよね？　あれは、何のため？」
香住「私が、何のためにセンセーのレンアイをバックアップしてたか、わかってんでしょ？」

大野「そうだよね。彼と君があのラブホテルから出てくるところを、彼女に見せるために僕を呼んだんだ。つまり、彼女と彼の仲を壊すために」
香住「そうだよ」
大野「……」
香住「うまくいった……わーい……」
大野「でも、戸川美奈子さんから、連絡がないんだ」
香住「こっちも、宮本さんから連絡ないよ」
大野「どうしてだと思う?」
香住「簡単だよ。あの女はね……」
大野「美奈子さん」
香住「あぁ、そうそう、そんな名前だったよね。で、あの女はね、自分の男が若い女と浮気してたの見て、ムカついたからあんたとヤッただけなんじゃない?」
大野「えぇ?」
香住「そういうもんだよ。『普通』そうだよ」
大野「ちょっと誤解があるようだから言わせてもらうと。僕は、美奈子さんと肉体関係を結んでないんだ」
香住「『結んでない?』」
大野「うん……でも、宮本さんとは、もう別れてくるって約束してくれたんだよ」
香住「で?」
大野「だから……約束したのに、なんで連絡くれないのかと……」
香住「あんた不倫してるOL? 『あの人、奥さんと別れるって言ってるの～』ってバカなの? あの女が宮本さんと別れるわけないんだよ。お父さんと宮本さんがビジネスでガッチリ結びついてんだからさ」
大野「(顔をしかめ)君は、あの二人を別れさせたかったんじゃないの?」
香住「そうだけど……無理だってわかったんだよ」
と、スマホの画面を見せる。
そこには、宮本の会社のホームページがある。
子育て支援のイベントに、宮本と美奈子が出席している写真がアップされていた。
香住「これ、昨日のイベントの写真だよ」
大野「……これが『普通』?」
香住「そうなんじゃない?」
大野「(納得いかず)……君は、悲しくないの?」
香住「別に……」
大野「宮本さんのことが好きなんじゃなかった?」
香住「さあ」
大野「もう嫌いになった?」
香住「わかんない……自分が何やってんだか、わかんない」
大野「?……彼のこと、許せる?」
香住「許せるも何も……」
大野「僕は許せないッ」
香住「……何で? あんたは普通にフラれただけでしょ」
大野「ビジネスに縛られるのはおかしい」
香住「『普通』に考えなよ。まだ、一、二回しか会ってないセンセーのために、宮本さんと別れる? 『普通』は別れないね」
大野「でも、彼は、君と肉体関係を結んだ」
香住「その言い方やめてもらえない?」
大野「(怒りを抑え)……それを、美奈子さんも知ってる。それでも別れないのが『普通』?」
香住「一回の浮気ぐらい、許してもおかしくないんじゃん? それぐらい『普通』にあることだから」
大野「『普通』なんかどうでもいい!」
と、テーブルを叩いて立ち上がった。
香住「(ビクッとし)」
大野「宮本は君と肉体関係を結んだんだろ? 宮本は君と肉体関係を結んだんだ!」
香住「ちょちょちょ、声大きいから!」
大野「君と寝たのに、平気な顔で元の恋人のところに戻るのが『普通』なのか? そんなのは全然『普通』じゃない! 君もなんで平気な顔をしてるんだ! もっと怒れよ！　あんな男許していいのか⁉　君は、この写真見てどう思ったんだよ！　傷つかなかったのか？　僕は、君を悲しませた男が許せないよ！」

香住「……」

大野「君が言ってる『普通』は、何かをあきらめるための口実なのか⁉　『普通はこうだから』『普通はそうじゃないから』何で自分で決めないんだ！　何で自分で決めないんだよ！『普通』なんかどうでもいい！　そんなものに合わせる必要なんかないんだよ！」

　香住はなぜだか、涙が溢れそうだった。それが、何の涙なのか、彼女自身にもわからなかった。

大野「今から行こう！」

　と、香住の腕をとり、彼女を立たせる。

大野「二人のところに行こう！」

香住「えぇ⁉」

　と、大野に引きずられ、予備校を出て行った。

55　横浜市民会館・前

『大人になるための子ども時間』という、今日の講演会の題名がある。

そこへやってくる大野と香住、入っていった。

56　同・舞台

夫婦の多い客席に、講演をしている宮本。

宮本「これからは、テクノロジーの発達により、人間が何もしなくても済むようになるでしょう。しかしッ、だからこそ逆に？　人間の本当の力が試されるのです！」

だらしなく座席に座っている香住。

宮本「子供たちのこれからは、私たちが生きてきた時代とは」

香住「本質的に違うのですッ」

宮本「本質的に違うのですッ」

自分以外の声が聞こえた気がし、顔をしかめた。

57　同・裏庭

歩いてくる大野。

喫煙コーナーが見え、中に入っていく。

58　同・控え室側の廊下

歩いてくる大野。

角を曲がると、ソファがあるスペースに出る。

そこには、数人のスタッフとともに座っている美奈子がいた。

大野「……」

彼の姿を見、驚いて立ち上がる美奈子。

美奈子「あ……あの……」

大野「（努めて冷静に）先日ご提案しました、ホテルのチャイルドスペースについてなんですが」

美奈子「（一瞬戸惑ったが）あぁ……ええ、打ち合わせですよね」

大野「お持ちいただいた資料は、控え室ですか？」

美奈子「え？　ええ、ええ、そうです。……じゃあ、こちらに」

　と、二人は歩き出した。

59　同・裏の公園

美奈子を連れ、歩いてくる大野、ベンチに彼女を座らせ、自分はひざまずくように屈んだ。

大野「……」

美奈子「ごめんなさい……」

大野「（首を横に振り）……」

美奈子「あの日は、気が動転して変なことを言ってしまって……」

大野「……このままでいいんですか？」

美奈子「もう大丈夫なんです……誤解も解けましたから」

大野「『誤解』？」

美奈子「ええ、あの女の子が、彼の大ファンだったみたいで……」

大野「はい……」
美奈子「『会ってくれなきゃ自殺する』って言われて……仕方なく……説得するために部屋に入ったって……」
大野「それは嘘です」
美奈子「……」
大野「（立ち上がる）わかってますよね？」
美奈子「（顔を背け）……」
大野「あの女の子は、僕の知り合いです。教え子ですよ」
美奈子「（驚き）……」
大野「あの子は、自殺で脅すような子じゃないです。自分に自信があって、あなたよりも宮本さんにふさわしいのは自分だと思ってるんです。でも、それは多分本当の気持ちじゃない。自分が宮本さんのようになりたいだけなんだと思います」
美奈子「……よく知ってるんですね」
大野「いろんな話をしましたから」
大野「彼女が言ってましたよ。美奈子さんは、宮本さんと別れないって。それが『普通』だって言うんです」
　と、ベンチに腰掛けた。
美奈子「……」
大野「そうなんですか？」
　美奈子、苦しげに顔を歪め、
美奈子「……あの人は……父とも仲が良くて……」
大野「仕事も一緒にやられてるんですよね。わかってます」
美奈子「……ですから」
大野「いいんですか？　このままで」
美奈子「……でも、あなたと一緒には」
大野「僕のことはいいんです」
美奈子「……」
大野「もうわかってると思いますが、宮本さんは、あなたが望むような人間ではありませんよ」
美奈子「……」

60　同・舞台

　舞台上の宮本、講演に熱が入っている。
宮本「一番大事なのは、お母さんの機嫌がいいことなんです。笑ってなくても、子供が悪いことをして叱っても、機嫌を悪くしないでください。それには、旦那さんの協力が必要ですよね。夫婦でいつもベタベタしてなくてもいいんですよ。気持ちで繋がっていれば。旦那さんが、奥さんが頑張ってることをわかってくれるだけでいいんです」

61　同・裏の公園

美奈子「彼がどんな人か、わかってます」
　と、大野の顔を見れない美奈子。
美奈子「嘘をついてる時も、わかります。でも……」
　大野、彼女の気持ちを察した。
大野「……今のままでいいんですね」
美奈子「……」
　と、苦しげに、首を縦に振った。
大野「……美奈子さんがいいならいいんです」
美奈子「ごめんなさい……」
大野「あやまることないですよ。これが、『普通』なんでしょうから」
美奈子「……（顔を背けた）」
大野「……」
　と、立ち上がり、
大野「さようなら」
美奈子「……」
　大野、去って行った。

62　同・舞台

　講演を続けている宮本。

宮本「もう少しで世の中は新しくなります。その日のために、新しい人間が必要なんです！」

　聴衆の拍手が響き渡る。

宮本「今日は来ていただいて、本当にありがとうございました。まだ少し時間がありますね。何か、質問のある方がいらっしゃれば……」

客席に座っている香住、スッと手を挙げた。

彼女に気づく宮本、驚く。

が、その存在を無視し、香住から遠い席の、手を挙げている女性を指し、

宮本「あの方にマイクを」

と、彼が言うと、スタッフがその女性の方へ行く。

香住「……」

と、席を立ち、その女性の元まで歩いて行く。

客の女性「質問なんですが……」

と、マイクを渡されたその女性が話し始めた瞬間、マイクを奪う香住。

香住「宮本さんに質問です」

宮本「あ……人のマイクを奪うのは良くないなあ」

香住「宮本さんは、なんでこんな講演やるんですか?」

宮本「そうですねえ、私のすべての活動の動機は、世の中を良くするため。皆さんが少しでも幸せになるためのお手伝いがしたいからです」

聴衆の拍手が響き渡る中、後ろの扉から大野が入って来る。

舞台袖には、美奈子がやって来る。

香住「それなら、一番身近な人を大事にしたほうがいいですよ」

宮本「……彼女は、とってもいいことを言いますね」

彼は、余裕の笑顔だ。

宮本「その通りですよ。一番身近な人と、ずっとうまくやっていくことは難しい」

舞台袖の美奈子、複雑な顔つきだ。

美奈子「(宮本の顔を見)……」

宮本「奥さん旦那さん子供に限らず、職場の人、友達、長い付き合いになるとついつい甘えてしまって、付き合いが雑になってしまったり……」

大野、扉の前で、香住を見ている。

宮本「とても大事に思っていても、それを口に出すことができなくなってくる。難しいですね。当たり前のことっていうのは、本当に難しい」

香住「……」

宮本「でもそれがお互いに分かっていれば、いつかうまくいくと思いたいですね」

香住「……」

宮本「……」

大野「……」

美奈子「……」

皆、複雑な顔つきだ。

香住「……宮本さんの奥さんになる人は、幸せですね」

宮本「……あぁ……ありがとうございます……」

香住「……」

と、マイクを奪った女性に押し付け、歩き始める。

宮本「いやあ、僕もね、少しでもいい人間になりたいとは思ってるんですけど、なかなか難しいもんですよねぇ」

と、すぐにいつもの調子を取り戻した。

美奈子、泣きたいが、耐えているような顔つき。

美奈子「……」

後方の扉に歩いていく香住、そこにいる大野に気づき、

香住「……」

大野「……」

と、扉を開いてやる。

宮本「じゃあ、先ほどの方の質問に戻りましょうか」

会場から出て行く香住。

それについて行く大野。

63

道(夕)

歩いている香住。

それについて行く大野。

どこか敗北感の漂う二人。
香住「……」
大野「……」

× × ×

公園を歩いている二人。
先を行く香住に、少し遅れて歩いている大野。
行く当てもなく歩き続ける。
不意に振り返る香住、大野を見た。
香住「……センセーの森に行きたいな」

64 森（夕）

落ち葉を踏みしめ、香住を連れて歩いてくる大野。
香住「あの二人、どうなるかな」
大野「うん……意外とうまくやっていくような気もするよ」
香住「そうかもね」
大野「今まで色々ありがとう。一生分の体験をした気分だよ」
香住「大ゲサすぎない？」
大野「そうかな」
香住は笑った。
そのまま森を進んでいく二人。

× × ×

池のある森の一角に出る香住と大野。
森の空気を深く吸い込む香住、耳を澄ます。
どこか、気が晴れたような顔。
大野、彼女の顔を見、
大野「……宮本さんのことは、いつから好きだったの？」
香住「……受験失敗したころだから、二、三年前？」
大野「そう……」
香住「あ、バカだと思ったでしょ」
大野「思ってないよ……」
香住「そう？」
大野「宮本さんは……君が辛いときに、言って欲しいことを言ってくれる人だったんだね」
香住「……そうなのかも」
大野「僕には、できそうにないな」
香住「……でも私……センセーのことが好き」
大野「……僕も君のことが好きだよ」
香住「そういうんじゃなくて」
大野「『そういうんじゃなくて』？」
香住「ホントに、すごくセンセーのことが好きなの」
大野「……それは？　どういう感情？」
香住「まああちょっと前からセンセーのことが好きだと思ってたんだけど、センセー美奈子さんのことが好きだったから……」
大野「君、さっきから『普通』じゃないことばっかり言ってるよ」
香住「そんなことないよ、『普通』に告白してるんだよ？」
大野「……全然ついていけない」
香住「『定量的』に言わないとわからない？」
大野「や……まあ、あの……でも、僕も最初から君のことはすごく好きだよ」
香住「友達だよね、わかってる」
大野「『友達』？　君が？」
と、首をかしげ、考えてみる。
大野「……それだと違和感があるね」
香住「じゃあ、恋人？」
大野「それは行き過ぎだよね」
香住「じゃあ、愛人？」
大野「結婚もしてないのに？」
香住「友達でいいよ（と笑い）そういう小さい気持ちから、ゆっくり育てていけばいいから」
大野「そう？」
香住「（笑い）うん」
大野「『ゆっくり育てていく』？」
香住「うん」
大野「『小さい気持ちから』？」
香住「うん……」
大野「『友達でいい』？」
香住「うるさいな」

大野「あぁ……ごめん」
　香住、笑った。
香住「……なんかお腹すいちゃった」
大野「そうだね」
香住「センセーがよく行く定食屋、今日もやってるかな」
大野「どうだろう……定食屋に女の子を連れてかないほうがいいって言ってなかった？」
香住「それは、『普通』の女のハナシでしょ？」
大野「あぁ」
香住「センセーはまだ『普通』になりたい？」
　大野は笑った。変な笑い方だ。
大野「もういいよ『普通』は」
　二人は歩き、森の奥へ見えなくなっていく。
　木々のざわめきや虫の声、動物が落ち葉を踏みしめる音、川のせせらぎ、様々な音が聞こえてきて……

【終】

BLUE/ブルー

吉田恵輔

〈脚本家略歴〉

吉田恵輔（よしだ　けいすけ）

1975年、埼玉県出身。東京ビジュアルアーツ在学中から自主映画を制作する傍ら、塚本晋也監督の作品の照明を担当。06年『なま夏』を自主制作し、ゆうばり国際ファンタスティック映画祭オフシアター・コンペティション部門のグランプリを受賞。08年に小説『純喫茶磯辺』を発表。同年、自らの監督で映画化。それ以降は、オリジナルシナリオを映画化した『さんかく』（10）、『ばしゃ馬さんとビッグマウス』（13）、『麦子さんと』（13）、『犬猿』（18）や、コミックを映画化した『銀の匙 Silver Spoon』（14）。『ヒメアノ～ル』（16）『愛しのアイリーン』（18）。21年にはオリジナルシナリオで『BLUE／ブルー』『空白』が公開。

監督：吉田恵輔
製作：『BLUE／ブルー』製作委員会
製作幹事：東映ビデオ
配給：ファントム・フィルム
制作プロダクション：ステアウェイ

〈スタッフ〉

エグゼクティブプロデューサー　加藤和夫
岡田真
企画・プロデュース　木村俊樹
撮影　志田貴之
照明　疋田淳
録音　長島慎介
美術　山崎輝
編集　清野英樹
音楽　かみむら周平
主題歌　竹原ピストル
『きーぷ、うぉーきんぐ!!』
（ビクターエンタテインメント）

〈キャスト〉

瓜田信人（34）　松山ケンイチ
天野千佳（32）　木村文乃
楢崎剛（26）　柄本時生
小川一樹（33）　東出昌大
洞口正司（23）　守谷周徒
佐藤多恵（26）　吉永アユリ
三上翔太（27）　長瀬絹也
比嘉涼太郎（32）　松浦慎一郎
小野寺トレーナー　松木大輔
別ジムトレーナー　竹原ピストル
大牧会長（62）　よこやまよしひろ

○**後楽園ホール・控え室（夕）**

　バンテージが巻かれた拳のアップ。その拳に素早くマジックで印が付けられていく。

　ボクサーの瓜田信人（34）がバンテージチェックを受けている。

　控え室には数人の選手やセコンドなどがいる。

役員「チェックOKです」

　瓜田はペコリと頭を下げると、軽く体をほぐしながら、近くにいる大牧会長（62）の元へ。

　大牧は手に持っていた青いグローブを瓜田にはめていると、一人の選手（後に楢崎と分かる）が部屋を出ていく。

　入れ替わる様に小川一樹（33）がドアを開け、出て行った廊下にいる選手に話しかける。相手の声は聞こえない。

小川「何？　緊張してんの？　あ？　大丈夫かよ（笑）」

大牧「おいっ、小川、お前、自分の控え室で体動かしておけよ」

小川「はあ」

　小川は瓜田に近づき携帯画面を見せる。

小川「これ瓜田さんに送られてきたんですけど、何すか？　これ」

　画面を見た瓜田が（何が映っているかは見せない）少し笑顔を見せる。

　大牧が携帯を覗き込もうとしながら、

大牧「何だよ？」

小川「いや、別に会長はいいっすよ」

大牧「何だよ。俺はいいって」

○**同・廊下（夕）**

　瓜田が大牧と共にリングへ向かう後ろ姿。

　（HS逆回転映像）

　タイトル『BLUE』

○**ゲームセンター店・店内**

　明らかに中学生と分かるヤンキー男子が手に煙草を持ってゲームをしている。

　横には幼い雰囲気の彼女。

　それを不審な顔で見ている女性店員、佐藤多恵（26）は通りがかった店員、楢崎剛（26）に声をかける。

多恵「楢崎君、あれって中学生っぽいよね？」

楢崎「……ぽいですね」

多恵「タバコ注意したほうが、いいっぽいよね？」

　中坊ヤンキーは怖い顔で舌打ちをしている。

楢崎「（怯え）……いやでも、意外と三十代かも」

多恵「そうかな？　あ〜、やっぱ、モデル君に頼もうかな」

　多恵は離れた場所で前髪をいじるイケメン、三上翔太（27）の方を見る。

　楢崎は嫉妬な表情を見せ、

楢崎「いや、ここは俺がガツンと言ってやりますよ」

多恵「本当？」

楢崎「ええ」

　楢崎は中坊ヤンキーに近づく。

楢崎「あの、お客様、失礼ですが年齢を確認しても宜しいでしょうか？」

中坊「……20」

楢崎「そうですか……え〜と、何か年齢を確認出来る物は？」

中坊「持ってねーよ。20って言ったら20なんだよ」

　中坊は怒りの表情を見せる。楢崎は怯む。

楢崎「え〜と、一応決まりとして、年齢を確認出来ない方の喫煙は」

中坊「何だよ。だったら、あいつも年齢確認したのかよ？」

　中坊は近くでメダルゲームをしている老人を指差す。

楢崎「いえ、お客様が若く見えるので確認を」

中坊「俺は童顔なんだよ！　お前、童顔の人間を差別すんのかよ？」

楢崎「あ、いや、そういう訳では……」
　楢崎は振り返ると多恵が心配そうに見ていた。
楢崎「中坊は帰れって言ってんだよ。俺、キレたらヤベーんだぞ」
中坊「……」
　中坊は楢崎の胸ぐらを掴んで外に連れ出す。
楢崎「ちょ、ちょ、ちょ、待って」

○同・駐車場
　楢崎が中坊に殴られ、倒れた所を蹴っ飛ばされている。

　中坊彼女はその様子をスマホで撮影中。

○同・控え室
　傷だらけの楢崎を手当てする多恵。
多恵「可哀想。痛くない？」
　三上が笑顔で現れ、
三上「（笑）おいっ、楢崎。中坊にやられたらしいじゃん」
楢崎「べ、別にやられた訳じゃねーよ」
三上「（顔を見て）メッチャやられてんじゃん」
楢崎「ちげーよ。やらせてやったんだよ」
多恵「そっか。大人だね」
三上「多恵ちゃん。こいつビビって手が出せなかっただけだよ」
楢崎「だから、ちげーよ。色々手を出せない理由があんだよ」
三上「ウケるな。何だよ。手を出せない理由って」
楢崎「いや……それは」
多恵「もしかして、楢崎君、ボクシングやってるとか？　ほらっボクサーって素人殴っちゃだめとかあるでしょ？」
三上「そんな訳ない」
楢崎「（同時）いや、実はそうなんすよ」
多恵「やっぱり」
楢崎「だから俺の拳って凶器みたいなもんじゃないですか。それに毎日スパークリングしてるから、殴られるのには慣れっこっすよ」
三上「スパークリングじゃなくてスパーリングだろ？　お前本当にやってんのかよ？」
楢崎「は？　うるせーな。お前だって元モデルと言って、どの雑誌でも見たことねーぞ」

○大牧ボクシングジム・外
　大きめのバッグを持った楢崎が『大牧ボクシングジム』を覗いている。

　中では瓜田が中年太り男性のミットを受けている。

　サンドバッグの周りには、ダイエット目的で来ている、アクの強い、おばさん三人衆の姿も見える。

○同・中
　楢崎は恐る恐るジムのドアを開ける。
楢崎「あのう」
　瓜田と中年はミット打ちを止め、
瓜田「あっ、入会希望の電話くれた」
楢崎「あ、はい」

×　×　×

　運動着に着替えた楢崎。瓜田が縄跳びを持って近づく。
瓜田「じゃあ、まずロープやってみましょうか。（壁のタイマーを指し）あれが鳴ったら三分間飛びましょう」
楢崎「……あの、これってキツイですよね？」
瓜田「まあ、最初はキツイけど、すぐ慣れますよ」
楢崎「あのう、キツイのじゃなくて、シャドーボクシングとか格好良いのを教えてもらえると嬉しいんですが」
瓜田「え？　あ〜、でも、ロープはボクシングの基本なので」
楢崎「いや自分、ボクサーを目指している訳じゃなくて、ボクシングやってる風を目指してるんで！」

瓜田「……はあ」
楢崎「お願いします。格好良いの」
　中年が瓜田の方を見て、クルクルパーのポーズをしている。

×　×　×

　鏡の前でジャブの打ち方を教えている。
瓜田「楢崎さんは左利きでしたね」
楢崎「はい。サンスポーです……サウスポー？　ん？　サンスポー？」
瓜田「サンスポー……サウスポー？　ん～……サウスポー？　まあ、ちょっと真似してみてください」
　瓜田は構えを見せて、楢崎に真似させる。
瓜田「もう少し、顎引いて、そう。で、肩の力を抜いてジャブ」
　シュと息を出しながらジャブを出す瓜田。
楢崎「はい」
瓜田「じゃあ、やってみて」
楢崎「はい」
　シュと息を吐いた後に遅れて左を出す楢崎。
瓜田「……え～と、息はパンチと同時で」
楢崎「はい」
　楢崎は左を出しながら異様に大きな声でシュっと言う。不自然。
瓜田「……え～と、一回、シュは忘れましょうか」

×　×　×

　瓜田が押さえたサンドバッグを叩いている楢崎。
瓜田「はい、ジャブ、ジャブ、ワンツー。ガード下げないよ。基本だからね。じゃあ、ラスト。ジャブ、ジャブ、ワンツー」
　3分のブザーが鳴る。クタクタの楢崎。
　練習生二人が入ってくる。
練習生「こんちわっす」
　頭を下げる楢崎。
瓜田「じゃあ、今日はこのくらいにしておきましょうか」
楢崎「ありがとうございました。いや～。完全に強くなった気がします」
瓜田「気が早いな。でも、前向きなのは良いことですね。頑張って、やってる風目指しましょう」
楢崎「はい！」

○住宅街（夕）

　疲れた様な楢崎が道端の自動販売機の前で立ち止まる。
　喉が乾いた様子で小銭を入れると、「シュ」と声と共にジャブでボタンを押す。

○大牧ボクシングジム・中（夜）

　扉が開き大牧とトレーナーの小野寺光司(45)が入ってくる。
　練習生達が挨拶する。ジムは昼と違い、沢山の練習生がいる。
　大牧は、サンドバッグを打っている小川に向かい、
大牧「おいっ、小川、試合決まったぞ。ランキング4位の石橋拓だ」
小川「はい」
　横にいたプロを目指す練習生、洞口正司(23)が、
洞口「おお～、もし勝ったら、タイトルマッチ近いじゃないっすか～」
小川「は？　〝もし〟って何だよ？」
　怖い雰囲気の小川。
洞口「あっ、いや……〝もし〟とは言ってないです」
小川「言ったじゃん」
洞口「いやいや、小川さん絶対勝つし、〝もし〟とは言わないですよ～……いや、言ったとしても、あれです……良い意味で」
　大牧は床が汗で濡れている所を見て、
大牧「おいっ、汚ねえな～。ちゃんと汗拭いとけよ」
　デスクにいた瓜田がモップを持って来ると、
小野寺「ああ、いいよ。やるから。練習入って」

瓜田「はい」
　モップを小野寺に手渡すと、
大牧「ウリ坊、お前も前座で試合決まったぞ」
　ぺこりと頭を下げる瓜田。
　×　　×　　×
　瓜田が小野寺のミットを打っている。
　ゴングが鳴り、リングを降りると小川が近寄り、
小川「瓜田さん。減量始まる前に飲みにでも行きません？」
瓜田「今晩？」
小川「ええ。今日マズいっすか？」
瓜田「マズいって言うか、今日、千佳の誕生日だろ？」
小川「ヤベー。そうだ。うわー……ま、いいや」
瓜田「いや、よくないだろ」
小川「ですね。うわー」

○ **居酒屋（夜）**
　小川が気まずそうに飲んでいる。
　正面には機嫌悪そうな天野千佳（32）が飲んでいる。
千佳「ねえ、絶対忘れてたよね？」
小川「……いや違うよ。忘れてないよ？」
千佳「どうせ瓜ちゃんに教えてもらったんでしょ？」
小川「違うよ」
千佳「じゃあ何これ？」
　千佳はコンビニの袋を見せる。
小川「だから……誕生日プレゼント的な？」
千佳「これ、そこのローソンで買ったの、バレバレなんだけど」
小川「そこのローソンじゃないよ」
千佳「どこのローソンでもいいよ」
小川「……いや、ほらっ、試合のことで頭が」
　小柄で陽気な女店員が近寄り、
店員「なにか飲み物おかわりありますか～？」
千佳「じゃあ、同じので」
小川「俺、シーキュアシャーシャワー」
店員「（笑顔で困惑）え？　あ、はい？」
小川「シーキュワサーシュアー」
千佳「シークワサー・サワーでしょ？　呂律回ってないよ」
小川「あっ、あと、ネギ間がまだ来てないけど」
千佳「さっき食べてたでしょ。（店員に）大丈夫です」
店員「あ、はい。かしこまりましたぁ～」
　去っていく店員。
千佳「って言うか、これ何なの？」
　コンビニ袋の中は大量の甘栗むいちゃいましたが入っている。
小川「それ美味くね？」
千佳「私、今、ダイエット中なんだけど」
小川「知らねーよ。全然変わってねえじゃん」
千佳「変わってるよ！　2キロも痩せたんだから」
小川「2キロなんて、ボクサーの減量に比べたら」
千佳「減量と一緒にしないでよ。それに私が前髪作ったのも気づいてないでしょ？」
小川「え？」
千佳「一樹ってさ、本当、私に興味ないよね？」
小川「（怒）何だよ。そう言うなら俺の変化にも気づいてるのかよ？」
千佳「え？……あご髭剃った？」
小川「……ま、まあ、そうなんだけど……」

○ **大牧ボクシングジム・中（夜）**
　大牧が帰り支度をしている。
　ジム内では瓜田一人がスピードバッグを叩いている。
大牧「ウリ坊……次は勝てよ。な？」
瓜田「はい」
大牧「鍵、ちゃんと閉めとけよ」

大牧は温かい目線で見た後、ジムを出て行く。
瓜田の直向きな練習姿。

○歩道橋（夜）

バッグを持った瓜田が一人、イメージトレーニングをしながら歩いている。
瓜田「（ブツブツ）……こうきたら……こう合わせて」

○美容院・店内

千佳が美容院で働いている。洒落た店内には沢山のスタッフや客がいる。
入り口に瓜田が現れ、気づく千佳。
千佳「あっ、瓜ちゃん、やっと来てくれた」
瓜田「ごめんね。何度もメールもらったのに」
千佳「せっかく、クーポンあげたのに期限切れたら意味ないじゃん」
瓜田「そうだね。ごめん」
瓜田は店内を見回すと、オシャレな服装のスタッフばかり。
上下ウィンドブレーカーの瓜田は引け目を感じている様子。

×　×　×

頭を千佳に洗ってもらっている瓜田。
顔にガーゼを乗せられている。
千佳「最近、呂律も変な時があるし、物忘れとか酷いのね。それってさ、もしかしてパンチドランカーってやつじゃないのかな?」
瓜田「まあ、確かにちょっと変な時あるけど、そこまでは」
千佳「瓜ちゃんから、一度病院で診てもらうように言ってもらえない?」
瓜田「え?　俺?　自分で言えばいいじゃん」
瓜田が話すたびに顔のガーゼがずれて、千佳が直す。
千佳「だって、私が言ったら絶対怒るもん。最近妙に怒りっぽいし……瓜ちゃんなら、一樹も言う事聞くでしょ?」
瓜田「え〜。でもさ〜」

×　×　×

瓜田が雑誌を持っているが、目線は鏡に写る千佳の姿。
千佳はスタッフに何か指示をしている。
千佳が話し終え、瓜田に近づくと、慌てて目線を雑誌に変える。

○大牧ボクシングジム・中（夜）

楢崎が鏡の前でシャドーの練習をしている。
以前とは違う片腕を下げた変な構えの楢崎。
そこに洞口が現れ。
洞口「ちょっと、もっと端っこでやって」
洞口は犬を追い払うかのように、手でシッシッとやる。
楢崎は不満げに移動してシャドーする。
洞口「（楢崎のシャドーを見て）ねえ、何その動き?」
楢崎「え?　あ、いや、昨日、はじめの一歩って漫画読んで、フリッカージャブが格好良いなって思って」
洞口「あ〜、君か、ボクシングやってる風を目指してるって人」
楢崎「まあ」
洞口「え?　もう一回フリッカーやって」
楢崎「はあ」
楢崎は不格好なフリッカージャブを出す。
洞口「すげー。本物初めて見たよ」
楢崎「そうっすか?」
洞口「ああ、本物の馬鹿、初めて見た」
楢崎「……」
二人の奥では瓜田が小川に病院に行くよう説得（同時芝居）
小川「また、その話っすか?　いいっすよ。大丈夫ですから」

×　×　×

構えが基本に戻った楢崎が瓜田にミットを持ってもらっている。

瓜田「そうそう、基本が大事ですからね。まっすぐワンツー」
　楢崎の視野の中に、洞口が馬鹿にしながらフリッカーを真似しているのが見える。

○病院・検査室
　小川がCTスキャンを受けている。

○同・診察室
　医師が小川と千佳に診察結果を話している。

○同・駐車場
　小川と千佳が駐車している車へ向かう。
千佳「……ねぇ」
小川「俺、辞めないからね」
　小川は車に乗り込む。言い返せない千佳も助手席へ。
　不満を言いたげな千佳を見た小川。
小川「何?」
千佳「別に何も言ってないじゃん」
小川「あ、そう（エンジンをかけ）……俺、辞めないよ」
　車が駐車場から去っていく。

○小川のアパート・部屋（夜）
　一人暮らしのボロアパート。
　ベッドから眠れない様子の小川が起き出し、冷蔵庫を開け、水を一口飲む。
　電気の付いていない部屋で、シャドーボクシングをする小川のシルエット。

○後楽園ビル・コミッションルーム（夕）
　小川が計量をしている。秤を合わせる係員。
係員「300gオーバーです」
小川「え?」
　横にいた大牧が、
大牧「何やってんだよ。そこら辺走って落としてこいよ」
小川「あれ～、うちの体重計ではぴったりだったんだけど、壊れてたんですかね?」
大牧「知らないよ。いいから、さっさと落としてこいって」
係員「再計量、2時間後ですので」

○同・廊下（夜）
　サウナスーツを着た小川のミットを持つ瓜田。
　汗だくの小川を追い込む瓜田。
瓜田「はい。ラスト……（打ち終えると）ナイスナイス。もうこれで大丈夫でしょ」
小川「すいません。瓜田さんも明日試合なのに付き合わせて」
瓜田「いいよ。別に」
　小川はグローブを外しながら、余所余所しく、
小川「……何か言われました?　千佳から」
瓜田「あれだって?　医者を怒鳴り散らしたらしいじゃん?」
小川「んだよ。本当余計な事、ペラペラ喋るんだから」
瓜田「でも、頭の方は大丈夫だったんだろ?　良かったじゃん」
小川「え?……あ、はぁ」
　小川は動揺を誤魔化す。
瓜田「それよりも、本当に負けたら引退するのか?」
小川「いや、ちょっと喧嘩になって、あいつうるせーから、弾みで言っただけっすよ」
瓜田「うるさいって、心配するの、当たり前じゃん」
小川「はあ」
瓜田「……で?　負けたら本当どうするんだよ?」
小川「まあ、俺、負けないですから」
瓜田「そうだな……よしっ、再計量行くか」
　二人は廊下を歩いていく。

○後楽園ホール・会場（夜）
　客席で観戦している楢崎、洞口。

瓜田と対戦相手、小笠原（26）が試合をしている。

中間距離でのパンチの交換後、瓜田のジャブに小笠原はライトクロスのカウンター。

クリーンヒットで膝が折れる瓜田。

そこから連打で攻撃されバックステップして逃げるも、被弾して後ろに倒れ、マット上で、でんぐり返しの状態のダウン。

レフリーが両手を交差させ試合終了。

○同・青コーナー入場口の廊下（夜）

瓜田が小野寺の肩を借りて廊下を歩いている。横に大牧。

着替え前の小川とすれ違う。

大牧「小川！　まだ着替えてねーのかよ。バカ」

大牧が小川の頭を叩く。

小川「すぐ着替えますって」

瓜田は恥ずかしそうに、ぺこりと頭を下げる。

小川はどう返していいかわからない様子。

○同・会場客席（夜）

リングから遠い客席に千佳が座っている。
着替えを終え、絆創膏をした瓜田が千佳の横に座る。
千佳「お疲れ様」
瓜田「いや〜。恥ずかしい。また負けちゃったよ」
千佳「……あっ、でも、格好良かったよ」
瓜田「いいよ。気を使わなくて、一方的にやられまくって格好悪すぎるでしょ」
千佳「いや、でも、本当格好良かったよ」
瓜田「いいって、いいって。俺、負け慣れてるからさ、別に気にしないし、いいんだよ、ダウンが派手で面白かったとか言って」
千佳「（少し笑い）うん。ちょっと、倒れ方すごかったね」
瓜田「でしょ？　滅多に見れないよ。あんなダサい倒れ方」
瓜田は自分で言いながら笑う。
千佳「そっか、じゃあ、レアなもの見れて得した気分かも」
千佳も釣られて笑う。
千佳「本当、瓜ちゃんって負けても切り替え早くてたくましいよね」
瓜田「（笑）うるさいよ。つーか、俺はあれだけど、小川は絶対勝つから大丈夫だよ」
千佳「……そうだね」
千佳は浮かない表情。それに気づく瓜田。
瓜田「……勝って欲しくないの？」
千佳「……分からない……駄目だよね？　そんなのって？」
瓜田「……千佳が分からないもの俺が分かるわけないじゃん。俺、頭悪いし」

○同・売店（夜）

千佳が二人分の飲み物を購入している。

○同・会場（夜）

両手に飲み物を持った千佳が席に戻ろうとして、ふと足を止める。
視線の先には悔しそうに、うな垂れている瓜田の姿。
切ない表情に変わる千佳は近づきながら、
千佳「飲み物、お茶とコーラどっちがいい？」
瓜田「ああ、ありがと。コーラ貰っていい？」
千佳「どうぞ」
コーラを手渡す千佳。
瓜田「あっ、そろそろ小川、登場するよ」
千佳「うん」
しばし無言の二人。
千佳「……瓜ちゃん」
瓜田「ん？」
千佳「私、格好悪くても、好きだよ。瓜ちゃんの戦う姿」
千佳が優しい目で見つめる。目と目が合う。
照れ隠しに瓜田は入場口に現れた小川に

声援を飛ばす。

瓜田「小川ー！　負けんなよー！　小川！」

声援に笑顔でグローブをあげる小川の姿。

○　**居酒屋（夜）**

お座敷で楢崎、瓜田、千佳、ジムメイト達が盛り上がっている。

瓜田が笑顔でビールをお酌している。

その姿を離れた席で見ている楢崎、洞口。

洞口「せっかく会長が弱い相手探してきたのに、勝てねえんだもん。本当、青コーナーがお似合いだよな」

楢崎「青コーナー？」

洞口「チャンピオンが赤で、挑戦者が青コーナーって事」

楢崎「はあ」

洞口「今日で10敗目だぜ。2勝10敗って、そんな負け越してるやつ見たことねーよ」

楢崎「マジっすか～」

洞口「あの人、自分のくそ弱さ知って一回辞めたのに、また戻ってきて負け増やしてんだもん。マジ、チャレンジャーだわ」

楢崎「（入り口を見て）あっ！」

座敷に小川、大牧、小野寺が入ってくる。

歓喜の声で迎える。

照れる小川。ふと千佳と目が合うと、

小川「何だよ。不満そうな顔して」

千佳「は？　してないよ」

小川「してたじゃん。何？　負ければよかったって思ってたわけ？」

千佳「思ってないよ」

瓜田が笑顔で間に割り込み、

瓜田「まあ、まあ、まあ、まあ」

○　**大牧ボクシングジム・中（夜）**

楢崎がサンドバッグを打っている。以前より形になっている。

瓜田が近寄り。

瓜田「だいぶうまくなりましたね」

楢崎「そうっすか？」

瓜田「楢崎君、体力あるから練習量も多いし、伸びるの早いですよ」

近くで聞いていた大牧が、

大牧「お前、入ってどんくらいになる？」

楢崎「半年くらいです」

大牧「そっか、じゃあ、そろそろスパーするか」

楢崎「いやいやいや。スパーリングって殴られるんですよね？」

大牧「当たり前だろ」

楢崎「無理です。無理です。俺、痛いの無理なんで」

大牧「お前、何しに来たんだよ」

楢崎「そう言われても」

瓜田「スパーって言っても初めてなんで、本気ではやらないですから大丈夫ですよ」

楢崎「強くやらないですか？　絶対ですか？」

瓜田「大丈夫ですよ」

洞口が近寄り、

洞口「自分、やりましょうか？」

大牧「おお（楢崎に）こいつもプロ前の練習生だからちょうどいいじゃんか」

洞口が楢崎を見て、ニヤニヤしている。

楢崎「え～と、自分やっぱり今日のところは」

大牧「お～い。誰かこいつにグローブ付けてやれ」

楢崎「え？　やるって言ってないのに、え？」

楢崎の拒否も虚しく、勝手に用意を始めるジムメイト達。

×　　×　　×

ヘッドギアをした楢崎が、瓜田にグローブを付けられている。

小野寺が洗面所にあるバケツから、水に浸かった多数の使いかけのマウスピースを取り出し、楢崎の口に入れようとする。

小野寺「はい、口開けて」

楢崎「ちょ、ちょ、それ誰のですか？」

小野寺「これ？　あれでしょ。共同のでしょ」

楢崎「共同って汚くないですか？」

大牧が洞口のグローブを付けつつ、

大牧「嫌なら、さっさと自分の買え」

　小野寺が楢崎の口にマウスピースをはめる。

　吐きそうになる楢崎。

×　　×　　×

　楢崎と洞口がリングに立っている。
　ゴングが鳴る。
大牧「ほれ、行け」
　楢崎は棒立ち、その周りを格好つけたフットワークで回る洞口。
　洞口がジャブを何発か出す。
　わざと顔すれすれで止める。毎回目を瞑り怖がる楢崎。
大牧「おいっ、お前もジャブ出せ」
　楢崎がパンチを出すことを躊躇している。
　洞口は揶揄う様に顔を突き出している。
大牧「パンチ出せよ」
楢崎「は、はい」
　楢崎がワンツーを突き出すと、油断していた洞口の顔にクリーンヒット。
　洞口の顔が大きく跳ね上がる。
　見ていた小川が、
小川「ナイスワンツー。おいっ、洞口。それでプロ目指してんか?」
　洞口は鼻血が出て、本気の目に変わり、猛攻をかける。
楢崎「ちょ、ちょ、ちょ、この人、本気です。ちょっとタイム」
大牧「ほらほら、打ち合え」
瓜田「楢崎さん。ガードして、ガード」

×　　×　　×

　端に置かれたベンチでうなだれている楢崎。
　楢崎をうちわで扇ぐ瓜田。
楢崎「だから、やりたくないって言ったのに。全然大丈夫じゃないじゃないですか」
瓜田「いや〜。熱くなっちゃいましたね」
楢崎「もう二度とやりたくないです」
瓜田「まあまあ……でも、楢崎さんのワンツー良かったですよ。モーション少ないし、手応えあったんじゃないですか」
楢崎「ま……まあ」
瓜田「じゃあ、自分も練習入るんで」
　瓜田はうちわを楢崎に渡し、去っていく。
　楢崎は朦朧とする視界の中、皆の練習風景を見ている。
　ボクサー達の躍動が眩しく見える。
　楢崎は自分の拳を見つめ、笑顔が浮かんでくる。

○　楢崎の実家・台所（夜）

　汚い鍋から湯気が立っている。

　鍋の前に立っている楢崎。奥の部屋から祖母が現れ、
祖母「（鍋を見て）なんか、美味しそうなの作ってるね」

楢崎「違う。違う。これ食べれないから。寝てたんでしょ?　起こしちゃったね。ごめんね。寝てなよ」

　祖母はムニャムニャしながら、奥の部屋へ。

　途中、仏壇の前を通る。

　仏壇には両親らしき遺影。

　鍋にはマウスピースが沈んでいる。

　楢崎は箸で鍋からマウスピースを取り出すと、口に含むが熱さに驚き、すぐに吐き出す。

　冷ました後、マウスピースを口に含み強く噛む。口を指で押し、形を整える。

　しばしの後、口からマウスピースを取り出すと、歯形が付いて完成している。

○　点描・楢崎の成長風景

　朝。楢崎は真面目にロードワークをしている。

×　　×　　×

　夜。ロープが上手くなっていく。

×　　×　　×

　昼。瓜田が楢崎のミットを持つ。
瓜田「もっと早く。もっとコンパクトに。もっと強く」

×　　×　　×

夜。サンドバッグ、パンチングボールを真面目に打つ。

×　　×　　×

昼。瓜田が楢崎のミットを持つ。前よりキレが良い楢崎。

瓜田「もっと早く。ガードすぐ戻す。よく見る」

×　　×　　×

夜。練習生とスパーをしている楢崎。形になっている。

○大牧ボクシングジム・中（夜）

パンツ一枚の瓜田が分銅式体重計で計った後、近くのホワイトボードに体重を書き込む。

数日間の練習前、練習後の体重移行が書かれている。

数日後には、軽量日、試合日の予定、大阪府立体育会館が書かれている。

○室内釣堀店・店内

古いプレハブの釣堀店では小川と千佳が並んで釣りをしている。

客はまばら。

千佳のウキが沈み、竿を上げるが空振り。

小川「遅せーよ。沈んだ瞬間に合わせろよ」

千佳「え〜、合わせてるよ〜」

小川「全然遅いって、そんな反射神経じゃパンチ避けれねーよ」

千佳「別にいいよ。避けれなくて」

小川のウキも沈み、見事ヒット。

小川「ほらっ、どう？　今のカウンターバッチリ決まったっしょ」

千佳「（適当）はいはい。分かった。分かった。すごい。すごい」

○のどかな道（夕）

自転車に乗った小川と千佳が並んで走っている。

千佳が小川の横顔を見て、幸せそうな笑み。

小川の自転車が逸れて、千佳にぶつかりそうになる。

小川「ちょ、危ねーよ。まっすぐ走れよ」

千佳「自分が寄って来たんでしょ」

○小川のアパート・部屋（夜）

テレビを見ながら千佳が小川の肩を揉んでいる。

千佳「はい。交代。次揉んで」

千佳が小川の前に回り込む。

小川は両手で千佳の胸を揉みだす。

千佳「ちょい、ちょい、揉むのは肩だって」

抵抗する千佳。小川は服の中に手を入れる。

千佳「ダメだって」

小川「何で？」

千佳「今日、生理だもん」

小川は確認するように千佳の下半身を弄ってみる。

千佳「ね？」

小川「……いいよ。後でシャワー浴びれば」

千佳「ダメだって、布団、血まみれになっちゃうって」

小川「んだよ……あっ、いらないバスタオルあるから、それ敷けば大丈夫でしょ」

千佳「え〜」

小川は洗面所へ向かい、棚の中を探していると、少しボーッとする。

小川「……あれ？　何探してんだっけ？」

千佳「え？　いらないバスタオルでしょ？」

小川「あっ、そうだ、そうだ」

千佳が不安顔。

小川の携帯が鳴り、ポケットから取り出すと、それに出る。

小川「もしもし……どうでした？　そうですか……それは残念っす……いや、そんなこと……ええ。そうっすね……あっ、千佳いるけど代わります？　そうっすか。じゃあ、はい」

小川が部屋に戻ってくる。手にはバスタオル。

千佳「瓜ちゃん、ダメだったって?」

小川「2対1の判定だって。今から東京戻るらしいよ」

千佳「そっか。惜しかったんだね……やっぱり応援行けばよかったかな?」

小川「瓜田さん、わざわざ大阪まで来なくて良かったでしょ？　って笑いながら言ってたよ」

千佳「……そっか」

深刻そうな表情の小川。丁寧にバスタオルを敷いている。

千佳「……ねえ、普通、仲間が負けたのに、そんな……ん？　どうした?」

千佳は小川の異変に気づく。小川は頭を抑えて苦しそう。

小川「……いや、急に頭痛てぇ……」

心配そうな千佳。

○**深夜バスの中（夜）**

顔に絆創膏をした瓜田が流れる景色を見ている。

横のシートには、缶ビールを飲む大牧。

○**瓜田のアパート・部屋（夜）**

電気がつき、瓜田が帰宅。孤独感溢れる。

×　×　×

コンビニ弁当を食べている瓜田。

殴られた口が痛み、無性に腹が立ってくる。

悔しさと苛立ちで震える背中。

○**大牧ボクシングジム・中（夜）**

瓜田がスピードバッグを空気入れで膨らましている。

アクの強い、おばさんがバランスボールに乗っている。

もう二人のおばさんは井戸端会議。

瓜田が空気を入れ終え、試し打ちをすると、おばさんたちが話しかける。

おばさん「そうだ、あなた聞いたけど、ずっと負けっぱなしらしいじゃない」

瓜田「そうなんすよ。お恥ずかしい」

おばさん「いい歳なんだから、いつまでもこんな事してちゃダメでしょ。就職とか考えないの?」

瓜田「就職ですか?」

おばさん「そうよ。芽が出ない事してて楽しいの?」

瓜田「まあ、楽しいっていうか……これしか、やりたい事ないんすよね〜」

おばさんたちの前でヘラヘラ笑う瓜田。

×　×　×

夜。瓜田と洞口がスパーリングをしている。

洞口が瓜田を圧倒している。

ゴングが鳴り、スパー終了。

瓜田は疲弊した様子でリングを降りる。

大牧が瓜田のグローブを外しながら、

大牧「ウリ坊、上下の打ち分けは良いから、後、左右の動きだけしっかりな」

瓜田は返事も苦しそうに頷く。

洞口のグローブを外す小野寺は小声で、

小野寺「相手先輩なんだから、少しは気を使えよ」

洞口はニヤニヤしながら頷く。

大牧は少し離れた場所にいた楢崎に、

大牧「おお、お前もテスト受けてこいよ」

楢崎「はい?」

大牧「（洞口を指し）あいつ、今度プロテスト受けるから一緒に受けてくれればいいじゃん」

楢崎「いや、いや、いや、俺は趣味で十分なので」

○**同・外**

ジムの前に乗用車。その横に洞口と小野寺がいる。

洞口「メキシカンがボラードってよく使うじゃないっすか。あれ格好よくないっすか?」

洞口がボラードをシャドーでやる。

小野寺「お前、今日そんなの使うなよ」

○　**同・中**

営業前のジム。大牧が立っている。

楢崎が棚からボクシングシューズを出し、バッグに詰めている。

楢崎「すいません。お待たせしました」

大牧「ったく、本当にもう、忘れもんないな?」

楢崎「あっ、グローブは?」

大牧「いらねえよ。向こうで用意したの使うんだから」

○　**同・外**

大牧はジムの戸締りをしている。

後部座席に並んで座っている楢崎、洞口。

洞口「プロテストくらいで緊張すんなって」

楢崎「いや、別に」

洞口「大丈夫だよ。落ちてもまた受けりゃいいんだから」

楢崎「まあ、そうっすね。落ちたら、また一緒に受けましょうよ」

洞口「いやいや、俺は落ちないから」

○　**喫茶店**

瓜田と千佳が話している。

千佳「これって、会長さんとかにも相談した方がいいのかな?」

瓜田「いや、バレたらライセンス剥奪されちゃうよ。今、大事な時なんだから」

千佳「大事なのは分かってるよ。でも、壊れたら一生もんだって、本に書いてあったし……ねえ、瓜ちゃんから言ってあげてよ」

瓜田「何を?」

千佳「だから、引退した方がいいって」

瓜田「言える訳ないじゃん」

千佳「じゃあ、やめなくてもいいから、試合とかしないで、健康の為に続けるのでも」

瓜田「そんなの何の意味もないって」

瓜田はアイスコーヒーのストローをクルクル回し、いい加減に見える。

千佳は若干の苛立ちを覚え、

千佳「瓜ちゃん、心配じゃないの?　友達でしょ?」

瓜田「心配だし、話聞いてショックだったよ。でも……だからって言えないよ」

千佳「じゃあ、もし自分が一樹だったらどうするの?　だんだんおかしくなって、頭痛に苦しんで、それでも同じ事言える?」

瓜田「言える」

瓜田は無表情で、どこか壊れている印象。

瓜田「日本タイトルだよ?　俺なんかには、夢みたいな話じゃん。手に入るなら、どんな犠牲も払うでしょ」

千佳「……そっか……トイレ行ってくる」

千佳は居心地悪そうに去っていく。

無表情の瓜田がストローを回し続けている。

○　**ゲームセンター・店内**

多恵と三上が仲良く話しながら、仕事をしている。

楢崎が二人の前でワザと躓き、持っていた荷物を散らばせる。

それを拾う楢崎。多恵と三上が手伝う。

三上「何やってんだよ」

楢崎「(多恵に) ありがと」

多恵「ううん」

楢崎はさりげなく、ポケットからカードの様な物を取りだし、バレない様に地面に落とす。

カードに気づき拾う多恵。

多恵「あ、これ楢崎君のじゃない?」

楢崎「あ~、すいません」

多恵「何これ?」

楢崎「ああ、これはあれっすよ。ただのボクシングのプロライセンスです」

三上「(驚き) え?　マジ?」

多恵「え~。すご~い!　プロになったの?」

楢崎「いや、正直面倒臭くて、そんな気はなかったんですけど、周りが、俺のボクシングセンスって言うですか？　それを放っておいてくれなくて」

多恵「え～。すご～い。すごいって！（三上に）ねえ、すごいよね？」

　三上は面白くなさそうな表情。

三上「……え、ま、あ～」

　勝ち誇った顔の楢崎が去っていく。

○大牧ボクシングジム・中（夜）

　洞口が大牧と話している。

洞口「いや全然、納得いかないっすよ。何で不合格なんですか？　俺、相手ぶっ倒したんすよ」

大牧「バカみたいな大振りで、たまたま当てただけだろ」

洞口「いや、でも」

大牧「プロテストは相手倒したからって受かるわけじゃねーんだよ。攻防のバランス、フォームを重視してるんだって」

洞口「……」

大牧「また、次頑張れよ」

　×　×　×

　瓜田が洞口のミットを持っている。

瓜田「打ち終わりガード下がってるよ。もっと、脇閉めてコンパクトに」

　洞口が不満そうにパンチを出す。

瓜田「だから、ガード下げない。出したらすぐに手戻す」

　洞口は打つのを辞める。

瓜田「どうしたの？」

洞口「いや、自分は自分のスタイルがあるんで、瓜田さんのスタイルってやりづらいんすよ」

瓜田「でも、俺が言ってるのは基本だからさ」

洞口「基本を身につけたら強くなるんですか？　そういう瓜田さん全然勝てないじゃないですか」

瓜田「……まあ、俺は勝てないけど……でも」

洞口「俺、勝てないボクシングとか教わりたくないんすよね」

　聞いていた楢崎が苛立った表情をしている。

洞口「今日はもう、いいっすわ。ありがとうございました」

　勝手にリングを降りる洞口。

　×　×　×

　ジムから離れのロッカー室に来る楢崎。

　着替えようとすると、隣のシャワー室から洞口が出てくる。

洞口「邪魔」

　楢崎に肩をぶつけて、自分のロッカーの前にいく洞口。

○国道

　小川の運転する運送業のトラックがハザードを付け路肩に駐車。

　頭痛と耳鳴りがして、顔を歪める。

　ダッシュボードから頭痛薬を取り出し、缶コーヒーで流し込む。

○運送会社まるだい・外観

　数台のトラックが止まっている。

　小川の運転するトラックが停車。事務所へ向かう。

○同・事務所

　小川が社長に頭を下げている。

社長「いいって、いいって。配送ミスくらい。今はボクシングの事で頭いっぱいだろうしさ」

小川「本当にすいませんでした」

社長「いやいや、トランクスにウチの社名入れてんだから、しっかりチャンピオンになって宣伝して貰わないと。ねっ！」

　笑顔の社長。

○大牧ボクシングジム・中（夜）

瓜田と洞口がスパーをしている。

大振りなパンチが当たってふらつく瓜田。

×　×　×

汗を拭いている洞口は、ティッシュで鼻血を止めている瓜田に、
洞口「瓜田さんって一応プロじゃないですか。そのプロにこれだけパンチ当たるんだから、自分のスタイルって間違ってなくないっすか？」
瓜田「洞口はセンスあると思うし、実際強いよ……でも、基本がないからテスト落ちたわけでしょ？」
洞口「それって、おかしいっすよね？　基本があれば弱くてもプロって。瓜田さん、基本しっかりしてるけど、メッチャ弱いじゃないっすか。それがプロって事なんですか？」
瓜田が苦笑い。
聞こえた楢崎が苛立った顔で見ていると、洞口と目が合う。
洞口「あいつだって、テストの時、ビビりながら、チョコチョコ手出してただけじゃないっすか。あんなんでプロになれるなら誰でもなれますよ」
楢崎が近寄り、
楢崎「じゃあ、自分とスパーしてくださいよ」
洞口「は？　何？　プロテスト受かって強くなった気でいる訳？」
楢崎「（大牧に）会長。洞口さんと、スパーしていいですか？」
大牧「おお、やれやれ」

×　×　×

ゴングが鳴り、楢崎と洞口のスパーが始まる。

しっかり基本の構えの楢崎。洞口は格好をつけた変なスタイル。

大振りのパンチを振り回す洞口。何発か楢崎に当たる。

グラつく楢崎は、つられて大振りのパンチで返そうとする。

空を切る楢崎の大振りパンチ。

瓜田「楢崎君。熱くならないで、基本。基本」

楢崎は、基本の構えに戻り、コンパクトにジャブを打つ。

強くはないが、段々と楢崎のパンチが当たりだす。

苛立つ洞口はハンマーパンチを出すが、空を切る。

×　×　×

楢崎の丁寧なパンチが次々と洞口の顔面を捉える。

小野寺「おお、いいボクシングするじゃん」

瓜田が嬉しそうに頷く。

洞口は打たれながらも、パンチを出しているが、動きが鈍くなっている。

楢崎は攻め続ける。

瓜田と大牧の表情が曇る。

洞口の動きがおかしい。意識がはっきりしていない様な動きで、相手のいないところにパンチを出している。かなりスローな動き。

大牧「おお、ストップ。ストップ」

スパーを止める両者。

大牧「おいっ、洞口。大丈夫か」

虚ろな目で頷く洞口。

大牧「ちょっと、お前、そこで横になってろ」

洞口はフラフラしながらリングを降り、ベンチに横になる。

大牧「（別の練習生に）おい、品川、お前、代わりにこいつとスパーしてくれ」

×　×　×

瓜田が楢崎のグローブを外しながら、
瓜田「い～じゃん。これならいつでも試合出来るよ」
楢崎「出来ますかね？」
瓜田「いや、自信持っていいよ。俺なんかより、よっぽどセンスあるし」
楢崎「いやいや、そんな……でも、最近、

ちょっと試合してみてもいいかなって……いや、試合してみたいなぁって」

瓜田「おっ！　遂に覚醒したかぁ～」

　ベンチの方から大牧の声。

大牧「おいっ！　洞口！　どうした」

　瓜田と楢崎がベンチの方に行くと、泡を吹いて寝ている洞口の姿。

　大牧が洞口の頬を叩きながら、

大牧「おい。しっかりしろ。おいっ」

　洞口は白目で意識が戻ってこない。

大牧「ウリ坊。救急車」

　瓜田は慌てて、ジムの電話の方へ駆け寄る。

　楢崎は、顔面蒼白で洞口の容態を見ている。

　洞口は昏睡状態で、たまに痙攣を起こしている。

○病院・手術室（深夜）

　洞口の脳手術が行われている。

○同・手術室前の廊下（深夜）

　大牧と小野寺が洞口の両親に事情を説明している。

　少し離れた椅子には、頭を抱えている楢崎。寄り添う瓜田の姿。

○病院・外観

○同・病室

　洞口が静かな口調だが、元気になった様子で両親と話している。

　入り口に楢崎と瓜田が姿を見せると、手を上げて見せる。

　両親は楢崎たちに挨拶をして病室を出て行く。

瓜田「どう？　具合は？」

洞口「ちょっとボーッとするけど大丈夫っす」

　窓の外からのヒキ絵。必死に謝る楢崎を。

　洞口は笑顔を見せ、楢崎に寝たままパンチを出している。

○病院からの帰り道

　瓜田と楢崎が並んで歩く後ろ姿。

　楢崎は泣いている。

瓜田「そんな、いつまでも泣かない。洞口だって、俺の分までボクシングしろって言ってくれたんだから、頑張らないと」

　楢崎はコクリと頷くが、また泣き出す。

瓜田「だから、泣くなって～。大丈夫だから。な？」

○土手（早朝）

　ロードワークしている小川の姿。

○大牧ボクシングジム・中（夜）

　大牧は電話を切り、練習中の小川に、

大牧「小川、タイトルマッチ決まったぞ」

　小川が頷く。

大牧「ウリ坊と楢崎、お前のデビュー戦も決まったからな」

　瓜田と楢崎が頷く。

○小川のアパート・外観（夜）

　瓜田がアパートの階段を登り、二階のドアのチャイムを鳴らす。

　しばらくするとドアが開き、小川が顔を出す。

○同・部屋（夜）

　瓜田が小川にスマホを見せている。

　画面には現チャンピオンの東浩（31）の試合が流れている。

　小川と瓜田はシャドーをしながら、

瓜田「ほらっ、ここもそう。距離詰めた後、左右のボディ打つ時、ガード下がるだろ。前の試合も何度か打たれるシーンがあるんだよ」

小川「確かにガード甘いっすね」

瓜田「だから、ボディをブロックした後、

アッパー入るでしょ」
瓜田が動きを見せる。小川も合わせる。
小川「確かに」
瓜田「まあ、それ一発じゃ倒せないし、そこから、どう繋げるか練習した方がいいね」
小川「そうっすね。あっ、でも、左ボディの時に、バックステップして左フックのカウンター、一発で倒せそうじゃないっすか?」
瓜田「いや、流石にそれは、難しいでしょ。やっぱり無難に一度ブロックしてから」
小川「え~。難しいかな~? 俺なら出来そうだけど」
瓜田「いやいや、そんなの狙って出来るもんじゃないって」
狭い部屋でドカドカと床音を鳴らしながら動きを確認する二人。
小川「出来ないかな~。え~こうでしょ」
何度かバックステップの左フックをした後、
小川「つーか、俺のことより、自分の試合に集中して下さいよ」
瓜田「……いや、俺も頑張るけど、うちで10年ぶりのチャンピオン誕生するチャンスだし」
小川「……瓜田さん」
瓜田「ん?」
小川「俺、勝ったら……千佳と結婚しようと思うんですよ」
瓜田が一瞬固まる。しかし、すぐに笑顔になり、
瓜田「……そ、そうなんだ。じゃあ、絶対勝たないと」
小川「……俺、勝っちゃっていいですか?」
瓜田「え?……何言ってんだよ」
部屋のチャイムが鳴る。

○ **同・玄関外 (夜)**

小川と瓜田が大家に騒音を出したと怒られている。

○ **小川のマンション・前**

小綺麗な大型マンションの外にトラックが止まっている。
荷台からタンスを運び出す小川と瓜田。
瓜田「いや、確かに嫌味っぽい感じで、しつこかったけどさ、あそこまでキレなくても」
小川「だって、ちゃんと謝ったじゃないですか、それなのに……まあ、でも、ちょうど引っ越し考えてたし、いいんですよ」
瓜田「……そうだな。一緒に住むには、あそこは狭過ぎるし」

○ **同・部屋**

部屋の中では段ボールの中身を出しながら、整理している千佳がいる。
玄関からタンスを搬入する小川と瓜田。
千佳「ねえ、これ前のアパートのでしょ?持ってきちゃダメなんじゃないの?」
千佳はエアコンのリモコンを手にしている。
小川「……あ、そっか」
千佳「早く返してきた方がいいんじゃない?」
小川「え~。また、あの大家の所行くのかよ」
瓜田「後やっとくから、さっさと返して来なよ」
小川「すいません……千佳、チャリ借りるわ」
小川はリモコンを持って部屋を出て行く。
千佳「(心配顔) やっぱり、ああいうのって後遺症かな?」
瓜田「いや、あれはアホでしょ」
千佳「(笑) だね……ねえ、これってさ、どうやって巻くの?」
千佳は段ボールからバンテージを取り出す。
瓜田「……巻いてあげようか?」

○ **道**

小川が自転車を漕いでいる。カゴにはエ

アコンのリモコン。
しばらく走ると、段々と平衡感覚をなくし、自転車はブロック塀にあたり転倒。
立ち上がった小川。目の前の景色が傾いて見える。

○ **マンション・部屋**

瓜田が千佳の手にバンテージを巻いている。
陽の光が二人に優しく差し込んでいる。
瓜田「きつくない？」
千佳「大丈夫……ねえ、瓜ちゃんってさ、何でボクシング始めたんだっけ？　やっぱり強くなりたかったから？」
瓜田「え？　千佳が勧めたんじゃん」
千佳「え？　私？　嘘？」
瓜田「本当だよ。俺、虐められてもいないのにさ、高校入ったら俺みたいなタイプは絶対虐められるからボクシングでも習っておいた方がいいって」
千佳「言わないよ～」
瓜田「言ったよ」
千佳「え～……まあ、確かに言いそうな気がするなぁ……え？　それで始めたならごめん」
瓜田「何でごめんなの？」
千佳「いや、何か、人の人生すごい変えちゃったなって」
瓜田「そうだね。すごい変わったね……俺だけじゃなくて沢山」
千佳「え？」
瓜田「千佳の勧めでボクシング始めてさ、今度は俺が小川にボクシング勧めて……千佳と小川が出会うことになって、今がある訳じゃない」
千佳「そっか」
瓜田は少し寂しげに、触れ合う千佳の手を見つめている。
千佳「……もしかして後悔してる？」
瓜田「後悔はしてないよ……でも……でもじゃないか。はいっ、出来た」
千佳は両手に巻かれたバンテージを見つめた後、ファイティングポーズをとる。
なぜか口が、おちょぼ口。
瓜田「（笑）何で、口、タコみたいになってんだよ」
千佳「え？　なってたよ、こうやって」
瓜田「なってたよ、こうやって」
瓜田は千佳を真似てタコみたいな口でファイティングポーズをとる。
千佳「（笑）むかつくー」
笑い合う瓜田と千佳。

○ **大牧ボクシングジム・中（夜）**

小川がスパーリングをしている。
相手は他のジムのスパーリングパートナー。
相手は距離を詰めボディを打つ。
小川はボディをブロックして、アッパーを返す。
そこから連打した所でゴング。
小川は相手選手にお礼をしてリングを降りる。
見ていた瓜田が近寄り、
瓜田「よかったじゃん。ボディの返しのアッパー。な、絶対試合で使えるって」
小川「はあ」

×　　×　　×

事務室では大牧が別ジムの会長と話している。
別会長「いや～。いい選手だね。背高いし、リーチも長いしさ」
大牧「いやいや。まだまだですよ」
別会長「いや～、ここでチャンピオンになってもらわないと……お金の面とか、色々あんでしょ？　聞いたよ」
大牧「まあ、そうですね。練習生怪我させちゃったんで」
別会長「ねえ。プロになってりゃ、保険やらあるだろうけど、医療費だ、慰謝料だ、お宅も大変だねぇ」

大牧「まあ、なんとか。ええ」

○スーパーマーケット・店内（夕）

楢崎が店に入り、店員に話しかける。

店員に案内され控え室へ向かう楢崎。

○同・控え室（夕）

楢崎が、店の店長と控え室に入ってくる。
部屋には警官と、うな垂れた祖母の姿。
楢崎「どうも、すいませんでした」
警官「いや、常習犯って訳じゃないみたいだし、取ったのも百円の羊羹ひとつだけなんだけど。まあ、こちらとしては」

○住宅街（夜）

楢崎が祖母と歩いている。
楢崎「おばあちゃん、お腹すいた？」
祖母は若干、痴呆の感じで口をパクパクさせている。
楢崎「最近、あまり家にいれなくてごめんね……俺ね、明後日、プロボクサーとしてデビューするんだよ。すごいでしょ？　本当はすごい、おっかないんだけど……でも、勝ちたいんだよなぁ……勝ちたいなぁ」

○大牧ボクシングジム・中（夜）

帰り支度をした瓜田以外、誰もいないジム。

瓜田が愛おしそうな表情でジムを見回した後、電気を消す。

シルエット姿の瓜田が鍵を掛け、去っていく。

○後楽園ホール・控え室（夕）

部屋の隅で小野寺が楢崎の体にワセリンを塗っている。
楢崎「あのう、もし試合中にウンコしたくなったらどうするんですかね？」
小野寺「……お前、漏らすなよ」
楢崎「いや、昨日計量終わってから食べ過ぎて」
小野寺「もう一回トイレ行っとけよ」
楢崎「大丈夫です……あっ、やっぱり行っておきます」
楢崎はドア付近にいた瓜田、大牧を通り過ぎ、部屋を出る。
（S＃1のリプレイ）
廊下に出たら小川が控え室に入ろうとしていた。
小川「何？　緊張してんの？」
楢崎「いや、ウンコしてきます」
小川「あ？　大丈夫かよ（笑）」
小川が部屋に入ってくる。
瓜田にグローブをはめている大牧。
大牧「おいっ、小川、お前、自分の控え室で体動かしておけよ」
小川「はあ」
小川は携帯を持って瓜田の近くにいくと携帯画面を瓜田に見せる。
小川「これ瓜田さんに送られてきたんですけど、何すか？　これ」
画面には千佳がファイティングポーズを構えた写真。
なぜか口がタコのようにおちょぼ口。
瓜田が少し笑顔を見せる。
大牧が携帯を覗き込もうとしながら、
大牧「何だよ？」
小川「いや、別に会長はいいっす」
大牧「何だよ。俺はいいって」
小川は瓜田を見つめ、
小川「……今日の相手、データなくても、瓜田さんのキャリアなら勝てますよ」
瓜田「まあ、デビューの奴に負けるわけにいかないしね」

○同・会場（夜）

音楽が鳴り、両コーナーから選手入場。

（4回戦は同時入場）

青コーナーから瓜田が、チーフセコンド大牧とセコンド吉岡、助っ人セコンド今泉と共に入場。

大牧がロープの間に体を入れ、その間から瓜田がリングイン。

瓜田のTシャツを脱がす大牧。

客席には千佳。小川が現れ、横に座る。

千佳「瓜ちゃんの、勝てるかな？」

小川「相手の奴、30過ぎの素人だもん。大丈夫っしょ」

千佳「30過ぎで、デビューって遅いね」

小川「まあ、いるんだよ。ダイエット目的か何か知らねえけどさ、思い出作りに一回試合してみたいとかいう馬鹿」

リング中央ではレフリーが促し、瓜田は大牧と共に、対戦相手、比嘉涼太郎(32)陣とグローブを合わせている。

大牧がリングの外に出て、ゴングが鳴る。

比嘉は構え。その構えはボクシングっぽくない。

小川「あれ？　ちょっとマズイかも」

千佳「え？」

瓜田が打ち込んでいくが、比嘉はうまく躱しながら、パンチを返す。

小川「相手の奴、デビューとかいってるけど、あれ、元キックボクサーだよ。かなりキャリアあると思う」

千佳が心配そうに瓜田の試合を見つめる。

比嘉はかなりの手練れに見える。瓜田が不利な状況。

×　　×　　×

ゴングが鳴り、比嘉に向かう瓜田。足取りが怪しい。

比嘉は今までとは違い、強烈なパンチを連打する。

盛り上がる会場。

瓜田は強い連打を浴びる。苦し紛れに左フック。それに左フックのカウンターで返す比嘉。クリーンヒット。

比嘉の膝に抱きつくようにダウンする瓜田。

足蹴にするように振り払う比嘉。意識を失い、マットに倒れる瓜田。

レフリーがカウントを取り始める。

カウントに合わせてインサート（バンテージを巻いている千佳の手や何か）

瓜田が目を覚ますと、同時に体が持ち上がる。

リング上で会場スタッフが瓜田を担架に乗せようとする最中だった。

瓜田は担架を拒否するように動きだす。

大牧「いいから、寝てろ」

瓜田「大丈夫です。自分の足で行かせてください」

瓜田はおぼつかない足取りで歩き出す。

○同・青コーナー入場口裏（夜）

スタンバイしている楢崎。横には小野寺。

良いパンチが入った様子で歓声が聞こえる。

瓜田のことが気になる楢崎。

小野寺「いいから、集中しろ。集中」

○同・会場（夜）

電光掲示板に3ラウンドの表示。
瓜田が一方的に殴られ、フラフラになりながら戦っている。
客席では怒りの表情の小川が、
小川「何なんだよ。あの野郎、手、抜きやがって」
千佳「え？」
小川「あいつ、倒せるのにワザと試合引っ張ってるよ。これ、早くタオル投げた方がいいよ。危ねーよ」
千佳「……瓜ちゃん」

○同・会場脇～青コーナー入場口裏（夜）

入場口裏でスタンバイしている楢崎の横を瓜田が通る。

楢崎はかける言葉を探すが出てこない。

瓜田は小さな笑みを見せた後、楢崎の肩をポンポンと叩き、去っていく。

楢崎が振り返る。

ドアの向こうで瓜田は背中を見せたまま、

拳を上げエールを送っている。

ドアが閉まり、拳は見えなくなる。

○同・会場（夜）

楢崎と宮田がリング中央で手を合わせ、各コーナーに。

大牧は楢崎にマウスピースを入れる。緊張している楢崎。

ゴングと共に電光掲示板のタイムが動き出す。

ジャブを打つ楢崎。宮田が構わず突っ込んでくる。

ガードをする楢崎。その上をガンガン打ってくる宮田。

強烈なボディーブローが決まり、少し時間差の後、立膝をついてダウンする楢崎。

マウスピースが口から地面に落ちる。

大牧「ほれっ、立て」

楢崎は何とか立ち上がり、レフリーがマウスピースを拾い、コーナーの大牧に手渡す。

マウスピースを洗う小野寺。マウスピースを楢崎の口にはめる。

試合を続行。

すぐさま、宮田がラッシュを仕掛けてくる。

弱ったボディを攻撃され、前かがみになったところをアッパーで倒される楢崎。

レフリーが両手を交差させ試合終了。

○同・控え室（夜）

落ち込んでいる楢崎。バンテージを外す大牧。

大牧「お前、顔に出過ぎなんだよ。腹効いたのバレバレじゃねーか。だから攻められるんだよ。ボディ鍛え直せよ」

顔に絆創膏をした瓜田が、その様子をどこか遠い目で見ている。

○同・トイレ～売店（夜）

千佳がトイレから出ると、目の前の売店で比嘉とトレーナーが並んでいる。
トレーナーが比嘉の頭を軽く叩き、
トレーナー「でもじゃねーよ、バカ。ボクシングは何があるか分からねーんだから、倒せる時さっさと倒せよ」
比嘉「いや、でも、すぐ倒したら面白くないっすか?」
トレーナー「バカ。相手がクソ弱いから、そんな事言えんだよ」
比嘉「じゃあ、まともな相手見つけてくださいよ」
トレーナー「生意気言うな。バカ」
トレーナーが比嘉の頭を叩こうとするが、ダッキングで躱される。
比嘉「ちょ、飲み物こぼれますって～」

○同・会場（夜）

小川が東と戦っている。

東はクリンチしながら小川の後頭部を叩いている。

イラつく小川がレフリーにジェスチャーして、レフリーは東に注意。

再開され、お互い、均衡した戦いを見せている。

6ラウンド目の終了ゴングがなり、お互いがコーナーに戻る。

客席の千佳は小川を見つめている。

コーナーに戻った小川。リングサイドにいる瓜田がアドバイスを叫んでいる。

×　×　×

東が接近戦で左右のボディを打ってくる。

ブロックで凌ぐ小川。

瓜田「小川。アッパーで返せって！」

傷だらけの瓜田が一生懸命アドバイスを送っている。

それを見た千佳は、なぜか涙が出てきて、手で拭う。

小川が打ち返すと、東はクリンチ。ヘッドロックしたまま小川の顔を殴る。

レフリーに見えない角度で反則行為。

レフリーが二人を離す。小川がレフリーに反則をジェスチャーで抗議する。

その隙に襲いかかる東。

瓜田「小川！　来てるぞ！」

東はまた接近戦に持ち込み、右ボディから左ボディを返す。

その瞬間、小川はバックステップしながら、左フックで見事なカウンターを決める。

千鳥足の東は、尻もちでダウンする。

小川はリングサイドの瓜田に左手でガッツポーズを見せる。

それを見つめる瓜田。

○インサート・小川のアパート（夜）

小川「あっ、でも、左ボディの時に、バックステップして左フックのカウンター、一発で倒せそうじゃないっすか?」
瓜田「いや、流石にそれは、難しいでしょ」

○後楽園ホール・会場（夜）

瓜田の目には、小川の強さが眩しく映る。

小川は「立て。立て」と挑発。

立ち上がった東にラッシュを仕掛ける小川。

瓜田はその動きに目を奪われる。

躍動感溢れる小川のラッシュ。

羨望の眼差しの瓜田。

瓜田「……（独り言）やっぱ、お前はすげーよ」

試合を見つめる瓜田の瞳。

小川はラッシュで東を沈める。レフリーが両手を交差させ、試合終了。

飛び跳ねて歓喜する小川。テンションが上がりコーナーポストに登ると、足を踏み外して、コーナーからずり落ちる。客席から爆笑。

再びコーナーに登った小川は歓喜する。

その姿を見つめる瓜田、千佳。

×　×　×

ベルトを腰に巻いた小川がリング上でインタビューを受けている。
インタビュアー「今回の勝因はなんだと思いますか?」
小川「え～と、ジムの先輩の瓜田さんが、東選手の分析をしてくれて、それで勝てたと思います」
インタビュアー「具体的に分析内容を聞かせていただけますか?」
小川「え～と、瓜田さんは、いつも接近すると、その後に……え～、あっ、瓜田さんじゃなくて、東選手は接近をすると、左右ボディ打つ時にガードが開くので、それを、え～と、返す……返すっていう分析……分析じゃなくて、戦法？　戦術？　とにかく瓜田さんがボディ打った後に」
インタビュアー「東選手ですよね?」
小川「そう、あじゅま選手……あっ、東選手が……え～と……あれ？　なんの話でしたっけ?」
会場は爆笑。千佳は心配そうに見つめている。

○居酒屋（夜）

お座敷での宴会。
小川の周りを千佳、大牧、ジムメイトが囲んで盛り上がっている。
瓜田は笑顔で料理を運んだり、お酌したりしている。
千佳「瓜ちゃん、試合後なんだし、そんな働かなくていいんじゃない?」
小川「そうっすよ。若い奴にやらせてくださいよ」
瓜田「いいの、いいの。俺は回復力だけが自慢だから」
瓜田は端の席で落ち込んでいる楢崎がビールを飲んでいるのを見つける。
瓜田が楢崎に近寄り、
瓜田「楢崎君、お酒飲んじゃダメって言ったでしょ」
楢崎「……分かりました」

瓜田「試合後は脳の血管が損傷しているから、お酒飲むと血管が広がって」
楢崎「だから、分かりましたよ」
ふてくされる楢崎。

× × ×

小川が色紙にサインをしている。日本スーパーウェルター級チャンピオンと肩書きを付け、名前はフルネームを固く書いただけ。

それでもサインを貰った店長は喜んでいる様子。

大牧「随分不恰好なサインだな」

小川「だって、サインなんか書いたことないっすもん」

笑っているテーブル。離れた席から、楢崎の声。

楢崎「なんで、そんなヘラヘラしてられるんすか？　瓜田さん、悔しいとか思わないんですか！」

瓜田はなだめるように優しく、
瓜田「いや、俺だって悔しいよ。悔しいけどさ、それをバネにして次頑張ればさ」

楢崎「バネにしてって、瓜田さん、バネになってないじゃないっすか。毎回負けてるじゃないっすか」

瓜田「……そ、そうだね」

楢崎「毎回、負けて平気な顔してる人にアドバイスされても困るんですけど」

小川が怒りの表情を見せる。

楢崎が立ち上がり、ビール瓶に手を伸ばす。

瓜田も立ち上がり、
瓜田「だから、お酒は飲んじゃダメだって」

楢崎は、急に横から平手打ちを食らう。

叩いたのは千佳。

千佳「（涙目）あんたが試合後じゃなかったら、もっと叩いてるから！」

皆、固まる。

○**駅近くの道（夜）**

瓜田、小川、千佳が歩いている。
曲がり角で、三人は足を止める。
小川「じゃあ、自分ら、こっちなんで」
千佳「瓜ちゃん、またね」
瓜田はコクリと頷く。
瓜田「……なあ」
足を止め、振り返る小川と千佳。
小川「はい？」
瓜田「……俺さ……本当は、今日……お前が負ければいいって思ってたよ」
小川「……え？」
瓜田「……いや、今日だけじゃなくて、今までずっと、お前が負ける事を祈ってたよ」
しばし無言の三人。
千佳が場を取り繕おうと、明るく
千佳「瓜ちゃん、どうした？　殴られすぎたか？」
小川「……大丈夫っす。分かってたんで」
瓜田「そっか」
小川「ええ」
瓜田は寂しげな笑みを見せると、背を向けて歩き出す。
小川と千佳が瓜田の後ろ姿を見送っている。

○**大牧ボクシングジム・中**

おばさん3名が鏡の前で練習はせず井戸端会議をしている。

おばさん1「私、明日は来れないのよ。ベリーダンスがあるから」

おばさん2「あらっ、ベリーダンスっていいらしいじゃない？」

おばさん1「いいわよ。こうやって腰を回すから贅肉が落ちるし」

全く贅肉が落ちていない肥満のおばさん1は、鏡の前でベリーダンスを始める。

おばさん3「私もベリーダンスやろうかしら」

おばさん達は皆、真似して腰を回し出す。

ドアが開き、楢崎がジムに入ってくる。

大牧がチャンピオンになった小川のパネ

ルを壁に張っている。
大牧「おお、これ真っ直ぐになってるか?」
楢崎「えっと、右がもうちょい上です。あ、そんな感じで」
大牧「サンキュー……今日は昼か?」
楢崎は瓜田の姿を探すが見当たらない。
楢崎「仕事遅番なんで……あの、瓜田さんは?」
大牧「ウリ坊はやめたよ」
楢崎「え? な、なんで?」
大牧「あいつ……こないだを最後に引退決めてたから」
楢崎「え? いや、でも、聞いてないですけど」
大牧「内緒にしてくれって言われてたからよ」
楢崎「……」
大牧はおばさん達に、
大牧「あんた達、ここはダンススタジオじゃないんだから」

× × ×

夜。小川を含む練習生たちが練習をしている。
サンドバッグを打っている小川。
休憩になり、練習生二人が話しかける。
練習生1「小川さんも引退聞かされてなかったんですか?」
小川「……ああ」
練習生2「マジっすか」
練習生1「祝賀会でもそんな雰囲気なかったから、びっくりですよね」
小川は、小さく首を縦にふる。
練習生2「水臭いっすよね? 言ってくれれば良かったのに」
ゴングが鳴り、小川は再びサンドバッグを殴る。
練習生1「いや、お祝いの席に水を差すことになるから、言わなかったんでしょ」
練習生2「つーか、瓜田さんに、タイソンのDVD借りたままなんだけど」
小川「おいっ、ゴング鳴ったぞ」
練習生二人は慌てて、隣のサンドバッグを叩き出す。
小川は、悲しい表情でサンドバッグを殴り続ける。

○ **教会・外**

小川と千佳の結婚式。

大牧や楢崎、ジムメイトがファイティングポーズをとって記念写真。

そこに瓜田の姿はない。

○ **大牧ボクシングジム・中**

楢崎のミットを持っている、新しいトレーナーの宮地(40)。
宮地「ナイス。ナイス……え〜と、何さんでしたっけ?」
楢崎「楢崎です」
宮地「すいません。いや、楢崎さん、バランスいいですね」
楢崎「はぁ」
覇気のない楢崎。

× × ×

楢崎がベンチで休憩しながら、ボクシング雑誌を読んでいる。

あるページを捲り、驚く。

楢崎「ああ!」

近くにいた、おばさんが、
おばさん「どうしたの? 大きな声あげて」

楢崎「いえ、別に」

楢崎は雑誌のページに釘づけになっている。

そこに、大牧が電話している声が聞こえる。

大牧「比嘉選手の相手ですか? うちはちょうどいいのがいないもんですからね〜……はい」

聞こえた楢崎の表情が変わる。

× × ×

事務室で楢崎と大牧が話している。

楢崎「大丈夫です。やらせてください。お願いします」

大牧「こないだのウリ坊との試合見ただろ？
　あれ強いぞ」

楢崎「はい……無茶かもしれないですけど
　……でも、やりたいっす」

大牧「（少し考え）……ウリ坊の敵討ちか」

　楢崎は下を向いている。大牧が楢崎の頭をグシャグシャする。

○**実景・のどかな街並み**

○**大牧ボクシングジム・中**

　大牧が壁にポスターを貼っている。

　小川の初防衛戦、前座枠に楢崎と比嘉の4回戦の表記。

○**点描・楢崎と小川のトレーニング**

　音楽に乗せたエモーショナルな点描。

　ゴングが鳴り、小川がサンドバッグを叩く。

　×　×　×

　楢崎がスピードバッグを器用に叩いている。

　×　×　×

　ランニングしている小川。

　別の場所をランニングしている楢崎。

　×　×　×

　小野寺のミットを打っている小川。

　×　×　×

　スパーリングをしている楢崎。ボディを貰いダウンする。

　筋トレで腹筋を鍛える楢崎。

　ボディを練習生に打ってもらい鍛える楢崎。鼻水を垂らし苦しむ。

　×　×　×

　大牧の持った円形ミットを、声を上げ力強く打ち込む小川。

　小川がスパーリングパートナーをダウンさせる。

　×　×　×

　ストーブの前でサウナスーツの小川がシャドーしている。

　ホワイトボードに体重の変動を書き込む小川。

　×　×　×

　小野寺のミットによるディフェンス練習の楢崎。ボディーワークで避ける。

　スパーリングで相手の攻撃をひらひら躱す楢崎。

　×　×　×

　ランニングしている小川。

　小川がスパーリングパートナーをカウンターでダウンさせる。

　違う場所をランニングしている小川。

　小川がスパーリングパートナーをラッシュでダウンさせる。

　ランニングからダッシュに変わる小川。

　×　×　×

　ダッシュしている楢崎。

　ダッシュする小川のバストショット。カメラを追い抜き風景だけが流れる。

○**ゲームセンター・控え室（夕）**

　楢崎が控え室に入ろうとすると、中では多恵と三上がキスをしている。

　ショックの楢崎はフリーズする。

　多恵と三上のキスが盛りあがっているところに、ズカズカと入っていく楢崎。

　すぐ後ろに来て、やっと気づいた多恵達は慌ててキスを離し、取り繕う。

　楢崎はロッカーからボクシング雑誌を取り出し、

楢崎「そうだ、三上さん」

三上「（動揺収まらず）え？　あ、何？」

楢崎「俺、三上さんがモデルやってるの、見
　た事あったわ」

三上「え？」

多恵「そ、そうなの？」

楢崎「実は有名な人だったんですね。ほらっ」

　楢崎は雑誌の広告ページを開き、去っていく。

残された雑誌には、タートルネックを口元まで上げた三上の写真。
包茎手術の広告写真だ。
三上は凍りついている。多恵は不思議顔で、
多恵「……これって、なんの広告？」

○ **大牧ボクシングジム・外観（夜）**
熱気で窓ガラスが曇っている。

○ **同・中（夜）**
楢崎が大声を出しながらヤケクソでサンドバッグを叩いている。
近くにいた練習生が、
練習生「気合入ってますね」
楢崎「俺にはこれしかないから」
練習生「おお～」
さらに大声を上げ、サンドバッグを叩く。
大牧が通りがかり、
大牧「……お前うるせーよ」

○ **小川のマンション・部屋（夜）**
小川が洋服棚を漁っている。
小川「ねえ、俺の試合用のトランクスって知らない？」
リビングでテレビを見ていた千佳が、
千佳「え？　昨日自分で出して、そこに置いてたじゃん」
リビングの目立つ場所にトランクス。
小川「あ、そう……」
小川はトランクスを持つと、洗濯機に入れる。
千佳が近寄り、
千佳「……昨日、洗濯したでしょ」
小川「……あ、そっか」
小川はトランクスを洗濯機から出すと、しばらく固まる。
急に嘔吐する小川。
千佳「ちょ、大丈夫？」
小川「大丈夫だよ。雑巾。雑巾」
千佳「ねえ、本当大丈夫？」
小川「（少し苛立ち）だから大丈夫だって」
小川は近くの雑巾で床を拭く。
千佳「……やっぱり、試合やめた方がいいんじゃない？」
小川「あ？　今更、やめれる訳ねーじゃん。うぜーな。馬鹿かよ」
よだれを垂らし、床を拭く小川の目が血走っている。
千佳「……約束覚えてるよね？」
座ったままの小川が洗濯機に右ストレートを打ち込む。
すごい音にビクッとなる千佳。

○ **後楽園ビル・計量室（夕）**
小川が計量をして、見事パスする。

○ **定食屋（夜）**
小汚い定食屋。小川と楢崎が軽めのご飯を食べている。
楢崎「あれ？　明日って俺も赤コーナーですか？」
小川「そうだよ。俺サイドだし」
楢崎「……何か、俺、勝った事ないのに、違和感ありますね」
小川「タイトルマッチ以外は色関係ねーよ。興行次第だし」
楢崎「そっか……何か俺、青コーナー見ると、瓜田さんを思い出すんですよね」
小川が少し寂しげな顔を見せる。
楢崎「……一回くらい勝つ姿見たかったな」
小川「……だいぶ前だけど、瓜田さん勝った時……あのフック、俺だから避けれたとか、カウンターのタイミング完璧だったとか、何度も自慢話聞かされて、みんな、うぜーってなってさ」
楢崎「（笑）マジっすか？　うざいっすね」
小川「でも、あの人……メチャクチャ嬉しそうでさ……この人って本当ボクシングが好きなんだなぁ～って」
楢崎「そういや、瓜田さんとボクシング以外

の話したことないかも」
小川「マジでボクシング馬鹿だからな～」
楢崎「熱いっすね。でも、小川さんだって負けてないいんじゃないですか?」
小川「どうだろうな……俺、あの人の熱量に追いついてんのかなぁ……分かんねえ」
楢崎「それでタイトル取っちゃうんだもんな～」
小川「まあな。熱量と才能は別」
楢崎「でたよ!……あっ、そうだ、瓜田さんから、こんな物届いたんですよ」
　楢崎はカバンから、ノートを取り出し、小川に手渡す。
　そのノートには、楢崎の相手選手、比嘉への対策が書かれている。
　手書きで、解りやすいイラスト付きで解説されている。
楢崎「俺、最後にすげー失礼な事言ってそれきりなのに……瓜田さん、本当いい人ですよね?」
　小川は瓜田のノートを見て、涙目になっていく。
小川「……あの人、本当つえーよ」
楢崎「え?」
　小川は涙を誤魔化そうと上を向いて深呼吸をする。
楢崎「……」
小川「試合で返せよ。最後の教え子なんだから」

○後楽園ホール・赤コーナー入場口裏（夜）

　赤いグローブを付けた腕。
　赤コーナー入場口裏でスタンバイしている楢崎。
　楢崎は少し体を動かした後、目を瞑り深呼吸。
　急に頭を背後から叩かれる。
声「おいっ、ビビってんじゃねーよ」
　楢崎が叩いた相手を見ると洞口だ。
楢崎「おお!……って言うかビビってねえし」
　洞口が笑う。会場から入場の音楽が流れる。
大牧「よし、いくぞ」
楢崎「はい」
　楢崎達は円陣を組んで掛け声をあげ、リングへ向かう。

○同・会場（夜）

　楢崎は比嘉のラッシュを受け、コーナーに追い詰められる。
　楢崎は何とか反撃すると、比嘉の股間にパンチが当たる。
　比嘉が苦しみながら下がり、レフリーが間に入る。
　レフリーは楢崎に注意を与える。
　比嘉の回復を見て、試合続行。
　楢崎はすでに鼻血を流し、激しく息切れをしている。
　比嘉のパンチを細かく貰う。
　会場の二階。数名の客が見ている。
客1「青の方、強いじゃん」
客2「いや、赤い方が弱いだけだろ。便所行こうぜ」
　客が去ると、柱の近くで観戦している瓜田の姿が見える。
　楢崎のパンチは空を切る。再び接近戦になったところでゴング。
　楢崎が気を抜いたところに、比嘉がローブロー（股間打ち）を放つ。
　悶絶する楢崎。レフリーが比嘉に減点1を言い渡し、両選手がコーナーに戻る。
　小野寺が鼻血を出す楢崎に、太い綿棒を鼻に突っ込み処置。
大牧「右に回る時、気をつけろ狙われてるぞ」

×　×　×

　ゴングが鳴り、比嘉がコーナーから出てくる。
　比嘉のパンチを浴び続ける楢崎。

一旦距離を取った楢崎のジャブから左ボディストレートが決まる。

比嘉は『効いてない、もっと打ってこい』とジェスチャー。

ムキになった楢崎のパンチはどれも大振りで当たらない。

再び楢崎のジャブから左ボディストレートが決まる。しかし、比嘉は御構い無しに右の打ち下ろしのストレート。

ダウンする楢崎。

調子に乗った比嘉は、謎のダンスを見せてレフリーに注意され、会場の笑いを取る。

なんとか立ち上がった楢崎。

大牧がコーナーから叫ぶ、
大牧「大振りになるな！　今までの練習を思い出せ」

レフリーが続行を指示。

楢崎がブツブツと、
楢崎「……今までの練習通り……今までの練習」

○　インサート・ジムでの練習風景

楢崎の脳裏を過る、瓜田との練習の日々。

瓜田とのミットを思い出す。

瓜田「もっと早く。コンパクトに」

○　後楽園ホール・会場（夜）

試合続行。打ち合っている両者。
楢崎は心の声を出しながら戦う。
楢崎「もっと早く。コンパクトに」
コンパクトに鋭くパンチを出し続ける楢崎。
二階の瓜田は小声で、
瓜田「そう、もっと足使って」
楢崎オフ「細かく出入り」
瓜田「フェイントを織り交ぜながら、捨てパンチも駆使して」
楢崎オフ「強弱のメリハリをつけて」
楢崎が打たれる。
瓜田「打たれても、焦らず」
楢崎オフ「冷静にブロックして」
瓜田「打ち終わりに、返す」
楢崎のパンチが比嘉に当たる。
比嘉がムキになり大振りに。
楢崎オフ「上下を打ち分けて」
瓜田「相手が大振りになったら」
楢崎オフ「モーション小さく」
瓜田、楢崎オフ「左」
比嘉の左ストレートに対し、左ストレートのカウンターで捉える。
比嘉が効いた様子で、後退する。
湧く会場。大牧、洞口が声援を飛ばす。
大牧「効いたぞ！　効いたぞ！」
楢崎の必死な形相。
瓜田が嬉しそうに微笑んでいる。

○　同・ロビー（夜）

ロビーに人はいない。売店の店員だけが暇そうにしている。

アナウンスが聞こえる。

アナウンサー「ジャッジ井上悟、浜口典明、佐田真也、三者共に38対36。3対0の採点をもちまして勝者、比嘉涼太郎」

○　同・控え室（夜）

試合を終えた楢崎。

その表情はどこか満たされているようだ。

○　美容院・店内（夜）

千佳がカラーの用意をしていると店長の男が近寄り、
店長「旦那さんはどうだったの？」
千佳「あっ、今ちょうど、やってるくらいだと思います」
店長「そっか、本当ごめんね。大事な時に無理言って入ってもらって」
千佳「いえいえ、いつも私の方が無理言って休ませてもらってるんで」

○　後楽園ホール・会場（夜）

瓜田が小川の試合を見ている。
小川は挑戦者、山田と一進一退の攻防。
小川は左瞼から出血をしている。
7ラウンド目終了のゴングが鳴り、小川の止血をする小野寺。

小川「次って、最終ラウンドでしたっけ?」
大牧「馬鹿。次は8ラウンド目だ……大丈夫か、お前?」
小川「あ、はい……後2ラウンドか」
大牧「後、3ラウンドだ」
アナウンス「赤コーナー小川選手の左目のカットは有効なヒッティングによるものです」

ゴングが鳴り、試合続行。
床に飛び散る小川の血。
山田がワンツーを打つ。ツーをブロック、すぐに右ストレートを当て返す。
湧く観客。
小川はラッシュを仕掛ける。
山田も反撃して、何度か小川の頭が跳ね上がる。
御構い無しにラッシュする小川。山田は丸くなり、打たれまくる。

大牧「よし、ほらっ、レフリー。相手グロッキーだぞ。止めろ。止めろ」

レフリーが間に入ってくる。
大牧はスタンディングダウンで勝ったと笑顔を見せるが、すぐに表情が曇る。
レフリーは小川の傷を見て、ドクターチェックをさせる。
ドクターは小川の傷を見て、首を横に振る。
レフリーが両手を交差させ試合終了。
納得行かなそうな小川と、大喜びする山田とセコンド陣。

○ **美容院・店内（夜）**

客にカラーをしていた千佳。
何かを感じ取ったように、少し宙を見つめる。

○ **下町の風景（朝）**

○ **大牧ボクシングジム・中（朝）**

誰もいないジム。朝日が差し込んでいる。

○ **道**

まっすぐな道で小川の配送トラックが電柱にぶつかっている。
警察が小川の調書を取っている。野次馬多数。

警察「居眠りでもしてた訳?」
小川「いえ、まっすぐ走ってたつもりだったんですけど、気づいたら左に逸れてて」

小川は調書に自分の名前を書くが、手の震えで、うまく書くことが出来ない。
警察は小川の震えを見て、

警察「……君、何か薬物とかやってないよね?」
小川「やってないです。最近、手のひぃびれが……手のひゅびれ……痺れがあって」

警察は怪訝な表情。

○ **運送会社まるだい・事務所**

小川が社長に謝っている。
チャンピオンじゃなくなった事で、以前より冷たい社長。

○ **小川のマンション・近く（夜）**

千佳が帰宅すると、電気のヒモに向かってシャドーボクシングをしている小川の姿がガラス越しに見える。

○ **同・部屋（夜）**

電気のヒモにシャドーをしている小川。
千佳が玄関を開ける音で、慌ててシャドーをやめてテレビを見ているふりをする。

× × ×

夕食を食べている小川と千佳。

千佳「おかわりする?」

小川「え？」
少し考えている小川。
千佳「もう、気にしなくていいんだから、いっぱい食べなよ」
小川「……いいや。すこし太ってきたし」
千佳「……そう……もしかしてカムバックとか考えてないよね？」
小川「考えてないって」
千佳「ダメだよ。これ以上、脳にダメージ与えると」
小川「だから、考えてないって」
千佳「……」
どこか元気のない小川。

×　　×　　×

明け方。千佳が目を覚ますと小川はいない。
千佳の何とも言えない表情。

○ **土手（早朝）**

ロードワークしている小川の姿。
しばらく走ると、ロードワーク中の楢崎と遭遇。
お互い笑顔を見せ合い、二人並んで走って行く。

○ **魚市場（早朝）**

活気のある魚市場。
人目につかない場所で慣れない作業している瓜田。
一段落したところで、腰を回して疲れを取っている。
腰を回す流れは、柔軟体操から、ボクシングっぽい形になって行く。
シャドーボクシングの動きになった瓜田。
徐々にパンチの速度、フットワークのキレが増していく。
朝日を浴びた瓜田のシャドーボクシング。
その後ろ姿が美しい。

（終）

茜色に焼かれる

石井裕也

〈脚本家略歴〉

石井裕也（いしい　ゆうや）

1983年生まれ、埼玉県出身。大阪芸術大学の卒業制作『剥き出しにっぽん』（05）でPFFアワードグランプリを受賞。24歳でアジア・フィルム・アワード第1回エドワード・ヤン記念アジア新人監督大賞を受賞。商業映画デビューとなった『川の底からこんにちは』（10）がベルリン国際映画祭に正式招待され、モントリオール・ファンタジア映画祭で最優秀作品賞、ブルーリボン監督賞を史上最年少で受賞した。2013年の『舟を編む』では第37回日本アカデミー賞にて、最優秀作品賞、最優秀監督賞を受賞。また米アカデミー賞の外国語映画賞の日本代表に選出される。その後『ぼくたちの家族』（14）、『バンクーバーの朝日』（14）など発表。17年『映画 夜空はいつでも最高密度の青色だ』が第91回キネマ旬報ベスト・テン第1位を獲得するなど国内の映画賞を席捲した。近年も『町田くんの世界』（19）、『生きちゃった』（20）、『茜色に焼かれる』（21）、『アジアの天使』（21）などコンスタントに作品を発表し続ける。

監督：石井裕也
製作：「茜色に焼かれる」フィルムパートナーズ
製作幹事：朝日新聞社
制作プロダクション：RIKIプロジェクト
配給：フィルムランド　朝日新聞社　スターサンズ

〈スタッフ〉

製作　五老剛
　竹内力
ゼネラルプロデューサー　河村光庸
エグゼクティブプロデューサー　飯田雅裕
プロデューサー　永井拓郎
　神保友香
撮影　鎌苅洋一
照明　長田達也
録音　小松将人
美術　石上淳一
編集　石井裕也
　岡崎正弥
音楽　河野丈洋

〈キャスト〉

田中良子　尾野真千子
田中純平　和田庵
ケイ　片山友希
田中陽一　オダギリジョー
中村　永瀬正敏
熊木直樹　大塚ヒロタ
滝　芹澤興人
幸子　前田亜季
斉木　笠原秀幸
有島耕　鶴見辰吾
成原　嶋田久作
教師　泉澤祐希
ケイの彼氏・前熊　前田勝
店長　コージ・トクダ

○　**七年前　幹線道路**

T　「田中良子は芝居が得意だ」

白いセダンを運転している有島敦（85）。動作は鈍く、まばたきも多い。

ふらふらと走っている自転車に乗っている田中陽一。半ズボンにビーチサンダル。ラフな格好だ。

対してジャケットを着こなしたロマンスグレーの有島敦が運転する白のセダンが交差点に差し掛かると、赤信号にも関わらずさらに加速し、道路を横断しようとしていた陽一を猛スピードで跳ね飛ばす。

ブレーキ音のない、異様な事故の光景。

白いセダンはガードレールに激突するまで止まる気配もなかった。

対向車のボンネットまで跳ね飛ばされた陽一は、力なく（死んでいるので当たり前だが）地面に落下する。

その際、「ぐちゃ」という弱弱しい音が聞こえる。

時折挿入される簡易的なCGによる事故の検証映像が、やけに冷たい印象をもたらす。

○　**幹線道路**

T　「7年後」

時間が飛び、事故現場をぼんやりと見つめている喪服姿の女、田中良子（37）。

良子、やがて幹線道路沿いを歩いていく。

○　**葬儀場　中〜表（薄暮）**

大きく豪華な遺影の有島敦は、頭がよさそうな顔で笑っている。

多分、永久にこの笑いを絶やさない。

田中純平（13）のナレーションが被さる。

純平N「この老人が七年前、アクセルとブレーキを踏み間違えたことで、僕の父ちゃんは、あっけなく死んだ」

良子、数人の喪服を着た男たちに背中を押され、半ば強制的に出てくる。

有島敦の息子・耕（57）が良子にあからさまな敵意を向ける。

耕　「もう終わったことです。ですよね、田中さん？　お帰りください」

良子が何も言えないでいると、

耕　「おかしいですよ。被害者だからと言って何でも許されるわけはないんです。何のためにわざわざ来たんですか？　父に何を言っても意味がないじゃないですか。嫌がらせのような行為はやめて頂きたい。ここには弁護士の成原先生もいらっしゃっています。私共には、警察に連絡するという選択肢もあります」

と、半ば良子を脅してきた。

成原が蛇のような目で良子を遠くから見ている。

良子「私はただ、有島さんのお顔を拝見したくて」

侮蔑の色が顔いっぱいに広がり、

耕　「いや、おかしいでしょう、それは。あなたおかしいですって」

やはりいつまでも笑っている有島敦の遺影。

純平N「かつて偉い官僚だったらしいこの老人は、アルツハイマーを患っているという理由で逮捕すらされなかった。僕の父ちゃんは三十歳で死んだが、この人は天寿を全うし、九十二歳で生涯を閉じた」

○　**陸橋（薄暮）**

目的を果たせず、階段を下りていく良子。

馬鹿のように青い暮れかけの空。

T　「香典　10000円」

○　**葬儀場（薄暮）**

有島耕が成原にぶつぶつと文句を言っている。

耕　「本当に不愉快ですよ、あの女。だっておかしいでしょ、ただの嫌がらせですよ。こうやって皆さんが親父を偲んでくれてるのに台無しですよ。じゃあどうすればいいんですか？　これだけ誠意を尽くしてもまだ足りないんですかね？　親父は好き好んでアルツハイマーになったわけじゃないんです」

ままあと、成原が笑顔でなだめている。

耕「国民のために身を粉にして働いて、最期はこんな目に遭わなきゃいけないんですか？」

いずれにせよ耕の怒りに不純物はない。

○市営団地　表（夜）

老朽化した団地の一階、良子の家の灯が見える。

T「市営団地　家賃　２７０００円」

○同　良子の家　ダイニング（夜）

田中陽一の「粗末な」遺影がある。

小さな食卓。向かい合い夕飯を食べている良子と純平。

家の中は壁を埋め尽くすように本が並んでいて、その異様さが際立っている。

これは交通事故で死んだ良子の夫、パンクに限りなく近いロックバンドでミュージシャンをしていた田中陽一が遺した蔵書だ。

他の家具は少なく、シンプルなのに、本の印象が不気味なほど強い。この本たちを心の拠り所にして、慎ましくこの母子は生きてきたのだ。

整ってはいるが生活感に溢れ、経済的な豊かさとは程遠いことはすぐに分かる。

貧乏揺すりが止まらない純平。

純平「何であんな人の葬式に行ったの？」

良子「まあ」

と、「無理に」笑う。田中良子は芝居が得意なのだ。

純平「何、『まあ』って？」

良子「まあ頑張りましょう」

純平は感情を飲み込んだ。

純平Ｎ「母ちゃんは、時々意味が分からない、少し難しい人だ」

食卓には傷んだ赤い花が飾られている。

○（翌朝）道

郊外の一本道をマスク姿で歩いている良子。

狭い視界、息苦しい。

うなりを上げるように大型トラックが走ってくる。

良子、その地響きのような音の後に聞こえる「ぐちゃ」という音にハッとし、焦る。

余計に息苦しくなる。

○アポロン　花屋

スーパー「アポロン」の中にある花屋のコーナー。

フェイスシールドを着けた良子が赤い花を店頭に並べている。

その表情にはささやかな慈しみがあるように見える。

コロナによって一時職を失ったが、最近になってようやく見つけた良子の新しい仕事だった。

傷んだ花たちを回収する良子。

社員の斉木（32）がやって来る。

斉木「もう大分慣れましたね？」

良子「はい」

と、小さく笑う。

T「時給９３０円」

傷んだ花の、鮮烈なる赤。

○市営団地　良子の家　ダイニング（夜）

台所で料理している良子の顔は浮かない。

やはり上手く呼吸ができない。

背後の食卓で、本を読んでいた純平。

純平「母ちゃん、やっぱり俺は解せないんだよ」

振り返る良子の顔は一転、「気丈の母」になっている。

田中良子は芝居が得意だ。

良子「何が？」
純平「この前のさ、アクセルとブレーキを踏み間違えた人の葬式は、どんな感じだったの？」
良子「うん」
純平「何、『うん』って？　母ちゃんが行って、イヤな顔されなかった？」
良子「え、何で分かるの？」
純平「誰だって分かるよ」
　良子、料理の手を止めて食卓へやって来る。
良子「うーん、アクセルとブレーキの踏み間違えって、なんかこう、普通じゃ考えられないでしょ。もっと大きな、神様みたいな力が働いてたんじゃないかって思わないと、いまいち納得できないのよ。ずっと考えてるわけ、あの事故の意味をさ、この七年間」
純平「ん？」
良子「だからどうしてももう一回顔が見てみたくなって。忘れないように。だって忘れたくないでしょ？」
純平「……何言ってるか分からないけど。で、どうだったの？」
良子「人があふれてた。物凄く豪華なお葬式だった」
純平「加害者でしょ？　父ちゃんを殺した奴だよ。しかも何であいつは結局逮捕すらされなかったの？　おかしくない？　何で母ちゃんは怒らないの？」
良子「お父さんもそうやっていつも怒ってたけど。まともに生きてたら『死ぬか、気が違うか、そうでなければ宗教に入るか』、この三つしかないじゃない？　え、漱石読んでないの？　夏目漱石が書いてるよ」
　やはり理解できず、しっかり首を傾げる純平に、良子は顎で本棚を指す。
良子「日本人なら漱石は読んだほうがいいし、宗教のコーナーに、そういう神様に関連した本が山ほどあるから」
　本棚は「宗教」や「文学」、「アート」、「恋愛」など、ジャンルによって分けられていた。
　この書棚を見れば、田中陽一という人間が苦悩しながら辿った人生の軌跡が視覚的に分かる。
良子「こういう悩める時のためにお父さんはこれだけの本を遺したんだから。読んでみたら？　まあ頑張りましょう」
　と、台所へ戻る。純平に背を向けた瞬間に、また浮かない顔に戻る。
純平「母ちゃん大丈夫か？　言ってる意味、あんまりよく分からないよ」
　良子、振り返ってニコッと無理に笑う。

Ｔ「食費　約３６０００円／月」
　純平はすくっと立ち、「宗教」コーナーの前に行き、難しい顔で本を眺め始める。置時計の秒針の音がうるさい。

○（後日）喫茶店

　灰色の打ちっぱなしの壁が無機的で、広い店内には二人しかいない。

　良子と弁護士の成原だ。

　しかも両者の間には、アクリル板の仕切りがある。

　成原、様々な書類をテーブルに並べていく。

成原「ここのコーヒー不味いんです。店内をオシャレにしているだけで。本質が蔑ろにされた店とでもいいますか。田中さんも喫茶店か何か経営されてましたよね？」

良子「小さなカフェです」

　それには一切の興味がなく、
成原「私が不思議に思うのはですね、田中さん。七年前、事故の賠償金をあなたが頑なに受け取らなかったことではないんです。それはあなたのお考えだから、私には関係ありません。ちなみにこれ」

　と、一枚の書類を良子に見せる。

成原「賠償金を永久に放棄するとあなたが署名捺印したもの」

それを無視するわけでもないのに、良子の表情は何も変わらない。

成原「私が不思議に思うのは、あなたが有島氏の葬儀にお越しになったことです」

良子「あ、私はただ……」

成原「理由ではありませんよ。はは。それは私に関係ありませんから。なぜ罪もない有島氏のご遺族に嫌がらせをするのか。問題はそこなんです」

この男の口調は慇懃だが、人間の体温がまるで感じられない。

やはり良子には、車が猛スピードで走ってくるうなりのような音が幻聴のように聞こえる。煩わしい限りだ。

成原「あなたが突っぱねた賠償金は、保険会社からのものです。私、その時も申し上げたと思いますが、受け取ろうが突っぱねようが、私には関係ありませんし、有島氏にも一切関係ないんです。どっちでも同じことなんです」

良子「だから、私がお金を受け取らなかったのは、有島さんから謝罪の言葉が一言もなかったからです」

成原、「どうしようもない馬鹿だ」という顔で良子を見て、小さく溜息をつく。

良子「人が死んでるんです。まずは、すいませんという謝罪があるべきじゃないですか？　主人は虫けらではないんです。でも皆さん、事務的に全てをお金で解決しようとなさいましたよね。それで私は……」

良子は、感情を見事に抑えきっている。

だが、感情がそもそも無い人間のほうが強い。

神々しいほどに強い光が窓から差し込んでくる。

成原「だから、それは私には関係ないんですって。はは。私の話、聞いていました？　倫理観や命の重さについてのディベートをあなたとするつもりはありません。今の問題は、有島氏のご家族に対するあなたの脅迫まがいの行動です。分かります？　私はここに抗議の意思を伝えるために来ています。あなたの行動を今後注意深く見守ります。七年も前の交通事故の話など、私はしていません」

おかしくて笑いを堪えきれなくなったように、成原は笑った。

良子は、涼しい顔でそれを受け入れ、合わせるように少し笑った。

T「賠償金額　0円」

依然として何を考えているのか分からない良子。

○　恵比寿駅周辺

ビルの窓辺から、帰る良子を見下ろしている成原。

電話している。

成原「論理に整合性がないですから。ああいうのは時たま誰かに入れ知恵されて面倒なことをしでかしますが、まあ大丈夫でしょう。平均以下の頭の、ただの主婦です。どうぞご安心ください」

成原、白い不織布マスクをして、良子を追跡する。

成原「（電話口に）かわいそうに、まだ混乱してるんでしょう」

その気配に気づかぬ良子は、ただ歩いていく。

○　カリペロ　プレイルーム

渋谷のピンクサロン「カリペロ」にて。

けばけばしい桃色に照らされた各スペースを仕切るビニールシートが揺れている。

コロナ対策を言い訳的に施したこの場所は異様だ。

ご丁寧にも「コロナ対策は万全ですV」と貼り紙されている。それが卑猥に揺れている。

ある客の前、笑顔で立たされる良子。

良子「私で大丈夫ですか？」

マスクをした客、「年いってんな」と舌

打ちするが、「まあいいよ面倒臭いから」と良子を招き入れる。

良子「やったー」

　と、マスクをする。

× × ×

マスクの間隙からサービスを施している良子の点描。

「お前コロナじゃないよな?」と客に言われながら、良子は客のものを咥え、「違いますよー。だとしても、ゴムしてるから大丈夫ですよー」、「大きいから疲れるー」と言い、「いっぱい出たー」と猫撫で声を出す。

先ほどの気丈な母の姿とは一転、変わった声音で話す良子は異様だ。

悪態をつかれても聖母のような微笑を絶やさず、帰りがけの客を優しくハグする良子。

ハグされた客は一瞬戸惑うが、

良子「(客の耳元で)まあ頑張りましょう」

　客の若い男は、さらに戸惑った表情になる。

客「頭おかしいな」

T「時給3200円」

○同　外階段の踊り場(夕)

ピンク色のタオルが干され、バタバタと風に揺れ、蚊取り線香の煙は当てもなく彷徨っている。

休憩中に風俗嬢ケイ(25)と共にいる良子。

良子には、やはりこれといった表情がない。

ケイ「もう本当にイヤなんですよ。見下されてるんですよね私たちって。こんな仕事して楽しいかって馬鹿にされながら、もっと舐めろって……。良子さんはどうしてるんですか?」

良子「私はオバサンだから」

ケイ「……だから?」

良子「なるべく丁寧にやってる」

ケイ「え。それでいいんですか? 屈辱に耐え続けるんですか?」

良子「まあ、でもお客さんたちもきっと大変だと思うから」

　理解できない、という表情になるケイ。

ケイ「良子さんがここで働いてる理由って、やっぱりお金でしょ?」

良子「うん」

ケイ「何のお金?」

　良子、小さな微笑をたたえたまま何も答えない。

ケイ「コロナか性病になっても欲しいお金?」

鉄扉が開き、強面の店長の中村が顔を出す。

中村「ケイちゃん、指名入ったよ」

　ケイは途端に苦虫を噛み潰したような顔になる。

良子、ケイの肩を叩いて振り向かせると、優しくハグをした。

良子「まあ頑張りましょう」

少し動揺しながら店内へ向かったが、すぐにケイが奇声のような悲鳴を上げた。

ただならぬ予感に、良子は店内へ駆け込んでいく。

ちょうど中村も駆けつけてきた。

尋常ではないほど怯え、震えているケイに、

中村「どうした?」

ケイ「ゴキブリ、多分。虫が、そこにいて」

中村「何だよ」

　と、怒りと共に安堵し、殺虫スプレーを持ってくる。

良子「あ、ダメですダメダメ。出します私。外に出しますから」

　と、箒と塵取りを持ってくる。

ゴキブリを探すために屈む良子は桃色に染まっている。

中村「殺せよ、そんなの」

　許しを乞うように笑う良子。

まだ震えているケイを抱きかかえ、連行する中村。
中村「お前さ、薬でもやってんの？　ほら、仕事してこい」
散発的に、あらゆる部屋から女性の喘ぎ声が聞こえる。
毒々しいユーロビートの音楽が虚しくこだましている。

○同　控室
汚れた流しに向かい、遮二無二歯磨きをしている良子。
全てを洗い流したい。
ボロボロになって毛先が乱れた歯ブラシが無数に放置されている。
T「時給3200円×6時間勤務＝19200円」

○同　プレイルーム
屈辱を飲み込んで、必死に仕事しているケイ。
客に暴言を吐かれ、人間性を毟り取られていく。

○同　控室
ほとんど泣きそうになりながらケイがやって来て、良子の隣で同じように歯を磨き始める。

○中学　教室
休み時間、一人ぼんやりしている純平は、近視用の丸眼鏡をしている。
坂本（15）ら上級生グループが笑いながらやって来る。
坂本「田中ってどれ？　親父が事故って死んだ奴」
と、きょろきょろと見回し、純平を見やる。
坂本「お前か、田中って」
坂本を睨みつけている純平。
坂本「放課後ちょっと話があるから」
と、去ると、溜息をつく純平。

○同　男子トイレ
純平、眼鏡を外して顔を洗い、水で前髪を上げる。

近視故に実はあまりよく見えていないが、ポケットに手を突っ込みガニ股で体育館へ向かう。

○同　体育館　倉庫
スマホで交通事故のCG映像を見ている坂本。他に工藤、麻生、ノブ。
坂本は優等生風のリーダー格だ。
彼らの前に立たされ、俯いている純平。
スマホの映像を純平に見せ、
坂本「こりゃ死ぬよな。即死？　お前見てた？」
純平は肩を怒らせているが、黙っている。
副リーダー格の工藤が出てくる。
工藤「田中君は何、マスクしないの？」
純平「しないよ。お前らのコロナなんて怖くないし、もし俺がコロナだとしたら確実に移してやる」
純平を侮蔑するように苦笑する坂本。
坂本「かわいくねぇな。お前さ、被害者面してないか？　親父が死んだからって。税金で食ってるんだろ？　月にいくら貰ってるか知ってるか？」
純平「一円も貰ってない」
坂本「嘘つくな。えげつねぇ額貰ってるぞ、お前ら。いいよな、被害者面してれば一生食えるから。そういう税金他に回したほうが日本はもっと良くなると思うけど俺は」
麻生とノブは坂本の発言に感心したように頷く。
工藤「で、アレだろ？　お前の母ちゃん売春してるんだろ？」
純平「は？」
工藤「性病気をつけろよ」
純平「何の話だよ」

坂本、他の仲間たちの顔を見て首を傾げる。

坂本「敬語使えよ。俺ら一応年上だよ。税金を食い物にしてる奴らの常套手段の逆ギレ、やめて。性病ってうつるから、お前も気をつけたほうがいいよ。で、学校には持ってこないでね病気」

純平「何だよそれ」

工藤「おい、知らねぇのかよ売春やってんの」

と、笑いながら純平の頭を小突く。

純平「痛くない」

工藤「ダメだって、努力しないで体売ってる奴が税金貰っちゃ。そういう奴らがこの国ダメにしてんだから」

と、純平の頭をひっぱたく。

純平「痛くないな」

坂本「どうする?」

と、麻生とノブに聞く。

坂本「こいつ、勝手すぎない? 何で逆ギレ? 悪いのこいつだよな? いいのお前ら?」

すると、麻生が立ち上がり、純平の腹を蹴る。

「どうしようもないな」という顔をしてみせ、坂本は倒れ込んだ純平に手を差し出す。

純平はその手を払う。

坂本「あ! 痛ってぇ!」

と、激高する。

坂本「ダメだろ暴力は! そもそもおかしいだろお前。何で自分のしてる罪に気づけないんだよお前。それでみんなが困ってるんだよ! お前らみたいな奴らのせいで日本中みんな苦しんでるんだよ!」

と、ボコボコに純平を殴っていく。

殴られるがまま、それでも坂本を睨み続ける純平。

マットで純平をくるみ、「これをしたらどうなるんだろう?」という興味だけで、純平を踏みつけたり、跳び箱を投げつけたりする。

○**駅前　商店街**

もぬけの殻になった空きテナントの中を覗き込んでいる良子。

ガラスに光が反射して、中が見えにくい。

ただ虚しくなるだけだ。

○**土手（薄暮）**

暮れゆく青い世界の中、黒い塊がふらふら歩いていく。

純平は、眼鏡をかける。

ようやく視界がはっきりする。

小刻みにステップを踏み、「なんでもない」ことを「世界」にアピールする。

○**市営団地　良子の家　洗面所（夜）**

忙しなく動き回り、洗濯している良子。

純平のワイシャツに血がついている。

良子の表情が曇る。

○**同　ダイニング（夜）**

小さな二人用の食卓で、クリームパスタが次第に冷えていくことも厭わず、良子と純平が黙って見つめ合っている。

ここは穴蔵のようだ。

車のライトだろうか、光が外から入ってきて、部屋の中を撫で回す。

家というものが人間の内面だとしたら、その荒み、汚れを光が丁寧に照射していく。

やがて二人が「あのさ」と切り出したのは全く同じタイミングだった。

良子「いじめ?」

純平「売春……」

少しのじとっとした沈黙がある。

良子「誰かに何かされた?」

純平「何も」

良子「嘘じゃない?」

人差し指を立てる。

純平「死んだ父ちゃんに誓える。嘘じゃない。それより母ちゃん」
良子「何？」
純平は小刻みに貧乏揺すりをし続けている。
良子の目は据わっている。
純平「ヘンな仕事してないよね？」
良子「してるわけないでしょ。何？」
純平「死んだ父ちゃんに誓える？」
良子「もちろん。誰に聞いたの？」
純平「でも母ちゃんのカフェは潰れたんだよね？」
良子「そうだよ。コロナのせいでね。でもまた開くよ。お母さん、人に雇われるのは得意じゃないから」
その良子の目に気圧されて、
純平「ごめん」
良子、食べ始める。
何かを思いながら、しっかりと、生きるために食べる。
陽一の遺影は二つある。通常のものと、ライヴ中、歌っている時のもの。陽一の前髪は上がっている。
良子「いい？　どんなことでも嘘はつかないで。それはお母さんとあなたの、ルールだから」
純平、小さく頷いて食べ始める。
良子「隣の棟でお酒に酔って大声出してた人いたでしょ？　あの人、この団地から追い出されたって。ルールを守らないと生きていけなくなるのよ」
純平「この団地って、公営なんでしょ？　公営って何？」
良子「自治体が管理してるの」
純平「じゃあ税金で？」
良子「そう、税金で家賃が少し安くなってる」
純平「いいの？　税金で暮らして」
互いにちらちら見ながら、パスタをすすり続ける。
答えなどない。

○　アポロン　店内

斉木が店長（45）と共に歩いている。
店長「だからコロナで大変なのはみんな同じじゃん。だからさ、その俺の知り合いの娘さんも大変なんだよ大学入ったはいいものの、バイトがないでしょ今。それで頼まれたんだよ。斉木君のところで預かってよ」
斉木「でも生憎ウチはパートさんいっぱいなんですよ」
店長「分かってるけど、そこを何とかして。社長令嬢だから花が似合うでしょ、ね。そういうのがいたほうがアレだよ、このスーパー全体のメリットになるんだよ。そうでしょ？　全体のこと考えてよ」
と、斉木の肩を叩く。
店長「面倒だよ人をクビにするのは。でもそれをやるんだよ。それが俺たち上の人間の責務でしょうが」
と、ヘラヘラと笑いながら行ってしまう。
店長「そのお嬢さんね、音大通ってる美人らしいよ」
それが捨て台詞だった。
斉木は特に反応しない。

○　同　花屋

レジの奥で、傷んだ花をまとめている良子。
そこへやって来る斉木。
斉木「お疲れ様……」
良子「お疲れ様です」
斉木「あ、それなんだけど。傷んだ花、今まですっと持って帰ってましたよね？　それ、違反なんですよね」
と、まるで機械のように言う。
良子「あ、でもどうせ処分しちゃうじゃないですか」
斉木「でも違反なんですよ、上にそう言われたので」
良子「でも今までは持って帰っても……」

斉木「誰が許可出しました？」

良子「みんな持って帰ってますし。じゃあどうすればいいですか？」

斉木「廃棄してください」

良子「え」

斉木「捨ててください。上の指示なので」

○同　裏

傷んだ花を切断し、廃棄している良子。

納得できない感情を押し殺しながら。

○同　花屋

傷んだ花のバーコードをスキャンし、自らの財布から金を出す良子。値段は580円だ。

それを見咎める斉木。

斉木「何してるんですか」

良子「私、買います」

斉木「何故ですか？」

良子「捨てられるのはかわいそうだから」

斉木「そうですか」

と、冷たい目を良子に向ける。

良子「それもダメですか？」

斉木「いいんじゃないですか？」

まるで他人事だ。

○同　表

仕事終わりの良子、軒下で電話している。

良子「だから、お会いして話がしたいと言っているんです。忙しいって……。先生、ウチの子が殴られたかもしれないのに、何ですぐにお話させてもらえないんですか？」

勤務中の斉木が、電話している良子を背後から小突き、「あっちへ行け」とジェスチャーしてくる。

犬に向けるような冷たい目をする斉木。

良子、やむを得ずその場を離れる。

○道

スーパー「アポロン」から離れ、歩いている良子。

斉木が追いかけてくる。笑ってしまうぐらいかなりの距離を追いかけてきた。

斉木「ウチに入ってどれぐらいでしたっけ？」

良子「（驚き困惑して）さっきはすいませんでした」

斉木「いや、そういうのはいいんだけど。勤務してどれぐらい？」

良子「三ヵ月、弱です」

斉木「なのに、店の前で電話しちゃいけない規則、知りませんでした？」

良子「すいません、電話がかかってきちゃって」

斉木「いや、そうじゃなくて。規則なんで」

それだけ言うと、長い一本道を歩き去っていく。

何故こんな距離をわざわざ追いかけてきたのか、良子には理解できない。

車が行き交う音が、不快なほど大きく感じられる。

○待ち合わせ

とぼとぼと歩いてくる学校帰りの純平。

いつもの待ち合わせ場所で待っていた良子。

良子「お帰り。元気？」

と言って歩き出すが、純平は母と並んで歩かない。

そんな息子を見て、少し笑ってしまう良子。

良子「お母さんと一緒に歩いてるとこ見られたらこの世の終わり、みたいに思ってるんでしょ？　思春期始まった？」

何も言わない純平。

良子「別に。そういうわけじゃねぇよ。ったくよ。……そんなこと言わないでさ、まあ頑張りましょう」

と、純平に対してアテレコして、つまり一人二役の台詞を言って楽しむ良子。太陽のように振る舞う。

良子は、芝居が上手いのだ。

○老人ホーム「ひまわりの家」表

お爺さんやお婆さんの絵が描かれた窓。

その窓辺、車椅子に乗っている田中道春（77）。

モニターが設置され、テレビ電話できる仕組みになっている。

表で、良子と純平がスマホで道春と通話している。

嬉しそうに手を挙げる道春。

道春「悪いね、良子さん、いつもいつも」
良子「何言ってるんですか」
道春「純平。元気か？」
良子「まあまあです」
と、またアテレコする。
施設内で、介護士が暗幕を閉めている。
良子はその行動の理由を理解できない。
道春「自転車欲しいか？　純平」
顔色が少し曇る良子と純平。
道春「職員が乗ってたやつなんだけど、その人突然いなくなっちゃったね。自転車を捨てるっていう話だったから、もし必要なら貰っちゃえよ。もったいないし」
良子「でも、正式な許可はないんですよね？」
道春「構うもんか。捨てるもの貰って何が悪い？」
純平、モニターに見えないように、良子に小声で話しかける。
純平「どうする？」
良子「貰うって言うだけ言っておけば」
純平「ありがとう。じゃあ貰う」
道春「こっちの裏に赤いのがあるから」
指示通りに渋々建物を迂回し始める良子と純平。

Ｔ「施設入居費　１６５０００円」

○同　駐輪場

暗い顔で歩いている良子と純平。
純平「ルールだもんね、自転車がダメなのは」
良子「危ないからね。それに……、登録は人のだろうから、勝手に貰うのはマズイでしょ」
裏に赤い自転車がある。
それを少し眺めた後、踵を返す良子と純平。
純平「父ちゃんが自転車に乗ってる時に死んだの、忘れちゃったのかな。今日、命日なのも……」

○同　表

窓の向こうを見やる良子と純平。

暗幕がかかっていて、中が見えない。

良子「忘れられるなら、それでいいんじゃないかな」

理解ができず、母を見る純平。

そこへ通りかかるマスクをした介護士の女性。

良子「すいません、この幕は、何ですか？」

介護士「ああ、上映会です。プロジェクターを使って、オンラインで慰安コンサートをやってるんです。前はほら、実際にここでライヴをしたりマジックをしたりしてたんですけど、今はこういうご時世だからリモートでやってます」

良子「あ、そうなんですか」

会釈して去っていく介護士。

暗幕の向こう側を想像する良子と純平。

○同　室内

暗闇の中、白壁にプロジェクションされている映像。

セミプロのような女性歌手が『おお牧場はみどり』を歌っている。

○居酒屋　座敷席（夜）

座敷席の奥に生前の陽一の写真を飾り、ギターを置き、その前でグラスを持っている良子、純平と男たち。

その中の一人、滝（44）が声を上げる。

滝「九月六日、お前が死んだ日だ。俺たちはまだロックしてるぜ、乾杯！」

皆が乾杯する。

×　×　×

皆、かなり酔っている。

陽一と共にバンドを組んでいた男たちが「陽一がいれば俺たちはビッグになってた」と口々に話している。

オレンジジュースをちびちび飲んで、それを観察している純平。

滝「大変だよなぁ、みんな。大変だ。この時代、金ねぇし、ウイルスだし政治家はズルばっかかしやがるしな。良子ちゃんさ、やっぱり金、大変でしょ？」

ピクリと反応する純平。

良子は適当に笑顔で胡麻化している。

滝「でも女は最終的に体売れるから。俺たちは無理だもん。だけど良子ちゃんが体売るのは俺ちょっとヤダなぁ。もしどうしても売るなら、俺が買う」

とか何とか。とにかく呂律の回っていないおじさんたちが騒いで楽しんでいる。

純平は絶えず貧乏揺すりしている。

良子、立ち上がってトイレへ。

おじさんたちは簡易的なセッションを始め、純平はいよいよウンザリしてくる。

滝「俺たちはトップのトップまで行こうとしてたんだよ」

と、純平に向って言う。

滝「聞いてるか。陽一の口癖だったんだよ、トップのトップまで行くぞ、ってな」

純平「（ウザそうに）毎年聞いてます」

元メンバーの中尾（42）が純平を見る。

中尾「お前の母ちゃん、役者やってたの知ってるか？」

純平、ピクリと反応する。

中尾「アングラ演劇で、ワケ分かんねぇ『情念！』みたいなさ、俺たちみんなで観に行ったよな？」

と、バンドメンバーに同意を求める。

滝「俺たちも社会にむかついてバンドやってたけど、お前の母ちゃんのほうがキレッキレだった」

意外そうな顔をする純平。

中尾「べっぴんさんでさ。飲んだらヤバイぞ。ものすごい本性抱えてるから」

○同　トイレ前（夜）

トイレから出てくる良子を待ち構えていた滝。

滝「大丈夫？」

良子「はい」

滝「養育費……、幸子さんの養育費は？大丈夫？」

良子「はい、大丈夫です」

滝「もし本当に金に困ってるなら、それも含めて俺が面倒見るから。な。陽一のお父さんが脳梗塞で倒れて、もう一年近くか。あれも大変なんだろ、預ける費用が。老人は高くつくんだよな。ぶっちゃけ、どうしてるの金は？」

と、しっかりと良子の手を握り、アルコール臭い鼻息を良子の顔に吹きかける。

良子「貯金があるので……、大丈夫です」

良子はまた涼しい顔で屈辱を受け入れる。それどころか、滝を見て明確に笑う。

しなだれかかる滝を優しく抱きしめる良子。

滝「ずっと好きだったー。陽一より俺のほうがいいだろーよ」

ぽんぽんと滝の背中を叩く良子。

T「飲食代（良子が払った分）５０００円」

○市営団地　良子の家　ダイニング（夜）

暗い部屋の中に入ってくる良子と純平。

純平は明らかにいらついている。

純平「何だアレ。母ちゃんのことを俺が買うとか言ってたよ。ああいうのはヨーロッパあたりじゃセクハラになるんじゃないの？」

まだ貧乏揺すりが止まらない。

良子「毎年あんな感じじゃない」

純平「ねぇ、何で母ちゃんは我慢できるの?」

良子「ルールが厳しい国はいくつもあると思うけど、頭の中身はどの国の男も変わらない。他人にルールを求めるのは難しいと思う。自分たちがしっかりしてればいいでしょ」

純平「むかつかないの? 俺たち、なんにも悪いことしてないのに、みんなからナメられてんだよ。もしかして、何でもないフリをしてるの? お芝居? 母ちゃん、お芝居してるの?」

良子「……まあ、たまにね」

純平「母ちゃん、たまに隠れて暗い顔してるけど。それもお芝居?」

良子「当たり前でしょ。まあ頑張りましょう」

と、にっこり笑って部屋を出ていく。

良子が振り返ると、一人取り残された純平はまだ貧乏揺すりを続けていた。不満なのだ。

○（翌日）中学　教室

放課後。向かい合っている担任の若い男性教師と良子。

教師「多分、そのような暴力事件はないと思います」

良子「多分?」

教師「少なくとも私は確認していません」

良子「確認していません? 失礼ですが、私が電話してから今日こうしてお会いできるまで何日かかりました?」

教師「すいません、バタバタしていたもので」

良子「生徒が殴られていることより重要なことが他にあったんですか?」

教師「ですから、そのような暴力事件は把握していませんので」

良子「純平に何かあったら、私はあなたを許しませんよ」

その目には、怒りと凄みが満ちている。

そういう目を向けられた時、この時代の日本では、誰もが同じ反応をする。

まるで相手に侮蔑したように、少し笑うのだ。この男性教師も同じだった。

良子「責任感のない卑怯な人間に限って、そうやって愚かな薄ら笑いを浮かべるんです……。全く面白くないですよ」

あふれ出そうになる罵詈雑言を抑え込む良子。

○カリペロ　プレイルーム

一転、良子は楽しそうに仕事している。

良子はあらゆる場面であらゆる態度を作り直す人間だ。

客の男のフェイスシールドがガシガシ良子の頭にぶつかり、滑稽だ。

男は、リスクを顧みず装着している避妊具を外して快楽を得るかどうか、悩みながら、よがる。

○同　控室

プレイルームの桃色のライトが忍び込んでいるかび臭い部屋。

良子、家計簿をつけながら頭を抱えている。

それを心配そうに見ているケイ。

ケイ「良子さん、またここで家計簿つけてる」

と、内容の詳細を確認する。

ケイ「施設費?」

良子「うん。義理の父の、老人ホーム」

ケイ「それも払うんですか? 何で?」

良子「何でって、いろいろ助けてもらったし、本当に良くしてくれたから」

ケイ「それだけで、こんなに? 十万円……」

良子「でも義理の父だって年金分は出してるんだよ」

ケイ「そういう問題ですか? 『幸子さんへの

養育費、六万円』？　他にも子どもいるんですか？」

良子「私の子どもじゃないけど」

　怪訝な顔をするケイ。

ケイ「それなのに払うんですか？　何で？」

　何も答えない良子。照れたように小さく笑う。

ケイ「いろいろあるんだ。児童手当一万円、児童扶養手当二万二千円。うわ、これ高い、生命保険、医療保険、あ、家賃は低い……、それより、良子さん、こんな真っ赤っかでどうして平気でいられるんですか？」

良子「まあでも大変なのはこの一年弱だから。義理の父が倒れて、コロナになって、で、ずっとカフェをやってたんだけどそれが潰れて、だからここで働いて……」

ケイ「かわいそう……」

　ケイ、おもむろに注射器を取り出し、自分の腹に刺す。

ケイ「ふざけてるわけじゃないですよ。インスリンです」

良子「……（目をパチクリさせて）大丈夫？」

ケイ「高いです。子どもの時から死ぬまでずっとなんで」

良子「やっぱりケイちゃんも大変なんだ……。ご両親は？」

ケイ「お母さんは死にました。お父さんは生きてますけど、私、お父さんに八歳からずっとレイプされてて。……でもいい人なんですけど。助けてもらいたくはないです。良子さん、大変ですね」

　言葉を失う良子。

　暖簾を上げ、店長の中村が突然入ってくる。

中村「あのさ、お客さんに丸聞こえだからね」

ケイ「すいません」

中村「でもケイちゃんリストカットしないからいいよね。まだ売り物になる。その調子で頑張って」

ケイ「……」

中村「前ここで働いてた子も親父さんからレイプされて育ってさ、でもその子リストカット癖があって。もう毎日ここ切っちゃうわけ。だけどさ、そうまでしてなんで生きてるのって、俺は思っちゃうんだよね」

　キョトンとしている良子とケイ。

中村「だってもう腕だけじゃなくて、内面がボロボロなんだよ。取り返しがつかないぐらいボロボロなのに、何で生きようとするのよ？　だったら死んだほうがいいじゃん」

　「本当にまるで理解できません」という調子の中村。

　良子はまたあの幻聴が聞こえる。「ぐちゃ」という音。

中村「だって意味ないじゃん、苦しんで生きるの。え、意味ある？　何この空気？」

　無言で俯く良子とケイに気づき、中村が笑う。

　すると良子、いきなり楽しそうに笑い始める。

良子「分かります。私も風俗やってるから人のこと言えた義理じゃないですけど、死にたきゃ死ねばいいじゃんって思います。無理して生きる人、馬鹿ですよね？」

　と、笑う良子を怪訝そうに見つめるケイ。

○渋谷の街（夜）

　黙ってのろのろと歩いている良子とケイ。

　ガードレールに座り、たくさんの人の往来を眺める。

　二人は、世界から無視されているようだ。

ケイ「良子さんね、私、虫が嫌いなんです」

良子「うん」

ケイ「でも裸になって知らない男のチンコ咥えてると、あれ、自分こそ虫じゃんって思いますね」

良子「うん」

ケイ「良子さん、意味分かります？　私、昔から意味分からない馬鹿な奴だって言われてきたんですけど。でも良子さん……、さっき何で笑えたんですか？　私、良子さんのほうが全然意味分からないです。何で死にたきゃ死ねばいいって言って、笑ったんですか？」

良子「自分でも分からない」

ケイ「え」

良子「反射的に。雇い主のご機嫌を窺うためかな？　笑うしかなかったから、今までも、ずっと……。もう自分がよく分からなくなってるんだけど。ちょっと話していい？」

良子は切実な態度になる。心を微震させながら。言葉が止めどもなくあふれてくるようだ。

ケイ「はい……」

良子「旦那がね、車に轢かれて死んだ時、私見てないんだけど、何でだろう。その時の音が頭の中にずっと残ってるの。残ってるっていうのはヘンか。とにかく、ぐちゃっていう。内臓と骨が潰される音？　そんな大した音じゃないんだけど」

ケイは矢継ぎ早に早口で喋る良子の横顔を見守る。

良子「で、その、ぐちゃっていう音で、旦那の人生は終わり。とにかく生きてる間はいろんなことにいっぱい悩んだ人だったんだけど、ぐちゃで一瞬でおしまい。それはまあいいんだけど。でもね、その後のほうがもっと酷かったの。聞いて。ケイちゃん聞いて。虫けらみたいに扱われてさ。本当にもう、人間ってこんなもんかって思っちゃった。ごめん、私意味分からないこと言ってるでしょ？　聞かなくていいよ。どうせ理解されないから、今までもずっとそうだったから……」

ケイ「同じです。私も同じです。ちょっと飲みに行きますか？」

良子は、あふれそうになっている。指のささくれをかきむしり、つねり、喉笛からへんな音が漏れる。

良子「もう七年飲んでない。ごめん、自分の話なんかしちゃって」

ケイ「じゃあ行きましょう」

決意を固めたように、ケイが立ち上がる。

○**渋谷　チェーン店の居酒屋（夜）**

チェーン店のカウンター席に並んでいる良子とケイ。

あふれそうな感情は継続している。

ケイ「じゃあ、お金は一切受け取らなかったんですか？」

良子「うん。汚いお金だと思ったから。計算されたよ。年収とかに応じて、確か三千五百万円ぐらいだった。うちの人、社会とかにずーっと怒ってて、反抗するような歌を歌ってた人だったから、その妻が納得できないお金貰っちゃうのはマズイでしょ。だって私、妻だったから。旦那のこと全部受け入れなくちゃしょうがないでしょ？」

ケイ、苦しそうに、ぐっと酒を呷る。

ケイ「それはちゃんとむかついたほうがいいと思う」

ケイを睨むように見る良子。

良子「謝らなかったからね」

良子の感情が、アルコールの影響で一瞬暴発し、声が上ずる。

良子「一言も。人が死んだことよりも、自分の身を守ることのほうが重要でさ、あの人たちは。マスコミ向けのポーズだけはびっくりするほど上手いの」

へんな笑いが屁のように漏れる。

感情がぐるぐると回って分裂しているのだ。

良子「これ飲んで、落ち着かせるから大丈夫」

と、ハイボールを一気に呷る。

良子「何で生きるのって店長言ってたね。ケイちゃん、分かる？　自分で分かってる？」

良子、突然グラスを壁に強く衝突させる。

ケイ「もっと怒ったほうがいい」
良子「ごめん。もうちょっと話していい？　この前、旦那を殺した人のお葬式に行ったんだ。ウチの旦那のとは天と地ほどの差があったよ。規模が全然違うの。豪勢でさ。それ見て、やっぱり私はずっとあの人の味方でいようと思った。……でもね、だから何？　別に意味はないの。意味はないでしょ。そうやって無理して生きてることに意味あるんですかって言われたら、そんなの分かりませんよって話でしょ。今だってマスクしたりいろいろやってるけど本当に意味があるかなんて誰にも分からないでしょ。それでもマスクはするでしょ、分からなくても。え、じゃあ何で生きようとするの？　分かるの？　ねぇ、ケイちゃん、どう思う？　ねぇ、分かる？」
ケイ「分かりません」
　と、泣きそうになりながら答えた時、突然電気が落ちて真っ暗になる。
　二人は、もはや限界だった。
　そんな中、ハッピーバースデイの歌が聞こえてくる。
　どこかの席の誰かの誕生日なのだ。
　真っ赤な炎揺れるケーキが運ばれてくる。
　振り返り、その火をきっと睨むように見る良子。
ケイ「良子さん。もっと怒ったほうがいい」
　良子の感情がまたメラメラと揺れていく。
　呼吸が荒くなっていく。
　電気がつき、嘘くさい拍手があちこちから上がる。
良子「誰に？　誰に怒るの？」
ケイ「分かりませんけど」
　歯を食いしばるようにして、無理に笑う良子。その笑顔は不気味だ。
良子「でもあの人が死ぬ前から、生活はきつかったから、もう既に。叫んじゃったらごめんね。今、無理に抑えつけてるから」
ケイ「いいですよ、何したって」
良子「え」
ケイ「何でもしてやってくださいよ」
　ケイの感情も震えている。
ケイ「知り合いに、シングルマザーばっかり狙ってる馬鹿な男がいます。風俗嬢とかシングルマザーとか、そういうのを簡単にヤレると思ってる奴が、多くないですか？　ナメられてるのが、本当にむかつく……」
良子「ケイちゃんは、怒れるから、いいね」
　ケイ、何も言わず、俯く。
ケイ「私も、自分のことじゃ、怒れません……」

×　　×　　×　　×

　喧噪の店内に動揺しながら入ってくる純平、カウンターに突っ伏して寝ている良子を見つけ、やって来る。
　粛々と飲んでいるケイに会釈する。
ケイ「（呂律不確かで）君か、純平君。座って」
　純平、恐縮しながら倒れている母の隣に座る。
ケイ「なんか飲みなよ」
純平「あ、大丈夫です」
ケイ「私、ケイって名前で、二十五歳」
純平「僕は十三歳です」
ケイ「さっきまでお母さんと、生と死について話してた。あんたはどう思う？」
純平「いや……」
ケイ「ジミヘンみたいに二十七で死ぬのがベストかね、やっぱり」
純平「あの、すいません、誰ですか？」
ケイ「だから、ケイだって」
純平「仕事の、母ちゃんと一緒の？」
ケイ「まあ、そう」
純平「何の仕事、ですか？」
ケイ「え……、何？　真面目な仕事？」
純平「そうですか。いずれにしても、母ちゃんをよろしくお願いします」
　ケイ、くすくすと笑う。
ケイ「いいね、そういうの。今度デートしない？」

純平「え？　あ、はい、お願いします」
ケイ「嘘だ」
純平「嘘じゃないです」
ケイ「だって私、面倒臭いから。誰にも相手にされないから」
そんなケイを不憫に思う純平。
純平「嘘じゃない。死んだ父ちゃんに誓って約束します」
と、人差し指を天に向ける。
ケイ「私のこと、痛い奴だと思ってない？」
純平「少し」
ケイ、まだあどけない少年に救われた。
純平は、ケイの色気にノックアウト寸前だ。
ケイ「携帯持ってる？」
首を横に振る純平。
ケイ、風俗店の名刺を出し、電話番号を書き込む。
ドキドキする純平。
目覚め、むっくりと起き上がる良子。
良子「純平、あなたは惚れやすいから、気をつけなさい」
と、唐突に言う。
良子「お父さんの血を継いでるんだから」
と、意味深なことを言う。

○　渋谷の街（夜）

酔っ払った良子は純平にしなだれかかりながら、渋谷駅へ向かっている。
風俗のネオンがやけに多いと純平は思うが、もう何も言うまいと心に決めた。
純平「母ちゃん」
良子「ん？」
純平「父ちゃんって、凄い人だったんだよね？」
何も答えない良子。
純平「死ななければ、トップのトップまで行けたんだよね？」
良子「そう信じたから結婚したんだよ」
と、意地を通すように言う。
T「飲食代　15200円」

○　神社　境内（薄暮）

暮れ時の青い世界。雨が強く降っている。

傷んだ赤い花を持った仕事帰りの良子、拝殿の庇の下で雨宿りをしていると、雨の中を走ってくる男がいた。

熊木直樹（37）だ。

良子は、雨に濡れる熊木を一目見て、何かを思い出す。

それは熊木も同じだった。

良子「え」

熊木「嘘？　良子ちゃん？　中学の卒業式以来じゃない？」

良子「何でここにいるの？」

良子はドギマギして、純白のハンカチで汗を拭う。

母子共に惚れやすい性質なのだった。

○　（次の休日）市営団地　良子のアパートダイニング

一転、灼熱の日曜の昼下がり。
ランニングシャツ姿の純平がそわそわしている。
あの名刺を出し、それにキスし、胸に抱く。
「恋愛」の書棚で本を漁る。
床に股間を押し付け、這ってみる。
冷蔵庫を開けて麦茶を出してガブ飲みする。
ちなみに冷蔵庫の中にはあまり物がない。
家計はいつでも苦しいのだ。
純平、股間に手を入れざるを得ない。
すると良子が突然自部屋から出てくる。
純平「（驚愕して）いたの？　いたなら言ってよ」
良子「何でいることを言わなきゃいけないのよ」
出て行こうとする良子に、
純平「あ、ちょっと待って。どこ行くの？」
良子「（ギクリとして）何で？」

純平、良子の赤いストールを見る。
純平「母ちゃんが勝負に出る時は、いつだって赤をワンポイント差し込んでくる」
良子「そんなことないわよ」
純平「へんだよ」
良子「……純平こそ、へんだよ」
純平「……俺はへんじゃない」
良子「お母さんだってへんじゃない」
純平「やめてくれよ、年甲斐もなく、へんなことするの」
純平の尻を叩き、家から出て行く良子。

○同　表

日曜にも関わらず唯一まともな服である制服のスラックスを穿き、敷地内で亡き父が残した蔵書、それも主に恋愛コーナーの本を虫干しにしている純平。

じらじらと熱い太陽、目覚め始めた性、ケイへの恋慕。

本の中に、熱心な書き込みがある。「激烈なまでに愛に生きる」「不倫とて愛だ。愛は否定するまい」。

それらを読んで、
純平「父ちゃん、おい……」

「ビートルズもみんな不倫とドラッグをやっていた！　ワハハ！」。

純平「ワハハじゃないよ……」

さらに恋愛小説に挟まっていたのは、ラブレターと思しき陽一の手紙だった。

「サチコさんへ♡」と書かれてある。

頭を強く抱える純平。

○近所の公衆電話

いてもたってもいられず、緊張しながら電話する純平。
名刺を見ながら、震える手でダイヤルする。
テレクラなどのチラシやシールを見て、興奮を抑えきれない。
純平「もしもし、純平です」
ケイ「純平君？」
ぼんやりとした声だ。
ケイ「どうしたの？　お母さん大事にしてる？」
純平「あ、はい。あの」
ケイ「あ、デートの約束覚えてたんだ。車持ってる？」
純平「あ……、持ってません。あの、母ちゃんを守るついでにあなたのことも守る。そんな感じで考えてますけど。激烈なまでに……」
ケイ「何の話？」
純平「あ、いや、住所教えてください。今はまだアレですけど、しかるべき時に俺、会いに行きます。車はないですけど、自転車なら当てがあります」
ケイ、電話口の向こうで笑っている。
T「電話代　40円」

○老人ホーム「ひまわりの家」裏

純平、駐輪場に進入し、きょろきょろ周囲を見回しながら赤い自転車を持ち出す。

○同　表

自転車を押して、走る純平。

窓辺で手を振る道春から逃れるように純平、走る。

純平「また後でね、爺ちゃん……」

○河川敷

河川敷の橋の下で、純平は自転車の練習をしている。

だが、なかなか上手く乗れない。

その姿を遠くから見ている坂本たち。

自転車に乗れず苦戦している純平を見て、これでもかというほど嘲笑している坂本や工藤。

特に麻生は、笑いすぎて死にそうになっている。

○市営団地　表（薄暮）

駐輪場の隅に、隠すように自転車を止める純平。

それを遠目から見ている坂本たち。

「貧乏人だ」と、また笑った。

「税金泥棒だ」と、正義の目線で、また非難した。

○デートスポット（夜）

デートしている良子と熊木。
良子「熊木君はさぁ、どうしてあの時さぁ」
と、かわい子ぶっているのか、乙女のような「ヘンな」口調で話す良子。
田中良子は芝居が上手いのだ。
良子「中学の時。私のこと見てきたわけ？」
熊木「良子、そんな話し方だったっけ？」
良子「わからへん」
熊木「関西出身だったっけ？」
良子「違うけど、熊木君はさぁ……」
熊木「俺はだって、良子のことずっと好きだったから」
良子「嘘だ、嘘だー」
熊木、へんな口調で話し続ける良子を見て、笑う。
熊木「お前、面白い」
良子「（照れまくって）熊木君ってさ、何でこんなにいい人なのに離婚しちゃったの？」
熊木「夫婦が家族になっちゃったから。刺激的な愛がなくなっちゃってさ」
何かを期待している良子の顔。

○物陰（夜）

電話している良子。相手はケイだ。

良子「どうしようケイちゃん、もう自分が何なのかさらに分からなくなってる。どれが本当の自分なのか、何て言うの……」

電話口の向こうの気配に異様さを感じる良子。

良子「もしもしケイちゃん？　大丈夫？」

ケイ「……大丈夫です、は、はい。また後で……」

と、電話を切られる。

良子の顔に不安の気色が広がる。

○とある街（夜）

歩いてくる良子と熊木。
少し不安げな良子を心配そうに見て、
熊木「どうした？」
良子「うん」
熊木「さっきの話の続きだけどさ。人生は失敗しても、何度でもやり直せると、俺は思ってるよ」
良子「……本当？」
熊木「本当。行こう」
と、少し高級そうなフランス料理店へ入ろうとする。
突如として足がすくむ良子。
良子「ごめん熊木君。私、何て言うか……、そんなお金ないの」
熊木は怪訝そうに首を傾げ、良子を優しく抱きしめる。
熊木「馬鹿だな。俺に全部任せればいいんだ」
良子「ん？　全部任せる？」
熊木「任せろよ」
感情の堰が切れ、良子はまるで幼子のようにわんわん泣いた。

○カリペロ　プレイルーム～控室

喘ぎ声の中を歩いてくる中村。
改まった様子で座って待っていた良子。
中村「やめるって？」
良子「はい」
中村「大丈夫？」
良子「何がですか？」
中村「お金。男ができたとか、そんな感じでしょ？　それだけでここやめて大丈夫？　俺が一番心配なのはさ、風俗で働いてることを言えない男なわけでしょ？　そいつで大丈夫？」
良子「そういう人じゃないですー」
熊木に使うような口調が混ざってしまう。

怪訝そうな顔をする中村。

アンアンという喘ぎ声が散発的に聞こえてくる。

良子「仕事は探します。もちろん迷ってますよ。でも、こうするしかないと思って。生命保険はちゃんと入ってます。貯金も、ないけどゼロじゃないので……」

何故か机の上に置かれていた桃に齧りつき、

中村「田中良子。って一人の人間が生きる意味の模索だろ？　それで風俗やめるんだろ？」

良子「？　正直、自分でもよく分かりません」

中村「ある程度ガキに苦労させても、行っちゃいたいんだろ、愛のほうに」

良子「……店長。恥ずかしいんですけど、でも私、今、これから、頑張れそうな気がするんです」

良子には小さな希望が芽生えている。

その背後の壁にゴキブリが這っている。

中村、殺虫スプレーを持ち出してきて、噴射する。

桃を咀嚼しながら殺戮し、

中村「じゃあ頑張れよ、何かあったら電話しろ。コロナで仕事探しも大変だろうから」

少し動揺する良子。

○中学　教室

放課後。担任教師と対面している良子、咳払い。

不満そうに抗議の目を良子に向けている教師。

良子「何でしょうか？」

教師「正直田中さんにお会いすることに抵抗があったんです。何を言われるか分かりませんからね。でも学年主任がどうしても伝えろっていうもんですから、今日はこうやってお呼びした次第です」

良子「すいませんが、具体的な対策はどうなっているんでしょうか。それをきちんと説明してもらえないと納得できません」

教師「それはまあ、そうなんですが」

良子「何ですか」

教師「それより、学年主任が伝えろっていうことをまずはいいですかね？　これを見て頂けますか？」

良子「それよりって何ですか？　暴力事件の……」

と、カリカリしている良子。

担任教師は中間テストと全国模試の結果を見せる。

教師「純平君の中間テストの結果、ご存じですよね？」

良子「……いえ」

渋い顔をする教師、良子を少し軽蔑する。

良子「勉強は別にできなくても、いいと思ってるんで」

良子、結果を見る。

教師「ほとんど満点で、我々も何かの間違いだと思っていたんですが、学年主任が試しに去年の全国模試を純平君だけに受けさせたんです。それがこちらです」

と、もうひとつの結果を良子に見せる。

不満そうな顔を崩さない教師。

教師「もちろん公式な結果じゃないですが、純平君の学力は、恐らく全国でもトップクラスだと思います。結果だけ見れば、ですよ」

驚いて言葉が出なくなる良子。

教師「失礼ですが、特殊な塾か何かに入っていますか？」

良子「あ、いえ」

教師「勉強はご自宅でしていますか？」

良子「いえ、全く」

教師「では、なんでこんなに成績がいいのでしょうか？」

良子「本は、昔からよく読んでいましたけど……」

教師「先日、何か将来の目的があるのか純平君に聞いたんですが。田中さんそういう話はされますか？」

良子「いえ……」

　また軽蔑するように良子を見る教師。

教師「まだやりたいことは決まっていないそうですが。トップのトップを目指している、と言っていました」

　それを聞いて良子は、少しこそばゆい気持ちになる。父の陽一の精神を受け継いでいた。

○同　校庭

　胸を張って闊歩している良子。

　風が前髪を撫でる。

良子「忙しくなるわよ、あなた」

　と、空に向かって呟いて、熊木にLINEを送る。

「会いたい」と。

　また空を見上げる。手を合わせ、「ごめん」をする。

　大股で歩き出すか、あるいは走り出す。

○老人ホーム「ひまわりの家」表

　中、閉じられた暗幕を見つめている良子。
　いや、そこに映る己の顔、意志を見つめていたのだ。
　怪訝そうな顔で出てくる二人の介護士に気づき、
良子「すいませんが、慰安コンサートの、リモートのやつなんですが。私に、やらせて頂きたいんです」
介護士「はい？」
良子「私、やりたいんです。コンサートじゃなくて、お芝居なんですけど。やれますか？　私、田中良子です」
介護士「はい？」
良子「田中良子です」
　介護士、気圧される。

○河川敷（薄暮）

　純平は依然として河川敷で一人自転車を練習している。

　ようやくコツを掴んできた。

　グラグラは続くが、自転車は前へと進んでいく。

　両足が地面から離れた。たったそれだけのことで、純平は歓喜の雄叫びを上げる。

○市営団地　良子の家　ダイニング（夜）

　夕食。小さな食卓で向かい合っている良子と純平。

　良子は、息子の顔を見て、言う。

良子「あのさ。もう一つルールを追加する。お金のことは絶対に気にしないで。いい？　それで、行ける所まで行きなさい」

　純平は、何も言わずにクリームシチューを頬張る。

良子「馬鹿なお母さんなんて放っておいて、どこにでも飛んで行きなさい。アメリカだろうがアフリカだろうが。その代わり、ずっと健康でいてほしいの。元気でいてほしい。だから危ないこともしない。そのルールだけは必ず守ってほしい」

　純平、シチューを食べるふりをして、小さく頷く。

○（翌日）点描

　自転車の荷台を濡れティッシュで丁寧に拭く純平。

　眼鏡を外し、洗面所で前髪を上げる。

　坂道を自転車で駆け下りてくる純平。

　ついに自転車を乗りこなし、街を横断していく。

　車は往来を駆け抜けていくが、純平は「自由」を謳歌しながら、自らの意志によって前進していた。

　十三歳の少年の世界がどんどん広がっていく。

○ケイの家　表

　郊外の寂しい街まで飛んできた純平。

　滝のような汗を拭い、呼吸を落ち着かせ

ようとする。

すると、ケイの家と思しきアパートの一室からケイが男と共に部屋から出てくる。男は前熊（36）だ。

ケイは何度も殴られながら、近くに停まったボロボロのセダンに乗せられる。ケイは、ずっと悲しそうに俯いていた。かわいそうな人形のようだった。

純平は何もできず、ただ立ち尽くすしかない。

車が発進すると、純平はそれを追いかけ始める。

○ **懸命に自転車を漕ぐ純平**

往来の車はびゅんびゅん行き交う。

純平の呼吸がどんどん荒くなっていく。

○ **コンビニ　表**

セダンがコンビニの駐車場に入ってく。

前熊が店内へ入っていくので、その隙に純平は自転車から降りて、セダンの助手席の前へ駆け寄る。

窓ガラスを叩くと、ケイが顔を上げる。

純平だと分かると、安堵したように、悲しそうに泣き始める。

窓を開けてくれと叩く純平を見て、

ケイ「どうせ何をやっても無駄だから……」

と、二度呟くが、その声は誰にも届くわけがない。

やがて前熊が店から出てきたので、純平はおずおずとその場から離れ、無関係の人間を演じるしかなかった。

屈辱的な演技を強いられる純平の気持ち。

前熊はしばらく純平を睨み、車の中へ。

無関係の人間を演じながら、泣けてくるが堪える純平。

車の中。

前熊「知り合いか、あのガキ」

力一杯首を横に振るケイ。

前熊「行くぞ」

ケイ「ねぇ、ちょっとは話を聞いてほしい」

前熊「うるせぇ、堕ろすんだよ！　誰の子どもか分からねぇだろ！」

やがてセダンは違う世界へと去っていく。

結局、純平は何もできなかった。世界の限界を知ったような気分になった。

○ **産婦人科　診療室**

暗がりで両足を広げることを課せられたケイ。

閉じられた目から涙が一条流れている。

「ぐちゃ」という何かが潰れて砕ける鈍い音がする。

ステンレス製のバットの上に、半透明の小さい人間が置かれる。

○ **市営団地　良子の家　ダイニング**

カーテンを閉め切った暗く静かな部屋で、力なく椅子に座っている純平。

食卓に足を上げている。

右手をパンツの中に入れ、弄り、やがて泣けてくる。

自暴自棄になり、花瓶を掴んで投げる。

泣けて泣けて仕方がない。

○ **アポロン　裏**

話している良子と斉木。

斉木「上がね、規則を守れない従業員はマズいですねと。僕も抵抗したんですけど。ルールのことを言われちゃうと、さすがに僕も何も言えなくなっちゃうんですよね」

良子「上？」

斉木「はい」

良子「解雇する場合は、二ヵ月前に伝えるっていうのは、それこそルールじゃないんでしょうか。契約にはそう……」

斉木「ですよね。上にもそう言ったんですがね、ルール違反はマズいんじゃないのと。それと上がですね……」

良子「大丈夫です。分かってますから」

と、無理に笑い、踵を返す。

○同　店内～花屋

ひたすら歩いていく良子。

無力感に対抗するように深呼吸している。

その息遣いが鮮明に聞こえてくる。

商品たちは煌々と照らされている。

「店長の知り合いの娘」という女子大生は既に花屋で働いていた。

彼女は良子を見ると、真っ直ぐな笑顔を向ける。


女子大生「いろいろ教えてください。よろしくお願いします！」

と、元気に言い、頭を下げる。

良子もできるだけ頭を下げる。奥歯がガタガタと震えている。

○滝の金物屋

商店街で父から継いだ金物屋を営んでいる滝。

薄幸そうな美人の幸子（35）が訪ねてくる。

それまで暗かった滝の顔がパッと明るくなる。

○同　奥の住居スペース

楽器や過去の栄光のアイテムが一面に飾られた畳の部屋で居心地悪そうにしている幸子。

もっともらしい顔でウンウン頷いている滝。

滝「幸子さん、そりゃ生命保険も医療保険も入ってないと心配だよね、母子家庭だから。ざっと俺が計算しても今の六万の養育費じゃ足りないよ」
俯き、涙を流し始める幸子。

幸子「子どもが大きくなってくると、やっぱり。どうすればいいか分からなくて」
滝、幸子の隣へ行き、肩をさする。

滝「陽一は俺のバンドメンバーだ。今でも家族だと思ってる。陽一の子どもは、だから俺の子どもだよ。幸子さんだって、だから家族みたいに大切な存在だ」
と、抱きしめるフリをして、滝は幸子のうなじに口づけする。

滝「あ、ごめんごめん」
と、とぼけ、うなじを手で拭い幸子の反応を確かめる。

滝「大丈夫。俺が交渉してやる。養育費が上がればいいんだよね？」

幸子「でも、田中良子さんという人も、同じ母子家庭なんですよね。それじゃ……、申し訳なくて」

滝「大丈夫。幸子さん、頑張りすぎなくていいんだからね」
と、幸子の背中をまさぐる。

幸子「でもなんで、今でも払い続けてくれるんですか？　私、理解できないんです」

滝「……好きなんだよ、多分そういうのが」

滝、人の好い笑顔を浮かべ、これぞ善人だ、というような態度を崩さない。

ゆっくりと幸子にすり寄る。

幸子「ダメです……」

滝「そう、イヤならイヤでいいんだよ。でも俺には幸子さんに対する純粋な好意があるから。イヤならそう言って大丈夫だから」
なし崩し的に、自分の欲望を叶えていく善人。

滝「何でもしたいんだ、俺は。助けたいんだ。後で、向こうには電話しておくからね。すぐしておくからね」

と、幸子にキスをする。

父親の仏壇にしっかりビデオカメラが設置されている。

○（数日後）市営団地　表

日曜日。うだるような暑さの中、浮かない顔で本の虫干しをしている純平と、出かけようとしている良子。

良子は、赤いボーダーの服を着ている。

思い悩んでいる純平に、
良子「どうしたの?」
純平「別に、何でもない」
良子「神様なんていねぇじゃねぇかよ。って顔してる」
純平「……いないだろ」
良子「いるよ。いっぱいいる。いい神様も悪い神様も。だから、自分で頑張って見つけないと、いい神様を」
純平がよく理解できないでいると、
良子「あなたのお父さん、新興宗教にハマったことがあってさ」
純平「え?」
良子「ある神様に帰依して。帰依ってのは信じちゃったってことね。で、持ってたお金全部寄付しちゃった。だから、本棚には宗教の本が多いでしょ?」
純平「父ちゃんって、ちょっと待って。じゃああまりにも酷くない?」
良子「あの人はお金稼げなかったけど、いろいろなことに悩みながら、時には裏切られても、それでも神様をずっと探してたんだと思う。それってつまり、自分の心が本当の意味で露になることを望んでたんでしょう。純粋な人だった。だから頑張って探せば、いい神様もいると思う。基本的には最低なのばっかりがいろんなところにこびり付いてるんだけど。最悪な神様は世界のいたる所にこう、こびり付くから。意味分かるでしょ?」
純平「分からない」
良子「まあ、私もよく分からないんだけど。まあ頑張りましょうって話」
と、無理にニコッと笑う。
純平「母ちゃん、幸子さんって知ってる?」
良子「……知らない。何で?」
純平「いや、じゃあいいんだけど」
良子「じゃあタイトルは『神様』にしよう」
純平「何?」
良子「お母さん、お芝居しようと思って」
純平「何で?」
良子「お芝居だけが、真実でしょ? 田中良子の真実なの」
と、眩しい日向の中へと去っていく。
その背中を見送り、
純平「父ちゃんも母ちゃんも、難しいな……」
呟いて、死んだように本と共に寝転がる。

○ バス停

祈るような気持ちでバスを待っている良子。
何かを信じるような表情。
巨大なバスの轟音が聞こえる。

○ ラブホテル（夜）

脱ぎ捨てられた良子の赤いパンツとマスク。
ベッドの中で、熊木は優しく良子を抱きしめる。
良子「待って。熊木君、言わなきゃいけないことがある」
熊木「何?」
良子「ごめん。ずっと言えなくて」
と、呼吸が次第に乱れ始める。
良子「私、風俗で働いてた。もうやめたんだけど、でも検査もしたよ。病気はない。あ、でも、恥ずかしいとは思ってないの、やってた仕事。でもね、熊木君を少しでも傷つけたくない。あの、抵抗があったり、私のこと汚いと思ったり、ほんの少しでもイヤな思いをするのは、私は本当にイヤで」
熊木「で、感じるの?」
良子「え」
熊木「知らない男とヤッて、感じるの?」
良子「……決まってるじゃん。吐きそうだよ。毎日、殺される感じがする。決まってるじゃん」
熊木「でも恥ずかしい仕事じゃないんでしょ?」
良子「そう思い込まないと……。ごめん、へんな空気になっちゃったけど、言わせて。私、熊木君のことが好き。今、こんな状況で、こんな気持ちになれた自分にビックリしてる。気持ち悪いのも分かってる。でもね、私……」
熊木「ちょっと待って待って。いいよ、そんなの」
良子「え」
熊木「そんな真剣にならなくていいって。風俗？　いいじゃん」
良子「……」
熊木「じゃあ上手いんでしょ？　性病持ってないなら別にいいよ」
　良子、気分が悪くなっていき、火照ってくる。
熊木「そんな真剣になるようなことじゃない。俺もっと軽い気持ちでやりたいんだけど。だってちょっとした遊びじゃん。え、だって四十近くもなって無いでしょ、そういう本気のやつは。え、そんなのお互いの共通認識でしょ常識的に」
良子「？」
熊木「だって、俺結婚してるし、子どもいるし。え、何？」
　それを言われた良子は、比喩で言えば殺された。
　熊木は、それ以上に良子を傷つけないように、したいことをしようと試みる。

○**渋谷　チェーン店の居酒屋（夜）**
　前出のカウンター席で焼酎を飲んでいる良子。

　すると、その隣にケイがやって来る。偶然だった。

　互いに吃驚し、言葉が出なくなり、とりあえず触れる。

　互いに無言でしばらく飲み続けていたが、ケイが口を開いた。

ケイ「二つあるんですけど良子さん。いいですか？　一つめ。もし純平君が大人だったら良かったな。ああいう正義感が強くて、真っ直ぐな人と一緒になりたい」

　顔を硬直させながら、小さく無理にほほ笑む良子。

ケイ「二つめ言う前に、もう一つ聞いてもいいですか？　だから三つになっちゃいますけど」

　良子、黙って小さく頷く。

ケイ「良子さん、大丈夫？　精神状態とか、お金とか。大丈夫？　もうギリギリでしょ？」

　固まっている良子。

ケイ「養育費を払ってるって言ってたじゃないですか。旦那さんがよそで作った子どもでしょ？　だってそれしかないですよね？」

　良子は何も答えない。

ケイ「子ども育てるのってやっぱり大変なんですか？　それが分かってるから、良子さん今も養育費払ってるんですか？　意地？　何ですか？　子どもって……、何ですか？」

良子「旦那の愛人だった人の子どもなの。女の子だって。もう来年高校生。イヤだよ……。いや、でも逃げられない」

ケイ「何で？　逃げてもいいでしょ。みんな逃げてるよ。ねぇ、何で良子さんは怒らないの？　あまりにも理不尽だって、何で怒らないの？」

良子「好きで結婚した人だから。ある程度どうしようもない男だったけど、関係ないよ好きになっちゃうんだから。どれだけ体売っても他の人を好きになっても、でもあの人は平気な顔で空から見てて、嫉妬しないんだろうなって毎日思うけど……」

　もはや情念でしかない言葉にケイは何も言えなくなる。

良子「……ごめん。もう一つは？　言って」

　ケイも情念の言葉を使うしかなくなる。

ケイ「……お腹にいた子を、堕ろしに、病院に行ったんです。……その時に異常が見つかって、詳しく調べたんですけど、私、子宮頸がんでした。……転移の検査はまだ出てないんですけど、多分、早期発見じゃないみたいです」
　二人の呼吸が次第に荒くなり、全身に力が入って震え出すが、良子は壁に向かったまま、何も言わない。
ケイ「うそー。って感じです。堕ろした子の父親は、付き合ってるかどうかも分からないヒモみたいな男なんですけど、がんのこと言ったんです。そしたらひたすら殴られました。うそー。って感じです」
　良子は何も言わないし、見ない。
ケイ「でもいい人なんですけど」
　良子が神の在不在について考えていると、
ケイ「純平君によろしく伝えてもらえますか？　彼を傷つけてしまったかもしれない」
良子「何でケイちゃんが？　そんないくつもいくつも何でケイちゃんが？　そんなことある？」
ケイ「そんなことある？　ってことが、いつも私の人生にはあるんです。良子さん」
良子「ん？」
ケイ「私、悔しい……」
　子どものように泣き始めるケイを良子は抱きしめる。
ケイ「良子さん、まだ頑張れる？　私、まだ頑張れる？」
ただ必死に抱きしめるだけの良子。
　奥歯をぎちぎち噛みしめるケイ。
良子「潰れちゃったけど、私、カフェをやってたの。お金貯めて、また開こうと思うんだ。誰にも指図されないで、好きなように仕事するの。ケイちゃん、良かったら、一緒に、やらない？　小さなカフェだけど」
ケイ「うれしい」
　と、笑う。
ケイ「でも死んじゃったら、ごめんなさい」
　良子、何も言えなくなる。

○市営団地　良子の家　ダイニング～表（夜）

　本の虫干しのために、小さなバルコニーに本を並べていた。

　純平は、時間を忘れ、自部屋で寝転がって恋愛小説を読んでいた。

　表へやって来る坂本たちのグループ。

　純平、外からの声に気づく。

声「純平くーん。純平くーん」

　無視を決め込む純平だが、
声「友達になりたいんだよー」

　という言葉を聞いて、むくっと顔を上げる。

　ほんの小さな淡い期待を抱く。

　坂本たちは、表で笑う。

坂本「うっそーん。暇だから来た。おーい、いるのか、売春婦」

　純平、必死に堪えようとする。

工藤「売春婦、出てこい！　おーい売春婦！　売春してる奴が税金でやってる家に住んでいいのか？　おい！　おーい、ここに住んでる奴ら全員ヤバイぞー！」

　必死に我慢している純平。

　やがて、自転車を破壊する音が聞こえる。嬉しそうな笑い声と共に。

　純平、キレてしまう。立ち上がり、玄関にあったビニール傘を手にして、表へ。

　純平の顔は、いつしか鬼のような形相になっていた。

　坂本目掛けて突き進み、ビニール傘で殴る。次々に上級生たちを殴っていき、とは言えすぐに傘は折れてしまったので、とにかくあらゆる手を使い攻撃していく。その気迫に上級生たちはたじろぎ、逃げ出す。

　純平は息を切らせながら家の中に戻ると、わっと泣き始めた。悔しくてやりきれない。

　いつしか戻ってきて、窓の外から純平の姿を見て、声を殺して嘲笑する坂本たち。

　坂本、ライターを取り出し、バルコニーにある本につける。狂ったように笑いながら。

じわじわと火が本と魂と思い出を燃やしていく。

○**渋谷の街（夜）**
繁華街を一人ふらふらと歩いている良子。

T「飲食代　9540円」

彼女の中で、何かが沸々と燃え始めている。

終電がなくなった。むかついた。

騒いでいる若者たちがいた。むかついた。

良子は、ある男が自転車を置いて、電話をかけながら煙草に火をつけるのを見る。

また火に反応した。

突発的に走り出し、自転車をかっぱらい、泥酔しながら目抜き通りを駆け抜けた。

良子は、夢中になってペダルを漕いだ。

世界全体が鬱陶しく感じられた。

○**市営団地　良子の家　ダイニング（夜）**
バルコニーの本が大きく燃えている。

純平は、燃える本を泣きながら消火している。毛布で火を叩きつけて。

ただただ悔しかった。

○**同　表（夜）**
消防車が出動し、赤色灯が夜を染めている。

何とか鎮火できたが、野次馬が集まっている。

階段に座り込み、泣きじゃくっている純平、ふと見ると、自転車にまたがった良子がいる。

唖然としている良子が真っ赤に染まっている。

○**同　良子の家　ダイニング（夜）**
寝ていた純平が夢から醒める。
心配そうに、隣室（良子の部屋）を見やる純平。
純平「母ちゃん、母ちゃん」
　落ち着き払った良子の声が聞こえる。
良子の声「どうしたの？」
純平「……大丈夫？」
良子の声「何が？」
純平「何でもない」
　力なく「また」しゃがみ込んでしまう純平。
純平Ｎ「僕たちはこの団地から出て行くことになった。他の住民に迷惑をかけてはいけないというルールに違反したことが理由らしい。僕たちは、いつもルールというルールに裏切られる」

○**（後日）市営団地　良子の家　ダイニング**
本は全て引越し用の段ボール箱にまとめられている。

純平は「まだ」力なくしゃがみ込んでいる。

自部屋から出てくる良子は真っ赤なスカートに穿き替えている。

台所へ行くと、包丁を純白のハンカチで巻き、バッグに入れた。それを見てしまった純平。

良子「ちょっとだけ出かけてくる」

普段は本音を抑え込む「気丈の母」のはずなのに、この日の良子の様子は違う。

もはや爆発寸前だった。

純平もギリギリの精神状態だが気を使い、無理に笑う。

純平「母ちゃん、芝居やるっていう話はどうなった？『神様』ってタイトルの」

反応せずに、良子は出て行く。

純平、咄嗟に眼鏡を外す。

○**同　表**
良子の後を追う純平。
良子「何？」
　何も答えない純平。
良子「何でもないよ」

それでも後を追いかける純平。

○神社　境内

着いた先は、良子が熊木と再会した神社だった。

呼吸が荒い良子は、まずトイレへ。

純平はどうしていいか分からず動揺するが、公衆電話を見つける。

○同　トイレ

良子は鏡に向かい、赤い口紅を引き直す。いてもたってもいられず、純平が女子トイレに入ってくる。
良子「ここは女性用だから」
　何も答えない純平。
良子「入ってきちゃダメでしょ。そういうルールでしょ」
純平「そんなワケはないと思うけど、もし誰か、人を殺そうとしてるなら、俺がやる。父ちゃんと約束したわけじゃないけど、心の中ではずっと母ちゃんを守るって、死んだ父ちゃんに誓ってた。だから、俺がやる」
良子「純平、悪いんだけど。お母さんとか何だってのは一旦忘れさせて。私の好きにさせて。私の問題だから。田中良子っていう人間の問題だから」
純平、剣幕に気圧され、「分かった」と言ってしまう。
良子、トイレから出て行く。

○同　境内

良子が待っているところへ、熊木がやって来る。しかもヘラヘラした顔で。

少し離れたところから、純平が見ている。直視はできない。ちらちらと。

熊木「どうする？　もう連絡くれないかと思ってたよ」

良子はそれまで演技としてニコニコ笑っていたが、溜息をひとつ吐くと、態度を一変させる。

良子「悪いけど……。ナメられた。私はナメられたと思ってる。おい……。私は許さない。それについて、熊木君、どう思う？」

と凄むが、熊木は何も答えず、半ばパニックになり、ヘラヘラと笑い出す。

熊木「やめようよ。そういうの、ちょっと気持ち悪いよ」

良子、持っている全ての感情を吐き出すように叫ぶ。

良子「おい！」

　良子は壮絶に顔を歪ませ、鞄から「物」を取り出し、純白のハンカチを外し、包丁を握り締める。

純平はそれを見て、ダッシュで良子の元へ走る。

それとほぼ同じタイミングで、ゾッとした熊木は走って逃げる。

それを全力で追いかける良子。

境内を出て、街の中へ。

○街の中

純平、まず良子の前に立ちはだかる。

そして包丁を奪うと、人目を気にしながら、走り出す。

純平は適当に包丁を投げ捨て、さらに走る。

逃げる熊木を先回りして、純平、まず怒りの飛び蹴り。

熊木、ぶっ倒れる。が、さらに混乱しながら逃げる。

純平は熊木を見失い、焦る。

○神社　境内

熊木、混乱しながらまた神社へと戻ってくる。

良子、熊木を見つけ、思い切り殴りつける。

その拍子に、熊木は長い階段をゴロゴロと落ちていく。

さらに追い討ちをかけるべく良子が階段

を駆け下りようとする時、

声　「良子さん！」

というケイの声が。

傍らには店長・中村もいる。

中村は熊木を追いかけ、ぶん殴る。「ウジ虫！」と連呼しながら、痛撃を与える。

神職の者たちが次第に集まってくるが、

中村「俺、ヤクザだから。こいつもヤクザだから、俺に任せて」

と、半ば強引に熊木を境内の外へと連れ出す。

ケイ、純平に良子を任せ、走り出す。

○　街の中

熊木を連行している中村に追いつくケイ。

熊木の髪の毛を掴み、

ケイ「お前、良子さんに何かした？　傷つけた？　お前ふざけんなよ！　お前ふざけんなよ！」

と、気が狂ったように夢中で殴打しまくる。

やがて駆けつけてくる純平。ケイを止める。

○　市営団地　良子の家　ダイニング（夜）

まだ煤の匂いが残る部屋で、良子と純平とケイ、ケイが奢ってくれた吉野家の並弁当を一緒に食べている。

ケイの電話が鳴る。

その電話を良子に渡す。

中村の声「知り合いのヤクザがオレオレ詐欺の受け子を探しててさ、必ず言うこと聞く馬鹿が欲しいって言うから、こいつ脅して、引き渡していい？」

良子「今日はありがとうございました。おかげさまで、ようやく落ち着きました。後のことはお任せします」

中村の声「全部ヤクザの力使って解決させたから、こっちのことは気にしなくていい。いい弁護士も付いてるから。成原さんって、知り合いらしいね」

良子、ふふふと笑ってしまう。

良子「旦那を殺した人の、弁護士さんです」

中村の声「らしいね。でも今回は味方だから、大丈夫だから。あ、またこういう馬鹿がいたらいつでも連絡してくれよ。いくらかの金になるから」

電話を切る良子。

もう部屋は引越しの準備が整っていた。

白い壁には大きな焦げ跡がある。

純平「ケイさん、今日はありがとうございました。俺の力不足で、迷惑かけちゃいました」

笑うケイ。

ケイ「純平君、ほんといい男。良子さん、今度デートしていいですか？」

狼狽する純平、力なく笑う良子。

純平Ｎ「それからすぐ、ケイさんが死んだ」

吉野家の並弁当を食べているケイ。

Ｔ　「牛丼３５０円×３（ケイのおごり）」

○　（数日後）市営団地　表

駐輪場に置かれていた、盗んだ自転車にまたがる良子。

純平も「自分の」自転車を出してくる。

なぜ自転車には乗らないと決めた母子が自転車を所有しているのかは互いに聞かなかった。

喪服すらない良子と純平は、自転車で葬儀場を目指す。

馬鹿みたいに蝉がうるさい。

○　アポロン

入ってくる良子と純平。

良子、働いている女子大生の前を素通りして、斉木の目の前へ。

良子「いらない花をください。廃棄するものを」

良子の切迫した様子に怯えながら、

斉木「ないです」

と、嘯いた。

良子は、何食わぬ顔で大好きな赤い花をかっぱらい、包み始めた。

その犯行の一部始終を純平は見ていたが、咎めない。

それは女子大生も同じだった。

○火葬場

中村に案内され、良子と純平が焼き場へ。

そこには、人の良さそうなケイの老父がいた。

いや、その他には誰もいなかった。

ケイが実の父親にレイプされていた話を良子は覚えていたが、老父は悲しそうに泣いている。

老父「伺いました。娘と仲良くしてくれて感謝しています。啓子の父です」

　頭を下げる良子と純平。

老父「小さい頃からあの子は糖尿病を患っていて、苦しんでいたと思います。でも、こうしてご友人ができたし、あの子も幸せだったんじゃないかな」

良子は何も言わず、赤い花を一輪棺桶に入れた。

○同　表（夕）

葬儀場を出ると、既に夕暮れだった。

空が嘘のような茜色をしていた。

中村が話し始めた。

中村「ケイちゃんはビルから転落して死んだって。だから顔が、あんなになってた。病気の治療のために強い薬も飲んでたし、自殺じゃなくて、事故かもしれないって、言われてる」

純平「あ、事故です」

　と、唐突に言う。震えるような声で言う。

純平「事故です。だって、僕と、今度デートするって、言いましたから」

そんな純平の純真な確信の前では、中村は言うに言い出せず純平の頭を撫で、良子だけを連れ出し、物陰へ。

そして分厚い封筒を喪服のポケットから取り出し、良子に渡す。

中村「ケイちゃんが最後に店でさ、これを渡してくれって。良子さんと純平君の将来のために使ってって、そう言ってた。それで、その日に死んだ」

封筒には五十万円入っていた。ケイが持つ全財産だったのだろう。

中村「あいつは多分、だから、自分で死んだ。生きる理由が、なくなったんだろ」

　ケイは、自殺だった。

良子は、声を上げずに泣いた。

その顔は茜色に染まっていた。

一人待っている純平は涙を堪え、赤い空を見上げる。

○渋谷の街（夕）

良子と純平は自転車で渋谷へ行き、良子は自転車を元の場所に「返却」した。

何故かまだ渋谷は燃えるような茜色に染まっている。

○土手（夕）

二人は、赤い自転車に二人乗りして走っている。

運転しているのは良子だ。

何とか感情を堪えているが、夕日のせいで、瞳に溜まった涙を隠し切れないでいる。

社会のルールから裏切られ続けた二人は、ルール違反の自転車二人乗りで走っている。誰が咎められよう？

まるで時間が止まっているかのように、まだ夕焼けが続いている。

純平「母ちゃん、俺、負けそうだ」

　と、呟くように言うと、
良子「私も。でも、何でだろう。ずーっと、夜にならない。まだ、空が真っ赤っか」

　でもまだ日は暮れない。世界が暗転を拒んでいる。

純平「そうだね。……母ちゃんが頑張るなら、俺も頑張る。母ちゃん、大好きだ」

良子、顔を皺くちゃにさせて泣きながら前を見て自転車を漕いでいる。

やがて良子は自転車を止め、後ろを振り返る。

良子「純平、もう一回同じこと言って」

純平「ヤダ」

目を合わせないから言えたのだ。

良子「だよね」

と、自転車から降り、純平を抱きしめる。

困惑する純平に構わず、良子は無言でまた自転車を漕ぎ始める。

真っ赤に染まった二人は、進んでいく。

良子「二人乗りはルール違反だから、これで最後だ」

純平「うん」

茜色の空は、まだ粘り強く茜色であり続けた。

○（後日）老人ホーム「ひまわりの家」表

赤い自転車で到着する純平。中を見やる。

暗幕がかけられていて、見えない。

○カリペロ　控室

中村がビデオを撮っている。

画面の外で、豹の扮装をした良子が緊張の面持ちで待機している。

良子「店長。何であの時、ケイちゃんと一緒に助けに来てくれたんですか？」

中村「え、別に。金になると思ったから？　現になったし。本当に感謝してる。ありがとうね」

良子「いや、大丈夫です」

何故か机の上にあったブルーベリーを食う中村。

○老人ホーム「ひまわりの家」室内

暗闇の中、白壁にプロジェクションされている。オンラインでカリペロとつながっているのだ。

出演者は良子一人。豹に扮装した良子は、ガゼルの人形に向かって一人芝居を始める。

純平、侵入してきて暗幕の向こうから顔だけ出す。

良子「本当は結ばれるべきではなかった。お前、ガゼルとはな！　私は女豹だ！　メスの豹だ！」

白壁の映像を注視している純平。

純平「母ちゃん、何だこれ？」

ガゼルに向って、

良子「お前は新興宗教に溺れ、女癖も悪く、他所で子どもまで作ってしまった。でも私は、お前に恋をした！」

画面、桃色になり、交通事故の音。「ぐちゃ」という音。

良子、ガゼルに駆け寄る。

良子「うわぁぁぁぁ！」

と、嘆き悲しみ、走り出す。

良子「それでも私にはお前との子どもがいる。（中空に向かって）愛してる！　愛してる！　生き甲斐だよ！」

と、豹のぬいぐるみを抱きかかえて。

良子「何が悪い？　愛しちゃった。愛しちゃったんだよ。何が悪い！」

と、カメラに向かって開き直り、情念を見せる。

やがて良子は天を見上げる。

良子「っていうかさ、他に何を求める？　神様、それ以上に私に生きる意味を問うのか！　それでも私が生きる意義を試すのか！」

絶叫する良子。

ついぞ老人たちの姿、実態は見えないが、窓にはしっかりと顔の絵が描かれている。笑っている。

純平は明らかに困惑している。

良子、また走り出す。良子の魂の叫びと共に、この映画は終わりを迎える。

良子の演技には、きっと真実が宿っているはずなのだ。

純平Ｎ「正直芝居の意味は全く分からなかったし、何故これがやりたかったのかは理解できなかったが、なんにせよ、この人こそが、俺の自慢の母ちゃんだ」

いとみち

横浜聡子

〈脚本家略歴〉

横浜聡子（よこはま　さとこ）

青森県出身。大学卒業後、社会人経験を経て映画美学校フィクションコース入学。卒業制作『ちえみちゃんとこっくんぱっちょ』が2006年第2回CO2オープンコンペ部門最優秀賞を受賞し、映画祭からの助成金を元に『ジャーマン＋雨』を自主制作、同作にて07年度日本映画監督協会新人賞を受賞。08年『ウルトラミラクルラブストーリー』で商業映画デビュー。その後『りんごのうかの少女』（13年）、『俳優 亀岡拓次』（16年）などのほか、テレビドラマ『バイプレイヤーズ』（17年）、『ひとりキャンプで食って寝る』（19年）、『有村架純の撮休』（20年）等を監督。

〈キャスト〉

相馬いと　駒井蓮
相馬耕一　豊川悦司
葛西幸子　黒川芽以
福士智美　横田真悠
工藤優一郎　中島歩
成田太郎　古坂大魔王
伊丸岡早苗　ジョナゴールド
青木　宇野祥平
相馬ハツヱ　西川洋子

監督：横浜聡子

原作：越谷オサム『いとみち』（新潮文庫刊）

製作：アークエンタテインメント　晶和ホールディング　日誠不動産　ＲＡＢ青森放送　東奥日報社　ドラゴンロケット

制作プロダクション：ドラゴンロケット

配給：アークエンタテインメント

〈スタッフ〉

エグゼクティブプロデューサー　川村英己
プロデューサー　松村龍一
撮影　柳島克己
美術　布部雅人
照明　塚本周作
録音　根本伸一　岩丸恒
編集　普嶋信一
音楽　渡邊琢磨

1 弘前高校・外観

2 同・教室

日本史の授業時間。
座席に着いた生徒たち。
着席順に一人ずつ、プリント用紙の文章を音読をしている。一人が句点までのセンテンスを読み、リレーのように次の生徒へと続けていく。
担当教師の蛯名、教壇の前に座っている。

女生徒Ａ「津軽では、江戸時代の元和、元禄、宝暦、天明、天保が五大飢餓と呼ばれ多数の餓死者を出した」

男子生徒Ａ「元和の凶作は、八月の大霜が原因であった」

標準語で読む者もいれば、軽い訛りが混ざる者もおり、イントネーションにばらつきがある。
相馬いと（16）の番がやって来る。蚊の鳴くような声で読むいと。

いと「元禄八年の飢饉では餓死者十万人、」

蛯名「それだば誰にも聞こえない」

いと、声を張って読み始める。

いと「……天明の飢饉では『死絶明家三万五千余軒、餓死十万二千余人、時疫による死者三万余人』どあり、」

いとのイントネーション、この世代には珍しく激しい訛りである。

いと「まだ天保の飢饉ではその惨状が『青森県土淵史』に記され『家畜類を食い尽くし、遂には親を殺し、子を喰らう』というほど残酷なものだった」

蛯名「はい。相馬の本読みは、クラシック音楽聴いでらみてんだな」

最前列にいた勤勉そうな男子生徒Ｂが真面目に蛯名に問う。

男子生徒Ｂ「ベートーヴェンですか？　シューベルトですか」

蛯名「ん？　うん。モーツァルト」

一部の生徒が笑う。

× × ×

休み時間。窓が開け放たれカーテンが風に揺れている。
いくつかのグループができている。対馬美咲（15）、三上絵里（16）、柿崎詩音（16）の輪にいるいと。

美咲「あー暇。恋したい」

絵里「どうやってするの恋?」

詩音「だがらさ、まず愛するわげ。愛から恋は生まれるわげ」

美咲「意味わがんねー」

絵里「恋なんてしたらすぐ落ちこぼれるじゃん」

他愛ない三人の会話に、どこか乗り切れていないいと。所在なさげに左人差し指と親指をこすり合わせている。
いと、一人で自席にいて、教科書を黙読しながら白いおにぎりを食べている伊丸岡早苗（16）に目がいく。

いと「……」

美咲「おーい！　聞いてるのか、相馬いとさーん」

いと「へ？　んにゃ、かに」

絵里「心ここにあらず、モーツァルト」

美咲「今度から『モーツァルいと』って呼ぶ」

詩音「ウゲる」

いと「ははっ……それやめでけ」

× × ×

下校時間。ジャージ姿でバドミントンラケットを持った美咲と絵里、

美咲「じゃあ相馬さん明日ねー」

絵里「バイバーイ」

いと「バイバイ。部活頑張って」

美咲と絵里、教室を出て行く。
一人帰り支度をするいと。

3 五能線・電車内

車内には下校の学生らが多く見られ、にぎやかな話声が聞こえている。
いとはひとり、連結部のそばに立ち、壁

に寄りかかって揺られている。向こうのボックス席に一人座っていた早苗の姿が見える。早苗、スマートフォンに繋がったイヤホンを耳に付け、音楽を聴いている。

（走る電車の客観ショットが入る。時間経過）

再び車内。

次の駅「板柳」を前に、速度が落ちやがて止まる。

いと、開閉ボタンを押し、電車から降りようとして、ふとボックス席をちらっと見る。

早苗がいとをじっと見て、口をパクパクさせた。

いと「……？」

早苗の唇の動きは「へばね」と言っていた。

いと、乗ってきた人にぶつかりホームに降ろされる。扉が閉まる。走り出す電車を、ただ見送っているいと。

4　板柳町・駅

いと、無人改札から出てきて、自転車がたくさん停められた駐輪所へ向かう。

5　相馬家・外観

築年数は経っているが大きい二階建ての家が広い敷地に建つ。

入り口には雪国固有の風防室があり、そこに並んだサボテンなどの植物が西日を受けている。

家の中から、津軽弁らしき声が聞こえている。

6　同・耕一の書斎スペース

民俗研究系の書籍が大量に並ぶ本棚。
相馬耕一（56）と、そのゼミの学生、斎藤（女・21）、吉田（男・21）、今村（男・20）・豊島（女・27）が、机の上で回るカセットテープレコーダーを囲んでいる。
音声は、津軽地方に住む老人の声を録音したもので、自分史を語っている。
テープの声「おいでや、じぇんこねしてあったはんで、親父、むったど稼ぎさ行ってあったんずや。たまに戻ればろ、わらはんど六人のジャンボ刈ってけるずや。おんやさ出で、親父、代わりばんこジャンボ刈ってけるだね。ジャンボおがれば、まだ、親父さジャンボ刈ってもらえるど思って、楠の皮ば剥がしてジャンボさ塗れば、髪早ぐおがるって、兄貴喋ってあったいな。それがらや、おんじ一人……」
意味を理解するのが不可能な濃厚な訛り。
机に積まれたカセットテープのラベルには、「１９８９年・六枚橋・長谷川きよ」「１９９３年・木造町・野呂五郎」と、録音された年代、語り手の住む地名・人物名がそれぞれ書き込まれている。
耕一、レコーダーのストップボタンを押す。
斎藤「『ジャンボ』だけは判別できました」
耕一「髪の毛のことな」
今村「どうやったら髪の毛がジャンボになるんですか？」
豊島「津軽弁ていろんな地域の言葉が混ざってるから、英語も混ざったとか」
吉田「それはないですよ」
耕一「大体聞き取れるようになるまで三十年かかった」
斎藤「あれ先生、生まれ青森じゃないんですか」
耕一「東京だよ。津軽弁全部理解するのは今も無理」
相馬ハツヱ（73）、客間におかずを運びながら、
ハツヱ「ママ、けー」
耕一「早いな。まだ四時だよ」
ハツヱ「腹減っちゃあべ。若げ者だもの」
吉田「減っちゃあ」

耕一「……よし。ママ食おう」
皆、次々に立ち上がり客間に向かう。

7　道

自転車で田舎道を行くいと。田園の脇にぽつんと建つ墓場を過ぎる。

8　相馬家・客間

おかずが並ぶテーブルを囲む耕一と学生たち。

ハツヱ、皆の前で三味線を構え、演奏を始める。

9　同・家前

いとがやって来て自転車を停める。

遠くに岩木山が気持ちよく見える。

家の中から聴こえる三味線の音色。

10　同・玄関

いと、玄関に並ぶ、見慣れない靴たちを見る。

ハツヱの演奏が終わり、学生たちの拍手と感嘆の声。

中に入るのをためらうが、靴を脱いで玄関に上がるいと。

居間を素通りし、階段へ向かう。

耕一が気づいて、

耕一「おう、帰ったか」

ハツヱ「お帰り」

学生たちの視線がいとに集まる。

いと、学生たちに頭を下げる。

学生たちも、「お邪魔してます」等、いとに。

耕一「一緒に食うか」

その言葉を適当にかわし、そそくさと二階へ上がるいと。

11　同・いとの部屋

いとが入って来る。

制服を脱ぎ普段着へ着替え始める。

12　同・客間

豊島、棚の上に飾ってあった額縁を指す。
豊島「あれ、いとちゃんですか?」
額縁の中には新聞記事が入っている。記事の写真は、舞台の上でスポットライトを浴び、裸足で、大股開きで三味線を抱え、眉間に深い皺を寄せ目を閉じ歯を食いしばり、決死の表情で三味線を弾いている、中学三年の頃のいとの姿。
耕一「去年、県の大会で審査員特別賞もらってな」
豊島「可愛い」
斎藤「先生も弾くんですか?」

耕一「無理無理」

そこへ、着替えたいとが通る。

いと、皆が新聞記事を見ているのに気付き、小走りで近づいていく。

いと、顔を赤らめて、新聞記事を奪い取る。

耕一「なんだよ」

いと、仏間に続く襖を開ける。

13　同・仏間

入ってきたいと、額縁を適当な場所へ隠すように置く。

仏壇の小織の遺影と目が合う。

りんを軽く鳴らし手を合わせるいと。

遺影のそばに、もう一枚の写真。濡れ縁に腰掛け、大きく脚を開いて三味線を演奏している相馬小織の若い頃の姿。

襖から出て行くいと。襖の脇、三味線のハードケースが置かれ、薄ら埃をかぶっている。

14　同・玄関

靴を履くいと。ハツヱがやって来る。
ハツヱ「どさ」
いと「友達んち」
ハツヱ「どごの」
いと「……」

片隅にあった段ボールの中から縄で縛った干し餅を出すハツヱ。
ハツヱ「け。おやつ」
いと「いらね」
ハツヱ「持っていげて」
いと、渋々干し餅を受け取る。

15 住宅街
あてどなく歩いているいと。干し餅を口にする。
家路へ向かう人々とたまにすれ違う。
通りかかった家の飼い犬がいとを見て吠える。
吠え返すいと。

16 板柳図書館
木造りの狭い館内には、受付職員といと以外誰もいない。
本棚を眺めているいと。

×　×　×

小さなテーブル席で、本を広げたまま眠っているいと。
緩やかな西陽が窓から差し込む。
外から、遊ぶ子供達の笑い声が聞こえてくる。
子供たち（歌声）「雀、雀、雀こ、欲うし」
どの雀、欲うし？」
誰にする　誰でもいい」
いと、薄ら目を開ける。

17 相馬家・家の前の道（いとの夢）
遊ぶ子供達の姿を見ているいと。
子供たち（歌声続き）「女は嫌だ　じゃぁ、ハルトでいいな？」
相談していた子供たち、もう一度一列に並び、
子供たち「右のはずれの雀こ欲うし！」
どこからか木魚の音が聴こえてくる。

18 同・中（いとの夢）
子供達の声がまだ聴こえている。
木魚の音の鳴る方へ、襖をいくつか開けて近づいて行くいと。
喪服を着た耕一とハツヱが、各々、うなだれ、ぼんやりと、座っている。
いと、「とっちゃ。ばば」と呼ぶが、二人は反応しない。
今度は三味線の音が聴こえてくる。
縁側に面した襖を開けると、三味線を構え弾いている小織の姿。
いと「かっちゃ」
声をかけるが、小織は振り向かない。

19 岩木川沿いの道
日没近く、一人歩いているいと。

20 相馬家・仏間（朝）
カップに入ったコーヒーを供える耕一。

21 同・居間
ソファに寝転びスマートフォンをいじっているいと。仏間から耕一の叩く鈴の音を聴く。
耕一、仏間から来てインスタントコーヒーを淹れる。
耕一「（いとに）飲むか」
いと「いい」
家の廊下をルンバが横切る。
いと「（気づき）何あれ」
耕一「買った。ばあちゃん楽だろ」
ハツヱ「んだ、大した楽だおん。（ルンバに向かって）ストップ」
するとルンバ、止まる。
ハツヱ「ゴー」
ルンバ、再び動き出す。
ハツヱ「いい時代だっきゃの」
いと「かちゃましね」
耕一「……（ハツヱを見る）」
ハツヱ「目障りだんた意味だ」
耕一「（納得し）かちゃましね」
ハツヱ「いと。三味線弾ぐべ。一緒に」

耕一「ルンバの方が素直だな」
いと「ルンバ買う金あるんだばじぇんこけろ」
耕一「何に使うんだ」
いと「……靴買う」
耕一「あるだろ」
いと「穴開いだ」
耕一「穴埋めろ」
いと「ケチ教授」
耕一「大学も不況でな。これから世の中どんどん厳しくなる」
いと「……」

22 同・いとの部屋

ベッドに寝転びスマートフォンを眺めるいと。

ブラウザの検索画面が表示されている。

いと「……知りてえことが何もねえじゃ」

と呟くと、自動音声認識で検索欄に「しりてことガナんもねジャ」と入力され、見当違いな検索結果が多数出てくる。

画面の端に、求人サイトの広告が表示されている。

何気なくクリックし、「青森県」の求人をたどる。「カフェ」「ゲームアプリ開発」「りんご木箱の家具店」など。低めの賃金の仕事が並ぶ。


スクロールしていくと、その中に「メイドさん募集」とある。

いと「時給1150円……?」

クリックすると、「津軽メイド珈琲店」の募集ページ。

『「お帰りなさいませ! ご主人様」お話し好きなあなたにピッタリワーク』と見出し。

可愛いメイド服を着たメイドの写真。

下部に店舗の電話番号。

クリックするいと。自動で発信される電話。

呼び出し音が鳴り、電話が繋がる。

電話の相手(女性の声)「(標準語で)お呼び出しありがとうございます。津軽メイド珈琲店、メイドのトモちゃんが承ります」

思わず起き上がるいと。

電話の相手「ご用件をお伺いします、ご主人様」

いと「え、ア、アルバイトの、オンボで……」

電話の相手「はい?」

いと「アルバイト」

電話の相手「ああ、アルバイト。少々お待ちくださいませ、マドモワゼル」

不安になるいと。

いと「忙すい」
ハツヱ「んだのが。ちょっと見へろ」
ハツヱ、いとの左手を取り人差し指をじっと見る。
ハツヱ「しばらく弾いでねえはんで、糸道も消えでまってろ。なして弾がねえのさ」
いと「……アホみてんだ」
ハツヱ「何が」
いと「三味線弾いでら時のわあの格好や。脚開いで、眉間さしわ寄せで歯食いしばって、アホみてえ」
ハツヱ「まなぐ閉じでも弾げるんだもの、大したもんだ」
ハツヱ、そう言って自室へ向かう。ついて行くルンバ。
耕一「相手くらいしてやれよ、たまには」
いと「ばばの音どわあの音、つがる。弾ぎづらい」
耕一「お前の音弾けばいいだろ。それが表現だろ」
いと「なんのために表現するの」
耕一「対話。お前言葉使うの苦手だから。音で対話する」
いと「……」
耕一「(標準語のイントネーションで)けっぱれ」
いと「発音つがる。使い方も変」

23　五能線・電車内
車窓を流れる景色。

に、スマートフォンに表示された板柳から青森までの長い路線図や、プリンターで印刷される青森市街の地図がオーバーラップする。

いと（電話の声・続き）「相馬、いと、高一校年生です……」

電話の相手（男性の声）「（標準語で）学校と、親御さんの許可は大丈夫そう？」

いと（声）「はい……」

24　川部駅・ホーム
青森行きの奥羽本線電車がやってくる。

電話の相手（声）「ご自宅は青森市内？」

いと（声）「板柳町だんです……」

電話の相手（声）「服のサイズはＳ・Ｍ・Ｌ・ＬＬのどれですか」

いと（声）「え？　え……」

電話の相手（声）「ＬＬ」

いと、電車に乗り込む。

発車する電車。

25　青森駅
出てくるいと。初めて降り立つ青森の街。

26　青森市街・新町通り商店街
長いアーケードの続く商店街。

居酒屋やコンビニ、飲食店が並ぶ。

いと、プリントアウトした地図とスマートフォンの地図を見比べ、キョロキョロしながら歩いている。

日曜日の午前中のせいかひと気はほとんどない。

27　同・夜店通り商店街
目的地を探しながら歩くいと。店のショーウィンドウに映る自分を覗き込む。

28　小笠原商事ビルディング・建物前
やって来たいと。

古びたビルの入り口にテナント案内板。

その中に『津軽メイド珈琲店』を見つける。

いと、中へ進み、階段を上る。

×　　×　　×

いと、階段から通路に出る。スナックや居酒屋などの看板が並ぶ。戸惑いつつ進んで行くと、後ろから、両脇に大きいクーラーボックスを提げた女性の姿。葛西幸子（30）だ。

幸子、突っ立っているいとをちらっと見ながら追い越し奥へ。

幸子と距離を取り、同じ方向にゆっくり進むいと。

先方を歩く幸子、立ち止まっていとを振り返る。ビクッとして足を止めるいと。

再び進む幸子。突き当たり、通路を折れ姿が見えなくなる。歩き出すいと。

×　　×　　×

通路を曲がった先、『津軽メイド珈琲店』の入り口前。やって来たいと、ドアの横の小窓から中をのぞいていると、ドアが開き幸子が顔を出す。

幸子「あんた、ナントカいとだべ？　新人の。ナントカいと」

いと「はい……」

幸子、中へといとを促す。

29　津軽メイド珈琲店・ホール
入ってくる幸子といと。
黒いベストを着た店長の工藤優一郎（29）がいる。
工藤「（標準語で）おはようございます。工藤です。東京からUターンしこの店の執事になりました」
お辞儀をするいと。
工藤「こちら、教育係の幸子さん」
幸子「葛西幸子、永遠の二十二歳。あたし教育はしないよ。目で見でおべろ」
工藤「だそうです」

幸子、クーラーボックスをよいしょとカウンターに置き、
幸子「本日のアップルパイ、四十個」
工藤「ありがとう。冷蔵庫入れときます」
幸子「お願いします」
　事務室へ向かう幸子。
　工藤、クーラーボックスの中のアップルパイをいとに見せ、
工藤「これ、幸子さんの手作りアップルパイ。土日には必ず売り切れる人気メニュー。お値段五百五十円。覚えた？」
いと「はあ」
　工藤、まじまじといとを見つめる。
工藤「……」
いと「……」
　幸子が新しい制服を手にしやってくる。
幸子「はい、ＬＬ一丁ー」
工藤「相馬さん。着てみてくれる？　大きかったらごめんなさい。小さくてもごめんなさい」
いと「……？」
工藤「今日から手伝ってください。土日は特に混むんで。よろしく」
いと「は……」
幸子「（いとに）こっちゃ来い」
　幸子、事務所へ向かう。続くいと。

30　同・事務室

　いとと幸子、入ってくる。

　小ぶりのデスクと折り畳み椅子、ロッカーだけのこじんまりした空間。

幸子「着替え、この奥でお願いね」

　幸子、いとに制服と靴を預けドアを閉める。

　部屋の奥のパーテーションに進んでいくいと。

　パーテーションの向こうにはさらに一畳ほどのスペースがあり、ボロい絨毯が敷かれ、姿見が立てかけられている。

×　×　×

　ゆっくりと、メイド服に袖を通すいと。

　ボタンを留める。

　頭にカチューシャをつける。

　姿見の前へ移動し、自分の姿を眺める。

　初めて見るメイド服姿の自分が嬉しい。

　いと、姿見の自分に向かってお辞儀しながら、
いと「お、お、おおがえりなさいませ、ごすずんさま！」

　体を起こし自分を見つめる。

いと「……わい、まいねじゃ」

　落胆する。

　と、外から幸子の声。

幸子（声）「終わったがぁ？」

いと「はいっ」

　幸子、入ってくる。

幸子「ピッタリじゃん！　萌え萌えー」

いと「……」

幸子「（カチューシャを指し）これ、もっと後ろさ」

　と、いとの頭に手を伸ばそうとする。

　いと、幸子の手から逃げるようにし、自らカチューシャを後ろにずらす。

幸子「……」

31　同・ホール

　メイド服を着た幸子、先程までのノーメイク姿と打って変わってきっちりメイクを施している。すっと立ち、軽く首を傾げ、にっこりと笑う。エプロンの前で手を重ねて、
幸子「おかえりなさいませ、ご主人様」
　向かいに突っ立っているいと。
いと「おが、おがえりなさいませ。ごすずん様」
幸子「『ご主人様』。『ごすずん』でね。『しゅ』。『しゅ』」
いと「ごす、ごしゅ、ごしゅずんさま」
幸子「アクセント違うべ。『じん』でねくて『しゅ』。『ご・主人様』」
いと「ごす。ごす、ごごすずん様」

幸子「……おめ、ふざげでる?」
メイド服姿にヘルメットをかぶった福士智美（22）、出勤してくる。
智美「おはよー」
工藤「おはよう。制服出勤やめて」
智美「はあい」
幸子「今日早ぐ来いって言ったべ」
智美「あ。マドモアゼルちゃん?」
いと「よろすくお願いすます」
智美「よろすくお願いすますー」
智美、ヘルメットを脱ぎカチューシャをつける。
いとのカチューシャを見て、
智美「前にずらした方が絶対可愛いっつうの。自称二十二歳オバちゃんにやられた?」
幸子「首もぐど」
智美、いとのカチューシャに手を伸ばそうとする。いと、素早く智美の手から逃げる。
智美「え、なに」
自らカチューシャの位置を少し前にずらすいと。
幸子「いいがら早く準備してこいじゃ」
智美「はいはーい」
と荷物を置きに事務室へ向かう。

32 小笠原商事ビルディング・通路

常連客の青木（41）、山本（29）、八戸（70）が歩いている。

33 津軽メイド珈琲店・ホール

ドアが開き、先ほどの三名が入ってくる。
幸子、手にした小さなベルをチリンチリンと鳴らす。
幸子「ご主人様のご帰宅でーす」
幸子・工藤・智美「お帰りなさいませ、ご主人様」
いと「(続いて) おけえりなさいまし、ごす、ごすずん様ー」

× × ×

青木、山本、八戸、赤平（25）と鳴海（28）、他数名の客がいる。
いと、智美の方を見ると青木と楽しそうに話している。
智美、青木の新品の財布を手にしている。
智美「やばい、ヌメ革じゃんこれ」
青木「んだ。最初の一ヶ月日光に当でねばまいねはんで、植木と一緒にずっと窓際さ置いでらの」
智美「日光浴ってこと? ヌメ革って蛇でしょ? それじゃ亀じゃん! あ、爬虫類だから一緒か」
青木「ううん、蛇でねくて牛」
智美「へえーやばいやばい」
幸子、八戸のテーブルにオムライスを運ぶ。
幸子「おまたせいたしましたー。一緒に愛込めお願いしまーす」
幸子と八戸、両手でハート型を作り、手振りと共に、
幸子・八戸「(標準語で) 萌え萌えキューン!」
とオムライスに何らかのパワーを注入する。
八戸、食べようとして、そばを虫が飛んでいるのに気付く。
八戸「蝿いるんたな」
と手で追い払う。
幸子「(猫なで声で) あら。妖精さんだにゃん! 待て待てー」
と蝿を優しく追いかける仕草。
八戸「(苦笑い)」
いと「……」
アップルパイを頬張りながら話している赤平と鳴海。
赤平「すぐ人ば頼るくせに、人を信用してなくて、要は自分勝手で甘ったれなの」
鳴海「理想だけは高いからね、玲子さんて」
いと、赤平の一メートルほど後ろに移動し、話しかける隙を伺い仁王立ちしている。

智美「(いとに)電信柱か」
いと「は……」

× × ×

店の隅、いと、モップで床板を丁寧に何度も拭いている。
その姿をじっと見ていた工藤、
工藤「相馬さんちの畑には、この季節は何が植わってるの?」
いと「は!」
工藤「畑耕してるのかと思った。今そこに土が見えた」
いと「はい」
工藤「相馬さん」
と手招きする。

34 同・厨房

作業台にジャガイモが積まれている。

座って皮をむいているいと。

ホールで皆が楽しそうに話す声がドア越しに聞こえてくる。

いと、黙々と皮をむく。単調な作業だがどこか楽しそうである。

35 五能線・電車内

車窓を流れる景色。

電車の連結部付近に立っている学校帰りのいと。

36 津軽メイド珈琲店・ホール(いとの回想)

営業中の店内。

いと、歩いている。足がもつれたのか、突然派手に転んで尻餅をつく。

客たちが、こちら(いと)を物珍しそうに見る姿の点描。

37 五能線・電車内

元の電車内。

いと「……まいねじゃあ」

音量大きめの独り言が漏れる。

ふと視線を感じる。イヤホンを耳にした早苗がじっといとを見ている。

電車は板柳駅に到着した。

出口に向かおうとしてちらっと早苗を見ると、早苗がまた、口パクで「へばね」と言った。

いと「へ、へ、へば……」

ドア前にいた女性が「閉」ボタンを押し、ドアが閉まりそうになる。

いと「……あ!」

閉まり切る寸前で外へ出るいと。

走っていく電車。

38 相馬家・台所(翌日・夕)

いと、慣れた手つきで味噌汁を作っている。

冷蔵庫を開けてネギを手に取る。

ハツヱがいとを呼ぶ声。

ハツヱ(声)「いとー、ちょっと来い」

39 同・縁側

訪ねて来ていた近所の米田(75)が濡れ縁に腰掛け、ハツヱと話している。
付近で、耕一が本を読んでいる。
ネギを握ってやって来たいとに米田、
米田「おろー、いと。まだジャンマおがったんたな」
ハツヱ「米田のじじ、りんご園手伝って欲しいんだど」
米田「九月から袋はぐんずや。いとやってけねが? アルバイトやアルバイト」
ハツヱ「時給なんぼだ、アルバイト」
米田「七百九十円」
いと「わあ、バイト決まってまった」
耕一「バイト決まったって? 何のバイト」
いと「……カフェ」
耕一「カフェ。どこの」
いと「青森」
耕一「青森ぃ? わざわざ青森まで行く必要あるのか? 弘前にだってカフェは山ほどあるだろ」

いと「メイドカフェだっきゃ弘前にはねえ」
耕一「メイドカフェ？　秋葉原のか」
いと「青森だってば」
米田「メイドってば何するんだば」
いと「ご主人様さご飯作ったり床磨いだり……芋の皮剥いだり」
　いと、腹の前で手を重ねて、
いと「『おかえりなさいまし、ごすずんさまー』ってお客さんさ、こしてやるんだ」
　ハツヱと米田、ゲラゲラ笑い、「おげえりなさいませごすずんさま」などと半分ふざけて津軽弁で口真似をする。
耕一「……」

40　同・いとの部屋（夜）

　スマートフォン、録画した幸子の動画が流れている。

幸子（声）「お帰りなさいませ、ご主人様」

　いと、聴きながら、練習している。

いと「おがえりなさいませ、ごすずん様、ご、ごす、ごす……」

幸子（声）「萌え萌えキュン！　美味しくなあれ」

いと「（訛って）もえもえキュン。おいすぐなーれ……」

　気配を感じ振り向くと、耕一が立っている。いと、力づくで耕一を外に押し出す。

耕一「痛えなもう」

　耕一、持っていた本をいとに手渡す。

耕一「ほらこれ。面白いぞ。勉強も手抜くなよ」

　耕一、自室に帰って行く。

　いと、本を見ると、表紙にメイド服を着た女性の油絵が描かれている。

　英国メイドの歴史研究本である。

　ページをめくると、子守や給仕、様々な仕事をしているメイドの絵画が載っている。

　とあるページを見て、いと、思わず笑う。

　視線の先、芋の皮を剥いているメイドの絵。

41　津軽メイド珈琲店・ホール

　いと、赤平と鳴海のテーブルの前で、カクテルジュースを振りながらパワーを注入している（次の台詞、いとの掛け声を赤平・鳴海がセンテンスごとに追いかけっこして）。

いと「（訛って）フリフリ。シャカシャカ。どさゆさ。まねまね。おいすぐなーれ……」

　中身をコップに注ぐいと。

赤平「ありがとーいとちゃん」

　いとの顔は真っ赤である。

声「おもへえなあ！　いとちゃん！」

　いと、その大きな声に振り向くと、成田太郎（45）がニヤニヤしながらいとを見ている。

　その不気味な眼差しに怖気付くいと。

幸子「（いとに）成田オーナー。この店の生みの親」

成田「うん。制服もめごいどぉ。いとちゃんの手足、想像よりやや長め」

　カウンターの椅子にどかっと座る成田。

　工藤、ジョッキに入ったコーラを成田に出す。

成田「な、工藤、わーの目に狂いはなかったべ」

　コーラをゴクゴクと飲む成田。

成田「この工藤って男はな、応募の電話だけで、いとちゃんを落とそうどしたの」

　気まずそうな工藤。

成田「恥ずかしがり屋で接客には向がねえ子だってぐだめぐわげ。わだしはその様子を聞いて、『それだ！』ってピンときたんず。まあいとちゃん、ここさ座りへ」

　といとを隣に座らせる。

成田「いとちゃん。絆。わがる？　絆」

　顔を近づけてくる成田に、距離をとり硬直するいと。

いと「ＮＨＫで……よぐ聞ぎます」

成田「んだ。メイドがお客さんに歩み寄って話ばする。そせばお互いのことが段々わがってくる。自分のことわがってくれる人がいるって、ホッとすべえ?」
いと「……」
成田「田舎にでっかいハコモノばっかり作るのはほんずなしのやること。一人と一人が繋がって初めて、地域はよぐなる。それが絆。まあ、『ご主人様』だの『萌え萌え』だのは東京の真似っこだけども。世の中あらゆるものは模倣。オリジナルなんて存在しねえ。模倣が世界ば動がしてゆぐの」
硬直したままのいと。
成田「……そえ! そった初々しさ! この店に足りねえもの。おもへえなあ、いとちゃん」
そこへ、ヘルメットをかぶりメイド服を着た智美が入ってくる。
智美「おはようございまーす」
智美、眠そうである。
成田「智ちゃん! 今日もめごいな」
智美「オーナーも脂ノリノリー」
成田「んだべ。大間のマグロみてんだべ」
幸子「そのやりとり飽きだじゃ。おはようじゃねえべ、智美!」
智美、幸子に抱きつき、
智美「間に合った、締切。今ポストに入れてきたー!」
幸子「わい、離せじゃ!」
智美、プリントした薄い漫画冊子を幸子に渡す。
智美「これコピーしたやつ。みんなで回し読みして。みんなに最初に読んでほしい。感想教えて!」
成田「お疲れさん! 智ちゃん、次は大賞獲れよ」
工藤「智美さん、制服出勤だめ」
智美「はぁい。よーし、遅刻のお詫びに働くよー」
客がメイドを呼ぶ声。
智美「はいはーい、ただいまー」
と軽快に呼ばれた方へ動く。
幸子「智美さ甘いんだって、オーナー」
成田「だって智ちゃんさ大物になって欲しいべさぁ。(立ち上がり)せば、わぁ行ぐじゃ」
成田、バッグから二万円札を抜き、
成田「いとちゃん。ほれ。板柳がらの電車賃。前払い」
いと、万札に戸惑う。
いと「ありがとうございます……」
成田「この店もおもへぐなってきたどー。幸ちゃん智ちゃん、いとちゃん、みんな違って、みんな良い、だべ。工藤、この逸材ば生かすも殺すもおめ次第」
工藤「はい」
成田「せばあど頼むど」
工藤・幸子「お疲れ様です」
成田、ご機嫌そうに鼻歌を歌いながら出ていく。
工藤「(いとに)智美さん、卵なの。漫画家の。この前も漫画の登竜門みたいなので、結構すごい賞獲ったりして」
いと「(感心し)はー」
工藤、挽いたコーヒー豆にお湯を注いでいる。
その丁寧な所作に、見惚れるいと。
と、ひとりで来ていた客・小野寺(男)が、大声で叫ぶ。
小野寺「ねーちゃん、お新香一丁!」
他の客、酔っ払っている小野寺を見て見ぬ振りをしている。
工藤、お湯を注ぎ終わり、
工藤「はい、いとさん、お願い。青木さんに」
いと「はい」
いと、覚えたばかりの青木の顔を探し、珈琲とアップルパイを載せたトレイをゆっくりと運ぶ。
小野寺のそばを横切った瞬間、
いと「ぎひゃあ!」

と叫び、滑って転ぶ。

床に落ちたカップが割れ珈琲が床を流れる。アップルパイもひっくり返っている。

何事かと皆が振り返る。

智美が小野寺につかつかと近づいていく。

智美「あんた、今この子のケッツば撫でだべ」

普段は出ない訛りが出る智美。

小野寺「はあ?」

幸子、いとの手を取り、起こす。

智美「ケッツば触ったべって」

小野寺「おめ、見だのが」

智美「……」

幸子「いと、何があったのが?」

皆が、いとに目をやる。

いとは無表情で呆然と立ち尽くすばかり。

幸子「……誰か、何か見たかたいらっしゃいますか?」

店内は静まり返る。

小野寺「証拠あるんだが! 証拠もねえのになんだば! 御主人様ば痴漢扱いが⁉」

工藤がやって来て、

工藤「証拠はこの子です。何もないのに叫んだり転んだりしません」

青木「……んだ、転ぶかもしれねけど叫びはしねえと個人的には思います……」

小野寺「あ⁉」

びくつく青木。

小野寺「誰が、警察呼べ警察! いいじゃ、(スマートフォンを出し)わー呼ぶじゃ」

工藤「お客様、当店は風俗営業としての届出はしておりません。聴取の運びになり、お客様の接触が一切認められなかった場合名誉毀損でお客様は当店を告訴することが可能です。万が一接触が認められた場合は強制わいせつ罪で当店がお客様を……」

小野寺「さしね!『萌え萌え』だのって男さ媚売ってらのおめだぢの方だべ。ややこしい」

工藤「『萌え萌え』はコミュニケーションツールです。千歩譲って媚だったとしてもそれはメイドに触れて良いということの理由にはなりません」

小野寺「(鼻で笑い)何がいまどきメイド喫茶や。東京の二番煎じだべ。二十年遅えんだね」

工藤「世の中あらゆるものは模倣です。オリジナルは存在しません。模倣が世界を動かして……」

小野寺「おめ、かちゃくちゃねえ!」

工藤「お代は結構です。行ってらっしゃいませ、ご主人様」

お辞儀する工藤。小野寺、立ち上がり激しく音を立てて代金をテーブルに置き、千鳥足で出ていく。

いと、足元の割れたグラスを拾おうとする。

工藤「あー、いいいい! 危ない」

いと「でも」

工藤「やっておくから」

いと「でもわあが悪いんで……」

いとを睨む幸子。

いと「……」

智美「青木さん怪我ない?」

青木「うん、わは大丈夫」

工藤「いとさん、休憩行って」

42 同・事務室

いと、放心状態でじっと座っている。

いつからいたのか、幸子が後ろに立っていとを見ている。

いと「(声にならず)!」

幸子「ぼーっとして」

いと「あ……今日の晩御飯の献立考えてました」

幸子「(笑い)なにそれ。なんだ、心配して損した」

幸子、持っていた皿をテーブルに載せ、

幸子「け。店長のおごりだ。どんな味かも知らねえでお客さんさ勧められねえべ」

皿にはアップルパイが二つ載っている。

幸子「千百円分。け」

いと「いただきます」

　アップルパイに口をつけるいと。

幸子「いと。あの客、おめば触ったのが?」

　いと、頷く。

幸子「せばおめ悪ぐねえべ。『わあが悪い』ってなんのつもりや。その考え間違ってる。おめもみんなも、全員傷つく」

　口にアップルパイを入れたまま、頷くいと。

幸子「残すなよ。私の商売道具だはんでな」

　そう言い残してホールへ出て行く幸子。

　アップルパイを頬張るいと。

　落ちて来そうになる涙を必死で堪えながら、もぐもぐと食べ続ける。

43　相馬家・客間（夜）

　ハツヱがソファに座り、三脚に載ったビデオカメラの前で、自分史を話している。

　カメラを回しているのは耕一のゼミ生の豊島と吉田。

　耕一、座ってその様子を見ている。

ハツヱ「昔は今みてにこした録音の機械だのねしたべ。だはんで先生が三味線弾ぐの、じーっと見でおべだもんだ。『まなぐで技ば盗め、耳で音ば盗め』って先生喋るっきゃ。一曲弾ぐのに何ヶ月もかがった」

　ハツヱの方言を、隣でいとが所々、訳している。メモをとる吉田。

吉田「三味線はハツヱさんにとってどんな存在ですか」

ハツヱ「三味線は三味線や。ママ食うために弾いでだ。昔はな」

豊島「いとちゃんにも、ハツヱさんが三味線を教えたんですか?」

ハツヱ「なんもや。おらの三味線聴いで、勝手におべだんだびょん。八歳の頃だな。いっつもおらの横さちょこんと座って。だばって、いとど、おらの音コも、やっぱり全然つがるんだ。おらの弟子は娘だげ。いとの母親な。時間あればずーっと三味線弾いで。大分上手ぐなったんたなて思ったっきゃ、おらの演奏見で、『違う弾き方してえ』って。ああでもねえこうでもねえって、色んな弾き方試してな……。志半ばで死んでまった」

　小織の話に、口が重くなるいと。

　黙って聞いている耕一。

　開いた窓の隙間から、降り出した雨が見える。

44　同・台所

　夕飯を食べるいと、耕一、ハツヱ。
ハツヱ「あの女の学生さん、生まれどごの人だ」
耕一「豊島さんか? 東京。地元俺と一緒らしいんだ」
ハツヱ「多摩だがってどごが?」
耕一「そう」
ハツヱ「西の方だべ?」
耕一「そう」
いと「とっちゃ、なんでかっちゃ死んだ後、東京さ戻んねがったの」
耕一「ばあちゃん一人にできないだろ。実家だってもうなかったしな。それにお前、ばあちゃんに懐いてた。東京に戻る理由ない」
いと「東京って、いいどごだが」
耕一「行きたいのか」
いと「わがんね」
耕一「行きたいなら行け。勉強しなきゃダメだけどな。それなりに」
いと「わあ居なぐなったらとっちゃとばっちゃ二人さなる」
ハツヱ「んだ。三引く一は二だ」
いと「血繋がってねえべ」
耕一「それがどうした」
いと「……」
ハツヱ「わんつか小織さ似でらんたな」
耕一「ええ?」
ハツヱ「さっきの学生さんさ」

耕一「似てないだろ」
ハツヱ「わんつかばしよ。正面がら見れば」
耕一「うーん、似てるかなあ」
いと「どごが?」
ハツヱ「そったに似でねべが」
耕一「どうだろうな」
いと「似でね」
いと、席を立つ。

45 同・仏間(夜)

まだ雨の降る音がする。

暗がりの中、電気も付けず、小織が三味線を構える写真を見つめているいと。

× × ×

三味線ケースの横に寝転がっているいと。

起き上がりケースを開ける。

三味線を手に取り、津軽じょんから節を弾き始める。

指がもつれ、うまく弾けなくなっている。

叩くように力んで弾き進めようとすると、突然パンっと銃声のような大きな音がする。

音を聞きつけたハツヱがガラッと襖を開け、電気を点ける。

ハツヱ「何だば」

灯りの下、破れた三味線の胴皮が晒される。

ハツヱ「わい! 破れでまったのがぁ。おめ、ずっと放ったらかしだもの。三味線もなも怒ってまったんだね」

珍しく声を荒げるハツヱ。

ハツヱ「これなおすたって何万も掛がるんだぁ」

いと「自分でなおすじゃよ!」

いと、三味線を抱えて二階へ上がる。

46 津軽メイド珈琲店・ホール

営業中の店内。
テーブル席の山本に、自作の漫画のコピーを読ませている智美。
山本「うん、面白いです」
智美「どこが? もっと具体的な感想言って」
山本「えーとですね……」
カウンターにいる工藤の前に、青木、大学生の藤沢と栗原の男性客が集まり、工藤に話している。
全員軍手をはめている。
青木「わだぢ『イトテンキョー』ってのを立ち上げようかと」
工藤「イトテンキョー?」
栗原「正式名称は『いとさんのプライベートに立ち入ることなく、転ばないように見守りかつ痴漢の接近は断固阻止する紳士協定』」
藤沢「俺たちは痴漢のような迷惑行為は決して働かないという意思表示でもあり、何かの間違いでメイドさんに触れてしまってもこれならメイドさんの嫌悪感を軽減できる」
青木「わあのはぶつぶつ付き」
と滑り止め付きの軍手をみせる。
栗原「あなるほど、感触がさらに伝わりづらいですもんね」
山本も、青木たちの輪の方に行く。智美、取り残される。
山本「おらさもけねえ?」
青木「もちろんです」
と袋から軍手を出し渡す。
藤沢「店長、俺たち、いとさん守りますんで」
いと、そんなやりとりを居心地悪そうに見ている。
赤平が入店してくる。幸子がベルを鳴らす。
幸子「ご主人様のご帰宅です」
いと、反射的に続く。
いと「お帰りなさいませ、ご主人様ー」
イントネーションは訛っているが、正しく言えた。
赤平「いとちゃん。言えだ」

赤平、拍手をする。それに続くように、軍手軍団もいとに向かって拍手をする。拍手の波に包まれ、恥ずかしそうにお辞儀するいと。

智美「あほくさっ！」

と言い放ち、厨房へ向かう。

いと「……」

47 小笠原商事ビルディング・踊り場

休憩中の智美、椅子に座り、タブレットに漫画のキャラクターを描いている。

弁当を持ったいとが現れる。

いと「お疲れ様です……」

振り向く智美。

智美「……お疲れ」

いと、智美からやや離れたところに座り、弁当を食べ始める。

沈黙が続き、やがて智美が口を開く。

智美「笑っちゃうよな。『イトテンキョー』。女慣れしてないモテない地元のオタクが考えそうなことだよ。『守ります』ってさ、結局女を見下してんじゃん。いとちゃんが逆に困ってんの、ぜーんぜん気付いてないし。時代錯誤の愚鈍な民」

いと「……」

智美「私みたいなのが幾らお喋りで盛り上げたって、いとちゃんタイプには敵わないの。役得だよな」

いと「智美さんはいつも明るくて楽しそうで」

智美「やれることはやる。自信ないから、基本」

いと「……」

智美「また沈黙だ。ハハ。ウケるな。よくそれでメイドカフェでバイトしようと思ったな。何、お金欲しいの？」

いと「はい」

智美「素直ー」

いと「……あど、話コ苦手だはんで。上手ぐなりてくて。このめごい制服、着たがったし」

智美「いとちゃんってクラスに友達いる？」

いと「……。いねえです」

智美「私と同類だ。私学校大っ嫌いで、ほとんど行ってなかったからさ。友達、いなかった。絵描いてなかったら闇落ちだったわな」

智美、描いていた絵をいとに見せる。

「あんれ、まぁ。はぁー」と感嘆のため息を漏らすいと。

智美「私はここでお金貯めて、絶対漫画家になって、絶対東京行く」

いと「絵もじょんずだし、標準語もじょんずです」

智美「標準語ほど簡単な言葉ないでしょ。テレビずっと観てれば馬鹿でも喋れるわ」

いと「わあ、馬鹿以下だもんで」

智美「そうやって自分を蔑むのやめたら。ラクしたいだけじゃん」

いと「……」

智美「あれ。いとちゃんといると私の性格の悪さが全開だ。ハハ。ねえ、もう一回言ってみ、『ご主人様』」

いと「ご、ごすずんさ、あれ、ごすずんさま」

智美「やっぱりな。さっきのはまぐれか」

智美、立ち上がり、唇をすぼめて、

智美「しゅーーーーーー」

いと「（智美の口の形を真似て）すー」

智美「（歌う）きーしゃーきーしゃーポッポーポッポーシュッポーシュッポーシュッポッポー……」

いと「きーしゃーきーしゃーポッポーポッポースッポースッポー……」

智美、笑いをこらえきれず腹を抱えている。

智美「すっぽっぽってトイレの詰まり直してんじゃないんだから」

いと「（負けじと）すっぽーすっぽーすっぽーすっぽっぽー……」

智美の明るい笑い声が辺りに響き渡る。

48　**某施設（場所未定）**

ホワイトボードに、「青森空襲を語り継ぐ」と書かれている。

暗がりの中、スクリーンに映る、青森空襲にまつわる映像。

いと、いとのクラスの生徒達と蛯名、スクリーンを見つめている（詳細未定）。

49　**同・駅までの道のり**

下校中の生徒がちらほらといる中、一人歩いているいと。

ずっと前を、早苗がイヤホンを耳にさしながら、とぼとぼと歩く後ろ姿が見える。

いと、早苗を追いかけて走り、横に並ぶ。

いとに気づいて、イヤホンの片耳を外す早苗。

いと「電車間に合うべが」

早苗「走ればギリギリ」

いと「なんか走りたぐねえ気分」

早苗「うん、うぢも。苦しぐなっちゃった。戦争の話」

いと「うん」

　立ち止まり、座って息をつく二人。

　早苗、小さな白いおにぎりを一つ出す。

早苗「半分食べる？　うぢのエネルギー源」

　いと、思わず笑う。

　おにぎりを半分こして食べる二人。

いと「何聴いでらの？」

　早苗、いとの片耳にイヤホンを突っ込む。

早苗「『人間椅子』。知ってる？　弘前の人だぢ」

いと「（首を横にふり）初めて聴いだ」

　早苗、スマートフォンで人間椅子の動画を見せる。

早苗「この人だぢ」

　和装姿で弦楽器を掻き鳴らすメンバーの姿。

　イヤホンから漏れる音が徐々に、オンで聴こえてくる。曲は、人間椅子『エデンの少女』。

歌詞「彼女のことを聞けば誰もが口つむぐ
　名前も知れぬ哀しい少女」

　黙って曲を聞き続ける二人。

50　**相馬家・いとの部屋**

（前シーンの曲が流れている）
歌詞「流行りの服に袖を通したこともない
　行き交う人も振り返らない
　泣くのだ少女　あたりかまわず
　大声あげて　わけもわからず」
　三味線を持ち、曲を弾いてみるいと。
　徐々に興じてくる。
（曲は以下のシーンもしばらく続く）

51　**津軽メイド珈琲店・事務室**

幸子、智美、いと、工藤の前に一列に並んでいる。工藤、幸子から順に手渡しで給料袋を渡していく。
工藤「今月もお疲れ様でした」
　幸子、給料袋を両手で受け取り丁寧にお辞儀をする。
工藤「お疲れ様でした」
智美「ありがたく頂戴します」
工藤「一ヶ月お疲れ様でした。来月もよろしく」
いと「ありがとうございます」
　いと、初めてもらう給料を握りしめる。

52　**相馬家・いとの部屋（夜）**

給料袋の中身を机の上に広げてみるいと。

一万円札が三枚と、千円札が三枚に小銭。

いと、どこに仕舞おうかとあたりを見、三味線ケースの中にしまう。

53　**浅虫海岸**

湯の島がぽっかりと海中に浮かんでいる。

海開きは終わりひと気の少ない砂浜で、智美と葛西樹里杏（10）と成田が足まで水に浸かり遊んでいる。

いとと幸子、桟橋を歩きながら話してい

る。
幸子「去年はみんなで蟹田の海さ行ったの。店長の実家ある方」
いと、工藤の方を見ると、工藤は一人しんみりと、砂山を作っている。
幸子「（工藤を見て）扁平足ば人さ見られたくないんだって。去年もあんな感じ」
樹里杏が幸子に向かって手を振っている。
幸子、樹里杏に手を振り返す。
いと「樹里杏ちゃんて、ハリウッドの女優さんだんた感じですね」
幸子「それって名前のこと?」
いと「はい」
幸子「……」
いと「『いと』なんて古くせえ名前とは大違い」
幸子「めんこい名前だべや、いと。樹里杏って名前、本人は嫌がってるみてえ。あたしがハタチのどき付けだんだよね」
いと「……（考える）」
幸子「計算するな、あたしの実年齢を。お客さんさバラしたらその首もぐど」
いと「はい」
幸子「冗談。年齢もシングルマザーだってこともみんなとっくに知ってるし。あたし中卒で、就職先なんて青森にはねくてさ。足元見られてばっかりで。あったどしても子供が熱だしたどき休ませでくれるところなんてねえ。うぢの店だけだ。オーナーど、店長ど、智美のおかげ」
樹里杏がまたこちらに向かって手を振っている。
振り返す幸子。
幸子「いとさ似だどごある、あの子」
いと「似だどご?」
幸子「内気なとことか、じょっぱりなとこ。頑固で負けず嫌い。いとは誰さ似だの?」
いと「ばばがもしれないです。んや、とっちゃがな」
幸子「かっちゃでねえんだ」
いと「かっちゃはいねえです。死んでまって」
幸子「そうだったんだ……我慢しねくていいんだよ、いと」
いと「……かっちゃ死んだの、わあ幼稚園の頃で。かっちゃさ髪ば梳いてもらったんです。はっきり覚えでるのそれくらいなんです。人さ可哀想って思われるのが嫌で、絶対泣がねえって思ってだら、いつの間にか涙は出なぐなっていました」

×　×　×

湯の島の向こうに陽が沈んでいく。

54　同（夜）

焚き火を囲む皆。

火の上で肉やホタテが焼けている。

誰かのスマートフォンから音楽が流れていて、それに合わせて楽しそうに下手くそなダンスを踊る成田。

成田、皆を促して踊りに誘う。

幸子、樹里杏を抱きしめるようにして、踊る。

いと、炎越しに二人の姿をじっと見ている。

と、木魚の音が聴こえてくる。

55　相馬家・仏間（いとの夢）

濡れ縁に座り三味線を爪弾いている小織の姿。

小織、振り返ると、いとが立っている。

目が合う二人。

小織「（笑って）こっちゃ座れ、いと」

三味線を置く小織。

小織の前に腰掛けるいと。

小織「きれいだ髪こだなあ。黒くてつやっつやどして」

小織が背後からいとの髪を優しく梳かす。

56　同・居間

ソファに横になり眠っていたいと。

「いと。いと」というハツヱの声で目覚

める。

耕一、ウィスキーの水割りを飲みながら本を読んでいる。

ハツヱ「ママけ」

いと「(寝ぼけ眼で) 後で」

耕一「寝るなら布団で寝ろよ」

いと、再び目を瞑ろうとすると、テレビの地方ニュースの声が耳に入る。

アナウンサー（声）「……逮捕されたのは医薬品販売サイトを運営する青森市の貿易会社、春珍堂の社長、金田哲也容疑者と、青森市の飲食店運営会社、ナリタエンタープライズの社長、成田太郎容疑者です」

車から降りた成田が、刑事たちに囲まれ、建物から出てくる映像。

思わず飛び起きるいと。

アナウンサー（声）「青森県警によりますと、金田容疑者は、輸入したサプリメントやお茶を、自身が運営する医薬品販売サイトで、国の承認を受けた医薬品ではないのに、男性機能に効果があると宣伝し、原価の数百倍の値段で販売し、被害総額は一千万円にのぼると見られています」

画面、ゆっくり走り出した車の後部座席で、前を見据えている成田の顔。

アナウンサー（声）「成田容疑者は青森市内にあるメイド珈琲店など複数の飲食店を経営しており……」

画面、小笠原商事ビルディングのテナント看板。

『津軽メイド珈琲店』の文字。

いと、リモコンでテレビの電源を消す。

ハツヱ、リモコンで再びテレビを点ける。

いと「……」

画面、スタジオでニュースを読むアナウンサー。

アナウンサー「青森県警は、これら飲食店と事件の関連性の有無、商品の入手経路などを詳しく調べています。続いて、明日の空模様をお伝えします……」

ニュース、山間部で初雪が降るという予報。

ハツヱ「わい、八甲田初雪だど」

すると耕一、突然軍歌を歌い出す。

耕一「♪　雪の進軍　氷を踏んで
どこが河やら道さえ知れず」

ハツヱ「なんだば」

耕一「映画の『八甲田山』の歌。
♪　馬はたおれる捨ててもおけず
ここはいずくぞ皆敵の国
ままよ大胆一服やれば
頼み少なや煙草が二本」

歌に興じる耕一。ニュースに全く気づいていない様子。

57　同・いとの部屋（夜）

スマートフォンを見ているいと。津軽メイド珈琲店のSNS画面。メッセージが書き込まれている。「詐欺師・成田太郎経営のメイドカフェ特定!」「青森のメイドカフェってここしかねえべ」「とっくにオワコン」「青森のはぢ」「値段も詐欺のクソカフェです」「キモいんだよ豚野郎」「手下のメイドは芋ぞろい」等。

58　津軽メイド珈琲店・ホール

軍手をはめ、会計している青木。

青木、幸子にスタンプカードを出す。

幸子「青木さん、本日ご帰宅２００回達成。おめでとー」

智美といとがクラッカーを打ち鳴らす。

自らの頭上に降る紙吹雪を噛みしめる青木。

幸子の鳴らすベルの音、他に客のいない店内に虚しく響く。

幸子「これ特典です。珈琲10杯無料サービス券。有効期限今年いっぱい」

智美「期限までこの店あるかなあ……」

幸子「おい」

智美「だってお客さん来ないじゃん」

テーブルに突っ伏す智美。

青木「今は踏ん張りどきですよ。まだ来ますから」
見ていた工藤、カウンターで一人、沈鬱な面持ち。

59 同・入り口
青木が出てきて、帰っていく。
ドアの横の壁に、「MERDE（くその意）」と大きく落書きされている。

60 同・ホール
客が帰った店内。
いと、幸子、智美が工藤の話を聞いている。
工藤「昔、オーナーは投資系の事件で捕まって前科があったんです。でも今回は主犯じゃなくて、昔の仲間に頼み込まれて仕方なく手を貸したらしいって警察から聞いてます。実刑かどうかはまだこれから」
智美「ほんずなし！」
デスクの上、「みんな、カニ！　なりた」とマジックで殴り書きされた紙切れ。
幸子「この店はどうなるの」
工藤「あれから毎日考えてたんだけど……みんなに退職金を払って、店を畳もうかと思うんです」
幸子・智美「は⁉」
いと「……！」
工藤「社会的責任ということももちろんありますし……事件のこと知って、うちとの取引をやめたいっていう仕入先も出てきてる。融資元のつがる銀行は、この一ヶ月の集客状況を見て、融資を継続するかどうかを決めたいと……でも、このままだと一ヶ月も持ちません。今まではっきり言ってギリギリでした」
智美「……いい機会かも。私、東京行って漫画に専念する」
幸子「バガたれ！　まだ入賞したことしかねえのに東京さ行ったたって路頭に迷うだげだ。せめて新人賞獲ってからにしろ！　何が東京だ！」
智美「（津軽弁が出て）あぁもう！　わがってら！　かっちゃど同じこと言うなじゃよ！」
とむくれる。
いと「……わあ、仕入先になります。林檎だば調達できます、うぢの周り、林檎園だらけです」
工藤「ありがとう、いとさん……」
重苦しい雰囲気。
工藤「こんなことですぐダメになっちゃうような店でごめんなさい。僕の責任です……」
幸子「決めだんですか？　店畳むって」
工藤「決めました……」
幸子「なんで一人で決めるのさ。なんで相談してくれねえのさ。あんまりだべや」
幸子、立ち上がって出て行く。

61 同・事務室
いと、着替えを終え、メイド服をハンガーにかける。
丁寧に、皺を伸ばしロッカーに仕舞う。
幸子が入って来る。
幸子「いと、余ったじゃ。持って帰れ」
と袋に入った数個のアップルパイを置いて出ていく。
いと「……」

62 同・ホール
事務室から出て来たいとに、
工藤「いとさん、親御さんと話した？」
いと「？」
工藤「いとさんちに電話して今回の事情、説明させて貰ったんだけど」
いと「……いづですか」
工藤「昨日の夜」

63 板柳町・道（夜）
街灯が立ち並ぶ道を、自転車を引きなが

らとぼとぼと歩くいと。

64　相馬家・玄関～台所

いとが入ってくる。
ハツヱが顔を出す。
ハツヱ「お帰り。ママけ」
いと「……食べで来た」
ハツヱ「んだのが」
居間を通り過ぎようとすると、耕一の声。
耕一「帰ったか。コーヒー飲むか?」
耕一、ポットのお湯を注ぎインスタントコーヒーを淹れる。
いと、幸子からもらったアップルパイを出す。
いと「(明るく)アップルパイ。貰って来た」
耕一「何か話すことないか」
いと「……メイド辞めたぐねえ」
耕一「アホ!　お前が辞めなくても店潰れるに決まってるだろ。犯罪者いる店で、娘働かせる親だなんて何処にいる!　もう行くなよ」
いと「まだ容疑だ。犯罪者でねえ……」
耕一「……親が良かれと思って放っておいたらこれだもんな……。要は水商売だろ、日本のメイド喫茶って」
いと「……」
耕一「メイド喫茶に来る客なんてクラブに行く金もない、ろくに女性に相手にしてもらえない陰気な奴ばっかりだ。だから小銭払って相手してもらってるんだろ」
いと「……つがる」
いと、顔を真っ赤にしている。
耕一「メイドって……何年代の女性像だ?　男にへつらってた時代の話だろ。今2020年だぞ。『ご主人様』って、犬じゃあるまいし。こんな女子高生に制服着せて客集めて、拝金主義の詐欺師だろうが!」
いと「……」
耕一「言いたいことあるなら言葉使え」
いと「……。わあの沈黙、とっちゃさは聞こえねえべ」
耕一「……」
いと「差別主義のインチキ教授」
ハツヱ、台所で、二人のやりとりを聞いている。
いと、部屋を出ていく。

65　同・いとの部屋

いと、服を適当に選んでバッグに詰める。
三味線ケースの中にしまっていたお金を取り出す。ふと手を止め、三味線を見る。

66　同・玄関～家前

バッグと三味線ケースを持ったいと、靴を履いている。ハツヱが干し餅を手にしやって来て、
ハツヱ「どさ」
いと「友達んち」
ハツヱ「け」
と干し餅を手渡す。いと、頷いて受け取る。
そこへ登山用のリュックを背負った耕一が来て、靴箱から、登山靴を出して履く。
ハツヱ「どさ」
耕一「山に行く。俺が出ていく。お前はばあちゃんのそばにいろ」
いと「は?　わあ出でぐ」
耕一「家にいろ!」
いと「やだ」
耕一「いろって」
ハツヱ「かちゃくちゃねえ」
と呆れて行ってしまう。
まだ言い合っていると、ハツヱ、袋に入れた米を持ってくる。
それを耕一に手渡し、
ハツヱ「三引く二でおら一人で結構」
と二人を追い出す。
ハツヱ「表で頭冷やしてこい」
ピシャリと戸と鍵を閉めるハツヱ。
いと・耕一「……」

二人、道路まで出て、それぞれ右と左に分かれる。

互いに振り返らず、歩いていく。

67　バス・車内（夜）

三味線を抱え、バスに乗っているいと。

車窓の景色を眺めている。スマートフォンに繋いだイヤホンから、人間椅子の『地獄のヘビーライダー』が漏れ聞こえている。

バスは大型ショッピンセンター『エルム』の敷地内駐車場へゆっくりと入っていく。

建物前のバス停で、早苗が待っている姿が窓から見える。

早苗、バスの中のいとに気付き、手を振る。

68　道

三味線ケースを二人で抱えながら歩いているいとと早苗。
早苗「うぢ、反抗期ってながったのさ。親と喧嘩できないんだよね。喧嘩苦手なの」
いと「わあも」
早苗「立派に喧嘩して家出してんじゃん」
いと「しょうもないことしか言えながった。言葉が見つかんねくて」
早苗「わがるよ。昔友達と喧嘩してさ。元に戻ろうといつも通り振る舞おうとしたんだけど、できなくてさ。それから喋るのも喧嘩するのも怖くなった」
いと「喋れば喋るほどひとりになる」
築年数を経た平屋建ての長屋にたどり着く二人。
早苗、長屋の一角のドアを開ける。
早苗「（いとに）お帰り」
と入っていく。

69　早苗の家・早苗の部屋

家中の物が溢れる狭い部屋に、早苗の机が置かれている。
いと、胴皮の破けた三味線で、『エデンの少女』を弾いている。聴いていた早苗、目を丸くする早苗。
早苗「え、いとっちすげえ」
いと「下手クソだんだ」
早苗「すごいって。覚えだの？」
いと「ん。何遍も聴いでらがら」
早苗「耳コピ⁉」
いと「ん。耳で覚えるの慣れでら」
早苗「かっこいいな、いとっち。うぢもギターやりたい」
いと「さな、ギター似合うよ」
早苗「お金なくて中古も買えないじゃ」
いと「……わあ、お金貸すが？」
とケースに突っ込んでいたお金を出す。
いと「バイトの給料、使い道ねえはんで」
早苗「（ムッとして）同情しねえでよ」
いと「……かに。そったつもりねがった」
早苗「なーんでうぢは貧乏なんだろ。お父さんもお母さんも朝から晩まで真面目に働いでるのに、なんで貧しいんだろ。ねえ何で？　いとっち、わがる？」
いと「……わがんね」
早苗「うぢもわがんね。勉強してわかるようになりたい。だがら大学行きたい」
ドアがノックされ、外出着を着た早苗の母が顔を出す。
早苗の母「早苗、せば行ってくるはんで」
早苗「うん行ってらっしゃい」
早苗の母「いとちゃんゆっくりね。うち寒いはんで寝る時あったかぐせ。毛布、押し入れさいっぱい入ってるはんで」
早苗「わがったわがった」
早苗の母、ドアを閉める。
早苗「お母さん、昼間りんご作って、夜は回転寿司握ってるのさ、うぢの大学進学のお金貯めるって。それじゃ死んじゃうがらパートやめろって言ってるんだけど」
そこまで言って早苗、ハッとして、
早苗「ごめん」

いと「同情しねでけ」
早苗「そったつもりじゃ……」
いと、笑う。つられて早苗も笑う。
早苗「似た者同士」
いと「うん。……わあのかっちゃ、三十二歳で病気で死んだの。だがらほとんど覚えでない。とっちゃもばっちゃも、あんまりかっちゃのこと喋んねえがら。わあに何もしかへでけねえし。わあ何も知らない」
早苗「自分のことばっかり」
いと「え」
早苗「お父さんだって奥さんば亡くして悲しいべ。おばあちゃんだって、娘ば亡ぐしたんだべ。悲しいのみんな一緒だ」
いと「……かに」
早苗「何で人生って簡単じゃないんべね。んでも話してくれでありがと。嬉しい」
いと、再び三味線を爪弾き始める。早苗、それを聴いて、
早苗「いとっちは三味線弾いだ方がいいよ」
いと「なして?」
早苗「なんとなぐ」

70　津軽メイド珈琲店・入り口

開店中の店。
いとが来て、小窓から、中を覗く。
（余った）アップルパイを食べている幸子。
タブレットに絵を描いている智美。
カウンター内にいる工藤。
客はいない。
いと、ゆっくりドアを開ける。

71　同・ホール

入って来たいとに、
幸子「いと」
智美「なに、そのでかいの。何入ってんの」
いと「三味線です」
智美「三味線」
いと「わあ、三味線弾ぐの好ぎだんです……わあ、店長と、幸子さんと智美さんと、好ぎだ人だぢど、ずっと一緒に働きてえです。またいっぺえお客さん来てもらいてえです。だはんでこの店で、三味線弾がせでください」
黙って聞いている皆。幸子が口を開く。
幸子「……もう一回、なんとかできないですか。店長」
工藤「……」
幸子「……私も、あと十年はメイド服ば着たい。退職金、減ってもいい。一ヶ月の猶予期間でもう一回頑張りたい」
工藤「……」
智美「ま、私もあと三年はメイド服着てもいいかなー。二十代後半でメイド服姿に無理出てくるまではね」
智美の頭を殴る幸子。二人、軽く取っ組み合いになる。
いと、工藤をじっとみている。工藤、いとの視線を避けるようにし、
工藤「……今店を畳むのが、一番いいんです。普通に考えて」
幸子「普通に考えて? 主語だれ? 店長は何がしたいいの」
工藤「……ずっと不安でした。東京で働いてる時も青森に戻ってからも。僕の人生、どうせこれからずっと不安なんですよ……だから……どうせなら楽しいことやりたいです。この店続けたいです」
幸子「……やろうよ」
智美「うん、やろう一ヶ月。それでダメだったら、諦めつく」
幸子「変わんねばな、あたしら」
智美「変わる?」
幸子「メニュー、材料、価格の見直し。仕入先の再検討。お客さんへのサービス。やること山ほどある。な、いと」
いと、頷く。
泣き出す工藤に、突っ込みを入れる幸子と智美。

72　**三味線修理店**
いとの三味線を手にし眺めている職人。
職人「これだっきゃ、掛がるどぉ」
いと、握っていた札を出し、職人の手に渡す。
いと「これで足りますか」
×　×　×
黙々と、破れた皮を修理してゆく職人(工程を点描で)。
じっと見ているいと。

73　**相馬家・仏間**
三味線で「津軽じょんから節」を弾いているハツヱ。

帰宅したいとが入って来て、ハツヱの演奏を聴いている。

いと、三味線をケースから出し、調弦する。

どちらからともなく、演奏が始まる。

互いの音を聴きながら、弾き続ける二人。

74　**青森市街・どこか**
工藤がカメラを構えている。

その先に、メイド服姿で三味線を構えたいとが立っている。

工藤、シャッターを切っていく。

75　**津軽メイド珈琲店・厨房**
作業台に材料が散乱している。

幸子、手書きのレシピを見ながら、新メニューのデザートを試作している。傍らに樹里杏。

幸子「はいでぎだ」

味見する樹里杏。

樹里杏「クリームがもたついでる。思わせぶりな重厚感」

自ら砂糖の分量を量り出す樹里杏。

76　**津軽メイド珈琲店・事務室**
智美、ペンダブレットを使い、工藤が撮ったいとの写真と、智美のイラストのコラージュでポスターデザインを作っていく。

77　**青森市街・昭和通り商店街**
並ぶ店々の窓ガラスに、ポスターを貼ってゆく工藤。ポスターの文字「津軽メイド珈琲店　◯月◯日　心機一転リニューアル」。

78　**津軽メイド珈琲店・ホール**
店のドアが開く。登山姿の耕一が立つ。髭が生え服は薄汚れている。
幸子「ご主人様のご帰宅でーす」
工藤・智美「お帰りなさいませ、ご主人様」
幸子、テーブル席に耕一を案内する。
耕一、落ち着かない様子。
耕一「アメリカン下さい」
幸子「かしこまりました。大きなお荷物。チョモランマからのお帰りですか?」
耕一「(困って)……はい」
幸子「(ニコニコと)はい」
厨房から出て来たいと、耕一の姿を思わず二度見し、反射的にカウンターの中にしゃがんで隠れる。
耕一、壁に貼ってある張り紙を見ている。いとが写ったポスター。文言「津軽メイド珈琲店は◯月◯日より心機一転リニューアルいたします」。
いと、しばらくカウンターに隠れていたが、
いと「店長」
工藤「ん?」
立ち上がるいと。
いと「珈琲、わあに淹れさせでくれませんか」
工藤「え?　まだ早いな」
いと「お願いします」
工藤「まだだな」
いと「お願いします。教えでください」
いとの粘りに負け、立ち位置を譲る工藤。

耕一、いとの姿に気付く。
珈琲豆を挽くいと。
智美、いとにこっそりと、
智美「あの山登りおじさん注意。さっきから
いとちゃんにねちっこい視線飛ばしてる」
いと「とっちゃです」
智美「わい」
いと、挽いた豆にお湯を注ぐ。膨らむ豆。

×　　×　　×

珈琲とアップルパイを運ぶいと。

耕一のテーブルまで来て、差し出す。

しばらく無言の二人。

耕一が口を開く。

耕一「（正しい津軽弁の発音で）けっぱれ」

いと、頷く。

耕一の元を離れ、他の客の接客を行ういと。

耕一、珈琲を口にしてみる。アップルパイも食べる。

×　　×　　×

（時間経過）

耕一のいたテーブルに誰もいなくなった。

空になった皿とコーヒーカップ。その傍らに、「め」と手書きで書かれた紙ナプキン。

79　相馬家・縁側

いと、ヤスリで左手の人差し指の爪に、溝を作っている。

終えて、その指の溝に糸をはめ、鳴り具合を確かめる。何度もつまずきながら、音を探りながら練習を続けるいと。

80　青森市街

メイド服姿で、通行人にチラシを配っている幸子、智美。
幸子「津軽メイド珈琲店、リニューアルオープンです」
智美「メニューもお値段も、一新！　青森一の喫茶店、目指します」
幸子「夕方からメイドの三味線ライブもあります。ぜひいらしてくださーい」

×　　×　　×

別場所。

チンドン屋の格好をし楽器を持った青木、山本、赤平、背中にポスターを背負った鳴海が練り歩く。

行き交う若者や子供が物珍しさに笑っている。

81　相馬家・洗面所

メイド服を懸命に押し洗いしているいと。

82　同・庭

物干し竿にメイド服を干すいと。

83　同・いとの部屋（翌朝）

鏡の前で、メイド服に着替えるいと。

84　同・玄関

階段を降りてくるいと。ハツヱ、メイド服姿のいとに、
ハツヱ「わい。めごいじゃ」
いと「ばば、わあの手触ってけ」
いと、手を出す。触るハツヱ。

85　板柳町・道

三味線ケースを持ったメイド服姿のいと、闊歩する。すれ違った人、物珍しそうにいとを見る。

86　小笠原商事ビルディング・建物前

智美の手書きイラストとリニューアルオープンの案内が描かれた三角看板が置かれている。

87　津軽メイド珈琲店・事務室

いと、幸子、智美、鏡の前、化粧をしたり、カチューシャをつけたり、身なりを整えている。

三姉妹のようである。

88 津軽メイド珈琲店・ホール

時計の針は午前十一時半をさしている。

まだ客の誰もいない店内。

ドアが開いて、新規の客が二人、入ってくる。

工藤、幸子、智美、一斉にそちらへ挨拶する。

いと「おけえりなさいまし、ごす、ごすずん様」

× × ×

夕刻が近づく。新規の客も帰り、客足はパタリと途絶える。店内の客はチンドン屋スタイルの青木、山本、赤平、鳴海、そしてハツヱ。

ハツヱ、智美にオーダーする。

ハツヱ「Cappuccino」

　完璧な外国語の発音。

智美「オーケーマダム」

　八戸が入って来る。

八戸「おらの人脈全部持ってきたどぉ」

　ツアーコンダクターさながら、中高年の男女数人を誘導する八戸。

89 同・事務室

時計は16時を指している。

いと、三味線に、丁寧に糸を張る。

90 同・ホール

ステージに、マイクを握った智美が立つ。

智美「じゃあそろそろ始めますか……」

　常連客たちが大半の客席。

智美「えー皆様、本日は津軽メイド珈琲店にお越しいただき、誠にありがとうございます。私が当店のエースメイド、MC智ちゃんでーす」

　智美のMCに客が沸く。

91 同・事務室

智美のMCが聞こえている。

糸を張り終え、緊張で固まるいと。

92 同・ホール

智美「蒸し返すのもなんですが……当店の前オーナーの成田が、逮捕され、この店は存続危機の最中にあります。工藤店長、幸子さんに私、そしてこれから三味線を弾くいと、たった四人のこの小さな店の行く末は前途多難。まだまだ不確かです……」
　八戸が声援を送る。
八戸「おらんどみんな不確かだ。生きるってそういうことだべ。みんなで頑張るべや」
智美「はい、ありがとう、ございます」
　と少し涙ぐむ。
智美「……それではご紹介します、相馬いと、お出ましです！」
　いとが姿を見せ、拍手の中、棒が歩いているようなぎこちない動きでステージへ向かう。
　いと、ステージの椅子に座り、靴と靴下を脱ぎ始める。
智美「おいおい。なんか一言」
　智美、マイクをいとに向ける。
いと「（客席を見て）が頑張ります」
　早苗がいて、小さくいとに手を振っている。
　ハツヱもいとを見守る。
智美「終わり？　えー、曲は何を？」
いと「『津軽あいや節』という、わあが小せえ頃一番最初にばばの三味線ば聴いでおべだ曲です」
智美「津軽あいや節。どんな曲？」
いと「熊本がら流れで来た『はいや』が訛って『あいや』さなったそんで……『はいや』というのは、『はえ』という南風のことで、船乗りが強い風がおさまるのを願って歌ったと言われでいます」
智美「（感心し）はー。船乗りは今のうちらみたいってことだ？（とマイクをいとに向ける）」
　緊張でリアクションができないいと。

智美「……それでは。相馬いと、『津軽あいや節』」

いと、智美のマイクを引き寄せ、
いと「……わあは、好ぎだように弾ぎます。だはんで、皆さんも、お喋りしてもいいし、アップルパイ食べでもいいし……好きだように、してください」

拍手が起こる。

調弦するいと。

演奏が始まる。

独特のリズムと間で奏でられる音楽。

いとの音を聴く、ハツヱ。

思い思いにその場を過ごす人々。

最初は脚を閉じ弾いていたいと、演奏が進むにつれて自ずと脚が開き、いつのまにか大股開きになっている。

だが表情に力みはなく、たおやかである。

店全体に、穏やかな空気が流れている。

93 岩木山

急勾配の山道を登っていくいと。その後ろ、耕一。

耕一「急ぐなよ。ゆっくり」

所々険しいポイントがある。初めての山登りに苦戦しながらも、着実に登って行くいと。

× × ×

頂上を目の前にするいとと耕一。登り切る。
耕一「着いたー！」
眼下に広がる、津軽平野。
息を切らす二人。空気を思いっきり吸う。
いと「わあんどの家、あっちだが？」
耕一「いや、もっとあっちだ」
いと「いつもあそごさ居るのが、わあだぢ。ちっちぇな」
耕一「小せえなあ」
いと、その方向に向かって、手を振る。
いと「(叫んで) おーい！ おーい！」
いつまでも手を振っているいと。

94 津軽メイド珈琲店・ホール

日曜日、半分以上の席が埋まって居る店内。

忙しそうに店を回している工藤・幸子・智美。

95 同・事務室

鏡に写る自分をじっと見ているいと。

ドアがノックされ、幸子が入ってくる。

幸子「どんだ？ 準備でぎだ？」

いと「はい」

幸子「いと、おめ、髪ボサボサだ」

と、いとの頭を触ろうとするが、ハッとして手を引っ込める。

いと、自ら幸子の前に座り、カチューシャを外す。

幸子「……」

幸子、座ったいとの髪の毛を、背後から梳かしてやる。

幸子「きれんだ髪だな」

いとの目に涙が現れ、落ちる。

黙っていとの髪を梳き続ける幸子。

幸子「よし。行ってらっしゃい」

いと「行ってきます」

いと、立ち上がり、三味線を抱え、出て行く。


【了】

孤狼の血 LEVEL2

池上純哉

〈脚本家略歴〉

池上純哉（いけがみ　じゅんや）

高橋伴明、市川準、犬童一心、西谷弘らの監督作品で助監督・監督補を務め、『愛の新世界』、『メゾン・ド・ヒミコ』、『容疑者Xの献身』など、多くの作品に参加。テレビドラマ『任侠ヘルパー』から本格的に脚本家としての活動を始める。主な脚本作品：【映画】『任侠ヘルパー』、『日本で一番悪い奴ら』、『孤狼の血』、『孤狼の血 LEVEL2』、ほか。【テレビドラマ】『ガリレオXX 内海薫最後の事件』、『極悪がんぼ』、『刑事ゆがみ』、『相棒』シリーズ、『SUITS／スーツ』ほか。

監督：白石和彌

原作：柚月裕子「孤狼の血」シリーズ（角川文庫／KADOKAWA刊）

製作：「孤狼の血 LEVEL2」製作委員会

企画協力：KADOKAWA

製作プロダクション：東映東京撮影所

配給：東映

〈スタッフ〉

企画・プロデュース　紀伊宗之

プロデューサー　天野和人

高橋大典

加藤航平

撮影　今村力

美術　川井稔

照明　浦田和治

録音　加藤ひとみ

編集　安川午朗

音楽

〈キャスト〉

日岡秀一　松坂桃李

上林成浩　鈴木亮平

近田幸太　村上虹郎

近田真緒　西野七瀬

吉田滋　音尾琢真

花田優　早乙女太一

天木幸男　渋川清彦

佐伯昌利　毎熊克哉

神原千晶　筧美和子

神原憲一　青柳翔

橘雄馬　斎藤工

瀬島孝之　中村梅雀

嵯峨大輔　滝藤賢一

友竹啓二　矢島健一

中神悟　三宅弘城

瀬島百合子　宮崎美子

角谷洋二　寺島進

溝口明　宇梶剛士

五十子環　かたせ梨乃

高坂隆文　中村獅童

綿船陽三　吉田鋼太郎

1 呉原港・停車したワゴン・車内（夜）

頭に懐中電灯をつけたチンピラどもが（浅井、西山、三村）、拳銃にせっせと弾を込めている。

運転席には、最年少の近田幸太（通称チンタ・20）。

チンタ「（怖々と後方をミラー越しに見て）……」

浅井「（ミラー越しに目が合い）なんなぁ？」

チンタ「（首を振り）なんも……」

浅井「われもチャカぶっ放したいんか？」

チンタ「……」

三村「ほうじゃろうがチンタ、早う一人前になりたいんよのう」

チンタ「……（頷く）」

西山「……おっしゃ、ほんならこれ持っとけ」

チンタ「えっ、ほんまに――（と驚き振り返る）」

西山、チンタに果物ナイフを差し出している。

西山「（席を蹴り）アホか、わりゃこれでチンコの皮でも剥いとりゃええんじゃい、チャカいうて百万年早いんじゃ！」

チンタ「（ナイフを受け取って）……」

浅井たちは爆笑し、拳銃をズボンに突っ込む。

浅井「おっしゃ兄貴の出所祝いじゃ、尾谷のチンカスども、足腰立たんようにしちゃろうじゃないの」

2 呉原の街

ワゴン車が物凄いスピードで走り抜けていく――。

タイトル。「平成3年、広島県呉原市――」

3 とあるビル・便所

便所から鼻歌が聞こえる。『狼なんか怖くない』だ。

× × ×

個室の中、防弾チョッキを着ている男がいて。

4 呉原の歓楽街

飲食ビルの前にワゴンが急停車する――。

浅井「エンジンかけて待っちょれ！」

チンタ「はいっ！」

階段を駆け上がっていく浅井たちを見送るチンタ。

すると、イヤホンをした男たちがビルの前に現れる。

呉原東署の友竹（55）や菊地（39）らだ。

チンタ「！――（思わず身を隠して）」

5 飲食ビル・階段〜クラブ店内

三村「どかんかいこら、ぶち回すどっ！」

チンピラどもは階段を駆け上がり、とある店の前で銃を出す。目配せし合うと、一同は店に入っていく！

店内は多くの客たちで賑わっている。

西山「尾谷の橘はどこじゃっ、出てこんかい！」

西山が一発発砲し、ホステスらから悲鳴が上がる！

騒然となる店内――。

西山「おどれかっ（と近くに座る男を振り向かせる）――」

それは、呉原東署の日岡秀一（28）である。

西山「わ、わりゃ――」

日岡「わざわざ広島から出張ってもろうてご苦労じゃったがのう、おどれら全員逮捕じゃ」

三村「（気づき）こ、こんならぁみなマッポじゃ！」

客たちはみな、ヤクザのような厳つい風貌である。

その中に、刑事二課の有原（36）の姿もある。

有原「ほいじゃぁ、チャカそこに並べてもらえるかいのう」
西山「……逃げえ！（と逃げ出す）」
　有原や警官たち、一斉に浅井らを抑えにかかる。
浅井「舐めんなやっ（と数発発砲する！）」
　機動隊が一瞬怯む。浅井、その隙に逃げる――。

6　同・階段〜表

　浅井、駆け下りてくる。逃げ惑う客たち。表に飛び出してくると、そこには友竹と菊地。
友竹「そがぁな物騒なもん持ってどこぞに行くんね？」
浅井「！……どけやポリ公！（銃を構える）」
　その浅井を、日岡が背後から蹴倒す――。浅井はあっさり菊地に組み伏せられる。車から見ていたチンタ……その手にはナイフがある。
チンタ「……（意を決し、車から飛び出す）おらあああ！――」
　チンタ、日岡の背に体ごとぶつかっていく――！
日岡「（痛みに顔を歪め）！――」
友竹「！　こんガキャなんしょーんならっ！」
　友竹、チンタを引き倒す。血染めのナイフが落ちる。
　倒れ込む日岡、その顔から血の気が引いていく。
日岡「……」

7　呉原東署・取調室（日替わり）

　友竹、チンタの髪を鷲掴みにして机に押しつける。
友竹「幾らノータリンでもわかるじゃろうがい、刑事をぶっ刺しといてただで済む世界がどこにあるんじゃこんボケが！」
チンタ「すんません！　ほんますんません！」
友竹「すまんで済んだら不動産屋はいらんのんじゃ！」
　ドアが開く――日岡、背中をさすりながら現れる。
菊地「日岡、大丈夫なんか？」
日岡「（頷き）……外してもろうてもええですか」
友竹「（小声で）あんま無茶すんなや」
日岡「（頷く）」
　友竹と菊地、出て行く。シンと静まり返る取調室。
日岡「（チンタの前に座って）……」
チンタ「……」
日岡「（グイと顔を近づけ）……このクソボケ誰がナイフ使え言うたんじゃ、チャカ使う約束じゃろうが！」
チンタ「いやいや、兄貴がチャカは百万年早い言うけえ――」
日岡「防弾チョッキ着とった意味がなあじゃなあの！」
チンタ「チョッキ着とりゃナイフも刺さらんのかと――」
日岡「（胸倉を掴み）のうチンタ……わりゃ本気でわしを殺そう思うたん違うんか、おう？」
チンタ「（微笑み）アホ言わんでよう、わしゃほんまの兄ちゃんじゃあ思うてひーさん尊敬しとるんじゃけ――」
日岡「（口を塞ぎ）アホ、署内じゃろ！」
チンタ「ごめん！」
日岡「ったく、挙げ句に簡単に捕まりゃぁがって、こんなの姉ちゃんにどがぁに説明すりゃあええんじゃこのドアホが！」
　日岡、苛立たしげに煙草を出し、咥える。
チンタ「ほんまにごめん……（と自分も煙草を咥える）」
日岡「アホ、わりゃ何をしくさって――」
　日岡、殴るが、チンタはスウェーして避ける。
　チンタ、悠然と火を着けると、旨そうに吸う。
チンタ「はー、一ぺん取調室で吸うてみたかったんよ」

日岡「……」
日岡、怒りを通り越し思わず笑ってしまう。
チンタも笑って。

8 呉原東署・近くの道

日岡、警察署から出ると、裏路地に入っていく。
そこには白いベンツが路駐してある。
乗り込もうとした時、気配を感じて振り返る——。
日岡「?……」
誰もおらず、日岡はベンツに乗り込む。
その姿に、望遠カメラのシャッターが切られて。

9 尾谷組事務所・広間

胴元が紙下を盆に置くと、「入りました、張って下さい！」と合力たちから威勢の良い掛け声が上がる。
手本引が行われているのだ。
奥の間では日岡が、組長代行の天木幸男（50）、若頭の橘雄馬（39）、花田優（31）らと会っている。
橘「さすがの情報網じゃのう、阿呆どもが入れ食いじゃったそうじゃなぁの」
日岡「尾谷の庭を土足で荒らされるわけにいかんでしょ」
天木「こがいに上手いこと仕切られたら経費がかかってかなわんのう。おう、ボン（と若衆に目配せする）」
若衆の柳島（19）、日岡に封筒を差し出す。
天木「（広間の方を見て）ちぃと遊んでったらどうじゃ」
日岡「（苦笑して受け取り）冗談言わんで下さいよ。そういや代行、網走に行っとったんでしょ？　一之瀬のオヤジはどがぁでした」
天木「おう元気なもんじゃ、ピンピンしちょったわい」
壁に、尾谷組組長・一之瀬守孝の写真がある。
橘「網走番外地じゃ言うても、今どきのムショは冷暖房完備じゃけえのう。日岡さんには、くれぐれもよろしゅう伝えてくれぇ言うちょったわ」
日岡「ほうですか、そら安心しました」
と、花田がポツリと口を開く。
花田「オヤジは、五十子のことを心配しちょりましたのう」
日岡「五十子？……（笑）もう死んどるじゃなあの」
花田「上林いう五十子の右腕じゃった奴が、出所するいうて」
橘「アホか、あがいなわやしょーる奴どがいにもなるかぁや」
日岡「のう花田、五十子の右腕じゃぁ左足じゃぁ知りゃあせんがのう、五十子会は組織としてもはや体をなしちょらんわ。今日も4人パクったし、風前の灯火いうやっちゃ」
花田「……」
狼のジッポを出し、ボッと火を着ける日岡。

10 徳島刑務所・懲罰房（日替わり）

まだ未完成の毘沙門天の刺青がYシャツで覆われる。
五十子会の若中・上林成浩（うえばやししげひろ）（33）だ。
タイトル。『徳島刑務所——』

11 同・刑務所・表

上林、看守の神原憲一（38）と共に現れる。
二人は表門に向かい、歩いていく。
上林「神原さんには、ほんまお世話になりました」
神原「……心にもないこと言わんでええわ」
上林「いえ、嘘偽らざる本心です……もうムショだけは懲り懲りですわ。二度と戻らんように、シャバで精進します」

深々とお辞儀する上林を、神原は醒めた目で見る。

門が開き上林が外に出ると、舎弟たちが出迎える。

一同「ご苦労さんでした！」

舎弟頭・佐伯昌利（31）と戸倉毅（25）ら、数名しかいない。戸倉は、五十子正平の遺影を持っている。

上林「（ため息交じりに見て）……」

佐伯「すんません……兄貴の出所祝いにと思うて尾谷に襲撃掛けたんですが、サツに先回りされまして」

上林「二代目は？」

佐伯「一応、連絡はしたんですが……」

上林「あのクソ狸……（と車に乗り込んで）」

12 神原家・表（夕）

『神原ピアノ・エレクトーン教室』の看板。

13 同・中

発表会のプログラムを作っている神原千晶（29）。

チャイムが鳴り、千晶は玄関に向かう。

千晶「はい……」

ドアを開けると、突然室内に押し込まれる——。

千晶「！——」

暴れる千晶だが、佐伯と戸倉が押さえつける。

千晶「何なんねあんたら！」

戸倉「黙れやこらっ」

戸倉、千晶の口を塞ぐ。暴れる千晶。

と、玄関に上林が現れる。

千晶「（口を塞がれたまま上林を見つめて）……」

上林、飾られていた家族写真を手に取る。

上林「兄ちゃんには、ムショでえっと世話になったんよ」

写真には、千晶と並んで神原憲一が映っている。

上林「毎日毎日飽きもせんと殴り倒してくれてのう……わしゃ実の親にもあがいに糞味噌にされたことはないで」

千晶、逃げようと戸倉の指に噛みつく！

戸倉「痛っ！——」

千晶「（逃げ出し）誰か、助け——」

上林、そんな千晶の頬を写真立てで張り倒す！

崩れ落ちる千晶——。痛みと衝撃で動けない……。

恐怖が込み上げた目で上林を見つめる。

上林「……そがいな目で見んでくれぇや……」

千晶「（恐怖に顔を歪め）……お願い、堪忍してっ」

上林、千晶の顔を両手で鷲掴みする——。

上林「……なんでそがいな目でわしを見よるんじゃ……」

千晶「（口は動くが声にならない）……」

上林の親指が、千晶の両目にめり込んでいく。

上林「……恨むんなら、兄ちゃんを恨むんで（力を込める）」

千晶「！——（叫ぶ）」

14 モノクロのスチールがモンタージュする

建設ラッシュが続く広島市内の写真——。

N「時代は、昭和から平成へと変わった。バブル景気冷めやらぬ広島では、暴力団抗争は小康状態にあった」

尾谷組と広島仁正会の手打ち式の写真——。盃を交わす尾谷組の天木と、仁正会会長・綿船陽三（70）。

N「呉原市を拠点とする暴力団『尾谷組』が、広島最大の広域暴力団『広島仁正会』と手打ちを行い、十数年に渡る抗争に終止符を打ったためだ」

尾谷組と広島仁正会の集合写真。

五十子会二代目を襲名する角谷洋二

（56）の姿——。

N「その手打ちを裏で仕切ったのは、呉原東署の刑事・日岡秀一であった」

望遠で盗撮された日岡の写真がモンタージュして。

N「だが抗争の火種は、沸々とまた燃え上がろうとしていた」

古い集合写真。五十子と並ぶ、若き日の上林の姿。

N「日岡によって壊滅状態に追い込まれた、五十子会の残党たちによって——」

○メインタイトル『孤狼の血Ⅱ』

15 近田家・表（日替わり・朝）

鉄橋の下に、安普請の家がある。
鶏小屋の前に、日岡のベンツが停まっている。

16 同・中

日岡は、近田真緒（26）に頭を下げる。

日岡「すまんかった、事後承諾になってしもうて……チンタはちぃと、ムショに入ってもらうことになる」

真緒、ムッとした表情で日岡を見ている。

真緒「……またスパイみとうなことさせたん?」

日岡「お国の仕事じゃないの」

真緒「うちはあの子を極道にさせたくなかったけえ、ガミさんの弟子じゃったあんたに面倒を任せたんよ？　いつになったらあの子はチンピラから足を洗うんよ！」

日岡「アホ、声がデカいわぃ！（と庭を見る）」

弟・孝一（8）と妹・真理亜（6）が遊んでいる。
家族写真にはチンタを含めた4人兄弟の姿がある。

日岡「ほんまにこれが最後じゃ。信じてくれ……出所したらちゃぁんとわしがカタギの仕事を世話しちゃるけえ」

真緒「ほいじゃけどそういう問題じゃ——」

日岡「悪いがへとへとなんよ、ちぃと寝かしてくれぇや」

奥の間に向かう日岡に、真緒は舌打ちする。
日岡が着替えていると、背後に孝一と真理亜が来る。

孝一「（小声で）ひーさん?」

日岡「?」

孝一、隠し持っていた封筒を日岡に渡す。
封筒には、『駐下関大韓民国総領事』とある。

日岡「……（小声）姉ちゃんには?」

孝一と真理亜「（横に首を振って）」

日岡「ようやった。（金を出し）これで何か買うてこいや」

孝一「まいど」

真理亜「まいどまいど!」

二人は大喜びで駆け出していく。
真緒、ムッとしたまま台所で煙草を吸っている。
日岡が真緒を背中から抱く。

真緒「やめえ……」

日岡「一緒に風呂入ろうや」

真緒「アホ言ぃんさんな……」

日岡「（甘えるように）入ろうやぁ」

真緒「……（仕方なく笑うしかなくて）」

17 広島県警本部ビル・表（日替わり）

タイトル。『広島県警本部——』

18 同・会議室

多くの刑事たちが集まってきている。
『○○町ピアノ講師殺人事件』の貼り紙を、使い捨てカメラで撮影しているのは、瀬島孝之（59）。

中神「瀬島さん、何しょーんなら?」

県警捜査一課の刑事・中神悟（40）が声をかける。

瀬島「定年前にこがぁなゴツいヤマにつける

と思わんかったけえのう。ちぃと撮ってくれんね」

瀬島、カメラを中神に渡し、ピースサインを作る。と、刑事らは急に静まる。日岡が入ってきたのだ。

瀬島「どしたんよ?」

中神「(小声で) 応援で呉原から呼んだらしいですわ。ったく何が悲しゅうてあがぁな不良刑事、けったくそ悪いのう」

冷めた視線の中、日岡、席に着く。

上層部たちが現れ、日岡、指揮官を見て驚く。

管理官は監察時代の上司・嵯峨大輔(43)だ。

嵯峨「じゃ、始めましょうか」

日岡「……」

×　×　×

会議が始まっている。生前の神原千晶の写真。

中神「遺体は頭部、腹部、鼠蹊部に加え、角膜も損傷しとりまして、いま司法解剖で詳しい死因を調べとる状況です」

嵯峨「角膜? 目玉ってことか?」

中神「(頷き) えぐり取られとったようですわ (と座る)」

日岡、資料の遺体写真を見る。千晶には目玉がない。

日岡「……」

嵯峨「(立ち) 報告の通り、遺体の損傷は激しく、まだ犯人を特定する手がかりは見つかっていない。ただ――(と日岡を見て、微笑む) 久しぶり、日岡君」

日岡「……」

瀬島や中神ら刑事たちも日岡を見る。

嵯峨「実はガイ者の親族が妙な証言をしてな。これは五十子会の組員による犯行じゃないかって……」

日岡「五十子会?」

嵯峨「心当たりがあるんじゃ?」

日岡「いや、自分にゃ見当も……」

嵯峨「餅は餅屋って言うしな。五十子会周辺の捜査は日岡君に担当してもらおうかな」

日岡「……」

19　広島市内の寺・本堂

五十子正平の遺影を前に、法事が行われている。

五十子会二代目の角谷洋二と妻・華英(26)、五十子の未亡人・五十子環(45)らが上林の脇に控える。

綿船会長や理事の溝口明(40)ら幹部の姿もある。

坊主が読経を終え、一同は神妙に頭を下げる。

環「(泣き) あんた見てや、やっとシゲが帰ってきてくれたんよ! 良かったねあんた! うわあああ!」

上林に抱きつく環を、幹部たちは醒めた目で見て。

20　同・広間

法事を終え、食事をしている仁正会の面々。

上林が綿船会長ら幹部たちに挨拶をしている。

綿船「顔色もええし安心したわ、暫くゆっくりすりゃええよ、五十子の看板はちゃぁんと二代目が守っとったんじゃけえ」

角谷「(頭を下げ)」

上林「そうも言うとらりゃせんです、落とし前はつけませんと」

溝口「落とし前? (笑い) 何の話ね?」

上林「……尾谷を、潰すいうことです」

幹部たちは驚き顔を見合わせる。

角谷「すんません、このアホまだムショ呆けしとるようで」

綿船「のう上林、もう昭和は終わったんじゃ。わしらチャカじゃのうてビジネスで闘っとるんじゃない。抗争なんぞしとる暇があったら公文でも行って算盤でも勉強してこいや」

上林「ですが会長――」
溝口「(遮って) 聞こえんのんかいわりゃ、尾谷とはもう手打ちが済んどる言うとるんじゃ」
溝口の鋭い語気に、上林の目に殺気が漲る。
綿船「ここにおる溝口や二代目がのう、それこそ血の滲むような努力で尾谷と手打ちをしてくれたんで? それをわれの舎弟がまた呉原で殴り込み仕掛けたそうじゃなぁの、兄弟喧嘩して喜ぶんは警察だけじゃろうがアホンダラ」
角谷「わしの監督不行き届きです (と頭を下げる)」
綿船「ま、放免祝いに広島で一番儲かっとるビジネスマン紹介しちゃるけえ、その人の下で汗流してこいや。のう」
上林「……」

21 同・廊下

憮然とした上林が来ると、環が煙草を吸っていた。
環「惨めなもんじゃろう、どいつもこいつも牙抜かれてしもうて、金儲けしか考えとらんのよ」
広間では、二代目の角谷が綿船に酒を注いでいる。
環「ソンホ――」
上林「……」
環「うちはあんたを3年も待っとったんよ?……(見つめ) 早うお父ちゃん成仏させてやりたいんよ」
上林「……」

22 広島県警本部・表

サングラスをした日岡、本部から出てくる。
と、瀬島が遅れて追いかけてくる。
瀬島「おう兄ちゃん兄ちゃん、ちいと待ちんさいや」
日岡「(歩きながら) なにか?」
瀬島「なんじゃいうて、一応わしらコンビ組めいうことになったんじゃけえ。へっ、悪ぃのうこがぁなロートルで」
日岡「……よろしくお願いします」
瀬島「武勇伝はよう聞いとるんよ、あんたが大上の後を継いでからヤクザの抗争は見事になくなったんじゃけえ、うちの上層部は呉原に足向けて眠れんいうて――」
日岡「わしはお喋りしに広島まで来たわけじゃないんですよ」
瀬島「え?」
日岡「誰かがおらんようになれば誰かが代わりをせにゃならん……そんだけのことでしょう」
日岡、路上駐車していたベンツに乗り込む。
瀬島「……これ、あんたの?」
日岡「一緒に行かんのんですか?」
瀬島「……やりよるのう呉原のデカは (と乗り込む)」

23 『神原ピアノ・エレクトーン教室』・表

立入禁止になっており、ベンツが停まっている。
神原の声「証拠が、あるわけじゃないんです……」

24 同・中

神原憲一の事情聴取をしている日岡と瀬島。
神原「ただ上林なら、やりかねんかと……」
瀬島「ほいじゃけど資料じゃ、ムショじゃ模範囚じゃったって」
神原「いえ……奴は入所から出所まで、ずっと懲罰房に……」
日岡「懲罰房?」
神原「(頷く) ……」
上林の声「離せやコラ――」

×　×　×

徳島刑務所・中 (回想)。

数人の刑務官たちが、暴れる上林を全裸にしている。

神原の声「手当たり次第に喧嘩ふっかけるけえ、ある程度こっちも、力で押さえつけざるを得んような状況でして……」

上林は組み伏せられ、拘束着を着せられる。

上林「脱がさんかいっ、おどれら全員ぶち殺しちゃるど！」

神原「やってみい、こがぁな恰好で何日我慢出来るかのう！」

× × ×

数日後——拘束着で横たわっている上林。

両手足は雁字搦めで、噛みつき防止の轡をしている。身動き取れず、糞尿が垂れ流しになっている。

刑務官たちは顔をしかめ鼻をつまむ。

神原「のう上林、クソまみれじゃわれも恰好つかんじゃろ、ええ加減ルールくらい覚えたらどうじゃ、おう？」

上林「……神原さん、あんたぁ家族は広島じゃぁそうじゃのう」

神原「あ？」

上林「わしゃあんたの顔死んでも忘れんけえのう……あんたも、あんたの家族も、全員血祭りに上げちゃるわ」

神原「……ふざけんなぁこんのガキャ！（と殴りつける！）」

轡の上から思い切り殴り、骨の砕けた音がする。

上林「もっとやれや、おう⁉ わしを殺さん限りおどれは平穏無事に生きとらりゃぁせんのじゃけえ！」

神原「黙れっ！ 黙れぇやクソがっ！」

神原、拳から出血しながらも何度も殴りつける。

神原の声「一体どうすりゃあがいな人間が生まれるんか——」

× × ×

神原「わしらみな、早うに厄介払いしたかったんです……ほいじゃけえ、模範囚いう建前にして……」

日岡「……」

瀬島「……」

25 広島市・湾岸地区

高層ビルが建っている。

26 『パールエンタープライズ』・応接室

高層階の豪華なオフィス。真珠を形取ったレリーフ。

ソファに座っている上林。

吉田「会長から話は聞いちょりますわ、上林の兄貴が放免になったけえ、何かシノギを恵んでやっちょくれぇ言うて」

上林の前に、社長の吉田滋（40）が座っている。

上林「……仁正会の金庫番じゃぁ聞いたけえどがぁなやり手か思うたら、まさか加古村の褌担ぎとはのう。わりゃサツにチンコロして破門になったんじゃなあんか？」

吉田「（笑い）この通り綺麗さっぱり足洗ろうて、ビジネスで一からやり直しましてのう。お陰さんで今じゃ、お国の公共事業まで動かせるようになりましたわ」

煙草に火を着ける吉田の両手には小指がない。

秘書がお茶を出す。吉田、スカートに手を入れる。

秘書「キャ！」

吉田「アホ、会社におる時はパンツ脱いじょけぇ言うたじゃろ」

秘書、恥ずかしそうに去って行く。

吉田「おう、そういやぁ今度、五十子会の本部の上にごっつい高層ビル建てちゃろう思うちょるんですわ。兄貴には地上げでも手伝うてもらおうかのう」

上林「……わりゃオヤジの生まれた家をぶち壊そう言うんか？」

吉田「二代目とはもう話がついちょるんですわ」

上林の表情が一瞬止まる。
上林「……（急に笑い出す）」
吉田「……（釣られて笑って）」

27 広島市の繁華街（夜）

歩いてくる日岡。
周囲をさりげなく窺い、ビルの地下に降りていく。
その姿が望遠カメラで何者かから撮影されて――。

28 とある会員制クラブ・店内

日岡が煙草を咥えると、ママが火を着ける。
ママ「どうなんよ日岡くん、県警本部でのお勤めは」
日岡、仁正会の溝口、五十子会の角谷と飲んでいる。
日岡「転校生みとうな気分ですのう。皆わしがけ躓くんを待っとりますけえ、意地でも結果出しちゃろう思うとります」
溝口「任しとけ、上林のド阿呆パクるためならわしら幾らでも協力しちゃるわい、のう二代目？」
角谷「当たり前じゃ、せっかくわしらが手打ちしたんが、あがぁながんぼのせいで元の木阿弥じゃつまらんじゃろう」
日岡「（笑い）……善処します」
角谷「それよりのう日岡さん、あのアホが最初にパクられたんは中学ん時なんじゃが、なんしたか知っちょるか？」
日岡「たしか、殺しじゃ？　チンピラと喧嘩でも？」
角谷「（否定し）……血ぃ分けた両親を滅多刺ししよったんよ」
溝口「目ん玉までくり抜いたいう話じゃのう」
日岡「え？……」
角谷「頭に血が昇りゃ見境がなくなるけえ、うちのオヤジが首に縄つけちょったんじゃ。もうそのオヤジがおらんのじゃけえ、ムショにぶち込んで貰わんと道理に合わんのよ」
日岡「……」
と、携帯電話が鳴り、溝口が出る。
溝口「おうわしじゃ……おう、ほうか……わかったすぐ行くわ」
角谷「なんね、まだ宵の口じゃなぁか」
溝口「会長がお呼びじゃ」

29 『広島仁正会』本部・一室

ムッとした顔でウィスキーを飲んでいる綿船。
綿船の前に上林と吉田が座っている。吉田の顔は青ざめ、顔はやつれ切っている。
溝口「（来て）会長、えらい遅うなりまして……（上林と吉田を見て）どうしたんです？」
綿船「どうもこうもあるか、ここにおる吉田社長が、パールエンタを上林に譲る言い出しよったんじゃ」
溝口「え？……（吉田に）社長、何の冗談です？」
吉田「冗談じゃなあですよ……わしゃ上林さんのこと、昔から兄貴じゃ思うて慕っちょりましたんで……会社立ち上げたときから、兄貴に譲るつもりじゃったんです」
溝口「……（吉田の手を見る）」
吉田の震える手は、指が三本ずつしかない。
上林「そういうことですけえ、今後ともよろしゅう（と立つ）」
溝口「待たんかいコラ――」
上林「……なんですの？」
溝口「わりゃじなくそたれとったらいけんで、パールエンタは国や県相手にビジネスしとる会社じゃないの、給食当番代わるんとわけが違うんじゃ！」
綿船「ほうじゃほうじゃ、こんなぁにビジネスがわかるんか！」
上林「猿のセンズリみとうにビジネスビジネ

スうるさいのう、わしら所詮はそこらに転がっとる石っころでしょうが、石っころが見栄はっても、ケツが赤いんはすぐにバレるん違いますか?」
溝口「(胸倉を掴み) おう上林! 会長はのう、ケチなシノギしかないこんなが惨めじゃけえ吉田社長を紹介して下さったんじゃ、その恩に小便ぶっかけるような真似しくさって、生きて帰れる思うとるんか! おう!」
上林「……ほんなら殺してくれぇや」
溝口「なんじゃ?」
上林「(腕をほどき) 殺してみい言うとるんじゃ! 広島仁正会の屋台骨を支えとったんは誰ね、五十子のオヤジじゃなあか。そのオヤジが死んだらこれ幸いと組乗っ取ってビジネスマン気取りかいの、泥棒猫が厚かましいのう!」
溝口「わりゃ誰に向かって口を――」
上林「挙げ句によう恥ずかしげもなく尾谷と手ぇ組めたもんじゃ、おどれらにゃ仁義もクソもないんか!」
溝口「仁義じゃあ?……わりゃムショにおって日本語も忘れたんか、己が仁義通すんは会長に対してじゃろうが!」
上林「わしゃこのおっさんを親じゃ思うたことはないで」
綿船「おっさん?!」
上林「わしの親は五十子正平、ただ一人じゃ!」
溝口「こんのガキャ――(と殴りつける)」
倒れ込む上林――溝口は拳銃を出す!
しかし倒れた上林はアイスペールのアイスピックを握ると、振り向き様に溝口の米神(ママ)に突き刺す――!
溝口「!――」
溝口、声もなく膝から崩れ落ちる――。
綿船「ひいいい!」
吉田「!(思わず目を瞑る)」
上林、馬乗りになり何度もピックで顔面を突く――。
上林「さっきの威勢はどがぁしたんじゃ! おう⁉」
鮮血が飛び散るが、溝口はピクリともしない。
綿船、腰を抜かし小便を漏らす。

30 とある雑居ビル(上林のアジト・日替わり)

31 同・中

覚醒剤をパケに小分けしている戸倉とチンピラたち。
ドアベルが鳴り、戸倉は玄関に向かう。
ドアを開けると、日岡と瀬島の姿――。
戸倉「なんじゃいおどれら」
日岡「警察じゃ(と入ろうとして)」
戸倉「(止め) 待てボケこら、ポリが何の用じゃい!」
日岡、戸倉の目を見る。瞳孔が開き、血走っている。
上林「(来て) おう、なんの騒ぎじゃ」
奥に上林と佐伯が来る。日岡と上林、視線を交わす。
日岡「呉原東署の日岡いうもんじゃ。あんたが上林か?」
上林「呉原東じゃあ?……尾谷の犬が何の用じゃ」
日岡「〇〇町のピアノ教室で起きた事件を捜査しとるんじゃがのう、近くであんたを見たいう証言があったんじゃ」
瀬島「(驚き日岡を見て)……」
上林「令状は?」
日岡「ない」
上林「(笑い) じゃったら出直せぇや」
日岡、急に戸倉をどかすと奥のドアを開ける――。
パケを詰めていた者たち、驚きと共に振り返る。
瀬島「(驚いて)……」
日岡「最近の極道は『味の素』でも売って商

売しよるんか、おう？　家宅捜査すりゃもっとお宝は出て来そうじゃのう」
戸倉「汚ないでわりゃ！（と掴みかかる）」
　日岡、その腕を捻り、戸倉を押さえつける――。
日岡「（上林を見つめ）話、聞かせてくれんかのう」
上林「……入れや」

　×　×　×

　日岡と上林が対峙する。瀬島は後方に怖々控える。
上林「看守の神原さんいうたら、ムショで世話になった大恩人じゃ。出所したその足で妹さんに挨拶させてもろうたわ」
瀬島「（驚き）……」
日岡「出所日は9月15日、間違いないの？」
上林「（頷き）わしみとうな人間にわざわざお茶まで出してくれて、えらい別嬪さんの妹さんで驚いたのう？」
　佐伯や戸倉は、下卑た笑いを浮かべる。
日岡「……じゃ昨日の夜は？　どこにおった」
上林「昨日？　ピアノ教室の捜査じゃないんか」
日岡「ええけぇ聞かせてくれや。ちいと行方不明になった知り合いがおってのう」
上林「……夕べはわしら、ここで宴会じゃったわのう」
佐伯「へえ、流川のネエちゃん呼んでパーテーしとったんですわ。（瀬島に）今度刑事さんもどがぁですか？」
瀬島「遠慮しとくわ、公務員じゃけえ……」
日岡「……（立ち）わかった、邪魔したのう。（戸倉に）兄ちゃん、接客の時くらい薬抜いとけや」
戸倉「（睨み付け）……」
　日岡と瀬島、出口に向かう。
上林「ムショでちぃと耳にしたんじゃがのう」
日岡「（足を止め）……」
上林「うちのオヤジが呉原で殺られたんは、裏で東署のデカが糸引いちょったいう話じゃ」
瀬島「（驚いて）……」
日岡「……そうなんか？　初耳じゃ」
上林「東署に戻ったら同僚の皆さんに伝えてもらえるかのう……わしゃ必ずそのデカ見つけ出して、地獄見せちゃる」
日岡「……わりゃまたムショに戻りたいんか？」
上林「パクられりゃ次は網走じゃ。網走にゃオヤジを殺った一之瀬がおるけえのう、息の根止めるチャンスじゃわい」
日岡「……」
上林「……」

32　スチールがモンタージュする（日替わり）

　溝口の葬儀に参加する綿船、角谷、環らの姿。
N「広島仁正会ナンバー2の溝口を殺害する暴挙に出た上林だったが、その事実は隠蔽された」
　溝口の転落死体――その鑑識写真など。
N「溝口は転落死体で発見され、自殺として処理されたのだ」
　葬儀場で、上林は尾谷組の天木や橘らとすれ違う。
上林「（睨み付けて）……」
N「上林の犯行を隠蔽したのは、綿船会長自身であった」
　溝口の遺体に抱きつき、涙を流す綿船の姿。
N「綿船は以前より、広島県警と手を組むことで影響力を強めていた溝口を、排除したいと考えていたためである」
　二代目の角谷、苦々しい表情で溝口の遺影を見て。

33　呉原東署・地下廊下〜留置場

　日岡、地下廊下を進む。そこは、留置場

である。

N「ピアノ講師殺害事件の解決に向け捜査を進めていた日岡は、溝口に代わる情報提供者が必要となった」

留置房の前に立つ日岡。チンタが収監されている。

チンタ「（顔を上げ）ひーさん？……」

日岡「ちぃと頼みがあるんじゃ」

34 五十子会本部・表～中

『二代目五十子会本部』の看板がある邸宅。

上林、佐伯、戸倉が入っていくと、番犬のドーベルマンが、喧しく上林に吠えかかる。

角谷「おうシゲ、よう来たのう」

角谷と妻・華英の姿。華英はシーズーを抱いている。

角谷「（組員に）おうお前ら、ええ加減犬どもを黙らせろや、客人に失礼じゃろうが」

上林「（番犬を見て）身の危険を察しとるんかのう……」

角谷「あ？」

と、小さな銃声がし、番犬たちは突然動かなくなる。

佐伯の手に、サイレンサー付きの銃が握られている。

角谷「なんじゃ?!――」

上林「（ニヤリとして）」

N「そして一方の上林も、五十子正平の復讐を遂げるべく、動き出した」

35 スタンド『華』・店内（日替わり）

こぢんまりとした店内で接客している真緒。

常連客らが盛り上がっている。

ホステス「（来て）ママ」

真緒「？……（と入口を見る）」

チンタが立っている。

真緒「（驚き）あんた何しょーるん！……え、脱走?!」

チンタ「姉ちゃん、腹減った」

× × ×

鮨やつまみが並び、チンタが飯をかき込んでいる。

日岡は少し離れ、真緒と並んで酒を飲んでいる。

日岡、そっと真緒の膝に封筒を置く。

日岡「今月分じゃ」

真緒「（チラと見て）多過ぎん？」

日岡「テナント代が上がった言うとったじゃろ」

真緒「……随分優しいねぇ、またチンタに仕事さすん？」

日岡「……」

真緒「（笑い）わっかりやすいねほんま」

日岡「もう一遍だけじゃ……ほんまにこれで最後にする」

真緒、楽しそうに酒を飲んでいるチンタを見る。

真緒「（呟く）いつまで信じとりゃあええんじゃろ……」

日岡「え？」

真緒「（笑って首を振って）……」

36 広島県警本部・鑑識課（日替わり）

事件の押収品や資料が並んでいる。

沢渡「確かに、現場から上林の指紋は見つかってますわ」

鑑識の沢渡司（38）、日岡と瀬島に話す。

瀬島「ほんまに？ 決め手にはならんの？」

沢渡「犯行を決定づけるような証拠にはなりゃせんですのう」

日岡「科捜研からの報告は？」

沢渡「近々纏まるとは思うが……わしゃどーもヤクザの犯行には思えんのじゃ。こがぁな殺し方、異常犯罪者の手口じゃ」

目玉がえぐり取られている遺体の写真。

日岡「……いえ、これは上林の犯行です」

瀬島「え？」

37 同・廊下

鑑識課から出てくる日岡と瀬島。
瀬島「手口が似とる？　過去の犯行とか？」
日岡「ええ、上林の少年時代の事件資料を見れますか？」
瀬島「すぐに用意するわ。おお、それより今夜こそどうじゃ」
日岡「今夜？」
瀬島「……すっ惚けてからに、大事なこと忘れとろうが。わしらコンビ組んどんのに、まだ一度も飯食うとらんのんで？」
日岡「（ため息）そんなことですか……」
瀬島「大事なことじゃろうが！　相棒いうんはケツの穴見せ合うくらいにならにゃ出来ゃせんのじゃ。ただでさえわしゃあんたの分まで毎日毎日報告書書かされて――」
日岡「わかりました、じゃ今夜、どうです？」
瀬島「お、ほんまか?!」
と、背後からシャッター音がし、二人は振り返る。カメラを持って立っているのは、高坂隆文（43）。
高坂「わしも同席させてもらおうかのう」
日岡「……どちらさまです？」
高坂「（名刺を出し）安芸新聞社会部の高坂いいます」
日岡「ほんなら、わしじゃなくて広報官に（と行こうとして）」
高坂「わしが調べとるんは3年前のことでしてのう」
日岡「（止まり）……3年前？」
高坂「へえ、あんたが尾谷組の一之瀬唆して、五十子会長の首を獲らせたいうんはほんまですか？」
瀬島「（驚き、日岡を見て）……」
日岡「（笑い）バカバカしい、そんな力わしにありませんよ」
高坂「そうかのう……最近もどっかのチンピラを、勝手に留置場から出してしもうたいうて聞いたがのう」
瀬島「!?……」
日岡「……なるほど、何かこそこそ嗅ぎ回られとる気がしたんじゃが、お宅じゃったか」
高坂「嗅ぎ回るんがわしらの商売でしてのう」
日岡「……」
高坂「……」

38 五十子会本部・表

上林の手下たちが、新しい看板を掛けている。
『五十子会上林組』の文字。
上林「おう、ええ感じじゃなぁの」
上林の脇に、佐伯と吉田滋の姿。
佐伯「オヤジ、代紋の脇にパールエンタープライズの社名も入れよったらどうです？」
吉田「いやっ、そんなんしたら公共事業が――」
佐伯「冗談じゃいアホンダラ！（と蹴倒す）」
と、一台のバイクがやってくる。チンタである。
佐伯「こらビックリドッキリ栗饅頭じゃ……チンタじゃなあの！　わりゃパイされたんか？」
チンタ「（頷き）はい！」
佐伯「オヤジ、こいつ、尾谷に襲撃かけたメンバーですわ」
チンタ「（緊張し）……よろしゅうお願いします！」
と、上林は不意にチンタの顎を掴む。
チンタ「!……」
上林「（マジマジ顔を見て）ほうか、ご苦労じゃったのう」
チンタ「……」

39 同・広間

チンタ、掃除道具を持って広間に入ってくる。
広間の奥には大きなケージがあり、入っているのは犬ではなく、角谷と華英である。

チンタ「（驚いて）……」
と、そこに上林と佐伯、吉田らがやってくる。
佐伯はシーズーを抱いている。
チンタ「（掃除をして）……」
角谷と華英は拷問を受けたのか、傷だらけだ。裸にされ、首輪をかけられている。
上林「兄貴、協力してくれる気になったかのう……兄貴がマニラからチャカ仕入れて捌いとったんはもうわかっとるんじゃ、どこぞに隠しとるんね？」
角谷「のうシゲ……わしゃこっから解放してくれりゃ、なんぼでも協力するって言うとるじゃないっ」
上林「兄貴はなんか勘違いしとるようじゃがのう、わしゃ端から兄貴と取引する気はなぁで」
角谷「……」
上林「姐さんを袖にして組の看板ちょろまかすような人間をのう、例え先輩じゃいうて生かしとく訳にもいかんじゃろ。チャカの在処教えてくれたらどの道死んでもらうわい」
華英「（叫び声を上げて泣き始めて）」
上林「（ケージを蹴り）ギャーギャーじゃかあしいんじゃこのメス豚がっ、夕べたっぷりええ気持ちにさせてやったじゃなあの、まだ足らんのんかっ！　おう⁉」
角谷「おどりゃ、血も涙もないんかっ！　命だけでも堪忍してくれぇ言うとるだけじゃない！」
上林「命乞いしか出来んような極道に生きとる資格はなぁんじゃ！（と思い切りリードを引っ張る！）」
華英の首輪が引かれる――華英の顔が紅潮していく！
シーズーが鳴き喚く。吉田は思わず目を逸らす。
角谷「や、やめえ！　嫁は堪忍しちゃってくれ！」
上林「ほんなら兄貴も男気見せてみぃや！」
佐伯が別のリードを引く――角谷の首輪が引かれる！
角谷「！――」
上林「兄貴、早うしゃべらんと可愛い嫁はんが死んでしまうで」
角谷と華英の顔が紅潮し膨れ上がる――。
チンタ「……」
瀬島の声「上林の親殺しは、昭和47年6月――」

40　広島県警本部・資料室（夕）

日岡と瀬島、マイクロフィルムの資料を見ている。
瀬島「犯行現場は、○○区の自宅アパートじゃ」
現場となったアパート、両親の遺体の鑑識写真。
瀬島「親父はアル中で、どがいもならん穀潰しじゃったようじゃのう……上林は学校どころか飯もろくに与えられんと、親父の酒代稼ぐ為に窃盗までやらされとったらしい」
日岡、調書を見る。『殺さんと、わしが先に父ちゃんに殺される思いました』の文字。
日岡「……」
瀬島「それと母親は、あんたの言うた通りじゃったわ……」
資料には、目玉をえぐり取られた母親の遺体の写真。
日岡「（調書を読む）『母ちゃんは、わしが殴られよるん見て見ぬふりしとったけえ、一緒に殺しました』……」
調書には、全身痣だらけの少年の写真がある。
日岡「……」

41　五十子会本部・庭（夕）

庭に穴が掘られ、角谷と華英の遺体が落とされる。

チンタ「（怖々と見下ろして）……」
　上林、チンタにポリタンクを差し出す。
上林「燃やせぇや」
チンタ「え……」
上林「聞こえんのかっ！」
チンタ「はい！……」
　チンタ、震える手で灯油を遺体にかける。と、華英の遺体が急に痙攣しはじめる。
チンタ「！……」
　それを見て上林や佐伯らは爆笑する。
　チンタ、震える手で、紙に火を着ける――。
チンタ「（穴に火を放って）……」

42 瀬島の自宅アパート・表（夜）

　『瀬島』の表札がかかった部屋がある。
瀬島の声「ほんじゃ、改めてよろしく頼むわ」

43 同・中

　グラスのビールを一気に飲み干す日岡と瀬島。
　瀬島の妻・百合子（54）、料理を並べながら、
百合子「ごめんね、こんなんしか用意出来んのじゃけど」
日岡「こちらこそすいません、急に押しかけてしまって」
瀬島「大事な懇親会じゃけえ広島一安うて旨い店にしたんじゃ」
百合子「遠慮せんとゆっくりしてって（と立つ）」
　百合子、仏壇に小鉢を供える。少年の遺影がある。
日岡「（見て）……」
瀬島「（視線に気づき）おう……息子じゃ」
日岡「たしか、難病を患っとったとか」
百合子「（驚き日岡を見て）」
瀬島「……なんであんたそれ」
日岡「あ、すいません……いや実は、瀬島さんのことちょっと調べさせて貰うたんです」
瀬島「わしを？」
日岡「すいません……管理官の嵯峨さんとは、昔ちょっと因縁がありまして、自分をわざわざ広島に呼びつけたんは、何か裏でもあるんかと」
瀬島「じゃあんた、わしを管理官のスパイじゃと？」
日岡「……すいません」
百合子「（思わず吹き出す）」
瀬島「（笑い）聞いたか、わしも棄てたもんじゃないのう！」
百合子「ヒラで定年迎える人を大物扱いしてくれて有難いわぁ」
日岡「（笑って）」

44 同・表の道

　停車中の車に、安芸新聞の高坂が乗っている。
高坂「（瀬島の部屋を見上げて）……」

45 同・中

　酒はビールから焼酎に変わっている。
日岡「瀬島さんはずっと公安畑だったんですね」
瀬島「（頷き）あんたと違うてずっと裏街道じゃ。わしら夫婦は共産党にメシ食わしてもろうとったようなもんじゃ」
百合子「やめんさい、笑えん冗談は」
　百合子、呆れ顔でご飯をよそっている。
百合子「この人、毎週欠かさず刑事ドラマ見よるんよ。よっぽど殺人事件の捜査に未練があるんじゃぁ思うわ」
瀬島「当たり前じゃ、刑事捜査は警察官の花形じゃないの」
百合子「よかったねぇ、定年前に念願が叶って」
日岡「ただ……上林はちぃと厄介です」
瀬島「アホ、厄介なことあるか、政治犯に比べりゃ極道なんざ可愛いもんじゃ」

日岡「はい?」
瀬島「当たり前じゃろう、極道は自分は悪人じゃあいうて宣言して悪さをしとるんじゃけえ、むしろ健全じゃ」
瀬島、酔いの回った目でしみじみ言う。
瀬島「厄介なんは、正義面して悪さしよる奴らよ……己は正しいと思い込んでしもうとるけえ、まー始末に負えんわい」
百合子「あんま気にせんで、酔うといつもこの調子じゃけえ」
日岡「(苦笑して)」

46 同・表の道
ノックされ、高坂は車の窓を開ける。
柳島ら、尾谷組の若衆がいる。
柳島「高坂さん? 安芸新聞の」
高坂「だったらなんじゃ?」
柳島たち、高坂を車から引きずり出す!
高坂「おおこらっ、待て、何しょんなら!」

47 とあるビル・表(日替わり)
チンタのバイクが停まっている。

48 同・屋上
日岡「殺し?」
日岡と会っているチンタ。
チンタ「(頷き)二代目と姐さんが……」

日岡「……」
チンタ「あいつ、狂うちょる……女じゃろうが平気でわやくそにしょーるんじゃ、日ん玉までくりぬいて……」
日岡「……」
チンタ「あいつパクれるん? わし、いつまでこがいなこと──」
日岡「もうちぃと辛抱してくれぇや、こっちが慌てて動きゃこんなが疑われる。ほうじゃろう?」
チンタ「……(頷く)」
日岡「わしが動けるんはピアノ教室の事件じゃ、そっちはまだ何もわからんのか?」
チンタ、首を振る。思い詰めた表情。
チンタ「じきに、尾谷と戦争じゃ……オヤジは二代目が隠しちょったチャカをえっとガメたんよ、時間の問題じゃぁ思う」
日岡「……」
日岡、しばし黙り込んでしまう。
チンタ「……ひーさん?」
日岡「(我に返り)……わかった、殴り込みのタイミングがわかったら教えてくれぇや。わしはもう行かんと」
日岡、去ろうとすると、
チンタ「ほうじゃ、これありがとね」
チンタ、ポケットから何かを取り出す。
それは真新しい大韓民国のパスポートである。
チンタ「ひーさんさすがじゃわ、書類が完璧に揃っとったけえ、ぶち簡単に貰えたんよ」
日岡、パスポートを見る。チンタの顔写真と本名。
日岡「……(返し)真緒にはもう話したんか」
チンタ「……」
日岡「アホ、話すいう約束じゃろう!」
チンタ「大丈夫よ、姉ちゃんはわかってくれる……だって、あっちで母ちゃんと一緒に住むだけじゃし」
日岡「ほいじゃけど、こんなが向こうに渡りゃ弟らの面倒は真緒が一人で見にゃいけんし──」
チンタ「もう決めたんじゃ」
日岡「……」
チンタ「やっぱわしムリなんよ、日本で生きていくんは……コケにされるだけじゃけえ」
日岡「……」
チンタ「姉ちゃんは大丈夫よ、ひーさんがおるんじゃけえ」
日岡「……」

49 広島県警本部・近くの駐車場

日岡、ベンツから降りて本部に向かう。すると、高坂が現れる。高坂は痣だらけだ。

高坂「まるで極道のやり方じゃのう！」

日岡「……どがぁしたんですかその顔は」

高坂「惚けんなや、取材はやめえいうて尾谷組に脅されたんじゃなぁか、公権力が極道使って表現の自由を奪うんか！」

× × ×

揉めている日岡と高坂を、嵯峨が窓越しに見ている。

嵯峨「……」

× × ×

日岡「わかりましたよ……尾谷の連中には二度と手ぇ出さんようわしから話しときます。ほいじゃけぇ記者さんも、あまり無茶はせん方がええですよ（と行こうとして）」

高坂「待てや！……わしゃのう日岡さん、あんたは大上以上に問題がある思うとるんじゃ」

日岡「……はい？」

高坂「大上は泥を被るんが仕事じゃあわかってマル暴をやっとった。ほうじゃろう？」

日岡「何が言いたいんですか……」

高坂「けどあんたはどうよ？ 裏で極道と連んでやりたい放題しとる人間が、まるで正義の味方のような顔して天に愧じずいう態度じゃないの。そら幾ら何でもマズいじゃろう」

日岡、冷めた目で高坂を見る。

日岡「……何がマズいんです？」

高坂「あ？」

日岡「そうやってこの3年ひとりも抗争で死なんで済んどるんじゃないですか？ 大上さんが仕切っとった頃はどがぁだったですか、そこら中でドンパチしてカタギにまで死者が出て、お宅の新聞はそがぁな状態を望んどるんですか」

高坂「わしゃそんとなこと一言も――」

日岡「何が表現の自由じゃ、そがいなもん守って犠牲者出ても新聞は責任取りゃせんじゃない、こっちは必死に治安守っとるんじゃ、おどれら外野は黙って見とりゃええんじゃ！」

日岡、そう言うと去って行く。

× × ×

嵯峨「（見て）……」

50 輪転機が回る

『呉原東署の刑事が暴力団抗争に荷担か』『昭和63年の五十子会長殺害を巡って』の文字。

N「日岡の脅迫を受け、安芸新聞は3年前の五十子殺害に関する記事を掲載し、警察の事件への関与をスクープした」

51 広島県警本部・会議室

N「日岡は当然ながら、釈明を求められることとなった」

嵯峨ら上層部に釈明している日岡。

日岡「こんな記事ガセに決まっとるでしょうが、本当じゃあいうなら証拠を見せてくれんですか？」

嵯峨「証拠？」

日岡「勿論ですよ、（と嵯峨の眼前に迫り）まさか管理官、証拠もなしに部下を断罪しようという腹なんですか？」

嵯峨「（返答出来ず）……」

N「強気な態度を崩さない日岡だったが――」

52 もつ焼き屋・店内

N「記事の影響は、少しずつ裏社会へと浸透していった」

上林に名刺を出したのは、高坂だ。

上林「……じゃあんた、オヤジを嵌めたデカを知っとるんか」

高坂「当然じゃ。ただ……命がけで取った情報を簡単に渡すわけにゃいかんがのう」

上林「……命がけなんはわしらも一緒じゃ、相手が県警じゃろうが刺し違えちゃるわい」

高坂「（笑い）頼もしいこと言うてくれるじゃなぁの！　だいたいヤクザが仲良うビジネスなんぞしとったらおもろないんじゃ、ドンパチでもなけりゃ新聞が売れんじゃなぁの！」

N「大上亡き後、日岡が作り上げた秩序は――」

店の入口に立ち、見張りをしているチンタ。

チンタ「（密談する上林と高坂を見て）……」

N「こうして少しずつ――」

53　呉原の歓楽街（夜）

N「崩れていった」

呉原の通りを佐伯や戸倉が、肩で風切って歩く。

54　スタンド『華』・店内（夜）

佐伯や戸倉たちが飲んでいる。

佐伯、ホステスのスカートに手を入れる。

ホステス「キャ！（笑顔を作り）もーやめてよお兄さんっ」

佐伯「ブッサイクがスカすなや、減りゃせんじゃろうが！」

真緒、厨房から携帯電話でどこかに電話して……。

×　×　×

盛り上がっている佐伯らの席に真緒が来る。

佐伯「おう、ようやくママの登場じゃ、待っとったよ」

真緒「（座り）ここらじゃ見かけんねぇ、お仕事？」

佐伯「近々呉原で商売始めよう思うてのう、今日は下見じゃ。（真緒を見つめ）それにしてもチンタに似とらんのう」

真緒「（驚き）……上林組の人なん？」

佐伯「姉ちゃんが店やっとる聞いたけえ顔出したんよ。（小声）知り合いの姉貴とヤレる思うたら興奮するじゃろう？」

佐伯、真緒の手を掴み、股間を触らせようとする。

真緒「やめてっ、うちはそがいな店違うんよ、帰ってくれん？」

佐伯「（聞かず）安心せえ、チンタには黙っとくけえ」

真緒「ここは尾谷のシマなんよ？」

佐伯「だったらなんなんじゃい！」

と、そこに尾谷組の橘、花田らが入ってくる。

真緒「うちは忠告したけえね……」

佐伯「……」

取り巻きたちがすぐに立ち、メンチを切り合う。

橘「どしたんママ、しばらく来んうちに随分客のガラが悪うなったじゃない」

戸倉「おうおっさんわりゃ誰にものぉ言いよるんなら――」

戸倉が突っかかる――と、その喉元を花田が鷲掴みし床に叩きつける！　戸倉、一瞬で動かなくなる。

佐伯「……」

橘「やめとけや花田、野良犬が迷い込んでぎゃーこら鳴いとるだけじゃない、保健所にでも任せりゃええわ。（佐伯を見て）あっ、こら驚いた、上林組の佐伯さんじゃ？」

佐伯「白々しいんじゃ……」

橘「いらっしゃるんならお迎えに行きましたのに」

佐伯「……（舌打ちし）こがぁな田舎で飲むとたいぎいのう、おう、いぬるど（と立つ）」

佐伯、万札を数枚投げ、出て行く。若い衆が起こし、戸倉が意識を取り戻す。花田を睨み付ける。

戸倉「にいちゃん、ぶち殺しちゃるけえのう、ええの？」

花田「（鼻で笑って）」

真緒、肩をなで下ろして。

55 五十子会本部・一室

覚醒剤が、スプーンの上で溶かされている。
上林の部屋に入ってくるチンタ。
上林「おう、座れぇや」
チンタ「はい……（と座る）」
上林「こんなの姉ちゃん、呉原でスタンドしとるそうじゃのう」
チンタ「え……」
上林「なんで黙っとったんじゃ」
チンタ「……いや、それは——」
上林「尾谷のカスども、東署にがっつり守られとるけえのう、姉ちゃんに探りを入れてもらえんかのう」
チンタ、少しだけホッとし、
チンタ「……わかりました、姉ちゃんに頼んでみます……」
上林「ついでに、東署に日岡いうデカがおるんじゃが——」
チンタ「!……」
上林「そいつの家族も見つけといてくれぇや。いざっちゅう時に人質にしちゃるんじゃ。お母ちゃん目の前でいたぶられりゃ、警察手帳も意味がのうなるで」
上林が笑い、チンタも笑ってみせる。
チンタ「わかりました、やってみます……」
チンタが立ち上がろうとすると、上林が腕を掴む。
チンタ「⁉——」
上林、チンタを座らせると、袖をまくり上げる。
チンタ「えっ、オヤジ？……」
拒否しようとするチンタの腕を上林は離さない。
チンタ「オヤジ、わし——」
上林「怖がらんでええよ……ええとこ連れてっちゃるわい」
チンタ「……」
上林、注射器をチンタの静脈に刺す——。
チンタ「（思わず目を瞑って）!……」
上林、軍艦マーチを歌いながらシャブを流し込む。

56 呉原・歓楽街（日替わり・夕）

その軍艦マーチの声がオーバーラップして。
呉原の歓楽街を見回りする橘や花田らの姿がある。
と、そこに突然銃声が轟く——。
花田「（身を伏せ）!——」
橘「?……痛たたたっ、なんじゃいこらっ!」
橘、腹に銃弾を受け、大量に出血している。
花田「カシラ!……」
ちょうど店に向かおうとしていた真緒の姿もある。
真緒「!……」
Uターンする車からマスクの男が身を乗り出す。
男「殺す言うたじゃろう!　お⁉（と発砲する）」
花田、身を挺し橘を守る。真緒も這いつくばる。
車は走り去るが、真緒はその運転手を見て驚く。
チンタだ——チンタ、大声で叫びながら派手にハンドルを切り、周囲の人々を車で蹴散らす!
チンタ「邪魔なんじゃボケ、どけや!」
真緒「!——」

57 尾谷組事務所・中（夜）

橘「痛ぇっ!　何しょんじゃこのヤブ医者、ぶち殺すど!」
広間に医師と看護師がいて、橘の腹を縫合している。
事務所内は殺気立っている。
組長代行の天木に、日岡が追いすがる。
日岡「代行、わしは泣き寝入りしろとは言っとらんのです、直接わしが会長と話するまでちぃと我慢して欲しいんです！」
天木「（無視して煙草を吸って）」
日岡「代行！」
　と、花田が柳島ら若衆を連れ、出て行こうとする。
日岡「（見て）おう花田、わりゃどこぞに行く気じゃ！」
花田「……爆弾落とされたんじゃ、黙っとりゃせんじゃろう」
柳島「どかんかいわりゃあ！」
日岡「やかましいんじゃ小僧！（と張り倒し）……花田、わしゃ一之瀬のオヤジからこの組任されとるんじゃ、わしに逆らうんはオヤジに逆らういうこっちゃ、わかっとるんか！」
花田「（睨み付け）……」
橘「あんたぁどの口でそがぁなこと言うちょるの……」
日岡「？」
　橘、腹の痛みを堪えながら日岡を睨み付ける。
橘「オヤジがあんたを許したんは五十子の手打ちを優先したけえじゃ……けどあんたがオヤジを嵌めた事実は変わらんど、わしら誰一人としてあんたを許しとりゃせんよ？」
　壁に飾られている一之瀬の写真。
日岡「……」
花田「どけや！　わしらぁポリの人形じゃないんじゃ！」
　花田が行こうとして、日岡と掴み合いになる――日岡は花田を組み伏せ、銃を出し天井に一発発砲する！
花田「！――」
　日岡、銃口を花田の口に突っ込む――！
日岡「おどれらぁ一歩でも動いてみい、こんガキぶち殺すぞ！」
花田「！――」
天木「（鋭い目で見つめ）……」
橘「……」
日岡「口答えしょーんは全員ブタ箱叩き込んじゃる、ええのう！」
花田「（血走った目で睨み付けて）……」

58　小さな床屋・表（日替わり）

　床屋の前に高級車が停まり、見張りが立っている。
日岡の声「会長、このままじゃ抗争になりますよ？――」

59　同・店内

　日岡、髭の手入れをする綿船の背後に立つ。
綿船「んなことわしに言われても……あのがんぼたれは言うこと聞きゃせんのじゃ。わしゃ必死に止めとるんじゃけえ」
日岡「抗争になりゃ県警も動かざるを得んです、仁正会の本部に手入れが入ってもええんですね？」
綿船「そら困るわ！」
日岡「なら会長が責任持って上林を押さえ込んでくれんと――」
綿船「けど困るんは……あんたも一緒じゃないの？」
日岡「……はい？」
綿船「わしじゃって新聞くらい読むわいや……この3年、広島の極道は大なり小なりあんたの思惑通りに動いてきたんじゃなぁの。それがちぃと問題が起きりゃ、わしら極道だけお灸据えられるいうんは不公平じゃ。（組員に）おう」
　組員、綿船に煙草を渡し、火を着けようとする。
　と、先に日岡がジッポを出し、火を着ける。
日岡「けどこのままいうわけにはいかんでしょ！」
　綿船、ゆっくりと煙を吐き出す。
綿船「そういやもう日本に狼はおらんのんよのう……」
日岡「は？」

綿船、日岡のジッポを見る。狼のマーク。
綿船「狼は凶暴になり過ぎて手に負えんようになってしもうたけえ、人間様が根絶やしにしてしもうたんじゃ……強うなり過ぎるんも考えもんじゃのう」
日岡「……」
と、ドアが開く。入ってきたのは、五十子環だ。
綿船「おー五十子の姐さん、待っとったで！」
日岡「！……」
環「大事な話じゃいうけえめかし込んできたのに、何でこがぁな辛気くさい場所に。(日岡を見て) お取り込み中？」
綿船「いや、ちょうどいま終わったとこじゃ」
日岡「……」
日岡、言い返せず、そのまま去って行く。
綿船「(笑顔で手を振って)」

60 焼肉屋・中

高齢の老婆が営む、小さな焼肉屋。
食事中の上林に、チンタが報告している。
上林「親がおらん？」
チンタ「あのデカ、両親とも、もう死んじょるみたいで……」
上林「……わりゃそがぁな言い訳たれに来たんか？」
チンタ「……え、あ、いや――」
上林、チンタを張り倒す！　顔を踏みつけ、
上林「何寝ぶたいこと抜かしとるんじゃ！」
老婆「ソンホ、やめんさい！」
店主の老婆が突然怒鳴り、上林、力を緩める。
ふと地面に落ちているものに気づき、上林は拾う。
それは、チンタのパスポートだ。
チンタ「！……」
上林「……(舌打ちし、放り投げる)」
チンタ、慌ててパスポートを拾いにいく。
上林、焼肉をビールで流し込む。
上林「……わしゃこの辺りの生まれでのう」
チンタ「……」
上林「ガキの頃は毎日すっからかんで、阿呆みとうに腹が減っとって……仕方がないけえここらの飯屋で残飯恵んでもろうて何とかしのいどったんじゃ……ほうじゃのう婆ちゃん」
老婆は反応せず、黙々と仕込みをしている。
チンタ「……」
上林「チンタ、わりゃなんで極道しとるんな」
チンタ、突然の質問に即答出来ない。
上林「残飯恵んでもろうて生きとっても、どがいもならんけえじゃなぁんか？」
チンタ「……」
チンタ、上林に見据えられ、頷く。
上林「ほんなら四の五の言わんと、デカのスケじゃろうが親類じゃろうが連れてくりゃええじゃろうがぃや」
チンタ「(逡巡しつつも、頷き) わかりました……」
上林「(万札をテーブルに置き) 婆ちゃん、また来るわ」
しかし老婆は、上林と目を合わせようともしない。
上林、去って行く。
チンタ「……」

61 同・表の道

巨大アパートの中の道を、上林は歩いて行く。
道端に屯す住民たち、上林を見て露骨に目を背ける。
上林は無視し、咥え煙草で歩いていく。
と、一人の少年が部屋から飛び出してくる――。
上林「(見て) ……」
少年（上林）は包丁を握り、返り血を浴びている。
包丁を持ったまま、逃げるように去って

行く。
上林、少年の部屋を覗く……両親が死んでいる。
上林「!……」

62 **広島県警本部・表**
正門前に、真緒の姿がある。日岡を待っているのだ。
真緒「（思い詰めた表情で煙草を吸って）……」
少し離れた路地に、日岡のベンツが止まる。
日岡「（遠目にそんな真緒を見て）……」
日岡、車から降りず、そのまま走り去っていく。

63 **呉原・屋台通り（夜）**
多くの屋台が並んでいる。

64 **同・屋台～表**
賑わっている店内。その中に日岡の姿がある。
グラスの酒を飲み干すと、隣に客が座る。
日岡「（見て）……何しょーんじゃ?」
隣に座った客は、チンタだ。
日岡「こがぁなとこで油売っとってええんか? お?」
チンタ「（日岡を見る）……」
チンタの目は、異様に力が漲っている。
日岡「……何じゃ、シャブ食うたような目ぇしよって――」
チンタ「死ねやわりゃぁ!――」
チンタ、突然銃を出して発砲する――銃弾が日岡の腕をかすめる。客たちから悲鳴が上がる!
日岡、屋台から転がり出て、逃げ出す――。
チンタ「待てやこらぁ!（と数発発砲して）」

65 **裏路地**
日岡、裏路地に抜け出てくる――チンタが続く。
日岡は行き止まりにぶつかり、近くにあったゴミ箱でチンタに殴りかかる!
一瞬チンタに隙が出来、日岡、チンタの銃を掴む!
日岡「何の真似じゃいわりゃぁ――」
チンタ「離せやっ!（と立て続けに発砲!）」
日岡は仰け反って倒れ込む! 自分の銃を出そうとするが、チンタの銃が額に突きつけられる!
日岡「!――（両手を挙げ）」
チンタ「……」
日岡「……上林にシャブ貰うて、鉄砲玉に転身かいや、お?」
チンタ「（日岡を睨み付け）……」
日岡「のうチンタ……こんなのお陰で、直に上林をパクれるんじゃないの、ほうじゃろう?」
チンタ「うそじゃ! そがいなこと言うとったら殺られてしまう」
日岡「……」
チンタ「もうやらんとどがいもならんのじゃあ（と発砲!）」
日岡、身を翻し、銃弾は腕をかすめる。
足を払ってチンタがひっくり返り、銃が地面に落ちる!
両者は銃に掴みかかり、チンタが一瞬早く銃を握る!
日岡「こんのアホッ――」
日岡、チンタの指ごと引き金を押し込む――!
銃は発砲され、日岡の腹に命中する!
チンタ「（返り血を浴びて）!――」
日岡、腹から夥しい血を流し、倒れ込む。
チンタ「（驚き、尻餅をついて）……」
日岡「……は……早う逃げえ!」
チンタ「……」
チンタ、動揺したまま、逃げていく。

66 **スタンド『華』・店内**

閉店後の片付けをしている真緒。
と、日岡が逃げ込んでくる――酷い出血だ。
真緒「!……ちょっ、どうしたんよ!」
日岡、痛みを堪え、答えようとしない。
真緒「上林組にやられたん? ねえ、そうなん?」
日岡「頼みがある……」
真緒「救急車呼ぶわ(と携帯を出し)」
日岡「待ってくれ――」
真緒「何言うとるん、死にたいん?」
日岡「やめえ言うとるんじゃ!(と携帯を投げ捨てる)」
真緒、鬼気迫る日岡の表情を見て、言葉を無くす。
日岡「……県警本部に、瀬島さんいう刑事がおる……その人に連絡してくれ……頼む!」
真緒「……」

67 呉原市内の病院(日替わり)

68 同・病室(個室)

日岡、ベッドにいる。ベッドサイドに、瀬島。
瀬島「じゃ、上林組に協力者がおったいうことか?」
日岡「(頷き)……ほうじゃけえ、わしはかなりの重傷負ったいうことにしてもらいたいんです」
瀬島「そうせんとエスが危ないわな……わかった、マスコミにゃ瀕死の重傷で賽の河原彷徨っとるいうて伝えとくわ。管理官も適当に煙に巻いとくけえ安心せえ」
日岡「……さすが公安」
瀬島「アホ、冗談言うとる場合か」
二人、思わず笑う。日岡は笑うと腹が痛む。
瀬島「で、上林はどうする?」
日岡「わしが撃たれたことで、上林はすぐにでも尾谷に襲撃をかけるはずです。そこを一気に――」

69 五十子会本部・一室

テレビにはニュースが流れ、広島県警の刑事が何者かに撃たれ、重傷を負ったと報じられている。
佐伯「ようやったのうチンタ、食え食え!」
チンタの前に、鮨などの出前がズラリと並んでいる。
チンタ「いただいてますっ(と頬張って)」
上林、テレビをじっと見つめている。
『犯人は不明、目撃者はなく捜査は難航か』のテロップ。
佐伯「(そんな上林に)どがぁしたんですか?」
上林「……(チンタに)わりゃ何でとどめ刺さんかったんじゃ」
チンタ「はい?」
佐伯「?」
チンタ「いや、動かんようになったんで、もう死んだんかと――」
上林「デカとなんぞ取引でもしたん違うんか?」
チンタ「いやぁ、わしゃそんな――」
上林「5発もぶっ放して目撃者がおらんようなことがあるんかのう。身内がやられりゃ見境なくクソもミソもパクるんがデカいうもんじゃ、ほんでも全く動いとりゃせんじゃない」
チンタ「でもほんまです、わしゃほんまオヤジの為に――」
上林、突然ドスを抜き机に突き刺す!
チンタ「!――」
上林「ほんなら態度で見せて貰おうかのう、わしをほんまに親じゃぁ言うなら、指の1本や2本惜しくないはずじゃ」
チンタ「……」
佐伯ら見守る中、チンタはドスの柄を掴む……。
左手の小指を、机に置く。
チンタ、上林を睨み付けるようにして見

る。

上林「……」

チンタ「……うああああああ！」

　チンタ、目一杯ドスに体重を乗せ、小指を落とす！

　言葉を無くす一同。

　と、落ちた指をシーズーが咥えて行ってしまう。

佐伯「アホっ、食うたらいけんじゃろう！」

　慌てて犬を追い回す佐伯を見て、上林は笑い出す。

　チンタも、痛みを堪えながら笑って見せて。

70　同・上林の部屋

　上林、自室に戻ると、ノックがし、戸倉が来る。

戸倉「これ、オヤジ宛です（と封筒を差し出す）」

　上林、大きな封筒を裏返すが、差出人はない。

　戸倉が行こうとすると、上林、パケを差し出す。

上林「チンタに渡しちゃれや。痛み止めじゃ」

戸倉「へい（と受け取り、出て行く）」

　上林、封筒を開ける。大判の写真が入っている。

上林「……」

71　近田家・表の道～庭（日替わり）

　真緒、スーパーの袋を下げて帰ってくる。バイクを見つけ、足を止める。庭では、チンタが孝一、真理亜とラジコンで遊んでいた。

孝一「おおっ、ぶち速いのう！」

真理亜「うちも早うやらせてやぁ！」

真緒「……チンタ」

チンタ「お帰りぃ。姉ちゃんの飯食いに来た」

孝一「兄ちゃんがラジコン買うてきてくれたんよ！」

真緒「……（チンタの手を引き）ちょっとこっち来んさい」

　真緒、チンタを道まで引っ張り出す。

真緒「こんなぁちゃんと足洗ってきたんよね？」

チンタ「……」

真緒「（手の包帯に気づき）なんしたんよこれ！」

チンタ「（手を払い）何でもないって……わしぶち腹減っとるんよ、姉ちゃん飯作ってくれんかのう」

真緒「知っとるよねひーさんのこと？　もうあの人の言いなりになっとることないんじゃけえ、早う足洗いんさい！」

チンタ「……」

真緒「聞いとるん？」

チンタ「……わしゃまだ辞めんよ」

真緒「は？　あんた警察に利用されとるだけ――」

チンタ「違う、わしゃ自分で決めたんじゃ。辞めんど！」

真緒「アホ！（と張り手する）」

　しかしチンタの表情は変わらない。

チンタ「……わし、ひーさんは正しいことしちょる思う」

真緒「は？」

チンタ「あがいな外道ども、野放しにしちょったらいけん」

真緒「……姉ちゃんは認めんよ、足洗うまで帰ってこんで」

チンタ「……心配いらん、直にカタがつくんじゃけえ」

　チンタ、去って行く。

真緒「チンタ！」

72　呉原の病院・個室（薄暮）

　ベッドの日岡、じっと天井を見つめている。

　と、携帯が鳴り、日岡は出る。

日岡「はい、日岡……」

声「今夜午前0時、呉原に襲撃かける（と
　切れる）」
日岡「……」

73　海沿いの道

チンタ、電話ボックスから出て、バイク
に跨がる。
アクセルを開け、走り去って行く――。

74　五十子会本部・一室（夜）

チンタら組員たち、武器を手に出発の準
備を始める。
上林は一人、先日送られてきた写真を見
ている。
上林「……」
中神の声「カチ込み？　それほんまの情報な
　んです？」

75　広島県警本部・会議室

中神ら数人の本庁刑事の前に瀬島が立っ
ている。
瀬島「（小声）ここだけの話、エスからの内
　部告発じゃ」
中神「えっ、瀬島さん、上林組にエスがおる
　の？」
瀬島「（ニヤリ）企業秘密じゃ喋れるかい！
　日岡は動けんけえ、わしらで一網打尽にし
　ちゃろうやぁ」

76　五十子会本部・表

雨が降り始める。
チンタら組員たちが車に乗り込もうとす
る。
と、上林がチンタの前に現れる。
上林「おうチンタ、ちぃとええか？」
チンタ「？」

77　病院・個室

ベッドには、日岡の姿がない――。

78　尾谷組・近くの道

雨の中、日岡のベンツが止まっている。
日岡、遠目に尾谷組の事務所を見つめる。
苛立たしげに何度もジッポの蓋を開け閉
めする。
と、前方からヘッドライトが近づいてく
る。
日岡「（見て）……」
それは一台のバイクで、ベンツの脇に止
まる。
チンタのバイクに乗った、上林である。
日岡「！……」
上林「刑事さん、瀬死の重傷じゃぁ言うとる
　人間が、こがぁな雨ん中何しょーるんです
　か？」
日岡「……」
日岡、咄嗟に銃を出す――しかし胸倉を
掴まれ、車から引っ張り出される――銃
は路上に転がり落ちる！
上林、日岡の腹を何度も殴りつける！
日岡「（激痛に顔を歪め）！――」

×　　×　　×

近くの民家には、待機中の瀬島ら刑事た
ちがいる。
激しい雨音で、日岡らの声は聞こえない。
中神「もうそろそろじゃのう」
瀬島「（時計を見て、頷く）……」

×　　×　　×

上林「今夜はカチ込みしちゃろう思うとった
　んじゃがのう、サツに筒抜けじゃけえ予定
　を変更したんじゃわい」
日岡「！……」
日岡、銃を拾おうとするが、上林が蹴り
飛ばす！
上林「あんたがオヤジを嵌めた黒幕じゃった
　とはのう……」
日岡「……アホか、なんでわしがそがぁなこ
　と――」
上林「大上が殺されて頭に血が昇っとったん
　じゃなあんか」
日岡「……」

上林「刑事じゃぁいうて人間じゃ、大事じゃ思うとるもんが無様に殺されりゃ、神も仏ものうなって鬼畜にもなりよる……ほうじゃろう?」
日岡「!……」

79　五十子会本部・上林の部屋

机の上に、先ほど上林が見ていた写真がある。
日岡が溝口や角谷と密会する姿が写っている。
そして、日岡がチンタと会っている姿も——。
佐伯の声「おうチンタ、ここで止めぇや」

80　走るワゴン車・車内

チンタ「はい?…　でも——」
佐伯「ええけぇ止めぇや」
車が止まる。フロントガラスに叩きつける雨。
煙草を吹かす佐伯を、チンタはミラーで見て。
上林の声「おまけにスパイまで仕込んどったとはのう」

81　尾谷組・近くの道

日岡「……何の話じゃ」
上林、日岡を殴りつけ、腹を思い切り踏みつける!
日岡「(激痛に顔を歪め)!——」
上林「こんなが面倒見とった犬じゃなあの、バレたら見捨てて知らん顔かいや。おどれらはいつも汚いのう」
日岡「(激痛を堪えながら睨み付ける)!」
上林「ほれ、誰が犬なんか正直に言うてみい……早うせんと、わしの靴が貫通してしまうで(と思い切り踏みつける)」
夥しい量の出血に染まる日岡のシャツ。
日岡「(苦悶の表情)し、知らん!　犬なんか知らんわいっ!」
日岡、力を振り絞って上林を蹴り上げ、車に戻ると思い切りクラクションを鳴らす!

×　×　×

その音を聞く瀬島と中神ら——。
瀬島「?!」
瀬島、窓を開け身を乗り出す——日岡の姿が見える。
瀬島「こらぁ何しょーんじゃ!　警察じゃ!」

×　×　×

上林、日岡を殴りつけ、
上林「……おどれがどがいな人間かようわかったわ」
上林はバイクに乗ると、雨の中去って行く。
朦朧としたまま倒れ込む日岡——。
そこに瀬島と中神らが駆けつけてくる。
瀬島「(日岡を起こし)どがぁした、誰がこがぁなこと——」
日岡「チンタ……チンタを、すぐに保護して——」
瀬島「え?」

82　呉原市内の道

ワゴンは停まったまま、ワイパーだけが動いている。
チンタ「(0時を過ぎた時計を見て)……」
と、数台の車が到着し、戸倉ら若い衆が降りる。
チンタ、嫌な空気を感じ、車から降りる。
佐伯「どこぞに行くんじゃ?」
チンタ「……いやわし、オヤジの煙草買い忘れちょったんで……」
と、足早に去ろうとするが、若い衆に取り囲まれる。チンタ、咄嗟に銃を出す——。
戸倉「なにさらしとんじゃ!」
チンタ「どけや!(と発砲)」
弾は戸倉の腕をかすめ——チンタ、駆け出す。
若い衆「待てやわりゃ!(と追って)」

懸命に逃げるチンタ――。
若い衆たちは束になって追ってくる――。
チンタ、後方に銃を立て続けに発砲する――。
チンタ「（必死に走って）――」
と、銃声と共にチンタは被弾し、前のめりに倒れる！
立ち上がろうとするが、着弾した足に力が入らない。地面に投げ出された銃、そしてパスポート。
すると、そこにバイクがやってくる。上林だ。
上林「……（降りて）」
チンタ「……」
上林組の若い衆が現れ、チンタは取り囲まれる。
チンタ、這いずりながら何とか手を伸ばす……パスポートに……しかしその手を上林が踏みつける！
チンタ「！――」
上林「惨めじゃのう……尻尾振って、残飯恵んで貰わにゃ生きていけんのんじゃけえ」
チンタ「……黙れや！」
上林「（冷たく見て）惨めなもんじゃわい……」
チンタ「……バカにすんなぁ！――」
チンタ、力を振り絞り立ち上がると、銃声――。

83 走るベンツ・車内（日替わり・翌早朝）

雨は上がり、朝陽が運転席に差し込んでいる。

日岡が車を走らせている。

カーラジオがニュースを伝えている。

ラジオ「遺体の身元は、呉原市○○在住の韓国籍の男・ソン・ジャンフンさん、二十才と思われ、呉原東署では殺人事件と見て捜査を進めており――」

日岡「（思わずラジオを切って）……」

84 近田家・近くの道

近田家の周囲は、警察、救急隊、マスコミ、野次馬らに取り囲まれている。

ベンツが停まり、日岡が降り立つ。

日岡「……」

日岡、人々をかき分けて中に入っていく。

孝一と真理亜が、女性警官に保護されている。

真緒が日岡に気づき、掴みかかろうとする。

真緒「（絶叫し）帰れ！　一歩でも足踏み入れたら許さんよ！」

日岡は無視し、鑑識班が捜査中の鶏小屋に向かう。

瀬島が日岡に気づき、頭を下げる。

瀬島「すまん、間に合わんかった……」

日岡、小屋に入る。目玉のないチンタの遺体がある。

日岡「！……」

真緒は婦人警官たちを振り切って日岡に掴みかかる。

真緒「出て行け言うとるじゃろうがこの人でなし！」

日岡「！――」

真緒に引っ張られ、日岡は小屋の外に出され尻餅をつく。刑事たちが両者を引き離し、真緒は連行される。

呆然としている日岡の元に、記者の高坂が来る。

高坂「いやぁビックリしたで刑事さん……あんた、ソンの姉ちゃんとええ仲じゃったそうじゃのう」

それを聞いた日岡の表情が変わる。

日岡「（睨み付け）……貴様かっ――（と殴りかかる）」

高坂「なんしょーるんじゃ！」

日岡「われがチンタを売ったんじゃろうが！　おう!?」

高坂「おう見てくれや！　公権力が暴力振るいよる！」

記者らが撮影を始める。瀬島が慌てて止

めに入る。
瀬島「やめえや、こがぁなとこでっ！」

85 **広島県警本部・会議室**

日岡の前に嵯峨がいる。瀬島が部屋の隅で見守る。
嵯峨「記者に手出すとか……血迷っちゃったの？」
日岡「あの記者はわしの行動を監視しとったんです、こそこそ盗撮して、情報を上林に売っとったんですよ！」
嵯峨「（苦笑し）なんだよそれ、陰謀論？」
日岡「陰謀かどうか、証拠は取ってきますけえ（と立つ）」
嵯峨「黙って座れよてめえっ！」
瀬島「！……」
日岡「……」
嵯峨「ソンはお前のエスだったんだろ？　あ!?　お前の為に動いて殺されたんじゃねえのかよ！」
日岡「……いや、わしは抗争を防ぐために彼の情報を——」
嵯峨「何が情報だよ００７にでもなったつもりかよ！　広島の治安守ってんのはテメエだけじゃねえんだよ！」
日岡「……」
嵯峨「（落ち着き）……それでさ日岡君、もう捜査はいいから、始末書書いて（と資料を出す）」
日岡「書類なんぞ書いとる暇はわしには——」
嵯峨「いいから黙って書けよ！　三年前の五十子の事件のことも、全部！」
嵯峨、顔を日岡に近づけ、睨み付ける。
嵯峨「俺ら一応公務員だからさ、書類が必要なの。わかる？」
日岡「……」
瀬島「……」
と、そこに中神が入ってくる。
中神「管理官、銃撃事件です。尾谷の組員が撃たれました」
日岡「……（出て行く——）」
瀬島「（止め）アホっ、何しょーるんじゃ！」
日岡「放して下さい！」

86 **呉原市内・路上**

警察官が現場を包囲し、野次馬が集まっている。

警官に掴みかかっているのは尾谷組の花田だ。

花田「日岡を呼べぇ言うちょるんじゃ、あのクソポリのせいでこがいなことになったんじゃなあか！　早う呼べぇや！」

ブルーシートの上に、柳島の遺体がある。

87 **瀬島のアパート・中（夕）**

じっと俯いている日岡と瀬島。
百合子、静かにお茶を出し、台所に向かう。
日岡「……」
瀬島「……別に始末書くらい書きゃあええじゃない、あんただって正義じゃあ信じてやってきたんじゃろう？」
日岡「……そがぁなもん書いたら、わしゃ終わりです」
瀬島「？」
日岡「管理官は……いや、上層部はわしに弱みを握られとるもんで、わしが邪魔なんです……ほうじゃけえ、わしが五十子殺しに荷担しとった証拠がどうしても欲しいんです」
瀬島「……」
日岡「わしゃそがぁな罠に嵌まりゃせんですよ、絶対……」
吐き出すように言う日岡を、瀬島はじっと見つめる。
瀬島「大上も罪な男じゃ……兄ちゃんみとうな若い刑事に、そがいに重たいもん背負わせて……」
日岡「……」
瀬島「のう兄ちゃん、わしに手伝わせてくれんか?」

日岡「え?……」

瀬島「定年間近のロートルじゃ、失うもんはありゃせんのじゃけえ……最後くらい、組織に爪痕残しちゃりたいんじゃ」

日岡「……ほんまですか?」

瀬島「(見つめ) わしら相棒じゃないの」

日岡「……」

百合子、小さく微笑んで。

× × ×

時間経過して夜──日岡と瀬島が話しこんでいる。

瀬島「ほんじゃ、五十子の殺しは、あんたが一之瀬と?」

日岡「あの時は、そうする以外に収める方法がのうて……」

N 「日岡は瀬島に、昭和63年の五十子正平殺害事件を発端にした自身の捜査について、全て告白した。そして現状を打開する糸口を、二人で模索することにした」

88 同・近くの道

日岡、足早に歩いてくる。

と、突然何者かに肩を掴まれる!

日岡「!(殴ろうとして)」

高坂「待てぇ、わしじゃ!」

日岡「わりゃぁ性懲りもなく──」

高坂「誤解じゃ、わしゃソンを売っとりゃぁせん!」

日岡「われしかおらんじゃろ──」

高坂「話を聞けぇや!」

高坂、強引に日岡を路地に引き込む。

高坂「自分の顔をよう見てみいや……そもそもこがぁになったんは、あんたら県警が上林を野放しにしたからじゃなぁんか!」

日岡「あ?……」

高坂「惚けんな、ピアノ講師が殺された事件じゃ!」

日岡「……」

高坂「未だ手がかりなしいうてありえんじゃろ、なんで上林をパクらんかったんじゃ!」

日岡「……そりゃ物証が──」

高坂「物証もヘチマもあるか、連中は証拠隠滅なんぞ何もしとらんいうて笑うちょったぞ」

日岡「……なんじゃと?」

高坂「お陰で広島は昭和に逆戻りじゃなぁか! 県警は、端っからそれが目的じゃったんじゃなぁんか?」

日岡「……」

高坂「あんたの仕切りが気に食わんけえ、上林を野放しにしてわやくちゃにしよったんじゃ……そうとでも考えにゃ説明がつかんじゃろう!」

日岡「……」

× × ×

フラッシュ・県警本部の会議室。

嵯峨「餅は餅屋って言うしな。五十子会周辺の捜査は、日岡君に担当してもらおうかな」

× × ×

日岡「まさか……」

日岡、突然、路地から立ち去っていってしまう。

高坂「ちょう待てっ、話はまだ終わっとらんじゃろう!」

89 広島県警本部・鑑識課(夕)

鑑識課の沢渡司が帰り支度をしている。出て行こうとして足を止める。日岡が立っている。

日岡「科捜研からの報告はまだ?」

沢渡「(首を振り) こら迷宮入りもあるかわからんのう」

と、出て行こうとする沢渡の前に日岡が立つ。

日岡「……いま、科捜研におる知り合いに会うてきたんですわ」

沢渡「え?」

日岡「そいつが言うには、被害者の膣から検出された精液が、前科者リストと一致しとるいう話でした」
沢渡「……（笑い）いやぁ、わしゃそがいなこと――」
日岡「（胸倉を掴み）上林と一致しとったんじゃないんか！」
沢渡「ま、待て！」
日岡「（銃を出し）あんたら何がしたいんじゃ！」
沢渡「わ、わしゃ本部の方針に従っただけじゃ！」
日岡「方針？」
沢渡「ほうじゃ、本部は端から上林を泳がす方針じゃったんじゃろうが！　公安まで入れた作戦じゃぁ言われたけえ――」
日岡「（ハッとし）公安……」

90　同・捜査本部

日岡「（入ってきて）瀬島さんは？」
中神「捜査から外れたらしいわ、相棒が相棒じゃけえのう」
日岡「……」

91　瀬島の自宅アパート・表～中

日岡、乱暴にドアをノックする。しかし返事はない。
隣人が帰ってきて、日岡を訝しげに見る。
日岡「すいません、瀬島さんは……」
隣人「瀬島さん？」
日岡「電話もかからんのんです、何か知らんですか？」
隣人「知らんもなんも、そこはずっと空き家じゃ」
日岡「は？」
隣人「先週まで、なんじゃ警察から要請があったとかで貸しとったみたいじゃけど」
日岡、ふとノブを開けてみる……鍵はかけられておらず、ドアが開く。部屋はもぬけの殻――。
日岡「！――」
日岡、部屋の奥の襖を開ける――やはり何もない。
日岡「……」
瀬島の声「わしら相棒じゃないの――」

×　　×　　×

先日の瀬島のアパートの回想がフラッシュバック。
瀬島「ほんじゃ、五十子の殺しはあんたが一之瀬と？」

×　　×　　×

マイクロレコーダーが再生されている。
県警本部の一室で音声を聞いているのは、嵯峨――。
日岡の声「あの時は、そうする以外に収める方法がのうて……」
嵯峨の手元には公安部が纏めたファイルがある。
チンタや溝口らと密会する日岡の盗撮写真があって。
嵯峨「（ニヤリとして）……」

×　　×　　×

呆然と立ち尽くす日岡。
ふと、部屋の隅に何か落ちていることに気づく。
拾うと、それは瀬島家の長男の遺影である。
日岡「……」
瀬島の声「政治犯に比べりゃ極道なんざ可愛いもんよ」

×　　×　　×

フラッシュ――瀬島の自宅。瀬島はしみじみ言う。
瀬島「厄介なんは、正義面して悪さしよる奴らよ……己は正しいと思い込んでしもうとるけえ、まー始末に負えんわい」
日岡「！……」

×　　×　　×

92　近田家・中（深夜）

通夜が行われているが、参列者はもうない。
チンタの遺体の脇に、真緒がポツンと

座っている。
気配に振り返る。日岡が立っている。
真緒「……敷居跨ぐな言うたじゃろう」
日岡「……線香だけ、上げさせてくれんか」
真緒「出ていけや！」

× × ×

隣室で布団を被っている孝一と真理亜。
二人とも、息を殺している。

× × ×

遺体の脇に、チンタのパスポートがある。
真緒「それ、あんたが手伝うたんじゃろ？」
日岡「……」
真緒「このアホが書類揃えられるはずがない……こんなん餌にスパイやらしとったん？お国の仕事が聞いて呆れるわ」
日岡「……」
真緒「（込み上げ）アホじゃ思うとったけど想像超えとったわ……日本でもチンピラしか出来んような人間が、言葉も出来ん国でどがぁに生きてくんよ」
日岡「……むこうに、母ちゃんがおるって――」
真緒「お母ちゃんが韓国に？　アホらし、んなわけなぁじゃろ……穀潰しのチンピラと駆け落ちしたんじゃけえ、今頃どっかの風俗で働いとるんが関の山じゃ」
日岡「……」
真緒「（パスポートを握りしめ）こがいなもんのために……ほんまにどんだけアホなんこの子……（と泣き崩れる）」
日岡、真緒の肩に手を伸ばすが、真緒は拒絶する。
真緒「触らんでや！」
日岡「嫌じゃ――」
真緒「（泣き叫び）離して、嫌じゃ、触らんでやっ！」
日岡「嫌じゃ！」
日岡、力尽くで押さえつけるように抱きしめる。
真緒「なんでこんなことするん？……警察はそんなに偉いん？　どんだけ苦しめりゃええんよ！」
日岡「（離そうとせず）わしはもう警察じゃない！……犬じゃ、犬に成り下がってしもうた……チンタを、チンタを殺してしもうた！」
真緒「……」
日岡、離そうとしない。その目にパスポートが映る。
日岡「わしが、チンタを殺してしもうた……わしが……チンタ！　チンタ！（と絶叫して）」
真緒「……」

93 『安芸新聞社』・表の道（日替わり）

咥え煙草で会社から出てくる高坂。
車に乗り込むと助手席に日岡が座っている。
高坂「おわっ、どうしょんじゃわりゃ！」
日岡「わしゃのう、戦争しよう思うとるんじゃ……記事にしてくれんか」
高坂「戦争じゃあ？……（ニヤリとし）相手は誰じゃ？　上林か？　それとも県警か？」
日岡「……」

94 輪転機が回る（日替わり）

『広島県警、殺人事件の被疑者を隠蔽か』の文字。
ピアノ講師・神原千晶の顔写真――。
『パールエンタープライズ上林社長が関与か』。

95 広島県警本部・廊下

足早に歩いてくる嵯峨。顔に浮かぶ焦燥感――。

96 五十子会本部・一室

綿船と吉田が、上林に会いに来ている。
彫り師が褌姿の上林に刺青を入れている。
綿船「とにかく若い衆2、3人見繕って出頭させりゃあええじゃない、県警と新聞はわしと吉田が収めるんじゃけえ」
　何度も頷いて見せる吉田の手には、例の新聞がある。
綿船「のう上林……わしゃこんなを広島仁正会の後継者じゃぁ見込んで言うとるんで？」
吉田「（驚き綿船を見て）……」
綿船「ゆくゆくは広島のトップに立とういう人間なんじゃ、いまは我慢してくれ、頼むわ！」
上林「……そがいなこと誰が決めたんですの？」
綿船「あ？」
上林「あんたがわしをどう思おうが知るかいや、わしゃおどれの汚いケツ追い回す気は毛頭ないわ」
綿船「（怒りが滲み）わりゃ広島仁正会ぶち壊す気かいやぁ！」
上林「……ほうじゃ、なんもかんもぶっ壊れりゃええんじゃ」
　綿船、怒りの籠もった目で上林を睨んで。

97　近田家・一室
　じっと籠もっている日岡。と、外から孝一の声――。
孝一の声「帰れや、誰もおらん言うとるじゃろ！」
日岡「!?（と顔を上げる）」
　襖が開き、中神ら刑事たちが雪崩れ込んでくる。
　逃げようとした日岡だが、組み伏せられる！
中神「観念せえ！」

98　五十子会本部・一室（夕）
　上林の背の毘沙門天が、完成している。
　五十子の遺影が、そんな上林を見下ろしている。
佐伯「（来て）オヤジ、どうやら日岡いうデカは謹慎食ろうて軟禁されとるそうですわ、どがぁします？」
上林「どがぁもこがぁもあるかいや、襲撃の準備せえ」
佐伯「おっ、尾谷をぶち回しちゃりますか？」
上林「……ほうなりゃ謹慎じゃ言うとらりゃせんじゃろ」

99　同・駐車場（夜）
　ダンプカーが一台と、乗用車が数台ある。
　銃器を持った組員たちが車に乗り込んでいく。
　佐伯はシーズーに餌をあげている。
佐伯「お父ちゃんすぐに帰ってくるけえ、ちぃと待っとってな」
　上林がダンプに乗ろうとすると、タクシーが現れる。
環「（降り）ソンホ、待ちんさい！」
佐伯「姐さん……」
　物陰から見ていた吉田は、ほっと胸をなで下ろす。
環「会長から電話もろうたんよ、せっかくあんたを後継者じゃ言うてくれとんのに、どういうつもりなん？　こがいなことお父ちゃんが生きとったら許されん――」
　上林、環の脳天に銃弾をぶち込む！
吉田「！――」
上林「……たいぎいんじゃ（とダンプカーに乗り込む）」
　覗き見していた吉田は、慌てて携帯を出す。
吉田「（焦ってどこかに電話して）……」

100　広島県警本部・一室
　手錠をされた日岡、中神の前に座らされている。
中神「（新聞を見て）ったく、こがぁなガセようも書かせたもんじゃ、わりゃ身内売って恥ずかしゅうないんか」
日岡「……」
　と、若い刑事が現れ、中神に耳打ちする。
中神「上林組がカチ込み？」
刑事A「（頷き）いま通報があったそうです」

日岡「……」
中神「わかった、とりあえず呉原東署に連絡して相談せぇや」
刑事A「はい（と去って行く）」
中神「ったく、なんもかんもわやくちゃじゃ、一体誰のせえでこがぁなことになったんかのう！」
日岡「……あの、お茶もろうてもええですか」
中神「勝手にせえ（と新聞に目を遣る）」
　日岡、中神の背後にあるお茶を取りに行く。
中神「大体こんなんが事実ならよ、何人幹部の首が飛ぶか――」
　日岡、背後から手錠の鎖で中神の首を絞める――。
中神「く、首っ！……わりゃなにしょーんな――」
　中神、日岡を背負いで投げる。しかし日岡は中神を蹴倒すと走り出し、そのまま窓に体当たりする！
　窓を割り、駐車場のパトカーの上に落下する！
中神「（窓から覗き込み）お、おどりゃ死ぬ気かっ！」
　日岡、痛みをこらえながらパトカーに乗り込み、アクセルを踏み込む――！

101 **呉原市内の道**
　ダンプカーを先頭に、上林組の車が疾駆する。

102 **同・別の道**
　日岡のパトカーが猛スピードで走り抜ける――。

　肋骨を折ったのか、日岡は呼吸さえ辛そうだ。

103 **広島県警本部・一室**
　嵯峨、中神の胸ぐらを掴み上げる。
嵯峨「何やってんだよ、あいつからは絶対目ぇ離すなっつっただろうが！」
中神「すんません！……」
嵯峨「すぐに車出せ！」

104 **尾谷組事務所・表の道**
　物凄いスピードで走ってくるダンプカー。

　×　×　×

　運転する上林。その血走った目。

　前方に尾谷組の事務所が見えてくる。

上林「……おらあああ！（とアクセルを踏み込む）」

　×　×　×

　と、そのダンプの前に日岡のパトカー！

上林「！――」

佐伯「おわあ！――」

　ダンプはパトカーのフロントをかすめ、尾谷組の駐車場のシャッターに突っ込む！

　上林、顔を起こす。パトカーの日岡の視線が合う。

日岡「（見つめ）……」

上林「（ニヤリとし）――」

　日岡、上林に向け立て続けに発砲する――！

　上林は佐伯の体で銃弾を受け、ダンプのウィンドウは佐伯の血が飛び散り真っ赤に染まる！

　音を聞きつけた尾谷の組員たちが飛び出してくる！

　上林組の連中も到着し、車から降りて応戦する！

　上林は銃弾をかわしながら戸倉の乗ってきた車の運転席に滑り込み、アクセルを踏み込む――。

　日岡もパトカーを発進させ追いかける！

105 **夜の幹線道路〜港湾地区**
　もの凄いスピードで併走する二台の車――。

　車をぶつけ合い、隙あらば銃で撃ち合う。

両車は港に向かうカーブを曲がる——と、正面に大型貨物トレーラー——。

上林「!」

日岡「!」

両車は左右に分かれトレーラーをかわす——もう一度姿が見えた時、日岡は身を乗り出し銃を構えている!

上林「!——」

日岡「(立て続けに発砲して)!」

フロントガラスが砕かれ、上林の車は横転する——。

日岡、銃を手にパトカーから飛び出す。横転した運転席を覗く……しかし上林の姿はない。

日岡「……」

と、鉄パイプで横っ面を殴り飛ばされる日岡——。

顔面から流血した上林が立っている。

上林「おらああ!」

上林、日岡を何度も殴りつける——日岡、手錠で鉄パイプをかわすが、銃を地面に投げ出してしまう。

上林、そんな日岡の腹に鉄パイプを押し込む!

日岡「!(呻き声を上げて)」

上林「……わしゃのう、簡単にゃぁ死ねんのんじゃ……ガキの頃に死神が取り憑とるけえのう」

日岡「……(叫び声を上げ)ああああ!」

日岡、全力で鉄パイプを払うと上林を蹴り上げる!

這いつくばって銃を拾いに行く。上林が追うが、日岡が一瞬早く銃を拾い、振り向きざまに発砲する!

上林の右手首が鉄パイプごと弾け飛ぶ——。

上林、左手で鉄パイプを拾い直し、日岡を殴り倒す!

二人同時に、地面に崩れ落ちる——。

日岡「……」

上林「……死神いうんは厄介でのう……振り払おう思うても骨の髄までこびり付いてしもうとって、簡単にゃ死なしてくれんのんじゃ……」

日岡、力を振り絞って起き上がると、銃を構える。

銃口は上林の脳天に向けられている。

上林「……」

日岡「(引き金を立て続けに引く)!——」

しかし銃弾は尽きていた。

上林「(笑い)言うた通りじゃろ……」

上林、鉄パイプで殴りかかり、日岡の銃が飛ぶ!

なおも奇声を上げて殴りかかる上林。日岡は隙を突いて上林の背後に回り込むと、手錠で首を絞める——。

すると上林は、左手の指を日岡の目に突っ込む!

上林「(親指を目にねじり込み)死ねぇやぁ!」

日岡「(叫んで)!——」

と、サイレンが聞こえる——。中神が運転する覆面パトカーのヘッドライトが二人に当たる。

嵯峨「(降り)おらぁ、テメエら二人とも両手挙げて跪け!」

嵯峨、拳銃を日岡と上林に向ける。

上林「……こんなにも、死神が憑いとるんかのう」

日岡「……死神なんぞ、おらんわい……」

上林「あ?……」

日岡「こんなが生きながらえとるんは、警察に利用されとったけえじゃ……そんだけの話じゃ」

上林「なんじゃ?……」

日岡「……」

中神が来て、上林を取り押さえる。手錠をかけようとするが手首がなく、驚く。

嵯峨「(日岡の胸倉を掴み)テメどんだけ手間かけさせんだよ、もうあれだ、こうなったら留置場にでもぶち込んで——」

と、日岡、嵯峨の手から銃を奪う——。

嵯峨「あっ——」

日岡、上林の脳天に銃弾を立て続けに撃ち込む——。

嵯峨の前で上林の脳みそが飛び散り、崩れ落ちる。

嵯峨「！……」

中神「！……」

嵯峨「お、お、お前ぇ！　なんで俺の銃でっ——」

するとそこに、もう一台パトカーが到着する。呉原東署のパトカーで、友竹、菊地、有原が乗っている。

日岡「……これでおあいこですのう（と嵯峨に銃を握らせる）」

嵯峨「？　何してんの？」

嵯峨、銃を持ったまま友竹らと目が合ってしまう。

嵯峨「（慌てて銃を捨て）何してんだよテメ！」

嵯峨、日岡を殴る！　馬乗りになり、何度も殴る！

中神「（止め）か、管理官！　やめてつかぁさい！」

嵯峨「ぶっ殺してやる！　ぶっ殺してやる！」

日岡、殴られながら、中空を見つめる。

日岡「（どこか達成した表情で）……」

106　呉原の情景（日替わり）

夜が明ける。

107　広島仁正会本部・中

段ボールを抱えた私服警官たちがビルに入っていく。

N「平成4年、暴力団対策法が施行された。日本各地で暴力団追放キャンペーンが始まり、見せしめのように暴力団関係者たちが検挙されていった」

×　×　×

連行される綿船の姿。

その様子を、物陰から吉田が見ている。

吉田「（綿船に向かって、三本指で合掌して）……」

108　広島県警本部・留置場

じっと膝を抱え、しゃがんでいる日岡。

刑事「（来て）日岡、ちょっとええか？」

日岡「（顔を上げて）？……」

N「そんななか日岡は——」

109　広島県の山間部（日替わり）

山間の道を、巡査がカブで走っている。

N「県北部の駐在所に、ひっそりと配置転換された。広島県警は、日岡が上官の拳銃を使用して捜査対象者を殺害した事実を、公表出来ないと判断したのだ」

村人に手を挙げて挨拶するその巡査は、日岡だ。

N「日岡は警察官としての身分は保持したものの、捜査の一線からは外されることとなった」

110　広島市内・雀荘

混み合った雀荘内。紫煙が漂う。

声「ロン（と牌を倒す）」

客「まーたダマテンかい、リーチくらいかけんかいや」

鳴いたのは瀬島である。

瀬島「（嬉しそうに）勝ちゃあええでしょうが勝ちゃぁ」

111　同・近くの通り

瀬島が雀荘から出てきて、人波の中を歩いて行く。

ふと背後に気配を感じ、振り返る——。

鋭い目で背後を探るが誰もおらず、瀬島は歩き出す。

と、突然背中が押される——。

道路に飛び出した瀬島の前に、トラック——。

瀬島「！——」

衝突音と共に、周囲は大騒ぎになる。

集まった野次馬たちの中に、真緒の姿がある。

真緒「……（去って行って）」

112 駐在所（日替わり）

日岡、新聞を読んでいる。瀬島の死が報じられている。『犯人は不明、目撃者を捜査中』の文字。

日岡「……」

と、駐在所の前に軽トラが止まる。

× × ×

日岡「狼がおった？――」
三好「（頷き）孫が山で見たらしいんよ」
村人の三好宗一郎（70）とその孫の姿がある。
日岡「（笑い）アホ言わんで下さい、ニホンオオカミは大昔に絶滅しとるでしょうが」
三好「ほんでも見た言うて聞かんのじゃ。家畜小屋も近いし、念のため消防を出すんで、駐在さんも来てくれんかのう」
日岡「……」

113 山

消防の法被姿の村人たちと共に山に入っていく日岡。

木々に覆われた森の中を進んでいく。

村人と距離を置き、ジッポで煙草に火をつける。

日岡「（咥え煙草で進んでいって）……」

と、ふと気配を感じ、日岡は足を止める。

雑木林の奥に大きなニホンオオカミの姿――。

日岡「！――」

狼は、日岡をねめつけるように見つめている。

日岡は固まって、立ち尽くす。

日岡「……（ハッとし、慌てて笛を探す）」

日岡、笛を吹いて村人を呼ぼうと思ったが、もう一度見ると狼の姿は消えてしまっている。

日岡「？……」

日岡、焦った表情で狼がいた方に進んでいく――。

草木に足を取られながらも、必死に狼を探す。

しかし狼の姿はない。

日岡「……どこじゃ……どこぞに逃げたんじゃ……」

我を忘れ、足早に森を進んでいく日岡。

息が切れ、汗が頬を落ちる。

それでも日岡は、必死になって狼を探す。

まるで何かに縋るかのように。

日岡は、森の奥へ奥へと、進んでいく。

草の響き

加瀬仁美

監督：斎藤久志
原作：佐藤泰志『草の響き』（『きみの鳥はうたえる』所収／河出文庫刊）
製作：有限会社アイリス
プロダクション協力：リクリ
配給：コピアポア・フィルム　函館シネマアイリス

〈スタッフ〉

企画・製作・プロデュース	菅原和博
プロデューサー	鈴木ゆたか　石井勲
撮影	原田恭明
美術	大坂章夫
照明	矢野正人
録音	岡田久美
編集	佐藤洋介
音楽	

〈キャスト〉

工藤和雄	東出昌大
工藤純子	奈緒
佐久間研二	大東駿介
小泉彰	Kaya
高田弘斗	林裕太
高田恵美	三根有葵
宇野正子	室井滋

〈脚本家略歴〉

加瀬仁美（かせ　ひとみ）

東京都出身。大学四年次、小野竜之助氏の脚本講座を受けたことをきっかけに映画制作を志し、就職内定を蹴って日本映画学校（現：日本映画大学）に入学。在学中よりテレビドラマや映画の現場スタッフとして参加。２０１１年、斎藤久志監督『スーパーローテーション』で脚本デビュー。主な作品に『なにもこわいことはない』（脚本）、『つまさき』（脚本・監督・製作）、『名前のない女たち　うそつき女』（脚本）、ほか舞台『激嬢ユニットバスvol.3公演　dishes』（脚本）など。

○住宅街

まだ誰も起きていない早朝の街。
スケートボードを片手にアパートから出て来た少年、小泉彰（17）。
道路に向かって走り出すと、ボードを足元に置き、ひらりと飛び乗る。
片足で路面を蹴りスピードを上げる。
ボードに乗ったままジャンプ、着地。
頬には薄っすらと打撲痕がある。
彰、路面を何度も蹴り、だだっ広い道をどこまでも進んで行く。

○国道

走る一台の車。
誰かを探して、脇見しながら運転する女。
目の前を飛び出してきた何かを避けようとハンドルを切り、急ブレーキ。
車から降りてきた女、工藤純子（25）。
さっき避けた何かの動物が、道脇の藪の中でガサガサと草を揺らして去って行く。
純子、目を凝らして藪の中を見ているが、やがて音が止む。
スマホの着信音が鳴り、電話に出る。
純子「もしもし研二くん？――え？」

○精神科病院・診察室

工藤和雄（32）、充血した目で、そわそわと体を揺らし椅子に座っている。
両拳を膝の上でぎゅっと握り、体中がこわばっているのがわかる。
対面に座る宇野正子（60）、ひとつ質問をする度に、和雄を透かし見るような眼差しをし、カルテを書き込んでいく。
宇野「物忘れをしますか？」
和雄「はい」
宇野「今やったことでもすぐに忘れたりしますか？」
和雄「はい」
宇野「自分を駄目な人間だと思いますか？」
和雄「はい」
宇野「死にたいと思う時がありますか？」
和雄「はい」
宇野「仕事上のトラブルはないですか？」
和雄「――はい」
宇野「本当に？」
和雄「……」
宇野「どうですか？　仕事上のトラブルは本当にないですか？」
和雄「――ありました」
宇野「何を考えました？」
和雄「――性格を変えたいと思いました。僕はまるで正反対の僕にならなければ、助かる道はないと思いました」
宇野「そうですか」
和雄、次の質問を待って宇野を見つめる。
宇野、ペンを置いてカルテの上で指を組み、和雄の目を正面から見る。
宇野「大変でしたね」
和雄、緊張が解け、ふっと深く息を吐く。
和雄「――はい」
握っていた拳を開き、ズボンで手の汗を拭う。

○同・ロビー

診察室から出てくる和雄。
ソファに座って待っていた佐久間研二（32）、和雄に気付いて顔を上げる。
和雄、研二の隣に座る。
研二「何だって言われた？」
和雄「自律神経失調症だって。でも、本当なのかな」
研二「医者が言うんだからそうなんだろ」
和雄「今日から走るようにって」
研二「そうか」
和雄、顔を上げ周囲を見やる。
間隔をあけて座っている外来患者たち。
和雄「――高校の、星崎っていただろ」
研二「ああ、野球部の」
和雄「星崎がこの病院の前通って学校通ってて、いつも変な声とか叫び声とか聞こえるって言うから、みんなで見に来たことあったな」
研二「そうだっけ」
和雄「まさか、自分がここの患者になるなんてな」
研二「ここ、会社の医務室で紹介されたんだろ?」
和雄「ああ、紹介状渡されて」
研二「なら安心だよ」
研二、和雄の持っている『エアロビクス運動―運動療法の栞』と刷られたパンフレットを手にとって眺める。
研二「俺の従兄弟も同じ病気になったよ。今、実家に戻って元気でいるよ」
和雄、窓外を眺める。
テラスで入院患者が体操をしたり歩いたりしている。

○ **同・出入口**

入って来た純子、ロビーを見渡す。
和雄と研二を見つけ、手を挙げるが、二人は気付かない。
会計「工藤さん、工藤和雄さん」
窓の外を眺めていた和雄、研二に肩を叩かれ、会計窓口に立つ。
純子、研二に歩み寄る。
純子「研二くん」
研二「純ちゃん」
純子「今日仕事は?」
研二「大丈夫。今日は休み」
純子「ごめん、びっくりしたでしょ。まさか研二くんちに行ってたなんて。朝どこかに出かけたまま帰ってこないから、ずっと探してたんだけど」
研二「昼過ぎに突然家に来て、病院に連れて行ってくれって」
純子「なんなんだろ。私がいくら病院行こうって言ってもダメだったのに」
研二「入院したら、純子と両親に伝えてくれって、泣いてたよ。あいつ、自分が入院すると思ってたんだろうな」
純子「――そう」
純子、会計をする和雄の後ろ姿を見やる。
処方箋を受け取り、振り向いた和雄。
二人の目が合う。

○ **走る車の中**

ハンドルを握る純子、カーナビを頼りに慣れない道を走る。
助手席にぼんやりと座る和雄。
純子「さっきそこでね、車の前を横切ったの。たぶんキタキツネだと思うんだけど。すぐ逃げてっちゃって、姿は見えなかった」
和雄「それたぶん犬か猫だよ。ここら辺じゃキタキツネ、基本見ないから」
純子「え? そうなの? なんだ」
和雄「うん」
純子「北海道に来てまだ一度も見てないな。和くんは子供の頃から何度も見てるでしょ?」
和雄「(うとうとして)うん……」
純子「いいな。見たいな。私、動物の中でキツネが一番好きなんだよね。今まで何回くらい見た?」
和雄「……」
純子、チラリと和雄を見る。
和雄、眠っている。

○ **工藤家・表**

二階建ての小さな家の前で停まる車。
何度も切り返して車庫入れするが、結局斜めのまま停まる。
車から降りてくる、和雄と純子。
和雄、足元が頼りなくふらつく。
心配気に見ながら、玄関の鍵を回す純子。
扉を開けると、雑種の中型犬が迎えに来る。
純子「ニコ、ただいま」

○ **同・一階**

ドッグフードを食べているニコ。
純子、換えたばかりの水をニコの横に置

く。

スウェットに着替え、二階から降りて来る和雄。

純子「ねえ、いくら運動療法って言っても、今日はもう薬飲んで寝たほうがいいんじゃない？　この三日くらい全然眠れてないでしょ。ほとんど何も食べてないんだし」

和雄「大丈夫。車の中で少し寝たから」

純子「せめて何か食べてからにしたら？　倒れちゃうよ」

和雄「さっき食べたよ」

純子「さっきって？　何食べたの？」

和雄「研二と病院に行く途中。コンビニのパン」

和雄、スニーカーを履き靴紐を締めると、立ち上がり玄関を開ける。

ニコ、和雄について行こうとする。

純子「ニコ、待って」

と、裸足のまま三和土に降りてニコを抑える。

それに気付いてないのか、振り返らず出て行く和雄。

○　住宅街

一定のスピードを保って走る和雄。

○　川沿いの道

和雄、走って来て、グラウンドに入っていく。

○　土手

グラウンドを囲むようにある土手を走る和雄。

だんだんと息があがり、苦しそうな表情。

×　　×　　×

土手の下を、ニコを連れて散歩する純子。

犬連れの人とすれ違い、笑顔で「こんにちは」と挨拶を交わす。

顔を上げると、土手に座り込んでいる和雄が見える。

ニコも気づいて、走り寄ろうとするが、リードを持って立ち止まる純子。

純子「ダメよ。今パパ疲れてるから。お家帰ってからね」

とニコを反対方向に連れて、離れていく。

○　高校・教室

机にひっついて模擬試験の問題を解く生徒たちの中で、ただ一人顔を上げて周囲の様子を見渡している彰。

試験監督の教員が近寄ってきて、彰のテスト用紙を覗き込み、小声で話しかける。

教員「小泉、終わったら提出して休んでていいぞ」

頭を抱えて問題を睨んでいた鈴木修太(17)、ちょっと顔を上げて彰を見る。

彰、テスト用紙を教卓に置き、教室を出て行く。

○　同・バスケ部の部室

制服を脱ぎ練習着に着替える彰。

その隣でずっと喋っている修太。

修太「でさ、その七メートルの岩からダイビングするんだよ。海水浴場からちょっと離れたところの海の中に突き出てて。スッゲー勇気いるんだけど。肝試し、みたいな？　でも勇気がいるのは最初のうちだけだし、何度かやれば慣れるよ。この町の男はみんな一度は経験してる」

彰、屈んでバスケットシューズの紐を締める。

修太「小泉くんもやらない？」

彰　「ああ、いいよ」

修太「よし、夏が楽しみだな」

と彰の肩を叩き、他の部員の所に行って何かヒソヒソと耳打ちする修太。

彰を見て、二、三人がニヤニヤ笑う。

彰、彼らを見返す。

○　同・体育館

2チームに分かれ、試合形式で練習する

バスケ部員たち。

彰がドリブルで抜いていく。

ゴール下まで攻めた彰、修太のディフェンスを突破しようとして服を引っ張られ、転倒。

笛は鳴らず、ボールを奪った相手チームがカウンターを決める。

転んだ場所に座ったまま、見ている彰。

○ **工藤家・寝室**

ベッドで鼾をかいて寝ている和雄。

純子、カーテンを開けて光を入れる。

純子「和くん、ご飯できたよ」

和雄、眠ったまま。

純子「朝ちゃんと起きるようにって、先生に言われたんでしょ」

純子、ベッドに座り、掛布団をめくる。

眉間に皺を寄せる和雄に、くすくすと笑う純子。

和雄、一瞬純子を睨みつけるように目を開け、布団を被る。

純子「（驚いて）……」

○ **同・一階**

純子、椅子に乗って切れた電球を換えている。
寝ぼけ眼で階段を降りて来た和雄、時計を見ると十四時半を過ぎている。
和雄「またこんな時間か。朝、起こしてよ」
純子「起こしたよ。覚えてないの？　すごく不機嫌そうだったけど」
和雄「――薬飲むと眠れるけど、起きるのがしんどいんだ」
純子「スープあるから、温めて食べて」
和雄「ああ」
テーブルの上には、ラップのかかったオムレツとサラダの皿。
和雄、食パンを一枚トースターに入れ、野菜スープを温めてよそい、席について食べ始める。
テーブルの下から見上げているニコに、パンの耳をちぎってやる。
純子「（和雄を見ずに）ニコに人間のものあげないでね。体に悪いから」
和雄「あげてないよ」
純子、椅子から降り、古電球を片付ける。
純子「よし。じゃあお散歩行こっか、ニコ」
和雄「食べたら行くよ」
純子「いいよ。しばらくは私が行くから。今日も走るでしょ？」
和雄「そうだけど」
純子、電気屋の紙袋を和雄に渡す。
純子「これあげる」
和雄「何？」
包みを開けると、スマートウォッチ。
純子「走った距離も時間も出るし、脈拍も測れるみたいだよ」
和雄「ありがとう」
純子「うん」
和雄、スマートウォッチを装着すると、説明書を開く。
純子「あ、そのボタンをね」
と和雄に近寄る。
和雄「大丈夫」
と、純子を避ける。
純子「……」

○ **土手**

苦しい表情で走っている和雄。

時折、スマートウォッチを見ている。

年配の男が「こんにちは」と和雄を追い越して行く。

和雄、追い越そうとするがどんどん先に行かれてしまう。

○ **市民プール**

高齢の利用客ばかりのプール。

たった一人、上級者レーンをクロールで泳ぐ少年、高田弘斗（16）。

プールサイドを歩いてくる彰、上級者レーンの飛び込み台に立つ。

監視員「そこ！　飛び込み禁止だよ」
彰、監視員を見るが、構わず飛び込む。
バシャン、と胸を水に打ち付ける彰。
ホイッスルが鳴る。
監視員「ダメだって！」
彰、浮かび上がるが、足がつかないのか溺れる。
弘斗、泳いで来て彰を助けようとする。
彰、自分でコースロープにしがみつく。
弘斗「溺れてたよね？」
彰「溺れてないよ」
弘斗「泳げないでしょ？」
彰「……」

×　　×　　×

プールサイドに並んで座っている彰と弘斗。
彰、腹打ちの飛び込みで、顔も真っ赤になっている。
弘斗「知らないな、そんな場所。大体この町じゃ海で泳げる時期が短いし。泳ぐ奴自体少ないよ」
彰「ふーん。そっか」
弘斗「俺毎日ここ来てるけど、今のところ高齢者しか見たことない」
彰「毎日？　すごいな」
弘斗「まあね。泳いで本州まで行けるくらいには泳いでる」
彰「（笑って）じゃあ、飛び込みなんて余裕だな」
弘斗「（笑って）たぶんね」
彰「見せてよ。お手本」
弘斗「今？」
彰「ああ」
弘斗「いいよ」
と立ち上がり、飛び込み台に向かう。
監視員、ホイッスルを鳴らしながら近付いて来る。
弘斗、綺麗に頭から飛び込む。
監視員「お前ら、いい加減にしろ！」

○同・駐車場

スケボーに乗って行ったり来たりする彰。
座ってコーラを飲んでいる弘斗。
弘斗「一高なら、片岡って知ってる？　二年生の。俺中学であいつにいじめられて不登校になったんだよね」
彰「知らない。高一まで札幌で、こないだ転校してきたから。こっちに知り合い誰もいない」
弘斗「ふーん、そっか」
彰、スケボーを降りてコーラを飲む。
弘斗「あのさ、俺が泳ぎ教えるから、代わりにスケボー教えてよ」
彰「いいよ」
弘斗「やった」
彰、スケボーを弘斗に蹴って転がす。
弘斗、足で受け止めてスケボーに乗るが、滑って尻から転ぶ。
弘斗「いってー。え、これ血出てない？」
とズボンをずらして半ケツになる弘斗。
彰「見せるなよ」
彰、笑う。
弘斗も笑う。

○工藤家・寝室

純子、洗濯籠を持って寝室へ入って行く。
ベッドで鼾をかいて寝ている和雄の横を通り、ベランダへ出る。
ニコも一緒にベランダに出る。
純子、洗濯物を干し、和雄のスウェットもハンガーにかける。
風に揺れる洗濯物の中、ふと階下の景色を眺める。

○ロープウェイ・従業員駐車場

制服姿の純子、車の運転席に座りスマホで通話している。
純子「――そうなんです。病院で診断書貰って、三週間休職するみたいです。――ええ、お義父さんに紹介してもらった仕事だから、和雄さんも頑張ろうと無理してたんじゃないかなって。――なんだか、せっかくこっち来たのに、結局悪くなっちゃいましたね。東京よりのんびりしてて良い環境だと思ったんですけど。――そうですね。伝えておきます。――落ち着いたら一度行きますね。お義母さんたちも体に気をつけて。――はい、それじゃあ」

　純子、電話を切り、ふっと息をつく。

　車を降り、従業員入口へと歩いて行く。

○**工藤家・寝室**

　昼過ぎになって目を覚ました和雄。

　起き上がり、ふらつく足でトイレへ行く。

　長い長い放尿の音。

　手を洗い、戻ってきた和雄。

　煙草を手に取りベランダに出る。

　ニコも一緒についてくる。

　干された洗濯物の中で、煙草を吸う。

　自分のスウェットが乾いているのを確認し、それだけを取り込む。

○**土手**

　和雄、走っている。

　二回吸って二回吐く、呼吸法。

　腕を大きく振って、ストライドを伸ばす。

○**陸橋**

　走る和雄の視線の先に、海の中に浮かぶ人工島が見える。

　和雄、スマートウォッチを見ると、二・五キロ走った表示。

　折り返して、来た道をまた走って行く。

○**道**

　走っている和雄。

　雨が降ってくる。

　ペースを落とさず走り続ける和雄。

○**工藤家・表**

　雨に濡れながら、急いで車の後部座席から買い物袋を下ろす純子。

　二階のベランダを見上げる。

　洗濯物が雨に濡れている。

　和雄のスウェットだけが取り込まれたのか、空のハンガーが一本かかっている。

○**工藤家・一階**

　純子、流しに置きっ放しの和雄の食器を洗っている。

　と、玄関の鍵を回し、扉が開く音。

　ニコが走って迎えに行く。

純子「お帰り」

和雄「ただいま」

　ずぶ濡れの姿で帰ってきた和雄。

純子「この雨の中走ってたの？」

和雄「途中で降ってきた」

純子「風邪ひくよ」

和雄「うん、すぐ風呂入る」

純子「今日はどこまで？」

和雄「橋の途中で折り返して、五キロくらいかな。それでも走り始めた日から比べると、倍の距離にはなってる」

　和雄、スマートウォッチを見て、カードに記録を書き込む。

純子「あのさ、洗濯物、雨に濡れちゃったんだけど」

和雄「ああ、そうか。家出た時はまだ降ってなかったから」

　濡れた服を脱ぎながら浴室へ向かう和雄。

純子「いや、そうじゃなくて。自分の服が乾いてたなら他のも乾いてたでしょ。一緒に取り込んでくれたら良かったのに――」

　シャワーの音。

　純子、ため息をつく。

　和雄の脱いだ服を洗濯機に放り込み、他の洗濯物と一緒に回す。

○**雑木林**

　茂みの中に隠れ、しゃがんで煙草を吸う彰と弘斗。

　彰、煙にむせて嘔吐する。

弘斗、それを見て笑う。
近くを歩く人の気配がし、煙草の火を消して林の奥へと歩き出す二人。
伐採した原木が積んである場所に出る。
一番太い丸太を選び、二人がかりで「せーの」で持ち上げる。
よろけながら運んでいく二人。

弘斗「どうすんの、こんなでかい木」
彰「メルカリで売る」
弘斗「売れるかよ。——痛てててっ！」
彰「手離すなよ」
弘斗「何か刺さった！　何？　虫？」
彰「離すなって！」

○ **同・表**

林の出口まで運んだ丸太の上に、腰掛けて休んでいる彰と弘斗。
コンビニの制服姿で、台車を押して歩いて来る高田恵美（19）。

恵美「弘斗」
弘斗、丸太から降りて台車を受け取る。
弘斗「ごめんごめん。ありがとう」
恵美「ったく、人をなんだと思ってるんだか。（彰を見て）友達？」
彰「どうも」
と、頭を下げる。
弘斗、台車を押して丸太に近づける。

弘斗「彰。このビッチが姉の恵美」
恵美「ビッチって何」
弘斗「違ったっけ」
恵美「こいつ友達いないから、仲良くしてあげてね」
彰「はい」
三人、「せーの」で丸太を台車に乗せる。
弘斗「（恵美に）ありがとう。もういいよ」
恵美「は？」
弘斗「彰、行こ」
と、台車を押す。
彰も恵美に会釈すると一緒に押して行く。
恵美「どこ行くの？」
弘斗「島！」

○ **人工島・広場**

広場の真ん中に置かれた丸太。
彰、スケボーでジャンプし丸太を飛び越える。
それを見て歓声をあげる弘斗。
走ってきた原付バイクが停まる。
バイクから降りてヘルメットを外す恵美。
交代してスケボーに乗る弘斗、ジャンプを失敗して転ぶ。
弘斗「うわ！」
恵美「（笑って）あーあ」
彰「やる？」

恵美「やりたい。教えて」
彰、恵美の手を引いてスケボーに乗せる。
バランスを崩し「キャー！」と叫ぶ恵美。

○ **精神科病院・診察室**

椅子に座って、正面を見ている和雄。
宇野、対面のデスクで心理テストの結果を見ている。

宇野「工藤さんの集中力は自分で考えているよりも劣ってはいません。心理テストではたったの四箇所しか間違ってないし、反復テストでも少し休憩するだけで集中力はちゃんと元に回復してます」
和雄「そうですか」
宇野「そろそろ、仕事に復帰しますか？」
和雄「復帰したほうがいいですか」
宇野「それは医者が決めることじゃなくて、自分で決めることです」
和雄「今の仕事は辞めるつもりです」
宇野「それもいいでしょう。営業でしたよね。ストレスの多い仕事はこの病気に向いてないですから。それで生活の方はどうします？」
和雄「しばらくは、失業保険で」
宇野「それじゃ、ゆっくり仕事を探すことですね。焦ることはないです。人生はあなたの齢ではまだ始まったばかりも同然ですから。本も読みたければどんどん読んで構いません。集中力も充分すぎるほどあります。要するに、この間までは自分でも気付かないぐらい疲れていたんですね」

　宇野、記録カードを見ながら、

宇野「うん、睡眠時間も安定してきてる」

和雄「薬はもういいです。充分眠れますから」

宇野「まあ、薬に頼らないのが一番だからね。それじゃあ、いきなりやめるのではなく、少しずつ減らしてみましょうか。もしそれで眠れなくなったり調子が悪くなったりしたら、すぐに来てくださいね」

和雄「はい」

　宇野、カルテに何か書き込んでいる。

　和雄、気になってその文字を見ている。

　宇野、和雄を見て頷き、退室を促す。

和雄「――ありがとうございました」

　立ち上がり、出て行く和雄。

宇野「お大事に」

　和雄、ぎくりとして振り返る。

　宇野、カルテを記入している。

○同・ロビー

　窓際に立って庭を眺めている純子。

　和雄が戻ってきて隣のソファに座る。

純子「どうだった?」

和雄「経過は順調。治りが早いって」

純子「そう。良かった」

和雄「でも――宇野先生が、お大事にって言ってたけど、どういう意味だろう」

純子「え? どういう意味って?」

和雄「いや……」

　何かを考え込んでいる和雄の横顔を、心配気に盗み見る純子。

○工藤家・一階

　床に掃除機をかける純子。

　ソファで仰向けになって扇風機の風に当たっている和雄。

純子「ちょっと、ぼーっとしてないでテーブル拭いて」

和雄「ああ」

　和雄、体を起こすと、ドアチャイムが鳴る。

純子「あ、来た」

　慌てて掃除機を片付ける純子。

　和雄、玄関のドアを開けると、研二が立っている。

研二「オッス」

和雄「おう」

研二「お邪魔します」

純子「どうぞ」

　入ってきた研二、和雄にメロンの箱を渡す。

研二「これ、元教え子が送ってきたんだ」

和雄「ああ、ありがとう」

純子「わあすごい。今食べる? あ、でも冷やしてからのがいいよね」

研二「冷えてるよ」

純子「じゃあ今食べよう。(和雄に) こっちはいいから座ってて」

　と和雄からメロンを受け取り台所へ立つ。

　研二、ソファに座る。

　和雄、床にあぐらをかいて座る。

純子「学校は夏休み?」

研二「ああ。休み中も色々やることはあるけどね。そっちは、新しい仕事決まった?」

和雄「いや、まだ。職安に通ってるよ。だから今は無職」

研二「東京で活字をいじってた奴が、都落ちして戻ってきて、今度は無職か。波乱万丈だな」

和雄「初めて失業認定取りに行った時は、いよいよダメ人間になった気がしたよ」

研二「教師を辞めていつかそんな気分を味わってみたいな」

　純子、テーブルにメロンの皿を並べる。

　と食べ始める三人。

研二「甘い。食べ頃だな」

純子「美味しいね」
和雄「うん」
純子「いい先生なんだね。教え子からこんなの送ってもらえるなんて」
研二「中退して就職の世話した奴なんだけど、毎年何かしら送ってくるんだ」
和雄「研二が教壇に立って子どもに英語を教えるようになるなんて、高校の時は思いもしなかったよ」
研二「世の中には働きたがらない人間もいるし、仕方なく働いてる人間もいる。それから働かないといられない人間もいる。たぶん俺はその最後の部類だ」
純子「研二くんて体育の先生じゃないの？」
研二「よく言われる」
純子「だっていつもジャージだから」
研二「仕事着だよ。これ着るとパフォーマンスが上がるんだ」
　と首元の黒いアンダーシャツを引っ張って見せる研二。
純子「何のパフォーマンス？」
研二「だから仕事の」
純子「英語の先生なんでしょ？」
研二「うん、そう」
純子「え？」
研二「？」
　食べ終えると、落ち着かない様子でそわそわと時間を気にする和雄。
　立ち上がり、着替えてスマートウォッチを着ける。
純子「え、もう走りに行くの？」
和雄「うん」
純子「この時間じゃまだ暑いよ」
和雄「大丈夫」
研二「まだ毎日走ってるのか」
和雄「ああ、夏になってからは朝晩な」
研二「お前も案外努力家だな」
純子「今日くらい休めば？　せっかく研二くんが来てくれたのに」
和雄「休むと振り出しに戻るんだ」
純子「ほんと、狂ったように走ってるんだから」
和雄「狂わないように走ってるんだよ。毎日続けることがどんなにきついか、やらないとわからない」
純子「……」
　和雄、玄関でランニングシューズを履く。
研二「じゃ、俺も帰るよ」
　と立ち上がる。
純子「戻って来るまで待ってたら？」
研二「今日は帰るよ」
　玄関の外でウォーミングアップを始める和雄。
　研二も靴を履く。
　純子、見送りに立つ。
純子「ありがとう。メロンごちそうさま」
研二「いや、一人じゃ食べきれなかったから」
純子「ごめんね。また来てね」
研二「うん、ありがとう」
　和雄、走り出す。
　それに研二もついて行く。

○ 走る和雄

　その後を追うようにして走る研二、何かを話したそうにしている。
　土手を登る和雄。
　続く研二。

○ 土手

　並んで走る和雄と研二。
和雄「それじゃ」
　と言うとペースを上げる。
研二「ああ、また」
　和雄、振り返らずに手を挙げる。
　どんどん遅れて行く研二。
　やがて立ち止まり、去っていく和雄の後ろ姿を見つめる。

○ 陸橋

　走る和雄。

人工島が近づいて来る。

○人工島・外周

人工島に入ると、ぐるりと周回するコースを走る和雄。

一周回ってスマートウォッチで距離を確認し、そのまま止まらず二周目を回る。

広場には、スケボーで遊ぶ彰、弘斗、恵美の三人の姿がある。

○同・駐車場

原付バイクに跨っている恵美。

弘斗、スケボーを彰に返す。

恵美「ねえ知ってる？　今サーカス来てるんだって」

彰「知ってるよ」

恵美「一緒に行かない？　私、小さい頃見て以来だから見たいんだ」

弘斗「やだよ。ライオンとか臭そうだし。彼氏と行けば」

恵美「じゃあ来なくていいよ。彰と二人で行くから」

彰「いいね。決まり。いつにする？」

恵美「来月くらい？　近くなったら決めよう」

弘斗「俺も行くよ」

恵美「覚えてる？　弘斗、ゾウが怖いって泣いて、お父さんに肩車してもらったの」

弘斗「覚えてるわけないだろ。親父の顔も覚えてないのに」

弘斗、原付バイクの荷台に跨る。

弘斗「じゃあな」

彰「うん」

恵美「またね」

と言うと走り去って行く。

彰、スケボーに足を乗せると、地面を蹴ってスタートさせる。

○ロープウェイ・ゴンドラ内

外の景色を眺める乗客たち。

操作盤を背にして立つ、制服姿の純子。

ゴンドラが山頂に近付くと、操作盤を開いてスイッチ操作する。

純子「まもなく山頂駅に到着致します。停車の際は多少揺れますので、お気をつけください。右側のドアが開きます。ドア付近のお客様は少し離れてお待ちください」

○住宅街

ニコの散歩をする純子。

前から歩いてきた恵美、ニコを見て笑顔になる。

恵美「ワンちゃん。可愛い」

純子「（笑顔で）こんにちは」

恵美「こんにちは。触ってもいいですか」

純子「どうぞ」

恵美、しゃがんでニコを撫でる。

恵美「名前は何て言うんですか？」

純子「ニコです。ニコニコのニコです」

恵美「ニコちゃん。おとなしい。お利口だね」

純子「良かったねニコ。撫でてもらって」

恵美、嬉しそうにニコを撫でている。

純子「犬好きなの？」

恵美「犬も猫も好き。でも、うちアパートだし、おばあちゃんがアレルギーだから飼えないんです」

純子「いつか飼えたらいいね」

恵美「どうかな。家出たいけど、おばあちゃん置いてけないし」

純子「──そう」

恵美「もしかして、東京の人ですか？」

純子「そうだけど。どうして？」

恵美「なんとなくそんな気がして」

純子「？」

恵美、純子を見上げて、笑う。

○人工島・広場

丸太の上に立って、両手の手持ち花火を振り回している弘斗。

彰と恵美、線香花火に火をつける。

弘斗、丸太から飛び降り花火の袋を探る。
弘斗「打ち上げ花火もあるよ」
恵美「まだやる？」
彰「次でいいんじゃない」
弘斗「とっとくか」
と袋の口を締める弘斗。
彰の線香花火の火種が足に落ちる。
彰「アチッ」
恵美「大丈夫？」
彰、足を見ると、火傷の跡がついている。

○同・水飲み場
彰、水道の流水で火傷を冷やす。
彰が水を止めると、恵美、屈んで彰の足に手を触れる。
恵美「痛い？」
彰「ううん」
スケボーに乗って来た弘斗、買って来たキズパワーパッドを恵美に渡す。
弘斗「これでいい？」
恵美「ああ、うん。それ」
恵美、彰の足をハンカチで拭き、火傷跡にパッドを貼って、手で押さえる。
彰、見上げた恵美と目が合う。
黙ったまま靴下とスニーカーを履く彰。
外周を走って来た和雄、三人の横を駆け抜けて行く。

三人、思わず和雄の姿を目で追う。
彰、不意に、和雄の後を追って走り出す。
それを見て笑い声を上げる恵美。
弘斗、スケボーから飛び降り一緒に駆け出す。
恵美「やめなよ」

○同・外周
和雄と彰、弘斗、列になって走って行く。
ぐるりと一周してまた戻ってくる三人。
ついていけず、途中で脱落する弘斗。
恵美「弘斗バテてんじゃん」
弘斗「うるせえ」
弘斗、両膝に手を付いて前屈みで喘ぐ。
止まらずもう一周回る和雄と彰。
彰、懸命に走って和雄と並ぶ。
走りながら目を見交わす、和雄と彰。
和雄、少しピッチを早める。
それでも並んで走る彰。

○同・広場
走って戻って来た和雄と彰。
弘斗、スケボーを枕に地面に伸びている。
しゃがんで見ている恵美。
恵美「明日筋肉痛で動けないよきっと」
彰、息が上がっている。
彰「しばらくバスケの練習サボってたから

な」
走りながら苦しげに言う彰。
和雄も走りながら、
和雄「しばらく僕も仕事サボってたよ」
彰、額の汗を拭って笑う。
和雄も笑う。

○市民プール
平泳ぎでゆっくりと泳いでいる恵美。
彰、やって来てその姿に見惚れる。
五十メートル泳ぎきったところで彰に気付き、手を振る恵美。
彰、恵美のところに行く。
彰「弘斗は？」
恵美「もうすぐ来るんじゃない？」
と、プールから上がろうとする。
彰、手を貸してやる。
恵美「ありがとう」
と、プールサイドに座る。
彰、その隣に座る。
彰「サーカスいつ行く？　来週までだけど」
恵美「ごめん。引越しの準備があって行けなくなっちゃった」
彰「引越し？」
恵美「彼氏と一緒に住むことにしたの。その方が学校にも近くなるし」

彰「——そっか。引っ越しはいつ？」
恵美「来月。ねえ、今度彼も連れてくるから会ってくれる？」
彰「なんで？」
恵美「彰が好きだから。紹介したいの」
彰「俺も恵美が好きだよ」
恵美「ありがとう」
そこにやって来る弘斗。
弘斗「（何となく空気を感じて）ん？　何？どうした？」
彰、立ち上がり、プールに飛び込む。
ホイッスルが鳴り響く。
泳いでいるのか溺れているのか分からない彰。必死に足をばたつかせている。

○人工島・外周

走る和雄。
その後を走る彰と弘斗。
彰、ピッチを上げて和雄と並ぶ。
無言で走り続ける三人。

○同・広場

並んで走って来る和雄と彰。
彰、息が上がって走りやめ、フェンスにしがみついて背中を波打たせる。
遅れて到着した弘斗、仰向けに倒れる。
彰、フェンスに背を凭れて和雄を見る。
和雄、一人黙々と走り続ける。

○高校・昇降口

下校する生徒たち。
上履きを履き替え、一人出て行く彰。
背後から来て、彰の肩に腕を回す修太。
その周りを二、三人のバスケ部員が囲む。
修太「おーい小泉くん、なんで練習来ないの。夏休みも全然来ないしさー」
彰「……」
彰、修太の腕を振り払うが、しつこく肩に腕を回してくる修太。
修太「練習サボってガリ勉してんのかと思ったら、何か女と遊んでんだって？　年上らしいじゃん。もしかして彼女？　あ、童貞卒業しちゃった？」
彰「友達の姉ちゃんだよ」
修太「さすが余裕だね。あ、そうだ小泉くんさ、前から聞きたかったんだけど、××大の指定校推薦受ける？　いや、あれって一枠しかないじゃん？」
と顔を近づけてくる修太を、見返す彰。
彰「なんだ、そんなこと気にしてたのか」
修太「は？」
彰「安心しなよ。俺はそんなレベル低いとこ受けないから。鈴木が行きたいんだろ？譲るよ」
修太、彰の肩に回していた腕を解く。
修太「女できたからって調子のってんじゃねーよ」
修太、彰の顔を一発殴り、腹に膝蹴りを入れる。
彰、腹を押さえて前のめりになる。
修太「聞いたよ。めぐみだっけ。ヤリマンなんだって？　今度俺らにも紹介してよ」
と、笑いながら去って行く修太たち。
彰「待てよ」
立ち止まり、振り返る修太たち。
彰「海はどうすんだよ」
修太「あ？　海？　何言ってんの？」
彰「岩から飛び込むんだろ。やってやるよ。今から行こうぜ」

○海へ続く道

自転車に乗った修太たちが海に向かっている。
修太の自転車の荷台に乗っている彰。

○岬・駐車場

眼下に見える海。
切り立った崖が真下に見えている。
修太「あれだよ」
と、崖を指差す。
彰「どっから降りるんだ？」

修太「あっち」
　と、顎でさす。
　彰、そちらへ歩き出すが、修太たちが来ないので立ち止まる。
彰　「見ないのかよ」
修太「ここから見てるよ」
　彰、仕方なく歩いて行く。
　笑いながらこっそり去って行く修太たち。

○同・階段
　入り口の前にある「危険、通行禁止」と「遊泳禁止」の看板。
　彰、立ち止まり振り返る。
　修太たちはもういない。
　それでもロープを跨いで入ろうとする。
警備員「ちょっと君、日本人?」
彰　「え?」
警備員「そこの看板読める?」
彰　「はい」
警備員「危ないから出て」
　彰、戻る。

○大学・学生食堂
　食べ終わった学生たちがステンレスの水槽に食器を放り込んでいく。
　和雄、それを鳥籠のような道具で掬い上げ、ベルトコンベアに食器をばら撒く。
　食器は筒の中に送り込まれ、降り注ぐ熱湯が洗い流す。
　和雄、受け口に行って、熱くなった食器を拾い、別々に仕分ける。

○工藤家・居間
　並んで座っている和雄と純子、その向かい側に研二。
　枝豆やカプレーゼ、ポテトサラダ、唐揚げなどをつまみに缶ビールを飲む三人。
研二「一日にどれだけの数の食器を洗ってるんだ?」
和雄「一人につき最低三個、いや湯飲みを入れると四個で、学生の数は五百人として確実に二千個以上だな」
研二「俺からするとその方が気が狂いそうだ」
和雄「半分は自動だよ。体は疲れるけど、物を相手にするのは性に合ってるみたいだ」
研二「すっかり肉体労働者だな。走ってるだけあって体も引き締まったし」
和雄「おう」
　と、服をめくって腹筋を見せる。
　研二、和雄の腹にパンチする。
和雄「いてて、おいやめろ!」
　普通に痛がる和雄に、笑う研二。
和雄「ちょっとトイレ」
　と立ち上がり、ふらつく和雄。
純子「(支えて)大丈夫?」
　和雄、笑って手を振り、トイレに行く。
純子「なんか、研二くんといる時が一番楽しそう」
研二「体調良さそうだね」
純子「うん、夜もちゃんと眠れてるし、仕事も慣れてきたみたい」
研二「良かった」
純子「研二くんが病院連れて行ってくれたおかげだね。私じゃたぶんダメだったから」
研二「そんなことないよ」
純子「あの時、和くんは私から逃げたかったのかなって」
研二「ただ混乱してたんだと思う」
純子「――そう?」
研二「俺は、純ちゃんといる和雄見て、よっぽど幸せなんだなって思ったよ」
純子「そうかな」
研二「高校の頃はもっと嫌な奴だった」
純子「嫌な奴、だったんだ?」
研二「いつも人を上から見下して、偉そうで、イライラしてて、わがままで、理屈っぽくて、皮肉屋で――」
純子「よく友達でいられたね」
研二「うん、だから今、幸せそうだよ」
　と、笑う。

純子、笑顔を作る。

○人工島・広場

彰のスケボーに乗って、身をくねらせ重心をとりながら、声をあげ行ったり来たりする弘斗。

それを見ている彰。

弘斗、かなり上達してきている。

×　　×　　×

丸太の上に並んで座っている彰と弘斗。

コンビニのパンを齧っている。

空には誰かのラジコン飛行機が飛んでいる。

弘斗「俺、学校辞めようと思うんだ」
彰「辞めてどうする?」
弘斗「考えてない」
彰「何か問題でもあるの」
弘斗「別に何もないけど、やりたいこともないし。でも辞めたら、うちのばあちゃん悲しむだろうな。恵美も出て行くし。あーあ、もう俺もどっか行きてえよ」
彰「どこに?」
弘斗「――わからない。でもさ、訳もなく人を殺す奴だっているんだから、学校辞めるくらい、理由なんかいらないよね」
彰「弘斗がそうしたいなら、いいんじゃない」
弘斗「時々、自分が嫌になることあるよ。彰はないの」
彰「嫌になる時があってもいいだろ」
弘斗「――彰は勉強できるから大学行くんだろ。ちゃんと目標があっていいよな。俺とは違って」
彰「何イラついてんだよ」
弘斗「彰は何でそんなに落ち着いてるんだよ」
彰「そう見える?」
弘斗「ああ、見えるよ」
彰「何か言って欲しいの」
弘斗「そういうわけじゃないけど」
彰「弘斗が何しようと止めないよ」
彰、立ち上がり、歩いて行く。
弘斗「そうだよ。彰に何か言って欲しかったんだ」
彰「帰るぞ」
弘斗「冷たいな。そんなんじゃ、そのうち周りに誰もいなくなるぞ」
彰「それでいいよ」
弘斗「そうかよ。もういいよ。勝手にしろ」
振り返らず去って行く彰。
弘斗、旋回するラジコン飛行機を眺める。

○海へ続く道

彰、スケボーに乗り、走って行く。

地面を蹴って、蹴って、蹴って。

まっすぐ進んで行く。

○岬

スケボーを片手に持ち、海を眺める彰。

スケボーを置き、靴と服を脱いで下着一枚になる。

岩を登っていき、てっぺんに立つ。

彰、声をあげて足から飛び降りる。

ザブン、と水しぶきが上がる。

○工藤家・トイレ

ズボンのファスナーを上げ水を流す和雄。

棚に置かれたドラッグストアの紙袋を手に取る。

袋の中には妊娠検査薬が入っている。

○同・台所

食器を洗う和雄。

純子、和雄から受け取った食器を拭いて、棚に戻していく。

和雄「妊娠検査薬、どうだったの?」

純子「ああ」

和雄、洗い終えて水を止め、タオルで手を拭く。

純子「二回やって、二回とも陽性だった。来週病院行ってからでないと確定ではないけど」

和雄「そっか」

和雄、食卓の椅子に座る。

純子「――嬉しくない？」

和雄「なんで？　そんなことないよ」

純子「あんまり喜ばないんだね」

和雄「まだよくわからないだけだよ」

純子「生まない方がいいの？」

和雄「そんなわけないだろ」

純子、片付けを終え、居間のソファに座る。

純子「あーあ、つまんない。帰りたい」

和雄「なんで」

純子「さあ、ホームシックかな」

和雄「そんなの、僕だって帰りたいよ」

純子「私は実家も遠いし、こっちに友だちもいないんだよ」

和雄「研二は友達だろ」

純子「研二くんは和くんの友達でしょ」

和雄「好きじゃない？」

純子「そうじゃないけど」

和雄、居間に来てソファに座る。

和雄「なんで怒ってるんだよ」

純子「なんでって――もういいや」

和雄「言わなきゃわからないだろ」

純子「わからないならいい」

和雄「もういいってなんだよ！」

純子「言ってもどうにもならないことだから。怒ってるのはそっちでしょ！」

和雄「だって、そうやって諦められたら傷付くだろ」

純子「自分だけ傷付いてるみたいな言い方しないでよ」

和雄「……」

純子「散歩行ってくる」

純子、立ち上がり、部屋を出て行く。

○土手

純子、土手の下の道をニコと歩いている。

純子「ニコ、ママ疲れちゃった。一緒に東京帰ろうか。飛行機乗れる？　嫌？」

ふと、以前和雄が走っていた場所を見上げると、土手の斜面を登っていく。

純子「――走ろう」

純子、ニコのリードを引いて土手の上を走り出す。

純子「走ろう、ニコ。走ろう。走ろう」

ニコと一緒に走る純子。

息が切れ、途中で立ち止まる。

○人工島・外周

走り込んでいる和雄。

広場で丸太の上に腰掛けていた弘斗、和雄の後を追ってついてくる。

和雄、走りながら広場を見やる。

ヘルメットを被ったまま原付バイクに寄りかかり、一人立っている恵美の姿。

和雄、走りながら、

和雄「あいつは来ないの？」

弘斗「……」

和雄「何かあったのか」

弘斗「ありゃしないよ、何も」

苦しげな息遣いで答える弘斗。

○同・広場

恵美、メットを外し、しゃがんで待っている。

走り終え、乱れた息で戻って来る弘斗。

和雄、外周を走っていく。

前屈みになって腰に手を当て歩き回る弘斗、時々苛立って空を見上げ、溜息みたいに息を吐く。

弘斗、無言で再びぐるぐると走り始める。

スピードを速め、闇雲に走る。

弘斗「（叫んで）恵美、花火持って来て！」

恵美、原付バイクに提げていた花火の袋を弘斗に渡す。

弘斗、袋をひっくり返し中身を全部出す。

打ち上げ花火を並べ、ライターで片っ端から火を点けていく。

夜空に次々と打ち上がる花火。

花火を見上げる恵美。
和雄、走りながら彼らを見る。
弘斗「泣くなよ」
と声がして、振り向く和雄。
恵美、泣いている。
恵美「そんなこと言ったって」
弘斗、恵美を肩車する。
肩車されたまま泣きじゃくる恵美。
弘斗「いいから泣くな」
花火が終わり、濃い煙に包まれていく弘斗と恵美。

○土手
ニコを連れてゆっくりと歩いている和雄。
唐揚げ串を食べている。
ニコ、それをじっと見上げている。
和雄「(気づいて)食うか?」
と、串から唐揚げを一個抜いてニコにあげる。
和雄「ママには内緒な」
嬉しそうに食べるニコ。

○工藤家・一階
和雄、買い物袋から食材を出してダイニングテーブルに並べ、冷蔵庫に詰める。
パジャマ姿で階段を降りてくる純子。
純子「おかえり」
和雄「ただいま。体調はどう?」
純子「ずっと船酔いしてるみたい」
和雄「夕飯、うどんにしようと思うけど、食べられそう?」
純子「わからないけど、食べてみる」
和雄「走って来てからでいい?」
純子「うん」
テーブルに並んだ食材と、精神科の薬。
純子、調味料を戸棚に片付け、薬を仕舞おうとプラケースの引き出しを開ける。
純子「薬、引き出しに入れとくね」
和雄「ああ」
引き出しの中は文房具や記録カードや病院の領収書、大量の薬で溢れている。
純子「あれ、薬こんなに余ってるの?」
和雄「飲み忘れたのが溜まってるんだ」
純子「余ってる薬の数かぞえて、そのぶん次から減らして貰えば?」
和雄「そうだな」
純子、いっぱいの引き出しに薬の袋を押し込んで閉める。
純子「どうだった? 病院」
和雄「うん。もうだいぶ良くなってるから薬はやめたいって言ったけど、ダメだった」
純子「ダメって、宇野先生が?」
和雄「工藤さんはもっと良くなる——もっと良くなる、って言うんだ」
純子「——そっか」
和雄「それって、まだ良くなってない、ってことなのかな」
純子「——あ、そうだ。洗濯物」
立ち上がる純子。
和雄「いいよ。休んでて」
と純子を制し、二階へ上がって行く和雄。

○人工島・外周
走る和雄。
広場を見やるが、少年たちの姿はない。
中央に、丸太がぽつんと置いてある。

○工藤家・居間(和雄の実家)
お節料理を囲んで雑煮を食べている工藤義信(57)、明枝(55)、和雄、純子。
純子、お腹が少し大きくなっている。
明枝「東京のお雑煮とは違うでしょう?」
純子「美味しいです」
明枝「純子さん、痩せたんじゃない?」
純子「つわりで五キロ痩せて、今二キロ戻りました」
明枝「大変ね。言ってくれれば手伝いに行ったのに」
義信「今は大丈夫なの?」
純子「ええ、食欲も出てきて、少しずつ食べられるようにはなったので」

義信「そうか。良かった」
明枝「和雄、しっかりしなさいよ。純子さんはあなたのためにこっちに来てくれて、ご実家は遠くて頼れないんだから」
和雄「わかってるよ」
純子「和雄さんの体調のためだけじゃないです。こっちは戸建てが安く借りられるから、犬が飼えるでしょ？　自然の豊かな所で犬飼いたかったんです」
明枝「そう言ってくれると気が楽になるけど」
純子「五ヶ月に入るまでほとんど寝たきりだったんですけど、犬の散歩も家事も買い物も全部和雄さんがやってくれたんです」
明枝「あらそうなの」
純子「はい。私は寝てただけ」
明枝「まあ和雄が病気の時は、純子さんに負担かけてたんだから、それぐらいはしてもらわないとね」
　純子、答えに困り、曖昧に笑う。
義信「仕事はどうなんだ」
和雄「心配ないよ。ちゃんとやってる」
義信「そこでずっとやっていくのか？　東京に行って大学まで出たのに、アルバイトみたいな仕事でいいのか」
和雄「仕事は仕事だよ」
義信「地方公務員の試験を受けたらどうだ？　お前は勉強ができるんだから、今からでも――」
和雄「自分が役所勤めだから、僕にもそうなれって言うのか。口出さないでくれよ」
義信「物を作る仕事がしたいって編集者になって、結局続かず戻って来たじゃないか。そんなことで子供が育てられるのか」
明枝「お父さん、久しぶりに来てくれたんだから――」
和雄「僕は、自分の子供には僕みたいな人間になってほしくないよ。勉強なんかできなくてもいいから、当たり前のことを楽しめる子になってくれたらそれでいい」
義信「お前は甘いよ」
和雄「学校に行って、家族ができて、友達がいて、恋をして、働いて、ただ生活していく。そういう普通のことが幸せだと思える人間になってほしい」
純子「和くんは、幸せじゃないの？」
和雄「……」
　明枝、立ち上がって、
明枝「おかわりいる人、お餅何個？」
義信「一個」
和雄「二個」
明枝「純子さんは？」
純子「私はもうお腹いっぱいです。手伝います」
　純子も立ち上がる。
明枝「いいのいいの。ゆっくりしてて」
純子「でも」
明枝「うちに来た時ぐらい休んでもらわないと。ね、座ってて」
　とエプロンを着け、流しで手を洗う明枝。
　純子、座り直す。
　黙りこくっている義信と和雄。

○人工島・広場

　真新しいスケボーに乗り、しきりに足で地面を蹴っている弘斗。
　外周を走って来る和雄の姿が見える。
　弘斗、通り過ぎていく和雄の後を追って走り出す。

○同・外周

　無言で走る和雄と弘斗。
　弘斗、ピッチを上げて和雄と並ぶ。
和雄「どうした？　やけに頑張るな」
　弘斗、口を噤んで走り続ける。
和雄「あいつはバスケ部にでも戻ったのか？」
　弘斗、怒ったような目で和雄を見る。
弘斗「死んだ」
和雄「え？」
　弘斗の顔を見て、走りやめる和雄。

弘斗も立ち止まる。
弘斗「彰、死んだよ」
和雄「……」
弘斗、黙って走り出す。
今度は和雄が、弘斗を追いかける。
和雄「事故か?」
弘斗「海に飛び込んだんだ」
和雄、困惑して路面を見つめる。
和雄「あの時か？　なんで話してくれなかったんだよ」
弘斗「余裕がなかった。めちゃくちゃ頭に来てて、誰とも口利きたくなかった」
和雄「それじゃなんで今頃」
弘斗「まだ走ってるかと思って」
と唇をほころばせ微笑する弘斗。
和雄「見ての通りだよ」
弘斗「しばらくぶりだと辛いな」
和雄「十キロでやめとこう。あと三周だ」
弘斗「やっぱり走ってたんだな」
苦しげな息で走る弘斗。

○同・広場

街灯に照らされて光るアスファルト。
フェンスに背中を凭れて座っている和雄。
弘斗、片足でスケボーを弄りながら、
弘斗「俺はもう子供じゃない。友達があんな風に死んだのに子供で居られるはずがない」
和雄、石を拾い、街灯の明かりに浮き出ている別の石めがけて投げる。
和雄「なんで死んだんだ?」
弘斗、噛んでいたガムを口から出してフェンスに貼り付ける。
弘斗「俺たちもそのことばっかり考えてた。頭から離れなかった。でも結局、わからないんだ。彰は一人で海に飛び込んだ。それだけだよ」
和雄、煙草に火を点け、一服する。
弘斗「他人の気持ちに触れやしないよね」
弘斗、スケボーに片足を乗せる。
弘斗「雪が降っても走るの」
和雄「ああ、もちろん」
弘斗「行くよ」
和雄「ああ」
和雄に笑いかけ、スケボーに乗って去っていく弘斗。

○土手（回想）

土手の上を歩く研二。
その後ろを歩く和雄、力を失って蹲る。
研二、立ち止まり、黙って傍にいる。
研二「病院、一人で行けるか」
和雄「ダメだよ。電車には乗れない」
研二「それじゃタクシーを使おう。送るよ」
和雄「もし僕がタクシーの中で暴れたら、どんなことをしてでも静かにさせてくれ。殴ってもいい」
研二「なんで?」
和雄「怖いんだ。家にいても息が苦しくなる。心臓が半分になったみたいで、今にも人間じゃなくなりそうで暴れ狂うような気がするんだ」
研二「わかった」
和雄「入院したら、純子に知らせてくれ。実家の両親にも」
研二「わかったよ」
和雄、膝を抱えて顔を伏せる。
研二「腹減ったな。何か食おうか」
和雄「店には入れない。怖いんだ」
研二「それじゃ、パンでも食おう。買ってくるからここで待ってろ」
土手を降りていく研二。
和雄、顔を上げると、研二はもういない。

○人工島・外周

一心不乱に走っている和雄。
唐突に走りやめて、ピタリと立ち止まる。

○土手

缶コーヒーを飲みながら、とぼとぼと歩いて帰る和雄。

向かいから歩いて来る研二に気付く。
和雄「研二。どうした?」
研二「お前の家に行ったけど、走りに行ってるって純ちゃんに言われたから、探しに来たんだ」
和雄「そうか」
研二「調子はどうだ?」
和雄「お前がそんなこと聞くの初めてだな」
研二「そうだっけ」
和雄「順調だよ」
研二「もうすぐ一年だな」
和雄「急に人前で泣いたり、うずくまったりしながら病院に連れて行ってもらったな」
研二「ああ」
和雄「どうしてああなるのか、どうしてあんなに心がひ弱いのか、今でもわからない」
研二「覚えてるか。ここで座ってパン食べてた時、向こうでラジコンの飛行機が旋回してたのを」
和雄「あの時のことは一つ残らず覚えてるよ。自分がどんな突拍子も無いことを考えたかもな。だけど、話したくない」
研二「医者には話すんだろ?」
和雄「いや」
いたずらっぽい笑顔で言う和雄。
研二「どっちにしろ、あれから走りっぱなしだな」
和雄「走りながら時々、どんどん悪くなって、まっしぐらに狂人に向かって突き進んでるような気のする時がある」
研二「いいじゃないか、もう」
和雄「そうなんだ。もし僕が時々、思ったり感じたりするように完全におかしくなって、病室に閉じ込められても後悔しないよ。それも僕には違いないから」
研二「そうなったら退屈しないように見舞いに行ってやるよ」
和雄「毎日走ってると、いろんなものが見れるよ。同じ場所を走ってるけど、見るものは同じじゃないいな」
研二「俺は暇な時はゴロゴロしてるよ」
和雄「健康なんだよ。研二は」
研二「高校が春休みになったらスペイン旅行に行くんだ」
和雄「どうしたんだ急に。日本が嫌になったのか」
研二「前々から考えてたんだ。一年間金貯めて、やっと目標額までいった。まずはカタルーニャに行こうと思ってる」
和雄「その頃も僕はきっと走ってるだろうな」
研二「俺がいなくても泣くんじゃないぞ」
和雄「お前こそスペインで泣くなよ」
研二、和雄の肩を拳で小突く。
二人、肩をぶつけあい、互いに脇腹を小突いてふざける。
並んで歩いて行く二人。

○**工藤家・玄関**

入ってくる和雄と研二。
研二、缶ビール六缶パックを持っている。
和雄「ただいま」
研二「お邪魔します」
階段を駆け降りてくるニコ。
純子、階段の上から声をあげる。
純子の声「おかえり。どこで会えた?」
和雄「土手」
純子の声「和くん、ちょっと来て」
和雄「何?」
和雄、階段を上がって行く。

○**同・寝室**

和雄が部屋に入ると、ベッドで足の爪を切っている純子。
純子「ごめん、爪切ってもらえる? お腹が邪魔で苦しくて」
和雄「ああ」
和雄、爪切りを受け取り、ベッドに座る。
研二、階段を上って来る。
研二「ビール、冷蔵庫入れといたよ」
和雄「サンキュ」

和雄、純子の足の爪を切っている。

研二、目のやり場に困りベランダを見やると、干された大量のベビー服やぬいぐるみ、シーツやガーゼが風に揺れている。

○**同・ベランダ**
研二、ベランダに出て、洗濯物を眺める。

和雄と純子もベランダに出る。

和雄「全部洗ったの？」

純子「うん。洗濯機三回まわした。赤ちゃんの触れるものは最初に一度水通しするの」

研二「小さいな」

純子「可愛いでしょ。これね、世界一幸せな洗濯、って言うんだって」

研二「へえ」

ニコもベランダに出てくる。

和雄、ニコをぐしゃぐしゃと撫で回す。

和雄「ニコ、お前に弟か妹が出来るんだぞ」

はしゃぐニコと、じゃれあって遊ぶ和雄。

それを見て笑う純子。

研二、二人を見ている。

○**同・居間**
ビール缶やスナック菓子が散乱するテーブル。
酔って床に転がっている和雄。
ソファに横になっている研二。
研二「純ちゃんは？」
和雄「二階で寝たよ」
研二「もうこんな時間か。そろそろ行くよ」
研二、立ち上がり、空き缶を流しに片付ける。
研二「スペインから帰ってきたら、和雄は父親になってるんだな」
和雄「父親になんてなれるのかな」
研二「羨ましいよ。家族がいて」
和雄「僕は研二が羨ましいよ。ずっと昔から」
研二「そうか？」
和雄「ああ」
研二「じゃあ、また」
研二、音を立てずに玄関の扉を閉める。
和雄、体を起こすと、研二の姿はもうない。

○**同・寝室**
ベッドで眠っている純子。

その傍らに立っていた和雄、そっと部屋を出て行く。

○**同・台所**
和雄、グラスに水を注ぎ、処方薬を一錠ずつ飲むと、居間のソファに横になる。

ヘッドホンを着けて音楽を流すが、やがて飽きて停止ボタンを押す。

部屋中に置かれた、ベビーグッズ。

和雄、起き上がり、プラケースから出した処方薬を一錠、また一錠と次々口に放ると、テーブルに残った酒で流し込む。

○**同・寝室**
目を覚ました純子、隣に和雄はいない。

○**同・台所**
純子、階段を下りていく。

ソファで寝ている和雄をチラリと見て、グラスで水道水を一杯飲む。

純子「ねえ、二階で寝たら？」

反応のない和雄。

純子、グラスを持ったまま居間へ行く。

テーブルに、大量の処方薬の空シートと空いた酒瓶が散乱している。

純子「和くん――和くん！」

純子、和雄の頬を叩くが、意識がない。

○**救急病院・待合室**
ソファに座っている純子と明枝。

義信、落ち着きなくウロウロと歩く。

明枝、大きな溜息を吐く。

明枝「もうすぐ赤ちゃんが生まれるっていうのに――」

純子、カバンからポケットティッシュを出して明枝に差し出す。
明枝、受け取って涙をぬぐい、鼻をかむ。
義信もソファに座る。
義信「――俺たちは育て方を間違えたけど、純子さんは上手く育ててくれよな」
純子「そんな、育て方間違えたなんて……」
明枝、手で顔を拭い、嗚咽する。
純子、明枝の背中をさする。
慌ててやって来た研二に、顔を上げる純子。
黙ったまま目が合う二人。

○精神科病院・閉鎖病棟・保護室

ベッドで眠っていた和雄、目を覚ます。
身体拘束具を着けられ、体が動かせない。
足音が聞こえ、首だけ起こして見る和雄。
開け放たれたドアの前で、回診に来た宇野が看護師（佐々木）と何かを話し、看護記録を見ている。
和雄「宇野先生？」
宇野「工藤さん、体調はどうですか？」
和雄「あの、何ですかこれ」
宇野「あなた自身の安全のためです」
和雄「安全？　いや、全然動けないんですけど」
宇野「自分が何をしたか分かりますか」
和雄「え、ちょっと飲み過ぎたんだっけ――」
宇野「ちょっと飲み過ぎたっていう量じゃなかったでしょう」
和雄「よく覚えてないです。とにかくこれ、外してもらえませんか。体動かせなくて辛いんです」
宇野「工藤さん――こちらも辛いんですよ」
和雄、宇野の顔を見上げる。
怒りとも哀れみとも侮蔑ともつかぬ表情で、和雄を見下ろしている宇野。
和雄「――僕の病気って、そんなに重いんですか」
宇野「――安全のためですから」
和雄「……」

○同・娯楽室

佐々木に付き添われ、娯楽室に入って行く和雄。
将棋を指したり、本を読んだりして過ごす入院患者たち。
和雄、端の空いているスペースに座る。
車椅子の男（清水）、和雄に視線をやる。
清水「拘束解けたのか」
和雄「……」
清水「きつかったろ」
和雄「――はい」
清水、和雄に煙草を差し出す。
和雄、ぺこりと頭を下げ、一本受け取る。
阿部が清水の車椅子を押して行く。
その後について、隣の喫煙所へ行く和雄。
清水のライターを借りて煙草に火を点け、ふーっと煙を吐く。

○同・面会室

向き合って座っている和雄と純子。
純子「はい」
と、差し入れの飲み物の入った袋を渡す。
和雄「ありがとう。今度煙草もお願いできるかな。まだ売店に行けないんだ。看護師にずっと見張られてて、許可が出ないから」
純子「わかった」
和雄「ニコは元気？」
純子「うん、元気だよ」
和雄「散歩大変でしょ？」
純子「大丈夫。お腹が張らなければ運動していいって言われてるから。あ、これ、こないだの健診の」
とエコー写真を見せる純子。
和雄「（写真の上下が分からず）こう？」
純子「これが顔で、目、鼻、口。これが手」
和雄「ああ、なるほど」
純子「性別確定したよ。やっぱり女の子だって」

和雄「そっか。女の子か」
純子「エコーでよく見えたけど、きれいな顔してたよ。口元がね、私じゃなくて、和くんに似てた」
和雄「そっか」
純子「名前考えないとね」
和雄「うん」
純子「明るい名前がいいな。ひかりとか、のぞみとか」
和雄「うん……」
　和雄の頬を、涙が伝う。
純子「――どうしたの?」
和雄「ごめん」
純子「何が?」
和雄「僕はいつも自分のことばっかりで。ごめん」
　純子、ハンカチで和雄の涙を拭う。
純子「前の会社で、私が入社したばっかりの頃、一緒に取材に行ったでしょ。私初めての取材で肩肘張ってて、周りみんな敵だとか思ってて、両手にカメラとか照明とか重い荷物持って一人で歩いてたら、後ろから来た和くんが私の持ってた荷物スッと持って、黙って歩いて行っちゃって」
和雄「――そんなことあったっけ」
純子「ただそれだけなんだけど、あの時、歩いていく和くんの後ろ姿見ながら、ああこの人のこと好きだなって思ったの。ちょろいかな?」
和雄「（やっと笑って）ちょろいかもな」
純子「ねえ、私が重荷になってる?」
和雄「違うよ」
純子「本当は、結婚なんてしたくなかった? 子供なんて要らなかった?」
和雄「違う」
純子「――なんでこんな風になっちゃったんだろうね。私たち」
和雄「……」
　和雄、純子の手を握る。
　純子も和雄の手を握り返す。

○同・廊下

　差し入れの袋を持って病室へ戻る和雄。
　立ち止まり、振り返ると、廊下を突っ切って閉鎖病棟を出て行く純子の姿。
　和雄、その後ろ姿をじっと見送る。

○同・ロビー

　純子、階段を下りてロビーに出る。
　開放病棟の入院患者がソファで面会者と談笑している。
　その横を通って、彼らを一瞥すると、玄関から出て行く純子。
　振り返らず歩いて行く。

○工藤家・表

　大きなお腹で、車にスーツケースや荷物を積んでいく純子。
　庭にリードで係留されているニコ。
　買い物カートを押した老婆（美代）と恵美が通りかかる。
恵美「こんにちは」
純子「あら。こんにちは」
恵美「ニコちゃんでしたっけ。ニコニコの」
純子「そうです。ニコニコの」
　恵美、しゃがんでニコを撫でる。
恵美「赤ちゃん生まれるんですね」
純子「ええ」
恵美「いいな。私、犬と猫と子供を一緒に育てるのが夢なの」
純子「全部叶うといいね」
恵美「絶対全部叶えます」
　恵美、車に積んでいる荷物を見て、
恵美「旅行ですか?」
純子「――東京に帰るの。ニコと一緒に、フェリーで」
恵美「フェリー? 飛行機じゃなくて?」
純子「飛行機だと犬は貨物扱いだけど、フェリーなら船室に一緒に乗れるから」
恵美「――へえ」
　恵美、純子を見上げて、

恵美「なんだか、町の人の顔になりましたね」
純子「そう？　ありがとう」
恵美「え？」
純子「？」
と、笑う。
立ち上がり、笑顔になる恵美。
美代「おめでとうございます」
純子「ありがとうございます」
恵美、会釈し、美代と並んで去っていく。
純子「ニコ、行こう」
純子、ニコを車の中に入れる。

○車内

ハンドルを握る純子。

後部座席には、ニコが座っている。

純子、何かを見つけ、ブレーキをかける。

道脇からキタキツネが顔を出す。

思わず目を輝かせる純子。

やがて藪の中に姿を消すキタキツネ。

純子、微笑んで。

スマホのバイブが鳴っている。

純子、電話には出ず車を発進させる。

○精神科病院・ロビー

公衆電話の受話器を耳に当てている和雄。

横には付き添いの佐々木が立っている。

呼び出し音が、やがて留守番電話に切り替わる。

和雄「純子、僕だけど。体調はどう？——こないだ差し入れの飲み物ありがとう。病院じゃ水かお茶しか出ないから、炭酸美味しかったよ。——今日宇野先生から言われたんだけど、もうすぐ閉鎖病棟から開放病棟に移動してもいいって。面会もいつでもできるようになるみたい。まだベッドに空きがないから、いつになるかわからないんだけど。——今までのこと考えてたんだ。僕が純子にしたことと、純子が僕のためにしてくれたこと。すごく反省してるし感謝してる。純子がどんなに大変だったかって。——お腹の子は順調？　ついててあげられなくてごめん。早く退院できればいいんだけど。——一度連絡ください」

○国道

走って行く純子の車。

○精神科病院・ロビー

和雄、受話器を置く。

佐々木「終わった？」

和雄「はい」

佐々木「じゃあ病室戻ろうか」

と先に歩いて行く。

和雄、顔を上げると、窓から差し込む、春の光。

ふらりとロビーを通り抜け、窓の方へ歩いて行く和雄。

佐々木「あっ！　工藤さん、ちょっと待って！」

気付いた佐々木、慌てて後を追う。

和雄、掃き出し窓を開け、テラスへ出ると、走って柵を乗り越える。

踏みしめる、草の響き。

和雄、拳を握りしめ、スピードを上げて。

まっすぐ走っていく。


—終—

ひらいて

首藤凜

〈脚本家略歴〉

首藤凜（しゅとう　りん）

１９９５年、東京生まれ。早稲田大学映画研究会にて映画制作をはじめる。『また一緒に寝ようね』がぴあフィルムフェスティバル２０１６で映画ファン賞と審査員特別賞を受賞。初の長編映画『なっちゃんはまだ新宿』はＭＯＯＳＩＣＬＡＢ２０１７で準グランプリ、女優賞、ベストミュージシャン賞の三冠に輝き、劇場公開された。その後、オムニバス映画『21世紀の女の子／I wanna be your cat』（19）に参加。本作『ひらいて』で長編商業映画デビュー。ドラマ『竹内涼真の撮休』（20／廣木隆一監督作）、『欲しがり奈々ちゃん～ひとくち、ちょうだい～』（21／城定秀夫監督作）では脚本を担当している。

監督：首藤凜

原作：綿矢りさ『ひらいて』（新潮文庫刊）

製作：「ひらいて」製作委員会

制作：テレビマンユニオン

配給：ショウゲート

〈スタッフ〉

プロデューサー　杉田浩光

撮影　岩永洋

編集　首藤凜

音楽　岩代太郎

〈キャスト〉

木村愛　高校三年生　山田杏奈

西村たとえ　高校三年生　作間龍斗

新藤美雪　高校三年生　芋生悠

竹内ミカ　高校三年生　鈴木美羽

多田健　高校三年生　田中偉登

岡野屋　愛とたとえの担任　山本浩司

藤谷　国語教師　河井青葉

守屋　養護教諭　木下あかり

木村頼子　愛の母　板谷由夏

新藤泉　美雪の母　田中美佐子

西村崇　たとえの父　萩原聖人

1　学校・東校舎・愛とたとえの教室〈初春・朝〉

窓から朝日が射し込んでいる。

少女の声「こんにちは。3月生まれは変わった人が多いと前に言っていましたね。」

誰もいないことを確認して、一人の少女が教室に入ってくる。新藤美雪（17）である。

少女の声「ロックスターが27歳で死ぬからじゃなくても、自分も遅くともそれくらいまでには死ぬだろうと、誰もが無意識に信じているこの教室で、わたしは誰よりも長く生きる気がしています。」

机の中に手紙を入れ、ふと席に座ってみる。斜め前方の空席を見つめる。

少女の声「それはずっと、この病気がもたらす予感だと思っていたけれど、もしかしたらただ単純にみんなよりも遅い3月に生まれたからなのかもしれませんね。」

やがて立ち上がり、出て行く。

2　学校・校庭〈初夏・日中〉

15人ほどの女子生徒たちがアイドルグループの曲に合わせて踊っている。

センターで踊る木村愛（18）、堂々。

後列で踊る美雪、足元がふらつきそっと列を抜ける。

愛、センターから下がるタイミングで抜けて、美雪について行く。

3　学校・校舎裏

校舎裏にやって来る愛。

倒れている美雪を見つけ、駆け寄る。

愛「新藤さん！　聞こえる?!」

美雪「ジュース…」

愛「何!?」

耳を近づけようと顔を傾けた拍子に、ポーチから出て転がっている注射器が目に入る。その周りに散らばる色とりどりの飴。

×　×　×

愛、ジュースの入った紙コップを美雪の口に傾け、飲ませようとするが、上手くいかず垂れてしまうばかり。

自分の口に含み、口移しで飲ませる。

と、目を開ける美雪。

愛「大丈夫？　もっと飲む？」

美雪、身体を起こして

美雪「ごめん…もう大丈夫です…」

愛「保健室送ろうか？」

美雪、ポーチと注射器を拾い、隠すようにして

美雪「あの、ごめん、大丈夫だから、ありがとう」

そそくさと立ち去る。

愛、落ちている飴を一つ拾い上げ、口に入れる。

4　学校・保健室

怪我をした腕を水道で洗っている体操着姿の西村たとえ（18）。

ベッドスペースのカーテンが開き、美雪が出て来る。

養護教諭・守屋（28）、気が付き

守屋「新藤さんもう落ち着いたの？」

振り向くたとえ。美雪と目が合う。

美雪「はい」

守屋「そしたら悪いんだけど、西村君手当してあげてくれない？　転んだんだって」

言いながら机の上の資料を漁っている。

美雪「はい」

守屋「じゃあごめん、よろしく」

守屋、慌ただしく立ち去り、遠ざかる足音。

たとえの腕を見て、微笑む美雪。

5　学校・東校舎・愛とたとえの教室

藤谷（36）の現代文の授業中。

小さな折り紙で鶴を折っている愛。目を上げる。

視線の先には、ガーゼが貼られたたとえ

の腕。

藤谷「はいーじゃあ、西村君」

たとえ「はい」

　立ち上がり、音読を始めるたとえ。

　また目を伏せ、鶴を折り続ける愛。

たとえ「宇宙に、何も知らない宇宙に、こんな存在がただ一つ、いくら小さくてもただ一つ出来たこと、人間ができたこと、このことを、この世紀でもやはり驚くべきである。たとえ五千年の歴史がどんな誤りを犯していても、」

　愛、折る手を止めて教科書に目を向け、「たとえ」の文字を指でなぞる。

たとえ「この二十万年の驚くべき現実に比べれば、四十日のすばらしい旅行の最後の一日に風邪をひいているようなものである。」

　また鶴を折る愛。

たとえ「ただ一日いくら鼻をたらしていても、人間が鼻をたらすものであることを悲観して首をくくるというわけにはいくまい。二十万年の勝利の跡が、今の、どの街のどんな隅にもころがっているのである。私たちの肉体のどの隅ににも。」

藤谷「はい」

　再び目を上げる愛。

　視線の先、席に着いたたとえの手は、爪の色が変わるほど強く組まれている。

　タイトル『ひらいて』

6　多田の家・多田の部屋〈日替わり・早朝〉
　ベッドで寝ている愛と竹内ミカ（18）。床には多田健（18）と男子一人が転がっている。
　机の上には、勉強道具、チューハイの缶、お菓子、タバコなど。
　目を覚まし起き上がる愛。男子を跨いで、トートバッグを肩にかける。
多田「帰んの?」
愛「うん」
多田「送ろうか?」
愛「いい」
　愛、そのまま部屋を出て行く。

7　多田の家・玄関
　二階から降りてきて靴を履く愛。家を出て行く。

8　道
　田舎道を自転車で行く愛。

9　学校・階段〜踊り場〈日替わり・日中〉
　ゴミ箱を持った愛が階段を降りて来る。

　ふと階下を見やると、踊り場の奥でたとえが隠れるように手紙のようなものを読んでいる。

　愛、ゴミ箱を階段に放る。派手な音と共にゴミが散らばり
たとえ「!」

　慌てて読んでいたものをポケットに入れる。

　降りて来る愛。

愛「ごめん!」

たとえ「いや、大丈夫」

　掃除用具箱から箒を取り出すたとえ。

×　×　×

　箒でゴミを集める二人。
　大体集まり、愛、ちり取りを持ってきてしゃがむ。集まったゴミにちり取りを寄せて共同作業しようとするも、たとえ、愛の持つちり取りを奪い
たとえ「いいよ」
　一人で掃き集める。
　手持無沙汰になる愛。
愛「たとえって」
たとえ「えっ?」
愛「変わった名前だよね」
たとえ「ああ…うん」
愛「どういう意味なの?」
たとえ「分かんないな」
愛「えー普通聞かない?　由来とか」

たとえ「聞かない」
愛　「いい名前だね」
たとえ「そう？」
愛　「一年の時はね、例えばのたとえだと思ってたの。イグザンプルの。でもこの前西村君が音読してるの聞いて、違う用法のたとえなのかなって思ったんだよね」
たとえ「そんなのあったっけ？」
愛　「うん。あれ、たとえ…何だっけ？　ごめん、忘れちゃった」
たとえ「…名前についてそんなに色々考えてもらったの初めてだな」
たとえの顔を視き込む愛。
照れたような表情のたとえ、箒と塵取りをしまい
たとえ「じゃあ、ゴミ捨てありがとう」
愛　「あ、うん。こちらこそ」

10　学校・東校舎・愛とたとえの教室

放課後の人が疎らな教室で単語帳を見ている愛。
自席に戻って来たたとえが視界に入る。盗み見ると、たとえはポケットから白い封筒を取り出し、机の中に入れている。と、ミカが勢いよく抱き着いてきて
ミカ「お待たせ！　うわお、ミカそれ全然やってない！」

11　道〈日中～夕〉

それぞれ自転車を走らせる愛とミカ。
ミカ「愛、昨日帰っちゃったでしょー。起こしてよ」
愛　「起こしたけどミカ爆睡してたもん」
ミカ「え、いびきとかかいてなかった⁉」
愛　「かいてたー」
ミカ「え、嘘⁉」
愛　「嘘」
ミカ「もー！」

12　予備校・駐輪場

自転車を止め、予備校に入って行く愛とミカ。
ミカ「私も東京にしよっかなー」
愛　「まじで？」
ミカ「うーん」

13　予備校・エントランス～階段～休憩スペース

教室の階に向かう二人。
愛　「東京まで追いかけて行って付き合えなかったらみじめじゃん」
ミカ「でも付き合えたらサイコーじゃない？　やっぱこっちの大学行ったら夢とか無いしこっちで就職しちゃう気がすんの。終わってない？」
愛　「夢ないのに東京行ったらはじまんの？」
ミカ「ねえ愛も一緒にさあ」
教室の階に辿り着き
ミカ「あ」
愛に目配せして、奥の休憩スペースに行くミカ。
男子生徒に肩をつつく。と、振り返る多田。
多田「うす」
ミカ「今日早くない⁉」
多田「そう？」
二人に追いつく愛。
多田「よ」
愛　「よ」
ミカ、鞄から弁当を取り出して、
ミカ「はいこれ」
多田「お、サンキュー」
愛　「じゃあまたあとでね」
多田「（廊下の奥を指して）馬鹿クラス」
ミカ「馬鹿じゃないし！」

14　予備校・教室

ミカの弁当を食べている多田。
多田「うっわ」
愛　「何？」

傷んだ部分のあるプチトマトを愛に見せ、ゴミ箱に向かって投げる多田。
放物線を描いてゴミ箱にプチトマトが入る。
多田「上手くねー⁉」

15 **国道沿いのゲームセンター〈夜〉**
撮ったプリクラを見ながらエスカレーターを降りてくる愛とミカ。UFOキャッチャーをしている男子A・Bに合流して見守る。
男子A「いけ！　いけいけいけ！　おわーーー」
ミカ「あーどんっどん偏差値下がってる感じする、今」
男子B「いや帰って勉強しろよ！」
ミカ「昨日何時間やった？」
愛「えーどうかなー」
ミカ「8時間？」
愛「そんなやってないって」
男子B「プリクラちょーだい」
愛「何でよ」
iPhone片手に戻って来た多田が、UFOキャッチャーを操作している男子Aに体当たりする。
男子A「うおーーーーーい！！！」
多田「今西高の奴らがうちの高校忍び込んでんだって」
男子B「何しにだよ。やっぱ馬鹿だな西高」
多田「来るかって」
男子B「いや、俺らどうせ明日も行くしな」
男子A「答案とか盗めんじゃね？」
多田「行こうぜ」
男子A「行かねえよ」
多田「行かねえのかよ」
話が終わりかけたその時
愛「私、行こうかな」
多田「まじか！　え、行こうぜ！」
男子B「(愛に) やめとけよ。バレたら受験ヤバいって」
ミカ「えーミカも行くー」
多田、電話をかけて
多田「行くわ。竹内と木村！」
多田、ちらりと愛を見やる。
愛、多田を見つめ返し笑う。

16 **ゲームセンター前**
ゲームセンターから出て来て、愛の自転車に跨る多田。
ミカは自分の自転車を取り出している。
多田「ほい」
愛、多田の後ろに跨り、躊躇なくその腰に腕を回す。

17 **道**
国道沿いを走る二台の自転車。
愛、自転車を漕ぐ多田に後ろから目隠しをする。
横を車がビュンビュンと通り、笑う二人。
その後ろを追うミカの自転車。

18 **学校・校舎裏のフェンス前**
自転車でやって来る多田、愛、ミカ。
西高男子Aが手を振っている。
西高男子A「おーい！」
多田「何やってんだよ」
Aの頭を叩き、笑う多田。
B・Cは既にフェンスの内側にいる。
よじ登るA、続いて多田、愛、ミカ。
ミカ「これパンツ見えてんじゃん⁉」
西高男子B「暗くて見えねーよ！」
飛び下りる愛とミカを西高男子が受け止める。

19 **学校・西校舎前**
西校舎に沿って歩く西高の男子たち。続く多田、愛、ミカ。
鍵の開いている一階の窓を指して
西高男子C「いえー」
愛、東校舎を振り返って
愛「ねえ、他に開いてる窓なかった？」

西高男子A「いや、ない。ここだけ」
　入って行く一同。

20 学校・西校舎・廊下〜渡り廊下

真っ暗な廊下をiPhoneで照らし、一人進む愛。

階下からは多田たちの笑い声が響いている。

扉の内鍵を開け、外の渡り廊下へ出て行く。

三階の高さの渡り廊下を進み、反対側の東校舎に辿り着く。扉に手をかけるが、やはり鍵が閉まっている。

辺りを見渡すと、渡り廊下から空中に壁沿いの窓が少し開いていることに気付く。

iPhoneをポケットにしまい、裸足になって渡り廊下の手すりに乗り上げる愛。

パイプを掴み、壁の窓のサッシに飛び移る——

21 学校・東校舎・廊下

高い窓から意を決してジャンプし、東校舎に入る愛。

何とか着地に成功し、ほっと息をつく。

22 学校・東校舎・愛とたとえの教室〜廊下

裸足でたとえの机を漁る愛。床には靴と靴下。
参考書と、有名大学の赤本が何冊か入っている。
更に教室後ろのロッカーを漁ると、参考書の奥の巾着袋から膨らんだ大きい茶封筒が出てくる。中身は大量の白い封筒である。
　と、廊下の奥から
多田「木村——？」
白い封筒を一通抜き取り、茶封筒を元に戻す。
多田「木村？」
　多田のiPhoneの光が教室を照らす。
多田「お、いた。あった？　忘れ物」
自分のもののように、隠しそびれた白い封筒をひらひらと振って見せる愛。
愛「答案盗めた？」
多田「いや無理。職員室鍵かかってた」
　愛、靴下をはき始める。
多田「（その素足を見て）お前来た時、渡り廊下の鍵開いてた？」
愛「ううん」
多田「え、窓開いてたけど」
愛「うん。窓から入ってこれ（靴）回収する時に鍵開けた」
多田「頭おかしいなお前」
　多田、立ち上がった愛を抱きしめる。
多田「好きなんだけど」
　じっと抱きしめられている愛。
多田「付き合って。受験前だけど」
愛「私のどこを好きになったの？」
多田「気が強いとこ」
愛「何それ、全く気強くないんだけど」
多田「いやお前、そうじゃん」
　愛、笑って腕をすり抜け
愛「気が強いって言葉、女にしか使わないね」
多田「学校じゃ良く言わない奴もいるけど、俺はずっと良いなと思ってた」
愛「何、私評判悪いの？」
多田「嫉妬だろ」
愛「ありがと。でも私好きな人いるから」
廊下から足音がして、ミカが教室に入って来る。
愛「ミカ！」
ミカに駆け寄る愛。
ミカ「めっちゃ怖かった〜〜〜」
愛に抱き着くミカ。
愛「えらいえらい。もう帰ろー」
多田「話終わってねえんだけど」
愛「え、何？　多田君も帰ろー」
ミカ「帰ろー」
腕を組んだ愛とミカに続き、多田も教室を出る。

愛「ミカ暗いところだめなのに一人で来たの?」

ミカ、答えずに組んだ腕に力を込める。

23 道

自転車を止めて、街灯の下で手紙を読んでいる愛。

便箋には、インクで書かれた綺麗な字が並んでいる。

愛（声）「たとえ君へ　こんにちは。はるばる見に行った大学はどうでしたか？　深夜バスでの長旅、エコノミークラス症候群にならないか心配しました。」

やがて読み終わり、自転車で走り出す愛。

愛（声）「さそってくれたのに、行けなくてごめんね。大丈夫なつもりでも、身体がついていかないことがあって。でもきっと、新幹線なら大丈夫です。早く一緒に東京の街を歩きたいな。」

どんどん漕ぎ、スピードを出す。

愛（声）「最近は夜が冷え込むから、風邪を引かないでね。こつこつ頑張るたとえ君が好きです。美雪」

24 愛の家・洗面台〈日替わり・朝〉

制服姿の愛、ヘアアイロンを当てている。

ストレートに伸ばされた髪が肩に落ちる。

鏡に向かって微笑んでみる。

25 愛の家・リビング

シフォンケーキを型から抜いている木村頼子（46）。

入って来る愛。

頼子「おはよう」

愛「おはよー」

頼子、愛にスムージーを渡して、シフォンケーキを見せる。

頼子「お父さんに送るの」

愛「一人でそんなに食べないでしょ」

頼子「これ、一言書いてよ」

渡されたメッセージカードに「おめでとう！」と書く愛。

頼子「もーこれだけ？」

愛、綺麗に伸ばした爪に薄ピンクのマニキュアを塗り始める。

頼子「やだ、その臭い。愛ちゃんも食べる？」

愛「いらない」

頼子、愛の手元を覗き込み

頼子「爪の形、そっくり」

愛に自分の手を見せる頼子。その爪は短く切られ、何も塗られていない。

愛「そう？」

26 学校・体育館

15人ほどの女子生徒が集まり、鏡の前で各々踊りの練習をしている。

女子生徒A「じゃあ一回合わせまーす」

愛、隣の女子生徒に

愛「ねえ、新藤さんって今日休みなの？」

女子生徒B「えっ分かんない。（Aに）ねえ、新藤さんは？」

女子生徒A「あー美雪ちゃん抜けた」

愛「なんで？」

女子生徒A「分かんない。先生に言われたから入れたのに自分でやめるんだもん、あの子。はーい、みんな位置ついてー」

女子生徒B「なんか糖尿なんでしょ？　別に太ってないのにね。え、てか愛友達？」

愛「ううん、別に」

女子生徒B「だよね」

27 学校・東校舎・愛の教室

クラスメイトのノートを返却して回る愛。

一番上に来たたとえのノートを、さっと一番下に入れ込む。

×　×　×

席で問題集を解いているたとえに

愛「はい、これ」

たとえ「お、ありがとう」

愛、机の上に出ているプリントを指して

愛「あ、これ解けたの?」
たとえ「うん、一応」
愛「教えてくれない? 今日当たるかもしれなくて」
たとえ「いいよ」
愛「ありがと」
たとえの前の席に座り、教えてもらう愛。
愛「いつも最後から二問目ひっかけじゃない? あの人」
たとえ「あー俺も思ってた」
愛「性格ひねくれてるよね」
たとえ「うーん、でもほんとにはひねくれてない、みたいな感じするけどな…」
愛「ふふ」
たとえ「ごめん、もう大丈夫?」
愛「あーうん。ありがと」

28 **学校・西校舎・美雪の教室の前**

賑やかな昼休みの教室を覗き込む愛。

席で一人ジャンプを読んでいる美雪の姿が。

美雪、ジャンプとお弁当袋を持って教室を出て行く。

29 **学校・西校舎・廊下〜理科室〜理科準備室**

距離を保って美雪の後をつける愛。

美雪が理科室に入って行く。

愛、追って覗くが、誰もいない。

奥の準備室の方に行き、また覗き見る。

美雪が薄暗い準備室で制服をまくり上げ、腹に注射を打っている。

30 **学校・東校舎・愛とたとえの教室**

自席で鶴を折っている愛、目を上げる。

視線の先、たとえが大人しそうな女子生徒に問題を教えている。

女子生徒「どこ?」

たとえ「髪、ほこり付いてる」

躊躇なく髪に触れて、取ってあげるたとえ。

女子生徒「ありがとう」

愛、目を伏せ、鶴を折り続ける。

31 **学校・東校舎・空き教室〈日中〜夕方〉**

部活の声が響く放課後。

愛、物置状態になっている教室に入り、そっと端の窓の鍵を開ける。

32 **予備校・駐輪場**

自転車を止め、予備校に入って行く愛。

33 **予備校・休憩スペース**

座って単語帳を見ている愛。
ミカ、やって来て愛の向かいに座り
ミカ「愛ってさあ、好きな人いるの?」
愛「え、別にいないけど。なんで?」
ミカ「ううん。じゃあ出来たら教えて」
愛「(笑って)教えるに決まってんじゃん」

34 **愛の家・愛の部屋〈夜〉**

勉強をしている愛。

集中出来ない様子で、iPhoneを手に取る。多田からLINEが来ているが無視する。

立ち上がり、部屋を出て行く。

35 **道**

自転車で爆走する愛。

36 **学校・校舎裏のフェンス前**

ママチャリを止め、周囲を気にしながらフェンスをよじ登る愛。

37 **愛の家・愛の部屋**

荒い呼吸で部屋に入って来る愛。その手には白い封筒が10通ほど握られている。

ベッドに腰掛け、封を開ける。

美雪の綺麗な字が並ぶ便箋。

愛(声)「たとえ君へ　こんにちは。一カ月が過ぎましたが、高校生活はどうですか?

と言っても同じクラスですね。」

38　**本屋〈日替わり・日中〉**

書架の間で本を探す愛。

愛（声）「学校では話せないから、たとえ君にもらったガラスペンで手紙を書くことにしました。インクがとっても綺麗に出るので、すごく気に入っています。」

医書コーナーにある『1型糖尿病をご存知ですか?』という本を手に取り、開く。

39　**学校・東校舎・階段～廊下〈日替わり・日中〉**

窓の前で足を止め、一階の渡り廊下を見下ろす愛。

視線の先には、移動教室中の美雪。

すると美雪の反対側からたとえがやって来て、すれ違う二人。目も合わさない。

愛「……」

40　**学校・理科室準備室**

美雪、弁当袋から注射器を出す。ブラウスをめくり、腹に注射を打とうとしたその時

愛「美雪ちゃん」

扉の前に立っている愛。

近づいて来て、机の上のジャンプをペラペラと捲りながら

愛「今どれが面白いの?」

美雪「え?」

愛「連載。面白いのある?」

美雪「あ、うん、そのチェンソーマンはすっごい面白くなってきてる！　この悪魔がね、あ、悪魔って分かんないか」

愛「へえー」

愛、ジャンプを閉じて

愛「美雪ちゃん、この前大丈夫だった?」

美雪「…うん、大丈夫！」

愛「文化祭のダンス抜けちゃったんでしょ?」

美雪「せっかく誘ってもらったんだけど…迷惑かけちゃうかなって」

言いながら、注射器を仕舞おうとする美雪。

愛「インスリン、気にせず打って?　一年の時、みんなの前で打ってたよね」

美雪「あー…あれ、なんか目立ちたがり屋みたいなことしちゃって…」

愛「一型は食生活とか関係ないんだよね」

美雪「えっ、詳しいね！」

愛「私の親戚にもいるの」

愛、美雪の手の中の注射器を見て

愛「打つとどうなるの?　私もやってみたい」

美雪「えっ?　なんで?」

愛「なんとなく。だめ?」

美雪「だめじゃないけど…。健康なのに、なんでこんなの打ちたいの?」

愛「なんとなくだって。痛いの?」

美雪「痛くはないけど…お昼もう食べた?」

愛「うん」

美雪「一応値一番小さくしておくね」

美雪、ダイヤルを回し、愛に注射器を差し出す。

愛「どこでもいいの?」

美雪「うん。皮膚をちょっとつまんで」

脇腹に注射器を刺す愛。

美雪「どう?」

愛「…なんかお腹いっぱいになった」

美雪「なにそれ。そんな薬じゃないよ」

愛「こんなの全然気にしないで打てばいいじゃん。美雪ちゃんにとっては、水を飲むみたいなことなんでしょ?」

美雪「うん。そうだよね」

41　**学校・東校舎・愛とたとえの教室〈日替わり・日中〉**

向かい合って座る担任・岡野屋（46）と、愛と頼子。

岡野屋「ちょっと期末がねー、落ちたんですけど」

頼子「はあ」

岡野屋「まあ、推薦は大丈夫でしょうね。文化祭実行委員も立候補してくれて、クラスのこともよくやってくれてますよ」

頼子「そうですか。しっかりしてるみたいで」

岡野屋「一般ならもっと難関も狙えたと思うけどなあ」

愛「いいんです。入ってからついて行けなくても困るし」

岡野屋「しっかりしてるなあ」

調子を合わせて笑う頼子。

42　学校・東校舎・廊下

廊下の壁にもたれかかっている愛。

教室の入り口で、頼子と岡野屋が世間話をしている。

愛、ふと廊下の奥に目を向けると、作業着の男が電子タバコを吸っている。

西村崇（45）である。やがて吸い終わったタバコを窓から捨てて、近づいて来る。

頼子「じゃあ、どうもありがとうございました」

扉を閉める頼子。

崇がすれ違いざまに愛想よく声をかけてくる。

崇「どうもーお疲れ様です」

頼子「こんにちは」

崇「あっ、これ！」

頼子「えっ」

崇、持っていた袋から蒲鉾を取り出し、頼子に押し付けるように渡す。

崇「うちの蒲鉾！」

頼子「え、いいんですか？　頂いちゃって」

崇「どうぞどうぞ！　美人母娘ですねえ」

頼子「ふふ、どうもすみません」

そのまま通り過ぎ、教室へ入って行く崇。

頼子「愛ちゃん知り合い？」

愛「え、知らないよ」

頼子「あ、そう。誰かのお父さんかな？　もらっちゃったー」

廊下の角からたとえがやって来て、足早に通り過ぎて行く。

頼子「袋とか持ってない？」

愛「ない」

振り向く愛。

たとえ、崇に続いて教室に入って行く。

43　学校・東校舎・階段

頼子「ファミレスでも寄ってく？」

愛「ちょっと忘れ物したから先帰ってて」

頼子「えー」

階段を登り、戻って行く愛。

44　学校・東校舎・愛とたとえの教室

やって来る愛。そっと教室を覗くと、岡野屋とたとえと崇が面談中である。

担任の机の前には蒲鉾の袋。

崇「まあ、東京で遊ぶのも社会勉強ですからね。四年くらいは自由にさせてやるのも必要だと思うんですよ」

岡野屋「ええ」

崇「俺も随分遊びましたね。まあ向こうの変な女には気を付けろってよく言ってますよ」

岡野屋「ええ。この調子でいけば第一志望も問題ないですよ」

崇「（たとえに）あとあれだな、母さんにも会いたいんだろ。（岡野屋に）こそこそ連絡取ってるんですよ」

たとえ「取ってないよ」

廊下の奥から人がやって来て、立ち去る愛。

45　映画館〈日替わり・日中〉

上映前。ポップコーンやジュースを持ってやって来る愛と美雪。

愛「パンフ買う人なんてあんまりいなくない？」

美雪「え！　私大体いつも買ってた」

愛「読むの？」

美雪「うん、終わった後にね」
など話しながら座席に。

× × ×

予告を見ている二人。
愛「なんか美雪って可愛いね」
美雪「ええ？　全然可愛くないよ」
愛「可愛くなかったらダンス誘われないでしょ」
美雪「そんな…愛ちゃんでしょ、可愛いのは」
愛「美雪って彼氏いるの？」
美雪「……」
愛「あ、これいるじゃん！　教えて」
美雪「愛ちゃんは？」
愛「いない」
美雪「ほんと？　愛ちゃん人気あるし絶対いると思ってた」
愛「いないし私の話いいから。どんな人と付き合ってんの？」
美雪「学校の人…」
愛「え、誰!?」
美雪「西村たとえ君っていうんだけど…」
愛「……」
美雪「どうかした？」
愛「ううん。知ってるもなにも私同じクラスだよ？」
美雪「うん、知ってる」
予告が終わり、照明が落ちていく。

46　カラオケ

こなれて歌う愛を憧れの目で見ながら、リズムに乗る美雪。
愛「入れた？」
美雪「あ、まだ」
美雪、デンモクを操作しながら、
美雪「私家族以外とカラオケ来るの初めて」
愛「ええ？　まじで？」
美雪「うん。あんまり最近の曲知らないんだけど…」
愛、美雪の操作するデンモクを覗き込み
愛「ジュディマリじゃん。好きだよ」
美雪「ほんと？」
画面に向けてデンモクを押す美雪。
『散歩道』のイントロが流れ始める。照れた表情でマイクを握る美雪。
美雪「そんな風に求めてばっかりじゃタマシイも枯れちゃうわ♪ムズかしい言葉ばっかりじゃあの娘とも仲良くなれないの♪……」

× × ×

それぞれデンモクを操作する二人。
愛「西村君って、うちら一年の時同じクラスだったよね。その時から付き合ってんの？」
美雪「やっぱその話？」
愛「当たり前じゃん」
美雪「塾が同じだったから中二の時から」
愛「うそ！　めちゃくちゃ長くない？　よくバレないね」
美雪「学校では話さないようにしてるから。出かけたりもあんまりしないようにしてて」
愛「なんで？」
美雪「たとえ君が親に知られるのを嫌がってて…」
愛「美雪の？」
美雪「あ、じゃなくてたとえ君の」
愛「なんで？」
首をかしげ、黙り込んでしまう美雪。
愛「えーでもそんなに長いならエッチしてるよね？」
美雪「えっ!?　してないよ！」
愛「何？　下ネタだめ？　してるでしょ」
美雪「してないしてない！」
愛「ほんとに？」
美雪「ほんとだって！　もうこの話やめよ〜」
テレビのコンセントを抜きに行く愛。宣伝の映像が音を立てて切れる。
愛、美雪の隣に座り距離を詰める。
愛「どこまでしてるの？」

美雪「何も…」
愛　「え、ちゅーも?」
美雪「うん。手は握ることあるけど…」
愛　「ヤバ。興味ないの?　そういうこと」
美雪「私はある、けど…たとえ君は何もしてこないから」
愛　「へえ。大切にされてるんだね」
　首を傾げ、微笑む美雪。
愛　「西村君とキスしたことないなら、あれが美雪のファーストキス?」
美雪「えっ?　ああ!　あれね。そうだね」
愛　「ちゃんとやり直そうか」
美雪「え?」
　愛、美雪に顔を近づける。
　身をこわばらせる美雪の顔を無理やり自分に向かせ、キスする愛。
　顔を離すと、部屋の電話が鳴り、愛が取りに行く。
愛　「(受話器に)はーい。あー…」
　美雪に見やる愛。
　狼狽した様子でジュースを飲んでいる美雪。
愛　「大丈夫です。はい」

47　橋〈夕〉

　遠ざかって行く美雪の後ろ姿を見つめる愛。

　橋を渡り切った美雪が振り返り、手を振る。

　愛、手を振り返す。

48　学校・東校舎・愛とたとえの教室〈日替わり・朝〜夕〉

　夏休み中の文化祭準備日。

　黒板には作品の完成予想図。花が無数の折り鶴で出来ている桜の木のモニュメントである。

　各々、幹や枝の部分を作ったり、鶴を折ったりしている生徒たち。

　愛、「鶴回収BOX」と書かれた段ボールに大量の鶴を入れている。

　ハーゲンダッツが入ったコンビニ袋を持ってやって来た岡野屋。

岡野屋「お疲れー。まあみんなせっかく折るんだから、何でもいいけど何か祈りを込めてなー。受験でもよし、恋愛でもよし、世界平和でもよし…」

　愛、たとえが教室に入って来るのに気が付き、目で追う。

×　×　×

　クラスメイトたちと鶴を折る愛。

　ふと見ると、廊下の奥でたとえが藤谷と何か話している。

　たとえ、両手をきつく握りしめている。

　愛、鶴を折り続ける。

×　×　×

　夜。作りかけのモニュメント。
　残っていた数人のクラスメイトが愛に声をかけてくる。
クラスメイトA「俺らもそろそろ帰ってい い?」
愛　「えーこれ塗り終わってないじゃん」
クラスメイトB「どーせ誰も見に来ないって」
愛　「でもこれ組み合わせた色塗ってるでしょ?　次同じ色作れないんじゃない?」
クラスメイトC「似た色塗れば良いんじゃん」
愛　「分かった。私、キリの良いところまでやるから」
クラスメイトA「まじ?　いい?」
愛　「西村君」
　作業を続けていたたとえが振り向く。
愛　「西村君も帰っちゃう?」
たとえ「あー…」
愛　「良かったら手伝ってくれない?」
たとえ「いいよ」
愛　「ほんと?　ありがとう」
クラスメイトB「じゃあお疲れ!　悪いけどよろしく!」
　ゾロゾロと帰って行くクラスメイトたち。

愛　「ごめんね、西村君も受験生なのに」
たとえ「いやいいよ。こういう作業結構好きだし」
愛　「ほんと？　気使ってるでしょ」
たとえ「使ってないって。塗ろうか」
愛　「うん」
ふいに破裂音が響き、二人同時にベランダを見ると、中庭から打ち上げ花火が上がっている。
立ち上がりベランダに出て行くたとえ。続く愛。
再び音が響き、花火がベランダに降りかかって来る。
たとえ「うわ！」
笑う愛。
下から「すいませーん」と声がして、ベランダから身を乗り出す愛とたとえ。
校舎から飛び出して来る藤谷。
花火を上げていた生徒たちが蜘蛛の子を散らすように逃げていく。
愛　「藤谷速っ！」
追いかけっこを見てしばし笑い、教室に戻っていく二人。
愛、たとえの後ろ姿に向かって
愛　「私と友達になったって美雪から聞いた？」
たとえ「…いや」
愛　「聞いてないか。最近仲良くなって、この前映画行ったんだよね」
たとえ「あー…そうなんだ」
愛　「西村君と付き合ってるって聞いて、すごいびっくりした」
たとえ「……」
愛　「…なんか、聞いちゃいけなかった？」
たとえ「いや、別に」
愛　「西村君が彼氏って聞いてほんとにびっくりした。私も西村君のこと、ずっと好きだったから」
たとえ「……」
愛　「一年の時から気になってたんだけど、話しかけられなくて、三年でまた同じクラスになれて嬉しかった」
たとえ「……」
愛　「ごめん。順番逆になっちゃったけど、美雪にも今度ちゃんと言うから」
たとえ「ああ、うん」
幹に刷毛で色を塗り始めるたとえ。
愛　「…私じゃダメ？」
たとえ「……」
愛　「私、西村君のこと本当に好きなんだけど」
たとえ「なんか嘘つかれてるんじゃないかって…」
愛　「え？」
たとえ「あ、いや、ごめん」
愛　「え、ごめん、どういう意味？」
たとえ「ごめん、上手く言えないんだけど、なんか嘘ついてるんじゃないかなと思った」
愛　「私が西村君を好きってことが？」
たとえ「いや、じゃなくて、全体的に…」
愛　「勇気出して言ってるのに嘘なんて酷くない？」
たとえ「…ごめん」
愛　「西村君って拒絶しないだけですっごい他人のこと嫌いだよね。他人嫌いなくせに自分の女は大事にしてるんだ」
たとえ「……」
愛　「なんで西村君が美雪を好きか分かるよ。弱くて優しくて狭い世界にいるからでしょ。一緒の世界にいるふりして、見下して、安心してる。ずっと二人の世界に引きこもってればいいじゃん」
鞄を掴み、教室を出て行く愛。

49　学校・廊下

逃げるように足早に歩く愛。
立ち止まり、振り返る。
無人の廊下が続いている。
愛（声）「たとえ君へ　また春がやって来ましたね」

50　愛の家・愛の部屋〈夜〉

勉強道具を広げた机の前で、ぼんやりしている愛。

愛（声）「この前会った時、少し痩せていたから、ちょっと心配です。成功だけが正しさを証明する手段だと言っていましたね。」

愛、引き出しから手紙を取り出す。

愛（声）「たとえ君はきっと合格するし、お父さんも分かってくれる日が来ると思う。」

51　学校・東校舎・愛とたとえの教室〈日替わり・朝〉

誰もいないことを確認して、教室に入って来る美雪。

愛（声）「たとえ君はこの街が嫌いだろうけど、わたしは結構愛着があります。それでも、たとえ君がこの街を出る時は、一緒に行きます。これからも二人で生きていきたいな。」

たとえの机の中に手紙を入れる。

人の気配に扉の方を見ると、登校して来たたとえが立っている。

親密な目線を交わし、教室を出て行く美雪。

52　学校・東校舎・廊下〈日替わり・朝〉

文化祭当日。準備で賑わう廊下。雑然と並ぶ椅子や机、モニュメントなど。衣装を着ている生徒たち。

文化祭委員の腕章を付けた愛がその脇を通り過ぎて行く。

登校して来たたとえ、愛とすれ違い、軽く会釈をする。

愛、目を逸らして俯き、歩き続ける。

53　学校・体育館〈日中〉

女子生徒たちがアイドル風の衣装を着て、鏡の前で踊りを合わせている。

センターの愛、度々動きが遅れる。

女子生徒A「（たまりかねて）ちょっとストップ！」

曲が止まる。

女子生徒A「あー…ごめん、愛ちゃん、やる気大丈夫？」

愛「ごめん」

女子生徒A「…優香子とポジションチェンジでいい？」

愛、フロントの女子生徒と入れ替わる。

女子生徒A「じゃあもう一回アタマから！」

54　学校・体育館・ステージ裏

ステージの裏で待機している女子生徒たち。

愛、列の端でぼんやりしている。

美雪「愛ちゃん…！　見に来ちゃった。（衣装姿を見て）すごい、なんか神様みたいに可愛いね」

愛「これリハだよ？」

美雪「うん。本番は人いっぱい来そうだから」

愛「あーそうだね」

美雪「あの…LINE見た？」

愛「ごめん、何だっけ？」

美雪「良かったら遊べないかなって。忙しい？」

愛「…いいよ。いつ？」

美雪「いつでも！」

愛「じゃあ今からは？」

美雪「え？」

愛、美雪の手を引き列を外れる。鞄の山から自分のものを掴み、そのまま出て行く。

55　学校・体育館裏～校門

愛、美雪の手を引き早足で体育館裏を行く。

体育館からは、曲が流れ始めている。

そのまま校門に向かってどんどん行く二人。

多田「木村⁉」

すれ違いざま、花束を持った多田が声をかけてくる。

多田「おーい！　木村愛！」

愛、振り返り

愛「何？」

多田「いや何って…」

体育館を指す多田。

歩き出す愛。

多田「ちょちょ、待って。これ、お前に」

愛に花束を差し出す多田。

愛「いらないよ」

多田「まじかよ」

仕方なく受け取る愛。

多田「ていうかお前もう予備校来ないの？」

愛「うん。そもそも別に行く必要もなかったし」

多田「推薦だろ？」

愛「何で知ってんの？」

多田「つーかどこ行くの？」

愛、無視して美雪の手を引き、歩き出す。

多田「具合悪いの？　おーい」

美雪「（花束を見て）すごいね…！」

56　美雪の家・美雪の部屋

机の上のガラスペンを手に取って見る愛。

美雪、ティーセットを持って戻って来て、カップを並べ始める。

愛「今日何か話があるんでしょ？」

美雪「え、ううん。なんで？」

愛「何か言いたそうに見えたから」

美雪「…じゃあ一個だけあるんだけど、私、愛ちゃんと気まずくなりたくなくて」

愛「……」

美雪「知ってるかもしれないけど、私高校に入ってから全然友達出来なくて、愛ちゃんと遊べてすごく楽しかったのね。だから、そういうことは忘れて友達に戻れたらなって」

愛「忘れる？　なんで美雪にそんなこと言われないといけないの？」

美雪「…ごめん」

愛「私がどれだけ好きか知ってんの？」

美雪「ごめん、え、あれ…ちょっとしたおふざけ？　かなって」

愛「おふざけ？　え、私あんなに必死だったのに、冗談だと思われたってこと？　西村君は美雪になんて言ったの？」

美雪「えっ？　あ、ごめん、私愛ちゃんとキスしたことたとえ君に話せてなくて」

愛「は？」

美雪「ごめんなさい…」

俯く美雪。

愛、会話の齟齬に気が付き、美雪を見つめる。

美雪「あの…」

愛「美雪は無かったことにしたい？」

美雪「そういうわけじゃないけど、仲良くなれたのにこのまま話さなくなっちゃうのは嫌だなって」

愛「私は最初から友達だと思ってないからね。ずっと好きだったから」

美雪「……」

愛「でも私、女だから嫌だよね」

美雪「女だから嫌なんて思わないよ」

愛「でもどうせ美雪は男の人しか好きになれないでしょ？」

美雪「男とか女とかじゃなくて、人のこと好きになる気持ちはよく分かるよ」

愛「生理的には無理でしょ」

美雪「…分かんないけど、身体を触れ合わせる以外にも時間の過ごし方はあるし」

愛「美雪とたとえはそうかもしれないけど、私は違うから」

愛、美雪の腕を引き、キスする。

戸惑いながらも受け入れる美雪。

愛、そのまま床に美雪を押し倒し、ブラウスを脱がせる。

美雪「愛ちゃん…」

美雪の脇腹の注射跡を見つけ、唇をつける愛。

美雪「愛ちゃん…」

愛「やめてほしいならちゃんと嫌がってよ」
脚から下着を抜き取る。
愛撫に乱れる美雪の呼吸。
愛「大丈夫だよ。私も初めはそうだったから」
一瞬呼吸が止まった後、弛緩する美雪の身体。
愛、美雪のスカートから手を出す。その指は愛液で光っている。
階下から、新藤泉（55）が帰宅した音。
泉（声）「みゆちゃ――ん？　誰かお客さん？」
美雪、慌てて服を整えて
美雪「うん、友達！　ねえ、お菓子とかなかったっけー？」
言いながら出て行く。

57　美雪の家・リビング

美雪「ゼリーみたいなのなかった？」
泉「あれ全部みゆちゃんが食べたじゃない」
など、楽しげにお菓子を用意している。

58　美雪の家・洗面台

洗面台で執拗に手を洗う制服姿の愛。
階下からは楽しげな美雪と泉の声。

59　美雪の家・美雪の部屋

お菓子を持って部屋に戻って来る美雪。
愛、ベッドに寝転んでいる。
愛「すごいね。あんなことした後でするっと娘に戻れるんだ」
美雪「…お母さんが好きだから」
愛の近くに腰を下ろす美雪。
愛「少し寝てもいい？」
美雪「うん。眠い？」
愛「眠い。最近夜あんまり眠れなくて」
目を閉じる愛。
愛「美雪は進学するの？」
美雪「一応こっちの大学をいくつか受けるかな」
愛「じゃあ一緒だね」
美雪「うん。でも、また四年も学校行くなんてなんか焦る」
愛「そう？　何かやりたいことあるの？」
美雪「ううん。でもなんか、早く人の役に立ちたい」
愛「何それ。美雪って何月生まれ？」
美雪「3月」
愛「あー3月生まれって変わった人多いよね。中学の時の友達とかもなんか変な人多かった…」
やがて眠りに落ちていく愛。
美雪、そっと愛の髪に触れる。
少女の声「愛ちゃん、わたしは嫌な人間です」

60　学校・東校舎・愛とたとえの教室〈日替わり・日中〉

テスト中の静まり返った教室。
藤谷が見回っている。
少女の声「中学の時、帰ってきても血糖値が下がっていなくて、疲れてお腹も空いていたけれど、下げるためにお風呂に入りました。すると母が浴室のドアを開けて、お風呂なんて入って血糖値は大丈夫なの？　と声をかけてきました。」
愛はペンも持たず白紙の解答用紙に目を落としている。
少女の声「無性に腹が立って、浴室の窓を力いっぱい叩くと、ガラスが割れて手が血だらけになりました。」
愛、顔を上げて、たとえの後ろ姿を見つめる。
少女の声「母はわたしを病院に連れて行って、帰って来ると、父が玄関で待っていました。怒られると思ったのに、父は一言も責めず、浴室のガラスはもう綺麗に片づけられていました。」
藤谷「あと一分です」

愛、名前の欄に「木村愛」と記入する。

少女の声「あの時くらいから、わたしは自分のためじゃなく、誰か大切な人のために生きたいと思うようになりました。」

先生「はい、そこまで」

白紙の解答用紙が回収されていく。

少女の声「今まで、あまりに自分のために生きてきた。」

61 学校・廊下

美雪、廊下の先に、テスト用紙を持った藤谷に何か言われている愛を見かける。

62 学校・廊下

藤谷、愛に白紙の解答用紙を見せて

藤谷「これ、どうしたの」

愛「ちょっと、すいません。一問も何が書いてあるのかよく分からなくて」

藤谷「あなた一学期はすごい調子良かったじゃない」

愛「はい」

63 学校・廊下

廊下を歩く愛。

たとえと岡野屋が何か話している。

岡野屋「あー木村！」

岡野屋、賞状をヒラヒラと振って見せる。

愛「？」

64 学校・東校舎・空き教室

岡野屋が扉を開けると、折り鶴の花が咲き乱れる巨大な桜のモニュメント。

愛に文化祭の賞状を渡して

岡野屋「写真撮ろう」

愛「でも私…」

岡野屋「展示なんて地味だけどな。せっかく賞取れたんだから」

言いながらカメラを構える岡野屋。

仕方なく賞状を掲げる愛。

岡野屋「あ、西村も入れ。ほら」

たとえ「いや、俺全然何もやってないですけど…」

岡野屋「なんか二人で遅くまで残ってくれたんだろ？」

戸惑いながら、たとえが画角に入って来る。

岡野屋「ほら、二人で持って」

賞状の端を持ち合う愛とたとえ。

岡野屋「はい、チーズ！」

愛、反射的に笑顔を作る。

岡野屋「婚姻届みたいだな」

更にシャッターを切る岡野屋。

岡野屋「よし、賞状どっちかが持って帰っていいから。これは（モニュメント）春までここに置いておけるらしい」

言いながら去って行く。

愛「（見上げ）よく出来てるよね、これ」

たとえ「うん」

愛「これ（賞状）いる？　私途中で帰っちゃったし。西村君いらなければ返して来るけど」

たとえ「いいの？　木村さん、一番たくさん折ってたじゃん」

愛「（首を振る）」

たとえ「じゃあもらう」

愛「（少し笑って）ほしいの？」

たとえ「うん、記念」

たとえに賞状を渡す愛。

たとえ「ありがとう」

65 道

自転車を走らせる愛。強くペダルを漕ぐ。

ラブホテルの前に差し掛かり、入って行く男女が目に入る。

停車してよく見ると、多田とミカである。

66 美雪の家の前〈日中〜夕〉

表札にもたれかかっている愛。

帰ってきた美雪、愛の姿を見つけ少し驚く。

ひらいて

67　美雪の家・玄関

美雪、扉を開けながら

美雪「ごめんね、今日誰もいなくて」

扉を閉めるやいなや、美雪を抱きしめる愛。

美雪の首に唇をつけ、耳のふちを舌でなぞる。

靴箱にもたれた美雪は、そのままずるずると腰を落としていく。

68　美雪の家・美雪の部屋

シーツにくるまり、抱き合う愛と美雪。

美雪「気持ちいい」

愛の手に、美雪はたまらず声を漏らす。

やがて美雪が上になり、愛の肌に唇を付けていく。

身じろぎする愛に

美雪「嫌？」

愛、答えず美雪の頭を撫でる。

×　　×　　×

眠っている美雪。

愛、その寝顔をしばらく見つめ、美雪の鞄から iPhone を取り出す。

愛「美雪」

美雪の手を握り反応がないのを確認して、iPhone のホームボタンに美雪の指を押し付けると、ロックが解除される。

69　学校・東校舎・愛とたとえの教室〈夜〉

教室の扉を開けるたとえ。

たとえの席に座って鶴を折っていた愛、顔を上げて

愛「どうしたの？」

たとえ「いや、ちょっと人と会う約束して て」

愛「来ないよ。さっきのＬＩＮＥ送ったの私だから」

たとえ「そっか」

愛「私、美雪とやったの。喜んでたよ」

たとえ「……」

愛「聞こえた？」

たとえ「聞こえた」

愛「これも嘘だと思ってるの？」

たとえ「いや事実だと思うよ」

愛、帰ろうとするたとえの前に回り、制服を脱いでいく。

愛「私のものになって」

たとえ、下着姿の愛を見て

たとえ「服着て」

愛「……」

たとえ「着ろよ」

愛、気迫に押され、スカートを穿いてブラウスに肩を通す。

たとえ「…俺はお前みたいな奴が嫌いだよ。暴力的で、何でも思い通りにやって来て、自分の欲望のためなら人の気持ちなんて関係ない。何だって奪い取って良いつもりでいる」

愛、たとえの腕を掴んで

愛「知ってる。ずっと見てたから。嫌いでいいから。私のものになってくれないなら、嫌いでいい。もう何でもないクラスメイトでいられない。悟られないように探し続けて、やっと見つけた仕草や、時々交わしてもらう言葉じゃ、もう満足出来ない。私は今ですら、たとえと話せて嬉しい。たとえの視界に入れて嬉しい」

たとえ「放して」

愛「やだ。逃がさない」

たとえ「……」

愛「私のものになって」

たとえ「どうしたら木村さんのものになれる？」

愛「抱きしめてキスしてほしい」

たとえ、愛を抱きしめてキスする。

たとえ「うれしい？」

頷く愛。

たとえ「うれしいなら態度で見せろよ」

言われるがまま微笑む。

たとえ「まずしい笑顔だね。いつも木村さんが作ってる笑顔とは比べものにならないく

らいまずしい。瞳が薄暗い。自分しか好きじゃない人間の笑顔だよ。一度くらい他人に向かって、俺に向かって、微笑みかけてみろよ」

　張り付いた微笑みを浮かべる愛の頬に涙が伝う。

　ロッカーの茶封筒を全てリュックに詰め、教室を出て行くたとえ。

少女の声「今朝起きると、こんな季節なのになぜか壁に蚊が止まっていました。」

70　美雪の家・美雪の部屋

　ベッドで眠っている美雪。

少女の声「手のひらで叩きつぶしましたが、蚊はわたしの血を一滴も吸っていませんでした。」

　階下から泉が呼ぶ声で飛び起き、慌てて横を見るが、誰もいない。

　暗転

　遠くからiPhoneのアラーム音。

71　愛の家・愛の部屋〈冬・朝〉

　ゴミだらけの散らかった部屋にアラーム音が響いている。

　やがてアラームが止まり、何枚も重ねられた厚手の布団から、愛が這うように出て来る。

少女の声「愛ちゃん、今日はどんな日を過ごしましたか?」

72　道・校門前

　登校する生徒たちに混ざり、自転車を押しながら歩く愛。髪がぼさぼさに乱れている。

少女の声「どこへ行き、何を食べ、誰と話しましたか?」

73　学校・東校舎・愛とたとえの教室

　授業中。

　机に何も出さずただぼんやりしている愛。

74　バスターミナル

　ベンチに座って単語帳を見ているたとえ。

　誰かに優しく手を取られ、何かを握らされる。

　手のひらをひらくと、手作りらしいお守り。

たとえ「ありがとう」

美雪「ううん。あとカイロも、沢山持って来たんだけど」

　言いながら鞄からカイロをパックごと取り出し

美雪「…邪魔だよね?」

たとえ「うん。じゃあ二個ちょうだい」

美雪「うん」

　パックを開けてカイロを二個渡す美雪。

たとえ「俺多分受かるから、そしたら一緒に来てほしい」

美雪「うん」

75　学校・東校舎・愛とたとえの教室

　授業中。ぼんやりしている愛。たとえの席を見やると、空席である。

　突然立ち上がり、教室を出て行く。

先生「あ、おい、木村！　木村!!」

76　学校・屋上

　じっと座っている愛。

　多田とミカがやって来て、愛に何か話しかけるが聞こえない。

愛「何なのあんたら?　付き合ってんの?　セフレ?　何言ってるか分かんないよ」

多田「お前ほんとに大丈夫か?」

ミカ「セフレだったら、馬鹿だと思う?」

愛「(考えて)思わないよ。ごめんね」

77　愛の家・愛の部屋〈日替わり・朝〉

　散らかり果てた部屋で眠っている愛。

　iPhoneのアラームで目を覚ます。

　アラームを切り、画面を見ると、美雪

から「たとえ君のことで話があります」「もう一度会えないかな」とＬＩＮＥが来ている。

78　ファミレス〈日中〉

美雪「たとえ君が大学に受かったの」
愛「へえ…そうなんだ」
美雪「うん。クラスで噂になったりしてない？」
愛「よく分かんない」
美雪「そっか。私ついて行こうと思ってて」
愛「美雪も東京の大学も受けたの？」
美雪「ううん。こっちで一つ合格出たけど、親の手前受けただけだから。ずっと、たとえ君がここを出られることになったら、私も一緒に行くって決めてたの」
愛「美雪は向こうで何するの？　浪人？　そんな簡単に付いて行って、向こうで新しい彼女でも作られたらどうすんの？」
美雪「私は出来る仕事をする。もしたとえ君に新しい子が見つかれば、それはそれで良いの」
愛「きれいごとだね」
財布からお金を取り出して置き、席を立つ愛。
美雪、伝票を掴み立ち上がる。

79　橋〈夕〉

橋の袂からぼんやり川を見ている愛。
追いかけてくる美雪に気が付き、橋を行く。
美雪「待って愛ちゃん！」
愛「何？」
美雪「話そう？」
愛「いいよ。もう忘れて？」
美雪「忘れられない」
愛「……」
美雪「それに、愛ちゃんとのこと、たとえ君にちゃんと話したい」
愛「なんで？　今さらいいよ。遊びだったと思って」
美雪「遊びじゃなかった」
愛、鞄から手紙を取り出し、美雪に差し出す。
受け取って中身を確かめる美雪。自分がたとえに送った手紙である。
愛「私西村君が好きだったの」
美雪「…え？」
愛「西村君が好きだったの。机の中にあった手紙を盗んで読んで、美雪と付き合ってること知った。それで近づいた」
美雪「……」
愛「西村君からは私に告白されたとか聞いてないよね」
美雪「……」
愛「酷いことしてごめん。西村君には何も言わなくて良いんじゃない？　知ったら傷つくと思うし。美雪はすごく良い子だし、東京行ったら友達出来ると思うけど、身体のこと大変だと思うけど、元気でね」
美雪「愛ちゃん怖い」
愛「そりゃそうだよね、ごめん」
美雪「そうじゃなくて、今言ったこと嘘でしょ？」
愛「え？　西村君のこと？」
美雪「そうじゃなくて、何も反省なんてしてないでしょ？」
愛「なんで？　してるに決まってるじゃん」
美雪「してないよ」
愛「なんでよ」
美雪「瞳が暗いままだから」
真っ直ぐ橋を渡って行く美雪。
立ち尽くす愛。やがて反対に引き返して行く。

80　美雪の家・リビング〈夜〉

食卓で血糖値を測っている美雪。
泉が鍋を運んで来る。
泉「お父さん今日飲み会だって」
美雪「えー鍋なのに」

泉「ね。早く連絡してくれたらいいのに」
美雪「でも鍋好き」
　腹に注射を打つ美雪。
　　×　　×　　×
　鍋を食べる美雪と泉。
美雪「たとえ君が東京の大学に受かったんだけど」
泉「へえ～優秀ね」
美雪「それで、私付いて行こうと思うんだけど」
泉「……」
　泉、溢れかける鍋の火を止めて
泉「お父さんいる時に相談しようか」
　頷き、鍋を食べる美雪。

81　学校・職員室〈日替わり・日中〉

　職員室の奥の個室で数人の先生に囲まれる愛。

　自分に何かまくし立てている先生の顔を、ぼんやりと見る。何も聞こえない。

　話しの途中で立ち上がり、部屋を出て行く。

　慌てて追いかける先生たち。

82　学校・渡り廊下

　一階の渡り廊下を歩いている美雪。

　すれ違う女子生徒たちが何かひそひそと話し、校門の方を指さしている。

　美雪、視線を向けると、愛が数人の先生に追いかけられている。

　愛は勢いよく転び、引きずられるように連れて行かれる。

　立ち尽くし、見続ける美雪。

83　道〈日替わり・日中〉

　プルタブを引いた瞬間溢れ出す泡。

　愛、缶を身体から遠ざけるが、泡が止まらない。

　諦め、缶をひっくり返してジュースを道に撒きながら進む。

　前の道を美雪が横切るのが目に入り、缶を捨てて後を追う。

84　バス停

　追いつき、美雪の腕を引く愛。
　美雪、驚いて振り向く。ちょうどバスが来る。
美雪「放して。急いでるから」
愛「どこ行くの?」
美雪「…たとえ君の家が、ちょっと大変みたいだから」
愛「家?　何で?」
美雪「…お父さんが暴れてるかもしれなくて」
愛「何で?」
運転手「乗るの、乗らないの?」
美雪「……」
　バスに乗り込む美雪。
　愛、美雪を見上げ
愛「ねえ私も行っても良い?」
　美雪、無視してＩＣカードをタッチする。

85　バスの中

　次の停留所を告げるアナウンスが流れる。
美雪「愛ちゃん、何しに来るの?」
愛「……」

86　道

　バスから降りて来る愛と美雪。

　美雪、iPhoneを左右に向け、マップの青印が指す方向に足早に歩き出す。続く愛。

87　たとえの家

　やって来る愛と美雪。

　門の前で大きな家を見上げ、意を決して呼び鈴を押す美雪。応答はなく、何度も押していると
崇「たとえのお友達?」

　出てくる崇。近づいてくる。

崇「上がって行ってください」

美雪「あの…」
崇「どうぞ！」
美雪「いえ…」
崇「（大声で）どうぞどうぞ！！！」

× × ×

家に上がる美雪と愛。
外観からは想像できないほど散らかった室内。
崇「すいませんね。いつももう少し綺麗なんだけどね」
崇に続き奥の部屋に入って行くと、たとえが隅で座り込んでいる。
崇「入っててください」
台所の方へ行ってしまう崇。
たとえ、驚いた顔で二人を見上げる。
美雪「たとえ君…」
お盆に包丁と蒲鉾を乗せて戻って来る崇。
崇「座って座って」
言われるがまま、机の前に座る愛と美雪。
崇、向かいに座り、蒲鉾を包丁で切って差し出し
崇「食ってみてください」
おずおず口にする美雪。そして愛。
崇「柔らかいでしょ。蒲鉾なんてね、味は大体一緒。食感なんですよ」
美雪「たとえ君が家を出ることを許してください」
崇「たとえ」
たとえ「……」
崇「お前、よく受かったな。母さんに似てあんまり地頭が良くないからな。大変だっただろ」
たとえ「……」
崇「でもな、お前何も分かってないよ。逃がさないからな」
たとえ「……」
愛、じっと崇を見ている。
崇「で、どっちだ？」
たとえ「は？」
崇「手紙の女の子だよ。そこそこ気持ちの悪い」
たとえ、立ち上がり、崇に掴みかかる。
愛と美雪がたとえの腰にしがみついて止める。
崇、倒れ込んだ三人を見下ろして
崇「情けない。女二人に」
たとえに机の湯飲みのお茶をかけて、出て行こうとする崇。
愛「こっち向け！！！！」
愛、立ち上がり
愛に顔面を殴られた崇、そのまま後ろに倒れ込む。

88 道〈日中～夕〉

駆け抜ける愛、美雪、たとえ。
やがて信号で立ち止まり
愛「二人はなんでそんなに馬鹿なの？ あの人から逃げるためにコツコツ勉強なんかしたって無意味だよ」
美雪「でも…」
愛「成功したら分かってくれるとか、そんな次元じゃないじゃん」
たとえ「…その通りだと思う」
美雪「たとえ君、私たち、長く付き合って来たけど、ずっと距離があったね」
信号が青になる。

89 どこかの軒下

土砂降りの中、ずぶ濡れの三人が軒下に駆け込んでくる。
美雪、肩を震わせて
美雪「寒い…」

90 ラブホテル

ベッドに腰掛けている愛。
ソファに座って何かを打ち明けているたとえと、彼の手を握って聞く美雪。
愛、二人を見ている。

91 愛の家・愛の部屋〈日替わり・朝〉

相変わらずの散らかり果てた部屋で、

ベッドに仰向けになり天井を見ている愛。

アラームが鳴る。

92 愛の家・リビング

焼いたお菓子を袋に入れている頼子。
パジャマのまま入って来て、椅子に座る愛。
頼子「食べる?」
愛「うん」
マフィンを受け取り、食べる愛。
頼子「これ、お父さんに一言書いて」
メッセージカードを渡してくる頼子。
愛「何の日?」
頼子「何でもない日」
愛、ペンを握るが何も書けない。
頼子「爪の形だけそっくりね。顔が無くなっても愛ちゃんだって分かる」
愛、自分の指先を見る。マニキュアの乗っていない、折れたり割れたりしている歪な爪たち。

93 学校・東校舎・廊下〜空き教室〈日替わり・日中〉

空き教室の前を通りかかり、ふと足を止める愛。
教室の扉を開けると、折り鶴の花が咲き乱れる、桜の木のモニュメントがそびえ立っている。
近づいて行き、勢いよく蹴りつけて倒す。
ふと人の気配がして振り向くと、たとえが立っている。目が離せない。
たとえ「前に、俺が美雪を好きなのは自分と同じ世界にいるからだって言ってたね」
愛「言ったかな。ずいぶん前にね」
たとえ「あれは違う」
愛「へえ」
たとえ「やっぱり自分と違う人間だから好きになった。でも、病気っていう美雪自身の苦しみを、一緒にいることで共有したつもりになってるんじゃないかと思うことがある。絶対に俺には分からないことなのに」
愛「私に恋愛相談されても困るんだけど」
たとえ「……」
愛「私、たとえ君のためなら両目を針で突けるけど。その代り失明したら、ずっとそばにいてね。これで美雪より私を好きになる?」
たとえ「……」
愛「ねえ」
たとえ「もういいよ」
愛「ならないでしょ? だから思い悩む必要なんてないよ」
たとえ、両手をひらき、愛の頭を引き寄せる。
窓から春を知らせる風。突風になり、激しく舞い上がる折り鶴の中、初めて二人の視線がぶつかる。

94 学校・東校舎・愛とたとえの教室〈日替わり・日中〉

卒業式に関する説明をしている岡野屋。

愛、ふと机の中に手を入れると、折り鶴が一つ出てくる。込めた思いを開放していくように、折り目をひらいて、紙に戻す。

少女の声「どうせ失ってしまうのなら、初めから無かったのと何が違うのでしょうか?」

愛、聞こえない声に導かれるように机の中に手を入れると、白い封筒が出てくる。

封を破き中身を取り出す。便箋に、美雪の文字が並んでいる。

少女の声「それでも、生まれた季節も、病気も、ずっとこの手に刻まれている皺のようなものです。触れられる嬉しさを、教えてくれてありがとう。」

読み、教室を出て行く愛。

95 学校・渡り廊下

渡り廊下を全力疾走する愛。

少女の声「自分の限界を知っている哀しみを、間違いなく生きる強さに変えていく力が、わたしにはあります。」

96　学校・西校舎・美雪の教室

教室の扉を勢いよく開ける愛。

クラス中が一斉に見る。

少女の声「およそ忍耐力など持ち合わせていない人が、たとえ打算であっても私の前で辛抱強くふるまい続けたのなら、」

愛、美雪の席に歩いて行く。

愛を見る美雪。

少女の声「ほんのひとときでも、心を開いてくれたのなら、私はその瞬間を忘れることが出来ません。」

美雪の隣に跪き、その耳元に

愛　「また一緒に寝ようね」

おわり

解説

『21年鑑代表シナリオ集』出版委員会を終えて

（委員・荒井晴彦　いながききよたか　今井雅子　里島美和　長谷川隆　蛭田直美　松下隆一　吉村元希）

向井康介（長）

今年から出版委員会の委員長を務めることになった向井康介です。推薦によって集められた候補作を適正な会議で批評、審査した結果を、代表してここに記したいと思います。

候補作に上がったのは22作品。『あのこは貴族』『由宇子の天秤』『草の響き』『BLUE／ブルー』『痛くない死に方』『茜色に焼かれる』『空白』『まともじゃないのは君も一緒』『いとみち』『羊と蜜柑と日曜日』『街の上で』『かそけきサンカヨウ』『そして、バトンは渡された』『ドライブ・マイ・カー』『椿の庭』『海辺の彼女たち』『夏への扉 ―キミのいる未来へ―』『あした、授業参観いくから。』『すばらしき世界』『JOINT』『ひらいて』『孤狼の血 LEVEL2』。

他に『花束みたいな恋をした』『偶然と想像』『アイの歌声を聴かせて』も候補に上がりましたが、諸般の事情により、選考を辞退されました。

また、『JOINT』（脚本：HVMR／オリジナル）は全編を収めた決定稿や撮影稿はなく、シーンの説明をしながら監督と俳優がセリフを作り上げていったとのことで、監督自身が後にまとめた完成台本しか存在していないので、あらかじめ除外とさせていただきました。
審査の結果、この中から最終的に9本の作品を選定。以下、まずは選定から外れた12本の批評を記します（順不同）。

『由宇子の天秤』（脚本：春本雄二郎／オリジナル）
真実を追うことをモットーとしているドキュメンタリーディレクターが父の不貞を知り、自身の正義感に蓋をして父を庇おうとする。
「人を信じるか信じないかのシンプルな話を、エンタテインメントに乗せるという意味ではいろいろな仕掛けが用意されており、プラスの印象」（長谷川）という感想の通り、筆力があり一気に読ませる脚本ではあるのだが、読み終わった後に「?」マークが次々に浮かんでくる。「教え子の妊娠を便利使いしている」と言ったのは荒井さんだが、それに加えて自殺した教師の姉が持っていた動画の存在があまりにも〝ご都合な後出し〟で、それは卑怯だろうと一気に冷めてしまったのが正直な印象。

『痛くない死に方』（脚本：高橋伴明／脚色）
在宅医療の現場で下した自分の選択を悔やみ、あるべき姿を模索する医師を描いた本作。ノンフィクションが原作だけあって、医者という生き物の一定のリアリティーはあるが、それ以上のものが見当たらない。「主人公の成長みたいなルーティンをやるよりも、終末医療の実態に迫った方がより新しさがあったのでは」という長谷川さんの言葉に首肯。

『空白』（脚本：吉田恵輔／オリジナル）
万引き未遂の女子中学生の交通事故死を招いてしまったスーパーの店長と、事故死した女子中学生の父親との確執と和解。
『由宇子の天秤』と比べられることも多かった本作。「無意識の加害と正義感」というようなものが両者の物語の底にあるからだろうか。しかし、この作品も「?」の多く残る作り。スーパーの店主の痴漢疑惑。事務所で何があったのか。「タイトルの通り、作者は隠すことによって何か不気味なものが残るのを狙ったのかな、という感覚」（長谷川）。「『由宇子の天秤』と同じで主人公の一人称視点に近い描き方なので曖昧な部分が残ってしまう」（荒井）。ただ、意見はなかなかに割れて、蛭田さんの「生きていくことと、『その先』を描いている」というテーマはよく実感できた。しかし、敢えて裏を見せない設定が、やはりどこまでも作者の都合に見えてしまう。

〝曖昧〟を都合よく使いすぎではないか。

『羊と蜜柑と日曜日』（脚本：竹中貞人／オリジナル）

夫を亡くした老婦人の前に夫の記憶を持った少女が現れて、共に旅に出るロードムービー。「ファンタジーというジャンルの上に夫婦の在り方を乗せたうまさを買いたい」（松下）。たしかにセリフや作品のトーンに一定の品を漂わせていて読ませるが、なにぶん中編のため、物語が希薄でラストが尻すぼみになってしまった印象は否めない。一定の評価をする松下さんも、「もう少し肉付けをしっかりして、芝居の方に重きをおいて構成すると尚よかったのでは」と指摘。

『街の上で』（脚本：今泉力哉、大橋裕之／オリジナル）

下北沢で生きる若い男女の出会いと別れ。里島さんは「下北沢という街がもうひとつの主人公としてあり、作品の色となっている」と評価する一方で、「登場人物の考え方が皆似通っている点、さらにはこれでもかというほどに続く偶然」も気になったという。これは私も同感。偶然の多さについては「人があれだけしつこくクロスするのが、下北沢の街の狭さをよく表している」という長谷川さんの擁護もあり。また、いながきさんは「シナリオの形式としてもわからないところがある。内容も、今泉監督がずっとやっていること、いわゆる自己模倣に陥っているのでは」と別の角度からの指摘。これも深く深く同感。ただ、今泉監督と、漫画家であり共同脚本の大橋さんの紡ぎ出すセリフは他のどこにもないものであることは確かだ。

『かそけきサンカヨウ』（脚本：澤井香織、今泉力哉／脚色）

父の再婚をきっかけに、新しく増えた家族たちとの生活に戸惑いながらも前に進んでゆく少女の物語。「恋愛の未熟さがすごく作り物っぽい」との長谷川さんの批判に里島さんも同意。いい人間しか出てこないことは、優しさを意味しない。セリフも凡庸で、物語の稚拙さが目立つ。「そういう意味で、同じ今泉さんなら『街の上で』の方をよっぽど推す」（長谷川）。

『そして、バトンは渡された』（脚本：橋本裕志／脚色）

血のつながらない親たちの間を渡り歩き、四回名字の変わった女主人公が、一通の手紙をきっかけに自分のルーツと未来に出会う。

「テーマ性、ドラマ性があり、キャラクターも魅力的だった。ホンだけで泣かされたのは久しぶり」（里島）という意見のある一方、「すべてを病気のせいにしていることに腹が立ってくる」（いながき）、「しかもそれを後半まで隠している、詐欺みたいなシナリオ」（荒井）、「なんかだまされた気分」（松下）、等々、大きく意見の分かれた作品。大まかな構成としては、とある少女と主人公の女を描きながら、実は時制をずらして同一人物の子供時代と現代でしたというしかけがあるが、それは謎解きとしてもトリックとしてもあまり機能していないように見える。「『病気だからできない』とされていることと『病気でもしている』ことの都合が良すぎる」という蛭田さんも指摘するように、すべては病気の扱い方に批判が集まった。

『ドライブ・マイ・カー』（脚本：濱口竜介、大江崇允／脚色）

妻を亡くした舞台演出家が仕事先で女運転手と出会い、亡き妻との夫婦関係を見直し、過去に受けた傷を精算して前に進もうとする。

カンヌで脚本賞、アカデミー賞で国際長編映画賞を受賞するなど国際的な評価も高く、2021年の日本映画の中でも話題の主軸となった本作。この会議中でも最も議論の時間が割かれた作品だった。

濱口監督の演出論が物語の中にも手法の中にも色濃く反映された作品で、その冗長さや饒舌さは確信犯的だし、またそこが評価されている一因だとも思う。それを踏まえた上で一本の脚本として評価できるのかどうかが焦点となった。

作劇の側から見て劇中劇の『ワーニャ伯父さん』をどう考えるか。僕としては濱口監督が自らの演出論をはっきりと示すための道具だと認識して好意的に見たが、違和感を覚えた委員も多かった。

「劇中劇とメインストーリーがリンクしていないといけないのに、『ワーニャ伯父さん』と主人公がおかれた状況のつらさが全然リンクしていない。チェーホフは『ワーニャ伯父さん、生きていきましょう、長い長い日々と、長い夜を生き抜きましょう』だけでいい。稽古は退屈なだけ。」（荒井）。長谷川さんは村上春樹の原作から離れてオリジナリティの強い物語として昇華させたことを評価しながらも「『ワーニャ伯父さん』をあそこまで長く描く必要はあるのか、そこに整合性があるという回答を見出すことができない」と疑問視する。

僕としては、ラストの北海道、みさきが住んでいた生家を見下ろしながら家福とそれぞれの胸中を吐露する場面でお互いに傷を見せ合い、癒やし合うシーンに大きな違和感を抱いてしまった。あのやりとりは蛇足だと思うし「それを言わずとも分からせるためにここまで物語を紡いできたんじゃなかったのか」と、なんだか残念な気持ちがしたのだ。脚本が〝省略の芸術〟だとするなら、あんな余計なセリフもない。と脚本家である僕などは思うが、作り手たちはおそらく演出意図として敢えてそれを残しているのだろう。確信犯という言葉を使ったのはこの部分。要するに、演出は唯一無二だが、脚本として優れているとはどうしても思えないのだ。

『椿の庭』（脚本：上田義彦／オリジナル）

四季折々の草花で賑わう庭を持つ一軒家で孫娘と暮らす主人公の老婆。亡き夫や子どもたちと守り続けてきた家だったが、やがて立ち退きを余儀なくされて、二人の生活も終わりを告げる。

荒井さんは「非常に文学的な台本で、画はあるんだけど……」と一面は評価するが、〝美しい〟というト書きが連発するが、「どう美しいのかということを、シナリオ表現によって具体化しないとイメージが伝わらない」と松下さん。しかし、いかんせん佇まいばかりでドラマがない。「形式としてはありかもしれないけど、あまりにも中身がなさすぎる」といういながきさんの指摘通り、監督が写真家である故、撮りたい画が先行してお話がおいてけぼりにされているのが致命的。

『海辺の彼女たち』（脚本：藤元明緒／オリジナル）

技能実習生として日本へやってきたが、不当な扱いを受け職場を逃げ出したベトナム人女性三人の苦悩の生活を描いた作品。

テーマは申し分なく、社会性も意義もある脚本ではあるが、問題を目の前に広げただけで、放ったらかしにしたような印象が残念。

また、ベトナム語のセリフを日本語で書いている部分をどう評価するべきか。「書くべきセリフとかト書きが書かれていないシーンが結構ある」とは長谷川さん。現場を大事にするという方針で書かれたシナリオだとうかがえるが、それはシナリオとしての評価にはあたらないのではないか、というのが選考委員の概ねの総意となった。

『夏への扉　―キミのいる未来へ―』（脚本：菅野友恵／脚色）

ロバート・A・ハインラインのSF小説「夏への扉」

の原作を日本を舞台に描く。
タイムトラベルものの不朽の名作に挑んだ姿勢は評価しながらも、その出来栄えには大きな疑問。「原作をどう料理するかということでいっぱいいっぱいで、後半の展開など段取りだけになっている。主人公に降りかかる危機にも映画的にエモーショナルなものが必要だったのでは」という長谷川さんの意見にすべては集約されていると思う。主人公の動機、欲求が薄いために物語が空回りしている。

『あした、授業参観いくから。』（脚本：安田真奈／オリジナル）
中学の授業参観日を軸に、5つの家族の形を描く。7つの同じセリフが5つの家庭でそれぞれ繰り返されるという実験的な作品で、監督自身がワークショップで活用している教材から組み立てられた脚本だという異色作。「7個しかないセリフがすべて違うシチュエーションで語られる。実験的な狙いがあるのはわかるが、実験の結果については映画を観ないと分からない感じだった」と長谷川さん。「そもそも演出ありきの脚本だ」と里島さんも長谷川さんの意見に頷く。たしかに映画そのものを見なければ、演出や美術装飾の違いがわからないのも当然といえば当然。アイデアは買うが教材の域を出なかった印象。ただ、この脚本を監督する方は挑戦し甲斐があって楽しいだろうな、とは思った。

次に、選出された九本の選評となります。

『あのこは貴族』（脚本：岨手由貴子／脚色）
東京の富裕層の元に生まれた箱入り娘と、富山から上京し、東京にしがみつきながら生きる中流階級の女の邂逅。
「富裕層の描写がステロタイプでリアリティが無い。貴族じゃなくてキゾク」という荒井さんの批判の前に、長谷川さんが「階級格差がテーマのように見えるが、じつは地方と東京の関係性を普遍的に捉えて説得力がある」と擁護。たしかに階級格差というテーマを存分に扱いきれたかという疑問は残るが、しかし原作の文学性を解体、再構築してシンプルに洗練された映画脚本に仕上げている。世継だなんだと問題を出しておきながらセックスシーンがないと批判も出たが、僕としてはそういった身体的な生々しさがない方が却って東京の清潔感が浮き上がっているように感じて好ましかった。一見平坦に見えて裏を読ませるセリフも好感触。

『草の響き』（脚本：加瀬仁美／脚色）

精神疾患を患い、妻とともに函館に帰郷した男の日常を描く。佐藤泰志原作。

「主人公が出会う若者たちが、主人公を取り巻く人間関係と抽象的なくらいに、幻想的なくらいにまったく重なり合っている。一見そうは見えないながら、気づくとその効果にはっとなる。シナリオとしてかなり凝っている」（長谷川）。ラスト、再び病院に収容された主人公は、妻が自分の元を去ってゆくとは知らず、希望を持ち続けて草原を走る。その危うい清々しさに僕は好感を持ったが、荒井さんは逆だったようで、「もっとはっきり妻が戻ってこないことを主人公に分からせて、あのラストの笑顔なら、〝別れる〟ことは、いい事でもあるんだという画期的な傑作になっていたと思う」と惜しがっていた。しかし、一定の水準以上の脚本には変わりなく、構成も上手いと思った。

『BLUE／ブルー』（脚本：吉田恵輔／オリジナル）

ボクシングと出会うもの、ボクシングに取り憑かれたもの、ボクシングで精神を壊されてゆくもの、そして彼らを取り巻く人々の生き様を描く。

題材としてはボクシングは自分探しと相性がよく、逆を言えば、なぜ戦うのか、どう生きるのかといった安直で擦られすぎたテーマばかりで似たものばかりが量産されがちだが、英雄譚でもなく、敗者の美学でもなく、人々の日常としてボクシングが生活の中に溶け込んでいる様が他と違う。「監督がボクシング経験者と知って、なるほどボクシング映画ってこう描くんだなと、すごく好感が持てた」（いながき）。

『茜色に焼かれる』（脚本：石井裕也／オリジナル）

交通事故で夫を亡くした母とその息子が社会的弱者として生きながらも希望を見出してゆく。

これはなかなかに賛否の別れた作品であった。「不幸のカタログみたいな感じ。記号的な悪の羅列でひどく薄っぺらい」（長谷川）、「貧乏であることや風俗嬢が〝かわいそうな存在〟として最初から決めつけている倫理観が問題」（いながき）。とは言うものの、身を寄せ合って生きる母と子、とりわけ母親の毅然としたあっけらかんなキャラクターは忘れがたく、「かなり突き詰めて人物像を作っておかないと、これだけ描けないだろう」（松下）、「こんなのはありえないっていう人物設定と思うんだけれども、読み進めるうちに『いるんじゃないか、こういう人』とだんだん思わされてくる」（里島）という意見も。これには僕も同意。キャラクターに裏打ちされたセリフも的確。

ただひとつ、形式についての問題も。「監督が書いているせいか、抽象的なト書きから画が浮かんでくるわけですが、脚本が設計図であることを意識したとき、どう評価するべきか」と今井さんも指摘するように、この脚本のト書きには小説的な表現が散見される。が、それを反則として認めたとしても、この作品の魅力を貶めることにはならないと判断した。〝もし、この年鑑代表を読んでいる脚本家志望の人間がいるなら、本作品の脚本形式、書き方は極めて異例で、手本にはしないように〟との注釈付きで掲載する。

『まともじゃないのは君も一緒』（脚本：高田亮／オリジナル）

数学しか知らない予備校の講師と、漠然と恋愛に憧れている教え子が織りなす恋愛模様。

「ジョン・ヒューズ脚本の『恋しくて』を思い出した。メアリー・スチュアート・マスターソンが好きな男の子には好きな女の子がいる。彼女がキスを求めてきた時のために、練習台になってあげる、とキスをするシーンの悲しさ」（荒井）、「偽の恋愛のはずが本当に惹かれあっていく、というプロセスがナチュラルで、一本のストーリーとして成立させているあたり、高い技術を感じる」（長谷川）、「純粋にシナリオとして上手い」（いながき）など、好意的な評が多かった本作。プログラムピクチャー的な様式の中でも自分たちのやりたいことはきっちり残す、その洒脱な腕前が買われた。

『いとみち』（脚本：横浜聡子／脚色）

青森県は津軽のメイド喫茶で働く女子高生の奮闘と成長を描く。

今回の選考会で唯一、満場一致で決まったのが本作だった。「主人公のいとが本当に魅力的」（蛭田）、「津軽弁が主人公であるような脚本。わからない言葉をあえて説明しないのがいい」（今井）、「ご当地モノの中でも出色」（いながき）等の感想。これだけ無駄を省いて一人の少女の青春ものに仕上げる腕前は見事。横浜聡子監督は、信用できる。

『すばらしき世界』（脚本：西川美和／小説原案）

西川美和監督の初めての小説原案作品。佐木隆三の「身分帳」を下敷きに現代劇として再構築させた。

すべての場面が考え抜かれて、取材の苦労がひしひしと感じられる。だからこそひとつひとつのシーンの幹が太く、無駄がない。「スター役所広司の顔を一旦忘れて脚本だけに向き合ってみると、冒頭から振ってある主人公の死が切実に迫ってくる。誰にとっての死であったのか、彼の死を周りの皆が抱えたまま立ちすくむラストで、その意味がよく伝わってくる」（長谷川）、「伝えるべき情報が多い中、セリフが説明に陥らずに上手く物語を運んでいる」（今井）等、ほとんどが好感触。いかにも脚本家らしい書きぶりのシナリオが、映画監督の手で書かれていることに驚く。

『ひらいて』（脚本：首藤凜／脚色）

女子高生二人と男子高校生一人の奇妙な三角関係。綿矢りさ原作。

「大人が作った子供の話みたいで……」と松下さんはやや否定的だったが、いながきさんは過去に原作を読んでいたようで、「原作からセリフとかも結構抜き出して、ちりばめてはあるんだけど、でもちゃんと味付けはしてあって、その味付けも現代風にしてある」と脚色を評価。僕はこの歪で透明な主人公の感情に乗れた。たしかに物語に出てくる大人の描き方には書き割り的なものを感じて深みのなさが残念ではあるが、それを補って余りある十代の暴力的な欲情に心を奪われる。首藤凜監督はこれから期待できる監督の一人だと思う。

『孤狼の血　LEVEL2』（脚本：池上純哉／オリジナル）

２０１８年に公開された映画「孤狼の血」の続編。前作は同名小説が原作だったが、続編は設定を借りてのオリジナル。

広島を舞台に警察とヤクザの抗争を描く令和の「仁義なき戦い」だが、今作の台風の目となって暴れまわる上林組組長・上林成浩（鈴木亮平が演じる）のキャラクターは「ヤクザというより、ただの変態」（荒井）で、「スパイとなったチンタの落とし所も、荒井さんが言うところの変態に殺されるのでは、組織やヤクザに利用されたという哀れさがなくなってしまう」（長谷川）。長谷川さんはさらにスパイという役回りについて「スパイって内通者だから中にいるやつをこっちに引き込むわけであって、外から送り込むのは成立しないのでは？」と疑問をぶつける。たしかに、スパイとおとりではお話の作り方が変わってくるだろう。「とはいえ続編をオリジナルとしてここまでまとめて作り上げたのは立派だ」といながきさん。僕もその力量は大いに買うし、広島弁で啖呵を切る勢いのあるセリフは誰にでも書けるものではない。前作同様、評価に値すると思った。

以上が選考の過程となります。

僕は元来競争が苦手で、順位付けなんかも毛嫌いして毎年各誌の映画ベストテンなどには目を伏せ選考委員の要請も積極的に断ってきたような人間なので、否応なく巻き込まれてしまった年鑑代表シナリオの選考会は（それも委員長として!）、とても息苦しいものでした。選考するだけでも大変なのに、同業者が同業の仕事を評価しなければいけないんです。選ぶ方も選ばれる方も気を遣います。しかも委員長なんか任されて本当に迷惑な話です。早く解放されたい。誰に相談すればいいのでしょうか。

ただ少し気が楽なのは、同業者が同業者を評価すると言いながら今回選ばれた脚本の多くは監督の手によるもの（共同脚本含め）だったからです。多少辛辣なことを言っても「脚本の読めない監督だなあ」とか「監督が書いた脚本だからダメなんだよ」とか笑ってやりすごせばよかったんです。同情しなくていいですから。

とはいえ寂しいことでもあります。脚本家が選ぶ脚本集に脚本家の書いた作品が載らない。選考会でもふと我に返り、そのことに言葉が詰まった瞬間もありました。テレビドラマ、配信ドラマ、マンガ原作などと比べて、映画は〝映画監督が作るもの〟としての側面が益々強くなってきているのでしょうか。少しため息が出ますね。

普段、こうして強制でもされないかぎり他人の脚本などほとんど読む機会がないので、とても新鮮でもありました。ライターそれぞれに癖があって、セリフのリズムやト書きの書き方に、なるほどなあと思うこともしばしば。脚本は書き方に比較的決まりごとの多いフォーマットですが、読み比べてゆくと、脚本はもっと自由になってもいいような気がしてきます。「ページ数で尺を計る」「ト書きに思いを書いてはいけない」……脚本書きの常識として教え込まれた法則を今一度疑ってみたくなる、そんな選考会でした。

二〇二一年　日本映画封切作品一覧

（　）内は、配給会社

〈1月〉

『大コメ騒動』（ラビットハウス／エレファントハウス）脚本：谷本佳織　監督：本木克英　出演：井上真央　三浦貴大

『劇場版　生徒会役員共2』※アニメ（クロックワークス）監督・シリーズ構成：金澤洪充　原作：氏家ト全

劇場版**『美少女戦士セーラームーンEternal』〈前編〉**※アニメ（東映）脚本：筆安一幸　原作・総監修：武内直子　監督：今千秋

『銀魂 THE FINAL』※アニメ（ワーナー・ブラザース映画）脚本・監督：宮脇千鶴　原作：2021年空知英秋

『おとなの事情　スマホをのぞいたら』（ソニー・ピクチャーズエンタテインメント）脚本：岡田惠和　原作：映画〝perfetti Sconosciuti〟　監督：光野道夫　出演：東山紀之　常盤貴子

『新世紀エヴァンゲリオン劇場版　DEATH（TRUE）2／Air／まごころを、君に』※アニメ（東映）脚本：庵野秀明　原作：GAINAX　監督：鶴巻和哉　庵野秀明　摩砂雪　総監督：庵野秀明

『ヱヴァンゲリヲン新劇場版：Q EVANGELION:3.333 YOU CAN (NOT) REDO.』※アニメ（東映）原作・脚本・総監督：庵野秀明　監督：摩砂雪　前田真宏　鶴巻和哉

『越年　Lovers』※台湾＝日本（ギグリーボックス）脚本・監督：グオ・チェンディ　出演：峯田和伸　橋本マナミ

『恋の墓』（ライツキューブ）脚本・監督：鳴瀬聖人　出演：小倉由菜　アベラヒデノブ

『夏目友人帳　石起こしと怪しき来訪者』※アニメ（アニプレックス）脚本・総監督：大森貴弘　原作：緑川ゆき　監督：伊藤秀樹

『さんかく窓の外側は夜』（松竹）脚本：相沢友子　原作：ヤマシタトモコ　監督：森ガキ侑大　出演：岡田将生　志尊淳

『花束みたいな恋をした』（東京テアトル／リトルモア）脚本：坂元裕二　監督：土井裕泰　出演：有村架純　菅田将暉

『ヤクザと家族　The Family』（スターサンズ／KADOKAWA）脚本・監督：藤井道人　出演：綾野剛　舘ひろし

『名も無き世界のエンドロール』（エイベックス・ピクチャーズ）脚本：西条みつとし　原作：行成薫　監督：佐藤祐市　出演：岩田剛典　新田真剣佑

『おもいで写真』（イオンエンターテイメント）脚本：熊澤尚人　まなべゆきこ　監督：熊澤尚人　出演：深川麻衣　高良健吾

『心の傷を癒すということ　劇場版』（ギャガ）脚本：桑原亮子　原案：安克昌　演出：安達もじり　松岡一史　中泉慧　出演：柄本佑　尾野真千子

『ある用務員』（ギグー）脚本：松平章全　監督：阪元裕吾　出演：福士誠治　芋生悠

『写真の女』（ピラミッドフィルム）脚本・監督：串田壮史　出演：永井秀樹　大滝樹

〈2月〉

『空蝉の森』（アルミード）脚本・監督：亀井亨　共同脚本：相原かさね　出演：酒井法子　斎藤歩

『哀愁しんでれら』（クロックワークス）脚本・監督：渡部亮平　出演：土屋太鳳　田中圭

『樹海村』（東映）脚本：保坂大輔　清水崇　監督：清水崇　出演：山田杏奈　山口まゆ

『ホリミヤ』（ティ・ジョイ）脚本：酒井善史　原作：ＨＥＲＯ　萩原ダイスケ　監督：松本花奈　出演：鈴鹿央士　久保田沙友

『劇場版・打姫オバカミーコ』（アイエス・フィールド）脚本・監督：松田圭太　原作：片山まさゆき　出演：須田亜香里　萩原聖人

『劇場版　殺意の道程』（ＷＯＷＯＷ）脚本：バカリズム　監督：住田崇　出演：バカリズム　井浦新

『モルエラニの霧の中』（ティー・アーティスト）脚本・監督：坪川拓史　出演：香川京子　大塚寧々

『そこからの光　未来の私から私へ』（サムシングファン）脚本・監督：淀川茂　出演：文音　江上敬子

『すばらしき世界』（ワーナー・ブラザース映画）脚本・監督：西川美和　原作：佐木隆三　出演：役所広司　仲野太賀

劇場版『美少女戦士セーラームーン Eternal』〈後編〉※アニメ（東映）脚本：筆安一幸　原作：武内直子　監督：今千秋

『ファーストラヴ』（ＫＡＤＯＫＡＷＡ）脚本：浅野妙子　原作：島本理生　監督：堤幸彦　出演：北川景子　中村倫也

『プリンセス・プリンシパル Crown Handler 第1章』※アニメ（ショウゲート）シリーズ構成・脚本：木村暢　監督：橘正紀

『ツナガレラジオ～僕らの雨降Days～』（ローソンエンタテインメント）脚本：藤咲淳一　監督：川野浩司　出演：西銘駿　飯島寛騎

『名探偵コナン　緋色の不在証明』※アニメ（東宝）脚本：宮下隼一　原作：青山剛昌

『トラップガール』（ＵＴＹ）脚本：村上恒一　山下大士　監督：菅学　出演：北原里英　弓削智久

『かくも長き道のり』（ナインプレス）脚本・監督：屋良朝建　出演：北村優衣　デビット伊東

『あの頃。』（ファントム・フィルム）脚本：冨永昌敬　原作：劔樹人　監督：今泉力哉　出演：松坂桃李　仲野太賀

『ライアー×ライアー』（アスミック・エース）脚本：徳永友一　原作：金田一蓮十郎　監督：耶雲哉治　出演：松村北斗　森七菜

『めぐみへの誓い』（アティカス）脚本・監督：野伏翔　出演：菜月　原田大二郎

『新 デコトラのシュウ 鷲』（フレッシュハーツ／アルバトロス・フィルム）脚本：香月秀之　呑繁　監督：香月秀之　出演：哀川翔　剛力彩芽

『痛くない死に方』（渋谷プロダクション）脚本・監督：高橋伴明　原作：長尾和宏　出演：柄本佑　坂井真紀

『魔進戦隊キラメイジャー THE MOVIE ビー・バップ・ドリーム』（東映）脚本：荒川稔久　原作：八手三郎　監督：山口恭平　出演：小宮璃央　木原瑠生

『ある殺人、落葉のころに』（イハフィルムズ）脚本・監督：三澤拓哉　出演：守屋光治　中崎敏

『あのこは貴族』（東京テアトル／バンダイナムコアーツ）脚本・監督：岨手由貴子　原作：山内マリコ　出演：門脇麦　水原希子

『Tokyo 7th シスターズ ～僕らは青空になる～』※アニメ　脚本：茂木伸太郎　原作：Donuts 監督：北川隆之

『劇場版ポルノグラファー～プレイバック～』（松竹ＯＤＳ事業室）脚本・監督：三木康一郎　原作：丸木戸マキ　出演：竹財輝之助　猪塚健太

『太陽の蓋（再編集版）』（Palabra）脚本：長谷川隆　監督：佐藤太　出演：北村有起哉　袴田吉彦

〈3月〉

『太陽は動かない』（ワーナー・ブラザース映画）脚本：林民夫　原作：吉田修一　監督：羽住英一郎　出演：藤原竜也　竹内涼真

『ARIA The CREPUSCOLO』※アニメ（松竹ODS事業室）脚本・総監督：佐藤順一　原作：天野こずえ　監督：名取孝浩

『NO CALL NO LIFE』（アークエンタテインメント）脚本・監督：井樫彩　原作：壁井ユカコ　出演：優希美青　井上祐貴

『国民の選択』（ディレクターズカンパニー）脚本・監督：宮本正樹　出演：水石亜飛夢　妹尾青洸

『シン・エヴァンゲリオン劇場版』※アニメ（東宝／東映／カラー）脚本・原作・総監督：庵野秀明　監督：鶴巻和哉　中山勝一

映画しまじろう『しまじろうとそらとぶふね』※アニメ（東宝映像事業部）脚本：杉浦理史　原案：ベネッセコーポレーション　監督：河村友宏

『ブレイブ～群青戦記～』（東宝）脚本：山浦雅大　原作：笠原真樹　監督：本広克行　出演：新田真剣佑　山崎紘菜

『すくってごらん』（ギグリーボックス）脚本：土城温美　原作：大谷紀子　監督：真壁幸紀　出演：尾上松也　百田夏菜子

『奥様は、取り扱い注意』（東宝）脚本：まなべゆきこ　原案：金城一紀　監督：佐藤東弥　出演：綾瀬はるか　西島秀俊

『まともじゃないのは君も一緒』（エイベックス・ピクチャーズ）脚本：高田亮　監督：前田弘二　出演：成田凌　清原果耶

『映画ヒーリングっど・プリキュア　ゆめのまちでキュン！っとGoGo！大変身!!』※アニメ（東映）脚本：金月龍之介　原作：東堂いづみ　監督：中村亮太

『にしきたショパン』（Office Hassel）脚本・監督：竹本祥乃　共同脚本・脚本協力：北村紗代子　出演：水田汐音　中村拳司

『ガールズ&パンツァー　最終章　第3話』※アニメ（ショウゲート）脚本：吉田玲子　キャラクター原案：島田フミカネ　監督：水島努

『騙し絵の牙』（松竹）脚本：楠野一郎　吉田大八　原作：塩田武士　監督：吉田大八　出演：大泉洋　松岡茉優

『羊と蜜柑と日曜日』（ＥＬＰ）脚本・監督：竹中貞人　出演：藤田弓子　野澤しおり

『きまじめ楽隊のぼんやり戦争』（ビターズ・エンド）脚本・監督：池田暁　出演：前原滉　今野浩喜

『ゼロワン　Others　仮面ライダー滅亡迅雷』（東映ビデオ）脚本：高橋悠也　原作：石ノ森章太郎　監督：筧昌也　出演：中川大輔　砂川脩弥

『JUNK HEAD』※アニメ（ギャガ）脚本・原作・監督：堀貴秀

『小河ドラマ　徳川☆家康』脚本：細川徹　鍵谷友悟　宮澤一彰　監督：細川徹　出演：三宅弘城　松平健

〈4月〉

『復興応援　政宗ダテニクル　合体版＋』※アニメ（キノフィルムズ）脚本：森悠　原作：いこま　監督：清丸悟

『種まく旅人～華蓮（ハス）のかがやき～』（ニチホランド）脚本：森脇京子　監督：井上昌典　出演：栗山千明　平岡祐太

『裏アカ』（アークエンタテインメント）脚本：高田亮　加藤卓哉　監督：加藤卓哉　出演：瀧内公美　神尾楓珠

『ゾッキ』（イオンエンターテイメント）脚本：倉持裕　原作：大橋之　監督：竹中直人　山

田孝之　齊藤工　出演：吉岡里帆　鈴木福

『ホムンクルス』（エイベックス・ピクチャーズ）脚本：内藤瑛亮　松久育紀　清水崇　原作：山本英夫　監督：清水崇　出演：綾野剛　成田凌

『劇場版シグナル　長期未解決事件捜査班』（東宝）脚本：仁志光佑　林弘　原案脚本：キム・ウニ　監督：橋本一　出演：坂口健太郎　北村一輝

『Eggs 選ばれたい私たち』（ブライトホース・フィルム）脚本・監督：川崎僚　出演：寺坂光恵　川合空

『渦が森団地の眠れない子たち』（ホリプロ／東急レクリエーション）作・演出：蓬莱竜太　出演：藤原竜也　鈴木亮平

『裸の天使　赤い部屋』（キングレコード）脚本・監督：窪田将治　原案：江戸川乱歩　出演：木下ほうか　中山来未

『農家の嫁は取り扱い注意　Part2　有機ある大作戦篇』（TOCANA）脚本：宍戸英紀　監督：いまおかしんじ　出演：フミカ　丸純子

『農家の嫁は取り扱い注意　Part1　天使降臨篇』（TOCANA）脚本・監督：いまおかしんじ　出演：フミカ　丸純子

『グッドバイ』（ムービー・アクト・プロジェクト）脚本・監督：宮崎彩　出演：福田麻由子　小林麻子

『BLUE／ブルー』（ファントム・フィルム）脚本・監督：吉田恵輔　出演：松山ケンイチ　木村文乃

『街の上で』（『街の上で』フィルムパートナーズ）脚本：今泉力哉　大橋裕之　監督：今泉力哉　出演：若葉竜也　穂志もえか

『椿の庭』（ビターズ・エンド）脚本・監督：上田義彦　出演：富司純子　シム・ウンギョン

『砕け散るところを見せてあげる』（イオンエンターテイメント）脚本・監督：SABU　原作：竹宮ゆゆこ　出演：中川大志　石井杏奈

『バイプレイヤーズ　もしも100人の名脇役が映画を作ったら』（東宝映像事業部）脚本：ふじきみつ彦　監督：松居大悟　出演：田口トモロヲ　松重豊

『夜光　ある定時制高校の物語』（映画「夜光」制作チーム）脚本・監督：武田恒　出演：田森就太　永瀬未留

『大阪闇金』（ライツキューブ）脚本・監督：石原貴洋　出演：柾木玲弥　榊原徹士

『彼女』脚本：吉川菜美　原作：中村珍　監督：廣木隆一　出演：水原希子　さとうほなみ

『名探偵コナン　緋色の弾丸』※アニメ（東宝）脚本：櫻井武晴　原作：青山剛昌　監督：永岡智佳

『聖なる蝶　赤い部屋』（キングレコード）脚本・監督：窪田将治　原案：江戸川乱歩　出演：栗林藍希　波岡一喜

『新テニスの王子様　氷帝VS立海　Game of Future　後篇』※アニメ（松竹）シリーズ構成・脚本：広田光毅　原作：許斐剛　監督：川口敬一郎

『怜々蒐集譚』脚本：潮楼奈和　原作：石原理　監督：武島銀雅　出演：溝口琢矢　藤原祐規

『るろうに剣心　最終章　The Final』（ワーナー・ブラザース映画）脚本・監督：大友啓史　原作：和月伸宏　出演：佐藤健　武井咲

『BanG Dream! Episode of Roselia I：約束』※アニメ（ブシロード）脚本・総監督：柿本広大　原作：ブシロード　監督：三村厚史

『別に、友達とかじゃない』（レプロエンタテインメント）脚本：北川亜矢子　監督：八重樫風雅　出演：寺本莉緒　秋谷百音　植田雅

『FUNNY BUNNY』（『FUNNY BUNNY』製作委員会）脚本・監督：飯塚健　出演：中川大志　岡山天音

『魔進戦隊キラメイジャーVSリュウソウジャー』（東映ビデオ）脚本：下亜友美　原

作：八手三郎　監督：坂本浩一　出演：小宮璃央　木原瑠生

『シュウカツ5　就職という名のゲーム』（ノースシーケーワイ）脚本・監督：千葉誠治　出演：太田将熙　伊藤昌弘

〈5月〉

『海辺の彼女たち』※日本＝ベトナム（E.x.N）脚本・監督：藤元明緒　出演：ホアン・フォン　フィン・トゥエ・アン

『未来へのかたち』（スターキャット）脚本・監督：大森研一　出演：伊藤淳史　内山理名

『大綱引の恋』（ショウゲート）脚本：篠原高志　監督：佐々部清　出演：三浦貴大　知英

『「16」と10年。遠く』（Backlight Film Co.）脚本・監督：川延幸紀　出演：兎丸愛美　大門嵩

『なんのちゃんの第二次世界大戦』（なんのちゃんフィルム）脚本・監督：河合健　出演：吹越満　大方斐紗子

『くれなずめ』（東京テアトル）脚本・監督：松居大悟　出演：成田凌　高良健吾

『しあわせのマスカット』（BS-TBS）脚本：清水有生　監督：吉田秋生　出演：福本莉子　竹中直人

『美しき誘惑―現代の『画皮』―』（日活）脚本：大川咲也加　原作：大川隆法　監督：赤羽博　出演：長谷川奈央　市原綾真

『劇場版　ほんとうにあった怖い話～事故物件芸人2～』（NSW）脚本・監督：天野裕充　出演：鈴木もぐら　水川かたまり

『劇場版 Fate／Grand Order ―神聖円卓領域キャメロット―後編 Paladin; Agateram』※アニメ（アニプレックス）脚本：小太刀右京　荒井和人　原作：奈須きのこ TYPE-MOON 監督：荒井和人

『ドリームズ・オン・ファイア』※日本＝カナダ（DOF）脚本・監督：フィル・メッキー　出演：仲万美　高嶋政宏

『「アララト」誰でもない恋人たちの風景vol.3』（キングレコード）脚本・監督：越川道夫　出演：行平あい佳　荻田忠利

『お終活　熟春！人生、百年時代の過ごし方』（イオンエンターテイメント）脚本・監督：香月秀之　出演：水野勝　剛力彩芽

『藍に響け』（アンプラグド）脚本：加藤綾子　監督：奥秋泰男　出演：紺野彩夏　久保田紗友

『いのちの停車場』（東映）脚本：平松恵美子　原作：南杏子　監督：成島出　出演：吉永小百合　松坂桃李

『劇場版　ポリス×戦士　ラブパトリーナ！～怪盗からの挑戦！ラブでパパッとタイホせよ！～』（KADOKAWA／イオンエンターテイメント）脚本：加藤陽一　原作：タカラトミー　OLM　監督：三池崇史　出演：渡辺未優　山口莉愛

『地獄の花園』（ワーナー・ブラザース映画）脚本：バカリズム　監督：関和亮　出演：永野芽郁　広瀬アリス

『拝啓、永田町』（sommelierTV）脚本・監督：土田ひろかず　出演：西村直人　山中アラタ

『茜色に焼かれる』（フィルムランド／朝日新聞社／スターサンズ）脚本・監督：石井裕也　出演：尾野真千子　和田庵

『ペテロの帰り道』（オブバース・リバース）脚本・監督：オカモトナオキ　出演：吉田あかり　東大

『HOKUSAI』（S・D・P）脚本：河原れん　監督：橋本一　出演：柳楽優弥　田中泯

『明日の食卓』（KADOKAWA／WOWOW）脚本：小川智子　原作：椰月美智子　監督：瀬々敬久　出演：菅野美穂　高畑充希

『のさりの島』（北白川派）脚本・監督：山本起也　出演：藤原季節　原知佐子

『愛うつつ』（イハフィルムズ）脚本・監督：葉名恒星　出演：細川岳　nagoho

『あ・く・あ　ふたりだけの部屋』（Power Arts Production）脚本：平谷悦郎　監督：中川究矢　出演：小泉ひなた　櫻井保幸

〈6月〉

『映画　賭ケグルイ　絶対絶命ロシアンルーレット』（ギャガ）脚本・監督：英勉　原作：河本ほむら　尚村透　出演：浜辺美波　高杉真宙

『女たち』（シネメディア／チームオクヤマ）脚本・監督：内田伸輝　脚本協力：奥山和由　木谷真規　出演：篠原ゆき子　倉科カナ

『劇場版　少女☆歌劇　レヴュースタァライト』※アニメ（ブシロード）脚本：樋口達人　原作：ブシロード　ネルケプランニング　キネマシトラス　監督：古川知宏

『るろうに剣心　最終章 The Beginning』（ワーナー・ブラザース映画）脚本・監督：大友啓史　原作：和月伸宏　出演：佐藤健　武井咲

『猿楽町で会いましょう』（エレファントハウス）脚本：児山隆　渋谷悠　監督：児山隆　出演：金子大地　石川瑠華

『はるヲうるひと』（AMGエンタテインメント）脚本・原作・監督：佐藤二朗　出演：山田孝之　仲里依紗

『映画大好きポンポさん』※アニメ（角川ANIMATION）脚本・監督：平尾隆之　原作：杉谷庄吾【人間プラモ】

『シドニアの騎士　あいつぐむほし』※アニメ（クロックワークス）脚本：村井さだゆき　山田哲弥　原作：弐瓶勉　総監督：瀬下寛之　監督：吉平〝Tady〟直弘

『胸が鳴るのは君のせい』（東映）脚本：横田理恵　原作：紺野りさ　監督：高橋洋人　出演：浮所飛貴　白石聖

『グレーゾーン』（宏洋企画室）脚本・監督：宏洋　出演：仁科克基　西原愛夏

『花と沼』（OP PICTURES）脚本・監督：城定秀夫　出演：七海なな　麻木貴仁

『機動戦士ガンダム　閃光のハサウェイ』※アニメ（松竹）脚本：むとうやすゆき　原作：富野由悠季　矢立肇　監督：村瀬修功

『男の優しさは全部下心なんですって』（SPOTTED PRODUCTIONS）脚本・監督：のむらなお　出演：辻千恵　水石亜飛夢

『ブルーヘブンを君に』（ブロードメディア・スタジオ）脚本：小林昌　秦建日子　監督・原作：秦建日子　出演：由紀さおり　小林豊

『名も無い日』（イオンエンターテイメント／ジジックス・スタジオ）脚本：新涼星鳥　原案・監督：日比遊一　出演：永瀬正敏　オダギリジョー

『映画　さよなら私のクラマー　ファーストタッチ』※アニメ（東映）脚本：高橋ナツコ　原作：新川直司　監督：宅野誠起

『キャラクター』（東宝）脚本：長崎尚志　川原杏奈　永井聡　原案：長崎尚志　監督：永井聡　出演：菅田将暉　Fukase

『漁港の肉子ちゃん』※アニメ（アスミック・エース）脚本：大島里美　原作：西加奈子　監督：渡辺歩

『葵ちゃんはやらせてくれない』（キングレコード）脚本・監督：いまおかしんじ　出演：小槙まこ　松嵜翔平

『ふゆうするさかいめ』脚本・監督：住本尚子　出演：カワシママリノ　鈴木美乃里　尾上貴宏

『湖底の空』※日本＝韓国＝中国（ムービー・アクト・プロジェクト）脚本・監督：佐藤智也　出演：イ・テギョン　阿部力

『ヒノマルソウル～舞台裏の英雄たち～』（東宝）脚本：杉原憲明　鈴木謙一　監督：飯塚健　出演：田中圭　土屋太鳳

『ザ・ファブル　殺さない殺し屋』（松竹）脚

本・監督：江口カン　原作：南勝久　出演：岡田准一　木村文乃

『**彼女来来**』（SPOTTED PRODUCTIONS）脚本・監督：山西竜矢　出演：前原滉　天野はな

『**青葉家のテーブル**』（エレファントハウス）脚本：松本壮史　遠藤泰己　監督：松本壮史　出演：西田尚美　市川実和子

『**リカ～自称28歳の純愛モンスター～**』（ハピネットファントム・スタジオ）脚本：三浦希紗　原作：五十嵐貴久　監督：松本創　出演：高岡早紀　市原隼人

『**ももいろそらを　カラー版**』（クルモテルモ）脚本・監督：小林啓一　出演：池田愛　小篠恵奈

『**ショコラの魔法**』（イオンエンターテイメント）脚本：金沢達也　原作：みづほ梨乃　監督：森脇智延　出演：山口真帆　岡田結実

『**グラデーション**』脚本・監督：椎名零　出演：斉藤拓海　岡崎至秀

『**いとみち**』（アークエンタテインメント）脚本・監督：横浜聡子　原作：越谷オサム　出演：駒井蓮　豊川悦司

『**それいけ！アンパンマン　ふわふわフワリーと雲の国**』※アニメ（東京テアトル）脚本：藤田伸二　原作：やなせたかし　監督：川越淳

『**BanG Dream! Episode of Roselia II：Song I am.**』※アニメ（ブシロード）脚本・総監督：柿本広大　原作：ブシロード　監督：三村厚史

『**夏への扉―キミのいる未来へ―**』（東宝／アニプレックス）脚本：菅野友恵　原作：ロバート・A・ハインライン　監督：三木孝浩　出演：山崎賢人　清原果耶

『**Bittersand**』（ラビットハウス）脚本・監督：杉岡知哉　出演：井上祐貴　萩原利久

『**僕が君の耳になる**』（テンダープロ）脚本：川崎龍太　監督：榎本次郎　出演：善知鳥いお　織部典成

『**Arc アーク**』（ワーナー・ブラザース映画）脚本：石川慶　澤井香織　原作：ケン・リュウ　監督：石川慶　出演：芳根京子　寺島しのぶ

『**ボディ・リメンバー**』（『ボディ・リメンバー』製作委員会）脚本：三宅一平　山科圭太　監督：山科圭太　出演：田中夢　奥田洋平

『**海辺の金魚**』（東映ビデオ）脚本・監督：小川紗良　出演：小川未祐　花田琉愛

『**ほうきに願いを**』（One Scene）脚本・監督：五藤利弘　出演：桃果　和泉詩

『**夢幻紳士　人形地獄**』（ミカタ・エンタテインメント）脚本：木家下一裕　菅沼隆　海上ミサコ　脚本協力：佐東歩美　原作：高橋葉介　監督：海上ミサコ　出演：皆木正純　横尾かな

〈7月〉

『**アジアの天使**』（クロックワークス）脚本・監督：石井裕也　出演：池松壮亮　チェ・ヒソ

『**劇場版　七つの大罪　光に呪われし者たち**』※アニメ（東映）脚本：池田臨太郎　原作：鈴木央　監督：浜名孝行

『**ナポレオンと私**』（ENBUゼミナール）脚本：鈴木規子　監督：頃安祐良　出演：武田梨奈　濱正悟

『**過ぎ行くみなも**』脚本・監督：河辺怜佳　出演：飯野茉優　水沢有礼

『**東京リベンジャーズ**』（ワーナー・ブラザース映画）脚本：高橋泉　原作：和久井健　監督：英勉　出演：北村匠海　山田裕貴

『**ハニーレモンソーダ**』（松竹）脚本：吉川菜美　原作：村田真優　監督：神徳幸治　出演：ラウール　吉川愛

『**100日間生きたワニ**』※アニメ（東宝）脚本・監督：上田慎一郎　ふくだみゆき　原作：

きくちゆうき

『劇場編集版　かくしごと―ひめごとはなんですかー』※アニメ（エイベックス・ピクチャーズ）脚本：村野佑太　あおしまたかし　原作：久米田康治　監督：村野佑太

『ねばぎば　新世界』（10ANTS／渋谷プロダクション）脚本・監督：上西雄大　出演：赤井英和　上西雄大

『ドブ川番外地』脚本：渡邉安悟　宮崎純平　監督：渡邉安悟　出演：北垣優和　藤田尚弘

『ロボット修理人のAi（愛）』（トラヴィス）脚本：大隅充　監督：田中じゅうこう　出演：ぴろき　土師野龍之介

『リスタート』（吉本興業）脚本・監督：品川ヒロシ　出演：EMILY SWAY

『竜とそばかすの姫』※アニメ（東宝）脚本・監督・原作：細田守

『劇場版　クドわふたー』※アニメ（角川ANIMATION）脚本：魁　監督：鈴木健太郎

『星空のむこうの国』（エイベックス・ピクチャーズ）脚本：小林弘利　監督：小中和哉　出演：鈴鹿央士　秋田汐梨

『サイダーのように言葉が湧き上がる』※アニメ（松竹）脚本：イシグロキョウヘイ　佐藤大　原作：フライングドッグ　監督：イシグロキョウヘイ

『犬部！』（KADOKAWA）脚本：山田あかね　原案：片野ゆか　監督：篠原哲雄　出演：林遣都　中川大志

劇場版『GのレコンギスタⅢ「宇宙からの遺産」』※アニメ（バンダイナムコアーツ／サンライズ）脚本・総監督：富野由悠季　原作：矢立肇　富野由悠季

『セイバー＋ゼンカイジャー　スーパーヒーロー戦記』（東映）脚本：毛利亘宏　原作：石ノ森章太郎　監督：田崎竜太　出演：内藤秀一郎　川津明日香

『かば』（『かば』製作委員会）脚本・原作・監督：川本貴弘　出演：山中アラタ　折目真穂

『都会（まち）のトム＆ソーヤ』（イオンエンターテイメント）脚本：徳尾浩司　原作：はやみねかおる　監督：河合勇人　出演：城桧史　酒井大地

『映画クレヨンしんちゃん　謎メキ！花の天カス学園』※アニメ（東宝）脚本：うえのきみこ　原作：臼井儀人　監督：高橋渉

『ベイビーわるきゅーれ』（渋谷プロダクション）脚本・監督：阪元裕吾　出演：高石あかり　伊澤彩織

『Fate／Grand Order ―終局特異点　冠位時間神殿ソロモン―』※アニメ（アニプレックス）脚本：奈須きのこ　原作：奈須きのこ　TYPE-MOON　監督：赤井俊文

『ある家族』（テンダープロ）脚本・監督：ながせきいさむ　出演：川崎麻世　野村真美

〈8月〉

『キネマの神様』（松竹）脚本：山田洋次　朝原雄三　原作：原田マハ　監督：山田洋次　出演：沢田研二　菅田将暉

『映画　太陽の子』（イオンエンターテイメント）脚本・監督：黒崎博　出演：柳楽優弥　有村架純

『サマーフィルムにのって』（ハピネットファントム・スタジオ）脚本：三浦直之　松本壮史　監督：松本壮史　出演：伊藤万理華　金子大地

『僕のヒーローアカデミア　THE MOVIE ワールド ヒーローズ ミッション』※アニメ（東宝）脚本：黒田洋介　原作：堀越耕平　監督：長崎健司

『土手と夫婦と幽霊』（アルミード）脚本・監督：渡邉高章　原作：日下部征雄　出演：星能豊　カイマミ

『シチュエーション　ラヴ』脚本・原作・監督：桜井亜美　出演：小野莉奈　平井亜門

『妖怪大戦争　ガーディアンズ』（東宝／KA

DOKAWA）脚本：渡辺雄介　監督：三池崇史　出演：寺田心　杉咲花

『僕たちは変わらない朝を迎える』（チーズｆｉｌｍ　配給協力・SPOTTED PRODUCTIONS）脚本・監督：戸田彬弘　出演：高橋雄祐　土村芳

『深海のサバイバル！』※アニメ（東映）脚本：村山功　監督：入好さとる

『ドライブ・マイ・カー』（ビターズ・エンド）脚本・監督：濱口竜介　原作：村上春樹　出演：西島秀俊　三浦透子

『孤狼の血　LEVEL2』（東映）池上純哉　原作：柚月裕子　監督：白石和彌　出演：松坂桃李　鈴木亮平

『子供はわかってあげない』（日活）脚本：沖田修一　ふじきみつ彦　原作：田島列島　監督：沖田修一　出演：上白石萌歌　細田佳央太

『祈り―幻に長崎を想う刻（とき）』（ラビットハウス／Kムーブ）脚本：渡辺善則　松村克弥　亀和夫　原作：田中千禾夫　監督：松村克弥　出演：高島礼子　黒谷友香

劇場版『きんいろモザイク Thank you!!』※アニメ（ショウゲート）脚本：綾奈ゆにこ　原作：原悠衣　監督：名和宗則

『かぐや様は告らせたい～天才たちの恋愛頭脳戦～ファイナル』（東宝）脚本：徳永友一　原作：赤坂アカ　監督：河合勇人　出演：平野紫耀　橋本環奈

『BanG Dream! FILM LIVE 2nd Stage』※アニメ（ブシロード）脚本：柿本広大　原作：ブシロード　ストーリー原案：中村航　監督：梅津朋美

『うみべの女の子』（スタイルジャム）脚本・監督：ウエダアツシ　原作：浅野いにお　出演：石川瑠華　青木柚

『あらののはて』（Cinemago）脚本・監督：長谷川朋史　出演：舞木ひと美　高橋雄祐

『シュシュシュの娘』（コギトワークス）脚本・監督：入江悠　出演：福田沙紀　吉岡睦雄

『岬のマヨイガ』※アニメ（アニプレックス）脚本：吉田玲子　原作：柏葉幸子　監督：川面真也

『愛のくだらない』（『愛のくだらない』製作チーム）脚本・監督：野本梢　出演：藤原麻希　岡安章介

『劇場版 Fate／kaleid liner プリズマ☆イリヤ Licht 名前の無い少女』※アニメ（角川ANIMATION）脚本：井上堅二　水瀬葉月　原作：ひろやまひろし　TYPE-MOON　監督：大沼心

『遊星王子2021』（パル企画）脚本：河崎実　原脚本：伊上勝　原作：宣弘社　監督：河崎実　出演：日向野洋　織田奈那

『劇場版　アーヤと魔女』※アニメ（東宝）脚本：丹羽圭子　郡司絵美　原作：ダイアナ・ウィン・ジョーンズ　監督：宮崎吾朗

『鳩の撃退法』（松竹）脚本：タカハタ秀太　藤井清美　原作：佐藤正午　監督：タカハタ秀太　出演：藤原竜也　土屋太鳳

『ゼロワン Others 仮面ライダーバルカン＆バルキリー』（東映ビデオ）脚本：高橋悠也　原作：石ノ森章太郎　監督：筧昌也　出演：岡田龍太郎　井桁弘恵

『元メンに呼び出されたら、そこは異次元空間だった』（セブンフィルム）脚本：佐東みどり　監督：谷健二　出演：高崎翔太　北村諒

〈9月〉

『リョーマ！ The Prince of Tennis 新生劇場版テニスの王子様』※アニメ（ギャガ）脚本：秦建日子　原作：許斐剛　監督：神志那弘志

『科捜研の女―劇場版―』（東映）脚本：櫻井武晴　監督：兼﨑涼介　出演：沢口靖子　内藤剛志

『その日、カレーライスができるまで』（イオンエンターテイメント）脚本：金沢知樹　清水

康彦　原案：金沢知樹　監督：清水康彦　出演：リリー・フランキー　中村羽叶

『クロガラス3』（エイベックス・ピクチャーズ）脚本・監督：小南敏也　出演：崎山つばさ　植田圭輔

『劇場版　がんばれ！TEAM NACS』（WOWOW）脚本：竹村武司　監督：堀切園健太郎　出演：森崎博之　安田顕

『浜の朝日の嘘つきどもと』（ポニーキャニオン）脚本・監督：タナダユキ　出演：高畑充希　大久保佳代子

『スーパー戦闘　純烈ジャー』（東映ビデオ）脚本：久保裕章　監督：佛田洋　出演：後上翔太　白川裕二郎

『先生、私の隣に座っていただけませんか？』（ハピネットファントム・スタジオ）脚本・監督：堀江貴大　出演：黒木華　柄本佑

『ムーンライト・シャドウ』（SDP／エレファントハウス）脚本：高橋知由　原作：吉本ばなな　監督：エドモンド・ヨウ　出演：小松菜奈　宮沢氷魚

『ゴーストダイアリーズ』（ユナイテッドエンタテインメント）脚本：目黒啓太　監督：曽根剛　出演：北村諒　日向野祥

『達人　THE MASTER』（SDP）脚本：森ハヤシ　横尾初喜　監督・原案：横尾初喜　出演：大橋彰　安倍萌生

『劇場版ほんとうにあった怖い話～事故物件芸人3～』（NSW）脚本・監督：天野裕充　出演：たける　ショーゴ

『階段下は××する場所である』脚本：神谷正智　神谷正倫　原作：羽野ゆず　監督：神谷正智　出演：平岡かなみ　安慶名晃規

『君は永遠にそいつらより若い』（Atemo）脚本・監督：吉野竜平　原作：津村記久子　出演：佐久間由衣　奈緒

『マスカレード・ナイト』（東宝）脚本：岡田道尚　原作：東野圭吾　監督：鈴木雅之　出演：木村拓哉　長澤まさみ

『劇場版　Free!-the Final Stroke-』前編※アニメ（松竹）脚本・監督：河浪栄作　脚本協力：横谷昌宏

『クロガラス0』（エイベックス・ピクチャーズ）脚本・監督：小南敏也　出演：崎山つばさ　植田圭輔

『マイ・ダディ』（イオンエンターテイメント）脚本：及川真実　金井純一　監督：金井純一　出演：ムロツヨシ　中田乃愛

『総理の夫』（東映／日活）脚本：松田沙也　原作：原田マハ　監督：河合勇人　出演：田中圭　中谷美紀

『空白』（スターサンズ／KADOKAWA）脚本・監督：吉田恵輔　出演：古田新太　松坂桃李

『プリンセス・プリンシパル　Crown Handler 第2章』※アニメ（ショウゲート）脚本・シリーズ構成：木村暢　監督：橘正紀

『黄龍の村』（ラビットハウス）脚本・監督：阪元裕吾　出演：水石亜飛夢　松本卓也

〈10月〉

『護られなかった者たちへ』（松竹）脚本：林民夫　瀬々敬久　原作：中山七里　監督：瀬々敬久　出演：佐藤健　阿部寛

『光を追いかけて』（ラビットハウス）脚本：作道雄　成田洋一　監督：成田洋一　出演：中川翼　長澤樹

『僕と彼女とラリーと』（イオンエンターテイメント／スターキャット）脚本・監督：塚本連平　出演：森崎ウィン　深川麻衣

『リクはよわくない』※アニメ（東京テアトル／チャンスイン）脚本：水月秋　原作：坂上忍　くっきー！　監督：荒川眞嗣

『あそびのレンズ』（株式会社シナプス）脚本：佐伯龍蔵　植田泰　監督：佐伯龍蔵　出演：緑茶麻悠　荒木貴裕

『浮気なアステリズム』脚本：堀雄斗　監督：

小野峻志　出演：坂本憲子　田口夏帆

『神在月のこども』※アニメ（イオンエンターテイメント）脚本：三宅隆太　瀧田哲郎　四戸俊成　原作：四戸俊成　監督：白井孝奈

『宇宙戦艦ヤマト　2205　新たなる旅立ち　前章 -TAKE OFF-』※アニメ（松竹ODS事業室）脚本・福井晴敏　岡秀樹　原作：西崎義展　監督：安田賢司

『草の響き』（コピアポア・フィルム／函館シネマアイリス）脚本：加瀬仁美　原作：佐藤泰志　監督：斎藤久志　出演：東出昌大　奈緒

『宇宙の法―エローヒム編―』※アニメ（日活）脚本：大川咲也加　原作：大川隆法　監督：今掛勇

『劇場版マクロスΔ　絶対LIVE!!!!!!』※アニメ（ビックウエスト）脚本：根元歳三　原作：河森正治　スタジオぬえ　監督：河森正治

『劇場版　抱かれたい男1位に脅されています。～スペイン編～』※アニメ（アニプレックス）脚本：成田良美　原作：桜日梯子　監督：龍輪直征

『Cosmetic DNA』（Cinemago）脚本・監督：大久保健也　出演：藤井愛稀　西面辰孝

『文禄三年三月八日』（カエルカフェ）脚本：落合雪江　監督：秋原北胤　出演：松平健　瀬野和紀

『劇場版　ルパンの娘』（東映）脚本：徳永友一　原作：横関大　監督：武内英樹　出演：深田恭子　瀬戸康史

『燃えよ剣』（東宝／アスミック・エース）脚本・監督：原田眞人　原作：司馬遼太郎　出演：岡田准一　柴咲コウ

『劇場版オトッペ　パパ・ドント・クライ』※アニメ（イオンエンターテイメント）脚本：向田邦彦　原案：オトッペ町役場　監督：飯塚貴士

『かそけきサンカヨウ』（イオンエンターテイメント）脚本：澤井香織　今泉力哉　原作：窪美澄　監督：今泉力哉　出演：志田彩良　井浦新

『WHOLE／ホール』（アルミード）脚本：川添ウスマン　監督：川添ビイラル　出演：川添ウスマン　サンディー海

『プリテンダーズ』（gaie）脚本・監督：熊坂出　出演：小野花梨　見上愛

『二人小町』（ユナイテッドエンタテインメント）脚本：平谷悦郎　原案：芥川龍之介　監督：曽根剛　出演：ハンナ・チャン　エリズ・ラオ

『CUBE　一度入ったら、最後』（松竹）脚本：徳尾浩司　原案：ビンチェンゾ・ナタリ　監督：清水康彦　出演：菅田将暉　杏

『ひらいて』（ショウゲート）脚本・監督：首藤凜　原作：綿矢りさ　出演：山田杏奈　作間龍斗

映画**『神ミタイナ時間』**（トリプルアップ）脚本・監督：久保田唱　出演：谷佳樹　沖野晃司

『彼女はひとり』（ムービー・アクト・プロジェクト）脚本・監督：中川奈月　出演：福永朱梨　金井浩人

『映画トロピカル～ジュ！プリキュア　雪のプリンセスと奇跡の指輪！』※アニメ（東映）脚本：成田良美　原作：東堂いづみ　監督：志水淳児

『アイの歌声を聴かせて』※アニメ（松竹）脚本：吉浦康裕　大河内一桜　原作・監督：吉浦康裕

『そして、バトンは渡された』（ワーナー・ブラザース映画）脚本：橋本裕志　原作：瀬尾まいこ　監督：前田哲　出演：永野芽郁　田中圭

『I will 君が未来を歩くとき』（キュー・テック）脚本：杉山嘉一　ふじわら　監督：伊藤秀隆　出演：堀田竜成　石渡真修

『徒桜』（SAB-on）脚本・監督：畑中晋太郎　出演：中尾拳也　児玉遥

『老後の資金がありません！』（東映）脚本：斉藤ひろし　原作：垣谷美雨　監督：前田哲　出演：天海祐希　松重豊

〈11月〉

劇場版『きのう何食べた？』（東宝）脚本：安達奈緒子　原作：よしながふみ　監督：中江和仁　出演：西島秀俊　内野聖陽

『映画　すみっコぐらし　青い月夜のまほうのコ』※アニメ（アスミック・エース）脚本：吉田玲子　原作：サンエックス　監督：大森貴弘

『シノノメ色の週末』（イオンエンターテイメント）脚本・監督：穐山茉由　出演：桜井玲香　岡崎紗絵

『DANCING MARY ダンシング・マリー』（キグー）脚本・監督：SABU 出演：EXILE NAOTO 山田愛奈

『蒼穹のファフナー THE BEYOND 第十話「嵐、来たりて」第十一話「英雄、二人」第十二話「蒼穹の彼方」』※アニメ（ムービック）シリーズ構成：冲方丁　原作：XEBEC 監督：能戸隆

『ボクたちはみんな大人になれなかった』（ビターズ・エンド）脚本：高田亮　原作：燃え殻　監督：森義仁　出演：森山未來　伊藤沙莉

『メイド・イン・ヘヴン』（プロダクション花城）脚本：カマチ　監督：丹野雅仁　出演：手塚理美　国広富之

『西成ゴローの四億円　死闘編』（吉本興業／チームオクヤマ／シネメディア）脚本・監督：上西雄大　出演：上西雄大　津田寛治

『西成ゴローの四億円』（吉本興業／チームオクヤマ／シネメディア）脚本・監督：上西雄大　出演：上西雄大　津田寛治

『梅切らぬバカ』（ハピネットファントム・スタジオ）脚本・監督：和島香太郎　出演：加賀まりこ　塚地武雅

『半狂乱』（ＰＯＰ）脚本・監督：藤井秀剛　出演：越智貴広　工藤トシキ

『恋する寄生虫』（ＫＡＤＯＫＡＷＡ）脚本：山室有紀子　原作：三秋縋　監督：柿本ケンサク　出演：林遣都　小松菜奈

『愛のまなざしを』（イオンエンターテイメント）脚本：万田珠実　万田邦敏　監督：万田邦敏　出演：万田祐介　仲村トオル

『テン・ゴーカイジャー』（東映ビデオ）脚本：荒川稔久　原作：八手三郎　監督：中澤祥次郎　出演：小澤亮太　山田裕貴

『攻殻機動隊 SAC_2045 持続可能戦争』※アニメ（バンダイナムコアーツ）脚本：神山健治　檜垣亮　砂山蔵澄　土城温美　佐藤大　原作：士郎正宗　総監督：神山健治　荒牧伸志　監督：藤井道人

『信虎』（彩プロ）脚本：宮下玄覇　監督：金子修介　共同監督：宮下玄覇　出演：寺田農　榎木孝明

『映画妖怪ウォッチ♪ケータとオレっちの出会い編だニャン♪ワ、ワタクシも〜♪♪』※アニメ（イオンエンターテイメント）脚本：加藤陽一　原作：レベルファイブ　原案：日野晃博　監督：須藤典彦

『12人のイカれたワークショップ』（Atemo）課題映画脚本：吹原幸太　監督：田口清隆　島崎淳　出演：河中奎人　上條つかさ美

『ミュジコフィリア』（アーク・フィルムズ）脚本：大野裕之　原作：さそうあきら　監督：谷口正晃　尾崎隆晴　出演：井之脇海　松本穂香

『聖地X』（ギャガ／朝日新聞社）脚本・監督：入江悠　原作：前川知大　出演：岡田将生　川口春奈

『劇場版アルゴナビス　流星のオブリガート』※アニメ（プシロードムーブ）脚本：毛利亘宏　監督：森川滋

『土竜の唄　FINAL』（東宝）脚本：宮藤官九郎　原作：高橋のぼる　監督：三池崇史　出演：生田斗真　鈴木亮平
『ずっと独身でいるつもり？』（日活）脚本：坪田文　原作：おかざき真里　原作原案：雨宮まみ　監督：ふくだももこ　出演：田中みな実　市川実和子
『無慈悲な光』（アエロ）脚本・原作：えのもとぐりむ　監督：カジ　出演：ＡＩＫＡ　加藤あやの
『サンチョー』（吉本興業）構成：藤井直樹　川上潤也　企画構成：本多アシタ　監督：倉本美津留　出演：後藤淳平　福徳秀介
『JOINT』（イーチタイム）脚本：HVMR　監督：小島央大　出演：山本一賢　キム・ジンチョル
『宮田バスターズ（株）―大長編―』脚本・監督：坂田敦哉　出演：宮崎美子　渡部直也
『自宅警備員と家事妖精』（太秦）脚本：潮喜久知　監督：藤本匠　出演：大沢真一郎　木竜麻生
『CHAIN／チェイン』（マジックアワー）脚本：港岳彦　監督：福岡芳穂　出演：上川周作　塩顕治
『EUREKA／交響詩篇エウレカセブンハイエボリューション』※アニメ（ショウゲート）脚本：野村祐一　京田知己　原作：ＢＯＮＥＳ　監督：京田知己
『幕が下りたら会いましょう』（SPOTTED PRODUTIONS）脚本：前田聖来　大野大輔　監督：前田聖来　出演：松井玲奈　筧美和子
『スパゲティコード・ラブ』（ハピネットファントム・スタジオ）脚本：蛭田直美　監督：丸山健志　出演：倉悠貴　三浦透子

〈12月〉

『MANKAI MOVIE「A3!」　～SPRING & SUMMER～』（ギャガ）脚本：倉田健次　松崎史也　亀田真二郎　原作：MANKAI STAGE『A3!』　監督：倉田健次　出演：横田龍儀　高橋怜也
『フラ・フラダンス』※アニメ（アニプレックス）脚本：吉田玲子　総監督：水島精二　監督：綿田慎也
『吾輩は猫である！』（レフトハイ）脚本・監督：笠木望　出演：武田梨奈　芋生悠
『189（イチハチキュー）』（イオンエンターテイメント）脚本：長津晴子　監督：加門幾生　出演：中山優馬　夏菜
『ARIA The BENEDIZIONE』※アニメ（松竹ＯＤＳ事業室）脚本：佐藤順一　原作：天野こずえ　監督：佐藤順一　名取孝浩
『彼女が好きなものは』（バンダイナムコアーツ／アニモプロデュース）脚本・監督：草野翔吾　原作：浅原ナオト　出演：神尾楓珠　山田杏奈
『アリスの住人』（reclusivefactory）脚本・監督：澤佳一郎　出演：樫本琳花　淡梨
『稽古場』（フェイスエンタテインメント）脚本・監督：窪田将治　出演：松木大輔　中垣内彩加
『あなたの番です　劇場版』（東宝）脚本：福原充則　原案：秋元康　監督：佐久間紀佳　出演：原田知世　田中圭
『衝動』（SAIGATE）脚本・監督：土井笑生　出演：倉悠貴　見上愛
『成れの果て』（ＳＤＰ）脚本：マキタカズオミ　監督：宮岡太郎
『浅草キッド』脚本・監督：劇団ひとり　原作：ビートたけし　出演：大泉洋　柳楽優弥
『さよなら、ティラノ』※アニメ（東映ビデオ）脚本：佐藤大　うえのきみこ　福島直浩　原作：宮西達也　監督：静野孔文
『軍艦少年』（ハピネットファントム・スタジオ）脚本：眞武泰徳　原作：柳内大樹　監督：Yuki Saito　出演：佐藤寛太　加藤雅也
『偶然と想像』（Incline）脚本・監督：濱口竜

介　出演：古川琴音　中島歩
『**私はいったい、何と闘っているのか**』（日活／東京テアトル）脚本：坪田文　原作：つぶやきシロー　監督：李闘士男　出演：安田顕　小池栄子
『**POP!**』（ムービー・アクト・プロジェクト）脚本・監督：小村昌士　出演：小野莉奈　三河悠冴
『**偽りのない happy end**』（アルミード）脚本・監督：松尾大輔　出演：鳴海唯　仲万美
『**仮面ライダー　ビヨンド・ジェネレーションズ**』（東映）脚本：毛利亘宏　原作：石ノ森章太郎　監督：柴崎貴行　出演：前田拳太郎　木村昴
『**GLIDE**』（イハフィルムズ）脚本：鈴木トウサ　中田森也　監督：鈴木トウサ　出演：続麻玄通　つかさ
『**劇場版　呪術廻戦0**』※アニメ（東宝）脚本：瀬古浩司　原作：芥見下々　監督：朴性厚
『**エッシャー通りの赤いポスト**』（ガイエ）脚本・監督：園子温　出演：藤丸千　黒河内りく
『**99.9～刑事専門弁護士～THE MOVIE**』（松竹）脚本：三浦駿斗　監督：木村ひさし　出演：松本潤　香川照之
『**明け方の若者たち**』（パルコ）脚本：小寺和久　原作：カツセマサヒコ　監督：松本花奈　出演：北村匠海　黒島結菜
『**映画演劇　サクセス荘　侵略者と西荻窪の奇跡**』（イオンエンターテイメント）脚本：徳尾浩司　原案：松田誠　監督：川尻恵太　出演：和田雅成　高橋健介

※掲載は主な劇場公開作品

JASRAC 出 2204977-201

日本シナリオ作家協会
「'21年鑑代表シナリオ集」出版委員会

向井康介（長）
荒井晴彦
いながききよたか
今井雅子
里島美和
長谷川隆
蛭田直美
松下隆一
吉村元希

'21年鑑代表シナリオ集

2022年7月20日　初版発行
編　者　日本シナリオ作家協会
「'21年鑑代表シナリオ集」出版委員会
発行所　日本シナリオ作家協会
〒103-0013
東京都中央区日本橋人形町2-34-5
TEL 03(6810)9550

ISBN 978-4-907881-12-2

落丁・乱丁本はお取り替えいたします。